Ulrike Schweikert • Die Erben der Nacht

ULRIKE SCHWEIKERT

DRACAS

Die Erben der Nacht

cbt

Bei diesem Buch wurden die durch das verwendete Material und die Produktion entstandenen CO_2-Emissionen ausge glichen, indem der cbj-Verlag ein Projekt zur Aufforstung in Brasilien unterstützt.
Weitere Informationen zu dem Projekt unter:
www.ClimatePartner.com/14044-1912-1001

MIX
Papier aus verantwortungsvollen Quellen
FSC® C014496

Penguin Random House Verlagsgruppe
FSC® N001967

Wir produzieren Klimaneutral
ClimatePartner.com/14044-1912-1001
Druckprodukt

Für Susi, Marika, Janina und Bernd Reinert
und für meinen geliebten Mann Peter Speemann

3. Auflage
Originalausgabe Oktober 2010
Gesetzt nach den Regeln der Rechtschreibreform

Umschlaggestaltung: Nele Schütz Design, München
unter Verwendung einer Illustration von Paolo Barbieri
Illustrationen Umschlaginnenseite: Georg Behringer,
Umwerk · München
KK · Herstellung: AnG
Satz: Greiner & Reichel, Köln
Druck und Bindung: GGP Media GmbH, Pößneck
ISBN 978-3-570-30656-7
Printed in Germany

www.cbj-verlag.de
Dieses Buch ist auch als E-Book erhältlich

INHALT

WIEDERSEHEN IN WIEN

Luciano ließ seinen Blick über die Särge schweifen, die sich an der Wand entlangreihten. Unzählige Kleidungsstücke lagen darauf ausgebreitet: Jacken, Gehröcke, Hosen, Hemden und Westen von verschiedenem Schnitt und in allen erdenklichen Farben, dazu Halsbinden, Hüte, Schuhe, Handschuhe und ein eleganter Gehstock mit einem geschnitzten Knauf.

Nachdenklich sah er an sich herunter und betrachtete die moosgrüne Jacke, die er über einer gestreiften Weste und kräftig braunen Pantalons trug. Eine knallgelbe Halsbinde und Lackschuhe mit weißen Gamaschen vervollständigten die Aufmachung.

Mit einem Seufzer nahm Luciano den neuen Zylinder vom Kopf und warf ihn auf den Sarg vor sich. »Ich weiß nicht so recht. Dario, was hast du noch?«

Wortlos reichte ihm der Diener ein weißes Seidenhemd, eine schwarze Frackhose und die dazu passende Jacke mit den langen Schößen aus gleichem Tuch. Luciano sah an sich herab und zog eine Grimasse.

»Ist etwas nicht in Ordnung, liebster Cousin?« Chiara erhellte mit ihrem Lächeln den feuchten Raum in einem Seitenflügel der Domus Aurea, des ehemaligen Neropalasts in Rom, der wie eine Gruft anmutete.

Luciano hob die Arme. »Ich weiß nicht, was ich nach Wien mitnehmen soll. Ich habe nichts Passendes zum Anziehen!«

»Du Armer!«, spottete die Vampirin. »Ich dachte, diese Bemerkung sei ein Privileg des weiblichen Geschlechts.«

Chiara trat näher. Wieder einmal musste Luciano neidvoll anerkennen, dass seine Cousine umwerfend aussah. Wie die meisten Mitglieder des Clans der Nosferas hatte die Natur sie mit prächtigen schwarzen Locken und üppig weiblichen Formen gesegnet. Doch Chiara war eine der wenigen des römischen Clans, die nicht zu übermäßigem Blutgenuss neigte, einer Angewohnheit mit unübersehbaren Folgen. Ihr Vetter Maurizio war da ein gutes Beispiel, man konnte ihn nur noch als unförmige Masse bezeichnen. Wobei sein Kater Ottavio inzwischen genauso fett war wie sein Herr.

Chiara dagegen standen ihre Formen verführerisch gut zu ihrem zugegeben runden, aber hübschen Gesicht und sie verstand es, mit ihren Kleidern jedes Gramm an sich vorteilhaft zur Geltung zu bringen. Heute trug sie ein Kleid aus saphirblauem Seidentaft, das in unzählige Falten gelegt bis zum Boden herabwallte. Die weiße Haut ihres Dekolletés rahmte schwarze Spitze und auf dem Ansatz ihrer Brüste funkelte ein Collier aus Perlen und Saphiren.

Luciano fiel es schwer, sich von diesem Anblick loszureißen. Und dabei war sie seine Cousine! Er fragte sich, wie die anderen Erben der Clans auf ihre Erscheinung reagieren würden. Vielleicht würde er Chiara in diesem Akademiejahr ein wenig im Auge behalten müssen, damit keiner es wagte, ihr zu nahe zu treten. Sie waren schließlich keine Kinder mehr. Luciano zählte – wie seine Cousine – bereits sechzehn Jahre.

Chiara sah sich in seinem steinernen Gemach um und erfasste die ausgebreiteten Kleidungsstücke mit einer Handbewegung. »Ist das alles?«, fragte sie spöttisch.

Luciano nickte unglücklich. »Bisher ja.«

»Und was ist das dort drüben?« Sie deutete auf einen Stoffberg, der die auf den Särgen liegenden Kleidungsstücke um ein Vielfaches übertraf.

»Lauter altes Zeug, das ich nicht mehr anziehen kann.«

Chiara pickte eine elegante Hose und eine weinrote Jacke hervor und hielt sie vor ihn hin. »Das finde ich nicht schlecht und auch nicht zu altmodisch. Zieh mal an!«

Luciano gehorchte unter Protest. »Das ganze Zeug passt mir nicht mehr. Ich bin über den Sommer mindestens eine Handspanne gewachsen.«

»Und erheblich dünner geworden«, stellte sie verblüfft fest, als er die Hose schloss, die ihm über die Hüften zu rutschen drohte. Ihr

Blick wanderte zum Saum hinunter, der sich irgendwo im unteren Bereich seiner Waden verlor. Chiara schüttelte lachend den Kopf. »Nein, davon kannst du wirklich nichts mehr anziehen. Versuche es mit dem schwarzen Frack, den Dario dir herausgesucht hat.«

Luciano gehorchte. »Ja, nicht schlecht, aber so düster – naja, schwarz eben. Findest du nicht?«

»Das nennt man elegant.« Chiara kam mit wiegenden Hüften näher und pikte ihn mit ihrem gepflegten langen Fingernagel in die Brust. »Nicht, dass ich etwas gegen farbenprächtige Kleider einzuwenden hätte, doch mir ist, als könne ich bereits Franz Leopolds ätzende Kommentare hören, wenn er dich darin sieht.«

Luciano zog eine Grimasse. Er konnte Chiara nicht widersprechen.

»Lass dir lieber noch einen schwarzen Frack schneidern«, riet sie, »und vielleicht einen Gehrock zu Pantalons aus hellgrauem Tuch. Wenn du auf deine geliebten Farben nicht völlig verzichten willst, dann wähle ein dunkles Blau!«

»Wenn du meinst«, gab er nach und zupfte den neuen Frack zurecht, während Dario ihm die schmale weiße Schleife band.

Chiara trippelte zur Tür und wandte sich dann noch einmal um. »Weißt du eigentlich, wie gut du aussiehst?«

Luciano sah misstrauisch auf, konnte aber weder in ihrem Tonfall noch in ihrer Miene einen Hauch von Spott erkennen.

»Ich?«, vergewisserte er sich ein wenig ungläubig. Verlegen fuhr er sich durch das schwarze Haar, dass es wieder einmal nach allen Seiten abstand.

Chiara nickte mit ernster Miene. Dann trat ein schelmisches Lächeln auf ihre Lippen. »Ich freu mich jetzt schon darauf, zu sehen, wie Franz Leopold sich vor Neid windet!« Fröhlich lachend tänzelte sie hinaus.

Etwas verwirrt wandte sich Luciano an seinen Diener. »Sie übertreibt mal wieder maßlos. Jeder weiß, dass die Dracas mit verschwenderischer Schönheit gesegnet sind – zumindest, was den äußeren Schein betrifft. Über ihre Charakterzüge wollen wir hier nicht reden.« Luciano deutete mit einer Grimasse an, was er davon hielt. »Und Leo ist leider – einfach perfekt.«

»Das ist Geschmacksache«, antwortete der Schatten emotionslos, wie es sich gehörte. »Doch wenn Ihr auf meine Meinung wert legt, so muss ich Fräulein Chiara beipflichten, dass Ihr Euch sehr gewandelt habt und den Vergleich mit keinem anderen Vampir scheuen müsst. Auch nicht mit einem Dracas.«

Luciano war sprachlos. Hatte er sich wirklich so sehr verändert? Er sah an seinem schlanken Körper herab und betrachtete seine langen Fingernägel, an denen er nicht mehr, wie noch in den ersten Akademiejahren, nervös herumkaute. Luciano dachte an Ivy und spürte, wie ein Lächeln über seine Lippen huschte. Nun freute er sich noch mehr, die anderen Erben der Clans wiederzusehen und mit ihnen in einem weiteren Jahr der Akademie junger Vampire neue magische Fähigkeiten zu lernen. Auch wenn es ausgerechnet in Wien sein musste. Nicht dass er gegen diese Stadt etwas einzuwenden hatte. Nichts lag ihm ferner, als den Hass der menschlichen Bewohner Roms gegen die Habsburger und ihr Reich zu übernehmen. Es waren die Dracas, die ihm Bauchschmerzen bereiteten, wenn er nur einen von ihnen zu Gesicht bekam!

Ja, die Vampirclans hegten ihre eigenen Vorlieben und noch mehr ihre eigenen Feindschaften, die sie jahrhundertelang in unzähligen Kriegen vertieft hatten. Doch diese sollten nun der Vergangenheit angehören. Aus diesem Grund hatten sich vor vier Jahren die Clanführer der Nosferas aus Rom, der Vamalia aus Hamburg, der Lycana aus Irland, der Dracas aus Wien und der Vyrad aus London getroffen und die Akademie gegründet. Seitdem versuchten wenigstens die jungen Vampire, die alten Vorurteile zu überwinden. Was recht gut gelang, fand Luciano. Immerhin waren seine besten Freundinnen Alisa de Vamalia und Ivy de Lycana. Zugegeben, mit Franz Leopold de Dracas war das Verhältnis nicht gerade herzlich. Aber immerhin schon besser, zumindest manchmal.

*

Eine lange Zugfahrt lag hinter ihnen. Eingesperrt in ihre Transportkisten waren die Vampire gezwungen gewesen, Stunden über Stunden still zu liegen und nur dem Rattern der Räder auf den

Schienen zu lauschen. Das Schlimmste an dieser Art zu reisen war, dass einen dabei nichts von seinem Blutdurst ablenken konnte.

»Ich sterbe gleich vor Hunger!«, stöhnte Chiara und presste sich die Handflächen gegen ihr eng anliegendes Mieder.

»Stell dich nicht so an«, entgegnete Luciano kühl. »Du kannst nicht sterben – und schon gar nicht, weil du ein paar Stunden kein Blut bekommen hast.«

Chiara funkelte ihn an. »Danke für die Belehrung. Und das ausgerechnet aus dem Mund meines verfressenen Cousins. Oder willst du etwa behaupten, dich würde der Blutdurst nicht quälen?«

Luciano dachte kurz darüber nach, dann schüttelte er den Kopf. »Nein, so schlimm ist es nicht«, stellte er erstaunt fest. »Hauptsächlich freue ich mich darauf, die anderen wiederzusehen.«

»Pah, Gefühlsduselei!«, meinte sein älterer Vetter Maurizio und biss in die Ratte, die ihm sein treuer Kater Ottavio gefangen hatte. »Es geht nichts über frisches, warmes Blut!«

»Ja, das sieht man dir an«, gab Luciano zurück. Wie fett und unansehnlich Maurizio in den vergangenen Jahren geworden war. Neben der hageren Leonarda, Chiaras Servientin, wirkte er geradezu grotesk. Leonarda steckte noch immer in dem mageren Körper einer Dreizehnjährigen, wie an dem Tag, an dem sie von einem Nosferas gebissen und zum Vampir gewandelt worden war. Im Gegensatz zu den Vampiren reinen Blutes veränderten sich die Unreinen, Schatten oder Servienten, wie manche Clans sie auch nannten, nicht mehr, egal, wie alt sie wurden. Jeden Abend erhoben sie sich aus ihrem Sarg, als sei es noch immer die Nacht ihres Todes. Rein äußerlich zumindest. Denn wie bei alle anderen Vampire nahmen ihre Kräfte, ihre Erfahrung und ihr Wissen zu und machten sie zu tödlichen Jägern. Wobei Unreine keine Menschen zu Vampiren wandeln konnten – oder es zumindest nicht durften. Luciano wusste nicht, ob je ein Servient das Verbot missachtet und es versucht hatte. Doch ob rein oder unrein, irgendwann erreichte jeder Vampir den Zenit und von da an wurde er mit zunehmendem Alter auch schwächer. Nicht dass er wie ein Mensch einfach sterben konnte. Die Altehrwürdigen begannen sich nach und nach zurückzuziehen, gingen immer seltener auf die

Jagd und überließen es irgendwann den Jungen und Starken, für ihr Wohl zu sorgen. So existierten sie weiter, bis zu dem Tag, an dem sie beschlossen, für immer zu gehen. Dann suchten sie sich einen abgeschiedenen Platz, um von dort aus ein einziges letztes Mal die Sonne aufgehen zu sehen.

Im Gegensatz zu Chiaras mädchenhaftem Schatten war Maurizios Servient Pietro ein großer Mann, dessen kräftige Arme Leonarda nun mit einem ganzen Stapel von Chiaras Hutschachteln belud. Daneben stand Dario – sein eigener neuer Schatten, an den sich Luciano noch immer nicht gewöhnen konnte. Francesco war sein Schatten gewesen, bis ihn in Irland eine silberne Kugel ins Herz getroffen und ihn vernichtet hatte. Clanführer Claudio hatte darauf bestanden, ihm einen neuen Servienten zu geben, und so diente ihm nun Dario, der einst Schatten des altehrwürdigen Giuseppe gewesen war, Claudios Großvater und sein Vorgänger als Führer der Nosferas. Giuseppe hatte ein schreckliches Ende gefunden. Die Klinge eines Schwerts war in sein Herz gedrungen und hatte ihm den Kopf vom Hals getrennt. Luciano durchfuhr ein Schauer beim Gedanken an jene schreckliche Nacht.

»Luciano!« Alisas Stimme ließ ihn herumfahren und vertrieb die düsteren Erinnerungen. Die langen Röcke gerafft, kam sie über den nächtlichen Bahnsteig auf ihn zugelaufen. Er konnte die Volants um ihre entblößten Knöchel schwingen sehen.

Typisch Alisa! Sie war zwar ebenfalls ein wenig gewachsen und ihr burschikoser Körperbau ein wenig weicher und weiblicher, das hieß aber offensichtlich nicht, dass auch ihr Verhalten damenhafter geworden war. Über das ganze Gesicht strahlend fiel sie ihm um den Hals.

»Luciano, endlich. Wir anderen sind alle bereits gestern angekommen.«

Ein wenig verlegen schob Luciano die Vamalia eine Armeslänge von sich. Vielleicht lag es an dem Strahlen in ihren hellblauen Augen oder an dem rötlichen Schimmer, den die Gaslaternen ihrem nachlässig aufgesteckten Blondhaar verliehen, dass ihre Wangen fast menschlich rosa schienen und nicht so porzellanartig blass wie die Haut der anderen Vampire.

»Du siehst gut aus!«, begrüßte sie Luciano mit einem anerkennenden Nicken. Alisa lächelte ihn offen an.

»Du nimmst mir die Worte aus dem Mund!« Sie pfiff ganz undamenhaft durch die Zähne. »Luciano, ich sehe es kommen, du wirst allen Wienerinnen den Kopf verdrehen!«

»Verehrte Alisa, seit wann besitzt du hellseherische Fähigkeiten? Soweit mir bekannt ist, bist du nicht einmal des Gedankenlesens mächtig.«

Die näselnde Stimme rief in Luciano so manche für ihn peinliche Situation in seine Erinnerung zurück, die er gerne für immer verdrängt hätte. Franz Leopold de Dracas reichte ihm die Hand und grinste ihn unverschämt an.

»Lass das, Leo!«, fauchte Luciano leise. »Versuche nicht in meinen Gedanken zu lesen.«

Franz Leopold machte eine wegwerfende Handbewegung. »Was heißt hier versuchen? Ich gebe mich nicht mit Versuchen ab, wenn ich mir etwas vornehme. Aber reg dich ab. Was kann es da schon Interessantes zu finden geben, das ich nicht längst wüsste?«

Luciano ging nicht auf ihn ein. Er wandte sich stattdessen an Alisa.

»Wie geht es den Vamalia? Wohnt ihr immer noch auf der gestrandeten Fregatte?«

Alisa schüttelte den Kopf. »Nein, das war dann doch ein wenig eng für alle. Wir haben ein altes Gebäude am Rand des Hafens bezogen, das uns aber auch nur vorübergehend als Quartier dienen wird, bis die Speicherstadt steht. Du glaubst nicht, wie schnell die modernen Bauten aus Eisenträgern und Backsteinen Tag für Tag in die Höhe wachsen. Sie haben Pfähle in das sumpfige Gelände der Wandrahminsel gerammt, auf denen die riesigen Speicherbauten ruhen können …«

Luciano hörte schon gar nicht mehr zu. Sein Blick wurde von einer zierlichen Gestalt mit silbernem Haar angezogen, die nun auf ihn zukam, wie gewohnt den weißen Wolf an ihrer Seite.

Ivy-Máire de Lycana reichte ihm ihre schmale, weiße Hand und sah ihn aus ihren türkisfarbenen Augen so intensiv an, dass Luciano fürchtete, ihm könne schwindelig werden.

Die volle Stimme wollte nicht so recht zu dem mädchenhaft schlanken Körper passen. »Luciano, welch Freude, dich wiederzusehen.«

Alisa hakte sich bei der Freundin aus Irland unter. »Wie er gewachsen ist. Und nicht nur das!«, sagte sie noch immer mit Bewunderung in der Stimme.

Ivy nickte und ergänzte neckend: »Du hast recht. Er ist ein richtiger Adonis geworden.«

Lucianos Lächeln verblasste, als er die beiden Vampirinnen so nebeneinander stehen sah. Ja, *er* hatte sich deutlich sichtbar weiterentwickelt. Ebenso Alisa und all die anderen Erben. Umso deutlicher musste jedem ins Auge fallen, dass Ivy noch immer in dem unveränderten Körper der Dreizehnjährigen steckte, den sie einst als Mensch besessen hatte.

Vierzehn! Ich war vierzehn. Mach mich nicht jünger als ich bin, erklang Ivys Stimme ein wenig tadelnd in seinem Kopf.

»Das ist nichts, worüber man scherzen sollte«, murmelte der Nosferas. »Wenn die anderen Augen im Kopf haben und dich nur einmal wachen Sinnes ansehen, dann drängt sich ihnen die Wahrheit geradezu auf!«

Ivy schüttelte den Kopf. »In manchen Dingen sind Vampire so blind wie Menschen. Auch sie sehen nur, was sie sehen wollen und was ihr Wissen ihnen eingibt: eine Erbin der Lycana!«

»Ich sehe es aber und ich wage mir nicht auszumalen, was passiert, wenn die Dracas dein Geheimnis erfahren.«

Eine Unreine in der Mitte ihrer Erben! Ivy aus der Akademie zu verbannen, wäre noch das Harmloseste, was sie tun würden. Luciano warf Franz Leopold einen forschenden Blick zu. Dessen Miene war nun grimmig.

»Dann sollten wir zusehen, dass es ein Geheimnis bleibt!«

Luciano erwiderte den Blick. »Was siehst du mich so an? Ich werde es niemandem sagen, da kannst du sicher sein!«

»In unserem Haus muss man nicht nur auf seine Worte achten!«, fügte Franz Leopold hinzu. *Auch auf seine Gedanken!*

Luciano presste sich beide Handflächen auf die Schläfen, so sehr dröhnte die Stimme des Dracas in seinem Kopf.

»Verflucht, was soll das?«

Franz Leopold hob die Schultern. »Ich habe dich lediglich darauf aufmerksam gemacht, dass du selbst mit deinen leichtsinnigen Gedanken Ivy am meisten in Gefahr bringst. Erschreckt sah Luciano zu Ivy, doch die schien alles andere als beunruhigt zu sein. Oder sie verstand es wieder einmal meisterlich, ihre Sorgen vor ihren Freunden zu verbergen. Noch einmal griff sie nach Lucianos Händen.

»Du wirst mich ganz sicher nicht verraten, denn wenn du an mich denkst, siehst du mich nicht als eine Unreine. Auch Leo hat es nicht in deinem Geist gefunden, obwohl du die Wahrheit längst kanntest.«

Franz Leopolds Miene verfinsterte sich. »Lasst uns gehen. Die Fiaker sind längst vorgefahren und die anderen steigen bereits ein.«

Er drehte sich abrupt um und ging mit langen Schritten davon. Offensichtlich wollte er nicht an den für ihn so schmerzlichen Moment zurückdenken, an dem er hatte erkennen müssen, dass die Vampirin, in die er sich verliebt hatte, nicht reinen Blutes war und sie alle getäuscht hatte. Wieder einmal fragte sich Luciano, welche Enttäuschung für den Dracas schwerer wog. Er jedenfalls verübelte Ivy nicht, dass sie ihre Abstammung vor ihnen geheim gehalten hatte, und er fand auch nichts dabei, dass sie eine Unreine war, obgleich er sie nie auf die Ebene der Servienten stellen würde. Ivy war etwas ganz Besonderes! Und das würde sie für ihn auch immer bleiben.

»Ganz egal, was passiert, ich bin für dich da und bleibe an deiner Seite«, sagte er, obgleich ihm bewusst war, dass sie – trotz des mädchenhaften Körpers – Kräfte besaß, die er nicht einmal erahnen konnte. Und dann war da noch Seymour, der Werwolf und Bruder an ihrer Seite. Sein Schwur war einfach nur lächerlich!

Ivy schien das nicht zu denken. Sie lächelte ihn an und dankte ihm. »Auch wenn ich denke, dass gar nichts passieren wird. Dieses Mal werden wir ein ruhiges Akademiejahr erleben, in dem wir unsere Kräfte ganz den neuen magischen Fähigkeiten widmen können«, sagte sie voller Zuversicht.

Ob sie insgeheim wusste, dass es anders kommen sollte? Ihr Blick wanderte zum Nachthimmel empor, wo eine Schar Raben über ihren Köpfen kreiste, sich dann nach Norden wand und ihren Blicken entschwand. Mit abwesender Miene reichte Ivy Luciano ihren Arm und ließ sich über den Bahnsteig führen. Luciano fragte sich, woran sie gerade dachte. Nur Alisa berichtete fröhlich von ihrer Anreise und schien sich der düsteren Stimmung nicht bewusst, die sich unvermittelt wie ein schwarzer Schleier über sie legte.

*

Zu viert nahmen sie in dem offenen Landauer Platz. Die Pferde zogen an. Die Kutsche, in der Chiara und Maurizio saßen, und die beiden Karren, die das Gepäck transportierten, entschwanden bereits ihren Blicken. Der Fiaker folgte einer breiten Straße, zu deren Rechten sich zwei prächtige Schlösschen erhoben, die durch einen lang gezogenen Park verbunden waren. Die barocke Fassade des höher am Hang gelegenen Gebäudes spiegelte sich im davorliegenden See.

»Wie schön!«, rief Alisa entzückt. »Wer wohnt dort?«

Franz Leopold hob die Schultern. »Eigentlich niemand mehr. Die beiden Belvederes gehören inzwischen den Habsburgern, die sie für ihre Kunstsammlung nutzen oder ab und zu eine Redoute in den Prunkräumen veranstalten. Erbaut wurden sie für Prinz Eugen von Savoyen, den die Wiener so gerne als ihren Helden und Retter vor der Türkengefahr sehen. Sie bezeichnen ihn als ihren edlen Ritter und vergessen großzügig, dass er Franzose war und folglich aus dem Land ihrer Erzfeinde stammte. Und auch an die Gräueltaten will sich keiner mehr erinnern, die er als Feldherr auf seinen Kriegszügen an mancher Stadtbevölkerung beging. Das könnte ja den Glanz der edlen Rüstung trüben, die sie ihm angedichtet haben.« Franz Leopold machte eine wegwerfende Handbewegung. »Nicht so wichtig. Ein großer Feldherr war er allemal.«

Sie näherten sich der Stadt. Die vereinzelten zwischen Gärten verteilten niedrigen Häuser wurden von mehrstöckigen Stadtpalais und Zinshäusern abgelöst. Die Kutsche überquerte einen lang gestreckten Platz, auf dem ein Brunnen eine unvorstellbar hohe Wasserfontäne in den Himmel spie, die alle umstehenden Gebäude um Längen überragte.

»Was für ein außergewöhnlicher Brunnen!«, bemerkte Ivy. »Wien scheint gutes Wasser im Überfluss zu haben.«

Franz Leopold schüttelte den Kopf. »Ganz im Gegenteil. Die Wasserversorgung war immer ein großes Problem. Vor allem wenn die Wien und die Donau durch Hochwasser verschmutzt wurden, brach immer wieder die Cholera aus. Aber seit einigen Jahren gibt es in Wien die Erste Kaiser-Franz-Joseph-Hochquellleitung, ein Wunder der modernen Technik: Sie sammelt das Wasser aus Quellen in den Bergen, die mehr als einhundert Kilometer entfernt sind. Mit dem Brunnen wollen sich die Erbauer wohl täglich an ihre großartige Leistung erinnern, die den Wienern endlich gutes Trinkwasser beschert.«

Sie fuhren weiter. Trotz der nächtlichen Stunde herrschte auf den Straßen noch reger Verkehr. Allerdings waren es eher schwer beladene Gefährte als Fiaker oder vornehme Privatkutschen, die sie in flottem Tempo überholten. Einige der Fuhrknechte schrien ihnen Verwünschungen hinterher und hoben die Fäuste, doch das schien Franz Leopolds Schatten Matthias, der auf dem Kutschbock saß, nicht zu stören.

»Über die großen Plätze darf man nur noch im Schritt fahren und in den restlichen Straßen der Stadt höchstens im kleinen Trab. Man kann die Unfälle kaum mehr zählen, die durch unvorsichtige Fiaker verursacht werden.« Franz Leopold grinste breit. »Aber die Männer der Sicherheitswache, die nachts auf Patrouille gehen, würden es nie wagen, eine Kutsche mit einem fürstlichen Wappen anzuhalten, um dem Kutscher ein Strafgeld aufzubrummen. So etwas trifft nur die kleinen Leute.«

»Das ist ungerecht!«, protestierte Alisa.

Franz Leopolds Augen glitzerten. »Ja, aber praktisch.«

Am Ende des Platzes bog Matthias in halsbrecherischem Tempo in eine erstaunlich breite Allee ein, die von prächtigen jungen Rosskastanien gesäumt wurde. Nur an einigen Stellen standen Platanen, denen das Wiener Klima aber nicht so recht zu bekommen schien.

»Matthias, kannst du etwas langsamer fahren, damit wir uns in Ruhe umsehen können?«, rief Ivy, die von dem Anblick der Prachtstraße ebenso beeindruckt schien wie Alisa.

Der Servient überholte mit einem eleganten Schlenker noch einen auf seinen Schienen dahingleitenden Pferdetramwagen, ehe er die Rösser in den Schritt zurückfallen ließ. Die Besucher sahen sich staunend um.

»Die Straße muss mehr als sechzig Schritt breit sein«, vermutete Alisa.

Franz Leopold nickte. »Ja, dort drüben verläuft die Reitbahn, das da ist der Fußweg und hier ist die Straße für die Pferdetram und die Kutschen. Einfache Karren müssen die Laststraße benutzen, die hinter diesen Häusern weiter außen um Wien herum verläuft.«

»Also eine Straße, die ausschließlich der Pracht und der Eitelkeit der Wiener Gesellschaft huldigt«, bemerkte Luciano spöttisch, der die Fahrt bis dahin geschwiegen hatte.

Franz Leopold wiegte den Kopf hin und her. »Wenn du damit meinst, dass sich der neureiche Geldadel hier ein Denkmal mit seinen Palais setzt, so muss ich dir recht geben. Kaum einer, der von altem Geblüt ist und zu den hoffähigen Familien gehört, hat sich hier an der Ringstraße ein Palais erbauen lassen. Die alten Barockpaläste stehen in der Herrengasse, die Sommersitze mit ihren Parkanlagen finden sich draußen vor dem Linienwall.

Die Kutsche passierte nun zur Rechten einen schönen Park, während sich links weiter ein vierstöckiges Palais mit Mezzanin am anderen reihte.

»Nach deinen abfälligen Worten über den neuen Geldadel zu schließen, wohnen die Dracas sicher nicht an der Ringstraße«, vermutete Alisa. »Ich würde sagen in der altehrwürdigen Herrengasse bei ihresgleichen?«

Franz Leopold ließ sich nicht provozieren. »Ersteres ja, Letzeres nein. Wir residieren standesgemäß im Palais Coburg auf der Braunbastei mit auf ewig garantiert freiem Blick über den Stadtpark.«

Gerade als der Dracas die Worte aussprach, endete die Häuserreihe zu ihrer Linken mit einem Palais, dessen Baustil an einen römisch-barocken Palast erinnerte. Ein terrassenartig abgestuftes Gartengelände mit niederen Pavillons unterbrach die sonst geschlossene Häuserzeile, um den Blick auf das dahinter aufragende Gebäude freizugeben.

»Ja, die Dracas residieren prächtig«, musste Luciano widerstrebend zugeben, als sein Blick über die vorgesetzten Säulenreihen glitt, die den Mittelbau beherrschten. Die zurückgesetzten Seitenflügel führten das Motiv als Halbsäulen harmonisch weiter. Das Dach wurde von Steinbalustraden bekränzt und von zahlreichen Skulpturen geschmückt. In respektvollem Abstand umkreisten ein halbes Dutzend Raben das Palais und seinen umzäunten Garten.

Selbstbewusst schien sich das Anwesen im hellen Mondlicht zu präsentieren. Die Grundfesten des Palasts erhoben sich etliche Meter über der Ringstraße, ja selbst über die Dächer der benachbarten Gartenbaugesellschaft. Fast wie eine mittelalterliche Feste auf ihrem Burghügel.

Franz Leopold nickte zustimmend, als Alisa den Gedanken aussprach. »Das ist nicht so falsch gedacht«, bestätigte er, als die Kutsche die ansteigende Straße hinauf in die Seilerstätte zur städtischen Fassade des Palasts rollte. »Wie ich vorhin sagte, ist das Palais auf der Braunbastei erbaut worden, das heißt auf der alten Stadtbefestigung. Im Mittelalter bestand diese nur aus Stadtmauer, Türmen und einem vorgelagerten Graben. Doch im sechzehnten Jahrhundert wurde sie zu einer sternförmigen Festung ausgebaut, mit vorstoßenden Basteien und den Mauerabschnitten dazwischen, die man Kurtine nennt. Davor nahm eine weite unbebaute Fläche, das Glacis, dem anrückenden Feind jede Deckung. Auf dieser Fläche wurde nach Abriss der Stadtbefestigung die Ringstraße errichtet. Von der alten Festung ist nur unter unserem Palais noch ein kleines Stück übrig geblieben. Ich kann es euch gern zeigen, es ist ein Teil der Kasematten, der ehemaligen Verbindungsgänge und Waffenkammern. Sie sind nicht nur als Pferdeställe zu gebrauchen.« Er grinste, dass seine spitzen Zähne im Lampenschein blitzten.

Matthias lenkte die Pferde in eine Toreinfahrt, die sich kurz darauf in ein Vestibül öffnete.

Luciano sah sich verwundert um. »Hier drin zu wenden, schafft nicht einmal Matthias.«

»Muss er auch nicht«, entgegnete Franz Leopold. »Dort führt der Kutschenumgang unter dem Gebäude weiter in einer Biegung bis zur Seilerstätte zurück.«

»Sodass sich die Dame des Hauses keinesfalls nasse Schuhe beim Aussteigen aus der Kutsche holen muss«, fügte Alisa mit affektierter Stimme an, die ein wenig an Franz Leopolds Cousinen erinnerte.

»Genau«, gab er zurück. »Es freut mich, dass selbst eine Vamalia die Notwendigkeit dieser Konstruktion erkennt.«

Obwohl die Art ihrer Wortgefechte Luciano an frühere Streitereien erinnerte, fand er, dass beider Tonfall weicher geworden war. Sie lächelten einander sogar an.

Ein Servient öffnete mit einer Verbeugung den Wagenschlag und reichte den Vampirinnen die Hand zum Aussteigen, ohne dass Luciano die Chance erhielt, Ivy seine Hilfe anzubieten.

»Meint er, wir würden ohne seine Hilfe über unsere eigenen Röcke fallen?«, murmelte Alisa ein wenig verärgert.

Ivy schüttelte den Kopf. »Es ist einfach nur eine Geste der Höflichkeit und der Ehrerbietung.«

»Der Dracas anderen Clans gegenüber? Das kann ich mir kaum vorstellen«, widersprach Alisa. »Du wirst doch nicht glauben, sie hätten sich geändert?«

Ivy lächelte ein wenig gezwungen. »Man darf doch wenigstens hoffen.«

»Pah, nicht auf Dinge, die unmöglich sind!«, gab Alisa zurück und warf dem Servient einen misstrauischen Blick zu. Der jedoch schien durch sie hindurch zu sehen. Hölzern verbeugte er sich.

»Darf ich die Herrschaften hier entlang die Treppe hinaufbitten? Sie werden in der Galerie erwartet.«

Die vier Freunde stiegen die Treppe zu einem von Säulenpaaren getragenen Vorplatz hinauf, wo die eigentliche Prunkstiege in die Beletage begann. Im ersten Stock mussten sie noch eine Vorhalle durchschreiten, ehe sich die Flügeltüren in die Galerie öffneten. Geblendet vom verschwenderischen Glanz der Kerzen in Kristalllüstern traten die Erben ein, um sich von den Oberhäuptern der Dracas zu einem weiteren Akademiejahr begrüßen zu lassen.

*

Die Raben umkreisten das Palais Coburg, ohne der um das Dach verlaufenden Steinbalustrade oder auch nur dem schmiedeeisernen Stafettenzaun, der um den Garten und die Terrasse verlief, zu nahe zu kommen. Es war, als hielte ein unsichtbarer Bann sie auf Abstand. Und dennoch schienen sie jede Bewegung rund um das Haus genau zu beobachten. Zwei von ihnen ließen sich auf dem First eines Pavillons nieder, der zur Anlage der Gartenbaugesellschaft gehörte, und beäugten die Gestalten, die sich vor dem Palais müßig auf der Terrasse ergingen. Zwei andere nahmen auf den Gaslaternen vor dem Haus gegenüber in der Seilerstätte Platz, während die anderen weiter ihre Runden um das Anwesen drehten. Sie konnten sehen, wie die Kutschen mit den Erben durch die Einfahrt verschwanden und kurz darauf zwei der Fahrzeuge aus einem anderen Tor auf die Straße zurückkehrten.

Einer der Raben, vermutlich der größte unter ihnen, dessen eines Auge weißlich trüb schimmerte, stieß unvermittelt ein heiseres Krächzen aus, worauf die anderen ihre Beobachtungsposten verließen und sich dem Rest des Schwarms anschlossen. Sie drehten noch eine Runde, ehe sie nach Nordwesten davonflogen.

Die Raben hielten auf den hoch aufragenden Turm des Doms zu und umkreisten ihn einmal, ehe sie ihren Weg fortsetzten. Kurz dahinter erhob sich die barocke Peterskirche mit ihrer weitgespannten Kuppel. Die Raben hatten sie noch nicht erreicht, als plötzlich Fledermäuse aus einer Öffnung in der Fassade des Ostturms zu quellen begannen. Erst waren es nur ein Dutzend, dann wurden es immer mehr, bis eine wogende Wolke die Raben einzuhüllen schien. Fledermäuse – selbst die großen Abendsegler mit ihrer Spannweite von mehr als einer Elle – zählten nicht gerade zu den Tieren, vor denen sich ein Rabe in Acht nehmen müsste. Eher im Gegenteil! Doch dieser Schwarm von Tieren, die sie immer dichter umhüllten und pfeilschnell mit ihrem schrillen Pfeifen von allen Seiten auf sie herabschossen, irritierte die Raben. Sie ließen sich von ihrem Weg abdrängen und ergriffen die Flucht. Erst über dem Michaelerplatz vor der Hofburg ließen die Fledermäuse von ihnen ab, zerstreuten sich und kehrten zur Peterskirche zurück.

Die Raben flogen einige Runden über den Dächern der Hofburg und spähten misstrauisch nach allen Richtungen, doch die Fledermäuse kehrten nicht wieder. Der Einäugige rief sie schließlich zusammen, um ihren Weg zum Währinger Friedhof fortzusetzen.

Er war einer der Friedhöfe, die Kaiser Joseph II. Ende des achtzehnten Jahrhunderts außerhalb des Linienwalls hatte anlegen lassen, nachdem auf sein Befehl hin aufgrund der schlechten Trinkwasserqualität die Kirchhöfe und Grüfte der Stadt geschlossen worden waren. Die meisten hier Begrabenen waren Patienten des allgemeinen Spitals im Alsergrund, das ebenfalls von Kaiser Joseph II. gegründet worden war und zu seiner Zeit als eines der besten und modernsten galt. Doch auch Ludwig van Beethoven ruhte auf dem mehrfach erweiterten Friedhof, Karoline Pichler und die Eltern Franz Schuberts.

Inzwischen jedoch hatte der Währinger Friedhof seine Tore längst geschlossen. Die Toten dämmerten still dem Zerfall entgegen. Kein Sterblicher störte ihre Ruhe, keine Gräber wurden mehr ausgehoben und kein Totenkondukt zog mit Wagen und Fackelträgern durch die inzwischen verrosteten Tore, seit Kaiser Franz Joseph im Süden der Stadt den riesigen Zentralfriedhof hatte anlegen lassen. Somit war hier ein geeigneter Rückzugsort, wo man keine Überraschungen fürchten musste.

Die Raben landeten auf einer düsteren Eibe inmitten des Friedhofs. Sie brauchten nicht lange zu warten, da bewegte sich die schwere Steintür einer Familiengruft mit einem schabenden Geräusch und eine Frau erschien in der Öffnung. Sie war groß und hager. Ihr langes, dunkles Haar rahmte das unnatürlich weiße Gesicht ein, das an Hals und Schläfe Narben trug. Die schwarzen Augen wurden von fein gebogenen Brauen überwölbt. Sie streckte die Hand aus. Der Einäugige erhob sich von seinem Ast, segelte herab und landete auf ihrem Arm.

»Was habt Ihr zu berichten?«, fragte die Frau mit rauer Stimme. Der Rabe öffnete den Schnabel, doch es drang kein Laut aus seiner Kehle. Dennoch nickte die Frau mit grimmiger Miene.

»Gut, dann wird es Zeit zu handeln.« Sie hob die Stimme. »Kommt alle hervor! Die Erben sind nun vollzählig im Haus der Dracas versammelt.«

Der Rabe erhob sich wieder in die Lüfte und kehrte zu seinesgleichen auf den Baum zurück, während überall auf dem Friedhof Stein auf Stein scharrte, sich Grüfte öffneten und Steinplatten über Gräbern zur Seite geschoben wurden.

DAS PALAIS COBURG

»Willst du mich nicht begleiten?« Bram Stoker schenkte seinem Freund noch etwas dunkelroten Portwein nach, der einen erdigen Geruch verströmte. Dem jungen Mädchen an seiner Seite reichte er eine frische Limonade.

Oscar Wilde trank einen Schluck und stellte dann das Glas mit einem breiten Lächeln ab. »Wohin? Nach Wien? Den verstaubten Habsburgkaiser und seine verrückte Kaiserin besuchen? Wobei die schöne Sisi zu dieser Jahreszeit vermutlich eher irgendwo hier in England halsbrecherische Jagden reitet, als an der Seite ihres Gatten das Reich zu regieren, oder zumindest das, was davon noch übrig ist. Der Kaiser zeigt eine seltene Gabe, Ländereien zu verlieren.«

»Du bist ein wenig ungerecht«, widersprach Bram Stoker. »Nur weil er sich in Italien überschätzt hat.«

»Nur? Es war eine maßlose Selbstüberschätzung, das oberste Kommando zu übernehmen!«, widersprach Oscar Wilde.

Bram nickte. »Ja, dass er kein General Radetzky ist, musste Kaiser Franz Joseph schmerzlich erfahren.«

»Er? Seine Armee! Sie wurde geradezu …«

Das Mädchen nippte an seiner Limonade und seufzte gelangweilt auf, was die beiden Männer davon abhielt, weiter über Politik zu sprechen.

»Und was ist mit dir, Latona? Möchtest du mich auf meiner Reise begleiten?«

Bram betrachtete das junge Mädchen an seiner Seite und versuchte, sich seine Sorge nicht anmerken zu lassen. Obwohl er es ihr den Sommer über an nichts hatte fehlen lassen, waren ihre Wangen eingefallen und unter ihrem eng anliegenden Mieder zeichneten sich die Rippenbögen ab. Sie war sicher schon immer schlank gewesen, doch ihre jetzige Erscheinung schien ihm nicht gesund. Und so sehr die Gesellschaft einen hellen Teint schätzte, ihre Blässe ließ sie fast geisterhaft erscheinen, was das dunkle Haar, das sie von ihrer italienischen Mutter geerbt hatte, noch betonte.

Vampirhaft, korrigierte Bram seine Worte und wieder spürte er die Sorge um sie wie einen Stich.

»Was soll ich in Wien?«, fragte das Mädchen ein wenig bockig.

»Mich ins Theater oder in die Oper begleiten? Vielleicht gar auf einen Ball, bei dem der berühmte Johann Strauss zum Walzer aufspielt?«, schlug Bram freundlich vor, ihren ablehnenden Tonfall ignorierend.

Latona wirkte nicht interessiert. War das für ein Mädchen ihres Alters normal? Vielleicht war sie kränker, als er dachte. Befallen von einer Seuche, die man unter Menschen sonst nicht kannte. Der Vampir hatte sie gebissen und ihr viel Blut ausgesaugt. War ihre Schwäche nur eine Folge des Blutverlustes oder ging etwas Unheimliches in ihr vor, das er nicht zu benennen wusste? Bram hätte sie längst auch gegen ihren Willen zu einem Arzt geschleppt, wenn er auch nur im entferntesten gehofft hätte, dort Hilfe oder zumindest eine Antwort zu finden.

War es möglich, dass sie sich nach und nach zu einem Wesen der Nacht wandelte, bis sie dem Vampir glich, der sie gebissen hatte?

»Ich war bereits in Paris in der Oper«, bemerkte Latona abweisend.

Oscar lachte hell auf. »Dass du das vergessen konntest, lieber Freund! Sie war schon einmal in der Oper und das sollte doch für die kurze Zeitspanne eines Menschenlebens genügen!«

Bram fiel in das Gelächter ein, während Latona schmollend die Lippen aufwarf. Die Männer gingen nicht darauf ein. Stattdessen wollte Oscar von seinem Freund wissen, was ihn dazu brächte, nach Wien zu reisen.

»Und nun sage nicht, die Oper und die Strauss-Walzer, denn das nehme ich dir nicht ab.

Bram lächelte ein wenig verlegen. »Nein, keines von beiden.«

Oscar verdrehte die Augen und warf Latona einen verschwörerischen Blick zu. »Was wollen wir wetten, dass es sich wieder um finstere Wesen der Schattenwelt handelt?«

Latonas trüber Blick schärfte sich unvermittelt und sie betrachtete die beiden Männer aufmerksam, während Oscar scherzhaft weitersprach.

»Irgendwelche Habsburger Blutsauger? Und ich will betonen, dass ich in diesem Fall nicht von den Bankiers der Ringstraße spreche. Gestehe, mein Freund! Ich sehe es in deiner Miene, dass ich dich bei der Planung eines weiteren haarsträubenden Unternehmens ertappt habe. Als ob die Sache mit dem Phantom der Oper nicht schon genug gewesen wäre!«

Bram wand sich, ehe er widerstrebend zugab: »Meine Reise nach Wien hat tatsächlich etwas mit Vampiren zu tun. Ich will mich mit einem Mann treffen, der zu Recht als Experte auf diesem Gebiet gilt.«

»Ein Vampirjäger?«, rief Latona, die nun hellwach wirkte. »Doch nicht etwa van Helsing?«

»Van Helsing? Nein, ist der denn in Wien? Das wäre mir neu.«

Latona schüttelte den Kopf. »Nein, ich dachte nur. Wer ist es dann?«

Doch mit ihrer unbedachten Bemerkung schien sie Bram auf eine Idee gebracht zu haben. »Van Helsing«, murmelte er und nickte dann. »Stimmt. Er wäre dafür der rechte Mann. Dass ich nicht früher daraufgekommen bin.«

»Worauf?«, drängte Latona, aber Bram ging nicht darauf ein, stattdessen beantwortete er die vorherige Frage.

»Ich habe mit einem Mann namens Ármin Vámbéry korrespondiert. Er ist Professor in Budapest, stammt aus Ungarn und hat dort – vor allem in den östlichen Provinzen in Siebenbürgen, aber auch in Serbien – die Phänomene des Vampirismus studiert. Nein, ich denke er ist kein Vampirjäger, der eine Klinge in ihre Herzen bohrt und ihnen den Kopf abschlägt, um deine Frage zu beantworten. Es ist ein Mann der Wissenschaft, von dem ich mir Aufschluss über die vielen Dinge zu verschaffen hoffe, die mir Kopfzerbrechen bereiten.«

»Na dann viel Erfolg, mein Freund«, wünschte Oscar und prostete ihm zu. »Ich kann leider nicht die Hoffnung hegen, ein schrumpeliger Vampirforscher aus Ungarn könnte meine Probleme lösen, die mir Kopfzerbrechen bereiten. Daher muss ich dich dieses Mal alleine ziehen lassen. Ich werde mich stattdessen einem Roman widmen. Vielleicht sollte ich über etwas recht Düsteres und Schauriges schreiben. Du siehst, mein Freund, dein Vampirfanatismus ist ansteckend wie Pest und Cholera.«

Bram schmunzelte. »Was schwebt dir vor? Willst du mich dann nicht doch zu Recherchezwecken nach Wien begleiten?«

Oscar hob abwehrend die Hände. »Nein, nein, keine Vampire. Keine Blutsauger, das verdirbt mir den Appetit. Wobei ich sagen muss, das Zeitlose an ihnen fasziniert mich. Wie wäre es, wenn ein Mann nicht alterte und immer jung und schön bliebe?«

»Einfach so?«, mischte sich Latona ein, die der Einfall anscheinend wider Willen faszinierte.

»Nein, nichts bekommt man einfach so. Solch Handel ist meist ein Teufelspakt, der am Ende die Seele kostet.«

»Vielleicht wäre es das wert, wenn man immer jung und schön bleiben könnte«, überlegte Latona.

Bram schüttelte den Kopf. »Es wäre nur eine Fassade, die irgendwann künstlich und leer wäre, sinnentleert, ohne die Erfahrung, die uns reifen lässt.«

Oscar sah interessiert von einem zum anderen. »Ah, die Geschichte wächst in mir heran. Eine Fassade sagst du? Ja, das ist gut. Ein Bildnis muss es sein, ein Porträt, das statt des Menschen zu altern beginnt. Mit einem düsteren Fluch …« Oscar sprang so unvermittelt auf, dass der Stuhl, auf dem er gesessen hatte, krachend umkippte. Latona zuckte zusammen, Oscar dagegen schien es nicht einmal bemerkt zu haben.

»Entschuldigt mich, entschuldigt mich. Ich muss das niederschreiben, ehe es wieder verfliegt.«

Mit abwesender Miene eilte er davon, während Bram den Stuhl aufhob und Latona ihm nachstarrte.

Eine Weile saßen sie sich schweigend gegenüber. Latona leerte ihre Limonade, Bram das Glas Portwein.

»Ich werde Sie nach Wien begleiten«, sagte Latona unvermittelt und fügte dann grummelnd hinzu: »Sie werden mich eh nicht alleine hier in London zurücklassen.«

Bram verbarg sein Lächeln, so gut es ging. »Nein, das könnte ich nicht verantworten, nachdem ich durch den Tod deines Onkels unverhofft zu deinem Beschützer erkoren wurde.«

»Es hat Sie niemand darum gebeten«, sagte Latona spitz.

»Nein, aber es ist ein Gebot des Anstands. Wie hätte ich dich schutzlos und alleine in Paris zurücklassen können?«

»Ich war weder allein noch ohne Schutz!«

Bram seufzte. »Ja, du warst in Begleitung eines Vampirs, der im Begriff war, dir das Leben zu nehmen.«

»Er hätte mich zu seinesgleichen gemacht und ich könnte nun für immer mit ihm zusammen sein«, widersprach das Mädchen heftig.

»Die Liebe kann Segen und Fluch sein. Und sie macht uns vermutlich blind. Ich verstehe dein Leiden, doch ich kann nicht zulassen, dass du dich diesem Vampir in die Arme wirfst. Du siehst nur seine betörend blauen Augen und seine schöne Gestalt, aber ich kann den Tod sehen, den er dir bringt.«

»Und deshalb nehmen Sie sich das Recht heraus, mich daran zu hindern, nach Malcolm zu suchen.«

Ihre Stimme klang bitter und Bram fragte sich, wie lange ihm das noch gelingen konnte. Wenn sie nicht zur Vernunft kam, dann war er machtlos. Irgendwann würde sie ihm entwischen und sich auf die Suche machen. Vielleicht hatte nur ihre noch immer andauernde körperliche Schwäche sie bisher daran gehindert.

Plötzlich verdrängte ein verstehendes Lächeln ihre Bitterkeit. »Ja, die Liebe macht uns blind. Träumen Sie nicht oft gar bei Tage von einem zarten Mädchen mit silbernem Haar? Und sagen Sie nun nicht, Sie seien ein verheirateter Mann und über solche Träume erhaben. Nein, seien Sie ehrlich! Ich kenne diesen Blick, der einen Schleier herabzuziehen scheint. Also beleidigen Sie mich nicht mit einer Lüge!«

Bram sagte nichts. Er wollte ihr nicht gestehen, dass die irische Vampirin Ivy-Máire Nacht für Nacht seine Träume erfüllte und dass die Sehnsucht, sie wiederzusehen, ihm manches Mal den klaren Verstand zu rauben drohte. War er deshalb so besessen davon, noch mehr über Vampire zu erfahren? Vielleicht. Jedenfalls stand sein Vorsatz fest. Er würde noch in dieser Woche nach Wien fahren und sich mit Ármin Vámbéry treffen.

*

Die Erben versammelten sich in der Galerie, einem beeindruckenden Raum mit vom Boden bis zur Stuckdecke reichenden Rundbogenfenstern. Dort hing eine Reihe lebensgroßer Porträts von Mitgliedern des Clans der Dracas. Luciano erkannte den Baron und seine Schwester Antonia. Die anderen Bilder zeigten vielleicht Clanführer früherer Jahrzehnte oder gar Jahrhunderte, wenn man von der Kleidung der Porträtierten auf ihre Lebenszeit schließen konnte. Ob sich unter den Dracas begabte Künstler befanden? Oder hatten sie die bevorzugten Maler gewandelt und zu Servienten gemacht, sodass sie über Jahrzehnte zu ihren Diensten stehen konnten? Dass die Vampire Menschen Modell gestanden haben konnten, erschien Luciano nicht sehr wahrscheinlich.

Wie erwartet, fiel die Begrüßung nicht gerade herzlich aus. Außer Baron Maximilian und Baronesse Antonia hatte Luciano bisher noch keinen der anderen Vampire gesehen, erkannte sie aber sofort als Mitglieder der reinen Blutlinie der Dracas. Schon alleine durch ihren hochmütigen Gesichtsausdruck, den sie ausnahmslos zur Schau trugen. Drei der Anwesenden schienen bereits zu den Altehrwürdigen zu gehören. Im Gegensatz zu den anderen war ihr Haar schlohweiß und ihre Haut spannte sich pergamentartig über ihre Schädelknochen. Doch selbst bei ihnen konnte man die legendäre Schönheit, die allen Dracas eigen zu sein schien, noch erahnen. Die anderen Clanmitglieder waren mittleren Alters, von hohem, schlankem Wuchs mit den edlen Zügen und dem dunklen Haar, das Luciano von Franz Leopold, seinem Vetter und seinen Cousinen her kannte. Dennoch sah er auch Unterschiede und musste zugeben, dass Franz Leopold der am besten aussehende aller Vampire hier in der Galerie war. Die schönsten Vampirinnen waren ohne Zweifel Baronesse Antonia und Anna Christina. Franz

Leopolds Cousine hatte sich zu Lucianos Erstaunen nicht zu den Erben gesellt, sondern stand abseits vor einem der hohen Fenster. Auch Alisa fiel dies auf. Sie beugte sich zu Luciano vor.

»Ich glaube, unsere allseits geliebte Anna Christina will uns demonstrieren, dass sie nicht mehr zu uns gehört und nicht vorhat, weiter an der Akademie teilzunehmen.«

»Verständlich. Vom Alter her kann man sie bereits zu den Erwachsenen zählen und zu lernen gibt es für sie hier im eigenen Haus ja auch nichts«, gab Luciano genauso leise zurück. »Vielleicht hat sie über den Sommer an ihrem Ritual teilgenommen und darf nun alleine auf die Jagd gehen.« Er konnte selbst den Neid in seiner Stimme hören. Alisa zuckte nur mit den Schultern. Ihr schien der Gedanke nicht so verlockend. Da fiel ihm auf, dass noch ein anderer junger Vampir in ihrer Gruppe fehlte.

»Malcolm ist ja gar nicht mitgekommen.«

Alisa nickte gequält. »Das ist mir nicht entgangen.« Die Enttäuschung stand ihr so deutlich ins Gesicht geschrieben, dass Luciano versucht war, nach ihrer Hand zu greifen, um sie zu trösten. Er hatte die seine schon erhoben, als er sie im letzten Moment wieder zurückzog. Nein, das war keine gute Idee. Sicher wäre es Alisa unangenehm zu wissen, was er in ihrer Miene gelesen hatte.

Wie rücksichtsvoll!

Luciano funkelte Franz Leopold wütend an. »Kann man denn keinen Gedanken mehr fassen, ohne dass du dich einmischst?«

Der Dracas hob lässig die Schultern. »Du wirst dich daran gewöhnen müssen, dass hier im Palais Coburg nur selten etwas geheim bleibt. Aber tröste dich, so interessant sind deine Gedanken nicht, dass es sich lohnte, länger bei ihnen zu verweilen.«

»Nun, wir werden ja sehen, wie es dir gefällt, wenn ich in deinem Gedächtnis herumwühle«, gab Luciano zornig zurück.

In seinem Kopf hallte ein spöttisches Kichern. *Du glaubst doch nicht etwa, deine geistigen Fähigkeiten würden ausreichen, diese hohe Kunst der Magie zu erlernen?*

Luciano wandte sich ab. Fast hätte er vergessen, was für ein Ekel Franz Leopold war. Heute übertraf er sich wieder einmal selbst. Da huschte ein Gedanke durch seinen Sinn, der ihn erstaunte. War der

Dracas vielleicht deshalb so schlecht gelaunt, weil auch ihm Alisas Enttäuschung über Malcolms Ausbleiben nicht entgangen war? Ein interessanter Gedanke, den Franz Leopold bezeichnenderweise nicht kommentierte. Dafür erklang eine andere Stimme in seinem Kopf, so schrill und laut, dass es wie eine Ohrfeige schmerzte. Luciano konnte nicht verhindern, dass er zusammenzuckte. Die Rüge klang wie das Kratzen von Fingernägeln auf einer Schiefertafel. Schmerzvoll verzog er das Gesicht. Es war ihm eine Genugtuung, in Franz Leopolds Miene den gleichen Schmerz wahrzunehmen. Doch wer von den Dracas dort vorne war es, der ihre Unterhaltung bemerkt hatte und sie für diese Unaufmerksamkeit strafte? Sein Blick blieb an den stechend schwarzen Augen einer Altehrwürdigen hängen, die ihn nicht gerade freundlich musterte. Ein eisiger Schauder lief ihm über den Rücken, als sie ihm zu verstehen gab, dass sie in den folgenden Monaten des Öfteren miteinander zu tun haben würden und dass sie ihn scharf im Auge zu behalten gedachte.

Das konnte ja heiter werden. Nun ja, schlimmer als bei ihren Lehrern für römische Geschichte, den Geschwistern Letizia und Umberto, die sich verdient den Spitznamen Folterknechte erworben hatten, konnte es kaum werden.

Bist du sicher?, feixte Franz Leopold.

»Ich hoffe es«, murmelte Luciano, ehe er seine Aufmerksamkeit wieder der Ansprache von Baron Maximilian zuwandte.

»Euer Unterricht beginnt jede Nacht um ein Uhr«, verkündete der Clanführer.

»Was, so spät?«, entfuhr es Alisa, während ihr Bruder Tammo und die beiden Pyras zufrieden nickten.

Der Baron runzelte die Stirn. »Ja, so spät. Ihr erwartet doch nicht etwa, dass unsere Dracas reinen Blutes euretwegen ein Jahr lang auf ihre Soireen, Bälle und Theaterbesuche verzichten?«

Alisa murrte kaum hörbar vor sich hin. »Als ob das wichtiger wäre als die Akademie der Erben!«

Luciano sah sie schmerzlich zusammenzucken. Offenbar hatte auch sie sich eine Rüge der Altehrwürdigen eingefangen. Der Baron beachtete sie nicht weiter, sondern übergab das Wort der

Baronesse. Diese ließ den Blick über die Erben schweifen. Um ihre Mundwinkel zuckte es, als sei ihr ein unangenehmer Geruch in die Nase gestiegen.

»Wir werden morgen mit dem Unterricht beginnen. Heute steht etwas Wichtigeres an. Ihr werdet anschließend in eure Gemächer hinaufgehen und euch von unseren Kammermädchen maßnehmen lassen sowie die Stoffe auswählen, damit die Schneider und ihre Näherinnen gleich in den Morgenstunden beginnen können. Ich werde es nicht dulden, dass ein Erbe reinen Blutes unangemessen gekleidet herumläuft, weder hier im Palais noch draußen in der Stadt! Und wir werden euch nicht nur neue Kleider schneidern lassen, sondern euch auch in den wichtigen Dingen der herrschenden Mode unterweisen, denn das, muss ich mit Entsetzen feststellen, scheint ihr dringend nötig zu haben!« Ihr Blick streifte missbilligend über Alisa in ihrem einfachen dunkelblauen Kleid und blieb dann mit einem Ausdruck von Ekel an den beiden Pyras hängen, die wirklich ein wenig aussahen, als seien sie gerade einer der Pariser Kloaken entstiegen.

»Und das aus dem Mund von jemand, der noch vor Kurzem im altmodischen Reifrock aufgetreten ist«, meinte Chiara, was Tammo und Fernand deutlich hörbar kichern ließ. Luciano wunderte es nicht, dass sie gleich darauf mit schmerzverzerrten Gesichtern verstummten. Die Dracas beherrschten offensichtlich subtilere Züchtigungsmittel als den Rohrstock, den die beiden Nosferas in Rom so gerne eingesetzt hatten. Allerdings keinesfalls angenehmere. Jedenfalls war Luciano froh, dass er sich in dieser Nacht für seinen neuen schwarzen Frack entschieden hatte, an dem sicher nichts auszusetzen war.

Als die Baronesse geendet hatte, klatschte sie in die Hände, worauf ein halbes Dutzend Vampirinnen in der Tracht von Kammermädchen herbeieilten und die Erben aufforderten, ihnen zu folgen. Natürlich waren sie alle Unreine und hatten vermutlich auch zu ihren Lebzeiten in einem adeligen oder großbürgerlichen Haushalt gedient. Kaum eine von ihnen schien das zwanzigste Lebensjahr erreicht zu haben, ehe sie zur Vampirin gewandelt wurde. Wie lange das schon her war, ließ sich nicht sagen.

Luciano verabschiedete sich von Ivy und Alisa, die in einen anderen Trakt geführt wurden als die Vampire. Immer zwei der Erben sollten sich ein Gemach teilen. Die Kammern waren im obersten Stockwerk, das wie das Mezzanin zwischen Erdgeschoss und der ersten der beiden Beletagen wesentlich niedriger gebaut war und nur kleine, quadratische Fenster besaß. Mit einem gewissen Groll stellte Luciano fest, dass die Erben der Dracas prächtige Gemächer in der zweiten Beletage besaßen. Jeder ein Zimmer für sich mit einem Himmelbett statt einem engen Sarg! Luciano teilte eine Kammer mit seinem Vetter Maurizio und dessen Kater Ottavio. In einem ungewohnten Anfall von Großzügigkeit bot ihm der Vetter sogar eine der Ratten an, die der Kater für ihn gefangen hatte. Luciano saugte geistesabwesend an ihr, während er sich mit misstrauischer Miene auf das Bett sinken ließ und ein wenig auf- und abfederte.

»Wie soll man auf so einer weichen Matratze schlafen können?«

Maurizio hob die Schultern. »Weich oder hart, das ist doch völlig gleich, wenn die Sonne erst einmal über den Horizont gestiegen ist. Viel mehr Sorge macht mir, dass wir hier den ganzen Tag über ungeschützt ohne einen Sargdeckel herumliegen sollen.« Er trat ans Fenster und untersuchte die schweren Vorhänge.

»Das wird wohl genügen, die Sonne abzuhalten«, meinte Luciano.

Maurizio brummte. »Eine Steinplatte oder wenigstens ein hölzerner Deckel wäre mir lieber.«

Ähnliche Besorgnis äußerte Alisa in ihrer Kammer im Südwestflügel, die sie mit Ivy und Seymour teilte, auch wenn die Dracas kein Geheimnis daraus machten, wie sehr ihnen die Anwesenheit des Wolfes in den prächtigen Räumen des Palais Coburg zuwider war. Aber vielleicht ahnten sie, dass sie in diesem Punkt bei Ivy auf Granit beißen würden. Anderseits, warum sollte sie der Widerstand einer Lycana interessieren, wenn sie sie für eine schwache Sechzehnjährige hielten? Oder hatte die mächtige Druidin, Ivys Mutter Tara, sich eingemischt?

»Du zerbrichst dir zu sehr den Kopf«, sage Ivy, ohne von ihrer

Reisekiste aufzusehen, aus der sie einige Bücher und ein paar andere Gegenstände, die ihr wichtig waren, in die Kleidertruhe neben ihrem Bett räumte.

»Und du wirst deinen Vorsätzen untreu, nicht ungefragt in fremde Gedanken einzudringen«, beschwerte sich Alisa. »Kaum sind wir im Haus der Dracas, färben deren üble Angewohnheiten schon auf dich ab!«

Mit betroffener Miene fuhr Ivy herum. »Verzeih! Es war wirklich keine Absicht. Das hat sich über den Sommer wieder so eingeschlichen.«

Alisa versuchte sich an einer strengen Miene, musste aber lachen. »Nun gut, wenn du Besserung gelobst, will ich dir noch einmal verzeihen. Aber ich werde deine Bemühungen streng überwachen, nicht dass Franz Leopolds schlechter Einfluss deine Vorsätze ins Wanken bringt.«

»Ich übe schlechten Einfluss aus? Wie schön! Dessen rühme ich mich doch gerne. Darf ich auch erfahren, was ich angerichtet habe?«

Wie immer war sein Auftritt makellos. Das Hemd blütenweiß und ordentlich gestärkt, die Masche – wie die Wiener die zu einer kleinen Schleife geschrumpfte Halsbinde nannten – sauber gebunden, den Frack perfekt auf seinen schlanken Körper zugeschnitten. Alisa schnitt ihm eine Grimasse, um ja nicht der Versuchung zu erliegen, sich in Bewunderung dieses Anblicks zu verlieren.

»Was willst du hier? Dies ist der Trakt der Erbinnen, wie dir bekannt sein dürfte. Ihr Dracas legt doch immer solch großen Wert auf Umgangsformen. Da müsstest du wissen, dass es sich für einen Mann nicht schickt, das Gemach einer Dame zu betreten.«

»Sie ist heute ein bisschen auf Streit aus«, sagte Franz Leopold zu Ivy und wandte sich wieder Alisa zu. »Wie wenig du doch über die Damen der Wiener Gesellschaft weißt! Ich fürchte, du wärst zutiefst schockiert, wenn ich dir verraten würde, was sich so alles in den Gemächern der Damen von Adel abspielt.«

Obgleich ihn Alisa mit sichtlicher Neugier ansah, fuhr der Dracas ungerührt fort. »Aber das ist ein anderes Thema. Ich will dir nicht deine kindliche Unschuld rauben. Ich bin lediglich gekommen, um euch zu fragen, ob ich euch durch das Palais führen soll, ehe ihr für das Maßnehmen eurer Garderobe strammstehen müsst.«

Ivy strahlte ihn an. »Gerne!«

Und auch Alisa nickte. »Ja, das ist eine gute Idee«, meinte sie mit einem versöhnlichen Lächeln. Und vielleicht würde er ihr ja später von den schockierenden Sitten der Wiener Gesellschaft berichten?

Vergiss es! Auf keinen Fall. Das wäre zu viel für dein Gemüt.

Luciano enthob sie einer Antwort. Er kam ihnen aus dem Nordostflügel entgegen und schloss sich ihnen bereitwillig für die Palastbesichtigung an.

»So wie ich Alisa und ihre Vorliebe für Abenteuerliches kenne, sollten wir tief unten in den Verliesen der Kasematten beginnen«, schlug Franz Leopold mit einem süffisanten Lächeln vor. Alisa nickte hoheitsvoll.

»Ja, ich finde die alten Befestigungsanlagen durchaus interessant.«

Sie folgten dem Dracas eine schmale Stiege hinunter, die vermutlich für die zahllosen dienstbaren Geister eines solchen Palasts gebaut worden war. Franz Leopold bestätigte die Annahme. »Ja, sie verbindet die Quartiere der Dienstboten unterm Dach mit denen im Mezzanin und im Erdgeschoss, wo sich auch der Küchentrakt, Vorratsräume, die Silberkammer, Wäsche- und Bügelkammer sowie die Wohnräume des Portiers, der Lakaien und der Kutscher befinden. Die Repräsentationsräume mit der Galerie, dem Speisesaal, dem Musikzimmer, dem Ballsaal, einem Konversationszimmer und einem Fechtsaal sind im Mitteltrakt der ersten Beletage um den Wintergarten angeordnet. Zumindest war das früher seine Bestimmung. Wir haben ihn in einen zweiten Tanzsaal umgewandelt und die Glasdecke für unsere Bedürfnisse verdunkelt.

Die Seitenflügel und die zweite Beletage waren für Gemächer des Herzogenpaars und anderer Familienmitglieder vorgesehen. Hier haben nun die Dracas reinen Blutes ihre Schlafzimmer. Baron Maximilian und die Baronesse residieren natürlich im Herzogentrakt.«

Sie erreichten das Ende der Treppe und folgten einem Gang,

der zunächst noch zum Souterrain eines herrschaftlichen Hauses passte. Doch dann betraten sie ein weites, aus Ziegeln gemauertes Gewölbe, das in einer Rampe in die Tiefe führte. Franz Leopold nahm eine Öllampe von der Wand, denn hier unten war es dunkel wie in den Höhlen von Aillwee. Immer wieder öffneten sich weite Räume, deren Kreuzgewölbe von quadratischen Säulen gestützt wurden. In einigen sahen sie Pferde auf einem Lager aus Stroh stehen, die sich genüsslich an einem Heuberg gütlich taten. In einer anderen Kammer standen zwei Kutschen. Wieder eine Ebene tiefer wurden die Gänge enger und niedriger. Sie lugten in Kammern, in denen altes Kriegsmaterial lagerte, und in einige, die eiserne Gitter in Kerkerzellen verwandelten. Alisa sah durch die Stäbe und betrachtete die hölzernen Pritschen und die Ketten an der Wand, die in eisernen Ringen endeten.

»Wozu braucht ihr diese Zellen?«

Franz Leopold hob die Schultern. »Es gibt Situationen, in denen sie sich als nützlich erweisen.«

»Vielleicht, um Erben anderer Clans bei Fehlverhalten zu disziplinieren«, schlug Luciano vor.

»Keine schlechte Idee«, pflichtete ihm Franz Leopold liebenswürdig bei.

»Und die Waffen?«, wollte Alisa wissen.

»Das sind nur Überbleibsel alter Zeiten, als die Festungsmauer Wien gegen Feinde fremder Länder verteidigen musste. Die Rampe dort drüben führte übrigens zu einem der Geschützstände, von dem man eine freie Schusslinie über das Glacis, aber auch quer entlang der Mauer bis zur nächsten Bastion hatte. Ein wesentlicher Fortschritt beim Festungsbau! Die erste Stadtmauer, die im Mittelalter noch unter den Babenberger Herzögen gebaut wurde, war, wie ich euch vorhin schon sagte, eine einfache Ringmauer. Das Geld dazu stammte übrigens aus England.« Er grinste süffisant. »Lösegeld für ihren König Richard Löwenherz, den die Babenberger auf der Heimreise von seinem Kreuzzug gefangen genommen hatten. Jedenfalls bauten sich die Wiener eine Mauer und schliefen von da an beruhigt hinter ihrem vermeintlichen Schutzwall – bis 1529 die Türken vor Wien standen.«

»Und? Gelang es ihnen, Wien einzunehmen?«, wollte Alisa wissen, die noch immer interessiert das ausrangierte Kriegsmaterial begutachtete.

»Nein, aber das war reiner Zufall. Die Mauern waren eigentlich schon sturmreif, als im Lager der Türken eine Seuche ausbrach und der Sultan sich mit seinem Heer zurückzog. Gerade noch einmal davongekommen, begannen die Wiener die Stadt in eine moderne Festung zu verwandeln. So wurden die Basteien nach den Vorbildern anderer Sternschanzen angelegt und unter ihnen die Kasematten, in denen wir uns jetzt befinden. Lange Zeit waren der Wall und die Mauer militärisches Sperrgebiet, und auch das Glacis musste für ein ungehindertes Schussfeld freigehalten werden. Als die Türken gut einhundert Jahre später wiederkamen, musste sich der Festungsbau bewähren.«

»Und hat er das?«, erkundigte sich Alisa.

»Na ja, so mehr oder weniger. Aber spätestens als Napoleon vor den Toren stand, waren auch diese Befestigungen überholt. Zwei Mal kapitulierte Wien vor dem Franzosenkaiser. Und als er das zweite Mal wieder abzog, ließ er die Bastionen beiderseits der Hofburg sprengen.«

»Warum?«

Der Dracas hob die Achseln. »Um die Habsburger zu demütigen, nehme ich an. Doch im Grunde genommen beendete Napoleon nur das, was die Wiener still und heimlich längst schon selbst begonnen hatten. Schon in den Jahrzehnten davor wurden Abschnitte des Glacis zu einem beliebten Ausflugsziel. Sie errichteten Pavillons und Kaffeezelte und bepflanzten die Wege mit Alleebäumen. Dann wurden die Bastionen freigegeben und bebaut. Das Kaiserhaus hatte es zuvor ja selbst mit dem Bau der Albertina vorgemacht. Nun kauften die Herzöge von Sachsen-Coburg mehrere Häuser und die Grundstücke auf der Bastion zusammen und errichteten diesen Palast.«

»Aber warum leben nun nicht die Herzöge von Sachsen-Coburg in diesem Haus, sondern die Dracas?«, wollte Ivy wissen.

»Vermutlich haben sie die gesamte Familie zu ihren Servienten gewandelt, um an das Palais zu kommen«, feixte Alisa.

Franz Leopold schmunzelte. »Auch keine schlechte Idee, allerdings nicht so einfach durchzuführen. Die Familie ist über ganz Europa verstreut. Sie betreibt eine ausgeklügelte Heiratspolitik und versucht mit viel Erfolg in sämtliche Königshäuser einzuheiraten. Sie sind mit den Habsburgern verbandelt, sitzen in Portugal und Belgien. Selbst die Mutter von Königin Victoria von England ist eine Sachsen-Coburg. Und sie haben ihre Finger nach Frankreich ausgestreckt, was letzlich dazu führte, dass wir Dracas in den Besitz des Palais gelangten. Die Familie der Coburger besitzt in und um Wien mehrere Anwesen. Dieses Palais war für den Stammhalter August Ludwig von Sachsen-Coburg bestimmt. Der aber heiratete Clementine von Orléans-Bourbon, die Tochter des sogenannten französischen Bürgerkönigs. Doch die Herrschaften wollten nicht in Wien wohnen. Es gab in den Jahrzehnten nach Napoleon noch zu viele Ressentiments gegen die Franzosen. Den Ausschlag hat für den Herzog allerdings gegeben, dass der Kaiser ihm den Titel ›Hoheit‹ nicht zugestehen wollte, der ihm aufgrund seiner Ehe zustand. Da verkaufte der Coburger lieber das eben erst fertig gewordene Wiener Palais an eine andere edle in Wien ansässige Familie …«

»… mit dem klingenden Namen Dracas«, ergänzte Alisa und lachte.

Franz Leopold nickte. »So ist es. Seit mehr als dreißig Jahren also residieren die Dracas hier, nachdem unser altes Palais für die Familie und unsere immer zahlreicher werdenden Servienten zu eng geworden war.«

»Ja, das mit den Dienstboten ist schon ein Problem«, meinte Alisa in gespieltem Ernst. »Man muss ja wenigstens ein Mindestmaß an Bequemlichkeit sicherstellen!«

Franz Leopold führte sie über die Rampe ins Palais zurück, das sie bei der Kutschenumfahrt im unteren Geschoss betraten.

»Und wie kam es dann dazu, dass die ganze Stadtmauer abgerissen wurde?«, drängte Alisa, die wie üblich nie genug bekommen konnte, während sich Luciano immer wieder bei dem Gedanken ertappte, wann die Dracas ihnen endlich etwas zu Trinken besorgen würden.

Franz Leopold redete jedoch unbeirrt weiter, während sie die Prunktreppe hinaufstiegen und von einem prächtigen Raum in den nächsten wanderten.

»Das war die Entscheidung des Kaisers, die beengte Stadt endlich aus ihrem Korsett zu befreien, gegen seine militärischen Berater, die die Befestigungen – wenn sie schon nicht mehr gegen ausländische Feinde taugten – zumindest gerne weiter erhalten hätten, um den gefährlichen Pöbel der Arbeiter aus den Vorstädten von der Innenstadt fernzuhalten. Doch Kaiser Franz Joseph sprach ein Machtwort: ›Es ist mein Wille‹, schrieb er an Weihnachten siebenundfünfzig. Bereits zwei Jahre später fielen die Mauern und Johann Strauss komponierte seine ›Demolierpolka‹. Das war der Beginn der Ringstraße, seiner Oper und Theaterhäuser, der Kaiserlichen Museen und der Palais der Ringstraßenbarone.«

Eine zierliche Servientin, die kaum älter als zwölf Jahre schien, kam auf sie zugetrippelt und knickste vor Franz Leopold.

»Herr, ich soll Euch ausrichten, im Speisezimmer ist für alle Erben serviert. Wenn Ihr mir bitte folgen wollt.«

Franz Leopold bedachte sie mit einem Nicken und entließ das Mädchen mit einer nachlässigen Handbewegung.

»Ah, so geht man mit dem Personal um. Ist das nun die erste Lektion, die wir hier lernen?«, ereiferte sich Alisa.

»Was willst du? War ich etwa unhöflich zu ihr oder habe sie beleidigt?«, fragte Franz Leopold verwundert.

»Nein, aber diese unerträgliche Überheblichkeit in jedem Wort und jeder Geste, als seist du etwas Besseres.«

»Ich *bin* etwas Besseres! Wie kannst du einen Dracas reinen Blutes mit einer Unreinen, dem Kind einer Wäscherin aus der Vorstadt, gleichsetzen?«

Alisa stieß einen Laut des Unmuts aus, folgte ihm jedoch wie aufgefordert ins Speisezimmer. Luciano konnte einen Seufzer der Erleichterung nicht unterdrücken. Er bot Ivy den Arm und schritt mit ihr hinter Franz Leopold her.

MIT SCHWERT UND DEGEN

In der darauffolgenden Nacht konnte Alisa es kaum erwarten, dass der Unterricht endlich anfing.

»Was sie uns wohl alles beibringen werden? Ich bin gespannt, womit wir beginnen.«

Ruhelos ging sie seit Mitternacht auf und ab, während Ivy auf einem Polsterstuhl am Fenster saß und las, Seymour zu ihren Füßen. Franz Leopold hatten sie seit dem gemeinsamen Mahl im Speisezimmer nicht mehr gesehen. Luciano flegelte sich im Salon, den man den fremden Erben in einem Seitenflügel zugewiesen hatte, auf ein Ruhebett und gähnte.

»Alisa, nun hör endlich mit dieser Herumrennerei auf. Du hast eine sonderbare Vorstellung von einer angenehmen Nacht. Wie kann man nur so versessen darauf sein, von einem Dracas in die Mangel genommen zu werden?«

Alisa hielt inne und runzelte vorwurfsvoll die Stirn. »Willst du denn gar nicht vorankommen? Denke nur, was sie uns hier alles beibringen können. Ich kann es kaum erwarten, endlich zu lernen, wie man in den Geist eines anderen eindringt, seine Gedanken liest oder gar beeinflusst. Ich habe gehört, einige Dracas schaffen es, ohne dass derjenige es überhaupt bemerkt.« Ihre Augen glänzten vor Begeisterung. Luciano dagegen sah unbehaglich drein.

»Ja, diese Gerüchte sind mir auch zu Ohren gekommen und ich finde sie eher beunruhigend als einen Grund zur Begeisterung. Jedes Mal, wenn ich einem Dracas auch nur begegne, fühle ich mich so nackt, als trüge ich nicht einmal ein Hemd auf dem Leib.«

»Was für eine schauderhafte Vorstellung«, erklang die vertraute Stimme Franz Leopolds von der Tür her.

»Wo warst du?«, beschwerte sich Alisa. »Ist das etwa höflich, seine Gäste einfach sich selbst zu überlassen?«

Franz Leopold verbeugte sich spöttisch. »Verehrte, ich bin untröstlich, dass du dich langweilen musstest. Hast du kein spannendes Buch in deiner Reisekiste mitgebracht? Dann darf ich dich zu einem Besuch unserer Bibliothek auffordern.«

Alisa machte eine wegwerfende Handbewegung. Obwohl es nicht viel gab, das sie mehr begeisterte als ein gutes Buch, stand ihr nun der Sinn nach anderer geistiger Nahrung.

»Übrigens, damit ihr dieses schwere Schicksal nicht wieder erleidet, habe ich für die nächsten Abende ein Unterhaltungsprogramm organisiert, bei dem ihr Wien ein wenig kennenlernen könnt.«

»Was für ein schöner Einfall, Leo!« Fast hätte ihn Alisa in ihrer Freude umarmt. Sein spöttisches Lächeln hielt sie gerade noch rechtzeitig zurück. Rasch ließ sie die Arme wieder sinken und verschränkte sie hinter ihrem Rücken. Auch Ivy und Luciano freuten sich sichtlich.

»Wunderbar«, strahlte Alisa. »Und weißt du auch schon, was wir heute lernen werden?«

»Wobei wir wieder beim Thema wären«, stöhnte Luciano.

»Soviel ich gehört habe, wird es heute wohl nichts mit der von dir so herbeigesehnten geistigen Nahrung.«

»Der Unterricht fällt aus?« In Alisas Miene breitete sich solches Entsetzen aus, dass Luciano lachen musste und auch Franz Leopold schmunzelte.

»Nein, ganz so fürchterlich wird die Nacht nicht. Es handelt sich aber eher um körperliche Ertüchtigung.«

»Was? Sinnlos durch die Gegend rennen wie in Irland?«

Nun war es an Luciano, entsetzt dreinzuschauen. Franz Leopold und Ivy sahen einander lachend an.

»Wie schwer es doch ist, es allen recht zu machen. Allerdings haben die Dracas sicher nicht vor, mit uns im Stadtpark auf und ab zu laufen oder gar ganz unschicklich über die Ringstraße zu rennen.«

Franz Leopold nickte hoheitsvoll. »Unsere Ivy ist wieder einmal die Weisheit in Person. Nein, wir werden uns in der Handhabung diverser Waffen üben, wie es schon seit jeher in adeligen Kreisen Brauch ist.«

»Nur bei den *Männern* von Adel«, vermutete Alisa mit einer Grimasse.

Franz Leopold ließ seine Zähne aufblitzen. »Das hast du klug erkannt, aber du brauchst nicht in Verzweiflung zu versinken. Wir Dracas sind der Meinung, dass es auch einer Vampirin nicht schadet, mit einer Klinge umgehen zu können. Das Fechttraining fördert Geschick und Beweglichkeit, was Herren und Damen gleichermaßen auch beim Tanz zugutekommt.«

Ivy schüttelte sich vor Lachen. Sie legte ihr Buch beiseite und erhob sich. »Ihr seid um keine Ausrede verlegen, das muss man euch lassen. Nun gut, dann lasst uns fechten lernen. Wir mussten ja bereits in Irland erleben, dass es von Vorteil ist, diese Kunst zu beherrschen. Und ich muss sagen, ich war von Anna Christinas Fechtkünsten sehr beeindruckt.«

Alisa nickte. »Ja, auch wenn ich es ungern zugebe, sie ist exzellent! Ich werde mich sehr anstrengen müssen, um sie jemals zu besiegen.«

Es freute sie nicht, dass Franz Leopold zustimmend nickte. »Ja, wenn du das vorhast, solltest du dich Nacht für Nacht auf ausgedehnte Übungsstunden einstellen. Anna Christina hat dir nicht nur viele Jahre Training voraus, sie besitzt auch Talent! Und nun kommt mit hinauf in eure Kammern. Eure Kleider für die Trainingsstunden liegen schon für euch bereit.«

Eine halbe Stunde später trafen sie sich in dem von den Coburgern »Sitzsaal« genannten Raum im Nordostflügel hinter dem großen Ballsaal, der nicht nur eine ansehnliche Sammlung von allerlei Waffen aus verschiedenen Epochen enthielt, sondern mit seiner großen freien Fläche und dem federnden Holzboden ein ideales Übungsfeld bot.

Staunend traten die ganz in Weiß gekleideten Erben ein und sahen sich um. Die Vampire trugen bequeme Hosen und kragenlose Hemden, die Vampirinnen Kleider mit einfachen weiten Röcken, die gerade einmal bis zu den Waden reichten, und flache, bis über die Knöchel geschnürte Schuhe. Nur Ivy und die beiden Pyras zogen es vor, barfuß zu fechten.

Tammo pfiff anerkennend durch die Zähne. »Mit diesen Waffen kann man eine ganze Armee ausrüsten.« Er strich mit dem Finger über die lange Schneide eines Schwertes von mehr als zwei Schritt Länge.

»Au! Die ist ja richtig scharf.« Er steckte sich den blutenden Finger in den Mund.

»Was hast du gedacht?«, spottete Fernand. »Dass wir hier mit Kinderschwertern aus Holz fechten?«

»Stellt euch dort in zwei Reihen auf. Die Herren auf die rechte Seite, die Damen auf die linke.«

Zwei Dracas standen in der Mitte des Raumes. Sowohl der Vampir als auch die Vampirin mussten so um die dreißig Jahre alt sein und waren rein äußerlich typische Vertreter der Familienmitglieder reinen Blutes. Die Dracas hatte ihr langes Haar mit einem einfachen Band zurückgebunden. Nun stand sie reglos da, den Blick auf die Reihe der Erbinnen gerichtet. Der Vampir dagegen, der sich als Theodor und seine Partnerin als Caroline vorstellte, schritt durch den Raum.

»Eine Waffe zu führen, war von jeher Ehre und Pflicht der freien Männer von Adel. Es war eine Ehre, eine Klinge an seiner Seite tragen zu dürfen, und es war die Pflicht, für seinen Herrn und für das Land zu kämpfen. Später erhielten auch Studenten und freie Bürger das Recht, eine Waffe zu tragen. Im frühen Mittelalter zogen Kempen – freie Lohnfechter – durch das Land und boten ihre Fertigkeiten an. Sie waren Außenseiter, trugen kurze Haare und kurze Röcke, und sie fochten Gottesurteile für Alte, Frauen und Gebrechliche. Der Kempe, der im Kampf unterlag, besiegelte nicht nur das Schicksal seines Auftraggebers. Er verwirkte auch sein eigenes Leben, wenn er es nicht bereits im Kampf verlor. Mit solchen Schwertern kämpften sie in diesen Zeiten.«

Mit einer raschen Bewegung hob er eine Klinge von der Wand und schleuderte sie hoch in die Luft. Sie wirbelte hinauf bis fast unter die Decke und fiel dann genau in der Mitte des Raumes herab, als wolle sie der Dracas Caroline den Schädel spalten. Im letzten Moment trat diese einen Schritt zur Seite. Sie riss den Arm hoch und hielt den Schwertgriff sicher in der Rechten. Alisa nickte anerkennend und auch die anderen warfen sich Blicke zu.

Theodor griff sich ein weiteres Schwert von der Wand und schnellte mit zwei riesigen Sprüngen in die Saalmitte, wo die Klingen mit einem ohrenbetäubenden Krachen aufeinanderprallten. Es folgte ein kurzer Wirbel der Klingen, dem man kaum mit dem Blick folgen konnte. Funken sprühten. Allen wurde schnell klar, dass die Dracas Caroline nicht nur als Theodors Assistentin mitgekommen war. Sie besaß Kraft und Geschicklichkeit, die seiner in nichts nachstand. Es war nicht zu erkennen, ob es einem der Dracas gelang, sich einen Vorteil zu erfechten.

Da hoben die beiden Kämpfenden unvermittelt die Klingen an und traten einige Schritte auseinander.

»Dies ist ein typisches Normannenschwert aus dem elften Jahrhundert«, sprach Theodor so ruhig weiter wie zuvor, als habe er sich gar nicht bewegt. »Seht die breite, nahezu stumpf zulaufende Klinge, den pilzförmigen Knauf und die kurze Parierstange. Bereits einhundert Jahre später veränderte sich die Form entscheidend. Die Klingen wurden schmäler und liefen spitz zu, der Knauf bekam die Form einer Mandel.«

Während er sprach, trat Caroline an die Wand und nahm die entsprechenden Waffen von ihren Halterungen. Sie warf ihm beide Schwerter zu, die er geschickt an den Griffen auffing. Die in der Linken behielt er, die andere schleuderte er zurück. Nun fing auch Caroline das Schwert mit der Linken und focht auf diese Weise genauso schnell und hart wie zuvor. Die Erben begannen zu ahnen, dass es nicht leicht werden würde, ihre Lehrmeister zufriedenzustellen.

»Im dreizehnten Jahrhundert kamen in Frankreich panzerbrechende, keilförmige Stichklingen auf, die sich im Deutschen Reich aber erst mehr als einhundert Jahre später durchsetzten«, fuhr nun Caroline fort. »Klingen und Griffe wurden zunehmend länger, es formte sich aber auch ein kurzes Hiebschwert heraus, das bei den Landsknechten zur Zeit der Bauernkriege beliebt wurde. Katzbalger nannten sie es.«

»Und diese riesigen Schwerter dort drüben?«, wollte Tammo wissen, der dem Thema mit sichtlicher Begeisterung folgte. Zu Alisas Überraschung rügte Theodor den Vamalia nicht für seine Unterbrechung. Nein, er forderte ihn sogar auf, zwei der Schwerter von der Wand zu nehmen und zu ihm zu bringen.

»Die sind trotz ihrer Länge gar nicht so schwer«, wunderte sich Tammo, dem die aufgerichteten Waffen – obwohl auch er über den Sommer deutlich gewachsen war – bis zur Nasenspitze reichten. Theodor nahm ihm eines der Schwerter aus der Hand.

»Nein, behalte das andere«, wehrte Caroline ab, als er es ihr geben wollte. »Sieh dir an, wie Theodor den Griff umfasst. Dann stell dich hier drüben auf, die Klingenspitze ein wenig höher, dass sie auf seine Brust zeigt.«

Alisa sah, wie sich Zweifel in der Miene ihres Bruders verfestigten.

»Vielleicht war es kein so gesunder Einfall, den Dracas bei seinem Vortrag zu unterbrechen«, hörte sie Jeanne murmeln.

»Bist du bereit?«

Tammo nickte, obwohl man ihm ansehen konnte, wie mulmig ihm zumute war. Alisa fragte sich, ob sie um ihren Bruder fürchten musste.

Es war der kürzeste Kampf, dem sie jemals beigewohnt hatte. Sie nahm aus den Augenwinkeln wahr, dass Theodor sich bewegte. Ein einziges Klirren, und das riesige Zweihänderschwert wurde Tammos Händen entrissen, wirbelte durch die Luft und landete in Carolines Hand. Tammo dagegen griff sich an die Wange, die nun von einer roten Linie geteilt wurde, aus der Blut herabzurinnen begann.

»Die Wunde ist nicht besonders tief«, sagte Ivy und hielt Alisa an der Hand fest, die beinahe zu ihrem Bruder gestürzt wäre. »Das wird ihn nicht umbringen.«

»Nein«, gab sie zu. »Aber vielleicht erinnert es ihn daran, das nächste Mal den Mund zu halten.«

»Du kannst auf deinen Platz zurückkehren.« Ungerührt fuhr Theodor mit seinem Vortrag fort, während sich Tammo mit einem schiefen Lächeln in die Reihe zurückstellte.

»Steht dir nicht schlecht«, sagte Fernand, der den Schnitt begutachtete.

»Im späten Mittelalter und in der frühen Neuzeit, als die Städte und ihr Bürgertum erstarkten, kamen neben dem Beruf des Fechtmeisters für junge Adels- und Bürgersöhne Fechtgesellschaften auf. Bekannt wurden die Marxbrüder und die Federfechter. Sie trafen sich alljährlich zur Herbstmesse in Frankfurt am Main, wo ihr Hauptmann gewählt und neue Meister aufgenommen wurden. Das Fechten wurde zum gesellschaftlichen Ereignis. Doch ehe wir mit dem siebzehnten Jahrhundert zum Niedergang des Schwertkampfes und zum Aufkommen neuer, leichter Stichwaffen kommen, fangen wir heute mit den Grundpositionen oder auch Huten genannten Stellungen des Schwertkampfes an.« Noch während er sprach, nahm Caroline Schwerter von der Wand und warf sie den Erben zu, die sich bemühten, die Waffen am Griff aufzufangen. Dass dies den Dracas gelang, wunderte niemand. Doch auch Alisa, Ivy und sogar Luciano fingen ihre Schwerter auf. Nur Chiara fiel das ihre aus den Händen und auch Raymond ließ das seine fallen. Maurizio ergriff die Klinge und schnitt sich böse, während Tammo nun auch noch einen Kratzer an der Hand dazu bekam.

»Und nun sucht euch einen Gegner.«

Franz Leopold trat als Erster vor und verbeugte sich vor Alisa. Sie wusste nicht, ob sie sich darüber freuen oder ihn fürchten sollte.

»Fürchten ist sicher nicht falsch«, sagte er mit blitzenden Augen. »Ich bin ein brillanter Fechter!« Das konnte nicht einmal Alisa als seine übliche Angeberei abtun.

Fast so schnell wie der Dracas wählte Luciano seine Partnerin und verbeugte sich vor Ivy. Tammo wollte sich mit Fernand messen, Joanne mit Maurizio. Chiara stand der Schreck ins Gesicht geschrieben, als sich Karl Philipp vor ihr verbeugte.

»Ich breche ihm alle Knochen, wenn er meiner Cousine etwas antut«, knirschte Luciano, dem das ebenfalls nicht gefiel. Das nächste Paar war Sören gegen seinen Lycanafreund Mervyn. Und dann forderte Rowena Marie Luise auf. Raymond blieb übrig, doch Caroline brauchte nicht lange, ihm eine Partnerin zu besorgen. Mit blitzenden Augen griff Anna Christina, die noch in ihrer rotseidenen Abendgarderobe steckte, zum Schwert.

»Ruhe!«

Das Flüstern und Tuscheln verstummte und alle Augen richteten sich auf die Fechtlehrer.

»Der erste Begriff, den ihr lernen müsst, ist die Mensur. Das ist der Abstand der beiden Kämpfenden. Bei der weiten Mensur erreicht der Ort – das ist der Bereich der sich verjüngenden Klingenspitze – bei vorgestrecktem Schwert die Klingenmitte des Gegners. In der mittleren Mensur kann der Ort die Schläfe des Gegners erreichen.« Während er sprach, demonstrierte er mit Caroline die Stellungen.

»In der nahen Mensur ist man nur noch auf Armeslänge voneinander entfernt. Hier kommen Knauf- und Halbschwerttechniken zum Einsatz, zu denen wir später kommen.«

Sie nahmen wieder die weite Mensur ein.

»Lektion zwei. Stellung und Schrittfolgen. Ich kann euch nur warnen. Unterschätzt niemals die Wichtigkeit richtiger Schrittfolgen! Sie sind die Grundlage für eine ausbalancierte Klingenführung. Schafft der Gegner es, euch aus dem Gleichgewicht zu bringen, habt ihr verloren. Ihr seid nicht mehr in der Lage, kraftvolle Schläge auszuführen, und es wird ihm ein Leichtes sein, euch das Schwert aus der Hand zu schlagen.«

Alisa nickte eifrig und hoffte, sie würde den Ratschlag stets beherzigen können. Nein, sie wollte Franz Leopold kein zu leichtes Spiel bieten.

»Nun zu den Schritten. Stets geöffnete Grundstellung, je nach Schwertarm links oder rechts, dann Passschritt, Nachstellschritt, Ausweichschritt und Doppelschritt.« Wieder demonstrierten die beiden Dracas die Schritte erst langsam und dann blitzschnell. Die Erben versuchten, es ihnen nachzumachen.

»Und dann natürlich der Ausfallschritt!« Bei diesen Worten hechtete er nach vorne und fing den Schwung auf dem weit vorgesetzten Bein ab, sodass das hintere Bein völlig gestreckt war. Schwertarm und Klinge schnellten nach vorn.

Jedem anderen Gegenüber hätte der Ausfall vermutlich den Leib durchstoßen, doch Caroline machte – ohne die Miene zu verziehen – einen raschen Ausweichschritt, sodass die Klinge ins Leere stieß.

Theodor ließ die Erben ein paarmal die Schritte üben, ehe er fortfuhr.

»Und nun, wie angekündigt, zu den Huten. Diese sind die Anfangs- und Endstellungen jedes Schwertstreiches. Fangen wir mit den Grundhuten an.«

Er richtete die Klinge auf und hob den Griff bis auf Schulterhöhe. »Vom Tag.«

Die Klinge kippte nach vorn und zeigte auf seine Gegnerin. »Ochs.«

Nun nahm er die Hände auf Hüfthöhe, wobei die Klinge schräg nach oben zeigte: »Pflug.«

Zuletzt ließ er die Klinge nach unten sinken. »Und Alber. Die Nebenhuten zeige ich euch später. Nun nehmt nacheinander die Grundhuten ein. Auf mein Kommando: Vom Tag, Ochs rechts, Ochs links, Pflug rechts, Pflug links, Alber, vom Tag und von vorn.«

Falls einer von ihnen gedacht hatte, es würde einfach werden, so musste er spätestens jetzt einsehen, dass es gar nicht so leicht war, alleine diese wenigen Bewegungen präzise und flüssig auszuführen – ohne bisher auch nur an einen Kampf zu denken!

»So, nun schneller: Vom Tag rechts, Ochs links, Pflug rechts, Ochs rechts, Alber ... Nun macht schon. So schwer ist das nicht, konzentriert euch.«

Die beiden Dracas gingen mit kritischen Blicken die Reihen entlang und kritisierten alle gnadenlos, während die Befehle der wechselnden Huten wie Peitschenhiebe auf sie herabprasselten. Wen wunderte es, dass nur die Erben der Dracas keine Kritik einstecken mussten. Alle waren brillant – außer vielleicht Marie Luise, die sich bei Weitem nicht so geschickt anstellte wie die anderen jungen Dracas. Alisa kam nicht umhin zu bewundern, wie elegant und präzise Franz Leopold die Bewegungen ausführte.

»Heb dir deine Bewunderung für später auf! Konzentriere dich lieber auf deine eigenen Übungen.« Franz Leopold legte sein Schwert weg und korrigierte ihre Handhaltung, die Neigung der Klinge und die zu starke Drehung in der Hüfte.

»Noch mal!«

Alisa kam sich unbeholfen und schwerfällig vor, dabei war das Schwert nicht einmal annähernd so schwer, wie sie angenommen hatte. Ja, es lag gut ausbalanciert in der Hand und konnte nicht als Ausrede dienen.

Stunden verstrichen und noch immer schallten die Kommandos durch den Raum. Alisa fühlte, wie ihr Arm langsam schwer wurde und es sie Mühe kostete, sich zu konzentrieren.

»Nicht nachlassen!«, rief Luciano ausgelassen und ließ das

Schwert von einer Hut in die andere gleiten. Alisa ließ ihre Klinge sinken und starrte ihn verdutzt an. Viele der Erben zeigten inzwischen Anzeichen von Ermüdung oder Lustlosigkeit, doch Luciano war mit Feuereifer dabei und machte seine Sache gut.

»Was ist?«, rief er. »Warum starrst du mich so an?«

»Ich erkenne dich nicht wieder«, gab Alisa mit einem Kopfschütteln zu. »Ich kannte einmal einen kleinen, dicklichen Vampir vom Clan der Nosferas, der in Rom nach wenigen Schritten Laufen außer Puste kam und uns in Irland bei den Übungen gehörig die Ohren vollgejammert hat.«

»Diesen Vampir gibt es nicht mehr!«, gab Luciano zurück.

»Nein, diesen Vampir gibt es nicht mehr«, wiederholte Alisa mit Staunen. »Nun habe ich die Ehre, einen großen, gut aussehenden Nosferas kennenzulernen, der Geschmeidigkeit und Ausdauer mitbringt und Talent im Schwertkampf zu besitzen scheint.«

Während Luciano über das ganze Gesicht strahlte, zischte Franz Leopold: »Übertreibe nicht so, sonst wächst er vor Stolz gleich noch ein paar Zoll.«

Theodors Stimme hallte durch den Raum und gebot den Erben innezuhalten und sich in der Grundposition aufzustellen. »Wir schließen die heutige Fechtlektion mit einer ersten Kampfübung. Damit diese nicht gleich im Chaos endet und wir uns mit abgetrennten Gliedmaßen herumärgern müssen, werden die Kontrahenten hier zu meiner Linken zuerst nur Angriffe führen und die zu meiner Rechten diese parieren. Dann wechseln wir.«

Franz Leopold präsentierte sein Schwert und nickte Alisa mit grimmiger Miene zu. »So, dann wird es endlich doch noch ernst!«

Alisa schluckte trocken. Der Satz mit den abgetrennten Gliedmaßen gefiel ihr gar nicht. Unauffällig prüfte sie die Schärfe der Schwertkante mit dem Daumen. Nein, dies war keine für einen ernsthaften Kampf geschärfte Klinge.

»Fürchtest du, ich könnte dir dein schönes Gesicht zerschneiden?«, erkundigte sich Franz Leopold.

»Das halte ich durchaus für möglich«, gab Alisa zu, in Gedanken damit beschäftigt, dass der Dracas ihr Gesicht als schön bezeichnet hatte.

»Aufstellung, weite Mensur, achtet auf den korrekten Stand. Ihr beginnt mit der Grundhut Pflug. Und los.«

Alisa war zuerst mit Angreifen an der Reihe. Sie fixierte Franz Leopold und schwang das Schwert von einer Stellung in die nächste, allerdings viel langsamer als bei den Übungen zuvor.

»So geht das nicht!«, protestierte Franz Leopold, der ihre Angriffe mühelos parierte. »Du musst mich treffen *wollen!* Wie willst du fechten, wenn du dich davor fürchtest, mich mit einem Hieb zu verletzen? Glaube ja nicht, dass ich nachher genauso halbherzig angreife!«

»Das glaube ich dir sofort«, stieß Alisa zwischen zusammengebissenen Zähnen hervor und zog das Schwert kraftvoll in einem weiten Schwung herab. Natürlich hatte Franz Leopold ihre Absicht erkannt und parierte aus dem Alber heraus mit solcher Kraft, dass Alisa das Schwert aus der Hand flog. Mit einem Grinsen zog sich Franz Leopold zu seiner Ausgangsposition zurück.

»Ich verzichte in diesem Fall auf den letzten, tödlichen Stoß.«

»Wie freundlich!«, schnappte sie und nahm wieder Aufstellung.

»Der Angriff war nicht schlecht«, sagte er versöhnlich. »Dein Fehler war nur, dass du beim Abschwung die Hände ein wenig verdreht hast, sodass die Schneide kippte. Dadurch hast du mir die Möglichkeit gegeben, dir mit einem Hieb das Schwert ganz aus der Hand zu drehen.« Franz Leopold legte seine Klinge aus der Hand und trat hinter Alisa. Er legte seine Arme um sie, sodass seine Hände auf den ihren zu liegen kamen. »Lass dich führen. Ich zeige dir den Unterschied. Er ist nicht groß, aber entscheidend!«

Es fiel ihr schwer, sich seinen Bewegungen zu überlassen, die ihre Arme übernahmen und die Klinge führten.

»Spürst du den Unterschied? Lass locker! Am besten, du schließt die Augen und lässt dich von mir führen. Konzentriere dich auf die Ausrichtung der Schneide.«

Es war ein seltsames Gefühl. Sie war sich seiner so bewusst. Seine Brust an ihrem Rücken, seine Oberarme um die ihren, seine kühlen Hände an ihrem Handrücken und um ihre Finger geschlossen, die ihrerseits den Schwertgriff umfassten. Sie versuchte sich auf die Bewegungen der Klinge zu konzentrieren, die Schneide zu sehen, obwohl sie die Augen geschlossen hielt. Dabei spürte sie seine harmonischen Bewegungen so intensiv, dass es sie schaudern ließ. Es war wie ein Tanz, bei dem ihre beiden Körper eins wurden, um im Takt einer unhörbaren Musik im Gleichklang zu schwingen.

Obwohl dem Dracas ihre beunruhigenden Gefühle sicher nicht verborgen blieben, schwieg er zu Alisas Überraschung, bis Theodor die Übung unterbrach und die Paare aufforderte, Angriff und Verteidigung zu wechseln.

Franz Leopold ließ sie los und sie nahmen wieder Aufstellung. Er kniff ein Auge zu und fixierte seine Gegnerin. »So, jetzt bin ich dran. Zittere vor meinen Angriffen!«

»Wenn ich zittere, kann ich mich nicht gut verteidigen. Also lass ich das lieber bleiben«, gab Alisa kühl zurück.

Für einen Augenblick starrte sie Franz Leopold verdutzt an, dann legte er den Kopf in den Nacken und lachte herzlich. »Das ist eine gute Antwort!«

Er lachte noch immer, als er unvermittelt das Schwert nach oben riss und angriff.

Nein, Alisa konnte nicht von sich behaupten, dass sie ihm auch nur in Ansätzen gewachsen war. Immer wieder brach er mit seinen Angriffen durch, weil sie seine Absicht nicht rechtzeitig erkannte oder einfach das Schwert nicht schnell genug führte. Und jedes Mal, wenn sie die Klinge nicht in der exakten Position hielt, entwaffnete er sie gnadenlos. Alisa hörte auf zu zählen, wie oft sie sich nach ihrem Schwert bückte. Dennoch versetzte Franz Leopold ihr nicht einen einzigen Treffer. Er hatte sein Schwert so gut in seiner Gewalt, dass er auch die Hiebe, die sie schlecht parierte, stets ins Leere gleiten ließ. Was ihn allerdings nicht davon abhielt, jedes Mal begeistert »Touché!« zu rufen.

Der Himmel hatte längst schon seine tiefe Schwärze verloren und begann sich bereits Rosa zu verfärben, als die beiden Fechtmeister die Kämpfe einstellen ließen. Überall huschten die Servienten durch den Palast und zogen die schweren Vorhänge vor die Fenster, damit kein Lichtstrahl des beginnenden Tages von außen eindringen konnte.

Alisa sah sich um und musste feststellen, dass sie und Franz Leopold zu den wenigen Erben gehörten, die keine Blessuren davongetragen hatten. Auch Ivy und Luciano schienen unverletzt, und Karl Philipp brüstete sich, keinen einzigen Treffer abbekommen zu haben, doch manch anderer hatte einiges einstecken müssen. Ganz vorn dabei Tammo und Fernand, die sich offensichtlich nichts geschenkt hatten. Zwar hatten die Fechtmeister an alle Erben ungeschliffene Schwerter ausgegeben, doch auch damit konnte man sich Kratzer, schmerzhafte Prellungen und Platzwunden zufügen. Am schlimmsten sah Chiara aus. Sie hatte mehrere Platzwunden am Kopf und die Ärmel ihres Kleides waren zerrissen und blutbefleckt. Karl Philipp hatte offensichtlich keine Gelegenheit ausgelassen, einen Treffer zu landen. Luciano schäumte vor Zorn und schwor Rache und selbst Franz Leopolds Miene verfinsterte sich und er murmelte etwas davon, dass das eines Dracas nicht würdig sei. Auch Rowena hatte ein paar Hiebe abbekommen, sich wohl aber ganz gut gegen Marie Luise behauptet. Diese stand nun jammernd in der Ecke und hielt sich den Arm mit dem zerrissenen Ärmel, wo Rowenas Schwert sie verletzt hatte. Anna Christina hatte dagegen wie Franz Leopold bewusst darauf verzichtet, ihre Überlegenheit auszunutzen. Zumindest war dies die einzig mögliche Erklärung, warum Raymond in noch so gutem Zustand vor ihnen stand.

»Sind wir hier jetzt fertig?«, fragte sie spitz. Theodor nickte. »Dann kann ich ja gehen.« Sie schüttelte ihr noch immer makelloses Abendkleid auf und rauschte hoch erhobenen Hauptes hinaus. Die anderen folgten ihr schwatzend in kleinen Gruppen. Alisa warf ihrem Bruder, der sich hinkend an Fernands Seite hinausschleppte, einen besorgten Blick zu. Seiner guten Laune schienen die zahllosen Prellungen und blutenden Wunden nichts anhaben zu können. Er grinste schief und versprach Fernand noch in der folgenden Nacht die Revanche seines Lebens. Der schlug begeistert ein. Alisa konnte nur hoffen, dass die Dracas den beiden nicht so schnell geschärfte Klingen in die Hand geben würden. Sonst konnte es wohl geschehen, dass Theodors Worte von den abgetrennten Gliedmaßen allzu schnell Wirklichkeit würden.

*

Sie trafen sich in der Gruft unter der Michaelerkirche. Nahezu das gesamte Kirchenschiff war von einem Dutzend inzwischen miteinander verbundener Grüfte unterhöhlt – manche nur kammergroße Familiengrüfte, andere geräumiger. Das weiteste Gewölbe unter dem Langhaus war die große Pfarrgruft. Überall türmten sich Särge, und dennoch waren diese nur ein kärglicher Rest all derer, die hier in der Michaelergruft bestattet worden waren. Jedes Mal, wenn die Gruft zu voll geworden war, hatte man die bereits zerfallenden Särge zerschlagen und samt der Knochen mit einer Schicht Erde festgestampft, um Platz für die frischen Toten zu schaffen. Inzwischen konnte man allerdings bei keinem der Toten hier mehr von frisch sprechen. Die letzten Leichen, die man hier unten bestattet hatte, mussten mehr als einhundert Jahre alt sein. Dennoch hatten sich die Körper in einigen Grüften erstaunlich gut erhalten und waren auf natürliche Weise zu Mumien konserviert worden.

Tonka konnte die Überreste von Tausenden Menschen unter ihren Füßen spüren, während sie ruhelos auf und ab ging und auf die Rückkehr der Vampire wartete, die sie zur Beobachtung ausgeschickt hatte. Nach und nach trafen sie auf dem Michaelerplatz ein, traten durch die Toreinfahrt des Zinshauses in den Hof und nutzten die Sargrutsche, um in die Gruft zu gelangen. Die Kirche selbst vermochten sie nicht zu betreten. Hier unten jedoch, wo es kein Weihwasser gab, keine Priester ihre Runden drehten und wo schon lange keine christlichen Rituale mehr abgehalten wurden, war ein guter Ort für die fremden Vampire, von denen viele noch nie eine solch große, umtriebige Stadt betreten hatten.

Tonka betrachtete die Vampire, die stumm vor sie traten. Sie hatte aus dem Heer der Unreinen die Stärksten gewählt, doch nun, da sie hier in Wien eingetroffen waren und sie ihren Blick über die wilden Gestalten mit den vor Hass und Gier verzerrten Gesichtern schweifen ließ, fragte sie sich, ob ihre Wahl klug gewesen war. Keiner von ihnen war in der Lage, sich zwischen den Bürgern und den Mitgliedern der höheren Gesellschaft unauffällig zu bewegen. Nicht einmal, wenn man sie in anständige Kleider oder in Livrees gesteckt hätte. Also blieb ihnen nur ihre Schnelligkeit, in den Schatten der Nacht unsichtbar zu bleiben, und der Vorteil der Überraschung. Falls sie diesen überhaupt noch auf ihrer Seite verbuchen konnten.

»Und, was habt ihr zu berichten?«

Eine verwahrloste Vampirin mit wild abstehendem grauem Haar und lückenhaften Zähnen ergriff das Wort.

»Branko und ich haben uns die ganze Nacht vor dem Haupttor herumgetrieben und keinen der Erben zu Gesicht bekommen.«

»Keinen der fremden Erben«, berichtigte der nicht minder wild aussehende Vampir undefinierbaren Alters an ihrer Seite.

Málka nickte. »Ja, der junge Franz Leopold ging am frühen Abend mit seinem Schatten in Richtung Hofburg und kam gegen Mitternacht zurück. Den hätten wir uns sicher schnappen können, aber du hast ja ausdrücklich gesagt, wir sollen Abstand halten.«

Die anderen hatten nicht mehr zu sagen. Sie waren um das Anwesen gestreift und hatten ausschließlich Dracas und deren Schatten ein- und ausgehen sehen. Manche waren mit der Kutsche gefahren. Unreine seien in Scharen ihrer Arbeit nachgegangen. Doch die anderen Erben hatten sich die ganze Nacht nicht blicken lassen.

Nichts Neues also. Nichts, was ihr nicht auch die Raben hätten berichten können.

»Sie werden die Erben doch nicht das ganze Jahr über in ihrem Palast eingesperrt halten?«, befürchtete Milan, ein kleiner dürrer Vampir mit großen Ohren und kaum noch einem Haar auf dem Kopf.

»Nein, das glaube ich nicht«, gab Tonka zurück. »Es sei denn, sie haben Wind davon bekommen, dass wir hier sind und worauf wir es abgesehen haben.«

Sie sah streng in die Runde. »Hat euch irgendeiner der Dracas entdeckt?«

Einmütig schüttelten die etwa ein Dutzend Vampire den Kopf.

»Dann ist es gut. Und nun sucht euch eine Ruhestätte. Die Sonne naht. Hier wird uns niemand stören und wir können uns den weiten Weg zu einem der Friedhöfe außerhalb des Linienwalls ersparen.«

Tonka wartete, bis sich ihre Begleiter zur Ruhe gelegt hatten, dann erst klappte sie einen der Holzsärge auf und warf das Skelett darin achtlos in einen anderen, bereits halb zerfallenen Sarg, ehe sie sich in den Resten von Holzspänen und verrottetem Stoff zur Ruhe legte und den Deckel über sich schloss.

Sie würde morgen wieder die Raben schicken, nahm sie sich vor. Ihre Begleiter waren zu auffällig. Nicht dass sie sich nicht vor Menschen verbergen konnten. Doch die Sinne der Dracas waren schärfer, sodass der nächtliche Schatten allein nicht genügte, um den Vampir mit seiner Umgebung verschmelzen zu lassen. Darüber hinaus hatte Tonka gehört, gerade die Dracas würden über geistige Kräfte verfügen, die es ihnen ermöglichten, in die Gedanken anderer einzudringen. Mussten sie ihre Opfer dabei sehen und bewusst vorgehen? Tonka wusste es nicht, wollte aber auch kein Risiko eingehen. Nicht auszudenken, wenn einer der Dracas zufällig einen Gedanken der transsilvanischen Beobachter auffing, der ganz sicher nicht für ihn bestimmt war, und damit zu Baron Maximilian laufen würde. Dann wäre ihre Expedition gescheitert und der lange Weg von Siebenbürgen hierher umsonst gewesen.

Dabei hatte ihr Fürst, der Woiwode Bojislav, durchaus versucht, die Dracas für seine Pläne zu begeistern. Natürlich hatte man ihnen versichert, ihre Erben zu verschonen – auch wenn man nicht vorhatte, sich auf Dauer daran zu halten –, wenn sie im Gegenzug bereit waren, die ihnen anvertrauten fremden Erben den Upiry auszuliefern. Was dann mit ihnen geschah, hatten die Dracas nicht zu verantworten, und es musste sie auch nicht interessieren. Die alte Josepha Elisabeth, die den Clan einst mit ihrem Geliebten angeführt hatte, wäre der Sache nicht abgeneigt gewesen, war ihr die Akademie doch von Anfang an ein Dorn im Auge. Noch immer spuckte sie Gift und Galle. Doch Baron Maximilian wollte davon nichts wissen. Nun, dann eben nicht. Dann mussten sie ihren Plan auf andere Weise umsetzen.

Die Upiry würden warten und ihre Späher einsetzen, bis sich eine Gelegenheit bot. Irgendwann würden die Erben in Wien ausgehen. Irgendwann würde sich die Chance bieten, sie mit nur wenigen Bewachern zu überraschen. Und dieses Mal würden diese Gören nicht noch einmal so unverschämtes Glück haben, dem Anschlag der Upiry zu entgehen.

IM BURGTHEATER

Für den nächsten Abend hatte Franz Leopold Theaterkarten besorgt. Er hatte eine Aufführung im Burgtheater ausgewählt. Alisa war entzückt und auch Ivy bedankte sich mit ihrem reizenden Lächeln. Nur Seymour war alles andere als erfreut. Franz Leopold teilte ihm unverblümt mit, er könne keinesfalls einen Wolf in die Loge des Burgtheaters mitbringen. Seymour knurrte und schnappte in die Luft.

»Sieh es so, mein Lieber. Es ist nur zu deinem Besten«, scherzte der Dracas. »Nicht auszudenken, wenn die Kaiserin da wäre und dich entdeckte! Ihre Vorliebe für große Hunde ist fast so legendär wie die für Pferde. Ein weißer Wolf! Vermutlich würde sie sofort einen ihrer Lakaien schicken, um das außergewöhnliche Tier für sie zu erwerben. Was hätten wir dann für Scherereien! Wie könnten wir der Kaiserin einen Wunsch abschlagen? Meinst du, es würde dir in der Hofburg gefallen?« Seymour knurrte, während Ivy und Luciano lachten und Alisa fragte:

»Kaiserin Elisabeth? Ist sie denn in Wien? Werden wir sie wirklich sehen? Ich habe so viel über sie gehört. Über ihre Schönheit, ihre Anmut und ihre Geschicklichkeit. Sie soll nicht nur eine elfenhafte Tänzerin, sondern auch eine brillante Jagdreiterin sein!«

»Das ist sie. Verwegen und ohne Angst reitet sie stets als Erste hinter der Meute her – während ihr Herr Gemahl weit abgeschlagen hinterhergezockelt kommt. Der Kaiser hat seit seiner Kindheit panische Angst vor Pferden und reitet stets nur die ältesten Gäule. Dennoch würde es keiner in seinem Umfeld auch nur wagen, darüber zu sprechen.« Franz Leopold grinste breit.

»Die Hofmaler sind sich ebenfalls ihrer Pflicht bewusst und stellen den Kaiser auf ihren Gemälden stets einen Galoppsprung vor seiner Gemahlin dar. Eine Situation, die es in Wirklichkeit sicher noch nie gegeben hat. Und gerade deshalb wird Alisa heute Abend wohl enttäuscht werden. Die Jagdsaison ist noch nicht vorüber. Da weilt die Kaiserin sicher in Ungarn oder bei ihrem Freund, dem schottischen Lord, und ganz sicher nicht an Franz Josephs

Seite, was die Wiener ihr schon ein wenig übel nehmen. Nicht dass man hier erwarten würde, dass Ehegatten gemeinsam ausgehen. Jeder hat schließlich seine Vorlieben und seine Musen. Dass sich die schöne Elisabeth aber ihren Repräsentationspflichten dem Volk gegenüber entzieht, das verzeihen ihr die Wiener nicht.«

Bevor sich die vier jedoch auf den Weg machen konnten, wurden sie zur ersten Anprobe ihrer neuen Kleider gerufen. Ein Heer von Näherinnen musste Tag und Nacht emsig gearbeitet haben. Kammermädchen stiegen mit Stoffbergen beladen zum oberen Salon hinauf. Luciano bog in das für die Bediensteten errichtete Treppenhaus ein und blieb wie angewurzelt stehen.

»Menschen? Ich wittere Menschen!« Verwirrt schnupperte er nach allen Seiten. »Das ist doch nicht möglich.«

Franz Leopold blieb gelassen. Die Vampirinnen dagegen nahmen ebenfalls die Witterung auf.

»Du täuschst dich nicht«, bestätigte Alisa und sah zu Ivy, die ebenfalls nickte.

»Ich kann zwei Männer und drei Frauen ausmachen.«

Alle drei und sogar der Wolf starrten Franz Leopold fragend an. Der hob nur die Schultern. »Ja, und?«

»Ihr bringt euch doch nicht etwa eure Mahlzeiten mit ins Haus?«, vermutete Alisa.

»Zuweilen ja, bei großen Festen, doch diese Besucher hier sollen uns – oder besser euch – ganz andere Dienste leisten.«

Mit diesen rätselhaften Worten führte er die Freunde in den Salon, wo sie auf die zu den Gerüchen passenden Menschen trafen. Es bot sich ihnen ein seltsames Bild. Der Salon wurde nun in der Mitte von einem Paravent geteilt. Auf der einen Seite versammelten sich die Vampirinnen, auf der anderen die jungen Vampire, um die Gewänder anzuprobieren und letzte Änderungen vornehmen zu lassen.

Tammo stand mit heruntergelassenen Hosen vor einem der Schneider und starrte ihn so entsetzt an, dass Alisa kichern musste.

»Junger Herr, nun steigen Sie in die Pantalons, dass ich die rechte Länge abstecken kann. Und auch an der Jacke muss ich nachsehen, ob sie in der Taille sitzt oder noch ein wenig enger gehört. Dann haben Sie das gute Stück schon morgen fertig geliefert.«

Mit glasigem Blick ließ sich Tammo von einem jungen Mädchen, das wohl mit dem Schneider gekommen war, in seine neuen Hosen helfen. Beide waren ganz zweifellos Menschen – ungebissen! Zumindest legte das der makellose Hals des Mädchens nahe.

Ebenfalls ein wenig aus dem Gleichgewicht trat Alisa hinter Ivy auf die andere Seite des Wandschirms, wo sie ein nicht minder junges und hübsches Menschenmädchen in Empfang nahm und ihr aus ihrem Kleid half, um einen Traum aus fliederfarbener Seide über einer kleinen Tournüre anzuprobieren. Der Duft ihrer Haut und ihres Blutes stieg Alisa in die Nase und es fiel ihr schwer, ihre Sinne beisammenzuhalten und sich nicht an ihr zu vergreifen.

»Wie haltet ihr das nur aus?«, fragte Alisa, als sie zwei Stunden später neu eingekleidet das Palais Coburg verließen. Die reizenden Näherinnen hatten es sich nicht nehmen lassen, die letzten Änderungen sofort vorzunehmen, als sie erfuhren, dass es noch an diesem Abend ins Burgtheater gehen sollte. Danach verließen sie zusammen mit den Schneidern unbehelligt das Palais Coburg, als seien die Dracas ganz normale Kunden der feinen Gesellschaft.

»Wir *sind* ganz normale Mitglieder der Gesellschaft«, betonte Franz Leopold. »In einer Stadt wie Wien kann man nur unbehelligt leben, wenn man sich verhält wie sie und dazugehört. Das heißt, es kommen nicht nur Putzmacherinnen und Schneider ins Haus. Wir geben Soireen, sooft es der Anstand gebietet, und benehmen uns in der Öffentlichkeit so unauffällig oder besser gesagt so auffällig, wie es von Abkömmlingen eines alten Adelsgeschlechts erwartet wird. Falls es vorkommen sollte, dass Menschen in unseren Mauern ihr Blut oder gar ihr Leben verlieren, so stammen diese von den Vororten draußen – alleinstehende Männer und Frauen, die keiner vermisst, Wäscherinnen oder Arbeiter der Ziegeleien, Waisenkinder oder Grabennymphen. Sie werden ungesehen hereingebracht – und ihre Körper genauso ungesehen von unseren Servienten wieder entsorgt. Ich meine, früher haben wir das so gemacht, ehe die Dracas den Vertrag mit den anderen Clans schlossen.«

»Ach, und wo entsorgt man in Wien unauffällig seine Leichen?«, fragte Alisa im Plauderton.

Franz Leopold zeigte die Zähne. »Es fließt ein breiter Fluss dort in den Auen. Die Donau war stets bereit, alles Unliebsame mit sich zu nehmen. Zwar wurden einige der Leichen am Zusammenfluss des Kanals und des alten Donaubetts an Land gespült, doch dann fanden sie auf dem Friedhof der Namenlosen ein Grab. Identifiziert wurden sie nur selten. Und selbst wenn. Wie viele Unglückliche stürzen sich jedes Jahr freiwillig in die Fluten?«

Während Luciano dem Gespräch interessiert folgte, sah Ivy sich immer wieder nach allen Seiten um, blieb ein wenig zurück und holte dann wieder auf.

»Was ist? Vermisst du Seymour? Es ist doch nur für ein paar Stunden«, meinte Alisa.

Ivy runzelte die Stirn. »Nein, das nicht. Ich habe nach den Raben gesehen. Nach diesen großen Tieren, die bereits bei unserer Ankunft über dem Anwesen kreisten. Sie sind wieder da. Dort drüben sehe ich zwei und auf der anderen Seite auf dem Dach drei. Ist es normal, dass Raben um diese Zeit noch unterwegs sind?«

Franz Leopold zuckte mit den Achseln. »Keine Ahnung. Meist sieht man hier am Abend und in den frühen Morgenstunden die kleineren Krähen. Diese großen Raben sind mir bisher nicht aufgefallen. Ist ja auch egal. Was kümmern dich ein paar Vögel?«

Noch während er sprach, erhoben sich einige der Raben, flatterten hoch über ihre Köpfe hinweg, querten die Straße und ließen sich dann zwischen den Statuen auf dem Dach des neuen Opernhauses nieder.

»Haltet mich für überspannt, doch mir kommt es so vor, als würden sie uns folgen und uns beobachten.«

Luciano lachte, doch dann sagte er ernst. »Warum befiehlst du nicht einen zu dir und fragst ihn ganz direkt? Ich wüsste kein Tier, das deinem Ruf widerstehen könnte.«

Ivy nickte. »Ja, vielleicht sollte ich das.« Sie wandte sich dem nächsten Vogel zu, der sich auf dem Balkon im ersten Stock des neuen Hotels Sacher niedergelassen hatte, doch als sie die Hand nach ihm ausstreckte, schoss er kreischend davon. Mindestens ein

Dutzend der großen schwarzen Rabenvögel erhoben sich von den Gebäuden an der Straße und flogen hinterher.

»War das nun ein Zufall?«, fragte Alisa ungläubig.

»Das können wir nur hoffen. Ansonsten müssten wir ja annehmen, der Rabe habe sich absichtlich Ivys inquisitorischer Befragung entzogen«, gab Franz Leopold nachdenklich zurück. Ivy schwieg und schüttelte langsam den Kopf.

Sie sprachen nicht mehr davon. Franz Leopold machte sie auf die Sehenswürdigkeiten am Rand des Weges aufmerksam und unterhielt sie mit einigen Anekdoten, wie beispielsweise dem Skandal um Erzherzog Otto im Haus der gestrengen Anna Sacher.

»Der Neffe des Kaisers ist für seine Eskapaden berühmt. So hat er sich als schneidiger Reiter nicht gescheut, bei einem Kondukt mit seinem Pferd über den Sarg hinwegzusetzen. Ganz Wien lachte aber, als er bei einem Zechgelage in einem der Separées des Hotels Sacher von seinen Kumpanen zum Scherz ausgesperrt wurde und sich unverhofft und völlig betrunken unter – recht schockierten – Hotelgästen wiederfand. Das Prekäre an der Situation war, dass der kaiserliche Erzherzog nur noch mit seinem Säbel und dem Orden des Goldenen Vlieses bekleidet war! Der anwesende englische Botschafter ließ es sich nicht nehmen, dem Kaiser persönlich vom neusten Skandal seines Neffen zu berichten.«

Luciano und Alisa lachten herzlich. Ivy schien gar nicht zuzuhören. Sie sah sich noch immer nach den verschwundenen Raben um.

Nach der Oper passierten sie die Albertina, das erste Palais, das auf einer Bastei errichtet worden war. Herzog Albert von Sachsen-Teschen, Gemahl von Kaiserin Maria Theresias Lieblingstochter Marie Christine, hatte den weitläufigen Prunkflügel errichten lassen, um seine Kunstsammlung präsentieren zu können.

Dahinter schloss sich das Langhaus der Augustinerkirche an, die seltsamerweise über kein richtiges Portal verfügte. Es war die Hauskirche der Habsburger und die zogen es vor, die Messe trockenen Fußes direkt von der Hofburg aus zu besuchen.

Plaudernd schlenderten die jungen Vampire weiter durch den weiten Bogen, der die Redoutensäle der Hofburg mit der Stallburg verband. Dahinter tat sich der Michaelerplatz auf. Die Schatten Matthias, Hindrik und Dario folgten ihnen in einigem Abstand. Sie waren in unauffällige dunkle Anzüge und weite Umhänge gekleidet, allerdings gesellschaftlich nicht so korrekt, als dass sie mit ins Theater hätten gehen können. Außerdem, meinte Franz Leopold, sei die Loge viel zu klein, um die Schatten mitzunehmen.

»Sollen sie halt draußen warten, bis wir wiederkommen.«

Für ihn war das völlig normal. Alisa aber warf Hindrik einen entschuldigenden Blick zu. »Es tut mir leid, dass du die Aufführung nicht mit uns sehen kannst.«

Hindrik lächelte. »Mach dir um mich keine Gedanken. Ich denke, ich lasse euch hier unter Matthias' und Darios Aufsicht zurück und werde stattdessen zum Palais zurückgehen, um nachzusehen, was Sören und vor allem Tammo in ihrer freien Zeit so treiben.« Er warf ihr einen bedeutsamen Blick zu.

Alisa nickte. »Oh ja, vor allem, wenn Tammo mit Fernand und Joanne zusammen ist. Sie schaffen es immer wieder, sich in Schwierigkeiten zu bringen.«

Hindrik hob belustigt die Brauen. »Ach, und ihr nicht?«

»Nein, wir widmen uns der Theaterkunst«, gab Alisa hoheitsvoll zurück. »Außerdem sind wir schon fast erwachsen.«

»Was die Sache vermutlich noch gefährlicher macht«, murmelte Hindrik. Er verabschiedete sich herzlich von Matthias, mit dem er in den Jahren der Akademie Freundschaft geschlossen hatte, und nickte Dario höflich zu, ehe er sich auf den Rückweg machte.

Ein Fiaker fuhr an der Michaelerkirche vorbei, überquerte den runden Platz und hielt ein Stück vom Eingang des Burgtheaters entfernt an, das mit seiner Rückseite an die Hofburg anschloss. Links dahinter befand sich der älteste Teil der ursprünglichen Wasserburg, in dem Maria Theresia zu ihrer Zeit ihre Schweizergardisten untergebracht hatte. Rechts erstreckte sich ein langer Bau, der mit dem parallel dahinter gelegenen Leopoldinischen Trakt einen weiten Hof einschloss und den alten Schweizerhof mit der Amalienburg verband.

»Das alles gehört zur Hofburg?«, fragte Ivy erstaunt. Franz Leopold nickte. »Ja, jeder Kaiser, der etwas auf sich hielt, ließ einen weiteren Trakt anbauen. Es geht ja nicht an, dass man die bereits gebrauchten Gemächer des Vorgängers bewohnt!« Er lächelte spöttisch.

»Unglaublich«, murmelte Ivy, während Luciano abschätzig meinte, der Louvre sei auch nicht zu verachten. Alisas Aufmerksamkeit richtete sich dagegen auf die beiden Damen, die eben mithilfe ihres Lakaien der Kutsche entstiegen.

»Wir kommen wieder zu spät«, sagte die Jüngere der beiden und raffte ihre Röcke noch ein wenig höher, um weiter ausschreiten zu können. Die Ältere hielt sie zurück.

»Clarissa! Deswegen musst du nicht wie eine Bauersfrau mit hochgehobenem Rock über den Platz laufen. Nun benimm dich wie eine Dame und bewahre Haltung! So viel werden wir nicht versäumen. Der erste Akt enthält selten große Höhepunkte.«

»Ich wusste nicht, dass die neuen Schuhe derart drücken, doch wie hätte ich die lindgrünen zu einem rosenfarbenen Kleid anziehen können? Ich musste mich noch einmal umkleiden«, erwiderte das Mädchen, das Alisa vielleicht auf sechzehn oder siebzehn Jahre schätzte.

Die Vampire setzten zum Überholen an, zügelten ihre Schritte jedoch so weit, dass sie nicht unangenehm auffielen. Verstohlen warf Alisa dem Mädchen einen Blick zu. Ein reizendes Profil enthüllte sich unter dem keck dekorierten Hütchen, das natürlich farblich auf den Rest der Abendtoilette abgestimmt war.

Die Vampire hatten die Damen gerade passiert, als etwas klappernd zu Boden fiel. Alisa wandte sich um und sah, dass sich Luciano bereits nach dem Gegenstand bückte. Der Nosferas verbeugte sich vor dem Mädchen.

»Fräulein, entschuldigt bitte. Ihr habt etwas verloren.«

Das Mädchen wandte sich ihm zu und Luciano reichte ihr den zarten Fächer aus elfenbeinfarbener Spitze.

»Oh, ich danke Ihnen, mein Herr. Das ist sehr aufmerksam.«

Sie griff nach ihrem Fächer, den Luciano noch immer festhielt. Alisa hatte den Eindruck, ihre Hände würden sich berühren, denn das Mädchen zuckte trotz ihrer Spitzenhandschuhe ein wenig zusammen.

»Luciano de Nosferas, Ihr ergebenster Diener, Fräulein«, sagte er mit einer erneuten Verbeugung, ehe er das Beutestück endlich losließ.

»Clarissa von Todesco. Und das ist meine Tante Frau von Gomperz«, stellte sich nun auch das Mädchen vor. Vielleicht hatte sie noch mehr sagen wollen, doch die besagte Tante nahm das Mädchen beim Arm, verabschiedete sich mit einem Kopfnicken und geleitete es durch die Eingangstür. Luciano starrte ihnen nach, bis sie seinen Blicken entschwunden waren.

Alisa, Ivy und Luciano ließen sich zu ihrer Loge führen und nahmen auf den etwas abgewetzten Samtsesseln Platz. Wie Franz Leopold vermutet hatte, nahm die schöne Kaiserin nicht an der Aufführung teil. Dafür saß ihr Gemahl Franz Joseph in der Loge der kaiserlichen Familie. Sein weißer Schnauzer und der lange Backenbart ließen ihn älter aussehen, als er war. Oder lag es an der gebeugten Haltung, als ob er nicht mehr gut sehen oder hören könnte? Wie üblich trug er seinen geliebten hellblauen Uniformrock mit den Orden.

Erstaunlicherweise saß Kronprinz Rudolf an seiner Seite und daneben eine junge Dame, die sich sichtlich langweilte. Auch der Kronprinz wirkte nicht gerade amüsiert. Vielleicht hatte es wieder ein Zerwürfnis zwischen ihm und seinem Vater gegeben? Es war ja allgemein bekannt, dass der Kronprinz nichts von den ihm antiquiert erscheinenden Regierungsprinzipien seines Vaters hielt, während der Kaiser die liberalen Kreise, in denen der Prinz verkehrte, verabscheute.

Luciano interessierte das alles nicht. Er war gedanklich noch bei seiner Begegnung vor dem Theaterhaus. »Ich wollte sie noch fragen, ob sie hier aus Wien ist.«

»Warum?«, erkundigte sich Alisa.

»Warum nicht?«, entgegnete Luciano ausweichend.

»Vielleicht weil er denkt, sie würde einen appetitlichen Happen abgeben?«, schlug Franz Leopold vor. Luciano schnaubte abfällig.

»Aber ich will deine Neugier befriedigen. Der Name Todesco stinkt nach viel Geld und neuem Adel und nach mangelndem gesellschaftlichem Schliff. Oder formulieren wir es anders: Der

Intellekt Freiherr Eduard von Todescos hält nicht mit seinem wachsenden Vermögen Schritt.«

»Wie üblich übertriffst du dich wieder einmal selbst in deinen niederträchtigen Verleumdungen«, ereiferte sich Luciano.

»Denke, was du willst. Das ist nichts als die Wahrheit.« Demonstrativ wandte sich Franz Leopold dem Geschehen auf der Bühne zu. Und auch Ivy und Alisa folgten gespannt dem Verlauf des Schillerdramas »Kabale und Liebe«, das heute gegeben wurde. Alisa, die das Stück kannte, berichtete den anderen in wenigen Worten, was sie bislang versäumt hatten.

»Das ist Präsident von Walter, der nicht will, dass sein Sohn Ferdinand seine große Liebe Luise, Tochter des Musikers Miller, heiratet. Er strebt eine Verbindung mit Lady Milford an, der Mätresse des Herzogs, um seinen eigenen Einfluss bei Hof zu vergrößern.«

»Das scheint nicht im Sinn des Sohnes zu sein«, bemerkte Luciano, der den nächsten Dialog zwischen dem jungen Paar auf der Bühne verfolgte.

Alisa schüttelte den Kopf. »Nein, er versucht Luise zur Flucht zu überreden.«

So einfach ging die Sache natürlich nicht aus, sonst wäre es kein Drama oder präziser gesagt »bürgerliches Trauerspiel«, wie es offiziell bezeichnet wurde. Die gefeierte Heldin dieses Abends war – unabhängig von ihrer Rolle – die Schauspielerin Charlotte Wolter, die die Lady Milford gab. Mit ihrer kräftigen Mezzosopranstimme und ihrem Sinn für Dramatik begeisterte sie das Haus.

»Sie ist wunderbar!«, schwärmte Alisa.

Franz Leopold nickte. »Die Wiener liegen der Wolter zu Füßen und lieben sie in ihren Rollen als tragische Heldin. Wie alle erfolgreichen Künstler ist sie auch ein wenig exzentrisch. Sie trägt nur selbst entworfene Kostüme!«

Die Handlung nahm ihren dramatischen Lauf und auch denen, die das Stück noch nicht kannten, war klar, dass es in einer Katastrophe enden musste.

»Die arme Luise wird sterben«, kommentierte Ivy mit einem Seufzen. »Und vermutlich auch ihr Ferdinand.«

»Ja, und noch schlimmer, als man es jetzt ahnt. In seiner Wut und unbegründeten Eifersucht vergiftet Ferdinand Luise und sich selbst«, verriet Alisa. Plötzlich bemerkte sie, dass Luciano mit seinen Gedanken nicht mehr bei dem Geschehen auf der Bühne war. Sein Blick suchte die gegenüberliegenden Logen ab, bis er an einer haften blieb und dort ungemein lange verharrte. Es wunderte Alisa nicht, auf den vorderen Plätzen die Damen von Gomperz und von Todesco zu erkennen. Täuschte sie sich oder galt die Aufmerksamkeit des Mädchens ebenfalls nicht dem Geschehen auf der Bühne? Nun hob sie kaum merklich ihren Fächer zum Gruß. Nein, wie unschicklich! Sie flirtete tatsächlich mit einem fremden Kavalier, der lediglich ihren Fächer aufgehoben hatte.

Alisa schielte zu Luciano hinüber, der noch immer mit einem verzückten Lächeln zu dem Mädchen hinüberstarrte. Dabei musste Alisa zugeben, dass Clarissa ein ganz und gar reizendes Bild abgab. Ihr schmales Gesicht war regelmäßig geschnitten, die braunen Augen waren groß und ausdrucksvoll, die Lippen ein wenig herzförmig. Das lindgrüne Kleid saß wie angegossen und harmonierte gut mit dem kastanienfarbenen Haar, aus dessen kunstvoll aufgesteckter Frisur sich wie unabsichtlich gelöst ein paar Locken über der weißen Schulter ringelten.

Vermutlich würden sie das Mädchen niemals wiedersehen und es bestand kein Grund zur Sorge, sagte sich Alisa und wandte sich wieder den sich dramatisch zuspitzenden Ereignissen auf der Bühne zu.

Und so vergaß sie die Begebenheit und klatschte begeistert, als sich der Vorhang nach der letzten Szene schloss. Zu ihrer Verwunderung blieb er auch geschlossen und keiner der Darsteller ließ sich noch einmal blicken, um sich vor seinem Publikum zu verbeugen.

»Das tun sie nie«, kommentierte Franz Leopold ihre Verwunderung. »Sie sind die persönlichen Schauspieler des Kaisers, von ihm engagiert und besoldet. Sie müssen vor dem Volk nicht ihr Haupt beugen.«

»Seltsame Sitten habt ihr hier«, maulte Alisa, während sie ihre Loge verließen und langsam von der Menschenmenge nach draußen geschoben wurden.

»Das ist ja unerträglich«, beschwerte sich Luciano. »Wenn das so weitergeht, dauert es eine Stunde, bis die letzten Theaterbesucher ins Freie gelangen. Die Gänge sind viel zu eng und verwinkelt und ich habe nirgends ein großes Foyer oder eine Wandelhalle gesehen, wo sich die Besucher in den Pausen erfrischen könnten. Die Treppe ist kaum geräumiger als eine Dienstbotenstiege. Wenn ich da an das Opernhaus in Paris zurückdenke!«

Franz Leopold nickte. »Ja, es ist wirklich eine Schande, aber der Zustand währt nicht mehr lange. Das neue Burgtheater an der Ringstraße hinter dem Volksgarten ist fast fertig. Es kann nicht mehr lange dauern, bis es eingeweiht wird. Und dann reißen sie das alte Theater sicher nieder.«

*

Die vier Erben machten sich auf den Heimweg. Dario und Matthias folgten in einigem Abstand. Ob sie die ganze Zeit auf dem Michaelerplatz vor dem Theater gewartet oder die Zeit genutzt hatten, sich frisches Blut zu besorgen, wussten ihre Schützlinge nicht. Vielleicht hatte sich ja auch hier auf dem Platz eine Gelegenheit ergeben, den Durst zu stillen. Immer wieder hielten Fiaker oder Nachtschwärmer schlenderten allein oder in kleinen Gruppen vorbei. Jedenfalls war das allein Sache der Servienten und keiner fragte danach.

Die jungen Vampire plauderten fröhlich, nur Luciano war ein wenig schweigsam. Aber auch er bemerkte die Raben nicht, die im Schutz der Kirche auf sie gewartet hatten und nun, mit mehr Abstand als zuvor, die Verfolgung wieder aufnahmen. Und nicht einmal Ivy ahnte etwas von der Vampirin aus Siebenbürgen, die in der Gruft unter der Kirche aufgebracht ihre Runden um die Särge drehte. Tonka glaubte, verrückt zu werden, die vier Erben mit nur zwei Unreinen als Begleitung so nah an ihrem Versteck zu wissen, ohne etwas unternehmen zu können.

»Warum schlagen wir jetzt nicht zu?«, schimpften die anderen.

Doch Tonka schüttelte den Kopf. »Vier sind zu wenig. Wir brauchen sie alle! Wenn wir uns diese vier jetzt nehmen, sind die Dracas gewarnt und ich sage euch, wir würden es nicht nur mit ihrem gesamten Clan zu tun bekommen. Vermutlich würden in nur wenigen Stunden auch die restlichen hier in Wien auftauchen, um zu schützen, was ihnen das Wertvollste ist.«

Sie hielt inne und ballte die Fäuste, dass die Knochen knackten. »Nein, so schwer es uns auch fällt. Wir müssen uns in Geduld üben und auf den richtigen Augenblick warten, sie alle in unsere Hände zu bekommen.«

*

Als sie das Palais Coburg wieder erreichten und sich jeder der Erben in seine Schlafkammer zurückzog, um sich für den Unterricht fertig zu machen, hatte Alisa das Mädchen mit dem Fächer längst vergessen. Nicht jedoch Luciano. Vermutlich hätte es sie beunruhigt, wäre sie Zeuge der drängenden Fragen geworden, die er an Franz Leopold richtete.

»Weißt du, wo die Familie von Todesco wohnt?«

»Aber ja. Ihnen gehört das große Palais gegenüber der neuen Oper, direkt am Ring. Die Hauptfassade geht allerdings zur Kärntner Straße hin.«

Luciano nickte zufrieden. »Weißt du sonst noch etwas über diese Familie?«

Wie der Nosferas befürchtet hatte, hoben sich Franz Leopolds Augenbrauen misstrauisch an.

»Warum willst du das alles wissen? Hast du solch einen Appetit auf die Kleine? Ich kann dich nur warnen. Es ist nicht gut, solch einem Drängen in sich nachzugeben. Es verselbstständigt sich und wird irgendwann so übermächtig, dass man nicht mehr dagegen ankommt. Und bist du einmal dem Blutrausch verfallen, raubt er dir den Verstand, bis du dich völlig vergisst und Gefahr läufst, gemeinsam mit dem sterbenden Menschen in die Tiefe der Finsternis gerissen zu werden.«

Franz Leopold starrte mit glasigem Blick vor sich hin, als wären seine Gedanken weit weg. Er schien Luciano gar nicht mehr wahrzunehmen.

»Ach, sprichst du aus eigener Erfahrung?«, entgegnete der Nosferas ein wenig spitz.

Ein Schauder lief durch Franz Leopolds Körper und er blinzelte ein wenig verwirrt. »Und wenn es so wäre, ginge dich das nichts an. Wir sprachen über dich und den kleinen Schmetterling – wie hieß sie doch gleich?«

»Clarissa!«

»Ja, Clarissa. Sage nachher nicht, ich hätte dich nicht gewarnt.«

»Ja, ja, ich spreche dich von jeder Schuld frei«, erwiderte Luciano leichthin und bohrte weiter: »Aber nun sag, was weißt du über ihre Familie?«

Franz Leopold legte die Stirn in Falten. »Mal überlegen. Die Ringstraßenbarone sind nicht gerade die Menschen, für die wir Dracas besonderes Interesse hegen, doch ein paar Dinge habe ich in den Salons und in der Zeitung mitbekommen. Der Großvater hieß, glaube ich, Hermann Todesco. Er hat sein Vermögen mit Tuchfabriken und im Speziellen mit Seide gemacht. Ich muss wohl nicht extra erwähnen, dass sie Juden sind. Der alte Herr nahm es mit der Tradition noch recht genau und wollte stets auch die Armen an seinem Erfolg teilhaben lassen. Man sagt, er habe täglich einhundert Bedürftige in seinem Haus verköstigt!« Franz Leopolds abfälliger Ton deutete an, was er von solchen Grillen hielt.

»Sein Sohn Eduard jedenfalls nahm sowohl von der Religion als auch von solch übereifriger Mildtätigkeit Abstand. Er baute das Palais an der Ringstraße und widmete sich vor allem dem Bankhaus, das sein Vater in späteren Jahren gegründet hat. Natürlich kam der Kaiser nicht umhin, ihn in den Freiherrenstand zu erheben.« Franz Leopold schnaubte.

»Warum?«, erkundigte sich Luciano, dem der Zusammenhang nicht klar war.

»Die hoffähigen Familien des alten Adels, die die Habsburger um sich scharen, blieben gerne unter sich und möchten die restliche Welt ignorieren. Doch längst sind es andere, die das große Geld besitzen, mit denen der Kaiser seine Kriege finanziert oder auch den Fortschritt – den der Kaiser eigentlich gar nicht mag –, wie zum Beispiel die Eisenbahn. Ich glaube, Großpapa Todesco war auch Direktor der Wien-Gloggnitzer-Eisenbahngesellschaft. Aber das ist es sicher nicht, was dich interessiert. Kommen wir also zurück zu der so reizend anzusehenden Clarissa. Ich nehme an, sie ist eine der jüngsten Töchter Todescos.

Wie ich dir schon andeutete, glänzt Eduard von Todesco nicht durch seinen Intellekt. Seine sprachlichen Entgleisungen sind geradezu legendär und manch einem Journalisten eine stetige Quelle des Entzückens. Man kann sagen, dass bei dem Freiherr jede Verwendung eines Fremdwortes Glücksache ist.« Franz Leopold hielt inne und sah plötzlich nachdenklich drein.

»Wobei ich mich manchmal frage, ob der Freiherr dies nicht inzwischen absichtlich zelebriert, damit die Zeitungen etwas zu schreiben haben, und sich heimlich darüber amüsiert. Seine Gattin jedenfalls ist eine nicht nur schöne, sondern auch kunstsinnige und gebildete Dame mit guten Umgangsformen. Ich bin ihr bei einigen Gesellschaften begegnet. Sie führt einen eigenen Salon, der in den Kreisen der Finanzaristokratie sehr begehrt ist. Sonst noch Fragen?«

Luciano verneinte und dankte dem Dracas ein wenig steif. Er wollte sich schon abwenden, da griff Franz Leopold nach seinem Arm.

»Du wirst keine Dummheiten machen!«

Luciano wand sich aus seinem Griff. »Nein, werde ich nicht. Und wenn schon. Was würde es dich kümmern? Woher die plötzliche Sorge um mein Wohlergehen?«

»Gut, formulieren wir es anders. Du bist hier in der Obhut der Dracas und ich wünsche nicht, dass du meiner Familie Unannehmlichkeiten bereitest.«

Luciano schnaubte. »Ach, so ist das. Das passt schon eher. Nein, keine Sorge, ich werde den ach so fürsorglichen Dracas keine Schwierigkeiten machen! Und nun entschuldige, ich muss mich umkleiden und auch für dich wird es Zeit. Es wird sicher nicht gern gesehen, wenn wir zu spät zum Unterricht erscheinen.«

Und damit rauschte er davon. Franz Leopold sah ihm nach und starrte noch lange auf den leeren Türrahmen, durch den der Nosferas verschwunden war.

»Du hast keine Ahnung, worauf du dich einlässt«, murmelte er. Seine Miene verzerrte sich schmerzlich. »Denkst du, ich kann deine

Absicht nicht in deinen Gedanken lesen? Du Narr!« Franz Leopold fluchte leise. »Ich habe keine Lust, das Kindermädchen für dich zu spielen, Luciano, aber ich schwöre dir, ich werde es tun, wenn du mich dazu zwingst.«

»Franz Leopold, wo bleibst du?« Karl Philipp stürmte in den Salon und blieb dann unvermittelt stehen. »Du hast dich ja noch nicht einmal umgezogen! Willst du heute schwänzen?«

»Nein, ich bin aufgehalten worden. Geh schon mal vor. Ich beeile mich.«

Während Franz Leopold in sein Schlafgemach stürmte und sich von seinem Schatten Matthias beim Umkleiden helfen ließ, stand ihm die ganze Zeit ein süßes Mädchengesicht vor Augen, das ihn flehend aus weit aufgerissenen Augen anstarrte, bis sein Blick brach und der Glanz in seinen Augen erlosch. Da lag sie sterbend in ihrem rosafarbenen Puppenkleid in seinen Armen. Und ihr Anblick würde ihn niemals verlassen.

KOTILLON UND WALZER

Der Unterricht begann wieder mit einer Fechtstunde. Sie wiederholten noch einmal die Schrittfolgen und die Grundhuten. Dann ging es weiter mit den Kunsthuten, die so seltsame Namen trugen wie Zornhut, langer oder hängender Ort, Schrankhut und Schlüssel. Nachdem sie die Bewegungen erst langsam und dann immer schneller geübt hatten, bestimmten dieses Mal die Fechtmeister die Paare. Alisa wusste nicht, ob sie darüber traurig oder erleichtert sein sollte. Sie erhielt Luciano als Partner. Ihre erste Erleichterung über den vermeintlich leichten Gegner verflog allerdings schnell. Voll Staunen schüttelte sie immer wieder den Kopf. Wie schnell und geschmeidig er sich bewegte! Und was für eine Begeisterung ihn antrieb. Er schien nicht müde zu werden, immer neue Angriffs- und Verteidigunssequenzen durchzuspielen und so lange zu üben, bis die Abläufe leicht und flüssig wirkten. Die beiden Fechttrainer gingen von einem Paar zum anderen und kritisierten hart. Selbst Ivy musste sich einige Korrekturen gefallen lassen. Sie übte mit Sören, auf den der Tadel der Lehrmeister nur so herabprasselte. Alisa dagegen kam recht glimpflich davon und Luciano erhielt gar ein Lob. Stolz präsentierte er sein Schwert und strahlte Alisa an, die ihm den Erfolg von Herzen gönnte – auch wenn sie gewünscht hätte, ihre Fechtkunst würde ihr das gleiche Lob einbringen. Was sie dagegen furchtbar in Rage brachte, war Karl Philipp, der dieses Mal auf Rowena einhieb. Sie schlug sich zwar wesentlich besser als Chiara, bekam aber dennoch einige so böse Schläge ab, dass sie am Kopf heftig blutete. Chiaras Wunden der vorherigen Nacht waren noch nicht verheilt, und so hatte sie die Zeit bis zum Unterricht mit kalten Umschlägen im Bett verbracht. Fast so empörend wie Karl Philipps brutales Auftreten fand Alisa, dass die Fechtlehrer nicht eingriffen und ihn zur Raison brachten. Es war Franz Leopold, der schließlich auf seinen Vetter zustürmte und ihn anherrschte. Er drohte ihm ganz offen, ihm jeden Hieb auf gleiche Weise zurückzugeben, den er an seine schwächeren Gegner austeilte.

»Das würdest du nicht wagen!«

»Ach nein? Und warum nicht? Dich stecke ich allemal in die Tasche. Die Einzige, die es hier mit meinen Fechtkünsten aufzunehmen vermag, ist Anna Christina. Und glaube nicht, dass sie sich auf deine Seite stellen würde.«

Zur Bekräftigung seiner Worte versetzte Franz Leopold seinem Vetter einen schmerzhaften Stich in die Schulter. Auch diese Auseinandersetzung nahmen die Fechtlehrer kommentarlos hin. Sie ließen ihre Schützlinge noch ein paar Runden austragen, dann sammelten sie die Schwerter ein und schickten die Erben in ihre Schlafkammern, um sich umkleiden zu lassen.

»Was? Wozu das denn? Ist doch bequem so«, merkte Fernand an und handelte sich damit einen verächtlichen Blick von Marie Luise ein.

»Ihr Pyras werdet nie begreifen, worauf es ankommt«, schnappte sie und rauschte zu ihrem eigenen Gemach davon.

»Und worauf kommt es deiner Meinung nach an?«, rief er ihr

nach, erhielt aber keine Antwort. Achselzuckend wandte er sich seinem jungen Hamburger Freund zu.

»Was kommt denn jetzt?«, fragte Tammo, als er die Kammermädchen mit Fräcken in den Armen die Treppe hinaufsteigen sah.

»Nun beginnt der Tanzunterricht«, klärte ihn Franz Leopold auf.

»Tanzunterricht?«, stießen Tammo und Fernand gleichermaßen entsetzt aus. »Nein! Muss das wirklich sein?«

Franz Leopold feixte. »Aber ja. Strengt euch an. Wir werden in einigen Wochen, wenn die offizielle Ballsaison beginnt, bei Hof erscheinen. Ihr wollt euch doch nicht vor dem Kaiserpaar und all den hoffähigen Familien blamieren?«

»Wir auf einem Hofball? Du nimmst uns auf den Arm«, vermutete Tammo, Fernand dagegen blieb gleichgültig. »Und wenn schon. Ich tanze nicht, da kann ich mich auch nicht blamieren.«

Franz Leopold sah ihn mit zusammengezogenen Augenbrauen von oben bis unten an. Sein Mund war nur noch ein schmaler Strich. »Nein? Wirklich nicht? Hast du eine Ahnung!«

Die Kammermädchen mit den Fräcken unterbrachen das Geplänkel und dirigierten jeden ihrer Schützlinge in seine eigene Kammer.

»Tanzen!«, stieß Tammo noch ein letztes Mal mit so viel Abscheu aus, als könne er sich nichts Grässlicheres vorstellen.

Teils voller Vorfreude, teils ziemlich unwillig, aber allesamt neugierig, kehrten die Erben in ihren frischen Gewändern in die Beletage zurück und betraten den von zahllosen Kerzen erhellten Ballsaal. Den Tanzunterricht würde eine Altehrwürdige geben. Einigen der Erben war sie von ihrer Begrüßung in der Galerie her noch schmerzlich im Gedächtnis! Mit einem langen Stab in den Händen stand sie hochaufgerichtet in der Mitte des Raumes und beobachtete die Ankunft ihrer Schützlinge mit stechendem Blick. Wie alle Dracas war sie groß, aber eher hager. Das weiße Haar war so streng zurückgekämmt, dass es ihre Wangenhaut zu straffen schien. Sie war ganz in Schwarz gekleidet, was ihre strenge Miene noch betonte.

»Bei der haben wir sicher nichts zu lachen«, vermutete Joanne. Ihr Bruder nickte zustimmend.

»Ja, das wird kein Spaß. Da wäre mir eine weitere Lektion mit dem Schwert lieber.«

Tammo nickte zustimmend und setzte eine tragische Miene auf, sodass seine Schwester ihm lachend in den Arm knuffte.

»Pass auf. Das wird gar nicht so schlecht. Wenn du es gut machst, darfst du später einen Walzer mit mir tanzen.«

»Soll mich das jetzt aufheitern?«, erkundigte sich Tammo mürrisch.

Die Altehrwürdige hieß Konstanze. Am Flügel in der Ecke saß ein Dracas undefinierbaren Alters, der sich als Ludwig vorstellte und danach kein Wort mehr sprach. Nur seine Hände huschten emsig über die Tasten, sobald die Tanzmeisterin den Befehl dazu gab. So schön seine Musik in vollen Harmonien aus dem halb geöffneten Flügel erklang, so unangenehm kalt war Konstanzes Stimme.

Die Erben mussten sich in zwei Reihen aufstellen. Wie ein Feldwebel seine Truppen inspiziert, schritt die Tanzmeisterin an ihnen vorbei und stieß ihren Stock bei jedem Schritt mit einem lauten Klacken auf den mit wunderschönen Ornamenten versehenen Parkettboden. Vor dem ein oder anderen Erben blieb sie stehen, richtete eine Masche gerade, schnippte ein Stäubchen von der Frackjacke oder arrangierte die Spitzen um ein Dekolleté. Vor Fernand und Joanne blieb sie am längsten stehen, rührte sie aber nicht an, sondern verzog lediglich ihr Gesicht zu einem Ausdruck größter Missbilligung.

Ganz unrecht hatte sie nicht, musste Alisa ihr zugestehen. Auch die Pyras hatten wie alle anderen Erben neue Kleider erhalten, doch irgendwie hatten sie es geschafft, schon wieder schmuddelig auszusehen. Aus Joannes Frisur hatten sich einige Strähnen gelöst und standen widerspenstig nach allen Seiten und ihre weiße Rüsche wirkte an einigen Stellen grau. Fernands Kragen war ebenfalls beschmutzt und in der kurzen Zeit war es ihm gelungen, sich die Frackschöße aufzureißen. Außerdem zierte ein Rußfleck seinen Hals.

Konstanze schritt bis zum Ende der Reihen, blieb vor Ivy stehen und starrte sie einige Augenblicke an, dann drehte sie sich mit einem Ruck um.

»Ha, sieh dir die Lycana an«, hörte Alisa Marie Luise sagen. »Sie sieht in diesem Gewand wie ein verkleidetes Kind aus. Einfach nur lächerlich!«

Alisa spürte, wie es ihr vor Sorge ganz kalt wurde. Nicht dass die Dracas damit recht hatte, aber dass Ivy deutlich jünger wirkte, als sie sein müsste, war unbestritten. Solch unbedachte Bemerkungen konnten andere durchaus auf Gedanken bringen, die in eine gefährliche Richtung führten.

Ivy drückte ihr unauffällig die Hand. *Mach dir keine Sorgen. Denke einfach nicht daran. Behalte stets im Gedächtnis, dass in diesem Haus auch sorgenvolle Gedanken gefährlich sind! Je weniger wir uns damit befassen, desto besser.*

Natürlich hatte sie recht, aber es war gar nicht so einfach, *nicht* an etwas zu denken. Alisa heftete ihren Blick auf die alte Tanzmeisterin und konzentrierte sich auf deren faltiges Gesicht, die streng zusammengepressten Lippen und das weiße Haar, das so fest zusammengesteckt war, dass sich vermutlich niemals wieder eine Strähne lösen würde.

Zweimal stieß die Tanzmeisterin ihren Stock auf den Boden, bis sie sich der Aufmerksamkeit aller Erben sicher sein konnte.

»Die hohe Kunst des Tanzes bedeutet nicht nur, sich zu Klängen der Musik zu bewegen. Dem einfachen Volk ist es ein harmloses Vergnügen, ein Gehopse und ein Ringelreihen, das in Weinlaune überschüssige Kraft reguliert und den Trieben von Männern und Frauen entgegenkommt. In unserer Gesellschaftsschicht ist Tanzen viel mehr. Es gibt eine Vielzahl von Schritten und Figuren, die exakt und mit Anmut ausgeführt werden müssen. Wie ich schon sagte, der Tanz ist eine Kunst. Er unterliegt ebenso den feinen Regeln des ständigen Werbens zwischen den Geschlechtern und muss der hohen Diplomatie genügen. Damals auf dem Wiener Kongress wurde mehr Politik auf dem Parkett betrieben als in den Konferenzsälen. Könige, Fürsten und Generäle, ja selbst der Zar mit seinem Gefolge trafen sich in Wien, um nach Napoleons Sturz Europa neu aufzuteilen. Es war nicht nur der Diplomat Fürst Metternich, der die Einigung herbeiführte. Ohne die vielen Damen, die Hofbälle und Redouten zu einem Erlebnis für die hohen Herren machten, wären keine Ergebnisse erzielt worden. Es waren Damen von altem Adel, intelligent und mit den Schwierigkeiten der Politik vertraut, und natürlich auch Frauen, die in Metternichs Diensten standen und ihm getreulich berichteten, was auf der Tanzfläche und später in den Separees gesprochen wurde. Aber zurück zum Tanz und zu einer guten Konversation, die nahtlos in Diplomatie übergeht – sei sie nun von politischem Wert oder um die Familiendynastie zu stärken. Denn darum dreht sich das Spiel der Gesellschaft. Reichtum, Macht, ein guter, alter Name. Dafür werden Verbindungen geknüpft. Dafür werden Söhne und Töchter verheiratet.«

Alisa sah, wie Tammo eine Geste machte, als müsse er sich übergeben. Sie selbst fand den Vortrag auch ein wenig unpassend. Sie wollten doch einfach nur tanzen lernen!

»Beginnen wir mit einer kleinen Demonstration.« Sie ließ ihren Blick an der Reihe der Vampire entlanggleiten, bis er an Franz Leopold hängen blieb. Die von einem schwarzen Spitzenhandschuh umhüllte knochige Hand machte eine auffordernde Geste. Alisa hatte fast ein wenig Mitleid mit ihm. Das war nicht gerade ein Spaß, doch Franz Leopold ließ sich nichts anmerken. Mit unbeweglicher Miene trat er auf die Tanzmeisterin zu, verbeugte sich mit einer Eleganz, die Alisa nicht für möglich gehalten hatte, und reichte ihr dann seine Hand. Die altehrwürdige Dracas versank in einen tiefen Knicks. Anmutig bewegen konnte sie sich noch, trotz ihres Alters, das musste Alisa zugeben.

»Wir beginnen mit den Grundfiguren der am häufigsten gespielten Kontertänze. Es gibt sie in den Variationen der Quadrille, der Anglaise und der Ecossaise. Sie werden grundsätzlich in Reihen oder anderen Gruppenaufteilungen getanzt. Bei einer *contredanse anglaise* stehen sich Herren und Damen gegenüber. Bei der *contredanse française* nimmt der Herr neben seiner Dame so Aufstellung, dass vier Paare ein Quadrat bilden. Musik bitte!«

Sie führte mit Franz Leopold einige Figuren vor, bei denen sich das Paar trennte und sich wieder traf, sich voreinander verbeugte, umeinander herumschritt, sich drehte, die Position wechselte. Wobei Alisa ein Rätsel war, woran der Herr oder die Dame erkennen konnte, was als Nächstes kam. Die Musik war eher langsam und klang höfisch verspielt. Die Bewegungen der beiden Tänzer waren übertrieben grazil, ja fast ein wenig affektiert.

»Das kommt Franz Leopold ja entgegen«, meinte Luciano. »Aber ich finde es langweilig. Ich dachte, gerade in Wien tanzt man diese altmodischen Sachen nicht mehr. Ich weiß, dass man schon auf dem Wiener Kongress seinen Arm um die Mitte der Dame legen und sie im Walzertakt drehen durfte!«

Die Musik verklang und Stille senkte sich über den Tanzsaal. Konstanze sah Luciano eindringlich an, bis er den Blick senkte. Hatte sie seine Worte gehört oder in seinen Gedanken gelesen? Alisa erwartete, dass sie ihn scharf zurechtweisen würde, doch sie fuhr einfach in ihren Erklärungen fort.

»Diese und andere Tänze wurden und werden noch bei Hof und auch bei den Hausbällen der großen Familien getanzt. Weitaus häufiger sind inzwischen jedoch die Tänze, bei denen sich jedes Paar unabhängig von den anderen durch den Saal bewegt. Meist in schnellerem Rhythmus als bei den Kontertänzen. Wobei auch die Ecossaise durchaus lebhaft ist. Aber zurück zu den Paartänzen. Im Dreiertakt gibt es den berühmten Walzer, in einem schnellen Zweiertakt den Galopp!«

Als wäre dies sein Stichwort gewesen, ließ Ludwig die Finger auf die Tasten fallen. Der vermutlich wie viele Walzermelodien aus der Feder von Johann Strauss stammende Galopp war so mitreißend, dass die Erben nicht stillstehen konnten. Alisa sah, wie Franz Leopold die Rechte der Altehrwürdigen ergriff und ihr seine andere Hand an die Taille legte. Dann begann er sie in schnellen Schritten und Drehungen rund um den Saal zu wirbeln. Nicht nur der junge Dracas machte dabei eine gute Figur. Auch die Altehrwürdige ließ fast ihr Alter vergessen, so harmonisch sprangen und drehten sich die beiden ungleichen Partner zum Takt der Musik.

»Das gefällt mir schon viel besser«, strahlte Joanne und sprang im Takt von einem Bein auf das andere.

Als das Paar wieder an seiner Ausgangsposition ankam, brach die Musik ab. Konstanze sah in die veränderten Gesichter. Begeisterung hatte die Langeweile abgelöst. Sie verzog die schmalen Lippen kurz zu so etwas wie einem Lächeln.

»Und nun zum König der Tänze. Es ist vielleicht der einzige Punkt, in dem sich alle Wiener einig sind, von den schmutzigen Arbeitern in den Vororten über die kleinen Handwerker und Beamten bis zu den reichen Geldbaronen und gar den hoffähigen Adelsfamilien: Der Walzer ist der König! Aus dem *Deutschen* entstanden, war es zuerst eine wüste, wild gesprungene Dreherei, die nur dem einfachen Volk anstand. Daraus wurde dann der *Langaus,* bei dem die Paare hintereinander aufgereiht Runde um Runde drehten, bis der ein oder andere mit Schlagfluss erschöpft am Boden liegen blieb.« Sie zeigte kurz ihre Zähne. »Die Menschen neigen dazu, ihre Kräfte zu überschätzen. Jedenfalls wurde der *Langaus* aus gesundheitlichen Gründen untersagt. Das Drehen wurde ruhiger und die Paare lösten sich aus der gemeinschaftlichen Formation. Der Walzer war geboren. Die beiden Komponisten Lanner und Strauss – Vater des heute verehrten Komponisten – schufen einen Walzer nach dem anderen und verwandelten Wien zur Faschingszeit in ein Tollhaus. Von den Redoutensälen in der Hofburg bis zu den Weinschänken draußen vor dem Linienwall wurde überall nur noch Walzer getanzt. Und das wollen wir jetzt auch tun.«

Sie versank in einen tiefen Knicks, während Ludwig die ersten Töne anschlug. Franz Leopold verbeugte sich und nahm dann die Tanzmeisterin wieder in seine Arme. Es war ganz anders als beim Galopp zuvor. Nicht so wild und doch voller Lebensfreude. Ein Schwingen und Drehen, das Lust auf mehr machte. Alisa ertappte sich bei dem Wunsch, in diesem Augenblick an Stelle der Tanzmeisterin zu sein und sich von Franz Leopolds Armen durch den Tanzsaal schwingen zu lassen. Sie spürte, wie die Musik sie einhüllte und sie zwang, sich in ihrem Dreiertakt zu wiegen. Für einen Moment trafen sich ihre Blicke und sie sah, wie Franz Leopold die Lippen kräuselte. Hatte er die Sehnsucht in ihren Gedanken gelesen? Machte er sich wieder einmal über sie lustig? Rasch senkte Alisa den Blick und heftete ihn fest auf die Schuhspitzen, die unter ihrem gerüschten Rock hervorlugten, bis die Musik abbrach.

»Ah, ich sehe, der Walzer macht den meisten von euch doch noch Lust, die Kunst des Tanzens zu erlernen.«

Tammo war vermutlich der Einzige, den die Demonstration

ungerührt ließ. Ja, vermutlich war der Gedanke, einen Arm um die Taille eines Mädchens legen zu müssen, für ihn so abwegig, dass er den Walzer noch mehr scheute als die langweiligen Kontertänze.

»Das wird sich mit der Zeit von alleine legen«, meinte Ivy mit einem Lächeln, als Alisa ihr ihre Gedanken anvertraute.

»Er ist jetzt zwölf, nicht wahr? Wart noch drei Jahre und er wird nichts lieber tun, als ein Mädchen in die Arme zu nehmen!«

Die Tanzmeisterin entließ Franz Leopold mit einem Kopfnicken. Nun waren die Erben dran. Zu ihrer Enttäuschung begannen sie weder mit Walzer noch mit Galopp oder Polka sondern mit einer Anglaise.

»Du brauchst der Stunde nicht weiter beizuwohnen«, sagte die Tanzmeisterin zu Franz Leopold. »Wir haben eh zu wenige Damen im Saal.«

Zu Alisas Überraschung lehnte er ab und bat, weiter teilnehmen zu dürfen. Konstanze sah ihn einige Augenblicke streng an, dann nickte sie.

»Gut, dann hole deine Cousine Anna Christina und zwei weitere Damen – vielleicht Katherina und Lieselotte –, dass wir zügig mit dem Unterricht fortfahren können.«

Während sich Franz Leopold auf die Suche nach den Vampirinnen machte, ließ die Tanzmeisterin sie erst einmal eine korrekte Referenz üben. Dann erklärte sie die Schrittfolgen und ließ ihre Schützlinge die Passagen ein paar Mal ohne Musik wiederholen.

»Ein Königreich für ein Schwert«, murrte Tammo, wagte aber nicht, sich zu verweigern. Erstaunlicherweise machte er seine Sache gar nicht so schlecht. Nur Fernand und Joanne zeigten ihr mangelndes Interesse deutlich und handelten sich damit eine scharfe Rüge der Tanzmeisterin ein.

Franz Leopold kehrte mit den genannten Damen zurück. Anna Christina war anzusehen, wie wenig sie begeistert war, dafür schienen die anderen Vampirinnen eher neugierig auf die fremden Erben zu sein. Alisa schätzte sie auf Mitte Zwanzig. Sie waren beide sehr schön und strahlten eine kecke Lebensfreude aus, die die anderen Dracas meist vermissen ließen.

»Aufstellung!« Die Musik begann. Konstanze gab den Einsatz und kündigte jede einzelne Figur mit lauter Stimme an. Sobald einer der Erben nicht mehr ganz mitkam, klopfte sie mit ihrem Stock den Takt auf dem Boden. Alisa bekam erst Raymond als Partner und dann auch noch Karl Philipp. Beides war nicht gerade ein Vergnügen und sie war froh, dass sie nicht zusammen Walzer tanzen mussten. Schneller als erwartet verflogen die Stunden und schließlich erhob sich Ludwig von seinem Schemel und klappte den Flügel zu.

»Endlich frei!«, rief Tammo und reckte die Faust in die Luft. Sein Blick suchte den von Jeanne und Fernand.

»Was tun wir jetzt? Es sind noch mindestens zwei Stunden bis zum Morgengrauen.«

Die Tanzmeisterin machte seine Hoffnungen zunichte. »Ihr werdet im Blauen Salon von unserem Altehrwürdigen Guntram erwartet, um eine wichtige Lektion zu erlernen.«

»Was?« Die drei waren nicht erfreut und trödelten maulend hinter den anderen her.

Alisa dagegen frohlockte. »Endlich geht es los! Wir werden lernen, wie man seine Kräfte einsetzt, um in einen anderen Geist einzudringen!«

Franz Leopold runzelte verwirrt die Stirn. »Guntram ist nicht gerade einer der Dracas, der sich durch überragendes Talent auf diesem Gebiet auszeichnet.«

»Na, für uns Anfänger wird es wohl genügen«, meinte Ivy.

Alisa sah sie vorwurfsvoll an. »Netter Versuch, dich als eine Anfängerin zu bezeichnen. Ich gehe jede Wette ein, dass du es mit jedem Dracas aufnimmst.«

»Ich weiß nicht, aber das gehört ganz sicher zu den Gedanken, die man hier nicht hegen sollte. Es würde zu viele Fragen aufwerfen. Eine kleine Lycana mit solchen Kräften?«

Alisa schlug sich erschrocken die Hand vor den Mund. »Ich hätte nicht gedacht, dass es hier so kompliziert wird. Ständig muss man auf der Hut sein.«

»Ja, vor allem muss euch bewusst sein, dass der Angegriffene oft gar nichts davon bemerkt«, fügte Franz Leopold hinzu. »Ich kann euch nur warnen. Es gibt hier im Haus mehr Dracas, als uns lieb sein kann, die diese Fähigkeit beherrschen.«

»Kannst du das inzwischen auch?«, fragte Luciano misstrauisch.

Franz Leopold lächelte liebenswürdig. »Hast du Angst, ich würde von deinen Liebesnöten erfahren? Die sind mir längst bekannt! Du bist einfach zu unvorsichtig. Ich meine, nicht dass mich deine kleinen Sorgen und Nöte wirklich interessieren, aber du bietest dich geradezu an, um nicht aus der Übung zu kommen. Doch um deine Frage zu beantworten: Nein, wenn mein Gegenüber aufmerksam ist, dann schaffe ich es nicht, unbemerkt in seine Gedanken einzudringen. Nur wenn jemand so nachlässig vor sich hinträumt, wie du das zu tun pflegst.«

Sie betraten den Blauen Salon, der wie der Ballsaal in der Beletage zur Gartenseite zeigte und durch seine beiden hohen Rundbogenfenster einen wundervollen Blick über die Gartenbauanlage und die Ringstraße bis hinüber in den Stadtpark bot. Seinen Namen hatte er von den blauen Damasttapeten, die einige Landschaftsgemälde zierten. Der Salon hatte den gleichen schön gemusterten Parkettboden aus hellen und dunklen Ornamenten wie das anschließende große Konversationszimmer, das auch Gelber Salon genannt wurde. Hier hatten sich einige der Dracas versammelt, während durch die weit geöffneten Flügeltüren, die auf die Veranda führten, die kühle Luft des frühen Morgens hereinströmte. Eigentlich hätten die Erben vom Ballsaal auch den direkten Weg durch den Gelben Salon nehmen können. Man hatte ihnen von Seiten der Dracas jedoch deutlich klar gemacht, dass diese nicht vom Anblick der fremden Erben gestört zu werden wünschten. Ja, man ließ sie immer wieder spüren, dass sie hier im Palast der Dracas nicht so willkommen waren wie vielleicht bei anderen Clans, doch die Erben nahmen die Feindseligkeit gelassen hin.

Erwartungsvoll nahmen die jungen Vampire auf den bereitgestellten Stühlen Platz. Der Altehrwürdige Guntram erwartete sie bereits. Er war völlig kahl, wirkte ansonsten aber eher harmlos. Er begrüßte die Erben sogar mit einem Lächeln, was Alisa mehr irritierte als erfreute.

»Da ist doch was faul«, murmelte sie.

»Warum immer so misstrauisch«, gab Ivy leise zurück.

Der Dracas räusperte sich und ergriff das Wort. »Baron Maximilian und Baronesse Antonia sind sich einig, dass eure Ausbildung möglichst umfassend und vielseitig sein sollte. Daher haben sie mir aufgetragen, euch unsere schöne Sprache zu lehren. Also fangen wir gleich an.«

Er sprach ein paar Sätze in der alten Sprache, die allen Vampiren geläufig war, und wiederholte sie dann auf deutsch mit seinem wienerischen Akzent, gemischt mit ein paar Begriffen, die Alisa nicht geläufig waren.

Die Vamalia blinzelte verdattert. »Das ist aber jetzt nicht sein Ernst? Er will uns *Deutsch* beibringen?«

Ivy unterdrückte einen Seufzer. »Offensichtlich.« Angesichts Alisas entsetzter Miene musste sie lachen.

»Ich finde das nicht lustig! Ich will etwas Richtiges lernen. Nichts gegen Fechten und Tanzen, aber jetzt müssen sie uns doch mal etwas beibringen, das uns wirklich weiterbringt!«

Ihre Stimme war immer lauter geworden, sodass sie nun alle anstarrten.

»Äh, Fräulein, ist etwas nicht klar?«, erkundigte sich der Altehrwürdige. »Soll ich den Satz noch einmal wiederholen?«

»Nein, nicht nötig! Ich bin der deutschen Sprache durchaus mächtig!«, schnappte sie zornig, ohne sich darum zu kümmern, dass ihr Ton einem Altehrwürdigen gegenüber nicht angemessen war. Und in Gedanken fügte sie hinzu: *und bestimmt besser als alle Wiener zusammen mit ihrem seltsamen Dialekt!*

Der Altehrwürdige blieb zu ihrer Überraschung freundlich. »Ah, ich höre an deiner Aussprache, du bist eine Vamalia. Ich denke, euch kann ich vom Unterricht freisprechen. Und natürlich auch Marie Luise, Karl Philipp und Franz Leopold. Ihr könnt gehen. Die anderen dagegen bitte ich um Aufmerksamkeit. Sprecht mir folgende Worte nach.«

Es war ganz sicher nicht Alisas Art, einer Unterrichtsstunde fernzubleiben, doch nun erhob sie sich brüsk und stürmte mit rauschenden Röcken hinaus. Franz Leopold folgte ihr. In ihrer Wut achtete sie nicht darauf, welche Tür sie nahm, und stand unvermittelt zwischen den ranghöchsten Dracas im Gelben Salon. Die Empörung, die ihr entgegenschlug, manifestierte sich in einem

Schmerz, der ihren Kopf auseinanderzutreiben schien. Fassungslos starrte sie in die feindseligen Gesichter. Sie konnte ein klägliches Stöhnen nicht unterdrücken. Baronesse Antonia erhob sich langsam von ihrem Polstersessel, ohne Alisa aus ihrem Blick zu entlassen, der einer Schlange zur Ehre gereicht hätte.

»Ich dachte, wir hätten euch bei unserer Begrüßungsansprache klargemacht, dass ihr hier im Gelben Salon nichts zu suchen habt? Ausgerechnet dich hier zu sehen, wundert mich nicht. Du gerätst ganz nach eurer Dame Elina, der Traditionen und gesellschaftliche Regeln gleichgültig sind und die stets ihren Dickkopf durchsetzen will …«

Franz Leopold entschied, die Baronesse gar nicht erst richtig in Fahrt kommen zu lassen. Rasch trat er vor und zog Alisas Hand in seine Armbeuge.

»Verzeiht Baronesse Antonia, wir müssen leider gehen. Die Pflicht ruft.«

Er schenkte der Schwester seines Clanführers ein knappes Kopfnicken und zerrte Alisa in den Wintergarten hinüber. Alisa registrierte noch, wie die Baronesse mitten im Wort abbrach und sie fassungslos anstarrte, dann schlug die Tür hinter ihr ins Schloss.

»Was sollte das denn?«, fragte sie, zwischen Verwirrung und Ärger schwankend. Verstohlen rieb sie sich den noch immer schmerzenden Kopf. Die geistigen Kräfte der Dracas waren unheimlich.

»Ich habe dich vor einer Standpauke bewahrt. Baronesse Antonia kann recht unangenehm werden, wenn sie sich in etwas reinsteigert.«

»Du meinst, ich sollte dir dankbar sein?«

Franz Leopold nickte hoheitsvoll. »Allerdings, das solltest du.«

Mit dem nachlassenden Schmerz in ihrem Kopf verflogen auch Ärger und Verwirrung. Alisa gluckste. »Also dann, sei meines Dankes versichert, obwohl ich mich frage, was für Sanktionen ein so scheußliches Verbrechen nach sich gezogen hätte. Einen Salon der Familie betreten? Nein, wie fürchterlich. Und das auch noch als Vamalia! Hätten sie mich zur Strafe in einem ihrer Verliese in den Kasematten angekettet und ausgepeitscht?«

Franz Leopold versuchte sich an seinem hochmütigen Blick,

konnte aber ein Zwinkern nicht unterdrücken. »Wo denkst du hin? Wir sind doch keine Barbaren wie die Nosferas oder die Pyras.«

»Was bedeutet, dass es bei euch nur geistige oder geistreiche Folter gibt?«, wollte Alisa wissen.

»Hm, so ähnlich. Wie geht es deinem Kopf?«

»Danke, wieder ganz gut«, gab Alisa überrascht zurück. Seit wann interessierte sich Leo für das Befinden anderer?

»Und was machen wir jetzt? Hast du Lust, noch ein wenig durch Wien zu spazieren?«

Alisa sah ihn misstrauisch an, ob er sich einen Scherz mit ihr erlaubte, doch offensichtlich meinte er den Vorschlag ernst.

»Au ja! Wohin gehen wir? Kann ich den Dom sehen?«

Franz Leopold verbeugte sich. »Dein Wunsch ist mir Befehl. Beginnen wir im Herzen der Stadt beim Stephansdom. Interessieren dich mehr die lebenden Wiener oder die toten? Wenn du möchtest, können wir in die Grüfte unter dem Kirchplatz steigen. Dort gibt es noch Verbindungen zu den Katakomben und den Pestgruben vergangener Jahrhunderte. Nicht nur die Pyras in Paris können mit Skelettbergen aufwarten!«

Alisa lachte. »Ja, das klingt gut. Und dann zu den noch lebenden Wienern. Ich will die wichtigsten Plätze und Gassen sehen und spannende Geschichten darüber hören.«

Alisa hakte sich bei Franz Leopold unter und ließ sich durch den Wintergarten in das Vorzimmer und dann die Prachttreppe hinunter auf die Seilerstätte hinausführen.

»Ihr geht noch aus, Herr?« Matthias stellte sich ihnen in den Weg. Sein Tonfall war durchaus ehrerbietig, doch seine Körperhaltung zeigte Entschlossenheit. Und der ehemalige Droschkenkutscher war durchaus von imposantem Körperbau.

»Ja, wir gehen noch aus«, entgegnete Franz Leopold. »Und wir bedürfen deiner Hilfe nicht. Ich bin durchaus in der Lage, mich in der Stadt zurechtzufinden. Du kannst wieder ins Haus zurückgehen.«

»Das mag schon sein. Ich fürchte auch nicht, dass Ihr Euch in Wien verlauft und den Rückweg zum Palais nicht mehr findet.«

»Was fürchtest du dann?«

Der Diener hob seine massigen Schultern. »Ich weiß nicht recht. Etwas geht hier vor sich, das mir nicht gefällt. Ich habe so eine Ahnung.«

Franz Leopold wischte die Bedenken leichtfertig beiseite. »Seit wann ist es Fiakern gegeben, in die Zukunft zu schauen? Geh aus dem Weg!«

Matthias trat mit sichtlichem Unwillen beiseite. »Und was ist mit den Raben?«, hörte Alisa ihn murmeln. »Ich habe noch nie erlebt, dass sie sich so seltsam verhalten.«

Franz Leopold ging nicht darauf ein. Er führte Alisa am Franziskanerkloster vorbei die Weihburggasse hinunter. Beiden war bewusst, dass sich Matthias über die Anweisungen, die der Dracas ihm gegeben hatte, hinwegsetzte und ihnen in einigem Abstand folgte.

DÜSTERE AHNUNGEN

Seymour, was ist mit dir? Du zürnst mir doch nicht etwa, dass ich ohne dich der Vorstellung im Burgtheater beigewohnt habe?

Ivy lag in ihrem Bett auf dem Rücken, die Hände vor der Brust gefaltet, die Augen geschlossen. Es irritierte sie immer noch ein wenig, hier auf einer weichen Matratze und unter einer Daunendecke zu liegen, deren Wärme sie nicht brauchte, statt in ihrem einfachen Sarg. Nicht dass sie sich fürchtete, von Sonnenlicht getroffen zu werden und untertags während ihrer Todesstarre Schaden zu erleiden. Sie hatte sich die Lage der Fenster und den Bau der gegenüberliegenden Gebäude genau angesehen. Selbst wenn jemand während des Tages die undurchlässigen Vorhänge beseitigen würde, konnte keines der Betten, in dem ein Vampir ruhte, von einem Sonnenstrahl getroffen werden. Die Dracas waren weder leichtsinnig noch dumm. Viele hatten gar ihre Lager in den zahlreichen Boudoirs des Hauses aufgeschlagen, die nicht an eine Außenwand grenzten und daher keine Fenster aufwiesen. Ivy konzentrierte sich auf Alisas Schwingungen. Sie regte sich nicht mehr. Ihr Atem stockte. Die todesähnliche Starre hatte Besitz von ihr ergriffen. Selbst ihre Gedankenströme waren erlahmt. In diesem Zustand konnte ein Vampir nicht einmal träumen. Er konnte bei Gefahr nicht aufschrecken und sich nicht verteidigen. In diesen Stunden bis zum Sonnenuntergang war jeder Vampir völlig wehrlos.

Seymour?

Der Werwolf ließ sich mit seiner Antwort Zeit. *Nein, ich zürne dir nicht. Auch wenn ich es nicht gutheißen kann, dass du alleine unterwegs bist. Wie soll ich dich beschützen, Schwester, wenn ich nicht in deiner Nähe bin?*

»Ach Seymour, ich bin kein kleines Mädchen mehr. Ich stecke nur in einem solchen Körper – das müsstest du eigentlich wissen. Ich kann ganz gut selbst auf mich aufpassen. Unterschätze meine Kräfte nicht. Sie hatten einhundert Jahre Zeit zu wachsen.«

Ich weiß durchaus, wozu du fähig bist, Schwesterchen, doch ich wittere etwas, was mir nicht gefällt und mir die Ruhe raubt.

»Ja, die Raben. Sie sind mir nicht entgangen.«

Ich spreche nicht von ein paar schwarzen Vögeln! Ein düsterer Schatten senkt sich über Wien. Mit jeder Stunde kommt er näher. Spürst du es nicht?

Ivy schwieg eine Weile und horchte in sich hinein. Da war etwas Dunkles, Bedrohliches, das sie nicht zu fassen wusste … Das konnte nur eines bedeuten. War ihr das bisher wirklich entgangen oder hatte sie es nur nicht wahrhaben wollen?

»Der Schatten«, flüsterte sie. Sie konzentrierte sich und versuchte ihn zu erspüren. »Er ist nicht in der Nähe. Nicht in Wien, da bin ich mir sicher.«

Vielleicht spüren wir seine begehrlichen Gedanken, die er aus der Ferne auf dich richtet.

Ivy umfasste den steinernen Armreif aus grünem Connemaramarmor, den sie noch immer um ihr Handgelenk trug.

Seine Kraft ist am Schwinden. Er ist beinahe erloschen.

Ivy seufzte. »Ja, der Stein kann mich nicht mehr schützen. Wir sind ganz auf uns gestellt.« Wieder schwieg sie eine Weile und spürte den unheimlichen Schwingungen nach, die sie jetzt deutlich empfing.

»Seymour, es ist, wie du sagtest. Der Schatten senkt sich über uns herab. Selbst wenn er jetzt noch weit entfernt ist, so ist sein Sinn bereits auf Wien gerichtet. Er kommt! Und wir müssen uns bereit machen, ihm zu begegnen.«

Müssen wir das wirklich? Vielleicht ist es Zeit, Abschied zu nehmen und dorthin zurückzukehren, wohin wir beide gehören. In Irland bist du geschützt. Unsere Mutter Tara würde es nicht zulassen, dass der Schatten Hand an dich legt.

»Das Akademiejahr hat gerade erst angefangen. Mein Platz ist hier bei den anderen Erben!«

Der Werwolf knurrte. *Das ist nicht wahr und das weißt du auch. Du gehörst nicht zu den Erben und du bist auch nicht hier, weil du von den Dracas etwas lernen kannst.*

»Doch, sie sind uns in ihren Fähigkeiten der Gedankenbeeinflussung voraus«, beharrte Ivy, aber der Wolf ließ sich nicht beirren.

Du bist kein Erbe der Lycana. Mervyn ist der Einzige, den sie noch haben. Du bist nur eine Unreine, die sich unter Lügen bei ihnen eingeschlichen hat.

»Was bezweckst du damit? Willst du mich kränken?«

Seine Stimme klang nun ganz weich in ihrem Kopf. *Nein Ivy-Máire, meine geliebte Schwester. Du weißt, dass ich immer an deiner Seite bin, um dich zu beschützen und Schaden von dir zu wenden. Wenn ich dir nun die grausame Wahrheit so hart vor Augen führe, dann geschieht das einzig und allein, um dich zu retten. Geh fort, Schwester! Verlasse diesen Ort, der für dich zum Verhängnis werden wird, wenn du zu lange zögerst. Nimm Abschied! Es wird Zeit. Sieh dir deine Freunde an. Sie werden reif und erwachsen, du bleibst ein Kind. Es wird immer schwieriger.*

»Es ist nur mein Äußeres! Daran nehmen sie keinen Anstoß.«

Dein Körper ist zu jung, dein Geist zu alt. Sieh es ein, Ivy, und stell dich den Tatsachen. Und lass deine Liebe los. Franz Leopold und du, ihr könnt nicht zusammenkommen. Er hat sich längst von dir abgewendet und ist im Begriff, sein Herz für immer zu verschenken, das weißt du. Schwindle mir nicht vor, du hättest nicht in den Gedanken und Gefühlen deiner Freunde gelesen.

»Gib dir keine Mühe. Du wirst mich nicht überzeugen. Ich bleibe hier. Wenn unsere Mutter es für zu gefährlich erachten würde, hätte sie uns nicht hierher geschickt. Ich habe den Auftrag, mit den anderen die Akademie zu besuchen!«

Auch Tara ist nicht allwissend.

Ivy antwortete nicht mehr. Sie ließ es zu, dass nun auch sie die Starre übermannte und ihre Gedanken und Gefühle zum Erliegen kamen. Zumindest bis zum Abend, wenn die Sonne im Westen hinter Wien versank. Dann würde sie sich Seymour und seinen Befürchtungen wieder stellen müssen.

*

Bereits kurz nach ihrer Abreise aus London begann Latonas Widerstand zu schmelzen. Natürlich verzehrte sie sich noch immer nach Malcolm und nahm es Bram Stoker übel, dass er sich unaufgefordert als ihr Beschützer aufspielte. Bisher hatte er erfolgreich verhindert, dass sie sich auf die Suche nach Malcolm machte. Er meinte, sich einem Vampir in die Arme zu werfen und sich zu seinesgleichen machen zu lassen, sei kein geeignetes Vorhaben für ihre Zukunft. Latona war da anderer Meinung.

Anderseits kamen ihr manches Mal Zweifel, ob Malcolm sie so sehr liebte und begehrte wie sie ihn. Was wusste sie schon über Vampire und ihre Gefühle? Alles, was ihr Onkel Carmelo über diese Wesen der Finsternis beigebracht hatte, war, wie man sie aufspüren und vernichten konnte. Vielleicht war es gar keine so schlechte Idee, Bram auf seiner Forschungsreise nach Wien zu begleiten und von diesem ungarischen Professor mehr über Vampire zu erfahren.

Das Rütteln des Zuges machte Latona schläfrig. Die Lider sanken herab und sie überließ sich ihren wandernden Gedanken. Sie wurden wie ihre Träume von einem Paar blauer Augen beherrscht, die sie begehrlich, ja hypnotisch fixierten. Sie sah Malcolms feines weißes Gesicht mit dem blonden Haar, das ein wenig rötlich schimmerte. Eine Weile gab sich Latona der Erinnerung an seine Umarmung und seinen Kuss hin. Dann grübelte sie wieder über ihre Reise nach. So zwischen Wachen und Traum fühlte es sich an, als wäre ihr Onkel noch am Leben. Sie waren wieder auf Reisen, um eine neue Stadt kennenzulernen. Sich auf ein neues Abenteuer einzulassen. Langweilig war es an seiner Seite nie gewesen.

Als Carmelo sie nach dem Tod ihrer Eltern aus dem Internat befreit hatte, waren aufregende Zeiten für sie angebrochen, oft gefährlich, manches Mal voller Entbehrungen, aber nie langweilig. Nun war er tot. Wie nicht anders zu erwarten, war er auf seiner Jagd nach Vampiren im Kampf gefallen und sie stand alleine auf der Welt.

Was wäre geschehen, hätte sich Bram Stoker nicht so selbstlos ihrer angenommen? Das Erbe, das ihre Eltern und Carmelo hinterlassen hatten, war nicht so groß, als dass sie bequem davon hätte leben können. Sie sah sich mit Entsetzen im grauen Gewand einer Gouvernante, die sich mit den Launen irgendwelcher verzogener Gören rumschlagen musste, stets auf der Hut, bei der Herrschaft nicht in Ungnade zu fallen und gar ihre Stelle ohne Zeugnis zu verlieren. Nein, sie musste Bram Stoker dankbar sein, dass er sie vor diesem Los bewahrte. Zumindest im Moment. Latona öffnete die Lider einen Spalt und betrachtete ihren Reisegefährten im Sitz gegenüber.

Eigentlich mochte sie ihn ganz gern. Er war nicht so schön, eloquent und charmant wie sein Freund Oscar Wilde mit seinem sprühenden Wortwitz. Andererseits konnte dieser mit seiner exzentrischen und sprunghaften Art auch recht anstrengend werden. Bram Stoker dagegen war ein verlässlicher Charakter. Sein etwas strenges, düsteres Aussehen spiegelte seine Seele wider. Manches Mal versank er in Melancholie und sie konnte nur Vermutungen anstellen, mit welchen dunklen Dämonen er kämpfte. Doch sonst war er stets freundlich zu ihr und von einer beruhigenden Heiterkeit, die ein Zusammenleben angenehm machte. Und nun ging er mit ihr auf Reisen, wie Carmelo früher. Nur mit dem Unterschied, dass sein Interesse an Vampiren friedlicher Natur war, was Latona sehr entgegenkam. Carmelo hätte nicht eher geruht, bis er den Vampir, der es gewagt hatte, sich an seiner Nichte zu vergreifen, gefunden und vernichtet hätte. Nein, da war ihr Brams wissenschaftliche Neugier schon lieber.

Bram bemerkte, dass sie ihn beobachtete. »Ist alles in Ordnung? Fühlst du dich nicht wohl? Kann ich etwas für dich tun?«

»Danke der Nachfrage, ich fühle mich ganz wunderbar.«

Noch während Latona es aussprach, wurde ihr klar, dass es stimmte. Sie war wieder unterwegs. Unbekanntes wartete auf sie und wie früher ließen Vorfreude und Aufregung ihr Herz rascher schlagen.

*

Die nächsten Nächte verliefen ähnlich wie die vorhergegangenen. Die Erben waren mindestens bis Mitternacht sich selbst überlassen. Dann folgten Tanzunterricht, Fechtstunden und endloser Unterricht in Wienerisch, denen nur die Dracas und die Vamalia fernbleiben durften. Luciano versuchte vergeblich, sich ebenfalls zu drücken. Schließlich hatte er sich im vorherigen Jahr von Alisa bereits leidlich Deutsch beibringen lassen und langweilte sich nun mit den Anfängerübungen. Doch der altehrwürdige Dracas blieb in diesem Fall hart.

Alisas anfängliche Empörung wandelte sich in heftige Wut. »Wann lernen wir endlich Gedanken zu lesen und unsere geistigen Kräfte einzusetzen?«

Keiner konnte oder wollte ihr eine Antwort geben. »Sicher bald«, sagte Franz Leopold lahm. »Wenn ihr die anderen wichtigen Lektionen beherrscht.«

»Ach, so wichtige Dinge wie den wienerischen Dialekt, jeden einzelnen in den vergangenen Jahrhunderten getanzten Menuettschritt und sämtliche Huten, die sich irgendwelche verrückten Fechtmeister im Mittelalter ausgedacht haben?«

»Fechten ist nicht schlecht«, warf Luciano ein. »Es kann durchaus nützlich sein.«

Alisa fuhr herum und herrschte ihn an. »Ja, fechten ist ganz wunderbar, aber was tust du mit deinem alten Schwert in der Hand, wenn der Feind deinen Geist angreift?«

Sie funkelte ihn so wild an, dass Luciano mit erhobenen Handflächen zurückwich. »Ist ja gut. Du musst mich nicht gleich auffressen.«

»Wenn du mich um einen Rat gebeten hättest, dann hätte ich dir gesagt, dass es lebensgefährlich ist, Alisa in solch einer Stimmung zu widersprechen«, meinte Franz Leopold liebenswürdig. »Pass auf, jetzt faucht sie gleich wie ein Panther.«

Alisa fixierte ihn mit zornig zusammengekniffenen Augen, doch dann übermannte sie plötzlich ein Lachen. »Ach, hört schon auf. Aber ihr müsst doch zugeben, dass es ein Skandal ist! Die Akademie kommt nach Wien und die Dracas weigern sich, uns das zu unterrichten, was ihre Familie vor den anderen auszeichnet. Haben nicht alle anderen Clans die Erben bereitwillig in ihre magischen Geheimnisse eingeweiht?«

»Es widerspricht dir keiner«, pflichtete ihr Luciano bei. »Vielleicht kann Leo mal ein wenig Dampf bei seinem Baron und der reizbaren, äh, ich wollte sagen reizenden Baronesse Antonia machen?«

Der Dracas hob die Schultern. »Ich kann's versuchen. Ob es etwas bringt, bezweifle ich. Jedenfalls habe ich, um euch die Langeweile zu vertreiben, für morgen Abend Opernkarten besorgt.«

»Ich bin nicht nach Wien gekommen, um in die Oper zu gehen!«, ereiferte sich Alisa.

»›Danke, dass du dir die Mühe gemacht hast, Karten zu besorgen, und uns in die Oper einlädst‹, wäre die korrekte Reaktion gewesen«, meinte Franz Leopold ungewöhnlich sanft. »Aber wenn ihr nicht wollt, müssen wir nicht hin. Das Kollegium der drei momentan benannten Direktoren hat ja lediglich Mozarts ›Don Giovanni‹ wieder auf den Spielplan genommen, mit dem das Haus vor elf Jahren eröffnet wurde. Ja, und die Wiener Philharmoniker, aus deren Mitte die Musiker stammen, sind auch nur ein Orchester von Menschenhand.«

Alisa starrte ihn an, dann lief sie auf ihn zu und legte ihre Hände auf die seinen.

»Entschuldige. Ja, ich freue mich auf die Oper und ich danke dir, dass du daran gedacht hast. Das eine hat mit dem anderen nichts zu tun.«

»Ich weiß. Eine Vamalia kann eben auch nicht aus ihrer wissbegierigen Haut.«

Für einen Moment sahen sie einander nur an und vergaßen Luciano, Ivy und Seymour, bis sich der Nosferas räusperte.

»Äh, ich glaube, wir sollten uns zum Ballsaal aufmachen. Es ist Zeit und so wie ich die Tanzmeisterin einschätze, ist es keine gute Idee, zu spät zu kommen.«

Sie übten zunächst einige Figuren zum Kotillon, der in Gruppen getanzt wurde und immer den Höhepunkt eines Tanzabends bildete. Die Tanzmeisterin erklärte ihnen, dass die Herren den von ihnen erwählten Damen kleine Blumensträuße überreichten, ehe sie sie zum Tanz führten. Es war üblich, dass sich die Herren zu Beginn des Balls in die Tanzkarten der Damen eintrugen, die sie in den Saal führen wollten. Ein Ball bei Hof unterlag den strengen Vorschriften des spanischen Hofzeremoniells. Alles war minutiös geplant. Jeder Tanz musste dem Zeremonienmeister im Voraus in seiner exakten Länge bekannt sein. Den Kapellmeistern war jede Abweichung untersagt. Bei Hausbällen oder den Redouten, bei denen die Tänzer sich maskierten, waren die Regeln weniger streng.

Nach dem Kotillon sprach die Tanzmeisterin endlich das Zauberwort, auf das nicht nur Alisa sehnsuchtsvoll gewartet hatte.

»Kommen wir zum Walzer!«

Zuerst wurde ihr Mervyn als Partner zugeteilt. Er machte seine Sache gar nicht so schlecht, auch wenn er mit seinen Gedanken woanders zu sein schien. Die geistreiche Konversation, wie sie die Tanzmeisterin für unerlässlich hielt, ließ er jedenfalls ausfallen. Sein Blick irrte über ihre Schulter hinweg. Alisa verrenkte sich den Hals. Wem sah er da ständig hinterher? Alisas Blick fiel auf Marie Luise mit Raymond. Nein, das konnte nicht sein. Bei aller Schönheit konnte sich kein vernünftiger junger Vampir in diese Keifzange verlieben! Alisa war irritiert. Wieder versuchte sie seinem Blick zu folgen, der dieses Mal auf Rowena traf. Aha. Das war schon eher möglich – oder doch nicht? Ausgerechnet eine Vyrad? Wo doch die Engländer und die Iren einander fast so spinnefeind waren wie die Franzosen und die Deutschen? Anderseits trieb sich ihr Bruder bereits von Anfang an mit den Pyras herum und hatte sie zu seinen besten Freunden erkoren. Warum also nicht auch Mervyn und Rowena. Was aber würden ihre Familien davon halten?

Sie würden sich fügen müssen. Und überhaupt. War das nicht der eigentliche Hintergedanke bei der ganzen Akademiegeschichte? Zum ersten Mal kam ihr das so deutlich in den Sinn.

Natürlich wollten sie alle ihre eigenen Erben stärken. War aber nicht das größte Problem, dass die Linien zu lange unter sich geblieben waren und sie nun keinen Nachwuchs mehr zeugen konnten? Dekadent und degeneriert. Wie eifrig betonten alle, die Zukunft liege in ihren Erben. Nun erst wurde Alisa bewusst, was das eigentlich bedeutete. Sie, die Erben aller Clans, mussten für frisches Blut sorgen und für eine neue, starke Blutlinie. Der Gedanke schreckte und erregte sie gleichermaßen. Seit Langem dachte sie wieder einmal an ihre Mutter, die sie und Tammo geboren hatte. Wer ihr Vater war, wusste Alisa nicht. Ja nicht einmal, ob es ein- und derselbe Vampir war.

Vampire verhielten sich nicht wie Menschen, die Ehen eingingen und einander treu blieben – zumindest mehr oder weniger. Manche der anderen Erben wussten nicht einmal, wer ihre leibliche Mutter war. Sie nannten sich untereinander Cousin und Cousine, denn verwandt waren sie auf jeden Fall miteinander. Die jungen Vampire wurden vom Clan gemeinsam aufgezogen. Die Vater- oder Mutterstelle für ihre Erziehung nahm das Clanoberhaupt ein. Dame Elina hatte sich deutlich mehr um die jungen Vamalia gekümmert als die Vampirin, die sie geboren hatte, und Alisa hatte zu ihr eine engere Bindung. An ihre richtige Mutter dachte sie fast nie.

Die letzten Töne des Walzers verklangen. Mervyn ließ sie los, trat einen Schritt zurück und verbeugte sich vor ihr. Partnerwechsel. Alisa schielte Mervyn nach, und richtig. Er stand so unvermittelt vor Rowena, dass kein anderer eine Chance hatte, diesen Tanz mit ihr zu ergattern. Alisa grinste. Also doch.

»Oh nein, muss das sein?« Eine wohlbekannte Stimme ließ sie herumfahren. Das Lachen verging ihr, als sie sah, wen die Meisterin auf sie zuschob.

Ausgerechnet mit ihrem Bruder Tammo musste sie üben. Der machte nicht nur ein Gesicht, als müsse er sich gleich übergeben, er trat ihr auch noch ständig auf die Füße.

»Tammo, du bist völlig aus dem Takt! Hörst du die Musik nicht?

Eins – zwei – drei, eins – zwei – drei. Und zieh nicht so an meinem Arm. Das ist kein Kampfsport!«

»Es ist schlimmer!«, gab ihr Bruder düster zurück.

»Mit dir auf alle Fälle«, giftete Alisa, die nur noch das Ende des Tanzes herbeisehnte. Endlich ließ Ludwig die Hände sinken. Mit einem Seufzer der Erleichterung befreite sich Alisa aus den Armen ihres Bruders.

»Das war bei manchen gar nicht so schlecht«, ließ sich die Tanzmeisterin zu einem Lob hinreißen. »Das üben wir gleich noch einmal. Ludwig, Musik. Darf ich bitten?«

Alisa und Tammo starrten einander entsetzt an. »Nicht noch einmal«, stöhnten sie beide.

Da schoss eine Gestalt heran und trat zwischen Tammo und Alisa. »Du entschuldigst doch?« Franz Leopold schaffte es, sich gleichzeitig elegant vor Alisa zu verbeugen und Tammo wegzuschubsen.

»He, was soll das?«

»Kleiner Partnertausch. Du hast doch sicher nichts dagegen, stattdessen mit deiner lieben Freundin Joanne zu tanzen?«

Tammo trollte sich. Während Franz Leopold Alisas Hand ergriff und den anderen Arm um sie legte, fragte sie sich, ob er es nur satt hatte, Joanne als Partnerin zu haben, oder ob er wirklich mit ihr tanzen wollte.

Wie unbedacht solche Gedanken in einem Augenblick sein mussten, da sie ihm so nahe war, merkte sie gleich.

»Was denkst du denn?«, flüsterte er ihr ins Ohr.

Alisa wandte verlegen den Kopf zur Seite. Es fühlte sich an, als stiege ihr Wärme in die Wangen. Konnte sie wie ein Menschenmädchen vor Scham erröten?

»Nein, alles ganz wunderbar. Deine Wangen sind zauberhaft blass wie immer.«

Ach, er weidete sich an ihrer Verlegenheit und nützte sie schamlos aus. Was sollte sie auch anderes von ihm erwarten? Alisa versuchte krampfhaft, an nichts Verfängliches mehr zu denken und sich auf die Musik zu konzentrieren. Sie ließ sich ganz auf den Walzer ein.

Was für ein Gefühl! Ein Rausch, ein Schwingen und Drehen. Sie konnte seine Hände spüren, seinen Arm um ihre Mitte, seinen Körper ganz nah an dem ihren. Sein Körper war in Spannung und gab ihr Halt, und dennoch war er auch weich, um sanft die Musik in Bewegung zu wandeln. Sie hätte nicht gedacht, dass Tanzen so schön sein konnte. Oder lag es nicht an dem Walzer allein?

Nein, dieser Gedanke ging schon wieder gefährliche Wege und sie wünschte ihn ganz sicher nicht mit Leo zu teilen.

Schließe einfach die Augen. Spüre deinen Körper und fühle die Musik. Dann lass sie eins werden miteinander.

Gehorsam schloss sie die Augen und wunderte sich über sich selbst, dass ihr Geist dieses Mal jede Widerborstigkeit unterließ und rein gar nichts einzuwenden hatte. Im Gleichklang ihrer Körper drehten sie eine weitere Runde. Da kam Alisa ein Zitat in den Sinn.

Werd ich zum Augenblicke sagen: Verweile doch! Du bist so schön! Dann magst du mich in Fesseln schlagen, dann will ich gern zugrunde gehen!

Franz Leopold entfuhr ein Lachen. »Alisa, du bist unverbesserlich. Wir tanzen Walzer und du zitierst Goethes ›Faust‹.«

Die Musik verklang. Franz Leopold drehte sie beim letzten Taktschlag unter dem Arm aus und verbeugte sich vor ihr, während Alisa mit einem Knicks in ihren Röcken versank. Als sie sich wieder aufrichtete, begegnete sie seinem Blick.

»Und? Wie fiel die Entscheidung aus?«

Alisa runzelte verwirrt die Stirn. »Welche Entscheidung?«

»Na, war es dir der Augenblick wert, deine Seele – wenn du denn eine hättest – dafür dem Teufel zu überlassen?« Sein Ton war so ernsthaft, dass Alisa schnell wegsah.

»Ich habe mich noch nicht entschieden«, antwortete sie scherzhaft. »Wer weiß? Vielleicht gibt es ja noch einen besseren Augenblick? Nein, der Teufel muss sich noch ein wenig gedulden.«

Franz Leopold hielt noch immer ihre Hand fest. Zum Glück beendete die Tanzmeisterin in diesem Moment die Stunde.

»Ich muss mich fürs Fechten umziehen«, murmelte sie und entriss ihm ihre Finger. Dann wandte sie sich abrupt um und lief aus dem Tanzsaal.

»Was ist denn in die gefahren?«, fragte Luciano, der mit Ivy am Arm herantrat.

»Nur eine unbedeutende Irritation zwischen Faust und Mephisto«, antwortete Franz Leopold und verließ mit einem rätselhaften Lächeln ebenfalls den Saal.

Luciano sah ihm verwundert nach. »Also manchmal kommt es mir vor, als würde er eine mir fremde Sprache sprechen – und ich meine nicht sein komisches Wienerisch!«

Ivy lächelte ein wenig melancholisch. Sie sah so aus, als wüsste sie mehr, doch wieder einmal war sie nicht bereit, ihre Gedanken preiszugeben.

*

»Was ist das für ein Hotel?«, fragte Latona, als Bram dem Fiaker die Adresse Palais Schey an der Ringstraße nannte. »Hinter dem Burggarten«, fügte er noch hinzu.

Der Fiaker nickte. »Ich weiß schon«, brummte er und ging gleich noch auf die Frage des Mädchens ein. »Das ist aber kein Hotel.« Latona sah Bram fragend an.

»Wir wohnen im Haus von Baron Friedrich von Schey«, gab Bram Auskunft.

»Ist er ein Freund von Ihnen?«

Bram schüttelte den Kopf. »Ich kenne ihn nicht persönlich. Es war Professor Vámbérys Vorschlag. Er ist wohl gut mit dem Baron bekannt und stets in sein Haus geladen, wenn er in Wien weilt. Vielleicht eine alte Familienfreundschaft. Die Scheys stammen ebenfalls aus Ungarn und waren in der Generation davor Kaufleute in Güns. Soviel ich weiß, war es das heutige Familienoberhaupt Friedrich von Schey, der nach Wien kam. Er heiratete in die in Wien wohlangesehene Großhändlerfamilie Landauer ein. Eine tragische Geschichte! Er heiratete nacheinander drei der Töchter Landauer! Die ersten beiden starben innerhalb kürzester Zeit unter mysteriösen Umständen, die Professor Vámbéry damals untersuchte, doch er konnte keine schlüssigen Beweise für seine Theorie finden.«

Latona hob die Brauen. »Vampire?«, formulierte sie so leise, dass der Fiaker auf dem Kutschbock des offenen Landauers es nicht hörte.

Bram zuckte mit den Achseln. »Ja, das nahm er an. Jedenfalls gelang es Baron von Schey erst mit der dritten Tochter, eine Familie zu gründen. Inzwischen haben sich seine Geschäfte vom Großhandel zum Privatbankier gewandelt. Nebenbei ist er ein großer Kunstmäzen. Sein Lieblingskind soll das Stadttheater sein, das er mitgegründet hat. Außerdem befassen sich die Scheys – wie das in der jüdischen Geldaristokratie so üblich ist – auch mit mildtätigen Werken. Die Kaiserin soll nur in den höchsten Tönen von Baronin von Schey sprechen!«

»Sie waren ja richtig fleißig!«, lobte Latona mit einem spöttischen Lächeln. »Und, haben Sie noch mehr über unseren Gastgeber herausbekommen?«

»Nur dass er inzwischen die meiste Zeit in seiner Lainzer Villa verbringt und sein Sohn mit Frau und Kindern das Stadtpalais bewohnen. Sein ältester Enkel Philipp hat übrigens eben erst seinen neunzehnten Geburtstag begangen und soll ein stattlicher junger Mann mit sämtlichen Vorzügen sein, die man sich erhoffen kann.«

Latona setzte sich kerzengerade hin und starrte ihren Reisebegleiter an. Bestürzung trat in ihre Miene. »Bram, gibt es einen speziellen Grund, warum Sie den jungen Mann so anpreisen? Haben Sie mich etwa in der Hoffnung mitgenommen, mich hier in Wien gut unter die Haube zu bringen?«

»Wäre das denn eine so furchtbare Vorstellung?«

Latona blitzte ihn an. »Vergessen Sie es! Ich habe mein Herz bereits vergeben. Halten Sie mich für so wankelmütig?«

Angesichts ihres Zorns lächelte er mild. »Nein, diese Hoffnung habe ich bereits begraben. Ich hege keinerlei Hintergedanken. Verzeih, aber der Schalk ging mit mir durch und ich konnte es mir nicht verkneifen, dich ein wenig zu reizen.«

Latonas Zorn wandelte sich in Verblüffung, dann endlich lächelte sie.

»Mr Bram Stoker, kann es sein, dass Sie zu viel Zeit in Gesellschaft Ihres Freundes Oscar verbracht haben? Dieser Scherz wäre seiner würdig gewesen. Oder versuchen Sie, ihn zu vertreten?«

Bram hob reumütig die Handflächen. »Vielleicht ein wenig von beidem, doch sieh an, wir sind da. Das Haus am Eck ist das Palais Schey und gegenüber hinter den hohen Hecken beginnt der private Park der kaiserlichen Familie.«

Latona ließ sich beim Aussteigen helfen und sah sich um. »Dann ist der Herr Baron vermutlich der Einzige in Wien, der von seinem Salon aus dem Kaiser in seinen Garten blicken kann.«

Bram Stoker nickte. »Ja, das ist gut möglich.«

OPERNABEND

Die Erben saßen nach ihrer gemeinsamen Mahlzeit in dem kleinen Salon im oberen Stock des Palais beisammen. Die Dracas hatten noch einmal ausdrücklich darauf hingewiesen, dass sie sie außerhalb der Unterrichtsstunden nicht in den Prunkräumen der Beletage anzutreffen wünschten. Tammo, Fernand und Joanne waren zusammen losgegangen und streunten irgendwo draußen durch die Stadt oder vielleicht auch durch den Stadtpark an der Wien entlang bis zu ihrer Mündung in die Donau. Auch Sören und Chiara waren irgendwo unterwegs und natürlich war keiner der Dracas mit in den Salon gekommen – mit Ausnahme von Franz Leopold.

Interessiert beobachtete Alisa Mervyn und Rowena, die etwas abseits auf einem schmalen Canapé beisammensaßen und sich angeregt unterhielten. Ab und zu war Rowenas Lachen zu hören. Sie wirkte gar nicht mehr so abwesend und verträumt wie die Jahre zuvor. Nein, im Augenblick war sie geradezu lebhaft.

»Also doch«, murmelte Alisa.

»Ah, beschäftigst du dich wieder einmal mit Dingen, die dich nichts angehen?«, erkundigte sich Franz Leopold. »Das Gefühlsleben anderer Vampire scheint eine magische Anziehungskraft auf dich auszuüben.

»Wenigstens dringe ich nicht in ihre Gedanken ein, wie das andere hier Anwesende so gerne tun!«, gab Alisa zurück.

»Aber auch nur, weil du diese Kunst nicht beherrschst.«

»Ach, und wessen Schuld ist das?«, gab die Vamalia schnippisch zurück. »Wir sollten in diesen Nächten genau das von deiner Familie lernen, statt in feinen Kleidern müßig herumzusitzen und auf den Beginn der Opernaufführung zu warten. Nein, ich habe nichts gegen die Oper und ich freue mich auf ›Don Giovanni‹, aber alles zu seiner Zeit!«

Franz Leopold erwiderte nichts, doch seine Miene wurde nachdenklich. Alisa wurde von Hindrik abgelenkt, der zu ihr trat und ihr zwei Tageszeitungen reichte.

»Hier, die habe ich in der Stadt für dich besorgt.«

Alisa nahm die Blätter entgegen und dankte ihm. »Was tust du hier? Ich dachte, du seist meinem leichtsinnigen kleinen Bruder auf den Fersen.«

»Das war ich und habe mich vergewissert, dass er und die beiden Pyras nichts allzu Haarsträubendes unternehmen. Jedenfalls habe ich entschieden, dass ich riskieren kann, die drei so lange alleine zu lassen, bis ich dir die Zeitungen gebracht habe.«

»Sehr liebenswürdig«, bedankte sich Alisa. »Und Sören?« Sie ließ den Blick durch den Salon schweifen. »Wo treibt der sich herum?«

»Ach, um Sören mache ich mir im Augenblick keine Sorgen. Er kommt zurecht – hoffe ich.« Der Servient schmunzelte.

»Also, dann mache ich mich wieder auf, unser Nesthäkchen im Auge zu behalten, dass er uns nachher wohlbehalten beim Unterricht erscheint, um sich neue Fechtwunden zufügen zu lassen.«

Er tippte sich an seinen Hut und verließ den Salon. Alisa schlug die *Neue Freie Presse* auf. Lucianos Blick wanderte träge über die Rückseite des Blattes, als er plötzlich hellwach zu werden schien.

»Kann ich das mal haben?«

Alisa reichte ihm die Seite, ohne ihre Lektüre zu unterbrechen. Luciano stürzte sich geradezu auf den Artikel, den er erspäht hatte.

Sophie von Todesco lädt am kommenden Freitag zu einem ihrer begehrten Salons. Die Gattin des Bankiers Freiherr Eduard von Todesco ist nicht nur eine umsichtige Gastgeberin. Wieder einmal ist es ihr gelungen, alles auf ihrer Gästeliste zu versammeln, was diese Saison in der Wiener Kunstszene Rang und Namen hat. Wer zu dieser Soiree eine Einladung erhält, darf sich glücklich schätzen. Gespannt erwarten wir dafür neue Verse des aufsteigenden Sterns am Literatenhimmels Hugo von Hofmannsthal. Auch der Hausherr soll vorhaben, dem Salon beizuwohnen, was dem Glanz des Abends nicht zuträglich sein wird. Oder wie es der Schriftsteller Eduard Bauernfeld nach dem letzten Salon im Palais Todesco ausgedrückt hat: »Jedes Licht hat seinen Schatten, jede Frau hat ihren Gatten.«

Anderseits müssen wir dem Freiherrn dankbar sein, dass er uns immer wieder mit gar köstlichen Bonmots versorgt. Sprach er nicht letzthin: »Ist es also doch wahr, dass das Accouchement des Fräuleins Ida Benza im Opernhaus demnächst stattfindet?«

Ach, wie schwierig ist es doch, stets das rechte Fremdwort zu finden. Wir fragen uns, ob das Fräulein nun engagiert wurde oder gar in der Oper entbindet, wie der Freiherr von Todesco mit seinen Worten vermutete.

Alisa hatte ihre Lektüre beendet und beugte sich nun vor, um zu sehen, was für ein Artikel Luciano so sehr fesselte. Sie konnte sich nicht erinnern, ihn schon einmal Zeitung lesen gesehen zu haben. Ihre Augen überflogen die Seite.

»Ich fasse es nicht«, stieß sie hervor. »Es ist ein Skandal! Sie verweigern uns nicht nur, was uns zusteht. Jetzt brechen sie auch noch diesen Punkt des Vertrags. Das sollten die Führer aller Clans wissen.«

Luciano blinzelte und starrte sie verdutzt an. »Wovon sprichst du?«

»Von dem Artikel, den du gerade liest. Wovon sonst? Was glaubst denn du, wer dafür verantwortlich ist? Ich weiß zwar nicht, welche Dracas sich zu diesen Taten haben hinreißen lassen, doch denkst du allen Ernstes, ein *Mensch* würde dahinterstecken?«

Luciano wurde klar, dass sie nicht vom gleichen Artikel sprachen. Er ließ den Blick über das Zeitungsblatt schweifen, bis ihm die Schlagzeile ins Auge sprang.

Wieder ein bestialischer Mord in Wien. Die Polizei tappt im Dunkeln.

Wie hatte er das übersehen können? Lucianos Blick huschte über die Zeilen. Er verstand zwar nicht jedes Wort, dazu war sein

Deutsch noch nicht gut genug, den Sinn jedoch konnte er erfassen. Bereits drei Morde waren in der vergangenen Woche in Wien verübt worden und sie zeichneten sich durch außergewöhnliche Grausamkeit aus. Oder genauer gesagt durch die ungewöhnlichen Wunden, die an den Leichen gefunden worden waren. Bisswunden, ähnlich denen eines Raubtieres. Alle drei Opfer waren verblutet. Das erste, ein junger Mann, hatte man vergangene Woche am Eingang zum Währinger Friedhof gefunden, die zweite Leiche – eine stadtbekannte Grabennymphe – vor einigen Tagen am alten Fleischmarkt am Fuß der Bastei, auf der sich die Albertina erhob. Das heutige Opfer war eine ältere Frau, die im Stadtpark zu Tode gekommen war. Die Polizei tappte im Dunkeln und hatte noch keine heiße Spur.

»Ach, diesen Artikel meinst du.« Seine Stimme klang eher desinteressiert.

»Ja«, gab Alisa scharf zurück. »Was hat denn deine Aufmerksamkeit dermaßen gefesselt, dass du diese Schlagzeile übersehen konntest?«

Luciano versuchte ihr die Zeitung aus der Hand zu nehmen, doch er war nicht schnell genug. Mehrmals ließ sie ihren Blick die Seite hinauf- und hinunterwandern, ohne dass sie erkennen konnte, was Luciano gelesen haben mochte. Da mischte sich Franz Leopold ein.

»Luciano ist sehr interessiert an der Familie von Todesco«, bemerkte er süffisant.

Todesco? Hatte sie diesen Namen nicht schon einmal gehört? Etwas dämmerte in ihrer Erinnerung.

»Todesco«, wiederholte sie laut. »Das Mädchen mit dem Fächer im Burgtheater?« Luciano schwieg hartnäckig. Nun war sich Alisa sicher.

»Du denkst tatsächlich noch immer an dieses Mädchen?«

»Sie heißt Clarissa!«, stieß Luciano hervor. Er erhob sich und ging hinaus.

Alisa war für einen Moment sprachlos. »Sollte ich mir Sorgen machen?«, murmelte sie, und als sie die Lider hob, traf ihr Blick Franz Leopolds. Der nickte langsam.

»Ja, das kann in diesem Fall nicht schaden.«

Als sie später gemeinsam zur Oper schlenderten, kehrten Alisas Gedanken noch einmal zu ihrer Zeitungslektüre zurück. Über Lucianos Herzensangelegenheiten hatte sie die brutalen Morde ganz vergessen. Plötzlich fragte sich Alisa, ob Franz Leopold absichtlich davon abgelenkt hatte, um sich nicht den Ungeheuerlichkeiten stellen zu müssen, die Mitglieder seiner Familie angerichtet hatten. Und das gegen die Abmachung aller Clans! Die Dracas brachten alle Vampire in Gefahr, wenn sie so leichtfertig mordeten. Sie verhielten sich noch schlimmer als die Pyras!

»Bisse wie von einem Raubtier und dann verblutet? Gibt es denn gar keine andere Möglichkeit, als den Täter in *meiner* Familie zu suchen?«, kommentierte Franz Leopold wieder einmal ihre Gedanken.

»Ach ja. Wer sollte das denn gewesen sein? Ein wild gewordener Schoßhund?«, konterte Alisa.

»Vielleicht ein wild gewordener Wolf? Oder genauer gesagt ein *Werwolf*? Hatten wir nicht gerade Vollmond? Ist es da nicht schlecht bestellt um die Beherrschung ihrer Triebe?«

Seymour knurrte und entblößte drohend seine Reißzähne. Er hatte dieses Mal darauf bestanden, sie wenigstens bis zur Oper zu begleiten. Dann wollte er mit Matthias und Dario draußen warten.

»Soll mich diese Geste etwa vom Gegenteil überzeugen?«, fragte Franz Leopold kühl.

Ivy schreckte hoch. »Du verdächtigst allen Ernstes Seymour, diese Morde begangen zu haben?«

»So ernsthaft, wie ihr bemüht seid, meiner Familie die Schuld unterzuschieben! Wir Dracas ziehen nachts nicht durch Wien und zerfleischen Bürger. Glaubt ihr, wir haben uns hier in die oberste Gesellschaft eingeführt, um dann alles mit solchen Wahnsinnstaten zu zerstören?«

»Du hast aber am ersten Tag, als du uns durch die Kasematten geführt hast, selbst zugegeben, dass ihr in eurem Haus Menschen tötet und die Leichen dann in die Donau werft«, erinnerte ihn Alisa.

»Ja früher, wenn es bei den Festen ein wenig zu wild zuging. Aber das ist in letzter Zeit nicht mehr vorgekommen.«

»Was ist bei dir *in letzter Zeit*?« Alisa ließ nicht locker. »Eine Woche oder ein Monat?«

»Nein, ein paar Jahre. Seit die Clanführer eine Vereinbarung getroffen haben!«

Alisa war nicht überzeugt. Missmutig folgte sie den anderen zur Oper und hatte keinen Blick für die prächtige Fassade, die mit ihrer offenen Loggia und den Kolonnaden an das allererste Opernhaus erinnern sollte, das vierhundert Jahre zuvor in Florenz entstanden war. Der Baustil war eine Mischung aus italienischer und französischer Renaissance mit venezianischer Gotik. Franz Leopold erzählte den anderen, dass die Oper als erstes nicht militärisches Gebäude an der Ringstraße entstanden war.

»Es hat das Kärntnertortheater abgelöst, das in seinen späten Jahren als Hofoper fungiert hat und an dem Platz stand, wo heute das Hotel Sacher ist. Nun aber sollte Wien ein richtiges Opernhaus bekommen, mit prächtiger Ausstattung, in deren Glanz sich alter und neuer Adel sonnen können, und das alles in zukunftsweisender Technik erbaut.«

Bei diesen Worten schielte Franz Leopold zu Alisa. Sicher erwartete er, dass sie darauf anspringen und ihn bitten würde, jede dieser technischen Errungenschaften genau zu beschreiben. Doch Alisa schwieg.

Dafür betrachtete Luciano den Bau mit kritischem Blick. »Also, ich hätte das Operngebäude auf einer Freitreppe errichtet, um es imposanter erscheinen zu lassen.«

Franz Leopold nickte. »Ja, so hatten die beiden Architekten Sicardsburg und van der Nüll es auch vorgehabt. Doch die Fundamente und ersten Mauern waren bereits fertig, als irgendein Baurat – oder wer auch immer dafür zuständig war – das Niveau der Ringstraße um fast zwei Schritte anhob. Damit fiel der Aufgang bis auf drei Stufen weg. Die Wiener sahen es übrigens genauso wie du, Luciano. Sie spotteten, ihre Oper wäre eine versunkene Kiste. Zwar konnten die Baumeister nichts dafür, aber das war den Wienern gleichgültig. Man hatte ihnen mit der Treppe die Möglichkeit eines großen Auftritts geraubt, der entscheidend Anteil am gesellschaftlichen Zeremoniell hat!«, lästerte der Dracas. »Die Wiener sind eben ein kritikfreudiges Volk. Sie hatten an allem, was hier an der Ringstraße gebaut wurde, etwas auszusetzen. Doch nicht nur die Sache mit den Stufen kam den Architekten in die Quere. Sie entwarfen jenseits der Ringstraße einen Park, der den Blick von der Karlskirche bis zur Oper freigeben sollte. Doch dann begingen sie den Fehler, es sich mit dem hiesigen Ziegelbaron zu verscherzen.«

»Ein Ziegelbaron? Was ist denn das?«, erkundigte sich Ivy.

»Heinrich Drasche, alleiniger Eigentümer der Ziegeleien in den Vororten. Er war der Lieferant des Baumaterials und verdiente sich an jedem einzelnen Palais eine goldene Nase. Er war erbost, dass sich Sicardsburg und van der Nüll für eine moderne Bauweise mit einer Eisenkonstruktion und massiven Kalksteinen entschieden haben. Kurzerhand kaufte Drasche die Grundstücke gegenüber und erbaute den Heinrichshof – aus seinen Ziegeln, versteht sich! Damit hatte er die Sicht auf die Karlskirche verstellt. Ja, noch mehr. Der mächtige Block des Zinshauses lässt die Oper kleiner und unbedeutender erscheinen.

Es war sicher nicht einfach für die beiden Architekten. Die triumphale Einweihung der Oper und die Begeisterung, die das fertige Haus entfachte, haben beide nicht mehr erlebt. Sicardsburg erlitt einen Schlaganfall und van der Nüll erhängte sich.«

»Nur weil man seine Arbeit kritisierte?«, wunderte sich Luciano.

Franz Leopold wiegte den Kopf. »Vermutlich nicht. Er soll verliebt gewesen sein und seine junge Frau vergöttert haben. Und wie ich schon sagte, alle Baumeister wurden kritisiert. Matthias ist ihm einige Wochen vor seinem Tod zufällig begegnet und sehr nahe gekommen. Er sagt, van der Nüll war krank. Etwas wucherte in seinem Kopf, das sein Blut verdarb und ihn mit unglaublichen Schmerzen quälte. Vermutlich war das der Grund.«

Die Erben hatten inzwischen die Vorhalle passiert und stiegen mit den anderen Opernbesuchern die Treppe zum Foyer hinauf. Luciano sah sich um und legte dann den Kopf in den Nacken, um die prächtige Decke in Augenschein zu nehmen.

»Ja, sehr schön alles, dennoch kann sie mit der Garnier-Oper in Paris nicht mithalten.«

»Was für ein vernichtender Kommentar. Ein Glück, dass sich van der Nüll bereits erhängt hat«, spottete Franz Leopold.

Die vier Vampire nahmen in ihrer Loge Platz und sahen sich neugierig um. Alisa, die bis jetzt geschwiegen hatte, platzte nun heraus: »Und was sind die großen technischen Neuheiten, die die Baumeister in der Oper verwirklicht haben?«

Franz Leopold grinste. »Ah, ich habe mich schon gefragt, wie lange du dein strafendes Schweigen noch durchhältst. Also, außer der Eisenkonstruktion haben sich die Erbauer vor allem mit der Sicherheit der Opernbesucher befasst.«

»Dass ihnen der mächtige Kronleuchter nicht auf den Kopf fällt?« Luciano zeigte zur Decke. »Der ist ja riesig! So etwas habe ich noch nicht gesehen.«

»Nein, sie haben sich vor allem mit der möglichen Brandgefahr befasst. In den Kästen dort über dem Orchestergraben ist die Bühnenbeleuchtung untergebracht. Soffitten nennt man diese Gaslampen. Und die vielen Kulissen, die über und unter der Bühne gestapelt sind, können leicht Feuer fangen. Erst vor einigen Monaten ist in Nizza ein Theater niedergebrannt und hat zahllose Opfer gefordert. Das will man in Zukunft verhindern. Deshalb sind die Bühne und der Zuschauerraum zwei eigenständige Gebäude, und wenn nicht gerade die Aufführung im Gange ist, schließt eine Drahtcourtine, also eine Art eiserner Vorhang, die Bühne ab. Es gibt doppelte Außenwände mit einem Gang dazwischen und Anschlüsse für Löschwasser. Dieses kommt von einem Reservoir auf dem Dach, damit es genug Druck in den Schläuchen gibt. Außerdem sind in den Gängen und über den Türen Öllampen angebracht. Wenn also das Gas abgestellt wird oder die Leitungen nicht mehr funktionieren, sind alle Wege dennoch erhellt. Und es gehen alle Türen nach außen auf.«

»Sie haben wirklich an alles gedacht.« Alisa nickte beeindruckt.

»Frische Luft wird übrigens beim Burggarten angesaugt und über einen Tunnel hergeleitet. Nur eines haben die Erbauer nicht bedacht.« Franz Leopold grinste breit. Alisa sah ihn fragend an.

»Zu manchen Zeiten ist es zu kalt in der Oper. Anscheinend ist es nicht so einfach, die richtige Temperatur hinzubekommen, bei der sich Menschen wohlfühlen. Und so entschloss sich die Direktion, ein Regiment der k. k. Armee zu ordern, die tagsüber drei Stunden im Zuschauerraum Platz nehmen, bis ihre Körper genügend Wärme abgegeben haben.«

Alisa lachte. Ivy schüttelte ungläubig den Kopf. »Du nimmst uns auf den Arm!«

Franz Leopold feixte. »Nein, ich schwöre es. Genau so funktioniert die Heizung in diesem modernsten aller Opernhäuser.«

*

Der Vorhang hob sich und die Oper begann. Ivy, Alisa und Franz Leopold richteten ihre Aufmerksamkeit auf das Bühnengeschehen. Nur Luciano war abgelenkt. Sein Blick war starr auf die gegenüberliegende Seite der Oper gerichtet. Träumte er oder durfte er seinen Augen trauen? Da saß Clarissa in einem wunderschönen rosafarbenen Kleid, die Locken kunstvoll frisiert, und sah mit ihrem Opernglas zur Bühne. Plötzlich durchlief ein Schauder ihren Körper. Langsam wie unter Zwang wandte sie sich zur Seite. Der Blick durch das Glas huschte die Logen entlang, bis sie gefunden hatte, was sie suchte. Ein zauberhaftes Lächeln erhellte ihre Miene. Sie ließ das Glas sinken und sah quer über den Zuschauerraum zu Luciano hinüber. Sie hob ihre Hand, die in einem weißen Seidenhandschuh steckte. Der Nosferas grüßte zurück.

Da beugte sich der junge Mann im Sitz daneben zu ihr herüber und fragte sie etwas. Clarissa wehrte ab und wandte sich betont wieder der Bühne zu.

Der heiße Strahl der Eifersucht loderte mit verheerender Kraft in Lucianos Brust auf. Am liebsten wäre er aufgestanden und zu der Loge gestürmt, um dem Kerl die Kehle aufzureißen. Allerdings war sein Verstand noch präsent genug, um ihn zu fragen, ob das Clarissa gefallen würde und ihm außerdem nicht Schwierigkeiten mit den Dracas einbrächte. Nun wandte auch Luciano seinen Blick zur Bühne, doch er bekam nichts davon mit, was sich dort ereignete. Die Musik und der Gesang von Mozarts »Don Giovanni« rauschte an ihm vorbei. Er erschrak gar, als sich der Vorhang senkte und der Applaus aufbrandete.

»Siehst du, jetzt lassen sie auch gleich den eisernen Vorhang herunter«, kommentierte Alisa. Sie erhoben sich. Franz Leopold bot Alisa den einen, Ivy seinen anderen Arm.

»Wollen wir in den *luftigen, geschmackvollen Foyers* und den *breiten, bequemen Gängen* flanieren – so hat es ein Journalist der *Neuen Freien Presse* anlässlich der Eröffnung formuliert?«

»Aber gern!« Ivy strahlte ihn an. »Lass uns unter die Menschen gehen. Die Wiener Gesellschaft aus nächster Nähe erleben.«

Sie schlenderten zum großen Foyer, dessen offene Flügeltüren zur Loggia hinausführten. Die Luft war bereits herbstlich kühl, doch nicht so kalt, dass man die Türen hätte schließen mögen. Franz Leopold schritt mit den beiden Vampirinnen voran, Luciano folgte ihnen. Ausnahmsweise störte es ihn nicht, dass der Dracas auch Ivy mit sich fortführte. Es war ihm sogar ganz recht.

»Ihr entschuldigt mich? Ich bin rechtzeitig zum nächsten Akt zurück.«

Noch ehe einer der drei reagieren oder ihn gar zurückhalten konnte, war er in der Menge festlich gekleideter Menschen untergetaucht. Er wusste nicht genau, wo er suchen sollte, strebte aber erst einmal das Foyer auf der gegenüberliegenden Seite des Opernhauses an, zu dem sich die Logen dort öffneten. Sein Instinkt würde ihn dann schon führen.

Doch ganz so einfach war es nicht, unter den fast dreitausend Besuchern, die sich in den Räumen drängten, eine Einzige zu finden. Luciano begann schon an seinem Instinkt zu zweifeln, als er unvermittelt vor ihr stand. An ihrem beschleunigten Atem merkte er, dass auch sie nach ihm Ausschau gehalten hatte.

»Was für ein freudiger Zufall, Sie hier zu sehen. So alleine, Fräulein Clarissa?« Luciano versank in eine tiefe Verbeugung. Das Mädchen deutete seinen Knicks lediglich an, während sein Blick unstet davonhuschte.

»Ludwig ist sicher gleich zurück. Er wollte mir ein Glas Limonade bringen«, sagte sie mit einem unsicheren Lachen.

Luciano folgte ihrem Blick, bis er den jungen Mann entdeckte, den er an ihrer Seite in der Loge gesehen hatte. Wieder drohte die Eifersucht ihn zu verschlingen, als er stutzte. Sein Blick huschte von Clarissas Begleiter zu ihr selbst und wieder zurück. Die Züge ähnelten einander. Unverkennbar.

»Er ist Ihr …?«

»Bruder«, vervollständigte das Mädchen, dem diese Feststellung anscheinend genauso wichtig war. »Mein älterer Bruder Ludwig, der sich heute herabgelassen hat, mich in die Oper zu begleiten, obgleich ihm – wie er es ausdrückt – der Sopran schrecklich an den Nerven zerrt.« Sie lächelte scheu.

»Ich habe heute gar nichts von der Oper mitbekommen«, gestand Luciano. »Ich musste ständig zu Ihnen hinübersehen.« Errötend senkte Clarissa den Kopf.

»Ach, verzeihen Sie. Ich bringe Sie in Verlegenheit. Das tut mir leid. Sie müssen mich für einen aufdringlichen Kerl halten, doch ich schwöre Ihnen, dies ist sonst nicht meine Art. Ich weiß auch nicht, was so plötzlich über mich gekommen ist. Haben Sie einen Zauber über mich geworfen, als ich Ihnen Ihren Fächer reichte und unsere Hände sich berührten?«

»Sie bezichtigen mich der Hexerei?«

Oh nein, er hatte schon wieder etwas Falsches gesagt. »Nein, das würde mir niemals in den Sinn kommen …« Er brach ab, als er ihr Lächeln sah.

»Ich denke eher, das Gegenteil ist der Fall, Herr von Nosferas – Luciano«, fügte sie nach einem kurzen Zögern hinzu. Sie hatte sich seinen Namen gemerkt! »*Sie* haben mich verzaubert, sodass ich wieder und wieder an Sie denken muss.«

Der Augenaufschlag war bewusst eingesetzt. Doch gerade die Mischung aus Unschuld und Raffinesse raubte ihm den letzten Rest an Selbstbeherrschung. Er wäre bereit gewesen, sie auf der Stelle aus der Oper zu entführen.

In diesem Augenblick kehrte ihr Bruder mit zwei Gläsern in der Hand zurück und stutzte, als er Clarissa neben einem jungen Mann stehen sah. Luciano erschrak, aber Clarissa hatte bereits so viel gesellschaftlichen Schliff, dass sie dankend ihr Glas entgegennahm und Luciano ihrem Bruder vorstellte, ehe der seine kritische

Musterung beendet hatte. Die beiden Männer begrüßten sich steif. Luciano schätzte ihn auf Mitte zwanzig.

»Ich habe Luciano über Tante Helene kennengelernt«, schwindelte Clarissa. Nun ja, so ganz gelogen war es nicht. Zumindest war die Tante bei ihrer ersten Begegnung anwesend gewesen. Allerdings hoffte Luciano, dass Ludwig Frau von Gomperz nicht auf ihren Bekannten aus Rom ansprechen würde. Immerhin verlosch für den Augenblick das kriegerische Funkeln in Ludwigs Augen, das durch den Anblick seiner Schwester in Gesellschaft eines fremden Mannes entfacht worden war. Dennoch war Ludwig nicht bereit, den beiden ein ungestörtes Tête-à-Tête zu gönnen. So machte Luciano bemüht Konversation, während sein Blick sich nicht von dem Mädchen löste.

»Ah, da ist ja unser verlorenes Schaf«, erklang Franz Leopolds Stimme hinter ihm. Luciano durchfuhr es heiß vor Schreck. Der beißende Spott des Dracas hatte ihm gerade noch gefehlt. Er warf einen hilfesuchenden Blick zu Alisa und Ivy. Konnten sie Franz Leopold nicht einfach davonzerren? Doch davon hielten die Vampirinnen anscheinend nichts. Nein, es sollte wohl eine Konversation zu sechst werden. Schweren Herzens übernahm Luciano die gegenseitige Vorstellung. Zu seiner Überraschung gönnte Ludwig von Todesco Ivy nur einen flüchtigen Blick, schien aber nicht abgeneigt, sich mit Alisa zu unterhalten. Und das lag sicher nicht nur daran, dass sie Feuer und Flamme war, als sie hörte, die Bankiersfamilie sei im Eisenbahngeschäft. Seltsam. Ja, Alisa hatte sich gemacht und sah in dem fast ein wenig schlicht gehaltenen Seidenkleid richtig elegant aus. Trotzdem, Ivy war von geradezu magischer Schönheit, einer Elfe gleich in ihrem weißen Kleid mit dem silbernen Haar. Was konnte dieser Mann an Alisa finden, wenn Ivy direkt neben ihr stand?

Warum findest du das seltsam, Luciano? Ivys Gedanken erklangen in seinem Kopf. *Sieh mich nur für einen Moment mit seinen Augen. Den Augen eines erwachsenen Mannes.*

Luciano ließ den Blick über die drei Mädchen schweifen und ihm wurde schmerzlich bewusst, was Ivy meinte. So überirdisch schön sie auch war, sie musste allen wie ein Kind erscheinen, das in Begleitung der beinahe erwachsenen Freunde die Oper besuchte. Wie lange würde es noch dauern, bis die Dracas sie mit diesem klaren Blick betrachteten?

Hoffentlich noch lange!

So hielt sich Ivy ein wenig im Hintergrund, während Alisa sich angeregt über die neusten Lokomotiven unterhielt, wobei Luciano den Eindruck gewann, dass sie über die technischen Details besser Bescheid wusste als der zukünftige Eisenbahndirektor.

Vielleicht hatte er sich einen Moment zu lange von den Gedanken über Ivy und Alisa ablenken lassen. Jedenfalls ließ Franz Leopold die Chance nicht ungenutzt verstreichen und machte sich mit seiner elegantesten Referenz und seinem betörenden Lächeln an Clarissa heran. Luciano begriff voller Verzweiflung, so ätzend Franz Leopold sich meistens verhielt, er war von blendender Schönheit und er beherrschte das gesellschaftliche Spiel sicher besser als Luciano. Außerdem wusste er sehr wohl um seinen Charme und wie er ihn gezielt einsetzen konnte. Sie würde sich in den Fängen des Dracas verstricken. Nein, von nun an würde Clarissa dem Nosferas wohl keinen Blick mehr gönnen. Er wunderte sich selbst über die Tiefe des Schmerzes und über den Hass, der gegen den Dracas aufloderte. Sie war doch nur ein Menschenmädchen mit einem lieblichen Gesicht, das er schon morgen vergessen haben würde.

Clarissa vergessen? Niemals!

»Das ist sehr interessant«, hörte er das Mädchen eben sagen, doch ihre Stimme klang eher angespannt denn verzaubert. »Ich war leider noch nicht in Rom. Es muss eine wundervolle Stadt sein. Luciano, wo lebt Ihre Familie? Wollen Sie mir nicht von den Schönheiten der ewigen Stadt erzählen?« Sie rückte ein wenig von Franz Leopold ab und sah Luciano eindringlich, ja fast bittend an.

Er blinzelte verwirrt. War das möglich? Es schien fast so, als würde dieses wundervolle Mädchen den kleinen, dicken, tollpatschigen Nosferas dem schönsten aller jungen Vampire vorziehen.

Wenn du ein Mensch wärst, dann würde ich dich fragen, ob du in letzter Zeit einmal in den Spiegel gesehen hast! Ivys Stimme klang amüsiert. *Luciano, klein, dick und tollpatschig gehört der Vergangenheit an! Nein, ich wundere mich nicht über Clarissas Wahl. Und dennoch sollten wir uns jetzt verabschieden. Du weißt, es ist ein gefährliches Spiel, bei dem ihr euch beide leicht verbrennen könnt. Lass sie gehen und gib dich mit der Erinnerung an diesen Moment zufrieden.*

Der Gong, der die Besucher zum nächsten Akt rief, entschied die Sache. Man verabschiedete sich höflich voneinander und wünschte noch einen schönen Opernabend. Clarissa schenkte Luciano einen bezaubernden Augenaufschlag und berührte verstohlen seine Hand, als sie sich abwandte, um sich von ihrem Bruder in ihre Loge zurückführen zu lassen.

Ivy hakte sich bei Luciano unter. »Komm, wir wollen doch nicht die weiteren Abenteuer unseres Frauenhelden Don Giovanni versäumen. Nein, sage jetzt nicht, dass dich das nicht interessiert, denn das wäre eine kindische Reaktion. Mit starken Gefühlen umzugehen und sich nicht von ihnen beherrschen lassen, gehört auch zum Erwachsenwerden.«

»Du hast gut reden«, schmollte Luciano. »Wenn ich die ersten einhundert Jahre auf dem Buckel habe, dann bin ich vielleicht auch so abgeklärt wie du.«

Ivy lächelte ein wenig gequält. »Ja, vielleicht.«

*

»Seid ihr denn von allen Geistern der Hölle verwirrt?«, schrie Tonka außer sich vor Zorn. Sie fauchte und bleckte die Zähne. Sie sah so wild aus, dass die anderen Upiry, die sich auf ihren Ruf hin wieder in der Michaelergruft versammelt hatten, ein wenig zurückwichen. Sie war in ihrer Wut durchaus in der Lage, einen Unreinen so zu zerfetzen, dass er sich nicht wieder regenerieren konnte. So etwas war schon vorgekommen. Aurica ließ Tonka nicht aus den Augen und stolperte rückwärts über einen Sarg. Die morschen Bretter zerbarsten und die Unreine fand sich zwischen staubigen Hobelspänen und Knochen wider. Als sie sich aufrappelte, kippten noch ein paar Särge um und entleerten ihren Inhalt auf den gestampften Boden aus Lehm und menschlichen Überresten.

»Was denkt ihr euch eigentlich? Habe ich euch nicht eingeschärft, auf jeden eurer Schritte achtzugeben, damit die Dracas nichts von unserer Anwesenheit bemerken? Selbst die Raben haben meine

Worte verstanden und halten sich nun bei ihren Beobachtungen verborgen.

»Wir haben doch darauf geachtet, dass uns keiner der Dracas zu Gesicht bekommt«, verteidigte Válav sich selbst und die anderen. »Ja, wir haben gar vermieden, zu viel zu denken, damit sie nicht etwa einen unserer Gedanken auffangen.«

»Dass ihr hirnlos durch die Gegend gezogen seid und nichts gedacht habt, ist mir schon aufgefallen – spätestens seit die Zeitungsverkäufer die Schlagzeilen durch die ganze Stadt schreien! *Bestialische Morde. Opfer mit Bisswunden übersät und verblutet.* Wie könnt ihr nur so blöd sein? Meint ihr, die Dracas bekommen so etwas nicht mit? Selbst wenn sie keine Zeitung lesen: Sie sind weder blind noch taub. Sie gehen unter die Menschen, ins Theater, auf Bälle und Abendgesellschaften, wo diese Morde das Gesprächsthema Nummer eins sein werden.«

»Die Polizei hat noch keine Spur, sagen die Zeitungsverkäufer«, wagte Branko einzuwerfen, bereute es aber sogleich, Tonkas Aufmerksamkeit auf sich gezogen zu haben. Sie stürmte auf ihn zu. Branko blinzelte kurz, wich aber nicht zurück.

»So, die Polizei hat noch keine Spur!« Speichel sprühte ihm ins Gesicht, doch er unterdrückte den Impuls, den Abstand zu ihr zu vergrößern. Außerdem stapelten sich hinter ihm die Särge, die bei einer unkontrollierten Bewegung allesamt in sich zusammenzustürzen drohten.

»Die Polizei der Menschen? Soll mich das jetzt beruhigen? Es ist mir gleichgültig, was die Menschen denken. Wichtig ist, welche Schlüsse die Dracas daraus ziehen. Wie lange werden sie wohl brauchen, bis ihnen der Einfall kommt, dass es sich nicht um einen menschlichen Mörder handelt? Wer könnte denn dann dafür verantwortlich sein? Hm, lasst mich überlegen. Im Namen der Hölle, vielleicht gar ein Vampir?«

»Sie werden in ihren eigenen Reihen suchen«, meldete sich Málka zu Wort. »Warum sollten sie auf uns kommen? Ist es nicht naheliegender, dass einer der Ihren von seiner Blutlust übermannt wurde?«

Tonka nickte. »Das ist das Einzige, worauf wir hoffen können.

Wir dürfen aber nicht außer Acht lassen, dass der Baron den Schuldigen suchen lassen wird, der die Sicherheit des Clans in Gefahr bringt. Und wir wissen alle, dass die Dracas über Methoden verfügen, die es schwer machen, Geheimnisse zu bewahren. Verflucht! Da halte ich mich hier verborgen, damit keiner der Erben, der in Irland war, auf meine Witterung stößt, und ihr seid so blöd, eine solche Blutspur zu legen!«

Milan hob die Schulter. »Es müsste nicht unbedingt ein Vampir gewesen sein.«

»Ach nein? Was denn sonst?«

Milan hielt Tonkas bohrendem Blick tapfer stand. »Wie wäre es mit dem irischen Wolf? Er hätte es gewesen sein können.«

In Tonkas zornigem Blick glomm Interesse auf. »Ja, das wäre eine Möglichkeit. Ich werde darüber nachdenken, wie man ihn ins Gespräch bringen könnte. Das heißt aber nicht, dass ich euch damit einen Freibrief erteile, hier in Wien weiterhin Menschen zu zerfleischen! Nehmt euch so viel Blut wie nötig, aber lasst keine Leichen herumliegen. Wenn die Dracas uns auf die Spur kommen ...«

»Du fürchtest die Dracas?«, wunderte sich Aurica.

»Nein! Ich fürchte, dass unsere Mission noch einmal scheitert. Einmal sind die Erben ihrem Schicksal entgangen. Ich will nicht, dass dies ein zweites Mal passiert. Noch ehe das Jahr zu Ende geht, wird großes Entsetzen über die Dracas hereinbrechen, über die Vamalia und die Pyras, die Vyrad, Nosferas und Lycana, wenn sie erfahren, dass ihre Brut vernichtet ist. Unsere Erben werden die Vorherrschaft der Upiry für lange Zeit sichern. Also benutzt euer Hirn, ehe ihr euch wieder zu solch unüberlegten Handlungen hinreißen lasst! Sie könnten all unsere Pläne zunichte machen.«

»Ich dachte, sie hat gesagt, wir sollen möglichst wenig denken, damit die Dracas uns nicht aufspüren«, brummelte Jesko, ein vierschrötiger Vampir mit schwarzem, verfilztem Haar und dichten Augenbrauen, der sonst nie viel sprach. Sein Körperbau sprach von den enormen Kräften, die in seinen Armen schlummerten.

Tonka verdrehte die Augen. »Jesko, tu mir einfach den Gefallen und lass keine Leichen mehr herumliegen, ja? Alles andere hat dich nicht zu kümmern. Ich sage dir dann schon, was du zu tun hast.«

SALON IM PALAIS TODESCO

Während Tonka in den Grüften unter der Michaelerkirche ihre Probleme mit den anderen Upiry in den Griff zu bekommen suchte, beschäftigten sich im Palais auf der Braunbastei noch zwei andere Vampire mit den jüngsten Leichenfunden.

Baron Maximilian starrte auf das Zeitungsblatt, das sein Schatten auf den zierlichen Sekretär im Stil Louis XVI gelegt hatte. Zweimal las er den Artikel durch. Dann ballten sich seine Hände zu Fäusten und er schlug so kräftig zu, dass die geschwungenen Beine des Möbels knirschten.

»Was bringt dich so auf, mein Bruder?«, erkundigte sich Baronesse Antonia, die mit rauschenden Röcken herantrat. Wortlos schob er ihr das Zeitungsblatt hin. Langsam, dass ihr auch kein wichtiges Detail entging, las sie die Zeilen durch. Im Gegensatz zu ihrem Bruder war ihr erster Gedanke nicht, welcher der Dracas es gewagt hatte, gegen die Anweisungen des Clanführers zu verstoßen. Das Gefühl war so stark und durchschoss sie so unvermittelt, dass sie es nicht unterdrücken konnte.

Der Meister!

Sehnsucht und Furcht vermischten sich zu einer verzehrenden Flamme. Sie warf ihrem Bruder einen raschen Blick zu. Hatte ihr überschäumendes Gefühl ihn berührt? Nein, er stand noch immer über den Zeitungsartikel gebeugt und fragte sich, wer wohl der Rebell in seiner Familie sein könnte. Oder hatte gar ein Unreiner es gewagt? Dann sollte er seinen Zorn kennenlernen!

Sorgfältig verschloss die Baronesse ihren Geist, ehe sie sich gestattete, weitere Überlegungen anzustellen.

Konnte das wirklich bedeuten, dass der Meister endlich nach Wien zurückgekehrt war? Warum konnte sie dann seine Anwesenheit nicht spüren? Verbarg er seine mächtige Aura, damit die Dracas ihn nicht bemerkten? Aber warum hatte er sich nicht bei ihr gemeldet? Sie war seine treue Dienerin, die seinen Wünschen bedingungslos zur Verfügung stand. Hatte sie das die vergangenen Jahre über nicht bewiesen? Sie begehrte nichts weiter, als ihm zu dienen – und eines Tages an seiner Seite nach

Transsilvanien zu reisen, um die Herrin seiner Trutzburg hoch in den Karpaten zu werden.

Baron Maximilians zornige Worte rissen sie aus ihren Träumen. »Ich werde mir jeden einzelnen vorknöpfen und seinen Geist so lange auspressen, bis ich den Schuldigen gefunden habe! Nicht dass ich nicht verstehe, dass man seine Leidenschaft nicht immer unter Kontrolle hat. Ich kenne den Reiz des einen Moments, ehe der Herzschlag zum letzten Mal erklingt – aber das ist keine Entschuldigung dafür, einfach Leichen herumliegen zu lassen und die Kriminalpolizei auf den Plan zu rufen. Ich will damit nicht sagen, dass wir Dracas uns vor irgendwelchen Menschen fürchten müssten. Dennoch ist es niemals klug, schlafende Hunde zu wecken.«

Die Baronesse überlegte fieberhaft. Sie glaubte nicht an die Schuld eines Dracas, doch zu welchen Erkenntnissen sollte der Baron kommen, wenn er nicht den kleinsten Hinweis auf den Schuldigen entdecken konnte? Man könnte vielleicht einen der Unreinen opfern. Sein Gedächtnis ein wenig manipulieren und ihn dann dem Baron präsentieren? Sie war durchaus in der Lage, einen Geist so unrettbar zu zerstören, dass in ihm nur noch das zu finden sein würde, was sie ihm eingepflanzt hatte. Natürlich würde sich der Unreine nicht wieder davon erholen. Er musste vernichtet werden. Die Baronesse überlegte schon, wer sich für dieses Opfer eignete, als ihr – wie zuvor den Upiry – ein anderer Einfall kam. Dieser weiße Wolf der Lycana wäre vielleicht ein noch besserer Sündenbock! Nun musste sie es nur noch schlau anfangen, um ihren Bruder davon zu überzeugen. Sie konnte ein triumphierendes Lächeln nicht unterdrücken. Es würde dem Meister gefallen, wenn der Werwolf, der ständig um die Lycana herumschwänzelte, aus dem Weg wäre.

*

Der Abend fing nicht gut an. Es begann damit, dass Ivy in einem Korridor fast mit Marie Luise zusammenstieß. Das Mädchen keifte, wie zu erwarten, und klagte, dass sie durch Ivys Ungeschick vielleicht ihr neues Kleid ruiniert habe. Ivy hörte sich die Schimpftirade schweigend an, bis sich Marie Luise wieder beruhigt hatte und ihre hochmütige Miene aufsetzte.

»In Zukunft bitte ich um mehr Respekt! Und nun geh mir aus den Augen, Kind!«

Unvermittelt stutzte sie. Vielleicht fiel ihr das Wort *Kind* erst auf, als sie es aussprach. Ivy konnte dem Gang ihrer Gedanken folgen und las das Erstaunen, als sie sich darüber im Klaren wurde, was sie sah.

Sag was! Lenk sie von diesem Einfall ab, sonst führt er uns geradewegs in die Katastrophe!, drängte Seymour.

Ivy knickste und senkte scheinbar demütig das Haupt. »Entschuldige, es wird nicht mehr vorkommen.« Fluchtartig zog sie sich zurück.

Der Wolf folgte ihr. *Na, das war ja eine raffinierte Reaktion!,* schimpfte er in ihrem Geist. *Darauf wäre ich nie gekommen. Nun hat sie den Gedanken sicher vergessen und wird in Zukunft keine so gefährlichen Einfälle mehr haben.*

Ivy hielt inne und funkelte ihn an. »Ach, und was hätte ich deiner Meinung nach sagen sollen? Dass irische Vampirinnen alle klein und mädchenhaft bleiben? Dass das völlig normal ist?«

Zum Beispiel.

»Und damit die Frage aufwerfen, warum eine kleine Lycana in ihren Gedanken lesen kann? Was die Sache ganz sicher nicht noch komplizierter gemacht hätte!« Ihr Ton war sarkastisch geworden. Seymour brummte.

Daran habe ich nicht gedacht. Ich sehe nur, dass es eng wird.

Ivy nickte nachdenklich. »Ja, das sehe ich auch. Die Schlinge zieht sich langsam aber unerbittlich zu.«

Wir sollten nach Irland zurückkehren, ehe man uns dazu zwingt. Muss ich dich daran erinnern, dass die größte Gefahr nicht von den Dracas ausgeht?

Ivy unterdrückte einen Seufzer. »Nein, das musst du nicht. Auch ich kann den Schatten spüren. Sein Geist kommt näher und ich will mich gar nicht fragen, was er in Wien zu finden hofft.«

Du weißt, dass er auf der Suche nach dir ist, auch wenn mir noch immer nicht klar ist, warum er dich in die Hand zu bekommen versucht. Ivy, ich habe Angst um dich. Du weißt, dass ich bis zum letzten Atemzug für dich kämpfe, aber wir haben diesem alten Vampir und seinen Mäch-

ten nichts mehr entgegenzusetzen. Geh! Ich flehe dich an. Bring dich in Sicherheit.

»Er wird es nicht wagen, mir hier im Haus der Dracas aufzulauern. Und ich werde ihm keine Gelegenheit geben, mich draußen alleine zu überraschen.«

Ein schwacher Trost. Wollen wir hoffen, dass diese Maßnahmen genügen, bis du endlich zur Vernunft kommst.

»Vernunft ist nicht alles. Ich war hundert Jahre lang vernünftig – und einsam. Ich bin nicht bereit, mir von irgendeinem alten Vampir die Akademie und meine Freunde nehmen zu lassen. Ich werde vorsichtig sein, das verspreche ich dir. Und nun lass uns zum Unterricht gehen. Die Deutschstunde ist heute bereits um neun Uhr angesetzt. Ich fürchte, die Dracas haben beschlossen, uns ausgiebiger zu beaufsichtigen.«

Doch weit kam Ivy nicht. Die Baronesse ließ sie rufen und teilte ihr mit, dass ihr Wolf nicht mehr frei herumlaufen dürfe. Am besten, sie würde ihn in ihrer Schlafkammer einschließen.

Ivy unterdrückte ihre Empörung und zwang sich zu einem ruhigen Ton. »Darf ich erfahren, was Euch plötzlich zu dieser Entscheidung bewogen hat?«

»Ich lese Zeitung«, erwiderte die Baronesse scharf. »Tote mit Bisswunden? Muss ich mehr sagen?«

»Und da denkt Ihr, Seymour hat diese Menschen gerissen?«, rief Ivy, die sich nicht mehr zurückhalten konnte. »So ein Unsinn! Er hat noch niemals einen Menschen angefallen, dafür verbürge ich mich.«

»Er ist eine wilde Bestie, die man einsperren muss«, widersprach die Baronesse.

Ivy atmete tief ein und schloss für einen Moment die Augen, um ihren Zorn zu beherrschen, ehe sie weitersprach. »Baronesse Antonia, ich kann Eure Sorge verstehen, die diese Vorfälle verursacht haben, aber Ihr werdet der Sache nicht Herr, indem Ihr Seymour wegsperrt, das garantiere ich Euch. Er war stets in meiner Nähe und ist für diese Toten nicht verantwortlich. Ihr müsst an anderer Stelle suchen.«

Die Baronesse sah Ivy nachdenklich an. Irgendetwas ging in ihr vor, doch sie verstand es meisterhaft, ihre Gedanken zu verschließen. Ein dünnes Lächeln erschien auf ihren Lippen, das Ivy eher Anlass zur Sorge gab.

»Gut, wenn du dich für deinen Wolf verbürgst, dann will ich dir dieses Mal Glauben schenken. Aber pass auf ihn auf, denn wenn noch ein Mord geschehen sollte und wir auch nur einen Hinweis darauf finden, dass der Wolf darin verwickelt ist, werde ich mich nicht damit begnügen, ihn in eine Schlafkammer sperren zu lassen!«

Ivy zwang sich zu einer Verbeugung. »Ich werde Seymour nicht aus den Augen lassen, das verspreche ich Euch. Sollte es weitere Tote geben, dann hat er nichts damit zu tun.«

Sie ging hinaus, Seymour folgte ihr. *Was hat sie nur vor?*

Ivy hob die Schultern. *Ich weiß es nicht, aber es ist auf alle Fälle gesünder für dich, wenn du nicht von meiner Seite weichst.*

An mir soll es nicht liegen. Du bist es, die mich zuweilen wegschickt, erinnerte er sie.

Ja, und sollte dies wieder einmal notwendig werden, müssen wir dir einen guten Leumundszeugen besorgen, bei dem du bleibst und der im schlimmsten Fall für deine Unschuld bürgen könnte.

Pah, als ob ich Menschen reißen würde! Sie soll sich mal unter ihren Dracas nach der Bestie umsehen.

Vielleicht bist du aber ein bequemerer Sündenbock?

Seymour knurrte. *Das werden wir sehen!*

*

Während sich die anderen Erben zum Blauen Salon aufmachten, um bei dem Altehrwürdigen Guntram weitere Lektionen in Deutsch oder eher in Wienerisch zu erhalten, kehrte Alisa in den kleinen Salon der Erben zurück und nahm sich die neue Ausgabe der *Neuen Freien Presse* vor, die Hindrik ihr besorgt hatte. Weder Tammo noch Sören waren aufgetaucht. Vielleicht trieben sie sich zusammen herum. Alisa machte sich keine Gedanken. Hindrik hatte die Sache sicher im Griff und vermutlich war es gefährlicher, wenn Tammo mit den Pyras unterwegs war, die um dumme Einfälle nie verlegen waren. Doch Joanne und Fernand saßen bei Guntram und mühten sich mit Vokabeln und Grammatik ab.

Alisa war erst auf Seite zwei ihrer Zeitungslektüre angekommen, als sie ein Augenpaar auf sich gerichtet spürte. Hastig ließ sie das Blatt sinken. Franz Leopold stand im Türrahmen und beobachtete sie – wer weiß wie lange schon –, ein versonnenes Lächeln auf den Lippen. Er war wie immer korrekt gekleidet und gekämmt. Warum nur sah er sie so an? Das war nicht auszuhalten. Ihre Haut begann zu kribbeln, als würden Ameisen über ihre Arme spazieren.

»Was gibt es?«

»Ich bin gekommen, um zu sehen, ob du dich vielleicht langweilst, so ganz ohne Unterricht.«

»Nein, wie du siehst, komme ich gut zurecht.« Demonstrativ hob sie die Zeitung hoch.

Franz Leopold nickt. »Ja, das sehe ich. Die Frage ist nur, willst du deine spannende Lektüre unterbrechen?«

»Um was zu tun?«, wollte Alisa misstrauisch wissen.

Franz Leopold trat ein, blieb dann aber in der Mitte des Salons stehen. Außer ihnen war niemand anwesend. Für einen Moment wirkte der Dracas ein wenig verunsichert, doch das war sicher nur eine Täuschung des schwachen Lichts. War er nicht stets die Selbstsicherheit in Person?

»Nun, ich habe mich gefragt, was du von Johann Strauss hältst.«

»Der Walzerkönig? Was soll ich von ihm halten? Er hat schöne Musik geschrieben. Was soll die Frage?« Alisa fühlte sich zunehmend irritiert und verunsichert.

»Er spielt im Stadtpark im Kursalon, und da dachte ich, ob wir nicht hinübergehen und hören, wie gut es sich auf seine neuesten Kompositionen Walzer und Galopp tanzen lässt.«

Alisa schwieg verblüfft. Hatte sie das jetzt richtig gehört? Franz Leopold fragte sie, ob er sie zum Tanz ausführen durfte? Sie ließ sich seine Worte noch einmal durch den Kopf gehen, konnte aber keine Fallen und Stolperstricke erkennen. Sein Ton hatte ernsthaft geklungen.

»Was hältst du davon? Nur so ein Einfall, falls du Lust hast. Du darfst keine zu großen Erwartungen hegen. Der Kursalon ist ganz nett, aber natürlich nicht der Redoutensaal der Hofburg oder der Ballsaal in Schönbrunn …«

Er verstummte. Alisa starrte ihn immer noch fassungslos an. Er hatte gerade wie ein normaler Junge geklungen, der seinen ganzen Mut zusammennehmen muss, um ein Mädchen zu einem Rendezvous zu bitten. War das wirklich Franz Leopold de Dracas?

»War ja nur so eine Idee …«, murmelte er und machte Anstalten, sich zur Tür zurückzuziehen. Alisa ließ die Zeitung zu Boden fallen und sprang aus ihrem Sessel auf.

»Aber ja! Natürlich habe ich Lust. Johann Strauss wird selber dirigieren? Wie wundervoll!« Sie stürmte auf Franz Leopold zu und umarmte ihn. »Warte kurz. Ich muss mich umziehen. So kann ich nicht Walzer tanzen, auch wenn es nur der Kursalon ist.«

Sie tänzelte hinaus. Franz Leopold sah ihr kopfschüttelnd hinterher. »Habe ich da eben das Wort *kurz* vernommen? Eine Frau, die sich *kurz* umzieht? Ein Widerspruch in sich.« Seine Stimme klang wieder wie gewöhnlich. Er machte es sich im Sessel bequem, in dem Alisa eben noch gesessen hatte, und griff nach der Zeitung.

*

Luciano schritt auf das Tor zu, zögerte dann aber und drehte kurz davor ab, um wie zufällig an dem Palais entlangzuschlendern. Neugierig ließ er den Blick an der Fassade hinaufwandern. Ein prächtiges Gebäude, keine Frage. Es ruhte auf einem zweigeschossigen Sockel aus groben Quadern. Darüber erhoben sich zwei gleichwertige Stockwerke mit hohen Bogenfenstern. Die Beletage wurde durch zwei Erker und einen Balkon mit steinerner Balustrade betont. Statuen von Siegesgöttinnen tummelten sich rechts und links der Fenster und vor dem obersten Geschoss trugen mächtige Karyatiden das Dachgesims auf ihren Häuptern.

Luciano hatte das Ende des Palais erreicht. Nun musste er sich entscheiden. Eben hielt wieder eine prächtige Kutsche mit Wappen am Schlag vor dem Tor und entließ ihre Gäste, die zum Salon der Hausherrin geladen waren.

Was sollte er tun? Wie ein geprügelter Hund umkehren und zu den Dracas schleichen, um sich seine Strafe fürs Schwänzen abzuholen? Die wartete nun so oder so auf ihn, da sollte es sich wenigstens lohnen.

Die Gäste waren inzwischen in die Eingangshalle getreten. Der Kutscher schnalzte mit der Zunge und die beiden Rappen trabten an. Luciano holte noch zweimal tief Luft, dann folgte er den Gästen in das Palais.

Er kam bis zum oberen Absatz der Prunkstiege. Während sich der Butler tief vor der Reichsgräfin von Henckel von Donnersmarck und ihrer Nichte Cäcilie verbeugte, trat er dem Nosferas, der den Damen unauffällig folgen wollte, demonstrativ in den Weg.

»Darf ich Ihre Einladungskarte sehen, Herr …?

Luciano tastete seinen Frack ab und zog dann eine betroffene Miene. »Oh, die habe ich doch tatsächlich daheim liegen lassen.«

Er machte Anstalten, sich an dem Butler vorbeizudrängen, doch der war von der guten alten Schule und ließ sich nicht so leicht übertölpeln.

»Mein Herr, das tut mir leid. Wie wäre es, wenn Sie hier warten und ich rasch Freiherrin von Todesco Bescheid sage, dass Sie angekommen sind. Wen darf ich ihr melden? Wie lautet Ihr Name?«

»Signor Luciano di Nosferas aus Rom«, erklang eine Stimme, die nicht Lucianos war, von der Treppe oben. Die Schleppe ihres Kleides elegant gerafft, kam Clarissa die Stufen bis zum Absatz herab. Sie sah einfach umwerfend aus. Luciano dachte, seine Knie müssten weich werden.

»Sebastian, es ist alles in bester Ordnung. Signor di Nosferas ist mein Gast.« Sie blinzelte ihm zu und reichte ihm ihre Hand. Entzückt hauchte Luciano einen Kuss auf den Handschuh und zog dann die schmalen Finger in seine Armbeuge. Der Butler beäugte ihn misstrauisch, wagte aber nichts zu sagen. Er trat aus dem Weg und verbeugte sich, wenn auch nicht so tief wie zuvor für die Reichsgräfin.

Clarissa führte ihn durch das Vestibül und einen weiteren Salon in den Ballsaal, wo heute Kanapees und niedrige Tische aufgestellt waren. Im vorderen Bereich stand ein Flügel. Ein Cello lehnte an einem Stuhl. Bislang waren gut drei Dutzend Gäste versammelt, die in kleinen Gruppen beisammenstanden und sich unterhielten. Diener in Livree trugen Tabletts mit feinen Kristallgläsern herum, deren Inhalt rot und goldbraun im Kerzenlicht schimmerte.

Clarissa zog ihren Begleiter etwas abseits der anderen Gäste in eine der Fensternischen. Die hohen Türen öffneten sich zum Balkon hinaus. Auf der anderen Straßenseite konnte Luciano das Opernhaus sehen. Erwartungsvoll blickte er Clarissa an, doch die entzog ihm nun ihren Arm.

»Was haben Sie sich nur dabei gedacht? Hier einfach so einzudringen. Luciano, Sie sind ganz schön dreist!«

»Ich wollte Sie wiedersehen«, antwortete er schlicht.

»Und da erscheinen Sie hier zum Salon meiner Mutter ohne eine Einladung?«

»Ich habe davon in der Zeitung gelesen. Wie anders hätte ich Sie wiederfinden können?« Er griff nach ihrer Hand, doch sie zog sie zurück.

»Indem Sie, wie alle zivilisierten Menschen, Ihre Karte bei unserem Butler abgeben und darauf warten, dass Sie zum Vormittagsbesuch gebeten werden!«

Ich bin aber kein zivilisierter Mensch. Vermutlich bin ich weder das eine noch das andere, dachte Luciano. *Und zu einem Anstandsbesuch am Vormittag kann ich auch nicht kommen.*

»Ja, vielleicht hätte das ein normaler Herr der Gesellschaft so gemacht«, räumte Luciano ein.

»Und dazu zählen Sie sich nicht? Kein Herr der Gesellschaft oder nicht normal?«, neckte sie.

»Das müssen Sie schon selbst herausfinden.«

Eine kleine Pause trat ein, in der sich Verlegenheit ausbreitete, bis Clarissa sich ihrer Unterrichtsstunden in Konversation und gutem Benehmen erinnerte und ihn fragte, ob er das Palais zu besichtigen wünsche. Luciano willigte gerne ein. Natürlich war ihm klar, dass sie nur von den Repräsentationsräumen der Beletage sprach. In die privaten Wohnräume der Familie, die Dienstbotenkammern im Mezzanin unter dem Dach oder auch in Küche, Vorratsräume und Ställe würde sie ihn natürlich nicht führen. Er folgte ihr aus dem Ballsaal in einen nicht minder prächtigen Salon und dann in ein Musikzimmer. Clarissa hielt eine oberflächliche Unterhaltung aufrecht, während Luciano krampfhaft überlegte, was er sagen sollte. Er konnte ja schlecht von seiner Familie berichten, die in den Resten des alten Neropalasts unter dem Oppiushügel hauste. Oder von der Akademie der Vampire. Von seinen Freunden, die wie er nur nachts umherstreifen konnten und sich schon bald vom köstlich warmen Blut der Menschen ernähren würden.

Was könnte er sonst für ein Thema ansprechen? Er spürte, dass sie sich langsam über sein Schweigen Gedanken zu machen begann. Was könnte er sie fragen? Er versuchte sich zu erinnern, was über ihre Familie in der Zeitung gestanden hatte. Der Spott über ihren Vater und die Behauptung, er besitze mehr Geld als Geist, war sicher kein gutes Thema. Verzweifelt schritt Luciano an den Portraits im Musiksalon entlang. Vor zwei ovalen Bildern in goldenen Rahmen blieb er stehen.

»Ist das nicht Johann Strauss, der berühmte Walzerkönig?«

Clarissa nickte. »Das ist er vor ungefähr fünfzehn Jahren. Ich war noch sehr klein, als er hier ein- und ausging – und, ja, seine Frau Jetty in diesen Räumen kennenlernte. Das ist die Dame im Bild daneben.«

»Ein schöne Frau mit Ausstrahlung«, lobte Luciano, dem nichts anderes einfiel.

Clarissa nickte ein wenig zurückhaltend. »Ja, das finde ich auch, aber nicht jeder hier im Haus ist damit einverstanden, dass diese Bilder hier hängen.«

»Warum?«, erkundigte sich Luciano sofort. Sie war so reizend, wenn sie sprach, und es gefiel ihm einfach, ihr lebhaftes Mienenspiel zu beobachten.

»Jetty, oder richtig gesagt Henriette Treffz lebte mit meinem Onkel Moritz zusammen. Sie hat ihm zwei Kinder geboren, doch dann traf sie Johann Strauss und die beiden verliebten sich ineinander.«

»Was geschah dann? Sie hat den Onkel verlassen, nicht wahr?«

Clarissa nickte. »Ja, er trug es gelassen und gab ihr noch eine großzügige Abfindung. Und so hat er vielleicht dazu beigetragen, dass Strauss seine wundervolle Operette *Die Fledermaus* schrieb. Er verzichtete eine Zeit lang auf die meisten Konzertauftritte und widmete sich ganz seiner Komposition, während sie davon lebten, was Jetty mit in die Ehe gebracht hatte.«

Wider Willen hörte Luciano interessiert zu. Da brach Clarissa ab und schlug sich erschrocken die Hand vor den Mund.

»Oh nein, das hätte ich wohl nicht erzählen sollen.«

»Warum? Ist es ein großes Familiengeheimnis?«

Clarissa schüttelte den Kopf. »Nein, das nicht, aber es schickt sich ganz und gar nicht für die Tochter des Hauses, mit einem Fremden über Verhältnisse und Trennungen und dann auch noch über Geld zu sprechen!«

Luciano lachte. »Jetzt, wo Sie es sagen, finde ich es auch ganz entsetzlich unschicklich. Fräulein Clarissa, ich bin schockiert!«

Sie sah ihn ein wenig verschüchtert an. »Sie scherzen mit mir?«

»Aber ja! Mich hat die Geschichte prächtig amüsiert, denn ich glaube, es gibt nichts Langweiligeres, als die Themen, die der gute Ton für ein junges Mädchen als schicklich vorsieht.«

Clarissa nickte und stimmte ihm aus ganzem Herzen zu. »Nicht wahr? Und erfahren sollen wir auch nichts Deratiges. Wenn ich nicht mein Kammermädchen hätte, das mir jeden Klatsch sofort berichten muss, würde ich überhaupt nichts mitbekommen. Sie besorgt mir auch immer die Bücher und Zeitungen, die ich nicht lesen soll.«

Luciano fragte sich, ob ihre Eltern wohl davon wussten, wie wenig ihre Taktik aufging, sie vor allem zu behüten.

»Habe ich Sie jetzt doch schockiert?«

»Auf das Tiefste, mein Fräulein! Erzählen Sie mir weiter von den Dingen, von denen sie eigentlich gar nichts wissen!«

Sie lachten beide verschwörerisch, aber Clarissa begab sich dann doch lieber auf sicheres Terrain. Sie sprach von ihrem Großvater, der in der Nähe von Padua eine Seidenraupenzucht gegründet und dann begonnen hatte, eine Baumwollgespinst- und eine Wollwarenfabrik aufzubauen, ausgestattet mit einem kaiserlich-königlichen Privileg.

»Er war ein Pionier, wenn es um die Rechte seiner Arbeiter ging. Schon damals sorgte er für sie, wenn sie krank wurden oder zu alt. Heute redet man nur über das Elend der Arbeiter, tut aber nichts dagegen, oder schweigt ganz und sieht weg. Waren Sie mal in den Vorstädten, in den Ziegeleien oder Tuchfabriken? Es ist eine Schande, sagt Mutter, aber die meisten Unternehmer interessiert nur, was am Ende des Jahres in ihrer Schatulle übrig bleibt.«

Luciano sah sie verwundert an. Sie war nicht nur anmutig und bezaubernd, sie war klug und an mehr interessiert als an einem Stickrahmen und schönen Kleidern. Der kämpferische Blick, den sie ihm im Moment zuwarf, erinnerte ihn an Alisa.

Sie gingen weiter durch das Haus. Clarissa zeigte ihm die anderen Gäste, nannte ihm die Namen und fügte die ein oder andere boshafte Bemerkung hinzu. Luciano amüsierte sich prächtig. Die Dracas und der geschwänzte Unterricht waren für den Augenblick vergessen. So scherzten und flirteten sie, bis die Dame des Hauses das erste Musikstück ankündigte. Schwatzend nahmen die Damen und älteren Herren auf den bereitgestellten Stühlen und Kanapees Platz, während sich die wenigen jungen Männer entlang der Wand aufreihten. Luciano und Clarissa zogen sich auf die hintersten Plätze zurück, an einen kleinen Tisch mit zwei schmalen Sesseln, wo sie sich weiterhin unterhalten konnten, zumindest im Flüsterton.

*

Schon von draußen hörten sie die Walzerklänge. Alisa hüpfte aufgeregt an Franz Leopolds Arm auf den hübschen, im Stil der italienischen Renaissance erbauten Kursalon zu. Wie Franz Leopold erklärte, ersetzte er einen Vorgängerbau, der einst weiter im Osten auf dem Wasserglacis gestanden hatte. Auch das neue Gebäude hätte vornehmlich dem Ausschank von die Gesundheit förderndem Heilwasser und als Kaffeehaus dienen sollen. Ja, zur Zeit der Eröffnung vor dreizehn Jahren waren musikalische Vergnügungen sogar untersagt. Aber bereits ein Jahr später gab Johann Strauss dort ein erstes Konzert und die Wiener waren begeistert. Seitdem war der Kursalon ein beliebtes Tanzlokal der Gesellschaft.

Alisa hörte Franz Leopolds Ausführungen nur mit einem Ohr zu. Sie konnte ihr Glück kaum fassen, auch wenn sie immer noch ein bisschen misstrauisch war, ob Franz Leopold wirklich einfach nur tanzen wollte.

Er hielt ihr die Tür auf und führte sie dann in den Saal. Ach, sie konnte ihre Füße nicht stillhalten. Alisa stellte sich auf die Zehenspitzen und spähte über die wogende Menge zur Bühne hinüber, wo die Musiker sich kräftig ins Zeug legten. Es mussten fast zwei Dutzend Streicher und Bläser sein, die der Dirigent mit seiner Geige in der einen, dem erhobenen Bogen als Taktstock in der anderen Hand, zusammenhielt. Das war also der berühmte Walzerkönig! Er musste die fünfzig bereits überschritten haben. Sein dichtes schwarzes Haar und der verwegene Schnurrbart, der für Alisas Geschmack viel zu groß ausfiel, ergrauten bereits. Dennoch besaß der begnadete Komponist und Musiker noch immer den Schwung eines jungen Mannes.

Der Tanz war zu Ende. Die Paare lösten sich voneinander und der Meister verbeugte sich dankend.

»Und nun, meine lieben Freunde, verehrtes Publikum, wie versprochen eine neue Komposition. Der Walzer *Rosen aus dem Süden.*«

Er nahm den Bogen zur Hand und ließ ihn über die Saiten gleiten. Die Gäste jubelten.

»Ich sage dir, schon morgen werden die Wiener Leib und Leben daransetzen, um ein Exemplar der Partitur zu ergattern – bevorzugt natürlich die Klavierversion, die der clevere Verleger sicher schon bereithält –, um am heimischen Pianoforte ein wenig am Glanz des großen Meistes teilhaben zu können. Doch nun lass uns tanzen!«

Er legte seinen Arm um ihre Taille, ergriff ihre Hand und führte sie in einer schwungvollen Drehung mitten ins Gewühl. Das war etwas anderes, als mit den anderen Erben unter den Anweisungen der Tanzmeisterin im Ballsaal der Dracas! Nicht dass der Saal hier nicht weitläufig gewesen wäre. Aber die vielen Paare, die sich auf der Fläche drehten, ließen Alisa um ihr Kleid und ihre Füße fürchten. Wie sollte das gehen, ohne dass sie ständig hart zusammenstießen? Doch zu ihrer Verwunderung schaffte es Franz Leopold, einen Weg zwischen all den Fräcken und bunten Kleidern hindurchzufinden, ohne dass ein anderes Paar sie auch nur berührte oder er sich in seinen Schritten hätte verhalten müssen.

Langsam entspannte sich Alisa und ließ sich vertrauensvoll von Franz Leopold führen. Die Musik erfüllte sie, strömte in ihren

Geist und von dort durch ihren Körper bis in die Füße, die niemals wieder stillstehen wollten. Es war ein Rausch, der sie ein wenig schwindelig machte. So ähnlich mochte es sein, wenn Menschen der Champagner in den Kopf stieg. Viel zu schnell war der Tanz zu Ende. Alisa strahlte Franz Leopold offen an. Sie hatte sich zwar im Laufe der Zeit angewöhnt, in seiner Gegenwart vorsichtig und stets vor seinem Spott und den verletzenden Kommentaren auf der Hut zu sein, doch in diesem Moment konnte sie ihn nur anlächeln. Sie fühlte sich einfach zu glücklich.

»Es ist so wunderbar! Ich danke dir. Ich will nie wieder damit aufhören.«

Und dieses Mal nützte er ihre Verletzlichkeit nicht aus. Er lächelte zurück. »Dann sollten wir uns gleich auf den nächsten Tanz stürzen. Ah, was höre ich, *der Vergnügungszug*, eine schnelle Polka. Los, komm. Das wird ein Spaß! Sei ganz locker und lass dich einfach führen. Ich verspreche dir, dass du es unbeschadet überstehst.« Er strahlte so offen, dass auch das letzte Misstrauen schwand.

»Und ab ins Getümmel«, murmelte Alisa. Sie merkte schon nach den ersten Sprüngen und Drehungen, dass der Dracas nicht zu viel versprochen hatte. Und so überließ sie ihren Körper seinen Armen und tauchte in den fröhlichen Strudel ein, der sie mit sich riss und verschlang.

Sie tanzten noch *Wiener Blut* und die *Tritsch-Tratsch-Polka, Geschichten aus dem Wienerwald* und *Du und Du*. Sogar die *Demolierpolka,* die Strauss anlässlich der Abrissarbeiten der Stadtbefestigung bei der Anlage der Ringstraße komponiert hatte, führte er noch einmal auf. Zum Schluss ließ er ein paar Melodien aus der *Fledermaus* erklingen. Als die letzten Töne verklangen, tauchte Alisa wie aus einem Traum auf. Nun nahm sie die Menschen um sich herum wieder wahr. Sie alle waren erhitzt und verschwitzt, die Wangen der Damen glühten. Alisa schluckte trocken. Der Blutdurst brandete so plötzlich in ihr auf, dass sie sich am liebsten über den jungen Mann neben sich hergemacht hätte, der mit einer drallen Blonden flirtete.

»Vielleicht ist es besser, wenn wir jetzt ein wenig an die frische Luft gehen«, sagte sie unsicher.

Franz Leopold nickte und nahm ihren Arm. »Ja, sie sind schon recht appetitlich, wenn sie ihr Blut so in Wallung gebracht haben.«

Draußen in der Stille des nächtlichen Parks holte Alisa tief Luft und allmählich beruhigte sie sich wieder. Sie wandte sich Franz Leopold zu. »Danke! Danke für diese wundervolle Nacht.«

»Was? Doch nicht etwa noch wundervoller als Unterricht?«, näselte er spöttisch.

»Viel, viel wundervoller!«, gab Alisa mit Inbrunst zurück.

»Ja, ja, der Zauber des Walzers.« Franz Leopold lachte, aber es klang dieses Mal nicht überheblich.

Schweigend und in ungewohntem Gleichklang ihrer Seelen schlenderten sie zum Palais Coburg zurück. Die Raben, die im Schutz der gelb belaubten Bäume gewartet hatten, folgten ihnen in einigem Abstand.

*

»Wann sehe ich dich wieder?«, drängte Luciano und küsste noch einmal Clarissas Hand. Im Laufe des Abends, während die Musikdarbietungen, Lesungen und Gedichtbesprechungen unbemerkt an den beiden vorbeirauschten, hatten sie plötzlich zum vertrauten und so ganz unschicklichen Du gefunden.

»Wenn du möchtest, schon morgen«, gab sie schüchtern zurück.

Sie hatten sich unbemerkt auf den Balkon geschlichen, der sich über die ganze Breite des Ballsaals entlangzog, und standen nun im Schutz der Dunkelheit hoch über der nächtlichen Straße.

»Wir könnten auf dem Ring flanieren.«

Luciano nickte. »Gern!« Es war ihm völlig gleichgültig, was sie vorschlug. Hauptsache, er konnte mit ihr zusammen sein. Was die Dracas dazu sagen würden und wie es ihm überhaupt gelingen sollte, noch einmal dem Unterricht zu entwischen, darüber würde er sich später Gedanken machen.

»Dann gegen zwei Uhr?«

Entsetzt starrte er das Mädchen an. »Zwei Uhr? Das geht nicht.«

»Aber früher ist kein Mitglied der Gesellschaft auf dem Corso zwischen Oper und Hofburg unterwegs. Früh morgens gehört der Ring den Dienstmädchen und ihren Verehrern, und dann sind die braven Bürger unterwegs, um sich ein wenig im Glanz der Ringstraße zu sonnen. Die Herren und Damen der Gesellschaft sieht man nicht vor zwei Uhr.«

»Ich kann auch nicht früher. Erst nach Einbruch der Dunkelheit!« Seine Stimme ließ keine Hoffnung, dass es möglich wäre, ihn umzustimmen.

Dennoch flehte Clarissa: »Bitte nicht. Das wäre ganz und gar nicht schicklich.«

»Ist es denn bei Tageslicht schicklich, einen Verehrer zu treffen, den deine Eltern nicht befürworten, ja, nicht einmal kennen?«

Sie lächelte schelmisch und blinzelte ihm zu. »Bist du denn ein Verehrer?«

Er trat näher, griff ihre Hände und drückte sie an seine Brust. »Hast du das noch nicht bemerkt?«

Ein anderes Paar trat auf den Balkon. Die zwei fuhren auseinander und studierten scheinbar die Oper gegenüber, aus deren Türen nun das Publikum auf die Straße drängte. Fiaker und vornehme Kutschen rollten heran.

»Ich will es versuchen«, wisperte Clarissa. »Ich werde mir schon etwas einfallen lassen.«

Luciano wagte nicht, sie noch einmal zu berühren. »Dann erwarte ich dich, sobald die Sonne untergegangen ist, vor der Karlskirche.«

Aus den Augenwinkeln sah er, wie sie nickte.

NUR EIN SCHMISS

»Ist das nicht unser Freund Luciano?«, meinte Franz Leopold, als sie sich dem Palais näherten. Aber ja, es war eindeutig der Nosferas, der beschwingten Schrittes auf das Tor zustrebte.

»Dann ist der Deutschunterricht bereits zu Ende«, vermutete Alisa. »Rasch, wir müssen uns beeilen, sonst kommen wir zu spät zur Fechtstunde.«

»Welch ein Drama!«, entgegnete Franz Leopold mit spöttischem Ton, ließ sich aber die Treppe hinaufziehen. Alisa verabschiedete sich von ihm und eilte in ihre Schlafkammer, in der sie zu ihrer Überraschung weder Ivy noch Seymour fand. Auch im Nebenzimmer, das sich Chiara und Rowena teilten, befand sich niemand. Vielleicht waren sie schon im Fechtzimmer? Rasch zog sich Alisa um und ging hinunter. Der Fechtraum war leer. So nahm sie sich einen Degen von der Wand und übte die Schritte und Stellungen, die sie das letzte Mal gezeigt bekommen hatten, noch einmal. Kurz darauf gesellte sich Franz Leopold zu ihr und sie gaben sich einem rasanten Gefecht hin, bis die anderen endlich eintrafen. Hinter ihnen traten auch die Fechtmeister ein, sodass für Geplauder keine Zeit blieb. Caroline und Theodor griffen sich je einen Degen und begannen einen Fechtkampf, gegen den das, was Alisa und Franz Leopold zuvor gezeigt hatten, geradezu gemütlich wirkte. Und dabei erzählte der Meister nebenbei noch über das Fechten in studentischen Verbindungen.

»Wie ihr bereits wisst, ist die Mensur der Abstand, den zwei Fechter im Kampf einnehmen. Mit Mensur bezeichnet man heute aber auch den traditionellen Fechtkampf zwischen zwei Mitgliedern verschiedener Studentenverbindungen. Es gibt strenge Regeln und es wird stets mit scharfen Waffen gekämpft.

Begonnen hat es in der frühen Neuzeit, als die Studenten von einer Universität zur anderen wanderten und sich das Recht erstritten, Waffen tragen zu dürfen wie die Edlen, um sich auf der gefährlichen Landstraße verteidigen zu können.«

Caroline ergriff das Wort. »Doch wie wir uns schon denken können, gebrauchten die Studenten ihre Klingen nicht nur gegen Gesindel. Immer öfter kämpften sie untereinander. Wie schnell war eine Ehre beleidigt, die man nur mit Blut wieder reinwaschen konnte. Duelle waren an der Tagesordnung. Als dann solche Duelle verboten wurden, kamen die Verbindungen mit ihren Mensuren in Mode. Hier geht es nicht um Satisfaktion oder Rache.« Ihre Stimme wurde zunehmend spöttischer. »Hier findet ein Zweikampf unter Männern statt, bei dem es darauf ankommt, nicht zurückzuweichen, keine Furcht zu zeigen und alle Blessuren mit Würde und Stolz zu tragen. Da es inzwischen ausgeklügelte Schutzbandagen und Schienen gibt, sind die Fälle von Mensuren mit tödlichem Ende zurückgegangen. Ziel ist aber noch immer, Kopf oder Gesicht des Gegners zu treffen und ihm dort mit seinem Korb- oder Glockenschläger eine blutende Wunde zuzufügen.« Beide ließen wie auf Kommando ihre Degen sinken.

»Jeder Student trägt seinen Schmiss auf der Wange mit Stolz und die Narbe wird ihn auf ewig an seine glorreiche Mensur erinnern.« Auf Theodors Gesicht breitete sich ein Lächeln aus, das fast ein wenig gehässig wirkte.

»Die Aufgabe für heute lautet also, dass wir hier so etwas wie eine Mensur austragen. Unsere Gegner kommen aus unterschiedlichen Clans statt von verschiedenen Verbindungen. Auf die Bandagen und Schutzbrillen, die die Menschen benutzen, um sich nicht aus Versehen die Lungen zu durchbohren oder die Augen auszustechen, verzichten wir. Es sind nur Hiebe erlaubt. Stiche, wie beim üblichen Degenfechten, sind verboten. Doch wie bei den Mensuren ist das Ziel, dem Gegner einen Schmiss im Gesicht oder eine blutende Wunde am Kopf zuzufügen. Dann erst wird der Kampf beendet. Wir beide fungieren als Sekundanten. Er sah in die Runde und weidete sich an den überraschten bis entsetzten Blicken.

»So, fangen wir mit einem Vertreter der Vyrad an, gegen – sagen wir – einen Nosferas?«

Raymond starrte so lange betont zu Boden, bis Rowena grüßend den Degen hob und in die Mitte trat. Luciano sah Chiara an, aber die schüttelte den Kopf. Also trat er vor.

»Seid ihr bereit?«, fragte der Fechtmeister und ließ sie die richtige Ausgangsposition einnehmen.

»Halt!«, rief Caroline und sprang vor. »So geht das nicht. Es ist schon richtig, dass bei den Verbindungen eine mutige und aufrechte Teilnahme wichtiger ist als der Sieg, dennoch können wir es nicht hinnehmen, wenn einer der Paukanten aus falschem ritterlichem Gefühl bereit ist, absichtlich einen Treffer einzustecken, um den Kampf zu beenden, ohne dass der Gegner bluten muss!«

Die Fechtmeisterin hatte in Lucianos Gedanken gelesen. Manches Mal war es mit den Fähigkeiten der Dracas schon eine Plage – vor allem, da sie nach wie vor nicht bereit waren, die anderen Clans daran teilhaben zu lassen.

»Das ist sehr rücksichtsvoll, aber du musst mich nicht schonen«, gab Rowena zurück und griff an. Sie war nicht schlecht und Luciano hatte Mühe, in Deckung zu bleiben. Noch griff er nicht an, sondern beobachtete lediglich Rowenas Kampfweise.

Derweil grübelte Alisa darüber nach, wie sie es schaffen konnte, Dame Elina eine telegraphische Nachricht zukommen zu lassen. Das war kein Petzen. Es ging einfach um zu viel. Vermutlich war dieses Jahr bei den Dracas ihre einzige Chance, zu erfahren, wie man sich diese überlegene Magie aneignen konnte.

Noch immer begnügte sich Luciano damit, die Hiebe der Vyrad zu parieren. Alisa schielte zu den Fechtmeistern. Die schienen gegen die Taktik nichts einzuwenden zu haben. Offensichtlich hatte Luciano gedanklich von seinem ursprünglichen Plan Abstand genommen – oder er verstand es nun besser, seine Absichten zu verbergen.

Nein, er hatte seine Gegnerin lediglich studiert. Jetzt griff er an und zwar so unvermittelt, dass er Rowena damit überraschte. Die Klinge blitzte auf und hinterließ einen kurzen, roten Strich links über dem Kragen ihres Hemdes. Luciano sprang zurück und ließ den Degen sinken. Rowena fasste sich an den Hals und betrachtete dann das Blut auf ihren Fingern. Anerkennend nickte sie Luciano zu.

»Respekt. Es war ein Fehler, dich zu unterschätzen.« Sie verbeugte sich in seine Richtung. »Du hast dich wirklich gemacht, Luciano. Wer hätte dir das vor zwei Jahren zugetraut?«

Sie traten zu ihren Plätzen zurück. Luciano glühte geradezu vor Stolz, das konnte Alisa auch sehen, ohne seine Gedanken lesen zu können. Die Stimme der Fechtmeisterin ließ sie aufhorchen.

»Kommen wir zu den Vamalia.«

Tammo war schon im Begriff, sich freiwillig zu melden, als Alisa ihn grob zurückstieß und einen Schritt vortrat. Wo Sören gerade mit seinen Gedanken weilte, wussten nur die Götter – oder vielleicht noch die Dracas. Jedenfalls sprach seine träumerische Miene davon, dass er gar nicht zugehört hatte.

»So, Alisa de Vamalia. Wen bekommst du als Gegner?« Theodor sah sie lauernd an. »Vielleicht einen Dracas?«

Franz Leopold sprang nach vorn, ehe Theodor das Wort recht beendet hatte. Karl Philipp machte es ihm nach, war aber deutlich später dran. Enttäuscht trat er in die Reihe zurück. Alisa sah Franz Leopold misstrauisch an. Hatte er etwa wie Luciano vor, sein Opfer zu schonen, oder konnte er es gar nicht abwarten, ihr einen blutigen Streich zu versetzen? Denn dass sie – wenn er sich nur ein wenig anstrengte – keine Chance gegen ihn hatte, war ihr klar. Oder wollte er nur nicht sehen, wie Karl Philipp sie verletzte? Dass ein Schmiss von ihm größer und tiefer ausfallen würde als der, den Luciano Rowena beigebracht hatte, war ebenso klar.

Tja, worauf tippst du?, hörte sie Franz Leopolds Stimme in ihrem Kopf.

»Franz Leopold, geh in die Reihe zurück!« Theodors Stimme klang hart.

»Was? Aber ich habe mich zuerst gemeldet!«

»Du wirst mir augenblicklich gehorchen und kein Wort mehr sagen.«

Der Kampf wurde ohne Worte ausgetragen, aber Alisa kam der Verdacht, dass es gerade deshalb so hart und schmerzhaft zuging, als hätten sie zu den Stahlklingen gegriffen. Franz Leopold blieb nichts anderes übrig, als zu gehorchen, doch seine Blicke hätten töten können.

»Lassen wir einen Pyras gegen die Vamalia antreten.«

Joanne und Fernand stritten sich so lange, bis Caroline entschied, Fernand solle gegen Alisa antreten. Joanne verschränkte schmollend die Arme, Fernand dagegen grinste breit und ließ die Klinge durch die Luft sausen.

Seine Schläge werden kräftiger sein als die deinen, aber auch unbeherrschter. Außerdem ist er langsamer in der Reaktion und schwerfälliger in seinen Schritten. Nutze diesen Vorteil!

Alisa wagte nicht, zu Franz Leopold hinüberzusehen, um ihm zu signalisieren, dass sie seine Botschaft bekommen hatte. Sie überlegte noch, ob sie sich über seine Hilfe freuen oder sich darüber ärgern sollte, dass er meinte, sie habe dies nötig, da griff Fernand an. Alisa sprang behände zur Seite. Sie entschied, sich Lucianos Taktik zunutze zu machen und zuerst Fernands Kampftechnik zu studieren. Schnell merkte sie, dass Franz Leopold recht hatte. In ihrer Schnelligkeit war sie ihm überlegen, aber seine wuchtigen Hiebe machten ihr zu schaffen. Sie fragte sich, wann ihr Handgelenk bersten würde. Allzu lang durfte sie nicht warten, sonst würde die schiere Wucht ihre Deckung durchbrechen. Alisa fixierte seine Wange und entschloss sich zum Angriff. Der Sprung war gut, die Klinge präzise platziert. Allerdings hatte sie nicht vorausgesehen, was Fernand als Nächstes tun würde. Auch er stieß in diesem Moment zu, und so bluteten sie am Ende beide, Fernand aus einem Schnitt an der Wange und Alisa aus einer Platzwunde am Kopf, die ihr seine flache Klinge geschlagen hatte. Mit würdevoller Miene verbeugten sie sich voreinander und kehrten auf ihre Plätze zurück.

»So, das hat mir schon besser gefallen«, meinte Theodor mit versöhnlicher Stimme. »Kommen wir zur letzten Begegnung für heute. Diese werden Karl Philipp und Ivy schlagen.«

Alisa hatte das Gefühl, ihr Magen würde mit Steinen gefüllt. Luciano neben ihr erstarrte. Alisa warf Franz Leopold einen hilfesuchenden Blick zu.

Halte deine Gedanken im Zaum. Er wird sie schon nicht umbringen. Außerdem kämpft sie nicht schlecht.

Ja, aber deinem Vetter ist sie nicht gewachsen. Das weißt du!

Unterschätze unsere zarte Ivy nicht.

Seymour heulte auf und stürzte auf sie zu, aber Caroline sprang ihm in den Weg und setzte die Degenspitze auf seine Brust.

»Du hältst dich da raus, Bestie, denn sonst war das die letzte Stunde, die du im Haus der Dracas verbracht hast. Und vielleicht die letzte Stunde, die du überhaupt lebend verbringst!«

Ivy sah zu ihm hinüber. »Sei ruhig. Ich werde das schon schaffen.« Prüfend ließ sie den Degen durch die Luft sausen. Dann nahm sie Aufstellung. Karl Philipp nickte nur kurz mit dem Kopf und griff an. Ivy war darauf vorbereitet und parierte. Eine Weile wogten die Schläge hin und her, wobei sich Ivy wie zuvor Luciano und Alisa mehr auf ihre Verteidigung konzentrierte. Ja, sie schlug sich nicht schlecht gegen den Dracas, dafür, dass er bereits jahrelange Übung mit dem Degen hatte. Doch nicht nur das, auch seine Körpergröße und Masse waren ihm gegen den zierlichen Mädchenkörper von Vorteil. Ivy dagegen schöpfte aus ihren ungewöhnlichen Kräften, die sie während der einhundert Jahre ihres Vampirdaseins gesammelt hatte. Und vermutlich war sie unbemerkt in seinen Geist eingedrungen, um auf seine Absichten bereits reagieren zu können, noch ehe er den Schlag ausführte. Alisa begann sich gerade zu entspannen, als Karl Philipp Ivy mit massigen Schlägen zurückdrängte. Sie strauchelte, fing sich aber gerade noch rechtzeitig und tauchte unter einem Streich hindurch, der ihr vermutlich den Schädel hätte spalten können. Doch die beiden Fechtmeister schienen keinen Anlass zu sehen, den Kampf abzubrechen.

Wir müssen etwas tun, irgendetwas. Das wird ganz böse enden.

Wieder klinkte sich Franz Leopold in Alisas Gedanken ein. *Halte dich da raus. Du machst es nur noch schlimmer. Wir können auf Ivys Erfahrung vertrauen.*

Er hatte den Satz noch nicht zu Ende gedacht, da war der Kampf vorüber. Karl Philipp erwischte Ivy an der Schläfe. Die Schneide seines Degens fuhr vom linken Ohr über ihren Hals bis in die Schulter. Kein Laut kam über Ivys Lippen, als sie zurücksprang und den Degen sinken ließ. Seymour jaulte, wurde aber noch immer von der Fechtmeisterin in Schach gehalten. Karl Philipp hob den Degen ein weiteres Mal. Franz Leopold hechtete nach vorn und schlug ihm auf den Arm, dass der Degengriff den Fingern entglitt. Klirrend schlitterte die Waffe über den Boden.

»Es ist genug!«, zischte er.

Alisa und Luciano stürzten zu Ivy, die mit zitternden Händen dastand. Ihre Miene war beherrscht, doch die beiden konnten sich lebhaft vorstellen, was gerade in ihr vorging.

»Lass mal sehen. Das ist ganz schön tief«, stellte Alisa fest. Sie hörte selbst, wie ihr der Versuch, ihre Stimme kühl und ungerührt klingen zu lassen, misslang.

Ivy versuchte sich an einer lässigen Handbewegung. »Nichts, was nicht in ein paar Tagen heilen würde.«

»Gehen wir!« Alisa warf den Fechtlehrern noch einen Blick zu. Ja, die Stunde war beendet. Sie schob die bebende Ivy zur Tür.

Erst einmal hatte Alisa die Lycana derart fassungslos erlebt, als Franz Leopold ihr im ersten Akademiejahr in Rom eine Haarsträhne abgeschnitten hatte. Und so war Alisa auch klar, dass es nicht die Schmerzen der Wunde waren, die Ivy so aus dem Gleichgewicht brachten. Nein, der Schmerz würde vergehen und die Wunde heilen. Sehr schnell heilen! Und genau das war das Problem.

*

Die Sonne war kaum untergegangen, da stürmte Luciano in die Schlafkammer der beiden Vampirinnen. Franz Leopold folgte kaum später in gesitteterem Tempo, trat aber ebenfalls ein, ohne die Antwort auf sein Klopfen abzuwarten. Alisa rügte die beiden Vampire, dass sich das nicht schickte, doch diese winkten ab.

»Für so einen Kram ist jetzt keine Zeit. Wie geht es ihr?«

Alle Augen richteten sich auf Ivy, die mit kläglicher Miene auf ihrem Bett saß.

»Ganz wunderbar«, sagte sie verzweifelt. »Nicht der kleinste Kratzer mehr zu sehen.« Sie schob die Rüschen ihres Nachtgewands zur Seite und zeigte ihren unversehrten Hals und die Schulter, in der vergangene Nacht noch eine tiefe Wunde geklafft hatte.

»Es war nicht anders zu erwarten«, meinte Franz Leopold.

»Ja, ich weiß, aber so kann ich mich heute nicht im Unterricht blicken lassen.«

Alisa kniete sich vor ihrer Kleidertruhe nieder und durchwühlte die Gewänder. »Wir brauchen etwas, das deine Schulter bedeckt und möglichst eine Rüsche bis zum Ohr hat.«

»Und das lässt sie dann auch beim Fechten an?« Franz Leopold schüttelte den Kopf. »Das wird als Tarnung nicht genügen.

»Nein, Leo hat recht. Wir müssen es richtig machen, wenn wir mein Geheimnis weiterhin wahren wollen.«

Luciano stöhnte auf, als Ivy ein kleines, scharfes Messer aus einer Schublade des Nachtschränkchens nahm.

»Würde einer von euch mir bitte behilflich sein? Ich komme da so schlecht ran.« Ivy ließ den Blick schweifen. Luciano wich entsetzt zurück und auch Alisa schluckte trocken und verschränkte die Hände auf dem Rücken.

»Leo?«

Der Dracas trat vor und griff forsch nach dem Messer.

»Hast du dir den Verlauf des Schnittes gemerkt?«

Franz Leopold nickte mit grimmiger Miene.

»Du darfst auf keinen Fall so tief schneiden«, rief Alisa. »Es muss aussehen wie bei einem von uns, wenn so eine Wunde einen Tag lang Zeit hatte, zu heilen.«

Franz Leopold hielt ihr das Messer hin. »Willst du es lieber machen?«

Alisa verneinte.

»Das Problem ist nicht die Tiefe des Schnitts«, sagte Ivy. »Egal, wie tief Leo schneidet, es wird eine frische Wunde sein und keine, die bereits angefangen hat zu verkrusten.« Betroffen sahen sich die vier an.

»Aber wie dann?«, fragte Luciano.

Ivy hob hilflos die Schultern. »Mir fällt auch keine andere Lösung ein.« Sie straffte sich. »Leo, fang an!«

Der Dracas setzte die Klinge an und fuhr ohne Druck einmal der Linie nach, wie er die Verletzung in Erinnerung hatte. Dann setzte er den Schnitt. Präzise, ohne zu zögern. Ivy zuckte nicht einmal. Nur die Haut über ihren Fingerknöcheln, die sie in Seymours Fell vergraben hatte, spannte sich für einen Augenblick. Alisa trat näher und begutachtete den Schnitt.

»Und, bist du mit meinem Werk zufrieden, Teuerste?«

Alisa nickte. »Ja, er ist nicht so tief wie gestern, und die Linie müsste auch stimmen, so wie ich sie in Erinnerung habe.«

»Und nun noch die Schulter!«, befahlt Ivy.

Alisa protestierte. »Nein! Das ist absolut unnötig. Wenn du ein hochgeschlossenes Kleid anziehst, kann keiner deine Schulter sehen. Man trägt nur im Tanzsaal Dekolleté!«

»Das stimmt«, mischte sich Luciano ein. »Selbst dein Fechtkleid wird deine Schulter an dieser Stelle bedecken.«

Ivy gab nach. »Danke, Leo! Und nun raus ihr beiden. Die Damen möchten sich ankleiden. Ich glaube, die Kammermädchen warten bereits.«

Unter der Tür drehte sich Franz Leopold noch einmal um. »Du solltest warten, bis der erste Blutstrom versiegt, ehe du dich unter die anderen mischst. Es fällt sonst zu sehr ins Auge, wie frisch die Wunde ist. Am besten, du kommst nicht in den Speisesaal hinunter. Es genügt, wenn sie dich in ein paar Stunden sehen, wenn der Unterricht beginnt.«

Ivy nickte. »Ein kluger Ratschlag, Leo, ich werde ihn beherzigen.

»Dann bleibe ich auch hier.« Solidarisch setzte sich Alisa neben Ivy aufs Bett.

»So ein Unsinn! Du sollst nicht meinetwegen auf deine Blutration verzichten. Wer weiß, vielleicht musst du heute gegen Karl Philipp fechten. Dann brauchst du deine Kräfte!«

Also gingen die Vampire in ihre eigenen Zimmer zurück, während sich Alisa und Ivy ankleideten. Die Kammermädchen schickten sie fort. Besser, die beiden bekamen nichts mit. Die jungen Wienerinnen waren zwar Unreine, aber auch sie gehörten zu den Dracas und waren dem Baron und seiner Schwester zu absolutem Gehorsam verpflichtet. Nein, lieber halfen sie sich gegenseitig beim Schnüren ihrer Gewänder, als ein Risiko einzugehen.

*

Heute waren zuerst die Tanzmeister an der Reihe, die selbst erst nach zehn Uhr ausgehen wollten und daher ihre Stunde gleich nach dem Abendtrunk begannen. Marie Luise spottete laut über Ivys verhüllte Schultern, was gar nicht zu einer Abendgarderobe für den Ballsaal passte. Sie selbst kokettierte mit ihrer von zarter Spitze umrahmten weißen Schulter. Mit einem gehässigen Lächeln trat sie auf Ivy zu.

»Nein, wie schrecklich! Muss sich unsere kleine Lycana verhüllen wie eine Matrone, weil sie nicht auf ihre Haut achtgegeben hat.«

»Marie Luise, verzieh dich und kümmere dich um deine eigene Haut, solange sie noch heil ist!«, fauchte Luciano.

»Oh, da geht einer für seine Freundin auf die Barrikaden. Luciano, ich wusste nicht, dass du so einen schlechten Geschmack hast. Sieh dir nur das magere Ding von der Insel an. Kläglich, einfach nur kläglich. Und was ist das?« Sie stutzte und trat noch näher. »Ihre Wunde blutet ja noch immer.« Etwas verwirrt hob sie die Hand und strich an Ivys Hals entlang.

»Hau ab!« Luciano schlug ihr die Hand weg.

Erstaunt betrachtete Marie Luise ihre blutigen Finger. »Tja, die Lycana ist von ganz schlechtem Blut. Ich habe es ja schon lange gesagt. So mickrig, wie sie sich entwickelt. Seht euch doch das dürre Ding an, das in den vergangenen Jahren kaum einen Zoll gewachsen sein kann. Und nun stellt sich auch noch heraus, dass ihre Regenerationsfähigkeit kaum besser entwickelt ist als bei einem Menschen.«

Von ihren Worten angelockt, trat Anna Christina herbei. Sie ließ ihren Blick nur schweigend an Ivy herabwandern. Luciano packte Ivy am Arm und versuchte, sie mit sich zu ziehen. Der Gesichtsausdruck der Dracas gefiel ihm ganz und gar nicht.

»Schlechte Regenerationsfähigkeit?«, wiederholte sie die Worte ihrer Cousine. »Oder einfach ein großer Bluff?« Ihr Arm schnellte vor und ehe Ivy es verhindern konnte, riss die Rüsche am Hals. Mit einem Aufschrei schlug Ivy ihr die Hand weg, raffte den Stoff zusammen und rannte aus dem Tanzsaal.

Anna Christina hob die Augenbrauen, sagte aber nichts und stolzierte davon.

Die anderen hatten bereits die ersten Schrittkombinationen des Kotillons wiederholt, als Ivy in einem einfachen, aber ebenfalls hochgeschlossenen Kleid zurückkehrte, einen Seidenschal um ihren Hals gewunden.

*

Das Leben im Palais Schey war kein schlechtes. Ja, die Familie lebte sogar noch luxuriöser als die meisten anderen begüterten Bürger an der Ringstraße. Üblicherweise bewohnten die Eigentümer lediglich die Beletage ihrer Häuser, während die Wohnungen in den beiden Stockwerken darüber vermietet wurden. In den Dachkammern hausten die Bediensteten, während im untersten Geschoss, rund um den Innenhof, Ställe, Wagenremise und der Küchentrakt untergebracht waren.

Im Palais Schey jedoch nahmen die repräsentativen Räume die gesamte Beletage ein. Hier lagen der beeindruckende Tanzsaal mit dem Balkon zum Burggarten hinaus, der Speisesaal, eine Bibliothek und ein Ecksalon. Im Mezzanin gab es gar ein eigenes Billardzimmer. Die Wohnräume der Familie waren auf den zweiten und dritten Stock verteilt. Dort befanden sich auch die zahlreichen kostbar ausgestatteten Gästezimmer, in denen Bram und Latona untergebracht worden waren. Man stellte Latona sogar ein eigenes Kammerfräulein zur Verfügung, in dessen Begleitung sie in die Stadt gehen durfte. Marla war sechzehn, Tochter eines Fischhändlers und einer Näherin und ein echtes Wiener Kind mit einem Faible für schaurige Geschichten.

Die Scheys gehörten zu den wichtigsten Persönlichkeiten in der Wiener Finanzszene und besaßen eine der wenigen Privatbanken, die den großen Börsenkrach nach der Weltausstellung 1873 unbeschadet überstanden hatten. Das sagte jedenfalls der Ungar Ármin Vámbéry, der schon ein halbes Jahrhundert mit dem Hausherrn befreundet war.

Abends ließ sich Latona von den Familienmitgliedern der Scheys ins Theater oder eines der Tanzlokale ausführen, wobei sie – trotz ihrer anfänglichen Ablehnung – die Gesellschaft des ältesten Enkelsohnes Philipp als recht angenehm empfand. Da meist einer seiner sechs Tanten oder Onkels beziehungsweise deren Frauen mit von der Partie waren, hatte Bram nichts dagegen, die jungen Leute ziehen zu lassen. Ab und zu kam er selbst mit, auch wenn er keinen Hehl daraus machte, dass er Oper und Theater den Tanzvergnügen vorzog.

Latona kam aus dem Staunen nicht mehr heraus. Sie hätte sich niemals träumen lassen, dass es solch riesige und prächtige Tanzsäle geben könnte. Der Odeonsaal in der Leopoldstadt oder der Tanzsaal im Sophienbad waren einfach unglaublich!

Doch noch mehr als alle abendlichen Vergnügungen sehnte sie die Stunden herbei, an denen sie mit Bram und dem Professor der

Budapester Universität in einem der kleinen Salons beisammensitzen und deren Gespräche über Vampire lauschen durfte.

»Ich habe viele Dörfer in Serbien und Siebenbürgen besucht, aus denen Gerüchte zu mir drangen, sie seien von Vampiren heimgesucht. Menschen starben an diesen Orten an einer eigenartigen Schwäche, bleich und blutarm. Wurde der verdächtigte Verstorbene wieder ausgegraben, fand man ihn seltsam unverwest mit prallem Leib. Haare und Nägel schienen nach seinem Tod gewachsen und frisches Blut quoll ihm aus Mund und Ohren.« Latona schüttelte sich, obgleich auch sie mit Onkel Carmelo solche Dinge bereits gesehen hatte. Oder vielleicht gerade deshalb?

»Was haben die Dorfbewohner mit solch einer Leiche gemacht?«, erkundigte sich Bram, der sich eifrig Notizen machte.

»Die bewährte Methode. Ein Pflock durch das Herz, den Kopf vom Hals getrennt«, antwortete der Professor mit einem Lächeln.

Latona zuckte zusammen, fasste sich aber gleich wieder. Bilder stiegen in ihr auf, von ihren nächtlichen Jagden auf Vampire, wenn Onkel Carmelo sie als Lockvogel benutzt hatte. Sie wischte ihre Hände an ihrem Rock ab, als würde noch immer Blut an ihnen kleben.

»Oft wurden die Leichen anschließend verbrannt und ihre Asche wurde verstreut«, fügte er hinzu, ohne Latona aus den Augen zu lassen. »Geht es Ihnen gut, Fräulein Latona? Sie sind so blass. Ich möchte mit meinen Erzählungen nicht Ihr zartes Gemüt belasten.«

Latona schnaubte abfällig. »Mit dem zarten Gemüt liegen Sie völlig falsch, Professor. Es sind nur die Erinnerungen, die sich manches Mal sogar bei Tageslicht zurückmelden.«

Der alte Mann sah sie lange an, dann erst fuhr er in seinem Bericht fort. »Das Opfer eines Vampirs stirbt meist nicht sofort. Offensichtlich nährt sich der Vampir Nacht für Nacht an ihm, bis es dann verendet oder gar selbst zum blutsaugenden Widergänger wird. Die Opfer klagen zunächst über nächtliche Enge in der Brust. Sie werden schwach und schwächer. Oft findet man kleine Wunden am Hals oder anderen Körperstellen, die nicht mehr heilen. Blass und blutarm schleppen sie sich dahin, bis sich der Tod nach einigen Nächten auf ihrem Lager niederlässt. Wer einmal von einem Vampir gebissen wurde, ist gezeichnet, sagen die Menschen in Transsilvanien, und es ist nur eine Frage der Zeit, bis der Dämon wiederkommt und sich sein Opfer endgültig zu eigen macht.«

Latona nickte nachdenklich. »Ja, vielleicht ist es so.«

Ármin Vámbéry ging nicht darauf ein. Er sprach über die zahlreichen Rituale der Menschen, wie sie die Toten in ihre Gräber zu bannen versuchten.

»Die Menschen haben zahlreiche Mittel erdacht, sich vor den nächtlichen Widergängern zu schützen. Sie hängen sich nicht nur Knoblauchkränze über die Türen und Kruzifixe um den Hals. Sie versuchen auch zu verhindern, dass die Untoten überhaupt aus ihren Gräbern steigen. Indem sie Mohnsamen verstreuen, die der Vampir in seiner zwanghaften Art erst zählen muss, ehe er sein Grab verlassen kann, oder indem sie die Toten in Fischernetze wickeln. Auch hier soll dem Vampir der Tick zum Verhängnis werden. Er fühlt sich gezwungen, erst einmal alle Knoten zu zählen, ehe er sich aus seinem Grab erhebt. In anderen Gegenden benutzen die Leute ebenfalls Samen und Netze, glauben aber, der Vampir würde zuerst jedes Jahr einen Knoten lösen und einen der Samen essen, ehe er zum Wiedergänger werden würde. Das verschafft ihnen dann viel Zeit und verschiebt das Problem auf eine andere Generation.« Der Professor lächelte schief, Latona dagegen schnaubte abfällig.

»Als ob sich ein Vampir von solch einfältigen Ritualen in Schach halten ließe. Ein Vampir mit einem Zähltick? So ein Blödsinn! Nein, solch einem stumpfsinnigen Wesen bin ich bislang noch nicht begegnet.«

»Das glaube ich gerne, mein Fräulein«, sagte der Professor sanft, ohne den Blick aus seinen hellgrauen Augen von ihr zu wenden. Bram warf ihr einen warnenden Blick zu, aber Latona sprach wie unter Zwang weiter.

»Ich weiß, es gibt unter ihnen blutrünstige, böse Gesellen, die morden und zerstören und nur ihrem Drang nach Blut folgen. Vielleicht muss man diese wirklich verfolgen und vernichten. Mir sind aber auch Vampire begegnet, die mit ihrem brillanten Geist über diesen Hokuspokus der Menschen mit ihren Abwehrzaubern nur lächeln. Sie sind keine Dämonen oder widerliche Monster. Sie besitzen Gefühle wie alle Menschen, können lieben und leiden …« Latona brach ab und sah die beiden Männer erschrocken an. So viel hatte sie nicht preisgeben wollen.

Der Professor nickte langsam. »Mein Fräulein, ich hätte nicht gedacht, dass ich in Ihnen eine so interessante Gesprächspartnerin finden könnte. Ja, ich glaube, wir werden uns noch viel zu erzählen haben.«

Latona presste die Lippen zusammen und schüttelte den Kopf. Nein, im Augenblick würde sie kein weiteres Wort mehr preisgeben.

DIE MACHT DER GEDANKEN

»Ich spüre einen gewissen Unmut.« Franz Leopold sah Alisa von der Seite an. »Nein, ich korrigiere mich. Ich fühle mich von einer Wolke des Unmuts umhüllt.«

»Ja, und tu nun nicht so scheinheilig, als wüsstest du nicht, was mich beschäftigt. Du hast dich wieder in meine Gedanken geschlichen. Ich habe es wohl bemerkt.«

»Und mit mehr oder minder großem Erfolg versucht, mich davon abzuhalten«, ergänzte er liebenswürdig. Alisa knurrte und zeigte ihre Zähne.

Sie schlenderten gemeinsam durch den Park zwischen den beiden Hofmuseen, die der Kaiser für seine Sammlungen gegenüber der Hofburg an der Ringstraße hatte errichten lassen. Noch waren die Innenräume nicht fertig, doch die zwillingsgleichen Palastbauten ließen bereits erahnen, welch würdiger Rahmen die Kunstwerke erwartete. Das wurde aber auch Zeit. Vor allem die Natur- und Völkerkundeexponate dämmerten zusammengestopft auf Dachböden und in Räumen der kaiserlichen Bibliothek dahin. Für die ausgestopfte Giraffe hatte man gar ein Loch in die Decke schlagen müssen, da keiner der Räume hoch genug war, sie aufzunehmen.

Franz Leopold gab sich jede Mühe, Alisa mit seinen Anekdoten zu unterhalten.

»Früher hat der Kaiser einen echten, ausgestopften Mohren besessen. Angelo Soliman hieß er zu seinen Lebzeiten und war zuerst Fürst Lobkowitz und später Fürst von Liechtenstein als Reisebegleiter und Kammerdiener nützlich. Er war so klug und gebildet, dass er gar in die Loge der Freimaurer aufgenommen wurde, und selbst Kaiser Josef II. schätzte seine Gesellschaft. Vielleicht zu sehr, denn nach seinem Tod ließ der Kaiser den Mohren ausstopfen und – trotz jahrelangem Protest seiner Tochter – in seinem k. k. Naturalien-Cabinet ausstellen.«

Alisa schüttelte den Kopf. »Die Menschen sind schon seltsam. Dann zieht Soliman also demnächst samt Giraffe in das neue Museum um?«

»Nein, das Exponat ging dem Kaiserhaus leider verloren. Als sich der 48er-Revolutionsmob aus empörten Arbeitern und Studenten zur Hofburg aufmachte, traf eine verirrte Kugel der kaiserlichen Truppen das Dach der Hofbibliothek und setzte sie in Brand. Der Augustinertrakt brannte ab und darin fand auch Soliman eine verspätete Feuerbestattung.«

Alisa lachte, doch schon bald kehrte ihr Unmut zurück.

»Willst du, dass ich es dir ermögliche, an Dame Elina zu telegrafieren, um dich ordentlich über die Dracas beschweren zu können?«

Alisa stöhnte. »Vor dir kann man einfach nichts geheimhalten.«

»Ja, das ist richtig«, bestätigte Franz Leopold nicht ohne Stolz.

»Du würdest es zulassen, dass ich das tue?«, wunderte sie sich.

»Gern sehe ich es nicht …«

»Aber du verstehst meine Gründe? Wir sind nicht hier, um zu lernen, wie man den Degen führt oder Walzer tanzt. Wir sollen von euren einzigartigen geistigen Fähigkeiten lernen und genau die enthält man uns vor.« Alisa blieb stehen und funkelte ihn an. »Das ist gegen die Abmachung!«

Franz Leopold hielt ihrem Blick stand. »Ja, das sehe ich auch so, dennoch liegt es nicht in meiner Macht, den Baron oder die Baronesse umzustimmen. Allerdings könnte man die Sache auf andere

Weise regeln«, fügte er nachdenklich hinzu. »Wenn ihr es über euch bringen könntet, euch mir – einem überheblichen Dracas – anzuvertrauen.«

Alisa legte die Stirn in Falten. »Wie meinst du das?«

»Ich bin durchaus fähig, euch die Grundlagen beizubringen.«

Alisa starrte ihn einige Augenblicke sprachlos an. »Du willst uns unterrichten?«

»Ja, traust du mir das nicht zu?«, erwiderte Franz Leopold ein wenig steif.

Ein Lächeln begann sich über Alisas Gesicht auszubreiten. »Das ist es nicht. Ich hätte nur nicht für möglich gehalten, dass du – na, egal. Was laufen wir hier noch unnütz in der Gegend herum?« Sie packte ihn beim Arm. »Los, lass uns zurückgehen und gleich anfangen.«

Über so viel Eifer musste Franz Leopold lachen, ließ sich aber bereitwillig in Richtung Coburger Palais dirigieren.

»Hast du dir schon überlegt, wie du es anstellen willst, ohne dass der Baron Wind davon bekommt? Ich meine, er hat sicher etwas dagegen einzuwenden, sonst würde er uns ja einen seiner Vertrauten als Professor zur Verfügung stellen.«

»Ich habe nicht vor, die ganze Sippschaft zur unterrichten«, entgegnete Franz Leopold. »Ich dachte nur an uns vier, das heißt eigentlich an dich und Luciano. Ivy muss ich in der Hinsicht ja nichts mehr beibringen.«

Alisa nickte. Sie überlegte, ob sie ihn bitten sollte, auch Tammo in die Runde mit aufzunehmen, entschied sich dann aber dagegen. Ihr Bruder war nicht gerade ein eifriger Schüler. Und selbst wenn er sich ihnen anschließen wollte, würde er sicher Joanne und Fernand mitschleppen. Ob das gut gehen konnte? Der Dracas und die Pyras?

Zweifelnd sah Alisa Franz Leopold von der Seite an. Nein, vielleicht war es wirklich besser, wenn sie es zuerst in kleinem Kreis versuchten. Später konnte man die Sache immer noch ausweiten. Das Akademiejahr war noch lang.

*

Als sie am Palais Coburg anlangten, war der Deutschunterricht bereits beendet. Sie fanden Ivy mit einer Zeitung in der Hand im kleinen Salon unter dem Dach, wo sie sich mühte, den Inhalt des Artikels zu verstehen. Alisa stürmte auf sie zu.

»Wo ist Luciano?«

Ivy hob die Schultern. »Wenn ich das nur wüsste.«

»Er kann ja nicht weit sein«, meinte Alisa zuversichtlich. »Kann nicht Seymour ihn suchen? Er ist dabei sicher schneller.« Sie sah den Wolf bittend an. »Sag nun nicht, dass dies unter deiner Würde ist. Es geht wirklich um etwas Wichtiges!« Doch der Wolf rührte sich nicht vom Fleck.

»Wie kann man nur so stur sein«, murrte Alisa.

Ivy nahm ihn wieder mal in Schutz. »Er ist nicht stur. Er weiß nur nicht, wo er Luciano suchen sollte.«

»Na, das kann doch nicht so schwer sein«, entrüstete sich Alisa. »Er braucht nur die frische Spur aufnehmen, die vom Blauen Salon wegführt. So etwas kann selbst ein junger Vampir!«

»Dort gibt es aber keine frische Spur«, gab Ivy widerstrebend zu.

»Ich habe es geahnt«, stöhnte Franz Leopold, während Alisa sie verwundert anstarrte.

»Was willst du damit sagen?«

»Dass Luciano den Unterricht geschwänzt hat«, antwortete der Dracas an ihrer statt.

»Ja, und das nicht zum ersten Mal«, gab Ivy bedrückt zu. »Ich fürchte, das wird nicht mehr lange gut gehen. Der Altehrwürdige Guntram hat zwar nichts dazu gesagt, aber bemerkt hat er sein Fehlen sehr wohl und ich vermute, dass er den Baron oder die Baronesse darauf ansprechen wird.«

Die drei sahen einander an. Das konnte sehr unangenehme Folgen für den Nosferas haben.

»Aber warum tut er das?«, fragte Alisa ratlos.

Franz Leopold und Ivy tauschten einen Blick. »Bist du wirklich die einzig Ahnungslose unter uns?«

»Äh, ja. Würdet ihr mir bitte sagen, was hier los ist?«

Der Dracas ließ sich nicht so schnell erweichen. »Ich dachte, du seist die Expertin in Sachen Herzensangelegenheiten – zumindest müsstest du es sein, so häufig, wie du dich mit dem Gefühlsleben anderer Vampire auseinandersetzt.«

Alisa fragte sich, wie oft es Franz Leopold eigentlich gelang, unbemerkt ihren Gedanken zu lauschen. Herzensangelegenheiten? Alisa stöhnte.

»Luciano hat doch nicht dieses Mädchen wiedergesehen – wie hieß sie noch einmal? Todesco, ja Clarissa von Todesco.«

»Du hast den Nagel auf den Kopf getroffen!«, gratulierte Franz Leopold.

»Ja, zumindest einmal war er ganz sicher im Haus der Familie«, gab Ivy bedrückt zu. »Ich fing zufällig ein paar Bilder einer festlichen Veranstaltung auf.«

»Ganz zufällig«, spottete Franz Leopold. »Du konntest gar nichts dagegen tun, seine Gedanken abzufangen.«

»Nein, konnte ich nicht!«

Der Dracas zog eine Grimasse. »Also, ich stehe dazu, dass ich die anderen absichtlich belausche, wobei man sich auch viel langweiliges Zeug anhören muss.«

Alisa unterbrach ihn. »Er ist bei ihr daheim gewesen und hat den Deutschunterricht geschwänzt? Und vermutlich ist er in diesem Augenblick wieder mit dem Mädchen zusammen?« Sie sah von einem zum anderen. »Wann hattet ihr vor, mir davon zu erzählen?«

»Eigentlich gar nicht«, gab Ivy bedrückt zu. »Es geht uns alle nichts an.«

»Nein? Es geht uns nichts an, wenn sich unser Freund in ernsthafte Schwierigkeiten bringt?«, ereiferte sich die Vamalia. »Und ich spreche hier nicht vom Schwänzen und der Strafe, die er dafür vermutlich aufgebrummt bekommt.«

Ivy nickte. »Deshalb wollte ich auch mit ihm reden. Ich habe bei Malcolm und Latona gesehen, wie schnell die Sache außer Kontrolle geraten kann. Ich möchte Luciano davor bewahren – und das Mädchen ebenfalls.«

»Und du glaubst, er hört auf dich?«, wagte Franz Leopold zu bezweifeln. »Er ist gerade trunken in seiner Verliebtheit.«

Alisa konnte es nicht fassen. »Was ist mir da alles entgangen? Wir fangen sofort mit dem Unterricht an! Leo, wo sollen wir hingehen, dass wir ungestört üben können?«

Ivy sah ihre Freunde fragend an. Rasch erläuterten sie ihr den Plan, dem sie sofort zustimmte. Gerade hatten sie beschlossen, für heute in die Kasematten hinunterzugehen, da ihnen bis zum Fechtunterricht gerade einmal zwei Stunden Zeit blieb, als Luciano in den Salon trat.

»Ach, hier seid ihr«, meinte er und senkte unter den drei anklagenden Blicken verlegen die Lider.

»Also, ich …«

»Du brauchst dich nicht um eine Lüge bemühen«, fiel ihm Alisa ins Wort. »Du hast dich also mit diesem Mädchen getroffen? Schon wieder? Wo bist du gewesen? Was denkst du dir eigentlich? Du bringst dich und andere in Gefahr.«

»Spar dir deine Standpauke, Alisa«, schnappte Luciano zurück. »Das geht dich nichts an. Und überhaupt. Wie redest du denn mit mir? Ausgerechnet du, die jeden Abend mit Leo alleine draußen unterwegs ist. Frage ich euch, was ihr so treibt?«

Alisa zwinkerte ungläubig. »Was denkst du denn? Das ist doch was völlig anderes. Das sind keine Rendezvous oder so. Wir gehen nur aus! Außerdem sind wir beide Vampire.«

»Genug!«, fiel ihnen Ivy ins Wort. »Lassen wir es für heute auf sich beruhen. Leo hatte einen ganz wundervollen Vorschlag, und wenn wir vor der Fechtstunde noch etwas erreichen wollen, sollten wir anfangen.«

Auf dem Weg in die Kasematten hinunter erklärten sie Luciano den Plan. Er sah ein wenig misstrauisch zu Franz Leopold hinüber, meinte dann aber, dass dies für einen Dracas ein ungewöhnlich guter und großzügiger Einfall sei.

»Befürchtest du nicht, Ärger zu bekommen, wenn das herauskommt?«, fragte Luciano neugierig.

Franz Leopold schüttelte nachdrücklich den Kopf. »Nein, ich fürchte mich vor nichts. Ärger werde ich allerdings sicher bekommen, wenn der Baron oder die Baronesse davon erfährt.«

»Umso großzügiger ist sein Angebot zu werten«, betonte Ivy.

Luciano winkte ab. »Schon gut. Es ist nicht nötig, Leos Selbstwertgefühl zu stärken. Davon hat er mehr als genug mitbekommen. Fangen wir lieber an. Ich kann es kaum erwarten …«

»Was? Endlich heimlich meine Gedanken zu lesen?« Franz Leopold lächelte überlegen. »Vergiss es. Das schaffst du nie, wenn ich es dir nicht gestatte. Halt, nein, du willst gar nicht in meinen Kopf. Zu spät, ich habe den Gedanken längst gesehen. Pfui, schäme dich. Das arme Menschenmädchen willst du heimlich aushorchen.«

»Ich möchte ja nur wissen, was sie wirklich empfindet«, verteidigte sich Luciano. »Ich will ihr damit nicht schaden.«

Alisa und Ivy warfen sich Blicke zu, verschoben aber jede weitere Diskussion auf später.

»Fangen wir an!« Alisa richtete ihren Blick erwartungsvoll auf Franz Leopold.

Sie zogen sich in eine der hintersten Kammern der Kasematten zurück, wo nicht einmal Hindrik sie zufällig aufspüren würde. Da es hier unten selbst für die empfindlichen Augen eines Vampirs zu dunkel war, um etwas zu erkennen, setzten sie sich um eine kleine Öllampe auf den Boden. Franz Leopold überlegte.

»Hm, wie soll ich euch das erklären. Es ist ein wenig so, als wolltet ihr mit dem Geist eines Tieres Kontakt aufnehmen, um es nach eurem Willen zu lenken, nur müsst ihr, wenn die Verbindung steht, sofort passiv werden und euch – bildlich gesprochen – unauffällig flach an die Wand drücken, um von dem fremden Geist nicht sofort hinausgeworfen zu werden. Denn jeder höher entwickelte Geist, also selbst der von Luciano – Mann, das war ein Scherz, nun reg dich nicht gleich auf –, reagiert unwillkürlich als Selbstschutz auf das Eindringen Fremder. Das bedeutet, nur wenn ihr eingeladen werdet, ist dieser Mechanismus ausgeschaltet. Das ist also die leichteste Form, und deshalb beginnen wir damit. Ich schlage vor, ich übe mit Alisa, während Luciano es mit Ivy versucht.«

Dagegen hatte keiner etwas einzuwenden. Stille senkte sich herab, während sich Alisa und Luciano konzentrierten und ihre Kräfte sammelten, um sie zu bündeln. Alisa tastete mit ihrem Geist die Umgebung nach Kraftlinien der Erde ab, die sie sich zunutze machen konnte. Doch viel gab Wien in dieser Gegend nicht her. Sie musste die Kraft aus sich selbst schöpfen.

»Bereit?«

Alisa nickte und streckte ihren Geist aus. Sie tastete über Franz Leopolds Gesicht und versuchte in seinen Kopf einzudringen, doch so einfach wie bei einer Fledermaus oder einem Schaf war das nicht.

Sehr witzig.

Dafür war er schon wieder in ihrem Geist. Verflucht!

Nein, nicht wütend werden. Du verkrampfst dich und behinderst den Fluss der Energie. Entspanne dich und konzentriere dich ganz auf meinen Geist.

Leichter gesagt als getan. Es war ihr, als taste sie eine völlig glatte Wand ohne Fenster und Türen ab.

Ich helfe dir. Lass dich leiten.

Und da war sie plötzlich, die Tür in Franz Leopolds Geist. Es fühlte sich so ähnlich an, wie wenn sie ihre Gedanken verbanden, um gemeinsam ihre Kräfte zu nutzen, nur dass dieses Treffen eben nicht auf neutralem Gebiet stattfand, wie Alisa es bezeichnete, sondern im Intimsten ihres Gegenübers.

Willkommen! Nimm Platz. Kann ich dir etwas anbieten?

Quatschkopf!

Stets zu deinen Diensten. Das war nicht schlecht, obgleich ich dir ganz schön dabei geholfen habe. Das versuchst du gleich noch einmal. Also, auf Wiedersehen!

Und schon hatte er sie rüde hinauskatapultiert. Alisa stöhnte. Ihr Kopf brannte vor Anstrengung, aber sie machte sofort den nächsten Versuch. Dieses Mal war Franz Leopold nicht bereit, ihr so weit entgegenzukommen. Es war zum Verzweifeln! Alisa sah schon bunte Sterne, als Ivy die Übungen unterbrach.

»Genug für heute, wenn wir uns nicht alle einen ernsten Verweis einhandeln wollen.«

»Was, ist es schon so spät?«, rief Alisa erstaunt, zweifelte aber nicht das Zeitgefühl der Freundin an.

»Also ich fühle mich, als hätte ich zwei Nächte am Stück geübt«, klagte Luciano und hielt sich den Kopf.

Franz Leopold sprang auf. »Na wunderbar. Dann ist ein kleiner Degenkampf doch genau das Richtige, um wieder einen klaren

Kopf zu bekommen. Ich hoffe nur, Ivy hält den ihren dieses Mal von allen Klingen fern.«

»Ich werde mich bemühen«, erwiderte sie mit einem schiefen Lächeln und fuhr mit dem Finger über die nun langsam verkrustende Wunde, die Franz Leopold ihr am Abend zugefügt hatte.

*

Latona genoss es, mit ihrem Kammermädchen, das die Hausherrin ihr großzügigerweise zur Verfügung gestellt hatte, durch die Stadt zu schlendern. Auch Marlas Vorlieben für Klatsch und allerlei düstere Geschichten waren ihr nicht unangenehm. Im Gegenteil, Latona hörte genau zu, wenn sie über schaurige und auch seltsam unerklärliche Ereignisse berichtete. So führte Marla ihre neue Herrin zuallererst zu den verschiedenen Plätzen, auf denen nicht nur im Mittelalter Hinrichtungen stattgefunden hatten. Latona folgte ihr mit Interesse und einem wohligen Schaudern quer durch die Stadt.

»Die Schranne mit dem Pranger und dem Narrenkotter standen hier am Hohen Markt, ganz in der Nähe des Rathauses, das ja schon bald seine Tore schließen wird, sobald das große, neue Rathaus an der Ringstraße fertig ist. Jedenfalls wurden dort an der Schranne die Verbrecher vorgeführt und ihre Urteile verlesen. Und wenn der Stab über den zu Tode Verurteilten gebrochen war, führte man ihn zu seiner Hinrichtungsstätte, von denen es hier in Wien so einige gab. Die kleinen Spitzbuben oder auch unzüchtigen Weiber band man hier an den Pranger oder sperrte sie in den Narrenkotter, wo sie dem Spott und auch den Fischabfällen der Menge ausgesetzt waren. Der Hohe Markt war seit jeher der Fischmarkt.« Marla grinste. »Hier fanden auch immer mal wieder Enthauptungen statt. Wenn viele Zuschauer erwartet wurden, zog man zum Platz am Hof oder auch zum schimpflichen Schweinemarkt um, an dem heute das Palais der Familie Lobkowitz steht. Auf der Gänseweide loderten die Scheiterhaufen, an der mittleren Donaubrücke wurde ersäuft, auf dem Wienerberg gevierteilt und ein Galgen errichtet. Später ragte der Galgen bei der Spinnerin am Kreuz im Süden von Wien auf.«

»Da gehen wir nicht auch noch hin«, protestierte Latona. »Mir tun schon die Füße weh.«

Marla grinste. »Nein, da müssten Sie schon die Kutsche nehmen. Das ist zu weit. Aber ich sage Ihnen, an diesen Plätzen kann man noch den Seelen der Hingerichteten begegnen«, fügte sie im Flüsterton hinzu.

Latona hob die Augenbrauen. »Du meinst Geister und so?«

Marla nickte. »Ja, spotten Sie nicht. Es gibt viele Geister und andere seltsame Wesen der Nacht, vor denen die Leute sich zu Recht fürchten.«

Das wollte Latona nicht abstreiten. Marla wertete ihr Schweigen als Zustimmung und als Aufforderung, ihre seltsame Stadtführung fortzusetzen.

»Kommen Sie mit«, sagte sie eifrig. »Nicht weit von hier ist ein interessanter Ort.«

Das Kammermädchen führte sie zu einer kurzen, gebogenen Gasse, die zum Donaukai hinunterführte. Links erhob sich auf einem Hügel die kleine mittelalterliche Kirche St. Ruprecht.

»Wir sind hier am Rabensteig«, begann Marla und blickte Latona auffordernd an. Diese tat ihr den Gefallen und erkundigte sich, wie die Gasse zu ihrem Namen kam.

»In früheren Zeiten verlief hier die alte Stadtmauer. Ja, man sagt, es sei noch ein Stück Mauer aus der Zeit gewesen, als es hier ein Lager der Römer gab. Jedenfalls floss hier ein Bach den Berg hinunter auf die Donau zu. Nun begab es sich ab und zu, dass jemand von der Mauer zu Tode stürzte. Sei es ein Unfall gewesen, sei es, dass jemand Hand an sich legen wollte oder aber im Schutz der Nacht gemeuchelt wurde.« Ja, Marla genoss ihre Erzählung und schauderte mit wohliger Miene.

»Jedenfalls nahm der Bach die Toten mit sich, bis er dort vorn um die Kurve floss. Hier wurden die Leichen dann angespült und die Raben kamen, um ihnen die toten Augen auszupicken und sich an ihrem Fleisch gütlich zu tun.«

Latona konnte nicht verhindern, dass ein schauriges Bild in ihr aufstieg.

»Verzeihen Sie, Fräulein, doch so ist es gewesen. Und viel geändert hat sich nicht. Schon lange fließt der Bach unterirdisch in einem der Abwasserkanäle der Donau zu und dennoch muss auch sein Wasser Leichen wegschaffen oder zumindest Teile von menschlichen Körpern. Denn nicht selten hacken die Mörder ihre Opfer in Stücke, um ihre Tat zu vertuschen und sich den Körper leichter vom Hals zu schaffen. Die Fettfischer, die wie die Strotter in den unterirdischen Kanälen unterwegs sind, um nach etwas zu suchen, das man zu Geld machen kann, klauben noch heute ab und zu menschliche Teile heraus und verkaufen sie an die Seifenfabriken.«

»Jetzt ist es aber genug!«, rief Latona aus. »Kein Wort mehr von Leichen oder Leichenteilen!«

Marla hob die Schultern. »Ich berichte nur die Wahrheit. Gut, dann wenden wir uns eben den armen, verlorenen Seelen zu. Nicht alle wurden im Himmel willkommen geheißen oder fuhren geradewegs in die Hölle. Viele sind hier irgendwie hängen geblieben. Vielleicht, um dafür zu sorgen, dass das Verbrechen gesühnt wird, das an ihnen begangen wurde. Jedenfalls versammeln sich die Geister dort drüben in dem Haus, das wieder einmal leer steht.«

Latona ließ verdutzt den Blick an der ein wenig schäbigen und ungepflegt wirkenden Fassade des ansonsten unauffälligen Hauses emporwandern.

»Du willst mir allen Ernstes erzählen, in diesem Haus wohnen Geister?«

Marla nickte. »Ja, jeder, der sich je dort einquartiert hat, kann davon berichten. Viele hielten es kaum eine Nacht aus. Auch der Architekt, der an der Oper mitgebaut hat, van der Nüll hieß er, hat für kurze Zeit in diesem Haus gewohnt, und jeder weiß, dass er sich kurz darauf das Leben nahm!«

Darüber musste Latona eine Weile nachdenken, während sie weiter durch die Stadt gingen.

»Was sind denn das für Geister?«, fragte Latona, als sie den Bogen zurück zum Platz »Am Hof« schlugen, wo der erste Palast der Babenberger Herzöge gestanden hatte. Dort hatte der Revolutionsmob im Jahre 48 Graf Baillet-Latour ergriffen, den Kriegsminister mit Spießen traktiert und seine Leiche dann an einer der Gaslaternen aufgehängt, was Marla nicht versäumte ihrer Herrin bis in die grausamen Details zu berichten, als habe sie sie mit eigenen Augen gesehen. Dann erst ging sie auf die Frage ein.

»Was für Geister? Wie meinen Sie das, Fräulein? Gespenster eben. Manche hört man nur, andere kleiden sich in Weiß oder Schwarz.«

»Hast du schon einmal von welchen gehört, die Blut trinken?«

Marla sah ihre Herrin nachdenklich an. »Sie meinen Vampire? Ja, die haben wir auch. Der erste Vampir hier in Wien war der Habsburger Herzog Johann. Kommen Sie, ich zeige Ihnen, wo sich die Geschichte zugetragen hat. Es ist nicht weit.«

Sie führte Latona zur Freyung, einem dreieckigen Platz, neben dem sich auf der Stadtseite prächtige Barockpalais erhoben. Auf der Seite, die von der Stadt abgewandt war, stand das Schottenkloster, das eigentlich von irischen Mönchen gegründet worden war.

»Sehen Sie den Steinblock dort? Das ist der Asylstein. Heutzutage haben die Kirchen nicht mehr die Macht, in ihrem Haus Asyl vor Verfolgung zu bieten, doch früher gehörte das Schottenkloster zu den Plätzen, die jedem Menschen Schutz vor der königlichen Justiz boten, sei er nun schuldig oder nicht. Es begab sich also unter den ersten Habsburger Herzögen. Albrecht und Rudolf waren Brüder. Als Rudolf starb, erbte Albrecht den Herzogentitel. Rudolfs Sohn Johann aber fühlte sich um sein Erbe betrogen. Also heuerte er ein paar Männer an, lauerte dem herzöglichen Onkel auf und erschlug ihn. Seine Witwe schwor Rache und ließ die Mörder jagen. Johann floh nach Wien und suchte hier am Asylstein Schutz vor seinen Verfolgern. Doch die Mönche wollten den Mörder ihres Herzogs nicht aufnehmen. So saß er also auf dem Stein und konnte sich keinen Schritt fortbewegen, wollte er sich nicht seinen Häschern ausliefern. In der Nacht aber kam der Teufel zu ihm und biss ihm in den Hals. Er trank sein Blut und verdammte ihn zu einem ruhelosen Dasein in der Finsternis der Nacht zwischen den Welten.«

Langsam machten sie sich auf den Heimweg. Latona dachte über die Geschichte nach. »Das ist schon sehr lange her, nicht?«

Marla nickte. »Ja, mehr als fünfhundert Jahre, habe ich gehört.«

»Und danach? Gab es weitere Vampire in der Stadt?«

Marla schnaubte abfällig. »Aber ja. Sie sterben ja nicht und gehen auch ganz sicher nicht einfach von hier fort. Er gibt sie hier unter uns. Gerade in diesen Tagen passiert es wieder! Nachts schleichen sie durch die Parks und dunklen Gassen und stillen an leichtsinnigen Passanten ihren Durst nach Menschenblut.«

»Woher willst du das wissen?«, konterte Latona.

»Ha, selbst ich bekomme mit, was in der Zeitung steht. Haben Sie das nicht gelesen? Erst in den vergangenen Wochen gab es wieder blutleere Leichen mit Bisswunden! Und die Polizei sucht wie immer unter den Menschen Wiens nach ihrem Mörder.« Sie lachte abfällig. »Sie werden für diese Fälle keinen finden, genauso wenig wie die letzten Male, als so etwas vorgekommen ist. Meine Großmutter hat mir von jedem einzelnen Fall, den sie erlebt hat, berichtet!«

Grübelnd schritt Latona neben ihr her und versuchte abzuwägen, was sie von den vielen Dingen, die Marla gesagt hatte, ernst nehmen sollte. Vampire hier in Wien? Warum nicht. Wenn es sie in Ungarn und Serbien gab, in Rom und Paris und selbst in Irland, wie Bram ihr erzählt hatte.

»Hast du eine Ahnung, wo diese Vampire wohnen?«

Marla hob die Schultern. »Es sind Untote, die nachts aus ihren Gräbern steigen. Vermutlich gibt es die meisten auf dem Zentralfriedhof. Ich jedenfalls würde dort nachts keinen Fuß hinsetzen.«

Latona brummte nur. Sie hatte mit ihrem Onkel weit im Osten Vampire aufgespürt, die den wilden, blutrünstigen Bestien glichen, von denen der ungarische Professor gesprochen hatte, aber Latona hatte durchaus auch andere kennengelernt, die ganz sicher nicht in Grüften und Gräbern hausten.

Ob Professor Vámbéry wusste, wo diese sich aufhielten? Das wollte sie unbedingt herausfinden!

»Wie war es?«, begrüßte sie Bram, als die beiden jungen Frauen zum Palais Schey zurückkehrten. »Hattest du einen schönen Einkaufsbummel?«

Latona versuchte sich an einem Lächeln. »Aber ja. Wien hat wirklich viel Interessantes zu bieten.« Sie strebte direkt auf Professor Vámbéry zu. »Herr Professor?«

»Ja, mein Kind?« Der alte Ungar hob den Kopf.

»Ich verrate Ihnen vermutlich nichts Neues, wenn ich Ihnen sage, dass es auch hier in Wien Vampire gibt. Und zwar schon seit Jahrhunderten.«

Der Professor ließ sich nicht aus der Ruhe bringen. »Hast du das eben erfahren? Von deinem Kammermädchen, nehme ich an?«

Latona fühlte sich ein wenig in die Ecke gedrängt, erwiderte aber forsch: »Ja, Marla hat mir davon erzählt. Und sagen Sie jetzt nicht, sie hat eben eine lebhafte Fantasie! Ich bin überzeugt, dass es in Wien mehr Vampire gibt, als die meisten ahnen, und ich behaupte, es sind nicht die dummen Bestien, die irgendwo auf den Friedhöfen hausen.«

Der Ungar nickte nur und hielt seine hellgrauen Augen auf sie gerichtet.

»Wissen Sie, wo sich die Vampire aufhalten?«

Bram gesellte sich zu ihnen. »Du glaubst, dass sie hier sind? Wie kommst du darauf?«

»Warum nicht? Malcolm hat mir von den Clans erzählt und der Akademie. Wenn Rom und Paris, warum dann nicht auch Wien?«

Bram nickte langsam. »Das wäre möglich.«

»Vielleicht ist Ivy hier«, fügte Latona hinzu, die ahnte, dass sie Bram damit ködern konnte.

»Vielleicht«, sagte er nur, doch seine Miene spiegelte die starken Gefühle wider, die ihn bewegten.

Der Professor sah von einem zu anderen. »Ich glaube, wie sollten uns später zusammensetzen und unsere Plaudereien fortführen. Ich beginne zu ahnen, dass Sie beide mir mehr Unglaubliches zu berichten haben als ich Ihnen.«

EIN VERSCHWIEGENER PAVILLON

So vergingen die Wochen. Die Blätter an den Bäumen färbten sich gelb, während der Oktober kam und verstrich, dann fegten die ersten Herbststürme durch die Gassen und Parkanlagen und rissen die bunte Pracht mit sich. Eine Nacht folgte der anderen und noch immer verharrten die Upiry in der Gruft unter der Michaelerkirche, beobachteten die Dracas und die wenigen Erben, die sie zu Gesicht bekamen, von fern oder warteten, was die Raben ihnen berichteten. Tonka war inzwischen in gefährlicher Stimmung – Geduld war nicht ihre Stärke. Doch um die anderen Upiry stand es noch schlimmer. Sie hatten nie gelernt, ihre Leidenschaften zu zügeln oder den Drang, den ihnen ihr Instinkt eingab, zu unterdrücken. Sie waren stark, wild und zügellos und ganz und gar nicht dazu geschaffen, ruhig abzuwarten.

»Wann?«, fragte Branko und starrte Tonka an, als würde er sie bei jeder Antwort, die ihm nicht passte, in Stücke reißen.

»Ich weiß es nicht!«, gab sie beherrscht zurück, obgleich es in ihrem Innern tobte. »Ihr habt selbst Augen und Ohren im Kopf und mitbekommen, dass die Dracas die Erben noch kein einziges Mal zusammen ausgeführt haben. Es hat sich noch keine passende Gelegenheit geboten. Also werden wir warten und uns unauffällig verhalten, bis sie kommt. Verstanden?«

Branko ging nicht darauf ein. »Und wenn sie das niemals machen? Wenn wir das Jahr über hier rumsitzen, bis die Erben wieder abreisen?«

»Dann schlagen wir eben in dieser letzten Nacht zu. Kapiert es endlich. Wir können es nicht mit den Dracas aufnehmen. In ihrem eigenen Palast sind sie uns überlegen, nicht nur zahlenmäßig. Sie haben es wohl verstanden, sich mit ihrer Magie vor Eindringlingen zu schützen.«

»Und was tun wir dann noch immer hier?«, schimpfte Málka. »Warum kehren wir dann nicht um, reisen nach Transsilvanien zurück und kommen zum Ende des Akademiejahres im Sommer wieder nach Wien?«

»Weil wir allen Grund haben, zuversichtlich zu sein. Wir werden zuschlagen, noch ehe das Jahr zu Ende geht! Bald beginnt die Ballsaison. Die Familien der Gesellschaft sind längst von ihren Sommersitzen zurückgekehrt und auch der Kaiser ist von Schönbrunn in die Hofburg übergesiedelt. Überall gibt es jetzt wieder Theater und Tanz und in den Redouten vor Fasching wird die Saison ihren Höhepunkt erreichen.«

»Und? Was hat das mit uns zu tun?«, wollte Branko wissen.

Aurica ließ ihr lückenhaftes Gebiss sehen. »Vielleicht will Tonka mit uns ein kleines Tänzchen wagen.«

»Quatsch!«, donnerte Branko. »Also, was hat die Ballsaison mit uns zu tun?«

»Ich habe neben euch und den Raben noch andere Möglichkeiten, Nachrichten zu erlangen. Wie, das tut nichts zur Sache. Jedenfalls planen die Dracas, in ihren eigenen Saal zum Tanzabend zu laden. Warum? Es ist eine Art Test, bevor sie die Erben offiziell in die große Gesellschaft einführen. Sie sollen sich bei dem Fest im Palais Coburg bewähren, um dann – alle gemeinsam – das große Parkett zu betreten.«

»Sie wollen in ihrem Haus ein Fest ausrichten? Wer sollten denn da die Gäste sein?«, wunderte sich Málka.

»Die Damen und Herren der Wiener Gesellschaft?«, schlug Tonka vor.

»Menschen?«, rief Málka entgeistert.

»Ich vermute schon. So viele andere Vampire gibt es hier nicht. Ich jedenfalls konnte keinen wittern, an dem nicht der unverwechselbare Geruch der Dracas haftete. Und uns werden sie wohl kaum zu ihrem Ballabend laden«, fügte sie mit einem Grinsen hinzu.

»Sie wissen doch gar nicht, dass wir hier sind«, meinte Jesko und kratzte sich den Schädel mit dem dunklen, verfilzten Haar.

»Nein, ich hoffe sehr, dass sie das nicht wissen. Und wenn ihr euch an meine Anweisungen haltet, dann wird das auch noch eine Weile so bleiben.« Sie sah Jesko scharf an. »Aber tröste dich, selbst wenn die Dracas von unserer Anwesenheit Kenntnis hätten, würden sie uns bestimmt keine Einladungskarte zukommen lassen.«

»Was soll ich auch auf so einem Ball?«, murmelte Jesko. Tonka unterdrückte ein Stöhnen. Warum nur hatte sie diesen Kerl mitgenommen, der für keinen Pfifferling Hirn zu besitzen schien?

»Und wann wird das sein?«, drängte Málka.

Tonka hob die Schultern. »Das weiß ich nicht. Aber ich bin zuversichtlich, dass unser Ziel zum Greifen nahe ist.«

»Hoffentlich!«, brummte Václav.

Das hoffte Tonka auch, denn jede Nacht, die verstrich, fühlte sie sich wie neben einem Fass Pulver, an dem die Lunte bereits brannte. Ihre Begleiter waren unberechenbar und kaum mehr zu zähmen. So führte sie ihre Upiry nun fast jede Nacht in einen der Vororte, wo die armen Arbeiter ihr kärgliches Dasein fristeten. Am häufigsten statteten sie dem Wienerberg ihren Besuch ab. Die Ziegelwerke dort waren nicht irgendeine Fabrik. Sie waren eine Stadt für sich und eine eigene kleine Hölle aus rotem Lehm, glühenden Öfen und zähen, schlammigen Gruben. Heinrich von Drasche-Wartinberg hatte seine Leute im Griff. Sie arbeiteten und lebten hier auf dem Gelände, dafür mussten sie sich den harschen Regeln beugen. Kartenspiel und Kegelschieben waren verboten. Und auch für viele andere Vergehen konnte man ganz einfach seine Arbeit und seine Wohnung verlieren. Im Sommer wurde gearbeitet, solange es hell war. Sonntags durften die Arbeiter die Messe besuchen. Ansonsten wurde täglich bis zur totalen Erschöpfung gearbeitet. Ab zwölf Jahren mussten die Kinder in den Ziegelschlag. Ja, es gab eine Schule und auch die Schulpflicht, aber keinen, der diese Dinge kontrollierte. Die Brenner hatten mit achtzehn Stunden die längsten Schichten. Die Lehmtreter mussten zwar nicht ganz so lange arbeiten, aber dafür bekamen sie von ihrer Arbeit früh Rheuma in den Gelenken. Geld verdienten die Arbeiter, die meist aus Böhmen oder Ungarn kamen, nicht. Bei Drasche bekam man die Wienerberger Blechmarken, mit denen man dann in den werkseigenen Läden einkaufen konnte, in denen alles eben ein wenig teurer war. Dafür blieben die Arbeiterinnen und Arbeiter auf dem Gelände und trieben sich nicht in der Stadt oder in den Heurigen am Linienwall herum.

Für die Vampire der Upiry hatte der Wienerberg den Vorteil, dass es hier unglaublich viele Menschen auf engstem Raum gab, von denen viele krank und geschwächt waren, sodass die Toten am Morgen ohne Geschrei auf einen Karren geladen und nach Einbruch der Dunkelheit zum Friedhof gefahren wurden. Wenn man sich zurückhielt und keine zu auffälligen Bisswunden zurückließ, gab es keine Fragen. Nur ein wenig resignierende Trauer und einen stillen Abschied, denn der Rest der Familie musste ja wieder an die Öfen oder in die Lehmgruben steigen, wenn sie auch morgen noch satt werden wollten.

Tonka konnte nicht sagen, ob es Heinrich Drasche oder einem seiner Vormänner auffiel, dass in diesen Wochen Dutzende Menschen mehr starben als sonst, und es war ihr auch egal. Sie würden es für ein Fieber halten oder für die Ruhr, aber ganz sicher nicht nach nächtlichen Blutsaugern Ausschau halten.

*

Die Freunde waren in diesen Wochen nicht untätig gewesen. Neben ihren Fecht- und Tanzstunden mussten sie nun auch noch die Geschichte der Habsburger und des Österreich-Ungarischen Landes lernen. Und – mit Ausnahme der Dracas und der Vamalia – natürlich weiter am Deutschunterricht teilnehmen. Jede freie Stunde, die sich ergab, nützten sie jedoch, um von Franz Leopold die Kräfte ihres Geistes beherrschen zu lernen. Alisa machte schnelle Fortschritte, was keinen wunderte, der ihren Ehrgeiz kannte. Aber auch Luciano war zuweilen gar nicht schlecht. Ja, er wechselte zwischen ungeahnter Brillanz und völliger Geistesabwesenheit, deren Grund den Freunden allen klar war. Er wagte es gar, ab und zu ihren Übungsstunden fernzubleiben und sich aus dem Palais davonzuschleichen.

»Dreimal dürft ihr raten, wo er wieder ist«, schimpfte Alisa. »Als ob es nichts Wichtigeres gäbe!«

»Tja, er setzt offenbar andere Prioritäten«, bemerkte Franz Leopold, der sich inzwischen hatte breitschlagen lassen, auch Tammo, Joanne und Fernand zu unterrichten. Das hatte allerdings den Nachteil, dass Ivy ihm nicht so gut assistieren konnte. Wie hätten sie den dreien erklären können, woher ihre unglaublichen Kräfte stammten, ohne ihr Geheimnis zu verraten? Doch da Alisa und

Luciano den drei Neulingen bereits weit voraus waren, konnten sie auch untereinander üben und ihre Kräfte stärken. Außerdem waren die Pyras und der junge Vamalia nicht bereit, ihre ganze Freizeit zu opfern.

»Bei aller Liebe, Alisa, so geht das nicht«, wehrte sich Tammo. »Wir finden es ja nicht schlecht, dass wir außer Fechten und dem dummen Rumgehopse noch was Richtiges lernen sollen, womit man auch was anfangen kann, aber alles mit Maß. Wir müssen die Zeit nutzen, die uns gemeinsam bleibt, um Wien zu erkunden. Ich sage dir, wir haben hier Plätze gefunden, an denen sich die Pyras so richtig zu Hause fühlen.« Seine Augen funkelten. »Gewölbekeller, die fünf Stockwerke in die Tiefe führen, Katakomben und Massengräber unter dem Stephansplatz, Abwasserkanäle, die zur Wien oder zur Donau hinunterführen. Alles sehr aufregend! Und außerdem kannst du nicht verlangen, dass wir unsere ganze Zeit in Gesellschaft des Dracas verbringen.«

Alisa ereiferte sich über die unreife Einstellung ihres Bruders, aber Franz Leopold winkte ab.

»Lass sie spielen gehen. Es ist mir ganz recht, wenn wir sie nicht immer dabeihaben. So können wir gleich mit ein paar schwierigeren Übungen beginnen.«

Alisa war sofort Feuer und Flamme, ihr Bruder und die Pyras vergessen.

Wer sich allerdings als äußerst lästig erwies, war Marie Luise, die Ivy unangenehm viel Aufmerksamkeit schenkte. Sie beobachtete die Lycana mit einem Ausdruck von boshafter Erwartung, die keinem von ihnen gefallen konnte. Allmählich bereitete es den Freunden Probleme, einen Ort zu finden, an dem sie ungestört üben konnten, weil ihnen Marie Luise ständig auf den Fersen war. Denn dass die Dracas sie sofort verraten würde und Franz Leopolds eigenmächtige Entscheidung den Clanführern nicht gefallen konnte, das war jedem von ihnen klar. So schlenderten sie oft durch den nächtlichen Stadtpark und hielten dort ihre Übungen ab.

»Marie Luise ist eine echte Landplage«, schimpfte Alisa, als sie sich mit Ivy und Seymour zu ihrer Schlafkammer aufmachte, um sich zur Ruhe zu legen. Sobald die Sonne sich dem Horizont näherte, fiel sie in die gewohnte Starre. Ivy dagegen war noch wach und dachte an Marie Luise.

Sie hat Verdacht geschöpft und sie wird nicht eher ruhen, bis sie dein Geheimnis kennt. Und was dann passiert, möchte ich mir gar nicht vorstellen.

Ivy konnte dem Wolf nicht widersprechen. »Ja, sie wird zum Baron oder zur Baronesse laufen und von dem ungeheuren Betrug berichten, den die Lycana sich zuschulden kommen lassen haben.«

So ist es. Und nicht nur du wirst die Folgen dieser Enthüllung zu spüren bekommen. Vermutlich werden alle Lycana darunter leiden.

Ivy schwieg. Sie wusste, dass er recht hatte, war aber nicht bereit, sich den Konsequenzen stellen. Der Wolf ließ nicht locker.

Und das ist nicht alles. Du weißt, dass der Schatten näher kommt. Du kannst seine tastenden Gedanken jeden Abend spüren, wenn du erwachst, und an jedem Morgen, ehe du in tiefen Schlaf fällst.

»Er hat noch nicht versucht, sich uns zu nähern«, gab Ivy trotzig zurück. »Vielleicht kommt er gar nicht nach Wien.«

Glaubst du? Nein, für so naiv halte ich dich nicht. Du weißt es besser. Er wartet auf die richtige Gelegenheit.

»Hier im Palais kann er mir nichts anhaben und ich werde mir nicht die Blöße geben, alleine durch Wien zu spazieren.«

Du benutzt deine Freunde als Schild? Und wenn er die Geduld verliert? Wenn er merkt, dass er nicht anders an dich herankommt? Deine Freunde sind ihm gleichgültig! Was, wenn er dich holen kommt und alles vernichtet, was ihm dabei im Weg steht?

Ivy atmete tief ein und wieder aus, sagte aber nichts.

Willst du das auf dein Gewissen laden?, bohrte der Wolf weiter.

»Nein, natürlich nicht. Aber wir wissen doch noch gar nicht, was der Meister wirklich will. Bisher ist alles nur Spekulation.«

Ach, und bis du Gewissheit hast, willst du hierbleiben und deine Freunde in Gefahr bringen?

»Was verlangst du? Dass ich sie ohne ein Wort für immer verlasse und fortgehe? Das ist genau die Gelegenheit, auf die der Schatten hofft. Ohne meine Freunde wäre ich ihm schutzlos ausgeliefert.«

Du willst es nicht begreifen, nicht wahr? Du musst dich von Tara holen lassen, ehe es zu spät ist! Ehe der Baron dein Geheimnis erfährt und dich auf die Straße jagt. Ivy, handle jetzt, da du noch nicht mit dem Rücken zur Wand stehst und selbst entscheiden kannst. Sei vernünftig! Man könnte meinen, du bist noch das dreizehnjährige Mädchen, dem du äußerlich gleichst.

»Vierzehn, ich habe meinen vierzehnten Geburtstag noch als Mensch begangen!«

Ivy schloss gequält die Augen. Das Brennen hinter ihren Lidern erinnerte sie an die Tränen, die sie als Kind manches Mal vergossen hatte.

»Ach, Seymour. Es waren lange einhundert Jahre und trotz deiner Begleitung und deiner unerschütterlichen Treue oft sehr einsame. Ich durfte in dieser langen Zeit nicht erfahren, wie es ist, solche Freunde zu haben. Es ist eine Wärme, die uns die Eiseskälte unseres eigenen Blutes vergessen lässt. Ich kann mich noch erinnern, wie berauschend die Gefühle von Glück, Liebe und Freundschaft waren, als noch ein menschliches Herz in meiner Brust schlug. Wie lange musste ich all das vermissen?«

Und wie scharf der Schmerz zurückgewiesener Liebe schneidet? Muss ich dich daran erinnern, dass der Dracas deine Gefühle mit Füßen getreten hat?

»Nein, das musst du nicht. Ich kann mich durchaus daran erinnern«, gab Ivy scharf zurück. Dann wurde ihre Stimme wieder voller Sehnsucht.

»Ja, ich habe geliebt und gelitten. Doch ist es besser, beides zu erfahren, als kalt wie eine Leiche sein Dasein zu fristen. Ich kann meine Freunde nicht verlassen. Mir ist, als besäße ich noch immer ein schlagendes Herz, das dann in Stücke bräche.«

Ihr Körper wurde wie von Schluchzen geschüttelt. »Wenn ich sie jetzt verlasse, dann gibt es kein Zurück und ich werde meine Freunde vermutlich niemals wiedersehen. Dann muss ich wieder jahrein jahraus durch die einsamen Moore Irlands ziehen, nur meine Erinnerungen als Begleiter, die von so wenigen Wochen erzählen, in denen ich glücklich sein durfte und mich lebendig glaubte.«

Eine nasse Schnauze stupste sie an. Die warme Zunge des Wolfs leckte tröstend ihre Hände.

Du wirst niemals alleine sein. Ich bleibe bei dir, bis zum Ende aller Tage.

»Ich weiß, Seymour, mein lieber, treuer Bruder. Aber gib mir noch ein wenig Zeit.«

Nicht ich bin es, der die Zeit zuteilt. Niemand kann wissen, wann es zu spät ist.

Ivy antwortete nicht mehr. Der Schlaf hatte sie übermannt.

*

Als Franz Leopold am nächsten Abend zum Speisesaal ging, sah er gerade noch, wie sich Luciano davonschlich. Kurz entschlossen verzichtete der Dracas auf seine Blutration und nahm die Verfolgung auf. Es war nicht schwer, unbemerkt an dem Nosferas dranzubleiben. Vermutlich würde Luciano ihn nicht einmal wahrnehmen, wenn er nur einen Schritt hinter ihm ginge. Seine Fähigkeit, Spuren zu wittern und ihnen zu folgen, die der Dracas in den drei Jahren der Akademie perfektioniert hatte, musste er heute jedenfalls nicht in Anspruch nehmen. Franz Leopold lief ihm einfach in einigem Abstand hinterher. Luciano ging die Weihburggasse hinunter und bog dann am Palais der Reichsgräfin Henckel von Donnersmark auf die Ringstraße ein. Hier herrschte in den frühen Abendstunden noch reger Verkehr. Fiaker und Privatkutschen rollten den Ring hinauf und hinunter und überholten den von zwei schwerfälligen Braunen auf seinen Schienen gezogenen Tramwagen. Doch auch auf dem von kahlen Alleebäumen gesäumten Fuß- und Reitweg war noch einiges los. Am Schwarzenbergplatz begann der Corso der Vornehmen und Reichen, der bis zur Oper und dann weiter zur Hofburg führte. Franz Leopold sah die Herren der Gesellschaft in die Kaffeehäuser strömen.

Luciano hatte jedoch weder für die Kaffeehäuser noch für die teuer gekleideten Menschen, die müßig dahinschlenderten, ein Auge. In sich versunken ging er dahin, wobei er wenigstens sein übliches Tempo so zügelte, dass er in der Menge nicht auffiel. Franz Leopold begann sich zu langweilen und versuchte Lucianos Gedanken zu erhaschen. Er dehnte seinen Geist, bündelte ihn und richtete die Energiebahnen auf die Gestalt vor sich. Nun kam der entscheidende Moment. In Lucianos Geist einzudringen war leicht. Dies jedoch unbemerkt zu tun, war schon viel kniffliger. Franz Leopold kam dabei zugute, dass Luciano tief in seinen Träumereien versunken war und nicht mit einem Beobachter rechnete. Was ein Fehler war, dachte Franz Leopold missbilligend. Man musste immer auf der Hut sein. In diesem Fall allerdings war ihm Lucianos Leichtsinn durchaus recht.

Nein, Franz Leopold wunderte sich nicht, dass er als Erstes auf das Bildnis des jungen Mädchens stieß, wobei er kritisch bemerkte, dass sie in Lucianos Vorstellung noch schöner und geistreicher ausfiel als in Wirklichkeit. Luciano schwelgte in seinen Erinnerungen und schien ihr Geplauder nahezu wortwörtlich zu wiederholen – wobei Franz Leopold nichts darunter fand, was ihm wert schien, sich damit zu beschäftigen.

Lucianos Gedanken kehrten aus der Vergangenheit zurück und huschten über die Ringstraße zu dem bevorstehenden Rendezvous. Der Dracas verzog angewidert das Gesicht. Falls er sich jemals so sehr verlieben sollte, würde er darauf achten, keinen kompletten Narren aus sich zu machen!

Plötzlich stutzte er. Etwas hatte Luciano aus seinen Träumereien gerissen. Blitzschnell zog sich Franz Leopold aus seinem Geist zurück und blieb wie der Nosferas stehen. Hatte er seinen Verfolger entdeckt? Das war doch nicht möglich! Franz Leopold war überzeugt, vorsichtig genug gewesen zu sein. Schließlich war sein Opfer völlig in sein Liebesglück versunken.

Luciano wandte langsam den Kopf, doch sein Blick glitt nach oben. Nein, den Dracas hatte er nicht entdeckt. Etwas anderes irritierte ihn. Worauf starrte er da nur?

Franz Leopold streckte erneut seine unsichtbaren Fühler aus und erhaschte einen Gedanken.

Verfluchte Raben! Das ist nicht normal, das kann mir keiner erzählen! Sie verhalten sich einfach nicht, wie Vögel ihresgleichen es tun sollten.

Franz Leopold folgte dem Blick, bis er die drei schwarzen Vögel entdeckte, die auf den höchsten Ästen der Kastanie kauerten und die letzten gelben Blätter als Versteck nutzten.

Das war absurd. Warum sollten Raben das tun? Wessen Entdeckung sollten sie fürchten? Und überhaupt. Warum waren sie um diese Zeit noch unterwegs?

Ich würde glauben, die Dracas benutzen sie als ihre Spione, doch wie kann es dann sein, dass Leo nichts von ihnen weiß? Oder hat er uns belogen? Vielleicht.

»Verschwindet!«, brummte er. »Das geht euch überhaupt nichts an.«

Franz Leopold kaute auf seiner Unterlippe. Er war sich sicher, dass diese Vögel nicht dem Befehl eines Dracas unterstanden. Nicht dass er über alles informiert war, was die Clanführer und ihre engen Vertrauten so trieben. Sicherlich hatte er ein ansehnliches Talent, Gedanken zu lesen, doch die Fähigkeit vieler Dracas, ihre Gedanken meisterhaft zu verbergen und gegen jedes Eindringen abzuschirmen, war noch größer. Trotzdem, Tiere für solch eine Aufgabe einzusetzen, war einfach nicht die Wahl, die ein Dracas treffen würde. Ein Pyras, ja, und auch ein Lycana, aber nicht ein Dracas!

Luciano ging weiter. Franz Leopold folgte ihm. Er fokussierte seine Kräfte. Dieses Mal aber nicht in Richtung des Nosferas. Die Raben waren sein Ziel. Er wollte wissen, was es mit den Vögeln auf sich hatte, die ihm Ende des Sommers zum ersten Mal aufgefallen waren. Seitdem tauchten sie immer wieder unvermittelt an den überraschendsten Orten auf. Konnte das Zufall sein?

Der Dracas glaubte nicht an Zufälle. Wenn er dies aber ausschloss und ebensowenig für möglich hielt, dass sie im Auftrag des Barons unterwegs waren, dann stellte sich die Frage, für wen sie arbeiteten und wer sich ihre Beobachtungen zunutze machte.

Vielleicht ließ die Druidin Tara Ivy und Seymour bewachen, nachdem die beiden in Paris in Gefahr geraten waren? Das würde passen und wäre eine einfache Erklärung, die ihn nicht beunruhigen musste. Doch so recht wollte er nicht an diese Lösung glauben. Seine Witterung nahm etwas wahr, das ihm nicht gefiel. Seine Sinne warnten ihn vor einer Gefahr, die irgendwo hier in Wien lauerte.

Franz Leopold hatte in Irland gelernt, wie man seinen Geist einem Tier näherte und wie man es sich zu Diensten machte. Er fixierte den Raben auf dem höchsten Ast, den er am besten sehen konnte, und sandte seine Gedanken aus. Doch kaum berührte er den Geist des Vogels, sandte dieser einen Warnruf, breitete die Flügel aus und flog davon. Die anderen folgten ihm.

So ein Mist! War es Ivy nicht ebenso ergangen? Wenn er nicht davon ausging, dass diese Vögel ungewöhnlich sensibel und schreckhaft waren, dann sorgte hier jemand dafür, dass seine Geheimnisse gewahrt blieben. Nachdenklich setzte Franz Leopold seinen Weg fort. Fast hätte er vergessen, warum er hier auf dem Ring unterwegs war, als Luciano weiter vorne die Straße querte. Seine ganze Körperhaltung drückte so viel freudige Erwartung aus, dass der Dracas ahnte, sie würden ihr Ziel bald erreichen. Und richtig, Luciano betrat den Park, der sich um die Karlskirche erstreckte, und lief dort auf einen kleinen, halb im Gebüsch versteckten Pavillon zu.

Franz Leopold fiel ein junges Mädchen auf, das in einiger Entfernung scheinbar ziellos auf und ab schlenderte. Selbst aus dieser Entfernung war klar, dass es nicht Clarissa sein konnte, selbst wenn sie sich für diesen Ausflug in ein einfaches Gewand gehüllt hätte. Nein, das Mädchen war kleiner und einfach nur unscheinbar.

Nun entdeckte sie Luciano und ließ ihn den ganzen Weg bis zur Tür des Pavillons nicht aus den Augen, machte aber keine Anstalten, sich ihm zu nähern. Als er eingetreten war und die Tür hinter sich schloss, setzte sie ihren Weg fort. Sie ging auf die von einer hohen Kuppel überwölbte Barockkirche zu, vor der sich zwei prächtige Säulen erhoben, über die sich spiralförmige Reliefe wanden. Doch das Mädchen war nicht an der Karlskirche interessiert. Auf dem großen Platz vor der Kirche hielt sie inne, wandte sich um und machte kehrt. Ihr Blick war fest auf die Tür des Pavillons geheftet.

Es musste sich um Clarissas Kammermädchen oder eine andere Dienerin der Todescos handeln, in deren Gesellschaft Clarissa das Haus verlassen durfte. Wobei sich der Dracas sicher war, dass Clarissa keine Erlaubnis hatte, zu dieser Tageszeit auszugehen – noch dazu zu einem so verschwiegenen Ort. Wie Clarissa das Kammermädchen wohl geködert hatte, das Versteckspiel mitzumachen und den Mund zu halten? Mit Geschenken oder mit Drohungen?

Vermutlich beides. Und doch musste dem Mädchen klar sein, dass es sie mehr als nur ihre Stelle kosten konnte, sollte etwas herauskommen. Ihre hochgezogenen Schultern und das wechselnde Mienenspiel sagten Franz Leopold, dass sie sich gar nicht wohl in ihrer Haut fühlte.

Vielleicht sollte er sie ein wenig aufheitern?

Ein Lächeln umspielte seine Lippen, als er forsch auf sie zuschritt. Das Mädchen bemerkte ihn erstaunlich spät. Erschrocken presste es die Hände auf ihre Brust. Franz Leopold drang so mühelos in ihren Geist ein, dass er sich selbst wunderte, und zerstreute ihre Ängste.

Vor mir musst du dich nicht fürchten. Komm her und sage mir, wie du heißt.

Sie tappte unsicher auf ihn zu. Ihr Gesichtsausdruck war leer. Nein, was für ein einfältiges Ding. Da hatte ja manche Ratte, die er in Paris durch die unterirdischen Labyrinthe dirigiert hatte, mehr Persönlichkeit gehabt, dachte Franz Leopold verächtlich.

»Guten Abend«, hauchte sie und sah seltsam verzückt zu ihm auf. »Ich bin Liesgret. Ich arbeite hier in Wien als Zofe. Meine Herrin ist Fräulein Clarissa von Todesco …«

»Ja, ich weiß, und sie ist im Augenblick in diesem Pavillon dort drüben und vermutlich äußerst beschäftigt mit ihrem Verehrer.«

Das Mädchen erschrak und starrte den Dracas mit weit aufgerissenen Augen an. »Woher wissen Sie das? Wer sind Sie und was wollen Sie?«

Sie machte Anstalten, davonzulaufen, vermutlich, um ihre Herrin zu warnen, aber Franz Leopold hielt sie am Ärmel fest. Ein besänftigender Blick in ihren Geist genügte, um die Furcht zu vertreiben.

Schade, dass sie so ein dummes Ding war und gar keine körperlichen Reize aufweisen konnte als ihr junges, warmes Blut.

Anderseits, vielleicht war das auch ganz gut. So kostete es Franz Leopold nicht allzu große Beherrschung, sie nicht an sich zu reißen und seine Zähne in ihren mageren Hals zu versenken.

»Liesgret, nun bleib doch noch ein wenig bei mir. Du könntest mir etwas über die Familie von Todesco erzählen, über ihr Haus und die Dienerschaft.«

Das Mädchen nickte und begann mit tonloser Stimme zu sprechen, bis der Dracas sie unterbrach.

»Das genügt. Und nun marsch, mach dich davon und tue weiter, was immer deine Herrin dir befohlen hat.« Das Mädchen nickte und stakste davon. Franz Leopold sah ihr noch einen Augenblick kopfschüttelnd nach. Dann richtete er seine Aufmerksamkeit wieder auf den Pavillon. Wollte er wirklich Zeuge dessen sein, was sich dort drinnen zwischen Luciano und dem Mädchen abspielte? Er konnte es sich lebhaft vorstellen. Küsse und kitschige Liebesschwüre. Das konnte nur peinlich werden. Und dennoch trieb ihn die Neugier weiter, bis er die Tür erreichte. Er konnte den Nosferas wittern und das heiße Blut des Mädchens. Das war nun etwas ganz anderes als die einfältige Zofe. Franz Leopold fühlte ein Brennen in der Kehle, das immer stärker wurde. Er schluckte trocken und fragte sich, wie es Luciano bei dieser Versuchung gelang, sich zurückzuhalten. Unliebsame Erinnerungen bedrängten ihn und ließen sich nur schwer beiseiteschieben.

Franz Leopold umrundete den kleinen achteckigen Pavillon und fragte sich, welchem Zweck er eigentlich diente. Er spähte durch eines der Fenster ins Innere. Dort standen zwei weiße Bänke mit bunten Polsterkissen und in der Mitte ein schmiedeeiserner runder Tisch, ebenfalls weiß lackiert. Eine Kerze flackerte in einer Schale und erhellte die beiden Gestalten auf einer der Bänke, die sich eng umschlungen hielten. Angewidert starrte Franz Leopold auf die Szene. Und doch mischte sich noch ein anderes Gefühl unter die Abscheu. Das war doch nicht etwa Neid?

Wie kam es, dass es dem nichtsnutzigen Nosferas gelang, dieses zauberhafte Mädchen zu erobern – und zwar ohne den Einsatz der Vampirkräfte, die einen Menschen leicht gefügig machten und über die er selbst reichlich verfügte. Nein, sie war bei klarem Verstand – soweit man das von einem verliebten Menschen überhaupt sagen konnte. Franz Leopold hatte sich vorsichtig ihrem Geist genähert und ihn wach und ohne fremden Einfluss gefunden.

Das war doch nicht möglich! Ausgerechnet der kleine, unansehnliche Luciano, der aus einem Clan stammte, der sich vor allem durch Fresssucht und Trägheit auszeichnete. So hatte er Luciano kennengelernt und so nahm er ihn wahr. Dass das nicht mehr mit der Wirklichkeit übereinstimmte, gestand sich der Dracas nur ungern ein.

Gut, vielleicht war er gewachsen, schlanker und beweglicher geworden. Ja, er stellte sich beim Fechten recht geschickt an, viel besser als die anderen … Und er mochte in den Augen eines Mädchens begehrenswert aussehen – aber trotzdem!

Unzufrieden starrte Franz Leopold durch das Fenster.

Wenn das Mädchen die Wahl hätte, würde es mich nehmen, dachte er. Natürlich. Er war nicht nur schöner, von edlerem Wuchs und mit feineren Zügen. Er war brillant im Geist, eloquent und von einem gesellschaftlichen Schliff, den der Nosferas niemals erreichen würde!

Irgendetwas geschah. Franz Leopold spürte die Veränderung der Atmosphäre im Pavillon. Luciano löste sich aus Clarissas Armen und schob sie sanft aber bestimmt von sich.

»Was ist den los? Luciano? Stimmt etwas nicht?«

»Sei ruhig, Liebste. Ich spüre etwas, das mir nicht gefällt. Da ist etwas – nein, jemand – der nicht hierhergehört!«

Seine Stimme klang so drohend, dass Clarissa ängstlich zurückwich. Luciano wandte sich ihr noch einmal zu und strich ihr beruhigend über den Arm. »Hab keine Angst. Ich will nur nachsehen, ob sich dort draußen irgendein Gesindel herumtreibt.«

»Aber dann hätte uns Liesgret doch gewarnt«, entgegnete Clarissa mit einem Zittern in der Stimme.

»Vielleicht, vielleicht auch nicht.« Luciano erhob sich.

Es wurde Zeit, sich zurückzuziehen. Franz Leopold legte absolut keinen Wert darauf, von dem Nosferas erwischt zu werden. Noch ehe Luciano die Tür öffnete, um hinauszuspähen, war der Dracas zwischen den düsteren Bäumen des Parks verschwunden.

Während er die Ringstraße entlangging – nur mühsam seinen Schritt zügelnd –, ließ ein Gedanken ihn nicht los:

Wenn das Mädchen die Wahl hätte, würde es mich nehmen.

Ja, ganz sicher. Unvermittelt blieb Franz Leopold stehen. Warum also nicht das Mädchen vor die Wahl stellen? Es wäre doch interessant zu sehen, wie so ein kleines, unschuldiges Menschenmädchen reagieren würde, wenn es die Wahl zwischen einem Nosferas und einem Dracas hätte!

Es war ihm, als würde ihn Alisa vorwurfsvoll ansehen. Rasch verdrängte er den Gedanken an die Vamalia. Das hatte nichts mit ihr zu tun. Zumindest redete er sich das ein.

DER RAUSCH DES BLUTES

Draußen vor dem Salon breitete sich ungewohnte Unruhe aus. Über Stunden war es an diesem regnerischen Spätherbsttag so still im Palais Schey gewesen, dass die Stimmen nun umso lauter erschienen.

Latona sah von ihrem Roman auf, den die alte Baronin von Schey ihr mitgebracht hatte. *Heidis Lehr- und Wanderjahre*, von Johanna Spyri.

»Was ist denn los?«, erkundigte sie sich. Bei dieser Lektüre war ihr jede Ablenkung recht. Wie konnte ihr die Baronin ein Buch für kleine Kinder geben?

Bram Stoker erhob sich. »Ich vermute, ein weiterer Gast ist eingetroffen.« Er ging auf die Tür zu, hielt dann aber inne, drehte sich zu ihr um und begann seine Hände zu kneten. Latona sah ihn erstaunt an. Es wirkte, als würde er sich nicht wohl in seiner Haut fühlen.

»Sie wissen, um wen es sich handelt?«

»Äh, ja, er hat mir seine Ankunft telegrafisch angekündigt und die Kutsche ist vor einer Stunde zum Bahnhof gefahren, um ihn abzuholen.«

»Aber sein Besuch ist Ihnen nicht recht«, schlussfolgerte Latona aus seinem seltsamen Verhalten.

»Nein, so kann man das nicht sagen«, widersprach Bram. »Ich selbst habe dieses Treffen angeregt.«

»Und wovor fürchten Sie sich dann?«

»Vor deinem Temperament und deinem Zorn«, gab er leise zu.

Das Buch fiel zu Boden. Latona erhob sich aus ihrem bequemen Sessel, ohne Bram aus den Augen zu lassen. Langsam trat sie auf ihn zu.

»Was haben Sie getan?«, stieß sie hervor.

Er hielt ihrem Blick stand. Die Unsicherheit, die er gerade noch ausgestrahlt hatte, war verschwunden.

»Ich habe Professor van Helsing um ein Treffen gebeten.«

»Was? Warum denn das? Wollen Sie nun auch unter die Vampirjäger gehen? Darf ich Sie daran erinnern, dass mein Onkel Carmelo ihn ebenfalls besuchte, nur um in Paris dann sein Leben zu verlieren?« Ihre Stimme wurde zunehmend lauter.

»Beruhige dich! Das ist nicht der Grund.«

Die Meldung des Butlers unterbrach ihn. »Professor van Helsing aus Amsterdam für Herrn Stoker und Fräulein Latona. Darf ich bitten.«

Er trat mit einer Verbeugung zur Seite und gab den Blick auf den Besucher frei, der zwar Mantel und Hut abgelegt hatte, jedoch noch seinen Reiseanzug trug.

Er schien ihr unverändert, seit sie ihn zuletzt gesehen hatte. Noch immer war sein Haar kurz und mehr braun als grau, der Bart dafür zu lang und ungepflegt. Sein Reiseanzug saß so schlecht wie der, den er in Amsterdam getragen hatte, gab ihm aber mehr Bewegungsfreiheit. Den plumpen Spazierstock hatte er dem Butler nicht überlassen, sondern hielt ihn in seiner Rechten. Ganz sicher nicht um seinen sehnigen und überaus agilen Körper zu stützen. Nein, der Stock barg eine scharfe Klinge, die der Professor wohl zu führen wusste.

Der Gast neigte den Kopf und streckte Bram die Hand entgegen.

»Professor van Helsing, herzlich willkommen. Es tut mir leid, dass ich Ihnen solche Umstände bereite.«

»Aber Mr Stoker, ich bitte Sie. Es ist mir ein Vergnügen, Sie kennenzulernen. Ja, Sie haben meine Neugier geweckt. Eine interessante Aufgabe, für die ich mich gerne auf den Weg gemacht habe.«

Er wartete, bis sich der Butler zurückgezogen und die Tür geschlossen hatte. Dann richtete er seine hellen Augen auf Latona. Van Helsing fixierte sie so scharf, dass sich das Mädchen unter seinem Blick ein wenig duckte. Dann erst reichte er ihr die Hand. »Ich freue mich, dass wir uns wiedersehen, auch wenn ich Ihnen mein herzliches Beileid zum Ableben Ihres Oheims aussprechen muss. Er ist doch tot? Ich meine, richtig tot?«

Latona erwiderte seinen Blick, auch wenn es ihr schwerfiel. »Ja, er ist richtig und vollständig tot, wenn Sie das beruhigt.«

»Das tut es, in der Tat. Darf ich fragen, wo sich sein Grab befindet?«

Latona wand sich ein wenig. »In Paris«, sagte sie schließlich. Der Blick und die hochgezogenen Augenbrauen zwangen sie, weiterzusprechen.

»In den Katakomben, zwischen all den Millionen Knochen, die dort irgendwann einmal hingeschafft und aufgetürmt wurden. Zumindest habe ich ihn dort zum letzten Mal gesehen.«

Van Helsing beugte sich vor. »Und woran ist er gestorben? An dem Biss eines Vampirs, nehme ich an?«

Latona nickte wie unter Zwang.

»Dann können wir uns nicht sicher sein, dass er tot ist?«, vermutete Bram, dem dieser Gedanke bislang noch nicht gekommen war.

»Möglich ist alles. Sie müssen mir jede Einzelheit berichten, dann kann ich mehr dazu sagen.«

Bram hob die Hände. »Latona wurde von diesem Vampir in die Katakomben entführt und ihr Onkel versuchte vergeblich, sie zu befreien.«

»Das ist nicht wahr!«, rief Latona. »Seigneur Thibaut wollte mir nichts tun. Ich habe ihn aus den Händen dieser Wissenschaftler gerettet, die ihn quälten, und dafür hat er mir sein Wort gegeben. Carmelo ist gestorben, weil er es nicht lassen konnte, Vampire zu jagen, um sie zu vernichten, obwohl er es mir und den Nosferas in Rom geschworen hat!«

»Aber dieser Vampir hat Sie doch gebissen, nicht wahr?« Van Helsing sah zu Bram hinüber. »Bin ich nicht deshalb nach Wien gereist?«

»Nein, hat er nicht!«, rief Latona empört.

»Es war nicht dieser Thibaut.«

»Bram, unterstehen Sie sich!«, rief Latona, aber er sprach dennoch weiter.

»Es war ein anderer, jüngerer Vampir – zumindest sieht er aus wie ein junger Mann. Er nennt sich Malcolm und stammt aus London.«

»Und der hat Sie gebissen, mein Kind?« Van Helsing trat näher und musterte aufmerksam ihre bleichen, eingefallenen Gesichtszüge. Sein Zeigefinger schob die Rüsche ihres Kleides beiseite. Lange betrachtete er die beiden winzigen Narben an ihrem Hals.

»Er wollte es nicht!«, verteidigte Latona den Vampir. »Es liegt in seiner Natur, die Leidenschaft hat ihn übermannt.«

»Er hätte dich getötet, wenn ich ihn nicht aufgehalten hätte!«, widersprach Bram.

»Nicht absichtlich!«, beharrte Latona.

»Absichtlich oder nicht. Das Ergebnis wäre dasselbe gewesen.«

Sie starrten sich gegenseitig mit grimmigen Mienen an.

Van Helsing zog sich einen Sessel heran und ließ sich in das Polster sinken. »Ein interessanter Fall, ja. Mr Stoker, Sie haben mir einen Gefallen getan, mich nach Wien zu rufen. Ich hoffe, ich kann Ihre Befürchtungen schon bald entkräften. Dazu bedarf es noch einiger Untersuchungen. Doch ich kann Ihnen bereits jetzt Hoffnung machen, dass Ihr Schützling vermutlich keinen ernsthaften körperlichen Schaden genommen hat. Ich freue mich, Latona in so kämpferischer Stimmung zu sehen. Ich kann mir nicht vorstellen, dass allein dieser Biss sie zu einem Wesen der Nacht werden lässt. Nein, dazu müsste sie auch von seinem Blut getrunken haben, und dann wäre die Wandlung längst vollzogen. Aber das werden wir alles mit ein paar Experimenten herausfinden.«

Latona ärgerte sich, dass van Helsing mit Bram sprach, als sei sie nicht im Zimmer. Sie nahm sich vor, ihm auf keinen Fall für irgendwelche Versuche zur Verfügung zu stehen.

»Es tut mir sehr leid, Professor van Helsing«, sagte sie geziert, »dass Sie die lange Reise völlig umsonst unternommen haben. Ich brauche keine Untersuchungen! Und daher verabschiede ich mich auch sogleich wieder von Ihnen. Leben Sie wohl und kommen Sie gut nach Amsterdam zurück.« Mit hocherhobenem Haupt ging sie hinaus. Bram sah ihr bestürzt hinterher.

»Verzeihen Sie«, begann er, aber van Helsing winkte ab.

»Machen Sie sich keine Gedanken. Ein wenig Starrsinn ist nicht das Schlechteste. Das Mädchen hat Charakter. Lassen Sie ihr etwas Zeit, dann wird sich alles finden. Ich jedenfalls habe nicht die Absicht, in den nächsten Tagen abzureisen. Daher schlage ich vor, wir rufen den Butler, der mir mein Zimmer zeigen wird, und ich richte mich mit meinen Instrumenten erst einmal in Ruhe ein.«

Bram nickte dankbar und griff nach der Glocke, um den Butler zu rufen.

*

Am nächsten Abend wollte sich Luciano wieder davonmachen, als er im Vestibül auf den Altehrwürdigen Guntram stieß. Dass dies kein Zufall sein konnte, war Luciano klar. Er hatte ihm aufgelauert.

»Ah, Luciano, schön, dass ich dich treffe. Ich finde, wir sollten heute Nacht überprüfen, wie es um deine Fortschritte mit der deutschen Sprache bestellt ist.«

»Mein Deutsch ist gut genug«, antwortete er. »Meine Freundin Alisa de Vamalia hat mir bereits in den vergangenen Jahren viel beigebracht. Ich komme also zurecht. Danke.«

Luciano machte einen halbherzigen Versuch, sich an dem Professor vorbeizudrängen, doch der packte ihn hart am Arm. Seine Klauen waren wie Eisenringe, die Stimme aber blieb trügerisch sanft.

»Davon überzeuge ich mich lieber selbst. Wir haben die ganze Nacht, um gemeinsam zu üben.«

Was blieb ihm anderes übrig, als dem Altehrwürdigen zu folgen? Es war eine furchtbare Vorstellung, die Nacht über hier festzusitzen, während Clarissa auf ihn wartete. Wie quälend musste die Ungewissheit für sie sein. Dachte sie gar, Luciano habe nur mit ihren Gefühlen gespielt? Ihre jugendliche Unschuld ausgenützt, um sie nun wieder zu verlassen? Würde sie an seiner Liebe zweifeln, obwohl er ihr mehr als ein Dutzend Mal geschworen hatte, dass diese bis zum Ende aller Tage niemals schwinden würde? Er musste ihr eine Nachricht zukommen lassen, aber wie?

Auf der Treppe traf er Franz Leopold, der ihn mit unbeweglicher Miene musterte. Der Dracas? Nein, eine ganz schlechte Idee. Lieber vertraute er darauf, dass Clarissa ihm die Möglichkeit gab, alles zu erklären und sie um Verzeihung zu bitten.

Seine Hände ballten sich zu Fäusten, als er das feine Lächeln im Gesicht des Altehrwürdigen sah, der die Situation offensichtlich genoss, während sich Luciano wie ein Gefangener vorkam, der zu den anderen Erben in den Blauen Salon abgeführt wurde.

*

Franz Leopold blieb mitten auf der Treppe stehen und sah Luciano nach. Er hatte dessen verzweifelte Gedanken aufgefangen und auch seine Entscheidung, dass es unklug wäre, den Dracas an seiner Stelle zu schicken. Franz Leopold grinste. Unklug? Vielleicht, aber sicher interessant!

»Leo, da bist du ja!« Alisa kam die Treppe heruntergelaufen. Sie strahlte wieder diese Begeisterung aus, die er bei keinem anderen Vampir kannte.

»Wollen wir in die Kasematten hinuntergehen und üben, solange die anderen Unterricht haben? Oder wir gehen in den Park. Es ist eine schöne Nacht.«

Franz Leopold sah sie nur an.

»Du hast keine Lust, nicht wahr?«, versuchte sie seinen Blick zu deuten. Zum Glück gelang es ihr nicht, seine Gedanken zu lesen, wenn er diese vor der Außenwelt verschloss.

Sie zögerte, dann strahlte sie wieder. »Wollen wir noch einmal zum Kursalon hinübergehen? Die anderen sind bis Mitternacht beschäftigt. Wir könnten Walzer tanzen. Vielleicht ist Strauss mit seinem Orchester wieder da.« Schelmisch sah sie ihn an. »Wir sollen doch üben, damit wir es perfekt können, wenn der Baron sich endlich entschließt, uns auf die Wiener Gesellschaft loszulassen.«

Franz Leopold schüttelte den Kopf. »Nein, heute nicht. Ich muss noch etwas erledigen.«

Er sah und spürte, wie ihre Begeisterung zusammenstürzte, wie ausgeglühte Scheite zu Asche zerfallen. Der Schmerz der Zurückweisung bohrte sich durch ihre Seele. Franz Leopold stutzte. Seele? Ja, wenn ein Vampir so etwas wie eine Seele besaß, dann war es Alisa. Ein ungewohntes Gefühl stieg in ihm auf. Etwas wie Bedauern.

»Ich finde, es ist an der Zeit, dass du alleine deine Fortschritte ausprobierst.«

»Wenn du meinst«, antwortete Alisa tonlos.

Warum nur sah sie ihn mit diesem waidwunden Blick an. Musste sie ihre Enttäuschung derart deutlich zeigen? Wollte sie ihm absichtlich ein schlechtes Gewissen einreden?

Nein, das war nicht Alisas Art. Sie war gefühlvoll und spontan, aber niemals berechnend.

»Ich schlage vor, du suchst deinen Vetter Sören und versuchst dich daran, unbemerkt in seine Gedanken zu dringen. Vielleicht bin ich rechtzeitig zurück, dass du mir von deinen Erfolgen berichten kannst. Ja, vielleicht reicht es gar noch für ein paar Übungen im Park oder ein wenig Walzer im Kursalon. Auch ein schöner Ort, um zu trainieren. So viele Menschen, deren geheime Gedanken man aufspüren kann – wobei du überrascht sein wirst, wie langweilig es in den meisten Köpfen zugeht. Entweder sie denken an ihre häuslichen Sorgen oder sie hegen unzüchtige Gedanken, gerade beim Walzer – oder aber sie denken gar nichts. Dann triffst du auf einen Wirrwarr von Gedankenfetzen, der einem Kopfschmerzen bereitet, wenn man ihm zu lange lauscht.«

Alisa lächelte schwach. »Gut, du wirst mich hier im Haus finden, wenn du zurückkommst. Glaube aber ja nicht, dass ich dir dann Sörens Gedanken verrate! Das tut man nicht.«

Franz Leopold verdrehte die Augen. »Ach, Alisa, meinst du, ich bräuchte diesen Umweg, um etwas von deinem Vetter zu erfahren? Doch du kannst beruhigt sein. Es interessiert mich nicht wirklich, was du herausfindest. Viel mehr bin ich daran interessiert, ob es dir gelingt, und vor allem, ob er dich dabei ertappt – wovon ich übrigens ausgehe. Also mach dich schon einmal auf seinen Zorn gefasst. Du bist zwar schon recht gut, aber das ist eine richtig schwere Lektion!«

Er sah Alisas Ehrgeiz in ihren Augen aufblitzen. Das war immerhin besser, als ihre Enttäuschung mit ansehen zu müssen. Franz Leopold nickte ihr zum Abschied zu und lief die Treppe hinunter.

»Was hast du denn vor?«, rief sie ihm hinterher, doch er tat so, als habe er es nicht gehört. Auf dem schnellsten Weg machte er sich zur Karlskirche auf, genauer gesagt zu dem kleinen Pavillon im Park.

Wie erwartet, hielt die einfältige Zofe wieder Wache, doch sie war ihm kein Hindernis. Er ließ sie ein wenig verwirrt und mit glasigem Blick zurück. Und schon stand er vor dem Pavillon. Er konnte sie durch die geschlossene Tür wittern. Was für ein Duft! Er musste sich zusammenreißen, dass seine Lust nicht mit ihm durchging. Wieder einmal fragte er sich, wie es Luciano gelang, ihr so nahe zu kommen, ohne sie zu beißen.

Franz Leopold klopfte und drückte dann die Klinke. Es war abgeschlossen! Da hörte er ihre helle Stimme.

»Bist du es, Luciano? Warte, ich öffne dir.« Allein dieser federnde, frische Schritt konnte einem Lust auf mehr machen.

Der Schlüssel drehte sich im Schloss und sie riss voll freudiger Erwartung die Tür auf, nur um den Fremden auf der Schwelle sprachlos anzustarren. Es war fast komisch, wie sich ihre Freude in Überraschung und dann in Erschrecken wandelte. Ihr fein geschnittenes Gesicht war ein offenes Buch. Nein, da lohnte es kaum, in ihre Gedanken einzudringen. Was konnte er dort anderes finden?

Franz Leopold vollführte einen eleganten Kratzfuß. »Bitte fassen Sie sich, Fräulein Clarissa, ich wollte Sie nicht erschrecken. Ich weiß, Sie erwarten eigentlich meinen Freund Luciano. Darf ich eintreten? So ist es recht und vielleicht wäre es gut, die Tür zu schließen.«

Er hatte nicht vorgehabt, sie so zu lenken, doch bis sie sich von ihrer Überraschung erholt hatte, blieb ihm keine andere Wahl. Womöglich würde sie schreien oder davonlaufen, was ganz und gar nicht in seinem Sinn wäre.

»Setzen wir uns hierher auf diese bequem gepolsterte Bank.« Franz Leopold sah sich um.

»Ein ganz vortreffliches Plätzchen für ein Stelldichein. Was? Diesen verschwiegenen Ort hat sich Ihr Bruder eingerichtet, um sich heimlich mit der Frau Ihres Klavierlehrers zu treffen? Und wie sind Sie an den Schlüssel gekommen? Ah, lassen Sie mich raten, er hat Ihnen den Schlüssel gar nicht gegeben. Nein, er ahnt nicht, dass Sie von seinem Geheimnis wissen und den Schlüssel entwendet haben. Und Ihre Familie glaubt, Sie seien zu diesen abendlichen Stunden mit Ihrer Zofe beim Gesangsunterricht, den Ihnen praktischerweise jene untreue Ehegattin erteilt? Für diesen unschuldigen Blick sind Sie aber ganz schön raffiniert, meine Liebe!« Franz Leopold lachte entzückt. »Sie haben die Gute doch nicht etwa erpresst? Oh, ich sehe, ich habe ins Schwarze getroffen. Nein, wie schrecklich. Ich bin entsetzt!«

Clarissa starrte ihn nur stumm an, doch da sie unwillkürlich alle Antworten auf seine Fragen dachte, erfuhr Franz Leopold alles, was er wissen wollte.

»Nun sagen Sie mir nur noch, warum Sie das tun. Sie scheinen mir keine Kokotte, und ich bin überzeugt, man hat sie tugendhaft erzogen. Wie kommt es, dass ein Mädchen aus gutem Haus den Anstand derart mit Füßen tritt?«

Die Antwort bestand nicht aus Worten. Es war eine Woge von Gefühlen, die Franz Leopold so unerwartet überrollte, dass er ein wenig verwirrt zurückwich.

War das Liebe? Die große, unerschütterliche Liebe, die allen Widerständen trotzt? Ja, er hatte von so etwas gelesen. Es hieß, dass dies bei Menschen ab und zu vorkam. Doch darüber zu lesen, war etwas anderes, als unvermittelt in diesem Platzregen von überschäumendem Gefühl zu stehen.

Angewidert verzog Franz Leopold die Oberlippe – und doch konnte er nicht verhindern, dass ein Teil von ihm sich sehnsuchtsvoll fragte, wie es wäre, so zu lieben und geliebt zu werden.

Er rutschte ein wenig näher zu dem Mädchen, das ihn unverwandt ansah. Er spürte ihren Widerstand. Ganz anders als ihre Zofe war sie ein Mensch von unerschütterlichem Charakter und starkem Willen, den man nicht so leicht beherrschte. Natürlich war sie dem Dracas und seinen geistigen Kräften nicht gewachsen. Wie sollte sie. Sie war trotz allem nur ein Menschenmädchen.

Franz Leopold legte den Arm um sie, zog sie zu sich und küsste sie auf ihren wundervoll rosigen Mund. Wie weich und zart. Was für ein Geschmack. Er küsste sie noch einmal. Ihr Körper war schlank und biegsam. Es fühlte sich gut in seinen Armen an. Sie roch so wundervoll. Und doch fand er es auch ein wenig fade.

Er dachte an Ivy. Wie sie sich in Irland geküsst hatten. Nein, das hatte mit diesem hier nichts gemein. Ihre Gefühle waren so wild gewesen wie das Land. Leidenschaft, das war es, was diesem Kuss hier fehlte. Dabei war sich Franz Leopold durchaus sicher, dass dieses Mädchen zu Leidenschaft fähig war. So nachgiebig, ja fast leblos sie in seinen Armen lag, so kriegerisch war das Blitzen ihrer Augen.

Wie konnte das sein? Hatte er sie nicht völlig in seiner Gewalt? Irgendwie musste ihm ein Teil ihres Bewusstseins entglitten sein. Ihr eigener Wille erwachte und war alles andere als bereit, sich dem fremden Eindringling unterzuordnen.

»Clarissa, sei doch nicht so widerspenstig. Ich lasse deinen Geist gehen, wenn du mir wenigstens eine Chance gibst, dich davon zu überzeugen, dass ich die bessere Wahl für dich bin.«

Er lockerte seinen Griff um ihren Geist ein wenig, sodass er sicher sein konnte, dass sie ihn verstand.

»Wo ist Luciano?«, presste sie ein wenig undeutlich hervor.

»Das ist es ja gerade, was ich dir erzählen will. Er kommt nicht. Frage mich nicht, wie es geschehen konnte, dass sein Interesse an dir so schnell erlosch. Deshalb komme ich zu dir, denn ich fände es schade, wenn du dich grämen müsstest. Das ist er nicht wert. Lass uns lieber fröhlich sein, denn das ist es, was ein junges, hübsches Mädchen tun sollte. Kannst du tanzen? Ganz sicher! Ich bin überzeugt, dass du dich einer Elfe gleich durch den Ballsaal bewegst. Was hältst du davon, wenn wir zum Kursalon hinübergehen und uns ein wenig im Walzerklang drehen?«

Ganz vorsichtig zog er seinen Geist noch ein Stück zurück. Ihr Körper versteifte sich. Sie rutschte von ihm ab und starrte ihn empört an.

»Ist das Ihr Ernst? Sie kommen uneingeladen hierher, küssen mich, obgleich ich Ihnen das nicht gestattet habe, und fragen nun, ob ich mit Ihnen tanzen gehe?«

»Ja, so habe ich mir das gedacht. Ich verspreche Ihnen, wenn Sie erst einmal in meinen Armen zu den Walzerklängen durch den Raum schweben, ist Ihr Schmerz sogleich verweht und Luciano vergessen.«

»Niemals!«, stieß sie hervor. »Und nun gehen Sie und lassen Sie mich alleine.«

Alisas Bild stieg vor ihm auf. Es war ihm, als könne er sie in seinen Armen spüren, ihr Verzücken mit ihr teilen, während sie sich zu den Walzermelodien drehten. Was sie wohl dazu sagen würde? Nein, das wollte er sich lieber nicht vorstellen. Ihr vorwurfsvoller Blick brannte in seinem Innern und er spürte ihren tiefen Schmerz. Verraten würde sie sich fühlen, und betrogen.

So ein Blödsinn! Sie würde es sowieso nicht erfahren. Er jedenfalls hatte nicht vor, ihr von seinem kleinen Spiel mit Clarissa zu erzählen.

Und? Machte das die Sache besser?

Franz Leopold verdrängte das Bild und lehnte sich in den Polstern zurück. »Warum sollte ich dich jetzt alleine lassen? Es gefällt mir hier sehr gut und deine Gesellschaft ist ganz zauberhaft. Wir werden die besten Freunde und ganz sicher auch mehr, wenn du es nur zulässt.«

Clarissa starrte ihn wild an. »Niemals! Wenn Sie nicht den Anstand besitzen, sich zurückzuziehen, dann gehe ich.«

Sie packte ihren Umhang und wäre zur Tür gestürzt, hätte nicht plötzlich Franz Leopold ihr den Weg versperrt. Verwirrt blinzelte das Mädchen. Hatte er nicht eben noch auf der Bank gesessen? Für sie war es unbegreiflich, wie er sich so schnell bewegen konnte.

»Clarissa, sei nett zu mir. Schau, ich will dir nichts Böses. Ich knie vor dir nieder und bitte dich, gib deinen Gefühlen eine Chance. Lass es zu, dass sich dein Herz mir zuwendet.«

»Mein Herz ist bereits vergeben und nichts und niemand wird daran etwas ändern«, erwiderte sie steif.

»Und wenn du ihn niemals wiedersiehst? Er wird nach Rom zurückkehren. Wenn nicht heute, dann morgen oder übermorgen. Ich aber werde immer in deiner Nähe sein.«

»Wenn es zu Ende gehen muss, dann wird mein Herz brechen, aber niemals einem anderen gehören!«

Franz Leopold war in Versuchung, ihr zu sagen, wie kitschig das klang, aber der tiefe Ernst in ihren Worten beeindruckte ihn wider Willen.

»Wie überaus traurig. Kaum erwachsen, willst du das Dasein einer jungen Witwe führen und dich unter einem schwarzen Schleier der Trauer begraben? Tu das nicht. Was wäre das für eine Verschwendung. Das Leben hat so viel Schönes für dich bereit. Lass es zu, dass ich dich führe.«

Clarissa schüttelte den Kopf. Tränen des Schmerzes rannen ihr über die Wangen. »Ich glaube Ihnen kein Wort. Ich werde warten. Luciano hat mir sein Wort gegeben, dass er mich mit sich nimmt, wenn er Wien verlässt, und ich glaube ihm.«

Franz Leopold erstarrte. »Das hat er gesagt?«

Sie nickte trotzig.

»Und hat er auch gesagt, unter welchen Umständen er dich mit zu seiner Familie nehmen wird?«

Sie sah ihn fragend an. Sie verstand seine Frage nicht so, wie er sie meinte. Natürlich nicht. Das hatte Franz Leopold auch nicht erwartet.

»In allen Ehren natürlich! Ich meine, so genau haben wir darüber nicht gesprochen, doch ich bin überzeugt, dass er an nichts anderes denkt. Er ist ein Ehrenmann und würde mir niemals ein unzüchtiges Angebot unterbreiten.«

Ihre flammende Rede konnte Franz Leopold nicht überzeugen. *Du ahnst gar nicht, wie unzüchtig dieses Ansinnen ist, falls er wirklich vorhat, seinen Worten Taten folgen zu lassen.*

»Und nun lassen Sie mich gehen. Ich habe Ihnen nichts mehr zu sagen.« Clarissa versuchte sich an ihm vorbeizudrängen, doch Franz Leopold stand vor ihr, unbeweglich wie ein Fels in der Brandung. Er spürte, wie ihre Wut aufloderte. Ja, Temperament hatte sie, und der Zorn stand ihr ganz reizend zu Gesicht.

Es war ein stummes Ringen, das keine ungleicheren Gegner hätte haben können. In ihrer Verzweiflung stürzte sie sich gegen seine Seite, um ihn von der Tür zu drängen, doch statt den Dracas auch nur einen Zoll zu bewegen, prallte sie ab und stürzte über die Lehne der Bank.

»Aua!« Mit vor Schmerz verzerrtem Gesicht ließ sie sich auf die Polster sinken. Ihre Linke umklammerte die andere Hand, mit der sie sich an den weiß lackierten Eisenbögen abgefangen hatte.

Er wusste, was passiert war, noch ehe er die roten Tropfen zwischen ihren Fingern hervorquellen sah. Der Duft ihres Blutes hüllte ihn ein und berauschte ihn. Ja, es war ein Klingen und Säuseln wie der Gesang von Sirenen, der ihn unwiderstehlich anzog. Er konnte nichts dagegen tun, obgleich ein Teil seines Verstandes ihm zurief, er müsse jetzt gehen, ehe es zu spät sei.

War es das nicht längst?

Etwas in ihm steuerte seine Beine, bis er neben ihr stand, ließ ihn den Rücken beugen und ihre Hand in die seine nehmen. Ja, er kniete vor ihr nieder und öffnete die zusammengeballten Finger mit sanfter Gewalt. Er wusste nur zu gut, dass es ein Fehler war, und dennoch senkten sich seine Lippen herab und küssten die Blutstropfen von ihrer Hand. Seine Zunge schob sich hervor und leckte über die Wunde. Wie köstlich. Wie wundervoll! Ach, wie hatte er diesen Geschmack vermisst. Wie hatte er es nur geschafft, sich so lange zurückzuhalten, nachdem er einmal davon gekostet hatte? Das Rauschen in seinem Kopf schwoll an.

Clarissa starrte ihn aus weit aufgerissenen Augen an, gab jedoch keinen Ton von sich. Sie stand ganz unter seinem Bann, der ihren Geist im Griff hielt und sie nicht einmal an Flucht denken ließ.

Franz Leopold drückte die verletzte Hand fester an seinen Mund und begann an der Wunde zu saugen. Er spürte, wie er den Rest an Kontrolle über sich verlor und nichts dagegen tun konnte. Oder wollte er nur nicht? Hatte ein Teil seines Geistes entschieden, dass er nun alt genug war, an dem köstlichen Rausch teilzuhaben, der allen Vampiren zustand? Den erwachsenen Vampiren, die mit der Feier ihres Rituals als vollwertige Mitglieder des Clans aufgenommen worden waren! Ihm war – wie allen jungen Erben – der Genuss von Menschenblut noch immer verboten. Er musste sich mit dem schalen Geschmack von Tierblut begnügen. Es war nahrhaft und stärkte ihn, war aber nicht annähernd mit dem prickelnden Rausch zu vergleichen, den schon ein einziger Tropfen Menschenblut auslöste!

Das Blut drohte zu versiegen. Der Riss war zu klein, um mehr als ein paar Tropfen herzugeben. Ungestüm vergrößerte Franz Leopold die Wunde mit seinen Zähnen, doch auch dann blieb es ein Rinnsal. Nein, für die Ekstase, für die überschäumende, höchste Erfüllung, musste ein warmer Blutstrom die Kehle herabrinnen.

Es gab kein Zurück mehr. Franz Leopold riss das Mädchen in seine Arme, zerfetzte den Stoff, der ihm im Weg schien, und stieß seine Reißzähne in die zarte Haut, bis sie auf die Ader stießen, durch die ihr immer rascher schlagendes Herz den Strom pumpte. Das Pulsieren setzte sich durch seinen eigenen Körper fort und ließ ihn schaudern. Mit einem erlösenden Seufzer bohrte er seine Zähne in die Blutbahn.

Warmes, duftendes Blut schoss ihm in die Kehle. Es schmeckte so köstlich, dass er sich scheute, zu schlucken. Doch mit jedem Pulsschlag drang ein neuer Schwall in seinen Mund. Es war noch besser, noch köstlicher, noch erregender als das Blut des Mädchens, dessen Geschmack er in seiner Erinnerung hegte. Er wollte niemals wieder aufhören zu trinken und zu schlucken, ja, sie förmlich in sich einzusaugen. Seine Kraft stieg mit jedem Schluck. Er fühlte sich groß und mächtig werden. Nichts und niemand konnten ihn besiegen, solange dieses herrliche Blut durch seine Adern kreiste. Das Mädchen in seinen Armen dagegen wurde schwächer und schwächer.

Eine leise Stimme in seinem Inneren warnte ihn immer lauter. Wenn er sich jetzt nicht lösen würde, dann war es zu spät. Dann würde sie sterben und ihn mit in die Finsternis reißen, wenn es ihm nicht gelang, sich vor ihrem letzten Herzschlag von ihr zu lösen.

Franz Leopold drängte die warnende Stimme beiseite. Es war einfach zu herrlich, um jetzt schon aufzuhören. Der Rausch sollte andauern – bis in alle Ewigkeit!

Leo! Weißt du eigentlich, was du da tust?

Es war ihm, als erklinge Alisas Stimme in seinem Kopf. Unwillig schüttelte er das Haupt, um sie zu vertreiben, doch die Vamalia hatte sich schon von jeher durch Hartnäckigkeit ausgezeichnet.

Ich will nicht davon sprechen, dass du die Regeln brichst, die zum Schutz der jungen Vampire aufgestellt wurden. Du verrätst dich selbst, deine Freundschaft zu Luciano und zu mir! Wo hast du dich da nur reingeritten? Hör auf. Jetzt sofort! Wenn du es schon nicht für mich tun willst, dann wenigstens für dich selbst.

Für einen Moment hielt Franz Leopold inne. Seine Zähne lösten sich aus dem Hals seines Opfers. Er schluckte die letzten Tropfen hinunter, die plötzlich einen bitteren Nachgeschmack hinterließen. Er sah auf das bleiche Mädchen in seinen Armen herab, dessen Blick sich getrübt hatte und nun reglos auf die Wand gerichtet war, ohne etwas zu sehen.

Bei allen Dämonen der Hölle, was tat er hier eigentlich? Dass er im Begriff war, das Leben dieses Mädchens zu beenden, war das eine und nicht so tragisch – auch wenn Luciano zuerst Anspruch auf sie erhoben hatte und Franz Leopold darauf eigentlich hätte Rücksicht nehmen müssen. Doch er war um Haaresbreite davon entfernt, sein eigenes Dasein zu zerstören und alles, was ihm wichtig war, zu verlieren. Warum eigentlich? Für den Rausch, den ein paar Schlucke Blut ausmachten? Oder gar nur, um den Hauch von Neid und Eifersucht zu stillen, der in ihm aufgestiegen war, als er sah, wie das schöne Mädchen sich dem Nosferas zuwandte? Da war er, der Drang stets besser und schöner zu sein als alle anderen. Und auch der Wunsch, den Nosferas zu kränken. Ihm Schmerz zuzufügen. Warum? War er ihm in den Jahren nicht auch ein wenig zum Freund geworden?

Leidenschaftslos sah er auf das Mädchen herab, das mit starrem Blick in seinen Armen hing. Sie war schön, ja, und ihr Blut schmeckte süß nach ihrer Jugend, und dennoch begehrte er sie nicht. Nicht das, was ihre Person ausmachte. Nicht das, was Luciano liebte. Nein, eigentlich wollte er sie gar nicht haben.

Du wolltest sie ihm nur wegnehmen Ich wusste es schon immer, dass ihr Dracas arrogant und selbstsüchtig seid. Aber dass du derart widerlich bist! Eine solch niederträchtige Kreatur, die das Glück des anderen nicht mit ansehen kann und es lieber zerstört, wenn es nicht gelingt, es ihm auf andere Weise wegzunehmen.

Dass sein Gewissen sich ausgerechnet Alisas Stimme bediente!

Dass er überhaupt so etwas wie ein Gewissen verspürte. Wo kam das plötzlich her? Er konnte sich nicht erinnern, früher je von solchen Gefühlen geplagt worden zu sein.

Verflucht! Erst Ivy und jetzt Alisa. Er ließ das Mädchen auf die Bank fallen, riss die Tür auf und rannte durch den Park davon.

CLARISSA

Die Nächte vergingen. Eigentlich war Alisa recht zufrieden. Sie genoss jede Stunde, die sie in Franz Leopolds Gesellschaft durch Wien streifte, auch wenn er ihr ab und zu ungewohnt melancholisch vorkam. Fechten und tanzen machten ihr Spaß. Darüber hinaus bemühte sich Franz Leopold sehr, seinen Freunden die Kunst des Gedankenlesens beizubringen. Und noch viel mehr. Es war geradezu unheimlich, was die Kraft der Gedanken anrichten konnte, wenn man in der Lage war, nicht nur zu lesen, sondern die Ströme nach Belieben zu lenken und zu verändern. Im Umgang mit Menschen war das sicher sehr hilfreich und eine Kunst, die sich zu lernen lohnte. Um sie allerdings bei anderen Vampiren anzuwenden, musste man schon ein Meister sein, von denen es nicht viele unter den Dracas gab.

Inzwischen trainierten auch Tammo, Fernand und Joanne immer häufiger unter Franz Leopolds Anweisung ihre Gedankenkräfte. Und neuerdings waren sogar Sören und Chiara zu ihnen gestoßen.

Alisa hatte Franz Leopold bedrängt, auch Sören unter seinen Schülern aufzunehmen. Widerstrebend hatte er nachgegeben.

»Wenn es unbedingt sein muss. Dann bring ihn halt mit – wenn er überhaupt will und nichts Besseres zu tun hat.«

Alisa drückte seinen Arm. »Danke, das ist sehr großzügig von dir. Ich werde ihn gleich suchen. Natürlich wird er mitmachen wollen. Was soll er in seiner freien Zeit hier Wichtigeres zu tun haben?«

Franz Leopold schnitt eine seltsame Grimasse. »Mir fiele da schon etwas ein.«

»Was denn?«, wollte Alisa wissen, doch er schüttelte nur den Kopf und wandte sich ab.

Komisch. Wobei ihr einfiel, dass Sören in einer seltsamen Stimmung gewesen war, als sie ihn das erste Mal aufgesucht hatte, um seine Gedanken auszuforschen – nur zu Übungszwecken, versteht sich.

Weit war sie allerdings nicht gekommen. Es war eben etwas anderes, ob das Gegenüber aufmerksam mit dabei war und bewusst seinen Geist freigab, oder ob man unaufgefordert einen kleinen Blick riskieren wollte.

Immerhin war sie in der Lage gewesen, seine Gefühle zu empfangen. Seltsam euphorisch, ja geradezu aufgekratzt, wie die Menschen nach zu viel Champagner, und dann wieder voller Unsicherheit und von seltsamer Furcht erfüllt, irgendetwas falsch anzufangen.

Bezog sich das etwa auf den Unterricht? Das konnte sich Alisa nicht vorstellen. So furchteinflößend waren die Dracas, die sie unterrichteten, gar nicht. Da hatten sie in Rom Schlimmeres erlebt. Noch dazu war Sören kein ängstlicher Typ. Nicht wie Raymond, der sicher vor jedem Professor ein wenig Furcht verspürte. Was also hatte es mit Sörens Stimmungen auf sich?

Neugierig versuchte Alisa noch ein wenig tiefer zu dringen, um wenigstens ein paar seiner Gedanken aufzufangen, doch da sprang Sören auf und griff sich an den Kopf. Verwirrt sah er sich um.

»Was ist los?«, erkundigte sich Alisa harmlos.

»Ich weiß nicht. Ein ganz seltsames Gefühl in meinem Kopf, als ob etwas mit Gewalt durch meinen Schädel dringen wollte.«

Aha, sie musste in Zukunft behutsamer vorgehen. Laut sagte sie: »Ja, das ist wirklich komisch.«

Sören sah sich noch einmal misstrauisch um. »Also wenn ein Dracas hier im Salon wäre, dann würde ich sagen …« Er brach ab, sah Alisa noch einmal an und schüttelte dann den Kopf. »Nein, vergiss es. Ist nicht so wichtig.« Und damit erhob er sich und eilte hinaus.

Nun machte sich Alisa noch einmal auf die Suche nach ihrem Vetter, um ihm die wundervolle Nachricht zu überbringen, dass Leo eingewilligt hatte, auch ihn in die großen Geheimnisse der Dracas einzuweihen.

Er war nicht zu finden. Wo konnte er sich nur herumtreiben? Sie lief treppauf und treppab, erkundigte sich bei Hindrik, als sie ihn im unteren Geschoss in einer der Wäschekammern zusammen mit Matthias antraf, der dafür sorgte, dass Franz Leopolds Fräcke aufgefrischt und die Hemden ordentlich gebügelt wurden.

»Ist er ausgegangen?«, fragte Alisa ratlos.

Hindrik schüttelte den Kopf und lächelte versonnen. »Nicht dass ich wüsste. Lass es einfach. Du wirst ihn nachher treffen, sobald die Dracas zu Tisch läuten.«

Doch wenn sich Alisa etwas in den Kopf gesetzt hatte, gab sie nicht so leicht auf. Es erstaunte sie allerdings schon, als sie seine Stimme aus einer Kammer im Dachgeschoss zu hören glaubte, in der nur ein paar Kleider der Gäste gelagert wurden. Vielleicht hatte sie sich geirrt?

Alisa trat näher. Nein, das war seine Stimme und sie konnte ihn jetzt auch wittern. Aber warum klang sie so anders als sonst? Weicher, tiefer, fast wie ein Gurren? Mit wem sprach er da drin? Etwa mit irgendeiner Servientin der Dracas, die für die Kleider sorgte?

Alisa stand nun vor der geschlossenen Tür. Noch einmal witterte sie. Das roch nach einem Nosferas – und zwar weder nach Luciano noch nach seinem Vetter. Nein, das war eine weibliche Note, die nur von …

Nun hörte sie die Stimme der Vampirin, die ihrem Vetter antwortete. Die Worte konnte sie allerdings nicht verstehen. Es war nur ein Raunen, ein heiseres Flüstern und dann ein unterdrücktes Kichern.

Was um alles in der Welt …?

Vorsichtig schob Alisa die Tür ein Stück auf und spähte in den nahezu dunklen Raum. Zuerst sah sie nur Sörens Rücken. Er stand ein wenig nach vorn gebeugt da und umschlang etwas oder besser jemand. Alisa erstarrte, als ihr klar wurde, was sie da sah.

Ihr Vetter Sören hatte sich in eine abgelegene Kleiderkammer zurückgezogen und küsste Lucianos Cousine Chiara! Sie hielten sich eng umschlungen und konnten gar nicht voneinander lassen. Was war hier eigentlich los? Erst die zaghaften Annäherungen während der Tanzstunden zwischen Mervyn und Rowena und nun das! Ein Vamalia mit einer Nosferas?

Ein seltsames Gefühl überkam Alisa. Es fühlte sich fast an wie Schmerz. Eine Sehnsucht, die ihr bis dahin unbekannt gewesen war – oder die sie nur nicht zulassen wollte? Wie es wohl war, so stürmisch umfangen und geküsst zu werden? Wie es sich wohl anfühlte, wenn die Liebe einen überfiel und den Verstand verwirrte? Denn das war es, was sie bei ihrem Vetter wahrgenommen hatte. Das wurde ihr jetzt klar.

Alisa wusste, dass es ein Gebot der Höflichkeit war, sich jetzt unauffällig zurückzuziehen, doch sie konnte der Versuchung nicht widerstehen. Sie musste einfach wissen, wie es sich anfühlte, auch wenn das ihre Sehnsucht vielleicht noch schmerzhafter machen würde. Vorsichtig bündelte sie die Energie ihres Geistes zu einem Strahl und richtete ihn auf die beiden noch immer eng umschlungenen Vampire. Ein Rausch von herrlichen Gefühlen brandete in ihren Geist und schlug so hohe Wellen, dass Alisa für einen Moment die Kontrolle verlor.

Sören und Chiara fuhren mit einem Aufschrei auseinander.

»Was willst du hier?«, rief Sören. Er wirkte mehr erschrocken als zornig. Chiara sah verlegen drein und wischte sich hastig über die Lippen, die noch nach Sörens schmecken mussten.

Alisa zwang sich, den Blick von ihr zu wenden. Fest richtete sie ihn auf ihren Vetter.

»Entschuldige, ich wollte nicht stören. Ich habe dich gesucht, weil ich dir dringend etwas sagen muss.«

»Nun, dann sprich.«

»Äh, also dir alleine.«

»Warum?«, gab ihr Vetter zurück, der seinen Schrecken überwunden hatte. Nun schien er eher erzürnt.

Ja, warum eigentlich? Was konnte Franz Leopold schon dagegen haben, wenn Chiara ebenfalls an seinen Lektionen teilnahm? Schließlich unterrichtete er auch Luciano. Außerdem war es unwahrscheinlich, dass Sören ohne Chiara mitmachen wollte. Er würde Ausreden erfinden müssen oder sie gar anlügen. Nein, das war keine gute Voraussetzung für zwei frisch Verliebte. So viel war Alisa auch ohne eigene Erfahrungen klar. Und so fragte sie beide, was sie von dem Vorschlag hielten. Wie erwartet, stimmten die beiden begeistert zu und schienen ihr nun fast zu vergeben, dass sie sie aufgestöbert hatte.

Nach der letzten Unterrichtsstunde trafen sie sich also wieder in den Kasematten – dieses Mal in einem größeren Raum, in dem sie ungestört waren. Alisa frohlockte. Mit jedem Mal wurde sie besser und ab und zu gelang es ihr schon, einem der anderen, der gerade abgelenkt war, einen Gedanken zu entlocken, den er nicht extra für eine Übung bereitgelegt hatte.

Was ihr auffiel war, dass Luciano besonders oft mit seinen Gedanken woanders weilte. Das war nichts Neues, allerdings hatte sich seine Stimmung gewandelt. War er zuvor hoffnungsfroh erregt und voller Erwartungen gewesen, so traf sie nun auf Mutlosigkeit und tiefe Trauer, ja, Verzweiflung.

Dass dies mit jenem Mädchen zu tun haben musste, war ihr klar, doch sie fragte sich, was wohl geschehen sein konnte. Hatte sie ihn fortgeschickt? Den unschicklichen Flirt beendet, wie es von einem Mädchen aus gutem Haus erwartet werden konnte?

Vielleicht. Dazu passte aber nicht die Unruhe, die ihn trieb. Eine Ungewissheit plagte ihn, dass es ihn bis ins Innerste schmerzte. Alisa getraute sich nicht, ihn zu fragen. Sie wandte sich an Ivy, als sie alleine in ihrem Zimmer waren.

»Weißt du, was passiert ist? Die Wolke an Schmerz und Verzweiflung, die ihn umgibt, spricht dafür, dass er sie nicht mehr trifft – das konnte ich auch in seinen Gedanken finden –, und doch verschwindet er fast jeden Abend und schwänzt den Unterricht, wann immer es möglich ist. Ich habe gehört, der Altehrwürdige Guntram hat ihn morgen zu einer Extrastunde befohlen.«

Ivy setzte sich mit nachdenklicher Miene auf ihr Bett. »Ja, ich habe den Wandel seiner Gefühle ebenfalls wahrgenommen. Aber du weißt, dass ich nicht über die Gedanken spreche, die ich bei meinen Freunden finde.«

»Aber du hast Lucianos Gedanken gelesen. Absichtlich gelesen! Leugne es nicht.«

Widerstrebend nickte Ivy. »Es sollte nur zu seinem Besten sein. Ich sorge mich ein wenig um ihn.«

Alisa kaute auf ihrer Lippe. »Du meinst, seine Verzweiflung treibt ihn zu einer unbedachten Tat? War es nicht gefährlicher, als er sich noch heimlich mit dem Mädchen traf?«

Ivy hob die Schultern. »Ich weiß es nicht. Deshalb erlaube ich mir ab und zu, in seinem Geist zu lesen. Ich möchte nicht, dass er sich in Schwierigkeiten bringt.«

»Und du bist wirklich nicht bereit, mir auch nur anzudeuten, was passiert ist? Auch wenn ich es ganz sicher niemals weitererzähle?«

Ivy blieb hart.

Alisa stöhnte. »Du bist mir eine schöne Freundin!«

»Ja, das bin ich, denn ich gehe ebenso vertraulich mit dem um, was ich von dir erfahre, ohne dass es dir bewusst ist.«

»Ach ja?«, rief Alisa empört. »Das heißt, du liest auch in meinem Kopf, obgleich ich ganz sicher keine Wolke der Verzweiflung mit mir herumtrage?«

Ivy lächelte ein wenig verlegen. »Ja, das stimmt. Weißt du, bei mir ist es inzwischen andersherum als bei euch. Ihr müsst euch anstrengen, um ein paar Gedanken der anderen zu erhaschen. Mich dagegen kostet es Mühe, keine Botschaften aus einem fremden Geist zu empfangen.«

»Das heißt, du kannst es noch viel besser als Leo? Das ist unglaublich!« Alisa sah sie bewundernd und ein wenig neidisch an.

»Ja, unglaublich anstrengend, wenn man sich dagegen verwehren will, aber auch anstrengend, wenn all die fremden Gefühle und Gedanken immer auf einen einströmen.«

Alisa zog sich ihr Nachtkleid an und rutschte unter die Decke. Erstaunlich, wie schnell sie sich an diese Art zu schlafen gewöhnt hatte. Womöglich würde ihr der Sarg zu Hause plötzlich hart und unbequem erscheinen.

»Ivy?«

»Ja?«

»Ich akzeptiere notgedrungen, dass du mir nichts sagen willst.

Aber versprich mir, mich mitzunehmen, wenn du dich entschließt, etwas zu unternehmen.«

Es dauerte eine Weile, bis Ivy antwortete.

»Gut, ich werde nicht ohne dich zu irgendwelchen Rache- oder Rettungseinsätzen davonstürzen.«

»Spotte nicht. Ich habe es ernst gemeint.«

»Ich auch«, gab Ivy zurück.

*

Einige Nächte später herrschte eine ungewöhnliche Stimmung im Palais Coburg. Die zahllosen Servienten der Dracas schwirrten in emsiger Geschäftigkeit treppauf, treppab. Es roch verwirrend. Ungewöhnlich viele Menschen betraten das Palais mit Paketen und Schachteln. Ja, es wurden gar Fässer angerollt und in den Kellerräumen der Kasematten verstaut. Schneider und Putzmacherinnen kamen und verschwanden in den verschiedenen Gemächern der Dracas.

»Was ist denn hier los?«

Alisa versuchte der jungen Servientin, die ihnen immer beim Ankleiden half, ein paar ihrer Gedanken zu entlocken, nachdem sie auf ihre direkte Frage nur ein Kopfschütteln erntete und mit dem Hinweis vertröstet wurde, der Baron würde die Erben informieren, wenn er es für richtig halte.

»Und, hast du etwas erfahren?«, erkundigte sich Ivy, als das Mädchen mit seinem Staubwedel den Salon wieder verlassen hatte.

Alisa schnitte eine Grimasse. »Es ist wahrlich nicht einfach. Ich konnte ein paar Gedankenfetzen auffangen, aber daraus werde ich nicht so recht schlau.« Sie stutzte und sah Ivy an.

»Woher weißt du …? Hast auch du versucht, sie auszuhorchen? Ivy! Sag mir, was du herausgefunden hast.«

»Sie war wirklich ein wenig wirr in ihren Gedanken«, gab Ivy zu, »aber ich schließe daraus, dass die Dracas ein Fest vorbereiten. Lassen wir uns überraschen.«

Die Vorbereitungen dauerten an und kurz darauf erreichte die Erben die – zumindest für Tammo und seine beiden Pyrasfreunde – freudige Nachricht, dass in dieser Nacht kein Unterricht abgehalten werden würde. Man forderte die Erben auf, sich ruhig zu verhalten und keinem im Weg herumzustehen. Ja, am besten in ihrem Salon oder in ihren Schlafkammern unter dem Dach zu bleiben.

»Das machen wir auf keinen Fall!«, empörte sich Tammo und machte sich mit den beiden Pyras davon. Alisa wunderte sich nicht, als Sören und Chiara sich still und heimlich zurückzogen. Mervyn und Rowena fehlten ebenfalls.

»Gut!« Alisa erhob sich. »Dann haben wir heute die ganze Nacht Zeit, unsere geistigen Kräfte zu stärken und mit unseren Übungen fortzufahren.« Sie ließ den Blick schweifen. »Wo ist Leo? Und Luciano ist auch schon wieder weg.« Sie stieß einen Seufzer aus. »Müssen wir jetzt wieder das ganze Palais durchsuchen?« Genervt sah sie zu Ivy und Seymour. »Kommt ihr mit?«

Ivy nickte und folgte Alisa die schmale Dienerstiege hinunter, Seymour dicht hinter ihnen.

»Wir fragen am besten gleich unten an der Pforte nach, ob sich Luciano wieder einmal davongemacht hat.«

Zielstrebig folgte die Vamalia dem Kutschenumgang zum großen Vestibül, wo sie auf einen alten, glatzköpfigen Servienten trafen, der schon zu seinen Lebzeiten den Fürsten von Sachsen-Coburg als Pförtner hier in ihrem Palais gedient hatte. Er bestätigte Alisas Verdacht und verriet ihnen, dass Leo dem Nosferas in einigem Abstand gefolgt sei.

»Na, wunderbar!«, ereiferte sich Alisa, als sich der Pförtner so weit entfernt hatte, dass er sie nicht mehr hören konnte. »Leo macht sich zur Verfolgungsjagd auf und sagt uns kein Sterbenswörtchen davon. Das nenne ich wahre Freundschaft.«

Ivy sagte nichts. Sie trat auf die Gasse hinaus und ließ den Blick in die Ferne schweifen. Alisa bemerkte, dass sich Seymours Rückenhaare sträubten. Er knurrte leise und rückte näher zu Ivy.

»Was ist?«, erkundigte sich die Vamalia besorgt.

»Ich weiß nicht so recht.« Sie schüttelte den Kopf, als wolle sie ihre Gedanken dadurch klären. Noch immer war ihre Miene ernst, als sie sich Alisa zuwandte. »Ich kann dir nicht sagen warum, aber ich habe das Gefühl, es wäre besser, wenn wir Luciano heute Nacht nicht alleine ließen.«

Alisa zog eine grimmige Miene. »Ich bin dabei! Gehen wir.«

Und so folgten die beiden Vampirinnen und der Wolf der Spur ihres Freundes, die kaum eine Stunde alt schien.

*

Luciano schlich unentschlossen um den Häuserblock herum. Sein Blick wanderte an der Fassade des prächtigen Palais empor. Noch brannte hinter einigen Fenstern Licht. Die Beletage mit ihren Festräumen allerdings war dunkel. Die Familie hatte das Gebäude verlassen. Zwei Kutschen waren in verschiedenen Richtungen davongerollt. Wie lange sie wohl wegbleiben würden? Luciano wusste es nicht. Er hatte nicht so genau erkennen können, ob die Damen unter ihren Umhängen Ballroben trugen oder ob man doch nur ins Theater wollte. Zur Oper hätte man lediglich die Straße überqueren müssen und keine Kutsche benötigt.

Es war nicht schwer, sich Einlass durch das große Tor zu verschaffen. Das hätte Luciano auch geschafft, bevor er Alisa und ihr wundervoll praktisches Einbruchswerkzeug kennengelernt hatte. Er trat in den Hof und ließ den Blick schweifen. Wie viele Menschen waren hier wohl noch auf den Beinen? Sollte er warten, bis alle schliefen? Oder lieber jetzt sein Glück versuchen, solange keiner der Familie daheim war? Er traute sich durchaus zu, unsichtbar zu bleiben und der Dienerschaft aus dem Weg zu gehen. Nur, wo würde er Clarissa finden? Vermutlich musste er sich im zweiten Stock umsehen, dessen Fenster genauso hoch waren wie die der Beletage mit ihren Repräsentationsräumen. Sicher lagen dort die Gemächer der Familie.

Noch einmal drehte er auf dem dunklen Hof eine Runde. Sollte er es wirklich wagen?

Es war nicht die Angst, entdeckt zu werden, die ihn zögern ließ. Was würde Clarissa sagen, wenn er einfach ohne Einladung in ihr Heim eindrang, ja, bis in ihr Schlafgemach? Würde sie ihm diese Dreistigkeit je verzeihen? Hatte sie ihm nicht durch ihr Fernbleiben deutlich zu verstehen gegeben, dass sie nicht mehr daran interessiert war, ihn zu sehen?

Er hatte ihr Interesse geweckt, nun aber war ihr Gefühl erloschen – falls ihre Schwüre überhaupt mehr als leere Worte gewesen waren.

Dabei hatte alles so ehrlich geklungen und sich so echt angefühlt. Er wollte nicht glauben, dass es für Clarissa nur ein bedeutungsloser Zeitvertreib, ein Spiel gewesen sein konnte. Und deshalb stand er nun hier im nächtlichen Hof des Palais Todesco. Er musste sich Gewissheit verschaffen. Er wollte es aus ihrem Mund hören.

Entschlossen schob Luciano die schmale Tür auf und eilte die Nebenstiege bis in den zweiten Stock hinauf. Mit einem engen Gefühl in der Brust betrat er den Korridor, von dem verschiedene Türen zu den privaten Bereichen der Familienmitglieder führten. Vorn zur Hauptfassade hin lagen die Gemächer des Hausherrn. Luciano konnte die kräftige, männliche Note wittern. Daneben lagen die Räume seiner Gemahlin. Wie er wusste, war auch sie mit der Kutsche weggefahren. Dennoch konnte er einen Lichtschein unter der Tür erkennen und hörte die leichten Schritte einer Frau. Vielleicht ihr Kammermädchen, das sich um die Gewänder der Gnädigen kümmerte?

Langsam schritt Luciano den Gang entlang und blieb witternd vor jeder Tür stehen. Endlich, im rückwärtigen Teil des Palais fand er, was er gesucht hatte. Das war unverkennbar ihr Duft. Nur noch diese Tür trennte ihn von Clarissa. Er zweifelte nicht daran, dass sie sich in ihrem Zimmer befand. Der Geruch war zu stark, als dass es sich um eine alte Fährte hätte handeln können. Ein Schlüssel steckte im Schloss. Vorsichtig senkte er die Klinke ein wenig. Die Tür war versperrt. Clarissa war eingeschlossen!

Doch war sie auch alleine?

Sorgfältig prüfte er alle Spuren, die er aufnehmen konnte. Da waren zwei Frauen, die sich öfters in den Gemächern aufhielten. Die eine war Liesgret, die andere kannte Luciano nicht, vermutete aber ebenfalls eine Bedienstete des Hauses. Luciano vergewisserte sich, dass sie sich im Augenblick nicht hinter der Tür aufhielten, ehe er sich weiteren Duftnoten zuwandte.

Ihre Mutter war vor Kurzem hier gewesen. Der Geruch des Vaters war wesentlich schwächer. Vermutlich einige Tage alt. Und dann war da noch ein fremder Mann, der vermutlich mehr als zweimal die Schwelle überschritten hatte. Luciano runzelte die Stirn. Er hatte einen ganz eigenen Geruch, der nicht zu dem der Familie passte. Und da waren noch andere Duftnoten in der Luft, die ihm nicht gefielen. Dämpfe von Mixturen, die nicht zu diesem Haus passten. Was hatte das zu bedeuten? Er musste es erfahren!

Kurz überlegte er, ob er anklopfen sollte, doch da sich gerade in diesem Augenblick am anderen Ende eine Tür öffnete und ein junger Mann in Livree auf den Flur trat, drehte Luciano den Schlüssel um, schlüpfte ohne sich anzumelden ins Zimmer und schloss die Tür genauso geräuschlos hinter sich.

Reglos blieb er stehen. Nur sein Blick huschte umher. Das war also ihr Reich. Der Schein einer Kerze erhellte das geschmackvoll eingerichtete Schlafgemach, das von dem breiten Bett mit dem rosenfarbenen Baldachin beherrscht wurde, zwischen dessen Laken er eine Gestalt erahnen konnte. Rechts neben einem hübschen Damensekretär führte eine Tapetentür ins Ankleidezimmer, wo vielleicht Liesgret schlief. Im Moment jedenfalls war sie nicht da. Er lauschte den regelmäßigen Atemzügen, die vom Bett her kamen. Zögernd trat Luciano einige Schritte näher. Er musste sich zwingen, stehen zu bleiben und nicht einfach zu ihr zu stürzen.

Da lag sie und schlief. Ach, wie wunderschön, wie engelsgleich, wie verletzlich.

Er runzelte die Stirn. Ja, verletzlich. Unnatürlich blass schien sie und abgemagert, die Wangen eingefallen. War sie etwa krank? Der Geruch des fremden Mannes fiel ihm ein und die anderen seltsamen Duftnoten. Ein Fläschchen auf ihrem Nachtkasten, neben dem ein Löffel lag, zog seinen Blick an.

Ein Arzt und die Medizin, die er verschrieben hatte? Ein Stärkungsmittel aus verschiedenen Kräutern? Ja, das war die Erklärung. Sie war plötzlich erkrankt. Deshalb hatte sie nicht mehr zu ihrem Treffpunkt kommen können. Ein Stein fiel ihm vom Herzen.

»Clarissa«, flüsterte er. Doch dann stutzte er. Warum hatte man ihre Tür verschlossen? Sicher nicht, um jemand daran zu hindern, zu ihr zu gelangen. Dann hätte man den Schlüssel nicht außen stecken lassen.

Warum aber eine Kranke, die so schwach und zerbrechlich wirkte wie Clarissa, in ihr Zimmer einschließen?

Das Mädchen regte sich. Es stöhnte und drehte sich von einer Seite zur anderen. Die seidige Bettwäsche rauschte. Er sah, wie sich ihre Lider öffneten und ihr Blick träge umherglitt, bis er unvermittelt auf der Gestalt verharrte, die hier absolut nichts zu suchen hatte. Nun blieb Luciano nichts anderes übrig, als zu handeln.

Mit einem Schrei fuhr Clarissa hoch. Doch der Laut verhallte kaum hörbar in Lucianos Hand. Er fühlte, wie ihr Körper sich versteifte. Mit entsetzensstarrem Blick sah sie zu ihm auf.

»Clarissa, bitte schrei nicht. Ich wollte dich nicht erschrecken. Du musst mir glauben. Du hast nichts von mir zu befürchten, das schwöre ich. Also sei bitte still.«

Sie nickte schwach. Luciano ließ sie los und trat einen Schritt zurück. Clarissa sank wieder in ihre Kissen. Ob der Schreck oder die Krankheit sie so geschwächt hatte, dass sie sich kaum aufrecht halten konnte, vermochte er nicht zu sagen.

»Luciano«, hauchte sie und ihre Wangen bekamen sogar einen Anflug von Farbe. »Du bist gekommen. Ich dachte, ich würde dich niemals wiedersehen. Ich dachte, ich müsste sterben.« Eine Träne glänzte in ihrem Augenwinkel. Unwillkürlich trat Luciano wieder ans Bett heran und ergriff ihre Hände, die sie ihm suchend entgegenstreckte. Wie kalt sie sich anfühlten. Nein, unter Fieber litt sie jedenfalls nicht. Aber woran dann?

Sie lächelte ihn so wundervoll an, dass er die Frage vergaß. Einige Momente sahen sie sich nur in die Augen und waren glücklich, einander so nahe zu sein. Dann aber runzelte Clarissa die Stirn.

»Wer hat dich reingelassen? Wissen sie nicht, wer du bist? Sie können dir nicht gestattet haben, mich zu besuchen!«

»Äh, nein, nicht so richtig«, bestätigte Luciano verlegen. »Ich glaube, deine Familie ist ausgegangen.«

»Und da hat dich Liesgret zu mir geführt? Oje, das wird sie ihre Stellung kosten, wenn mein Vater es erfährt – und er bekommt alles heraus.« Clarissa seufzte schwer.

Luciano hüstelte. »Nein, es war nicht Liesgret. Du musst dir keine Sorgen um sie machen. Und auch kein anderer eurer Bediensteten hat gegen die Anweisungen deines Vaters verstoßen. Ich weiß, es ist ganz und gar ungehörig, aber ich bin ohne Einladung und ohne Wissen aller Bewohner des Palais Todesco hier.«

Es dauerte eine ganze Weile, bis Clarissa seine Worte richtig begriff. Sie entzog ihm ihre Hände, zog die Decke schützend bis ans Kinn und rutschte ein Stück zurück.

»Du bist hier einfach eingedrungen? In das Palais? In mein Schlafgemach?«

Luciano nickte betreten. »Es tut mir leid. Ich weiß, dieser Affront gegen die guten Sitten ist kaum zu verzeihen, aber vielleicht entschuldigen mich meine ehrenhaften Absichten. Ich bin hier, weil ich mir Sorgen um dich gemacht habe. Und ehrlich gesagt auch, weil ich es einfach wissen wollte. Jede Nacht lief ich zum Pavillon, um zu sehen, ob du vielleicht doch noch einmal wiederkehrst. Ich konnte einfach nicht glauben, dass deine Schwüre, die so aufrichtig klangen, nur ein leichtfertiges Spiel waren.«

Sie stieß einen unterdrückten Schrei aus. Er ergriff wieder ihre Hände.

»Wenn du mir sagst, ich soll gehen und dir niemals wieder unter die Augen treten, dann werde ich dir gehorchen, auch wenn es mir das Herz brechen wird. Doch so einfach ohne ein Wort konnte ich dich nicht gehen lassen.«

Clarissa starrte ihn zunehmend verwirrt an. »Du warst es doch, der mich verlassen hat. Der mich niemals wiedersehen wollte und ohne ein Wort fortblieb. Der mich sogar seinem Freund überließ wie ein Spielzeug, an dem man sich sattgesehen hat und das man nun nicht mehr braucht!«

Der Schmerz in ihrer Stimme und auch der seltsame Vorwurf ließen ihn nach Worten ringen. »Ja, ich bin dieses eine Mal nicht gekommen. Verzeih mir, es war nicht meine Schuld und ich konnte auch keine Nachricht schicken. Aber was meinst du damit, ich hätte einen Freund zu dir geschickt?«

»Er ist dein Freund, ich weiß es. Ich habe ihn an diesem ersten Abend im Burgtheater und dann in der Oper mit dir und deinen Begleiterinnen zusammen gesehen. Schon damals machte er mir Komplimente, die mich erröten ließen.«

»Leo?«, keuchte Luciano

»Ja, vielleicht heißt er so. Ich kann mich nicht mehr recht erinnern. Alles ist verschwommen und mein Kopf schmerzt, wenn ich an diesen Abend denke. Aber ich bin mir sicher, dass er in den Pavillon kam, als ich dich erwartete, und dass er mir sagte, du wärst nicht mehr an mir interessiert. Ich war so verzweifelt. Hattest du mir nicht geschworen, mich niemals zu verlassen?«

Luciano nickte. »Ja, das habe ich, und nichts liegt mir ferner, als diesen Schwur zu brechen – wenn du mich noch willst.«

»Ja!« Tränen rannen ihr über die Wangen. Ihre kalten Hände umklammerten die seinen, die noch eisiger sein mussten. »Ich will dir folgen, egal wohin, bis ans Ende der Welt. Wie konnte er so etwas behaupten und mich in solche Verzweiflung stürzen? Ich wäre lieber gestorben, als nie mehr mit dir zusammen sein zu können.«

Unbändiger Zorn erfasste Luciano. Leo! Wie hatte er so etwas tun können? Selbst für den Dracas war das eine unglaubliche Niedertracht!

»Er wollte mit mir tanzen gehen! Aber ich wollte nur noch nach Hause und meinen Schmerz in die Kissen weinen. Und dann …« Sie runzelte die Stirn.

»Und was geschah dann?«, drängte er, obgleich er sich vor der Antwort fürchtete.

»Ich weiß nicht so recht. Ich bin gefallen. Und meine Hand blutete.« Sie öffnete die Finger und sah auf die verkrustete Wunde hinab, als könne sie ihr helfen, die Erinnerung zurückzurufen. Luciano war vor Entsetzen sprachlos. Er fühlte, wie sich sein Inneres verkrampfte.

»Ich kann mich an seine Augen erinnern. Sie waren seltsam. So dunkel und tief, dass man in ihnen unrettbar versinken musste. Ich konnte mich nicht wehren. Ich war gelähmt und stumm, während etwas Dunkles mich packte und in die Tiefe zog. Und dann lag ich hier im Bett, schwach und krank, und das ganze Haus war in Aufruhr. Die Geschichte mit den vorgeschobenen Gesangsstunden kam heraus und mein Vater ordnete an, mich in meinem Zimmer einzuschließen, obgleich ich viel zu schwach gewesen wäre, davonzulaufen.«

»Clarissa, was ist das für eine Krankheit, die dich so plötzlich niedergestreckt hat?«, presste Luciano hervor.

»Das weiß keiner. Selbst der Doktor hat keine Ahnung, auch wenn er das nicht so recht zugeben will und mir ein Stärkungsmittel nach dem anderen verabreicht. Nur ich weiß es, doch ich werde es ihnen nicht sagen.«

»Du weißt es?«, wiederholte Luciano ungläubig.

Clarissa nickte. »Ja, es war die Verzweiflung. Ich dachte wirklich, ich hätte dich verloren.«

Luciano betrachtete die fast durchscheinend blasse Haut, die eingefallenen Wangen, die tiefen Ringe unter den Augen. Sollte wirklich nur Verzweiflung sie derart geschwächt haben? Alles sprach dafür, dass ihr Leiden eine andere Ursache hatte, doch er wollte nicht glauben, dass der Dracas dies getan haben konnte.

»Alles wird wieder gut«, sagte Luciano hilflos und nahm Clarissa in die Arme. Ihre Tränen benetzten sein Hemd, als er sie an sich presste. Ob sie vor Erschöpfung weinte oder ob die schreckliche Erinnerung sie quälte? Oder weinte sie gar vor Erleichterung, ihn wieder bei sich zu haben?

»Weine nicht, meine Liebste«, flüsterte er und bedeckte ihr Gesicht mit Küssen. Er strich ihr über das lange Haar, das nun, statt in Locken gelegt und kunstvoll aufgesteckt, wirr und ein wenig stumpf über ihren Rücken herabhing.

Als er die Strähnen zurückstrich, die ihr ins Gesicht fielen, sah er es. Luciano erstarrte mitten in der Bewegung. Zwei kleine, noch immer nässende Wunden, die wie er wusste tief hinab bis in die Lebensader führten, durch die ihr Herz das wundervoll warme Blut pumpte.

Er hatte es wirklich getan! Der Dracas hatte es gewagt, sich an seiner Clarissa zu vergreifen!

»Was hat er dir angetan?«, fragte Luciano fassunglos und küsste jedes Stückchen ihres Halses, so als könne er die Wunden damit heilen und ihr ihre Kraft zurückgeben. Er schauderte, als die Wundflüssigkeit seine Lippen benetzten.

Leo!, knirschte er in Gedanken. *Das wirst du büßen! Ich werde dich vernichten.*

Clarissa stöhnte. Ihr Blick schweifte immer wieder ab, dann sanken die Lider. Doch noch immer hielt sie ihn fest umschlungen, während er ihren Hals und ihre Schläfen küsste. Sie zuckte plötzlich zusammen, als er wieder die beiden Wunden berührte.

Wie zwei Stilette fuhren seine spitzen Zähne in ihren Hals und folgten den kaum verheilten Bahnen, bis sie auf frisches Blut stießen.

Nein, Luciano hatte es nicht gewollt. In seiner Sorge um Clarissa und seiner Wut auf Leo hatte er nicht einmal Blutdurst verspürt. Er hatte auch nicht bemerkt, wie sich seine Reißzähne hervorschoben. Als er sie spürte, erschrak Luciano und wollte Clarissa von sich stoßen, aber seine Natur war stärker. Der Blutduft hüllte ihn so mächtig ein, dass er schluckte. Ein Zittern durchlief seinen Körper. Ein Schrei formte sich in seiner Kehle.

Es war das erste Mal in seinem Dasein, dass er Menschenblut kostete, und es war unglaublich! Niemals hätte er sich vorstellen können, dass es so etwas geben könnte. Es schmeckte nicht nur fantastisch und prickelte auf der Zunge und in seinem Hals. Es berauschte ihn, als würde ein Teil von ihm seinen Körper verlassen und in einem Tanz der Ekstase durch die Luft schießen. Er schluckte noch einmal. Die Welt um ihn veränderte sich. Es war ein Rausch aus Klängen und Farben. Und aus ihrem Duft, der ihn nun gänzlich ausfüllte. Noch ein paar Tropfen. Es war zu wenig! Gierig gruben sich seine Zähne tiefer und er saugte und trank in großen Schlucken.

TOD UND NEUES LEBEN

Nach einigen hitzigen Auseinandersetzungen erklärte sich Latona schließlich bereit, sich von Professor van Helsing untersuchen zu lassen, wobei sie bis zuletzt betonte, sie sehe nicht ein, wozu das nötig sein sollte.

»Glauben Sie etwa, ich werde langsam zum Vampir und erhebe mich eines nachts aus meinem Bett, um Sie auszusaugen?«, fragte sie Bram und ihr Tonfall ließ klar erkennen, für wie lächerlich sie diesen Gedanken hielt.

Bram hob nur die Schultern. »Ich will mich ja nur versichern, dass du keinen ernsthaften Schaden davongetragen hast. Ich interessiere mich zwar für Vampire und habe schon viele Geschichten gesammelt, aber ich bin kein Experte. Das Einzige, was ich weiß, ist, dass du von einem Vampir gebissen worden bist und viel Blut verloren hast. Selbst jetzt, Monate später, hast du dich noch immer nicht davon erholt. Du bist dünn und blass. Das bereitet mir Sorgen. Nur deshalb habe ich Professor van Helsing gebeten, nach dir zu sehen. Welchen anderen Arzt könnten wir um Rat fragen?«

Latona war von seiner Fürsorge fast ein wenig gerührt, dennoch ärgerte es sie, dass er, ohne sie zu fragen, van Helsing auf den Plan gerufen hatte. Sie argwöhnte, dass er es war, der Carmelo zumindest darin bestärkt hatte, seinen Schwur, den er den Nosferas in Rom gegeben hatte, zu brechen. Und vermutlich stammte auch die perfide Idee, die Vampire in Paris mit Quecksilberdämpfen zu vergiften, von van Helsing. Schon alleine dafür müsste sie ihn verabscheuen. Als sie ihn auf die Geschichte ansprach, verneinte er den Verdacht allerdings. Wobei er den Einfall keineswegs für so verabscheuenswürdig hielt wie sie. Nein, für ihn schien Carmelos Plan eine geniale Idee.

»So genial, dass es ihn sein Leben gekostet hat«, merkte Latona bissig an.

Van Helsing hob die Schulter. »Das ist das Risiko des Jägers. Das Glück kann jederzeit die Seiten wechseln. Doch nun komm mit mir, ich habe schon alles für die Untersuchungen vorbereitet.«

Mit einem dramatischen Stöhnen erhob sich Latona und folgte van Helsing, während Bram und der ungarische Professor im Salon auf das Ergebnis warteten. Bram sichtlich besorgt, der Ungar interessiert.

»Sie müssen sich nicht weiter ängstigen«, verkündigte Latona, als sie nach mehr als einer Stunde in den Salon zurückkehrte. »Es ist nicht anzunehmen, dass ich mich bald nur noch von Blut ernähren werde.«

Bram sah zu van Helsing, der nickte. »Ja, ich konnte nichts finden, das auf eine ungewöhnliche Veränderung ihres Körpers und Geistes hinweist. Wobei ich nicht behaupten will, dass alles in bester Ordnung sei. Wie wir alle sehen können, ist Fräulein Latona in keinem guten Zustand. Die Blässe, die dunklen Ringe unter den Augen…«

»Danke auch«, warf Latona sarkastisch ein. »Das hört eine Dame gerne.«

Van Helsing ignorierte den Einwurf. »Eine Erklärung ist sicher der große Blutverlust, der nicht von jedem Körper innerhalb weniger Wochen überwunden werden kann. Als einzige Erklärung ist mir das aber nicht genug. Sie ist eine junge Dame voller Lebenskraft und Energie. Sie müsste inzwischen darüber hinwegsein und ihr Körper im Wesentlichen zu seiner alten Kraft zurückgefunden haben!«

Van Helsing fixierte sie wieder mit seinem bohrenden Blick, der Latona unruhig auf ihrem Sessel hin- und herrutschen ließ.

»Ich war schon immer dünn und blass«, sagte Latona trotzig.

»Mag sein«, gab van Helsing zurück, ohne seinen Blick von ihr abzuwenden. »Aber, wie ich schon sagte, es reicht mir als Erklärung nicht aus.«

Bram legte die Hände zusammen und beugte sich in seinem Sessel vor. »Und woran denken Sie dann?« Die Besorgnis stand ihm ins Gesicht geschrieben. Latona dagegen verschränkte abwehrend die Arme vor der Brust.

Van Helsing sah von Latona zu Bram und wieder zu seiner Patientin. Ein Lächeln breitete sich über sein bärtiges Gesicht aus.

»Kennen Sie die Antwort nicht bereits? Wenn ich mir Ihre Mienen und Gesten so ansehe, dann kommt mir der Verdacht, dass ich Ihnen nichts Neues verrate. Soll ich es dennoch aussprechen?«

Bram nickte, Latona dagegen wandte sich ab und blickte scheinbar desinteressiert aus dem Fenster.

»Nicht die Schwäche ihres Körpers laugt sie aus. Liege ich richtig, wenn ich sage, es ist die hoffnungslose Qual des Herzens, die sie nicht essen und nicht schlafen lässt? Nein, so kann sich der Körper nicht erholen und zu Kräften kommen, so viel kann ich sagen. Ansonsten bin ich kein Experte für Liebesangelegenheiten, selbst wenn sie einen Vampir betreffen. Ist es nicht so? Fräulein Latona verzehrt sich nach dem Vampir, der sie gebissen hat!«

»Ja«, fauchte sie, »und sagen Sie nicht, dass es hoffnungslos ist. Wir haben uns ewige Liebe geschworen, und wenn ich Malcolm wiederfinde, dann wird er mich zu sich nehmen und wir werden für immer in seiner Welt der Nacht zusammen sein!« Latona verstummte und sah in die Gesichter der drei Männer, die ihr aufmerksam zugewandt waren. Bram wieder mit den Sorgenfalten auf der Stirn, der Ungar ein wenig ungläubig und van Helsing mit wissenschaftlichem Interesse.

»Ungewöhnlich«, murmelte er. »Sehr ungewöhnlich. Ich habe in vielen Berichten der Opfer von der hypnotischen Anziehungskraft der Vampire gehört. Ein Blick, der jeden Widerstand verlöschen lässt, der die Angst vertreibt und die Opfer wie Puppen agieren lässt – gesteuert von der Macht des Geistes, über die die Vampire offensichtlich verfügen. Meist aber verfliegt die Wirkung, sobald sich der Blutsauger entfernt. Es wird wie das Erwachen aus einem intensiven Traum beschrieben, wobei die Gebissenen sich meist nur noch an wenige Details erinnern können. Es handelt sich mehr um Stimmungen und starke Gefühle, die in ihnen nachschwingen. Das hier ist etwas völlig anderes. Eine solch ungewöhnliche Bindung zwischen Vampir und Opfer ist mir bislang noch nicht begegnet.«

»Bezeichnen Sie mich nicht als Opfer«, begehrte Latona auf. »Er hat mich weder hypnotisiert noch mit irgendwelchen geistigen Mächten untertan gemacht. Er war einfach da, wir haben uns unterhalten und ineinander verliebt. Malcolm hat es gar nicht nötig, zu solchen Tricks zu greifen. Ich vertraue ihm und möchte immer bei ihm sein. Ist das in der Liebe nicht ganz normal?«

»Zwischen Menschen schon, aber mit einem Vampir, auf dessen Speisezettel Menschenblut steht?« Bram schüttelte den Kopf. »Latona, sei doch vernünftig. Willst du dein junges Leben wirklich so einfach wegwerfen? Du zwingst mich ja geradezu, mich wie ein Wachhund aufzuführen und jedem deiner Schritte zu folgen.«

»Und wie lange werden Sie das durchhalten, Bram?«, erkundigte sich Latona.

»So lange, bis du zur Vernunft kommst.«

»Dann, fürchte ich, werden Sie sich auf ein langes Dasein als Wachhund einstellen müssen«, rief sie und stürmte hinaus.

*

Franz Leopold strich um das Palais herum und ließ seinen Blick immer wieder zu den wenigen erleuchteten Fenstern hinaufwandern. Er hätte nicht gedacht, dass Luciano den Mut besaß, ins Haus einzudringen und das Mädchen dort aufzusuchen.

Noch eine Runde um den Block. Wo blieb er nur? Was zum Teufel machte er so lange? Anscheinend hatte sie ihn in Gnade wieder aufgenommen, obwohl sie so lange nicht mehr bei ihrem Treffpunkt erschienen war. Weil sie nicht kommen wollte oder weil sie nicht kommen konnte?

Franz Leopold fühlte sich nicht ganz wohl in seiner Haut. Vielleicht war es keine so gute Idee gewesen, das Mädchen zu treffen, und noch weniger, die Beherrschung zu verlieren! Er hatte sie ganz schön geschwächt, aber immerhin war es ihm rechtzeitig gelungen, von ihr abzulassen und weder ihrem noch seinem Dasein ein frühzeitiges Ende zu bereiten. Ein wenig bang fragte er sich, woran sie sich noch erinnern konnte – und was sie Luciano erzählen würde.

Wenn der Nosferas von diesem Verrat erfuhr, dann würde sich Franz Leopold wohl einem Duell stellen müssen. Früher wäre Luciano zu feige gewesen, einen Dracas zu fordern, doch heute würde er keine Sekunde zögern, da war sich Franz Leopold sicher. Ein Kampf mit Schwert oder Degen bis zum bitteren Ende? Davor fürchtete er sich nicht. Er war Luciano überlegen. Dennoch hoffte er, dass es nicht so weit kommen würde. Er wollte Luciano nicht vernichten müssen. Sie waren doch Freunde – oder konnte dieser Verrat nicht wieder gutgemacht werden?

Franz Leopold seufzte. Was war nur in ihn gefahren, so etwas zu tun? Er wusste es, doch es fiel ihm schwer, es sich einzugestehen. Eifersucht und Neid. Keine schönen Motive. Seine Überheblichkeit hatte ihn so weit getrieben. Hatte ihm Alisa nicht immer wieder prophezeit, er werde seine Haltung eines Tages bereuen?

Die Dracas waren allen anderen Familien überlegen. Davon war Franz Leopold nach wie vor überzeugt. Aber sprach es von wahrer Überlegenheit, einem Freund mit Lügen und geistigen Kräften ein Mädchen wegzunehmen? Er wollte gar nicht wissen, was Alisa und Ivy darüber dachten.

Franz Leopold hob die Schultern und ließ sie wieder fallen. Es war müßig, jetzt darüber nachzugrübeln. Die Zeit würde zeigen, ob ihre Freundschaft noch zu retten war oder ob von nun an jeder seine eigenen Wege gehen würde.

Der Dracas war wieder einmal vor dem Haupttor angelangt. Er blieb stehen. Seine Hand drückte gegen den Torflügel. Er war nicht verschlossen. Hatte Luciano ihn offen gelassen? Vermutlich. Franz Leopold schlüpfte in die überwölbte Einfahrt und schritt dann weiter bis in den Hof.

Wo war Luciano und was ging dort oben vor sich? Oder wollte er das gar nicht so genau wissen? Ihn streifte ein Widerhall von Clarissas wundervoll duftendem Blut. Und dieser Geschmack! Die Erinnerung war so stark, dass er wirklich glaubte, es riechen zu können.

Franz Leopold erstarrte. War das wirklich nur eine Erinnerung? Konnte er sich nicht stets auf seine feine Witterung verlassen?

Er rannte los. Über den Hof, die Treppe hinauf in den zweiten Stock, wo er die privaten Gemächer vermutete. Er musste erst einem Diener ausweichen, dann flog er geradezu den Gang hinunter. Nun hatte er den Blutgeruch ganz deutlich in der Nase. Er musste nicht lange suchen, bis er das richtige Zimmer fand. Ein Schlüssel steckte im Schloss, doch die Tür war nicht versperrt. Dieses Mal war er froh über Lucianos Leichtfertigkeit. Er nahm den Schlüssel, schlüpfte ins Zimmer und schloss dann hinter sich ab, ehe er seine Aufmerksamkeit auf das Geschehen vor sich richtete. Da lagen die beiden Körper eng umschlungen auf den zerwühlten Laken. Lucianos Körper zuckte wild, während sich das Mädchen nicht mehr rührte. Der Blutgeruch war nun so intensiv, dass es Franz Leopold schwerfiel, einen klaren Kopf zu bewahren. Er kniff sich mit seinen langen Fingernägeln in den Arm und schüttelte wild den Kopf. Nein, dieses Mal würde er stark sein und überlegt handeln. Er würde nicht zulassen, dass sich Luciano selbst zerstörte, und vielleicht auch sein Mädchen retten – wenn da noch etwas zu retten war.

Mit einem Satz war er am Bett und riss Luciano mit solcher Gewalt von seinem Opfer los, dass sie beide zu Boden stürzten.

»Du!«, keuchte der Nosferas, als er ihn erkannte. »Ich werde dich zerquetschen und zermalmen. Ich werde nicht eher ruhen, bis du zu einem Häufchen Staub zerfallen bist.«

»Ja, ja, das kannst du alles tun«, erwiderte Franz Leopold scheinbar gelangweilt, während er alle Hände voll zu tun hatte, den aufgebrachten Nosferas zu bändigen. »Später. Wenn wir Zeit dafür haben. Nun musst du erst einmal wieder zu dir kommen und nach deinem Mädchen sehen. Vielleicht ist ihr Leben ja noch zu retten.«

Luciano, der im Augenblick zuvor noch wie ein Wilder gegen den Dracas gekämpft hatte, sackte in sich zusammen.

»Clarissa«, murmelte er. »Was habe ich getan?«

»Bist du jetzt wieder klar bei Sinnen? Ja? Gut, dann lasse ich dich los. Aber untersteh dich, gleich wieder zu versuchen, mir mit deinen Krallen die Augen auszukratzen.«

Doch Luciano hatte nur noch das Mädchen im Sinn. Er stürzte zu ihr und hob sie in seine Arme. Schlaff fiel ihr Kopf nach hinten.

»Wach auf, oh bitte, Clarissa, wach auf!« Luciano flehte und schüttelte sie, doch sie war in so tiefe Bewusstlosigkeit gesunken, dass er sie nicht mehr erreichen konnte.

»Was habe ich nur getan«, jammerte er. »Wie konnte ich? Ich bin nicht besser als du.«

»Sehr freundlich«, knurrte Franz Leopold. Er riss einen Streifen vom Laken und schlang ihn um die noch immer stark blutende Wunde. Doch er ahnte, dass es zu spät war. Das Mädchen hatte zu viel Blut verloren, um zu überleben. Ihr Pulsschlag war nur noch schwach. Das Herz verlor seinen regelmäßigen Rhythmus. Es konnte nicht mehr lange dauern, bis es für immer verklang. Franz Leopold rechnete nicht damit, dass sie noch einmal zu Bewusstsein kommen könnte.

»Sie stirbt!«, rief Luciano verzweifelt. Auch ihm blieb nicht verborgen, dass ihr Zustand hoffnungslos war. Wenn er dazu in der Lage gewesen wäre, hätte er vermutlich geweint. Er wiegte sie in seinen Armen, während ihre Seele langsam aber sicher verlosch.

Plötzlich hob Luciano den Blick und sah Franz Leopold wild an. »Du musst ihr helfen.«

»Ich?«

»Ja, du, denn es ist alles deine Schuld. Wenn du nicht deine perfiden Spielchen getrieben hättest, dann wäre das alles nicht passiert!«

Dann wäre es vielleicht nicht heute, aber irgendwann später so gekommen, dachte Franz Leopold, sagte es aber nicht. Stattdessen fragte er: »Und was meinst du, was ich tun könnte, um sie zu retten?« Er las die Antwort in Lucianos Gedanken und wich zurück.

»Oh nein, versteige dich da nicht in eine fixe Idee. Ich bin zwar ein Dracas und verfüge über viele Kräfte, die du nicht hast, aber ich kann sie nicht wandeln.«

»Du willst es nicht!«, warf ihm Luciano vor.

»Das vielleicht auch, denn ich weiß nicht, ob das ein kluger Einfall ist. Aber ich kann es auch gar nicht. Ich würde nur mit ihr zusammen vergehen – wogegen du vermutlich nichts einzuwenden hättest, aber retten könnte ich sie dennoch nicht. Also verabschiede dich und lass uns gehen. Vergiss nicht, sie ist nur ein Mensch. Irgendwann wirst du sie vergessen.«

»Niemals!«, rief Luciano mit schmerzerfüllter Stimme.

Franz Leopold hob die Hand. »Still! Was war das?« Sein Blick sprang zur Tür. Langsam senkte sich die Klinke. Kein Laut war zu hören, doch dann scharrte etwas im Schloss. Franz Leopold sprang auf und war schon auf dem Weg zur Tür, da schwang sie bereits auf und Alisa, Ivy und Seymour stürmten in das Gemach. Natürlich. Wer sonst hätte sich so unbemerkt nähern können?

»Wir kommen zu spät«, stöhnte Alisa, die den Zustand des Mädchens mit einem Blick erfasste. »Sie wird sterben.«

»Ja, weil Leo sich weigert, mir zu helfen, obgleich alles seine Schuld ist.«

Ivy schloss die Tür, ehe sie ans Bett trat und das Mädchen untersuchte. Dann nickte sie mit trauriger Miene.

»Ihr Körper ist zu sehr geschwächt, als dass er sich noch einmal erholen könnte. Ich kann dir keine Hoffnung machen.«

»Doch! Wenn es jemand kann, dann du.« Luciano hob Clarissa hoch und schob sie Ivy entgegen. »Bitte, ich kann es nicht, aber du bist stark und erfahren. Du kannst sie retten und ihr ewiges Leben schenken!«

Ivy schüttelte den Kopf. »Ewiges Leben findet sie nur bei ihrem Gott, wenn es stimmt, was ihre Religion verspricht. Ein Vampir kann sie nur zu ewiger Finsternis verdammen.«

»Dies ist nicht die Zeit für philosophische Gespräche! Ich will sie nicht verlieren. Also hilf mir. Ivy, ich flehe dich an.«

Ivy nahm seine Hände in die ihren und sah ihn ernst an. »Luciano, hör zu, selbst wenn ich Clarissa dieses Schicksal aufbürden wollte, so könnte ich es nicht. Ich bin eine Unreine, hast du das vergessen? Ich bin selbst ein Mensch gewesen und von jeher haben sich nur Vampire reinen Blutes ihre Servienten geschaffen.«

Luciano starrte sie ungläubig an. Er schien nicht begreifen zu wollen, dass es etwas gab, das Ivy nicht konnte.

»Aber du weißt, wie es geht«, mischte sich Alisa ein.

Ivy nickte.

»Gut, dann müssen wir es eben gemeinsam versuchen. So, wie wir uns auch bei anderen Übungen, die noch zu schwer für uns waren, gegenseitig unterstützt haben. Und Ivy wird uns genau sagen, was wir tun müssen.«

Die Lycana wandte sich Alisa zu. »Du bist also auch dafür, dass wir dieses Mädchen zu einem Vampir wandeln?«

»Wenn es die einzige Möglichkeit für Luciano ist, sie nicht zu verlieren?«

»Und Clarissa? Sie fragen wir nicht, ob sie mit diesem Weg einverstanden ist?«

Alisa hob die Schultern. »Ich glaube nicht, dass es üblich ist, die Menschen vorher um Erlaubnis zu bitten. Nein, ich kann mir nicht vorstellen, dass auch nur einer der Servienten gefragt worden wäre. Und außerdem kann sie nichts mehr dazu sagen. Sie wird nicht mehr erwachen. Wir werden die Entscheidung also alleine treffen müssen. Ich jedenfalls finde unser Dasein nicht so schrecklich, als dass ich der Meinung wäre, es sei besser, sie sterben zu lassen.«

Franz Leopold nickte zustimmend. »Wenn ich etwas tun kann, lasst es mich wissen.«

Doch Ivy wandte sich an Luciano. »Bist du dir ganz sicher?«

»Ja! Bitte, ich flehe dich an.«

Ivy nickte langsam. Sie untersuchte Clarissa noch einmal und lauschte ihrem zitternden Herzschlag. »Es ist bald so weit. Komm her Luciano. Du wirst es selbst tun. Und ich werde bei dir sein und dir Kraft geben, damit du dich nicht selbst verlierst.«

Alisa und Franz Leopold wichen ein wenig zurück, ohne die anderen aus den Augen zu lassen, während Ivy Lucianos Arm ritzte und sein Blut in Clarissas geöffneten Mund rinnen ließ. Dann löste sie den Verband, den der Dracas ihr angelegt hatte. Die Wunde an ihrem Hals blutete kaum noch. Die Quelle war am Versiegen.

»So, und nun nimm sie in deine Arme und trinke noch einen Schluck. Langsam und behutsam. Versuche, einen klaren Kopf zu behalten und löse dich von ihr, wenn ihr Herz zum letzten Schlag ansetzt. Ich zeige dir den rechten Moment und gebe dir die Kraft, loszulassen.«

Es war totenstill in Clarissas Gemach, während sie ihr Leben aushauchte. Der letzte Atemzug hob ihre Brust. Ivy fasste Luciano bei den Schultern. »Jetzt!«

Seine Zähne glitten aus der Wunde. Der letzte Blutstropfen rann über ihren Hals und tropfte auf das Kissen. Noch einmal zog sich ihr Herz zusammen, dann stand es still, wie eine Uhr, die man vergessen hatte, aufzuziehen. Clarissa war tot. Alle schwiegen und sahen auf das Mädchen hinab.

Schließlich brach Alisa die Stille. »Hat es funktioniert? Sie sieht aus, als sei sie gestorben.«

Ivy nickte. »Clarissa ist tot und bleibt es auch. Doch bald schon beginnt sich ihr Körper zu wandeln und ihr neues Dasein als Vampir beginnt.« Sie sah zu Luciano, der vor Anspannung bebte. »Sie ist jetzt deine Servientin, die dir zu dienen und zu gehorchen hat.«

»Nein! Sie ist meine Liebe, der ich zu Füßen liege und der ich diene, solange ich auf dieser Erde bin!«, entgegnete er heftig.

Franz Leopold stöhnte. »Das wird kompliziert. Ich weiß nicht, ob es eine so gute Idee war, das zu tun.«

Ivy lächelte kläglich. »Ja, aber nun ist es zu spät und wir alle müssen damit zurechtkommen.«

*

»Was habt ihr euch nur dabei gedacht?« Hindrik stöhnte und sah auf das tote Mädchen herab.

»Wer ist sie? Sie kommt mir bekannt vor.«

»Ihr Name ist Clarissa von Todesco.«

»Die Tochter des Bankiers Eduard von Todesco, der im Palais gegenüber der Oper wohnt?« Luciano nickte kleinlaut.

Hindrik stöhnte noch lauter. Er lehnte sich nach hinten und ließ den Kopf an die Ziegelwand sinken. Sie befanden sich in dem mannshohen gewölbten Gang zwischen Hofgarten und Oper, der das Gebäude und seine zahlreichen Operngäste mit Frischluft versorgte. Hierher kam bestimmt kein Mensch. Ein anderer sicherer Ort in der Nähe des Palais, wohin sie die Leiche des Mädchens unbemerkt hätten bringen können, war ihnen auf die Schnelle nicht eingefallen. Das Palais Coburg kam nicht infrage. Noch wussten sie nicht, wie sie die unangenehmen Fragen beantworten konnten, die man ihnen unweigerlich stellen würde, ohne zugeben zu müssen, dass sie gegen das Verbot für junge Vampire verstoßen hatten, Menschenblut zu trinken, und noch dazu eine Unreine geschaffen hatten!

»Warum habt ihr euch nicht gleich an einer der Damen des alten Adels vergriffen oder gar ein Mitglied des Kaiserhauses gewandelt?«, schimpfte Hindrik. Matthias stand stumm neben ihm, doch dass ihm die Sache genauso wenig schmeckte, war ihm deutlich anzusehen. Er und Hindrik waren auf der Suche nach ihren Schützlingen gerade im rechten Moment auf ihrem Weg zum Eingang des Tunnels aufgetaucht – oder sollte man sagen, im schlechtesten Moment?

»Nun regt euch nicht auf«, versuchte Franz Leopold die Servienten zu beschwichtigen. »Es wird ein wenig Aufruhr geben, na und? Die Zeitungen werden über das rätselhafte Verschwinden berichten und die Kriminalpolizei wird sich fragen, ob ein Verbrechen geschehen oder ob das Fräulein mit einem Liebhaber über alle Berge ist. Aber bald schon wird es wieder andere Meldungen geben, die die Gemüter der Wiener erhitzen und zu einem ordentlichen Klatsch taugen. Die Polizei wird ihre Akten schließen, wenn sie keine Leiche finden und somit gar nicht bewiesen ist, dass es sich um ein Verbrechen handelt.«

»Jedenfalls sollte unsere junge Servientin davon Abstand nehmen, Anstandsbesuche bei ihrer Familie zu machen«, meinte Hindrik, den Blick auf das Antlitz gerichtet, das – kalt und tot – eine seltsam überirdische Schönheit ausstrahlte. »Das könnte sonst zu Verwicklungen führen.«

Wieder antwortete ihm Franz Leopold. »In der ersten Zeit muss sie eh unter Aufsicht stehen, bis sie sich an ihr neues Dasein gewöhnt hat. Und dann geht sie mit Luciano nach Rom, wo sie keiner kennt.«

»Wenn sie überhaupt mitkommen möchte«, meinte Luciano kläglich.

»Was? Ich denke, du bist für sie die große Liebe, für die sie alles tun würde und der sie bis ans Ende der Welt folgen wollte!«, rief Franz Leopold.

»Das hat sie gesagt, aber ich weiß nicht, ob das die Wandlung zu einem Vampir einschließt. Wie hätte ich ihr gestehen können, was ich bin?«

»Ja, das wird ein Schock für sie sein, wenn sie das erste Mal erwacht, aber sie wird darüber hinwegkommen und dir verzeihen«, prophezeite Alisa.

»Und außerdem kommt es nicht darauf an. Du hast sie geschaffen und sie ist deine Servientin, solange du sie haben willst. Und wenn du ihrer überdrüssig geworden bist, kannst du sie einem anderen Nosferas überlassen.«

Luciano funkelte Franz Leopold an. »Ach, das ist deine Vorstellung von Liebe? Gut zu wissen, nachdem wir nun ja auch erfahren durften, was du unter Freundschaft verstehst!«

Franz Leopold spürte, wie scharf der Pfeil traf. Der Vorwurf war berechtigt und dennoch konnte es der Dracas nicht über sich bringen, um Verzeihung zu bitten. Er versteifte sich und setzte die hochmütige Miene auf, die Alisa so an ihm hasste.

»Darf ich dich daran erinnern, dass ich sowohl ihr nutzloses Dasein als auch deine Existenz gerettet habe? Ich denke, das sollte deine kleinlichen Vorwürfe zum Verstummen bringen.« Er wandte sich an Matthias.

»Wir haben in dieser seltsamen Gruft nichts mehr zu suchen. Komm, wir gehen. Es gibt für morgen Nacht noch viel vorzubereiten. Ist mein neuer Frack fertig zur letzten Anprobe? Ich nehme an, deshalb hast du mich gesucht.«

Matthias warf Hindrik noch einen Blick zu, doch der hob nur die Schultern. Er wusste, dass das Verhältnis zwischen den Dracas und ihren Unreinen ein völlig anderes war als bei den Vamalia, wo sie mit gleichem Respekt behandelt wurden wie die Clanmitglieder reinen Blutes. Hier aber hatte ein Servient bedingungslos zu gehorchen.

»Matthias!«

Der ehemalige Droschkenkutscher hob die massigen Schultern und trottete seinem Herrn hinterher.

Alisa ballte die Fäuste. »Wenn ich Leo in die Finger kriege, kann er etwas erleben!«

Ivy hob beschwichtigend die Hand. »Ich glaube, im Augenblick haben wir andere Sorgen. Wir können Clarissa nicht einfach so hier liegen lassen. Es wird zwar noch eine Weile dauern, bis sie das erste Mal erwacht – vermutlich morgen – aber dann wird sie verwirrt sein und Schmerzen leiden, bis sich ihr menschlicher Körper völlig gewandelt hat.«

»Ich werde da sein und mich um sie kümmern!«, sagte Luciano sofort. »Ich werde nicht von ihrer Seite weichen, bis sie alles überwunden hat. Und sie wird nicht meine Dienerin sein! Ich warne euch, wenn ich jemanden dabei erwische, der Clarissa Befehle erteilen will oder sie nicht respektvoll behandelt …«

Er starrte so wild in die Runde, dass Alisa ein wenig genervt mit den Augen rollte.

»Nun krieg dich wieder ein. Wir sind nicht die richtige Adresse für diesen Vortrag. Sag uns lieber, wie du dir das mit deiner Fürsorge vorstellst. Willst du sie mit zu den Dracas nehmen? Und mit in den Unterricht? Oder hast du vor, den Rest des Akademiejahres zu schwänzen und dich hier in einem Lüftungsschacht zu verstecken?«

»Wenn es sein muss«, antwortete Luciano bockig.

»Und du glaubst, das geht so einfach? Selbst wenn es den Dracas egal wäre, dass du plötzlich von der Bildfläche verschwindest, dein neuer Schatten Dario wird das nicht auf sich beruhen lassen.«

»Ich habe keinen Schatten mehr, seit Francesco vernichtet wurde.«

Alisa zog eine Grimasse. »Egal, ob du ihn als deinen Schatten siehst oder nicht. Er hat die Pflicht, auf dich zu achten, und wird sich an die Anweisungen des Contes halten. Vermutlich erfährt der von der Sache, noch ehe die Woche um ist. Und das wird dann richtig spannend! Was meinst du wohl, was euer Clanführer tun wird?«

Luciano schnaubte durch die Nase, doch es klang nicht so abfällig, wie er es vielleicht beabsichtigt hatte.

Endlich mischte sich Ivy ein. »Du solltest weiterhin das tun, wozu du hier in Wien bist: nämlich den Unterricht der Dracas besuchen …«

»… die uns nicht das beibringen, was sie sollen …«, brummte Luciano, aber Ivy fuhr ungerührt fort.

»… und dich unauffällig verhalten. Du bist eh nicht der Richtige, Clarissa in ihre neue Welt einzuführen. Nein, widersprich mir nicht. Das sollte jemand tun, der Erfahrung mit frisch Gewandelten hat.« Beide Vampirinnen sahen Hindrik an.

Der stöhnte. »Irgendwie habe ich es kommen sehen.«

Alisa verlegte sich gekonnt auf ihren Hundeblick. »Bitte Hindrik. Ich weiß, dass ich es dir nicht einfach befehlen kann, wie die Dracas es tun, und das will ich auch gar nicht, aber ich bitte dich, uns zu helfen. Sie ist ja nicht irgendeine neue Vampirin. Sie ist Lucianos große Liebe und du würdest auch nicht wollen, dass ihre ersten Erfahrungen in dieser neuen Welt sie verbittern.«

Hindrik unterdrückte ein Lachen und kniff Alisa in die Wange. »Du bist eine hinterlistige Schlange. Wie soll ich mich diesem Flehen verwehren? Aber du weißt, dass es meine Aufgabe ist, auf euch aufzupassen! Dame Elina wäre nicht erfreut.«

Alisa tat die Bedenken mit einer lässigen Handbewegung ab. »Ach, Sören ist mit Chiara beschäftigt – was? Luciano, was siehst du so entsetzt drein? Wusstest du das nicht? Egal, jedenfalls ist da deine Anwesenheit sicher nur störend und auf mich muss man nicht aufpassen.« Hindrik verschluckte sich und musste husten.

»Und Tammo? Hm, ja, den werde dann wohl ich ein wenig im Auge behalten müssen. Aber das dürfte nicht so schwierig sein.«

Hindrik hüstelte noch einmal, sagte aber nichts, denn beiden war klar, dass dies der Realität keineswegs gerecht wurde. Aber was sollte er tun? Er konnte nicht an zwei Orten gleichzeitig sein. Er betrachtete das tote Mädchen zu seinen Füßen und nickte.

»In Ordnung. Ich werde mich um sie kümmern. Aber ihr solltet nun schleunigst zum Palais zurückkehren. Ihr werdet bereits gesucht.«

Luciano fiel es sichtlich schwer, sich von Clarissa zu trennen.

»Sie kann doch nicht einfach hier auf dem Boden liegen bleiben. Wir müssen ihr zumindest einen Sarg besorgen.«

»Sie merkt im Augenblick nichts davon«, sagte Hindrik behutsam.

»Na und? Es ist ihrer einfach unwürdig, sie in einem Lüftungsgang auf dem blanken Boden liegen zu lassen! Außerdem wird sie irgendwann erwachen.«

»Ob sie es weniger beunruhigend finden wird, in einem Sarg zu liegen als auf dem Boden, ist fraglich«, murmelte Alisa.

Doch Luciano bestand darauf, seiner Liebsten eine angemessene Ruhestätte zu besorgen.

»Und wo bekommen wir jetzt einen Sarg her? Oder am besten gleich zwei, damit Hindrik sich hier ebenfalls einquartieren kann?« Ratlos sah sich Alisa um. Wenn man einmal einen Dracas hätte brauchen können, der sich in Wien auskannte, war keiner greifbar.

»Soweit ich mitbekommen habe, sind die Friedhöfe hier in der Stadt schon über einhundert Jahre nicht mehr in Gebrauch und auch die in den Vorstädten werden nach und nach geschlossen, seit der riesige Zentralfriedhof im Süden der Stadt eröffnet wurde«, meinte Ivy. »Aber ohne eine Kutsche kommen wir da nicht weiter.«

»Särge gibt es hier in der Stadt trotzdem«, erinnerte Hindrik. »Nicht die neuesten, aber wenn es ein gebrauchter für die Dame des Herzens sein darf?«

Luciano schnaubte nur und ging auf den sanften Spott nicht ein.

»Woran denkst du?«, erkundigte sich Alisa.

»Als wir vor einigen Wochen auf dem Michaelerplatz warteten, bis eure Vorstellung im Burgtheater zu Ende war, hat mir Matthias von der Gruft unter der Michaelerkirche erzählt. Ich weiß gar nicht mehr, warum. Ach ja, wir sprachen über Leichen, die nicht verwesen und manches Mal fälschlicherweise für Vampire gehalten werden. Jedenfalls stehen dort in den Grüften unter der Kirche jede Menge Särge aus dem vorherigen Jahrhundert, die teilweise natürlich entstandene Mumien beherbergen.«

Alisa überlegte und schätzte im Geist die Entfernung ab. »Ich glaube, das könnte gehen. Es ist schon recht spät. Zwar scheinen sich viele Mitglieder der Wiener Gesellschaft nachts niemals zur Ruhe zu legen, doch es sind längst nicht mehr so viele Menschen unterwegs, dass wir ihnen nicht ausweichen könnten.«

»Aber ihr solltet so schnell wie möglich zum Palais Coburg zurückkehren«, erinnerte Hindrik. »Ich komme hier schon zurecht.«

»Alles zu seiner Zeit«, gab sie zurück. »Jetzt holen wir erst einmal die Särge und Ivy bleibt mit Seymour hier, um auf Clarissa aufzupassen.«

Die Freunde wussten inzwischen gut genug, dass es Zeitverschwendung war, mit Alisa diskutieren zu wollen, wenn sie sich in dieser Stimmung befand. Nein, da war es einfacher, sich ihrem Willen zu beugen. Und so brachen die beiden Vamalia mit Luciano auf, während Ivy zurückblieb, nachdem sie dem Nosferas hoch und heilig versprochen hatte, Clarissas Körper bis zum letzten Blutstropfen gegen jedwede Gefahr zu verteidigen.

»Danach können wir dann zum Palais zurückkehren und haben

immer noch genügend Zeit, uns unsere Benimmregeln für das Fest anzuhören oder unsere Kleider noch einen Zoll enger nähen zu lassen, dass sie sich wie eine zweite Haut um den Körper spannen«, fügte Alisa verächtlich hinzu. »Wobei ich mich frage, wie eine Menschenfrau solch ein Kleid tragen kann, wo sie doch gezwungen ist, ständig zu atmen.«

Hindrik schmunzelte. »Ja, das wird ein ewiges Geheimnis bleiben. Wie gut, dass ihr Vampirinnen nicht durch solch unnütze Dinge gehindert werdet, euch in euren buchstäblich atemberaubenden Kleidern zu präsentieren.«

»Pah!«, rief Alisa und stürmte allen voraus die Augustinergasse entlang.

SÄRGE AUS DER MICHAELERGRUFT

»Da kommt jemand.«

Schon während Málka die Worte aussprach, hatte Aurica selbst bemerkt, dass sich etwas Ungewöhnliches tat. Sie vernahmen ständig Schritte und Hufgeklapper von der Straße oben und vom Michaelerplatz her. Mitglieder des Kaiserhauses und Gäste wurden in den dunkelgrünen Kutschen mit dem goldenen Wappen der Habsburger am Schlag in die Burg hinein- oder herausgefahren, Fiaker und Privatkutschen ratterten vorbei, fuhren zum Burgtheater oder weiter in die Herrengasse, wo sich ein prächtiges Adelspalais ans andere reihte. Und auch im Kirchenschiff über ihnen hallten manches Mal Schritte über den Steinboden, wenn der Küster spät noch unterwegs war oder ein verzweifelter Mensch nach Einbruch der Dunkelheit Trost und Rat bei seinem Gott suchte. Nun aber war nichts zu hören und dennoch wusste Aurica, dass Málka recht hatte. Sie konnte die Schwingungen spüren, die nur den magischen Wesen eigen sind, die nicht – oder nicht mehr – zur Welt der Menschen gehörten.

»Vampire«, zische Málka. »Es ist keiner von uns. Wer dann? Dracas?«

Aurica starrte auf die Sargrutsche, die sie und ihre Begleiter nutzten, um in die Gruft herunter- und wieder hinauszukommen. Der Weg durch die Kirche war ihnen verwehrt. Doch nichts regte sich an der steinernen Rampe. Ihre Blicke wanderten zur Treppe, die vom Kreuzgang her hier herunterführte. Die Steinplatten und Eisengitter, durch die man in früheren Zeiten die Särge herabließ, bevor man die einzelnen Familiengrüfte miteinander verbunden hatte, waren nun fest im Boden eingelassen und ließen sich nicht mehr öffnen.

»Da ist jemand in der Kirche«, stieß Málka hervor, obgleich sie keine Schritte vernahm. »Das können keine Vampire sein. Wie sollte das gehen?«

Auch Aurica war überrascht. »Vielleicht doch. Ich habe von erstaunlichen Fähigkeiten der anderen Clans gehört.«

Oben wurde die Tür geöffnet, die zum Treppenabgang in die Gruft führte. Rasch zogen sich die beiden Upiry in eine kleine Familiengruft zurück, die am anderen Ende der Pfarrgruft unter einem Seitenaltar lag. Sie waren kaum in dem schmalen Gang, der in die Kammer führte, verschwunden, als eine Tür schlug und sie Stimmen vernahmen.

»Hier unten wird es schon etwas Passendes geben.« Das war die Stimme einer jungen Vampirin, die mit deutschem Akzent sprach. Weicher, italienischer Klang antwortete ihr.

»Es muss aber ein schöner Sarg sein, der ihr angemessen ist. Nicht irgendeine vermoderte Kiste!«

»Ach Luciano, als ob es darauf ankäme.«

»Ich finde es wichtig«, beharrte der Vampir. »Es wird ein Schock für sie sein, nicht in ihrem gewohnten Bett aufzuwachen. Da will ich es ihr so schön wie möglich machen.«

»Der Schock wird sein, dass es ein Sarg ist, ganz egal wie neu und schön er auch sein mag«, entgegnete die Vampirin. »Aber schau nur, wie weitläufig die Grüfte sind. Das hätte ich nicht gedacht. Lass uns dort drüben suchen.«

Die Upiry spürten, wie die beiden Eindringlinge zwischen den

Särgen umherwanderten. Sie kamen immer näher, die Pfarrgruft unter dem Kirchenschiff entlang.

»Alisa, ich weiß nicht, ob wir hier etwas finden. Es ist alles schon so alt und staubig«, klagte der Vampir. Sie waren stehen geblieben und eine Weile sagte die Vampirin nichts.

»Was ist?«, erkundigte sich der Vampir. »Hast du etwas entdeckt?«

»Ja, es ist seltsam. Sehr seltsam«, murmelte die Vampirin.

»Ein seltsamer Sarg?«

»Nein! Ein seltsamer Geruch. Witterst du denn gar nichts?«

»Es riecht halt wie in einer alten Gruft«, gab er gelangweilt zurück.

»Luciano!«, zischte sie. »Konzentrier dich! Das gefällt mir hier gar nicht.«

Die Upiry hörten an ihren Stimmen, dass sie sich langsam wieder Richtung Querschiff zurückzogen. Plötzlich rumpelte es, als sei ein Sarg von einem der Stapel gefallen.

»Luciano, pass doch auf!«

»Entschuldigung. Alisa, weißt du, was das für ein Geruch ist?«

»Vampire. Fremde Vampire. Keine Dracas«, flüsterte die Vampirin.

»Wir haben so etwas Ähnliches schon mal gerochen. Erinnerst du dich?«

»Irland!«, meinte Alisa tonlos.

»Ja, Irland.«

»Die Raben«, raunte Luciano. »Jetzt wissen wir, zu wem die Raben gehören.«

»Das könnte stimmen. Sehen wir zu, dass wir hier verschwinden!«

Die beiden Upiry sahen einander an. Aurica fluchte tonlos.

»Schnappen wir sie uns«, wisperte Málka. »Zwei sind besser als nichts.«

Aurica schüttelte den Kopf. »Tonka wird uns vierteilen, wenn wir gegen ihre Anweisung verstoßen.«

»Wo bleibt ihr denn? Macht schon, wir haben nicht ewig Zeit. Ihr müsst zurück!«

Wer war denn das? Sein Akzent war dem der Vampirin ähnlich, nur musste es sich um einen etwas älteren Vampir handeln. Es klang so, als stünde er am Ausgang der Sargrutsche.

»Gebt mir die Särge hier durch. Ihr wisst, dass ich euch durch die Kirche nicht folgen kann.«

»Es sind noch mehr«, flüsterte Aurica. »Natürlich, sie lassen ihre Erben nicht alleine herumlaufen.«

»Hindrik, wir kommen. Nimm uns die Särge ab. Mach schnell!«, drängte Alisa.

»Erst rumtrödeln und dann den Servienten antreiben«, beschwerte sich der, der draußen im Hof stand.

Das schabende Geräusch sagte den Upiry, dass sie Särge hinaufschafften. Dann kletterten die beiden jungen Vampire hinterher. Stille senkte sich herab. Sie waren wieder alleine.

Wozu um alles in der Welt brauchten sie alte Särge aus dieser Gruft?

Die beiden Upiry sahen einander an und zuckten mit der Schulter. Sie fragten sich beide, was nun geschehen würde. Vertrauten die Erben ihrer Witterung und würden sie die Sache weiterverfolgen? Oder verdrängten und vergaßen sie, was eigentlich nicht sein konnte?

Kurz darauf kehrten die anderen Upiry in die Gruft zurück. Tonka war die Letzte, die eintraf, und erstaunlicherweise schien ihre schlechte Laune verflogen. Sie war so mit sich und ihren Neuigkeiten beschäftigt, dass ihr der fremde Geruch in der Gruft nicht einmal auffiel. Und die beiden Zurückgelassenen hüteten sich, ihr davon zu erzählen und damit ihren Zorn zu riskieren. Nein, da wollten sie lieber erfahren, was Tonkas schlechte Laune vertrieben hatte.

Ihre Augen funkelten, als sie verkündete: »Es ist so weit! Morgen feiern sie im Palais Coburg ihr Fest, um die fremden Erben auf die Probe zu stellen. Sie sind nun bereit, sich in der Wiener Gesellschaft zu zeigen. Noch dürfen sie sich nicht auf dem großen Parkett bewegen. Die ersten wichtigen Bälle der Saison werden ohne sie stattfinden. Aber das macht nichts. Der erste öffentliche Auftritt aller Erben findet im Theater statt! Ich habe zwei Servienten verfolgt, die ein halbes Dutzend Logen im Ringstraßentheater reservierten.«

»Und die sind ganz sicher für die Erben bestimmt?«

Tonka nickte. »Ja, ich habe sie reden hören. Und, was noch besser ist, sie haben nicht so viele Karten bekommen, wie sie wollten, daher werden nicht allzu viele Dracas als Begleiter mit dabei sein. Und ihre eigenen Servienten müssen die Erben im Palais zurücklassen!«, fügte Tonka hinzu und stieß triumphierend die Faust in die Luft. »Das ist die Gelegenheit. Dafür haben wir hier ausgeharrt und uns in Geduld geübt. Nun liegt das Ziel vor uns. Wenn wir uns nicht zu dumm anstellen, dann müssen die anderen Clans nach dieser Nacht den Verlust ihrer Erben beklagen und die Upiry werden die mächtigste Familie unter allen Vampiren sein. Denn dann sind wir die Einzigen, die noch junges Blut in ihrem Clan haben.«

Die Upiry kreischten vor Begeisterung. Als sie endlich verstummten, erhob Branko die Stimme.

»Und wie willst du sicherstellen, dass uns keiner entkommt?«

Tonka lächelte böse. »Die Idee, die wir in Irland hatten, war nicht die schlechteste. Nur der alte Turm war in seinen Grundmauern zu fest gefügt.«

»Du willst sie in die Luft sprengen? Wie sollen wir so schnell an diese Mengen Pulver herankommen?«

Tonka schüttelte noch immer lächelnd den Kopf. »Wir brauchen keinen Sprengstoff. Ich habe mir das Theater genau angesehen. Es ist alles da, was wir brauchen. Wartet es ab. Ich sage euch rechtzeitig, was ihr wissen müsst.«

*

Sie waren scharf gerügt worden, als die drei mit Seymour im Schlepptau endlich zum Palais der Dracas zurückkehrten. Doch zu Alisas Erstaunen passierte nicht mehr. Man scheuchte sie nur in den Salon hinauf, wo die letzten Erben gerade ihre neuen Festroben angepasst bekamen.

»Fräulein Alisa, steigen Sie bitte auf den Hocker«, bat die Näherin, die dem Schneider zur Hand ging. Alisa unterdrückte ein Stöhnen und gehorchte. Wie hasste sie es, still zu stehen und an sich herumzupfen zu lassen. Und dann diese Röcke, mit denen man keinen ausladenden Schritt tun konnte, ohne sie zu zerreißen. Nun, dieses Gewand hier war wenigstens zum Tanzen gedacht – dafür mit einer unpraktischen Schleppe versehen! Alisa sah mit leidender Miene zu Ivy hinüber, während die so köstlich riechenden Menschen ihr Kleid noch perfekter gestalteten. Wieder einmal fiel ihr schmerzlich ins Auge, wie kindlich Ivy noch immer wirkte. Ob die üppige Robe es noch unterstrich? Sie fühlte sich sichtlich unwohl unter ihrem drapierten Seidentaft mit den Rüschen und Schleifen. Und dann schlich auch noch Marie Luise dauernd mit dieser lauernden Miene durch den Salon, die nichts Gutes verhieß. Was hatte sie hier überhaupt zu suchen? War es nicht unter der Würde einer Dracas, ihre prächtigen Salons der Beletage zu verlassen und bis zu den Kammern unterm Dach hinaufzusteigen?

Alisa beschloss, sie ein wenig auszuhorchen. Wenn sie schon dazu verdammt war, hier Ewigkeiten bewegungslos auszuharren, konnte sie wenigstens ihren Geist trainieren.

Was tat die Dracas da hinter Ivys Rücken? Es gelang Alisa nicht, konkrete Gedanken zu empfangen, doch einige Gefühle konnte sie erfassen. Da waren feste Entschlossenheit, es endlich zu schaffen, aber auch Vorfreude auf einen Triumph, der ihr bald beschieden sein würde.

Was zum Teufel hatte sie vor? Alisa bohrte ein wenig nachdrücklicher.

Marie Luise stieß einen Schrei aus und griff sich mit der einen Hand an den Kopf. Mit der anderen verbarg sie etwas hinter ihrem Rücken.

»Wer wagt es?«, keuchte sie und ließ den Blick durch den Salon huschen. Verwirrung machte sich in ihren Zügen breit. Alisa wandte schnell den Blick ab. Ihr durfte auf keinen Fall der Verdacht kommen, die Vamalia habe etwas mit dem fehlgeschlagenen Angriff auf ihren Geist zu tun. Doch zum Glück war die Dracas von sich und den einzigartigen Fähigkeiten ihrer Familie viel zu überzeugt, um auf diese Idee zu kommen. Marie Luise rauschte hinaus und alle atmeten auf.

Als Alisa und Ivy ebenfalls fertig waren, scheuchte man sie in den

Ballsaal hinunter. Wieder ergab sich keine Gelegenheit, mit Ivy darüber zu sprechen, was sie Beunruhigendes in der Gruft gewittert hatten. Alisa versuchte die Gerüche noch einmal in ihr Gedächtnis zu rufen. Es waren mehrere Spuren gewesen. Mindestens sieben, acht oder gar mehr, und sie hatte das Gefühl, eine genauer zu kennen, als ihr lieb sein konnte. Aber waren nicht alle ihre Angreifer in Irland beim Kampf um Aughnanure vernichtet worden? Im Geist begann sie die Besiegten zu zählen. Sie war sich nicht ganz sicher. War etwa die Vampirin auf dem Kutschbock entkommen?

Die Dracas unterbrachen ihre Überlegungen. Im Ballsaal angekommen, eröffnete man ihnen nun offiziell, dass die Dracas für den nächsten Abend zu einer besonderen Soiree geladen hatten, wobei das inzwischen auch dem Dümmsten aufgefallen sein musste. Interessant dabei war, wie viele Menschen der Wiener Gesellschaft geladen waren und dass es eine reich gedeckte Tafel geben würde mit Wein und Champagner. In den festlich geschmückten Salons und im Wintergarten würden namhafte Künstler ihre Kompositionen präsentieren. Eine Sopranistin war ebenso geladen wie ein Tenor, der häufig in der neuen Oper sang. Im Ballsaal dann würde ein Ensemble zum Tanz aufspielen. Zu Alisas Bedauern wurde allerdings nicht der Walzerkönig Strauss erwartet. Doch sie tröstete sich damit, dass sicher trotzdem Walzer gespielt werden würden.

»Dies ist eure Feuertaufe! Ihr müsst euch wie die Damen und Herren des Wiener Adels benehmen und dürft nicht auffallen. Studiert ihre affektierte Haltung, ihre Konversationen und ihre Umgangsformen. Nicht nur für euch, sondern vor allem für den Clan der Dracas ist es wichtig, dass kein Schatten auf dieses Haus fällt und es nicht mehr Gerede gibt als über jede andere Adelsfamilie hier in Wien. Exzentrisch darf man sein, ja, muss man gar, um ganz oben mitzuspielen, aber immer im richtigen Tonfall und mit der stolzen Haltung derer, die wissen, dass sie auf mindestens acht Generationen hochadeliger Vorfahren zu beiden Seiten zurückblicken können.«

»Ich vermute, das heißt, wir sollen keine der Damen mit ihren üppig leckeren Dekolletés bei Tisch aussaugen«, spottete Fernand. Tammo kicherte bei der Vorstellung hemmungslos. Er verstummte erst, als die Tanzmeisterin plötzlich vor ihm stand. Sie musterte ihn einige Augenblicke stumm. Im Tanzsaal war es völlig still. Alle sahen auf die Altehrwürdige und auf Tammo. Alisa war sich sicher, dass er nun eine Abreibung bekommen würde, und Fernand vermutlich auch.

»Ja, wir wären euch sehr verbunden, wenn ihr in unserem Haus nicht durch solche Taten von euch reden machen würdet. Vor allem nicht, wenn es sich bei den Opfern um Damen der Gesellschaft handelt! Ihr müsst lernen, was die Gesellschaft bereit ist zu dulden und was nicht. Ein Mord oder auch mehrere sind nicht der entscheidende Punkt! Es kommt darauf an, wer die Tat ausübt, auf welche Weise sie geschieht und wer die Opfer sind.«

»Ein Mord ist ein Mord und würde stets geahndet werden, wenn die Polizei davon erfährt«, rief Alisa überzeugt.

Die Altehrwürdige Konstanze wandte sich an Alisa. »Nein, das stimmt nicht. Zumindest gab es Zeiten, als dies ganz und gar nicht zutraf. Nicht weit von hier in der Augustinergasse besaß die Gräfin Elisabeth Báthory ein Stadthaus, in dem sie am helllichten Tag und bei geöffnetem Fenster junge Mädchen folterte und tötete, um anschließend in ihrem Blut zu baden.«

»War sie ein Vampirin?«, wollte Rowena wissen.

»Nein, nur ein Gräfin, die auf ewig jung und schön sein wollte und die glaubte, das Blut von Jungfrauen würde ihre Haut zart und rein halten. Mehr als dreihundert Jungfrauen aus dem Volk gaben ihr Leben für diesen Wahn.«

»Und sie wurde dafür nicht verhaftet und bestraft?«, fragte Alisa ungläubig.

»Nein, jahrelang wurde sie nicht behelligt, obwohl ihr Treiben in weiten Kreisen und auch bei Hof bekannt war. Man drückte alle Augen zu. Nur die Augustinermönche vom Kloster gegenüber beschwerten sich eines Tages. Allerdings nicht über die Tatsache, dass sie die Mädchen mordete, sondern darüber, dass sie es bei offenem Fenster tat! Der Lärm störte ihre Gebete.« Die Tanzmeisterin zeigte ihre Zähne, die Erben sahen einander verwundert an.

»Manches Mal ist es schwer, die Menschen zu verstehen.«

Konstanze nickte Ivy zu. »Ja, und deshalb ist das Fest morgen eine Art Generalprobe für euch, ehe wir euch alle mit hinaus zu den Veranstaltungen der Wiener Gesellschaft nehmen.«

»Ist die Gräfin bis zu ihrem Lebensende damit durchgekommen?«, bohrte Alisa nach, die sich schwer damit tat, die Geschichte zu glauben.

Die Tanzmeisterin schüttelte den Kopf. »Nein, im Dezember 1610 wurden ihre Burgen gestürmt und durchsucht, die Gräfin verhaftet. Ihr wurde der Prozess gemacht. Mehr als dreihundert Morde legte man ihr zur Last, verurteilte sie aber nicht zum Tode. Sie wurde in ihrem Turmgemach eingemauert und lebte noch einige Jahre. Warum erst so spät, werdet ihr euch fragen. Nun, die Antwort ist in der hohen Politik zu suchen, wie so oft. Ihr Oheim war Stephan Báthory, der regierende polnische König, und dessen Unterstützung benötigten die Habsburger zur Bekämpfung der Türken, die wieder einmal in Wien einzufallen drohten. Mit so jemandem verscherzt man es sich nicht wegen ein paar Jungfrauen aus dem Volk, die keine Familie haben und die niemand vermisst. Vielleicht ist das ein gutes Beispiel, wie die Gesellschaft der Menschen funktioniert.«

Darüber mussten die Erben erst einmal nachdenken, während Konstanze auf die Details des bevorstehenden Abends zu sprechen kam.

»Je weiter die Nacht fortgeschritten und je mehr Champagner geflossen ist, desto einfacher wird es, nicht aufzufallen«, erklärte sie. »Die erste große Hürde stellt jedoch das Bankett dar, bei dem man geschickt verbergen muss, dass man weder isst noch trinkt.«

Sie verriet noch einige Tricks und gab den Erben die letzten Anweisungen, dann entließ sie die jungen Vampire und scheuchte sie aus dem Ballsaal, wo die Servienten noch letzte Hand an den Blumenschmuck anlegen mussten.

Alisa zog sich in den Fechtraum zurück, nahm sich einen Degen von der Wand und ließ die Klinge durch die Luft zischen. In Gedanken war sie nicht bei dem bevorstehenden Fest, obwohl sie sich in jeder anderen Nacht darauf gefreut hätte. Sie dachte auch nicht mehr an die Spuren der fremden Vampire in der Michaelergruft. Ihre Gedanken wurden von etwas anderem beherrscht. Von

Franz Leopolds unglaublichem Verrat! Ein wenig bereute sie, dass ausgerechnet dieser Versuch, die Gedanken eines anderen Vampirs zu lesen, funktioniert hatte, aber sie hatte so darauf gebrannt, die ganze Wahrheit zu erfahren, dass sie der Versuchung nachgegeben hatte und in Lucianos Geist eingedrungen war. Und nun stand sie da mit diesem Wissen, das sie vor Zorn krank zu machen drohte. Leo konnte nur von Glück sagen, dass sie sich im Palais Todesco noch nicht der Tragweite seines Verrats bewusst gewesen war!

Wie hatte er dies nur tun können? Ja, er war ein Dracas und sie wusste seit Langem, dass die Mitglieder dieses Clans abscheulich waren. Und dennoch hatte sie sich immer öfters der Hoffnung hingegeben, Leo könne sich geändert haben.

Sie war so wütend, dass sie meinte, gleich platzen zu müssen. Die Klinge zischte durch die Luft. Mit grimmiger Miene jagte Alisa einen unsichtbaren Gegner durch den Saal.

Die Tür klappte. »Ach, hier bist du. Ivy sucht dich.«

Alisa fuhr herum und starrte Franz Leopold an. »Ja, hier bin ich und ich stelle mir gerade genüsslich vor, wie ich dir meine Klinge durch dein falsches Herz bohre.« Sie machte einen Ausfall in seine Richtung.

»Du weißt, Vampire haben kein Herz, zumindest keines, das noch schlägt. Aber bitte, wenn es dir Genugtuung bereitet, dann spieße mich auf – wenn du kannst!«

Blitzschnell riss Franz Leopold einen zweiten Degen von der Wand und griff so unvermittelt an, dass Alisa erst einmal zurückweichen musste. Aber ihre Wut verlieh ihr Kräfte und einen scharfen Blick. Sie parierte und erwiderte den Angriff mit gleicher Härte. Dieses Mal war es an Franz Leopold, zurückzuweichen. Sie kämpften mit scharfen Waffen und Alisa war so voller Zorn, dass sie ihn verletzen wollte. Der Dracas spürte es und war auf der Hut.

So jagten sie sich ein paar Mal den Saal hinauf und hinunter, sprangen über die Bänke und Vitrinen. Franz Leopold lachte.

»Ich wusste gar nicht, dass du so gut kämpfst, wenn du wütend bist. Ja, lass den Zorn heraus. Das befreit.«

»Hör auf zu lachen und konzentrier dich! Hast du es immer noch nicht kapiert? Ich werde dir die Eingeweide herausschneiden, wenn ich kann. Für dich ist alles nur ein Spiel, aber die Gefühle der anderen sind echt. Sie leiden und du lachst darüber. Aber das war das letzte Mal. Ich lasse nicht mehr zu, dass du auf den Gefühlen meiner Freunde herumtrampelst. Erst Ivy und nun Luciano. Es reicht!«

»Aha, und was heißt das?«, erkundigte sich der Dracas und parierte ihre harten Angriffe mit einem lässigen Grinsen. »Hast du allen Ernstes vor, mir die Klinge ins Herz zu stoßen und mir dann den Kopf herunterzuschlagen?«

»Ja, genau das werde ich tun! Denn nur dann kann ich mir sicher sein, dass du niemals wieder deine Worte als Klinge missbrauchst, um sie einem anderen in den Leib zu stoßen.«

Für einige Augenblicke war nur das Klirren der Klingen zu hören, wenn sie aufeinandertrafen. Erstaunen breitete sich auf Franz Leopolds Miene aus.

»Ich glaube fast, du meinst es ernst. Entschuldige, Alisa. Ich bin dir ja gern zu Diensten, aber das kann ich nicht zulassen. Ich empfinde ab und zu durchaus Freude an meinem Dasein und würde es nur ungern heute schon beenden.«

»Ich weiß! Freude daran, andere zu demütigen und ihnen Schmerzen zuzufügen«, schrie sie erbittert.

»Nicht nur«, gab er kühl zurück. »Es gibt durchaus auch andere Freuden, die mir zusagen. So ein Fechtkampf beispielsweise kann mich fast so schön in Wallung bringen wie ein Becher frisches Blut. Oder ein Walzer mit dir.«

»Erinnere mich bloß nicht daran!«, rief sie und preschte vor. Er tänzelte davon und duckte sich unter ihrer Klinge durch, sodass der wuchtige Hieb ins Leere ging und Alisa ein wenig aus dem Gleichgewicht brachte.

»He, he, du darfst dich nicht nur auf deinen Zorn verlassen. Ersetze niemals Schnelligkeit durch Wucht und lass deinen scharfen Blick niemals von deiner Wut trüben, denn sonst geschieht ganz schnell so etwas.«

Wieder ließ er durch eine plötzliche Seitwärtsdrehung ihren Schlag ins Leere gleiten und setzte dann sofort nach. Ein winziger Fehler in ihrer Fußstellung, der den Schwerpunkt verschob, genügte ihm. Mit einer unglaublich schnellen Schlagfolge drängte er sie zurück. Alisa spürte, wie sie in Rücklage geriet, doch ehe es ihr gelang, wieder eine stabile Stellung einzunehmen, entwand ihr Franz Leopold mit einer komplizierten Drehung den Degen und versetzte ihr mit der freien Hand einen solchen Schlag vor die Brust, dass sie zwei Schritte nach hinten flog und gegen die Wand krachte. Ehe sie sich auch nur von dem Schreck erholt hatte, stand er vor ihr und presste ihre Arme gegen die Seidentapete.

»Heute Nacht wird es wohl doch nichts mit deinem Plan, mir das Herz aufzuspießen.« Er stand so dicht vor ihr, dass sein Atem sie umwehte. Alisa wurde an die Wand gedrückt, unfähig sich auch nur zu rühren. Eine Welle von Hilflosigkeit schwappte über sie hinweg und machte sie noch zorniger, wenn das überhaupt möglich war. Es gab wohl nichts Schlimmeres, als wehrlos einem anderen ausgeliefert zu sein.

Alisa versuchte mit aller Macht, sich loszureißen, konnte aber nichts gegen ihn ausrichten. Woher nahm er diese Kräfte? Da hing sie zappelnd, während seine Hände ihre Handgelenke wie Eisenringe umspannten.

»Lass mich sofort los, du widerlicher Mistkerl, sonst …«

»Sonst was?« Sein Gesicht kam noch ein Stück näher. In seinen tiefen, dunklen Augen schimmerte eine seltsame Glut, die sie noch nie gesehen hatte. Er öffnete die Lippen und entblößte seine Reißzähne, die sich immer weiter hervorschoben. Sie konnte ein Vibrieren spüren, ein Erschaudern, das durch seinen Körper jagte. Für einen Augenblick gab Alisa den Widerstand auf. Irgendetwas geschah hier, das ihr unheimlich war. Sein Blick drang in sie ein, durchbohrte sie, breitete sich in ihr aus. Eine heiße Welle jagte durch ihren Geist und ihren Körper, dass sie aufstöhnte. Sein Gesicht kam noch näher. Sie wollte ihm ausweichen, aber der Blick hielt sie noch fester als seine beiden Fäuste und ließ es nicht einmal zu, dass sie die Lider senkte.

Bei allen Dämonen, was ging in ihm vor? Wollte er ihr die Kehle zerfetzen?

Da berührten seine Lippen die ihren, drückten fast schmerzhaft auf sie, zwangen sie auseinander. Sie konnte seinen Atem schmecken, seine Zunge und seine Zähne. Noch immer hielt er ihre Arme fest und presste nun seinen ganzen Körper gegen sie. Er hörte nicht auf sie zu küssen, während eine Welle von Gefühlen sie in einen verwirrenden Strudel riss. Zorn und Hass vermischten sich mit einer Leidenschaft, die sie mehr ängstigte, als wenn er versucht hätte, sie zu beißen. Es war, als würde sich etwas seine Bahn brechen, das lange im Verborgenen geschlummert hatte.

Alisa konnte gar nicht anders, als den Kuss in seiner ganzen Wildheit erwidern, auch wenn es ihr vorkam, als hätten sie die Degen lediglich in andere Waffen getauscht. Die aufgewühlten Gefühle peitschten durch beider Geist. Alisa gelang es nicht, den ihren zu lösen. Gedanken blitzen auf, Erinnerungen, die nicht die ihren waren.

Wohin würde sie das führen? Das wollte sie sich nicht einmal vorstellen. Furcht umklammerte sie, und dann war da wieder der rettende Zorn auf ihn und seinen Verrat. Nein, mit diesem Trick durfte er sie nicht bekommen! So einfach würde sie es ihm nicht machen. Dachte er, sie würde von nun an mit waidwundem Blick zu seinen Füßen kauern und um seine Zuneigung betteln? Nein, Leo, so nicht! Er hatte Verrat begangen und er würde zu Kreuze kriechen müssen. Dann könnte sie sich überlegen, ob er ihrer Freundschaft irgendwann wieder würdig wäre.

Blitzschnell zog sie das Knie an und rammte es ihm in den Unterleib. Franz Leopold stöhnte und knickte nach vorn, während sich der Griff um ihre Handgelenke lockerte. Alisa riss sich los und stieß ihm ihre Fäuste gegen die Brust, dass er zu Boden fiel, die Hände auf den Unterleib gepresst.

Ohne ihm noch einen Blick zu gönnen, raffte Alisa ihre Röcke und rannte hinaus.

DER SCHATTEN KEHRT ZURÜCK

Er ist da!

Noch ehe Ivy richtig wach war, erreichten sie Seymours Gedanken. Blitzschnell setzte sie sich auf und forschte nach den machtvollen Schwingungen des Schattens. Ja, Seymour hatte recht. Und eigentlich hatte sie es vorher selbst schon gewusst. Es war ihr, als sei er in ihren Träumen erschienen.

Vampire träumen nicht.

»Nicht so wie Menschen«, gab Ivy zu. »Und dennoch gibt es Verbindungen des Geistes, die den Todesschlaf durchdringen. Der Meister glaubt, seine Zeit ist gekommen. Er ist voller Zuversicht und ich vermute, er will mich das wissen lassen.«

Er wird kommen und dich holen. Ich habe dich gewarnt und dich immer wieder gedrängt, nach Irland zurückzukehren. Nun ist es zu spät. Du würdest ihm direkt in die Arme laufen.

»Ich fürchte ja – zumindest denkt er sich das so. Er spürt, dass die Kraft des Marmorreifs erloschen ist. Deshalb ist er sicher, dass ihn nun nichts mehr daran hindert, sich das zu nehmen, was er – aus welchem Grund auch immer – so sehr begehrt.«

Und das nimmst du einfach so hin?

Ivy schüttelte den Kopf und schwang sich aus dem Bett. »Nein, das werde ich nicht. So leicht bin ich nicht zu haben, das wird selbst der große Meister lernen müssen.«

Ich hoffe, das sind nicht nur große Worte, brummte der Wolf. *Was ich mich dauernd frage, ist: Warum will er unbedingt dich? Seit mehr als drei Jahren belauert er dich nun und wartet auf seine Chance. Was ist an dir, das dich für den Schatten so begehrenswert macht?*

Ivy sah an ihrem schmächtigen Mädchenkörper herab, der sich unter dem Nachthemd abzeichnete. »Keine Ahnung. Bestimmt nicht mein rassiger Körper, der ihn so reizt, dass er keine Ruhe mehr findet.«

Spotte nicht! Dies ist nichts, womit man seine Späße treiben sollte. Ist dir der Ernst deiner Lage nicht bewusst?

Ivy sah ihn traurig an. »Mir ist meine Lage deutlicher bewusst, als ich es mir wünschen würde. Meine Existenz ist in Gefahr und auch deine und die meiner Freunde. Ich weiß, sie würden sich, ohne zu zögern, in die schlimmste Gefahr stürzen, um mich zu schützen – und dabei vermutlich vernichtet werden. Der Schatten hat es nur auf mich abgesehen. Und was ihm dabei im Weg ist, wird er zertreten. Seymour, du hattest recht. Ich hätte früher gehen sollen, als ich es noch konnte, ohne die, die ich liebe, in Gefahr zu bringen.«

Ich habe nicht gesagt, dass du dich opfern sollst! Du sollst dich retten.

Seymour stupste sie mit seiner feuchten Schnauze an und legte sie dann auf ihr Knie. Ivy vergrub ihr Gesicht in seinem Fell.

*

Latona grollte Van Helsing zwar noch immer ein wenig, doch die Einladung des Barons zum Abendessen im Grand Hotel am Kärntnerring hatte sie trotzdem angenommen. Neben ihnen waren natürlich Bram Stoker und Professor Ármin Vámbéry vom alten Baron von Schey und seiner Gattin zu Tisch geladen. Ebenfalls mit von der Partie waren ihre beiden Enkel Philipp – der sich sogleich neben Latona setzte – und seine zwei Jahre jüngere Schwester Clara, die ihren Eltern mit ihrer leichtsinnigen Art graue Haare wachsen ließ. Latona wusste nicht so recht, was sie von ihr halten sollte. Einerseits lag ihr diese Art von Leichtfertigkeit fern. Anderseits versprühte Clara eine solche Lebenslust, dass sie ansteckend wirkte. Man konnte sich ihrem Charme nur schwer entziehen und immer wieder erwischte sich Latona dabei, wie sie den mit Wortwitz gewürzten Klatschgeschichten lauschte, die Clara zum Besten gab.

Doch zuerst ergriff der alte Baron das Wort, nachdem sie ein Kellner mit ausgesuchter Höflichkeit zu ihrem Tisch geleitet hatte.

»Das Grand Hotel ist das älteste Hotel an der Ringstraße«, erklärte er den Gästen. »Ursprünglich war es nicht vorgesehen, überhaupt ein Hotel direkt am Ring zu genehmigen. Doch Anton Schneider war ein vorausschauender Mann. Er ließ das Haus offiziell als *maison meublée* eintragen, stattete es aber bereits mit allem aus, was ein modernes Hotel auszeichnet. Es gibt einen dampfbetriebenen Lift,

Telefon auf den Zimmern und ein Bad in jedem Stockwerk! Und für die Damen einen Schönheitssalon. Dann, kurz vor der Weltausstellung, fiel es den Herren Planern plötzlich ein, dass Wien ja auch angemessene Unterkünfte bieten müsse, wenn sie Adel und Prominenz zu Gast haben wollten. Tja, und so wandelte Schneider das Haus innerhalb weniger Wochen in ein Hotel um.«

Clara zog die Nase hoch. »Das ist ja alles schön und gut, Großpapa, aber wen interessiert das? Das Haus hat wahrlich spannendere Geschichten zu bieten.« Ihre Augen funkelten und Latona ahnte, dass nun eine der Anekdoten folgte, die ihre Großeltern ganz sicher nicht erzählen würden. Clara beugte sich ein wenig vor und ließ den Blick in die Runde schweifen.

»Im Grand Hotel mieten sich Leute von Rang und Namen und natürlich mit reichlich Geld ein. Seit Jahren Stammgast ist Gräfin Larisch, die an sich keine sehr interessante Person ist. Aber sie ist eine Nichte der Kaiserin und das ist schon was wert. Außerdem hat sie eine Freundin, recht hübsch und von sprühendem Geist, sagt man. Diese durfte vor nicht allzu langer Zeit Kronprinz Rudolf bei einem Pferderennen in der Freudenau kennenlernen. Seit diesem Tag kommt die junge Baronesse Vetsera ungewöhnlich häufig die Freundin im Hotel besuchen. So lautet zumindest die offizielle Erklärung. Nur dass Gräfin Larisch sie vermutlich nicht einmal zu Gesicht bekommt. Denn sie geht von der Halle schnurstracks zum Hinterausgang, wo Bratfisch, der persönliche Fiaker des Kronprinzen, mit einer unauffälligen Kutsche auf sie wartet, um sie – na – direkt in die Arme des Kronprinzen zu befördern!«

»Clara«, rügte die Baronin. »Es reicht. Wie oft habe ich dir gesagt, dass es sich nicht schickt, über solch delikate Themen zu sprechen.«

»Es ist aber die Wahrheit! Einmal, als der Kronprinz seine Mary hier für ein paar ungestörte Stunden treffen wollte, irrte er sich in der Tür und platzte in die Kammer, in der einige Fiaker sich die Zeit vertrieben, bis ihre Herrschaft nach ihnen rief.« Clara schüttelte den Kopf. »So schnell wird ein heimliches Stelldichein zum Lieblingsklatsch von ganz Wien.«

Die Baronin sprach ein Machtwort und beendete das ungeeignete Thema. Stattdessen erkundigte sich ihr Gatte höflich bei dem neuen Gast nach seiner Arbeit.

»Sie sind Arzt, verehrter Professor, nicht wahr? Ich habe gehört, Sie befassen sich mit seltenen und unerforschten Krankheiten.«

Van Helsing nickte. Er war der Einzige am Tisch, der nachlässig gekleidet war und mit seinem ungepflegten Bart nicht zu dieser Runde zu gehören schien.

»Dann teilen Sie gar die Leidenschaft unseres Freundes Ármin, der sich mit seltsamen Wesen beschäftigt, die nachts aus ihren Gräbern steigen und Menschen ihres Blutes berauben sollen?«

Van Helsing nickte wieder. »Ja, Vampire sind ein faszinierendes Thema.«

Die Baronin schüttelte sich. »Ich weiß nicht. Blutsauger beim Abendessen? Ich glaube nicht, dass dies ein geeigneteres Thema ist als die schlüpfrigen Wiener Klatschgeschichten, von denen die meisten zumindest einen Kern Wahrheit enthalten.«

Van Helsing fixierte die Gastgeberin in seiner gewohnt eindringlichen Art, aber die Baronin schien sich davon nicht einschüchtern zu lassen. Gelassen erwiderte sie seinen Blick.

»Sie glauben, an den Vampirgeschichten ist nichts Wahres dran?«

Baronin von Schey lächelte. »Professor, ich bitte Sie, wer soll diese Schauergeschichten schon ernst nehmen? Leichen, die nicht verwesen und sich aus ihren Gräbern erheben. Untote, die Menschen anfallen und ihnen in den Hals beißen! Wir leben im aufgeklärten neunzehnten Jahrhundert. Die Wissenschaft hat die unheimliche Natur entzaubert und ihrer Geheimnisse beraubt. Für die Dämonen und Geister des Mittelalters ist in unserer Welt kein Platz mehr.«

»Dann glauben Sie also, diese Berichte sind alle nur Märchen?«, erkundigte sich Latona.

»Das ungebildete Volk auf dem Land ist abergläubisch und anfällig für so etwas«, mischte sich Friedrich von Schey ein.

»Es soll aber selbst in Wien Vampire gegeben haben.«

Latona ließ nicht locker. Sie sah, wie verzückt Clara dem Gespräch lauschte. Das war ganz nach ihrem Geschmack.

»Marla hat mir gar erzählt, hier in Wien habe es den Ersten aller Vampire gegeben und es soll niemand geringerer als Johann von Habsburg gewesen sein, der nach dem Mord an seinem Onkel Herzog Albrecht vom Teufel gebissen und zum Vampir gewandelt wurde.«

Die Baronin stöhnte. »Ich sollte Marla entlassen, wenn sie noch einmal solchen Unsinn verbreitet. Den Mord gab es tatsächlich und die Blutrache der Familie, aber alles andere ist Unsinn. Ein Fürst, der zum Vampir wird! Nein, so etwas.« Sie stutzte. »Professor, warum sehen Sie mich so an. Glauben Sie etwa an diese Geschichten?«

»Nicht daran, dass Johann von Habsburg der erste Vampir war, nein, das nicht. Ich denke, vor allem in Irland gab es diese nächtlichen Wesen schon lange vor unserer Zeitrechnung. Und auch durch die Wälder Europas streifte manch wilde, blutdurstige Bestie.«

Ármin Vámbéry nickte. »So weit stimme ich mit Ihnen überein. Und es gibt sie noch immer, die stumpfsinnigen, grausamen Kreaturen, die man in serbischen Dörfern und in Siebenbürgen jagt und schließlich in ihren Gräbern mit Pflock und Feuer vernichtet. Ich bin selbst bei einer dieser Jagden dabei gewesen. Die meisten Vampire jedoch, mit denen wir es heutzutage zu tun haben, stammen tatsächlich von einem Fürsten ab. Allerdings übte er seine Herrschaft nicht in Wien aus.«

»Sie sprechen von dem Woiwoden der Walachei, Vlad III., Sohn des Vlad Dracul, Mitglied des Drachenordens und daher auch *Drăculea,* Sohn des Drachen genannt«, warf Van Helsing ein. »Wobei *Drac* auch das rumänische Wort für Teufel ist.«

Der ungarische Professor nickte. »Ich sehe, Sie kennen sich aus. Ja, Drăculea. Sein anderer Beiname war Ţepeş.«

»Der Pfähler«, übersetzte Van Helsing.

»Ich will gar nicht so genau wissen, weshalb sie ihn so nannten«, murmelte Philipp. Clara und Latona dagegen brannten drauf, die Geschichte weiter zu hören, und zu Latonas Überraschung legte die Baronin kein Veto ein, obgleich dieses Thema sich in ihren Augen sicher ebensowenig für eine Unterhaltung bei Tisch eignete.

»Ja, der Pfähler«, fuhr Ármin Vámbéry fort. »Dies war seine bevorzugte Art, Verbrecher aller Art und politische Gegner hinrichten zu lassen. Und davon gab es viele! Nein, man muss es ein wenig anders formulieren. Auf diese Weise verteidigte er seinen Thron, den er sich mühsam erkämpft hatte, und sicherte seine Macht. Gefolgschaft und Treue waren auf Furcht aufgebaut. Sie schaudern, Fräulein Clara? Ja, er war ein grausamer Fürst, doch er lebte auch in einer grausamen Zeit, in der andere kaum zimperlicher verfuhren. Ausgefeilte Foltermethoden konnte Vlad schon in seiner frühen Jugend während einer Geiselhaft im Palast des türkischen Sultans studieren. Und glauben Sie mir, auch die Kaiser und Könige des Heiligen Römischen Reichs waren um Grausamkeiten nicht verlegen, wenn es darum ging, den Gegner einzuschüchtern.«

Van Helsing unterbrach ihn. »Es gibt viel über den Fürsten und seine Kriegsführung oder seine seltsame, konsequent durchgeführte Auffassung von Recht und Ordnung zu berichten, aber was uns im Zusammenhang mit dem Fürsten interessiert, hat vor allem mit seinem Tod und der Zeit danach zu tun.«

Der ungarische Professor nickte. »Man sagt, der Selbstmord seiner geliebten Frau Erzsébet habe ihn dazu getrieben, Gott zu verfluchen und mit dem Teufel einen Pakt zu schließen. Ich weiß nicht, ob daran etwas Wahres ist. Man sagt, sie habe sich von den Mauern der Festung Poienari in die Schlucht des Argeş gestürzt, als ein Bogenschütze die Nachricht durch das Fenster ihrer Gemächer schoss, dass ein Angriff der Türken auf die Burg unmittelbar bevorstehe. Andere sagen, man habe ihr gegenüber behauptet, Vlad sei im Kampf gefallen, und sie habe sich deshalb das Leben genommen. Ganz gleich, was an dieser Legende dran ist, jedenfalls soll der Selbstmord seiner Gemahlin der Grund für Drăculeas spätere Wandlung zum Vampir sein. Er fluchte Gott und schloss einen Bund mit dem Teufel, um den Tod zu überwinden. Dennoch heiratete Vlad später die Schwester des ungarischen Königs Corvinus, nachdem der ihn jahrelang auf seiner Festung in Haft gehalten hatte. Drăculea trat dafür offiziell zum katholischen Glauben über, obgleich er der Legende nach ja mit Gott gebrochen hatte.«

»Das verstehe ich nicht«, warf Latona dazwischen. »Erst kerkert der König ihn ein, dann gibt er ihm seine Schwester zur Frau?«

»Das ist große Politik, meine Verehrte«, klärte sie der Professor mit einem Augenzwinkern auf. »Vlad war ein Meister des Taktierens zwischen dem katholischen Reich und den Türken, denen er tributpflichtig war. Die Walachei war der Puffer zwischen den beiden Reichen und konnte es sich nicht leisten, einen der beiden Herrscher gänzlich zu verärgern. Als Vlad dem Druck der Türken zu sehr nachgab und sie durch die Walachei ziehen ließ, um Siebenbürgen zu plündern, ließ ihn König Corvinus verhaften. Wobei er die Briefe, die den Hochverrat beweisen sollten, vermutlich selbst gefälscht hat. Als er dann später wieder einen mutigen, starken Fürst in der Walachei brauchte, der sich an vorderster Front den Türken entgegenstellte, ließ er Vlad frei und gab ihm obendrein seine Schwester zur Frau.«

Latona sah, dass Bram ein kleines Buch hervorgezogen hatte und sich eifrig Notizen machte.

»Aber wie wurde er zum Vampir? Ist er ein Unreiner, der von einem anderen Vampir gebissen wurde?«

Die Mitglieder der Familie Schey sahen ein wenig verwirrt drein, vermutlich weil sie mit dem Begriff nichts anfangen konnten, aber weder Latona noch Bram hatten Lust, dies näher zu erklären.

Der Professor wiegte nachdenklich den Kopf. »So genau kann ich das nicht sagen. Man schreibt, er starb durch die Hand eines Verräters aus den eigenen Reihen, als er mit nur wenigen Mann Gefolge auf ein Kontingent der Türken stieß. Man soll ihm den Kopf von den Schultern geschlagen und diesen als Beweis den Türken geschickt haben. In Honig eingelegt soll ihn der Sultan Mehmed II. zur Schau gestellt haben. Der Körper jedoch wurde im Inselkloster Snagov in der Nähe von Bukarest bestattet.«

Die Baronin schauderte, griff aber noch immer nicht ein. Das Besteck in der Hand, saß sie reglos da und konnte den Blick nicht von dem Erzähler wenden.

Latona runzelte verwirrt die Stirn. »Aber wie kann er dann der Vater der Vampire geworden sein?«

Professor Vámbéry sah sie nachdenklich an. »Ja, das ist die Frage.

Tatsache ist, das Grab auf Snagov ist leer. Ich habe mich selbst davon überzeugt. Und der Kopf? Ich habe ihn nicht gesehen. Ich weiß nicht, wessen Haupt man den Türken schickte. Jedenfalls begannen sich bald unheimliche Gerüchte um die Festung in den Karpaten zu ranken, die Vlad als Schutzburg vor den Türken auf einem nahezu uneinnehmbaren Felsengrat errichten hat lassen. Poienari gilt noch heute als verflucht und kein Bewohner Transsilvaniens würde dort hinaufsteigen. Aber auch zu anderen Orten, die der Woiwode bereits zu seinen Lebzeiten mit seinen Grausamkeiten heimgesucht hat, kehrt der Vampir immer wieder zurück.

Irgendwann muss er auf ein anderes Wesen seiner Art getroffen sein – eine Vampirin, die mehr war als die Dienerinnen, die er sich durch seinen Biss aus Menschen schuf. Etwas völlig Neues begann. Er konnte sich mit ihr fortpflanzen und eine starke Blutrasse von Vampiren schaffen. Ich stieß auf eine Chronik, in der die Vampirin an Drăculeas Seite Erzsébet genannt wird, wie seine erste Frau. Vielleicht gelang es ihm ja tatsächlich, den Tod zu überwinden – jedoch auf andere Weise, als er es sich vorstellte. So ist das, wenn man mit dem Teufel Geschäfte macht. Aber das ist reine Spekulation. Wir waren bei seinen Kindern. Wie das so ist, wurde seinen Nachkommen das Land hinter den Wäldern bald zu klein. Sie begannen sich zu bekämpfen und gingen dann fort, um sich die stolzen christlichen Länder weiter im Westen untertan zu machen. Wenn man weiß, wonach man sucht, kann man in den Chroniken Hinweise darauf finden, zu welcher Zeit sie dort auftauchten. Ein paar blieben im östlichen Teil Ungarns, das vielleicht bald zu Rumänien gehören wird, andere tauchten in Rom auf, in Paris oder in London.«

Latona nickte wissend. »Und daraus entstanden die sechs Clans, nein sieben, wenn man die mitzählt, die in Transsilvanien verblieben sind.«

»Aber was ist aus dieser Vampirin geworden? Die Mutter der Stämme?«, wollte Bram wissen, den Stift über einer neuen Seite bereithaltend.

»Das klingt ja geradezu, als würden Sie diese Geschichten selbst glauben«, warf die Baronin ein. Doch Latona und die beiden Herren schienen sie gar nicht wahrzunehmen.

Der ungarische Professor hob die Schultern. »Das konnte ich bisher nicht herausfinden. Ich glaube, sie weilt schon lange nicht mehr an seiner Seite. Seit zweihundert Jahren wird die Blutsmutter nicht mehr erwähnt. Vielleicht ist es einem Vampirjäger gelungen, sie zu vernichten, oder Drăculea ist ihrer am Ende überdrüssig geworden? Jedenfalls bin ich erst vor Kurzem auf eine sehr interessante Geschichte gestoßen. Seine Nachfahren, die in die bereits erwähnten sieben Clans zerfielen, sagten sich von ihrem Stammvater los und folgten von nun an ihren eigenen Führern, was ihm gar nicht schmecken kann, sollte auch nur ein Hauch des Charakters von Vlad Ţepeş noch in ihm schlummern. Er wird alles versuchen, seine Vorherrschaft zurückzugewinnen. Und wenn meine alte Zigeunerin, die mir schon Unglaubliches richtig vorhergesagt hat, wieder einmal recht behält, dann wird dies hier in Wien seinen Anfang nehmen.«

»Sie meinen, dieser Dracula kommt hierher?«, keuchte Latona. »Warum gerade nach Wien?«

»Vielleicht weil sich die anderen Vampire ebenfalls hier aufhalten?«, schlug Bram vor.

Latona nickte langsam. »Erst Rom, dann Irland, danach Paris und nun Wien. Ja, das könnte passen.«

Sie sahen sich über den Tisch hinweg an. Die anderen waren vergessen. Die Spannung ließ die gesamte Gesellschaft verstummen, bis die Baronin das Wort ergriff.

»Nun ist es aber genug! Sie haben uns mit Ihren schaurigen Geschichten gut unterhalten, aber jetzt sollten wir es gut sein lassen. Ein walachischer Fürst, der schon hunderte Jahre tot ist, als Blutsauger in Wien! Eine fantastische Geschichte, ja, das muss ich sagen. Aber nun wird es Zeit für den nächsten Gang. Der Kellner sieht schon dauernd herüber und wagt nicht, unser Gespräch zu unterbrechen.«

Baronin von Schey hob die Hand und schon eilte der Kellner herbei und fragte beflissen nach den Wünschen der Herrschaften.

»Sie können auftragen lassen!«

Mit einer Verbeugung eilte er wieder davon und schon Augenblicke später wurden die gefüllten Teller gereicht. Obgleich es ganz köstlich duftete, stocherte Latona nur in ihrem Essen herum. Zu viele Dinge gingen ihr durch den Kopf.

*

Ivy saß noch immer bewegungslos da, Hände und Gesicht in Seymours Fell vergraben, in Gedanken bei dem mächtigen Schatten, der bedrohlich näher zu kommen schien. Da begann sich Alisa zu regen und sprang unvermittelt aus dem Bett. Fast im selben Moment ging die Tür auf und das Kammermädchen trat mit einer Verbeugung ein.

»Darf ich Ihnen helfen? Wir müssen uns mit dem Frisieren und Umkleiden ein wenig beeilen, wenn Sie alle perfekt sein wollen, ehe die ersten Gäste eintreffen.«

Alisa zog eine Grimasse. »Wenn es unbedingt sein muss. Wobei ich mich frage, was der ganze Aufwand soll.«

»Es werden heute einige Vertreter der hoffähigen Familien anwesend sein«, erläuterte die Servientin.

Alisa beeindruckte das nicht. »Ja, und? Alter, dekadenter Adel, der nichts anderes vorzuweisen hat als eine lange Ahnenkette der Inzucht und Ländereien, die mit dem Blut und Schweiß von Generationen von Leibeigenen bis zum letzten Gulden ausgepresst wurden, während die Herzöge und Grafen sich damit beschäftigten, das Geld auf ihren rauschenden Festen mit beiden Händen wieder hinauszuwerfen. Nein, wenn ich vor jemandem so etwas wie Respekt empfinde, dann ist es vor den Ringstraßenbaronen, deren Familien sich durch Fleiß hochgearbeitet haben. Wobei es vermutlich nur ihre Väter und Großväter waren, die wirklich mit ihrer Hände Arbeit etwas schufen. Die Generation, die sich ein Palais an der Ringstraße gebaut hat, sonnt sich in ihrem neuen Adelstitel, betreibt Bankhäuser und spekuliert mit dem Geld anderer Leute, bis es eben wieder einmal einen Börsenzusammenbruch gibt.«

Während sie sprach, half ihr das Kammermädchen aus ihrem Nachtgewand und zog ihr das fast durchsichtige Hemd und die an den Knien gerafften Unterhosen über. Sie schnürte erst das Mieder fest und band dann die Tournüre darüber, die man nach der neusten Mode *Cul de Paris* nannte. Eine zweite Servientin machte sich an Ivy zu schaffen, die alles mit abwesender Miene über sich ergehen ließ.

»Dieses Fest reizt mich heute Nacht überhaupt nicht«, seufzte Alisa, als die Servientin dazu überging, ihr Haar in Locken zu legen und dann in Flechten und Schlingen zu befestigen. Eine weiße Rose und eine Straußenfeder vervollständigten die Frisur.

»Am liebsten würde ich hier im Zimmer bleiben und ein Buch lesen.«

»Oder lieber Unterricht haben und deine geistigen Kräfte schulen?«, neckte Ivy.

»Nein!«, rief Alisa ungewollt heftig. »Auf keinen Fall!« Allein die Vorstellung, mit Franz Leopold den Austausch von Gedanken zu üben, bereitete ihr Übelkeit. Ivy hob erstaunt die Augenbrauen.

»Ich werde nur noch mit dir üben. Du kannst mir das bestimmt besser beibringen.«

Ivy sah die Freundin aufmerksam an, fragte aber nicht weiter, woher der plötzliche Sinneswandel kam. Vermutlich wusste sie eh schon wieder über alles Bescheid, dachte Alisa frustriert und wünschte sich einen Moment lang, eine Freundin ohne solche Kräfte zu haben.

Noch ehe die beiden Vampirinnen fertig angekleidet und frisiert waren, trat Luciano durch die Tür. Sein Frack stand ihm ganz wunderbar, was er aber selbst nicht bemerkte. Er war mit den Gedanken woanders und es brauchte kein Talent zu Geisteskräften, um das zu spüren.

»Nun, seid ihr bereit?«, fragte er nervös. Vor den Kammermädchen konnte er schlecht über das reden, was ihn so aufwühlte.

Die Kammerfrau, die die jungen Servientinnen beaufsichtigte, löste eine von Ivys Locken noch einmal, sodass sie sich neckisch über ihrer Schulter ringelte. Prüfend trat sie einen Schritt zurück und begutachtete ihr Werk, dann nickte sie und entließ die Vampirinnen, die sich an Lucianos Arm in die Galerie hinunterbegleiten ließen, wo der Baron und die Baronesse bereits die ersten Gäste begrüßten. Alisas Blick huschte durch den Raum auf der Suche nach Franz Leopold. Sie entdeckte ihn am anderen Ende des Saals. Gut. Der Abstand war groß genug, dass sie nicht aus Versehen seinen

Weg kreuzte. Schnell ließ sie ihren Blick weiterwandern, ehe er merkte, dass sie zu ihm hinübergesehen hatte. Neben ihm stand seine Cousine Anna Christina vor dem Portrait einer Dracas, das Ende des achtzehnten Jahrhunderts entstanden sein musste, wie Alisa aus dem weitausladenden Rokokokleid schloss. Doch so schön die Dame auf dem Gemälde auch war, sie verblasste neben Anna Christinas Erscheinung, die heute sogar ausnahmsweise eine freundliche Miene zur Schau trug. Ganz im Gegenteil zu der verkniffenen Miene Marie Luises. Sie schwänzelte schon wieder um Ivy herum, die natürlich ohne Seymour in der Galerie erschienen war.

Was starrte die Dracas sie nur so an? Alisa achtete nicht auf die großen Namen, die der Butler bei Ankunft jedes neuen Gastes laut verkündete. Sie sah mit Bestürzung, wie sich auf Marie Luises Gesicht ein triumphierendes Lächeln ausbreitete, das nichts Gutes versprach. Schadenfroh grinsend eilte die Dracas davon.

Irgendetwas hatte sie entdeckt, das sie sichtlich freute, aber was? Alisa schob sich hinter Ivy und versuchte zu erkennen, was diese Reaktion ausgelöst haben mochte, fand aber keine Erklärung. Sie nahm sich vor, ein wenig über die Dracas zu wachen. Tanzen wollte sie in dieser Nacht sowieso nicht. Mit wem auch? Es gab niemanden, von dem sie sich gern im Walzertakt durch den Saal hätte drehen lassen.

Doch zuerst wurde zu Tisch gebeten. Die Dracas und die Erben saßen verteilt zwischen den Gästen an der langen Tafel. Ihre Aufgabe war es nicht nur, mit ihren Tischnachbarn Konversation zu betreiben – unauffällig, ja, am besten ein wenig langweilig. Nichts, was man nicht schnell wieder vergessen würde. Außerdem mussten sie möglichst geschickt verbergen, dass sie selbst weder aßen noch tranken.

Alisa langweilte sich herzlich und vernachlässigte ihre Pflicht, den fetten Herrn an ihrer Seite zu unterhalten. Sie hatte sich nicht einmal die Mühe gemacht, sich seinen Namen zu merken. Dabei strengte er sich an, sie zu amüsieren, und berichtete pikante Anekdoten aus der Wiener Gesellschaft.

Schräg gegenüber versuchte Ivy, ihre Sache besser zu machen. Allerdings sah der Jüngling mit dem blasierten Blick neben ihr eher frustriert drein. Vermutlich fragte er sich, warum man ihm ausgerechnet ein Schulmädchen als Tischnachbarin gegeben hatte. Die Matrone zu seiner Rechten war da ganz sicher kein Trost. Alisas Blick wanderte weiter zu Luciano, der mit einem Ausdruck von Verzweiflung die Gespräche seiner beiden Nachbarinnen über sich ergehen ließ. Sie wusste, woran er unablässig dachte. Ob Clarissa schon erwacht war? Wie würde die Wandlung für sie sein? Alisa erinnerte sich dunkel, von großen Qualen in den ersten Nächten gehört zu haben. Vielleicht hatte Dame Elina deshalb dafür gesorgt, dass die jungen Erben niemals bei solch einem Ereignis dabei waren? Vermutlich war es besser, wenn Luciano hier bei Tisch saß, statt hilflos neben ihr zu stehen und ihr Leiden nicht lindern zu können. Hindrik würde schon für Clarissa sorgen. Er kannte sich aus und Alisa vertraute ihm, dass er das Richtige tun würde.

BALL IM PALAIS COBURG

Das Fest nahm seinen Lauf. Ivy hatte sich die musikalischen Darbietungen im Gelben Salon angehört, war aber mit ihren Gedanken nicht bei der Sache. Nun schlenderte sie durch die festlich geschmückten Räume. Wie es sich schickte, trug sie ein Lächeln auf den Lippen und nickte den Gästen, denen sie begegnete, freundlich zu, in ihrem Innern aber tobte ein Sturm. Sie wusste, dass Marie Luise etwas plante, das ihr nicht gefiel, doch wie konnte sie die Vampirin aufhalten? Es war ihr, als rolle ihr Schicksal wie eine entfesselte Lawine auf sie zu, und sie war nicht einmal in der Lage, sich zu rühren. Sie stand nur da und starrte auf das Unheil, das auf sie zustürzte und sie schon bald verschlingen würde. Ihre Hand krampfte sich zusammen. Ihr fehlte der Trost von Seymours Fell in ihren Fingern. Vielleicht sollte sie sich davonmachen und ihn in ihrer Schlafkammer aufsuchen? Wer würde sie schon vermissen?

Nein, das ging nicht. Sie musste Marie Luise weiter im Auge

behalten, die gerade in den Ballsaal zurückkehrte. Sie tanzte mit Vampiren der Familie und auch mit Gästen, jungen Männern der Gesellschaft, die von ihrer Schönheit entzückt waren. Doch Ivy sah, dass sie sich keine Mühe gab, freundliche Konversation mit ihnen zu treiben. Noch begehrter war ihre Cousine Anna Christina, die die ganze Nacht über nicht ohne Tanzpartner blieb. Anmutig und mit einem höflichen Lächeln tanzte sie einen Walzer nach dem anderen, gefolgt von Galopp und Kotillon. Auch keinen der anderen Kontertänze ließ sie aus. Wunderte es denn niemand, dass sie gar nicht ermüdete?

Ivy entdeckte Franz Leopold in der Nähe mit Chiara. Sören stand mit verbissener Miene am Rand und ließ die beiden nicht aus den Augen, obwohl Leo in diesem Fall nichts im Schilde zu führen schien. Ein Stück weiter entdeckte sie Luciano, der das Paar ebenfalls beobachtete. Und wo war Alisa? Ivy fiel auf, dass sich die Freundin den ganzen Abend auffällig vom Ballsaal fern hielt – oder nur von Franz Leopold? Wollte sie verhindern, dass er sie zum Tanz führte? Wie schade, sie gaben auf dem Parkett ein so wundervolles Paar ab.

Ivy war Alisas Groll nicht verborgen geblieben und sie konnte nur hoffen, dass die Freunde wieder zueinanderfanden.

Ihr Blick glitt zurück zu Marie Luise. Was war das? Der Tanz war noch nicht zu Ende, doch sie verabschiedete sich von ihrem Partner und schritt zügig zur Tür, durch die die Baronesse gerade verschwunden war. Ivys Leib verkrampfte sich. Holte die Dracas jetzt zum großen Schlag aus? Auch wenn sie es gar nicht hören wollte, sie musste es wissen!

Ivy folgte ihr unauffällig. Die Baronesse strebte auf ihre Gemächer zu, wohl um sich für einen Augenblick zurückzuziehen. Marie Luise folgte ihr. Obwohl Ivy ihr Gesicht nicht sehen konnte, spürte sie die freudige Anspannung der Dracas in Erwartung ihres Triumphes. Forsch klopfte sie an die Tür. Etwas unwillig rief Baronesse Antonia sie herein. Ivy wartete, bis die Tür wieder geschlossen war, ehe sie heranhuschte und ihren Lauschposten einnahm.

»Marie Luise? Was willst du hier? Dein Platz ist bei unseren Gästen. Haben wir euch nicht deutlich gemacht, dass ihr den fremden

Erben vor Augen führen müsst, wie sich wirkliche Damen und Herren der besten Gesellschaft unter ihresgleichen bewegen?«

»Ja, Baronesse Antonia, ich werde sogleich wieder meinen Pflichten nachkommen, doch zuerst muss ich mit Euch sprechen, denn ich habe etwas herausgefunden, das von größter Wichtigkeit ist.«

»Und das hat nicht Zeit bis Morgen?«

»Nein! Dieser widerliche Betrug sollte keine Minute länger währen. Er ist eine Beleidigung für jeden Dracas und eine Schande für alle Clans.«

»Diese Theatralik steht dir nicht. Glaubst du, wir benötigen die Spionagedienste einer Fünfzehnjährigen? Wenn du das denkst, beleidigst du Baron Maximilian und auch mich! Ich kann mir nicht vorstellen, dass du etwas weißt, was mir nicht bereits bekannt wäre. Es wäre besser für dich, wenn du dich nicht um Dinge kümmerst, die dich nichts angehen!«

»Verzeiht, Baronesse, dass ich so dreist bin, Euch zu widersprechen, doch wenn Ihr davon Kenntnis hättet, wäre der Betrug schon lange beendet worden.«

»Es reicht jetzt!« Der Tonfall der Baronesse hätte Glas schneiden können.

»Gut, wenn Ihr nichts davon hören wollt, dann wende ich mich an Baron Maximilian. Vielleicht ist er an meiner Geschichte interessiert.« Das war der beleidigte Klang, den die Erben von Marie Luise so gut kannten.

»Setz dich!«

Ivy hörte, wie ein Sessel verrückt wurde. Dann erklang wieder die Stimme der Baronesse, die sich alles andere als begeistert anhörte.

»Nun berichte mir rasch, was du nicht länger zurückhalten kannst. Und dann geh zurück in den Saal, um unsere Gäste zu unterhalten.«

Marie Luise holte hörbar Luft. Wahrscheinlich überlegte sie, wie sie ihre Enthüllung noch dramatischer gestalten konnte.

»Ein Betrüger hat sich dreist in unsere Mitte geschlichen!«

»Ja, so etwas sagtest du bereits«, erwiderte die Baronesse kalt. »Komm zur Sache.«

Wäre die Lage nicht so ernst gewesen, hätte Ivy schmunzeln mögen. Nein, dieses Gespräch verlief nicht so, wie es sich Marie Luise ausgemalt hatte. So klang sie auch ein wenig verschnupft, als sie weitersprach.

»Ivy-Máire ist keine Erbin der Lycana! Sie besitzt überhaupt kein reines Blut. Wir haben eine Unreine in den Reihen unserer Akademie. Sie hat sich unter Lügen bei uns eingeschlichen, um unsere Geheimnisse zu ergründen, dabei ist sie nichts weiter als eine wertlose Servientin!«

Die Baronesse schwieg einige Augenblicke, doch Ivy kam es so vor, als könnte sie keine Überraschung spüren. War das möglich? Hatte die Baronesse bereits davon gewusst? Aber warum hatte sie Ivy dann gewähren lassen? Bei allen anderen Clanführern konnte sich Ivy vorstellen, dass sie ein Auge zudrückten, aber die stolzen Dracas?

»Wie kommst du zu deiner Anschuldigung?«, fragte die Baronesse nach einer Weile.

»Ist das nicht offensichtlich? Sie sieht noch immer aus wie ein Kind, während wir in den letzten Jahren gewachsen sind und uns zu unserem Vorteil entwickelt haben.«

»Nicht alle jungen Vampire entwickeln sich gleich. Es ist also lediglich eine Vermutung.«

»Nein! Natürlich war da zuerst der Verdacht, den ich schon eine ganze Weile hege. Wenn es nur das wäre, hätte ich sofort zu Euch kommen können. Ich habe sie aufmerksam beobachtet und siehe da, sie wurde bei einer der Fechtstunden von Karl Philipps Degen an Hals und Schulter verletzt.«

»Und?«

»Als ich sie am nächsten Abend sah, trug sie ein hochgeschlossenes Kleid, obgleich wir Tanzunterricht hatten, und der Schnitt an ihrem Hals blutete!«

»Dann kann sie keine Unreine sein«, gab die Baronesse zurück. Schwang da so etwas wie Erleichterung in ihrer Stimme? Warum? Weil sie nun glauben konnte, nicht von einer Lycana hinters Licht geführt worden zu sein?

»Nein! Wenn sie eine Lycana reinen Blutes wäre, hätte die Narbe zwar noch ein oder zwei Nächte zu sehen sein müssen, hätte aber nicht mehr bluten dürfen wie eine frische Wunde. Vermutlich hat sie sich selbst geschnitten, um davon abzulenken, dass die Verletzung in nur einem Tag völlig verschwunden war, wie es nur bei Unreinen der Fall sein kann.«

»Bist du jetzt fertig?«

»Nein, denn ich wollte noch einen Beweis und den habe ich hier«, frohlockte Marie Luise.

»Was ist das?«

»Eine Haarlocke von Ivy-Máire, die ich ihr gestern abgeschnitten habe, als sie bei der Anprobe ihres Ballkleides so abgelenkt war, dass sie nichts bemerkt hat.«

Unwillkürlich griff sich Ivy an den Hinterkopf und stöhnte. Wie hatte ihr das passieren können? Wo war sie mit ihren Gedanken gewesen und was hatte Seymour getan, dass auch ihm nichts aufgefallen war? Natürlich. Er war aus dem Zimmer geschickt worden, um den Schneider und seine Mädchen nicht zu beunruhigen.

»Ihr könnt es gerne nachprüfen. Ihr fehlt heute Nacht kein einziges Haar, denn es ist in den wenigen Stunden nachgewachsen. Sie ist nur eine Unreine, daran besteht kein Zweifel.«

Ivys Finger tasteten über ihr volles, unversehrtes Haar. Natürlich. Marie Luise hatte recht. Eine Erinnerung stieg in ihr auf. Rom. Das erste Jahr der Akademie. Schon damals war ihr eine Haarsträhne fast zum Verhängnis geworden. Damals war es Franz Leopold gewesen, der unwissentlich beinahe ihr Geheimnis verraten hätte. Über Monate war sie gezwungen gewesen, jeden Abend als Erstes eine Strähne abzuschneiden und dann unauffällig verschwinden zu lassen. Und dennoch waren Luciano damals schon die kleinen Unterschiede aufgefallen und er hatte seine Schlüsse gezogen. Bei dem Gedanken an den Nosferas huschte ein Lächeln über Ivys Gesicht. Wie sehr er innerlich und äußerlich gewachsen war. Wie treu er ihr als Freund zur Seite stand!

Die Baronesse sagte noch immer nichts. Vielleicht saß sie dort drin, starrte auf die silberne Haarlocke und überlegte, was sie angesichts dieses unumstößlichen Beweises nun mit der Verräterin machen sollte.

»Was werdet Ihr nun tun?«, erkundigte sich Marie Luise, offensichtlich enttäuscht von der Reaktion der Baronesse.

»Das muss ich ganz sicher nicht mit dir besprechen.«

»Aber Ihr werdet doch etwas unternehmen? Ihr müsst sie für diese Täuschung hart bestrafen. Ihr müsst sie in Schande hinauswerfen und mit ihrer wilden Bestie davonjagen. Und die Lycana, sie müssen erfahren, dass sich die Dracas nicht ungestraft täuschen lassen.«

»Raus jetzt! Ich werde etwas unternehmen, wenn ich es für richtig halte, und nur dann. Das Ganze geht dich nichts mehr an. Du wirst jetzt deinen Pflichten nachkommen und dich nicht weiter darum kümmern. Und ich verbiete dir, es irgendjemandem gegenüber zu erwähnen.«

»Wie Ihr wünscht, Baronesse Antonia«, antwortete Marie Luise in schnippischem Ton.

Rasch zog sich Ivy in das benachbarte fensterlose Ankleidezimmer zurück. Sie hörte Marie Luises Ballkleid rascheln, als diese hinausrauschte. Ivy wartete eine Weile, ehe sie ihr lautlos folgte. Vor der nun angelehnten Tür verharrte sie noch einen Augenblick. Sie versuchte, die Gedanken der Baronesse aufzufangen, drang aber nicht zu ihrem Geist durch. Natürlich. Sie gehörte zu den Dracas, deren geistige Fähigkeiten am weitesten entwickelt waren, und hatte gelernt, sich gegen solche Angriffe zu schützen. Ivy fing lediglich ihre Stimmung auf. War das Besorgnis? Seltsam. Das war das letzte Gefühl, das Ivy erwartet hätte. Sie bohrte etwas tiefer. Ja, da war Zorn, doch nein, er richtete sich gegen Marie Luise und ihre Neugier, nicht gegen die Lycana. Nun verstand Ivy überhaupt nichts mehr. Sie spürte, dass sich die Baronesse näherte, und machte sich rasch davon.

Der Rest der Nacht verlief wie im Rausch. Sie traf auf Luciano, der von einer Wolke aus Verzweiflung umgeben schien. Ivy versuchte ihn zu trösten, obgleich sie zugeben musste, nicht ganz bei der Sache zu sein.

»Hindrik ist bei ihr. Mach dir keine Sorgen. Wir können jetzt nicht weg. Es wird alles gut. Morgen werden wir nach ihr sehen.«

Sie ergriff seine Hand und sah ihm in die Augen. Der tiefe

Schmerz in ihnen erstaunte und rührte sie. Wie glücklich durfte sich Clarissa schätzen, so geliebt zu werden – und doch war es diese Liebe gewesen, die sie ihr Leben gekostet hatte. Nun wartete etwas anderes auf sie. Ein Dasein in kalter Dunkelheit – doch war ihr nun nicht Luciano Licht und Wärme? Wenn sie es zuließ. Wenn sie ihm verzieh. Ivy hoffte für beide, dass er nicht gezwungen sein würde, sie gegen ihren Willen bei sich zu behalten. Denn sie wusste, dass sich nicht alle Servienten von Anfang an demütig in ihr Schicksal fügten.

Luciano ging davon, um mit seiner Cousine am nächsten Kotillon teilzunehmen. Ivy trat zu Alisa. »Du tanzt heute Abend nicht?«

»Nur wenn es sein muss.« Sie zog eine Grimasse. »Ich habe erst mit Sören und dann mit Luciano getanzt, um ihn ein wenig abzulenken, aber sehr erfolgreich war ich damit nicht. Ich habe ihn zwei Mal dabei erwischt, wie er sich davonschleichen wollte, aber die beiden Servienten am Tor befolgen ihre Anweisungen und lassen in dieser Nacht keinen der Erben hinaus. Ich hätte ihn ja begleitet, um ihm und Clarissa bei ihrer Wandlung beizustehen. Wobei ich ehrlicherweise zugeben muss, dass ich einfach unglaublich neugierig bin, wie das vonstatten geht.«

»Schmerzhaft«, antwortete Ivy trocken. »Glaube mir, für Luciano ist es besser, dass er es nicht sieht. Es gibt nichts, was er in diesen Stunden für sie tun könnte, und ich fürchte, nicht einmal Clarissas Liebe ist in dieser Phase stark genug, dass sie ihn nicht dafür verflucht, was er ihr angetan hat.«

Die Nacht ging zu Ende. Die Gäste begannen, sich zu verabschieden. Die, die dem Champagner so sehr zugesprochen hatten, dass sie nicht mehr alleine gehen konnten, wurden von ihren Dienern in ihre Kutschen verfrachtet, wo sie einfach einschliefen. – Oder war nicht allein der Champagner an ihrem Zustand schuld? Vielleicht bei manchen. Ein Hauch von frischem Menschenblut schwebte durch das Palais Coburg. Ein paar Dracas hatten sich offensichtlich nicht die ganze Nacht über zurückhalten können oder wollen. Na, solange nicht irgendwo ein paar Leichen zurückblieben. Heute vermutlich nicht. Ivy war sich allerdings sicher, dass dies vor dem Pakt, den die Clans geschlossen hatten, nicht gerade selten vorgekommen war. Auch wenn man es vermutlich vermieden hatte, sich an den Mitgliedern der höheren Gesellschaft zu vergreifen, deren plötzliches Fehlen zu große Aufmerksamkeit erweckte.

Der Gedanke brachte sie wieder zu Clarissa zurück. Sie war eine Tochter aus dem Haus Todesco. Zwar spottete die Gesellschaft und die Presse über die mangelnde Bildung ihres Vaters, dennoch gehörte die Bankiersfamilie zum angesehenen Geldadel der Ringstraßengesellschaft, auf die selbst der Kaiser sein Augenmerk richtete – natürlich, er brauchte ja ihr Geld. Wie würden sie auf das Verschwinden der Tochter reagieren? Was würde die Kriminalpolizei unternehmen? Ivy konnte nur hoffen, dass sowohl die Familie als auch die Polizei zu dem Ergebnis kam, sie sei mit ihrem Liebhaber durchgebrannt. Ob ihre Eltern jemals darüber hinwegkommen würden?

Und Clarissa? Würde sie nach ihrer Wandlung noch das Bedürfnis verspüren, mit ihrer Familie Kontakt aufzunehmen? Solche Fälle gab es. Nicht häufig, denn zumeist ging der größte Teil der alten Persönlichkeit verloren. Aber es gab auch Vampire, die sich noch lange ihrem menschlichen Dasein verbunden fühlten. Sie litten unter der Zerrissenheit, die sie zu verzehren drohte, bis schließlich Stück für Stück über Jahre hinweg ihr altes Ich starb. Sie konnte für Clarissa nur hoffen, dass ihr dieser langsame Tod erspart blieb.

Endlich war das Fest vorbei. Der letzte Fiaker rollte davon. Ivy fühlte sich ausgelaugt, als sie die Treppen zu ihrem Zimmer unter dem Dach hinaufstieg. Alisa war schon da und ließ sich aus ihrem Ballkleid helfen. Seymour saß neben ihr und richtete nun seinen Blick auf Ivy. Während sich die Lycana entkleiden ließ, teilte sie mit Seymour ihre Gedanken.

Verstehst du ihre Reaktion? Haben wir die Baronesse falsch eingeschätzt? Sie ist eine Dracas! Wie kann das sein?

Auch Anna Christina hat sich geändert und stand den anderen Erben in der Not bei, erinnerte Seymour. *Vielleicht ist in der Tiefe vieles nicht, wie es an der Oberfläche scheint.*

Vielleicht, räumte Ivy ein. *Und dennoch werde ich den Verdacht nicht los, dass noch etwas ganz anderes dahintersteckt.*

Für heute jedenfalls bist du der drohenden Gefahr entkommen und darfst dich ohne Sorge zur Ruhe legen, sagte Seymour sanft.

Ja, vielleicht hat der tödliche Pfeil sein Ziel verfehlt. Vielleicht ist er nur ein wenig langsamer, als wir dachten. Ändern können wir es nicht. Es bleibt uns nur, uns dem Schicksal zu stellen, wenn es uns ereilt.

Ich weiß, zum Weglaufen ist es nun zu spät. Auf solch eine Torheit wartet der Meister sicher schon.

Ivy wünschte Alisa eine ungestörte Ruhe und legte sich in ihr Bett. Die Hände vor der Brust gefaltet, erwartete sie die Starre, die ihre Gedanken zur Ruhe bringen würden. Das Letzte, was in ihr Bewusstsein vordrang, war seine Stimme. Und ihr Leib bebte unter seiner Macht.

Ivy, endlich ist es so weit! Das Warten ist vorbei. Die Jahre der Ungewissheit und der Qual liegen hinter uns. Ich bin hier. Ganz in deiner Nähe, aber das hast du längst gespürt. Ich habe dich in meinen Gedanken gesucht, seit ich Braşov hinter mir gelassen habe. Du ahnst noch immer nicht, was dich erwartet? Dann will ich die Spannung noch ein wenig länger erhalten. Schlafe nun und lass die Gedanken in die wohlige Finsternis hinabfallen. Und wenn du wieder erwachst, freue dich. Denn bald schon wirst du vor mir stehen. Und dann gibt es nichts mehr, was uns trennt.

*

Hindrik saß die ganze Nacht neben dem geöffneten Sarg, den sie aus der Michaelergruft geholt hatten. Er selbst hatte in dem zweiten daneben geruht. Er verspürte Hunger, wagte aber nicht, sich auch nur für einige Minuten zu entfernen. Es war Alisas Wunsch und er hatte ihr sein Wort gegeben, Clarissa nicht einen Augenblick alleine zu lassen. Was war schon eine Nacht des ungestillten Hungers in seiner Ewigkeit?

Lange schon hatte er aufgehört, seine Jahre zu zählen. Und dennoch waren seine Erinnerungen noch immer frisch. Damals, als er ein Mensch gewesen war, hatten die Männer noch Schleifen in ihrem langen, gelockten Haar getragen, Juwelen funkelten in den Halsbinden, der Brokat der langen Röcke war üppig mit Gold oder Silber bestickt. Herren trugen Kniehosen und seidene Strümpfe zu ihren Schnallenschuhen. Die verschwenderische Pracht an den Fürstenhöfen war unbeschreiblich, denn jeder wollte mit dem prächtigsten aller Juwelen wetteifern: Versailles, das zum Inbegriff absolutistischer Herrschaft geworden war. Ein immerwährendes Fest, während das Volk litt und hungerte. Aber war das nicht schon immer so gewesen? Hatte sich überhaupt etwas geändert? Saßen nicht auch die Habsburger hier in ihrer Hofburg oder in Schönbrunn, der Hofadel und die Geldbarone in ihren Palais, schmausten und feierten und verschlossen die Augen vor dem Elend, das rund um Wien direkt hinter dem Linienwall begann? Wo die Menschen um das tägliche Brot kämpften, wo sie arbeiteten, bis ihr Körper ihnen den Dienst versagte, und doch froh sein konnten, überhaupt ein paar Münzen zu verdienen und vielleicht ein Dach über dem Kopf zu haben – das sie dann mit unzähligen anderen teilten. Jedes Fleckchen Boden taugte noch dazu, einen Schlafgänger aufzunehmen, um die verbrecherischen Mieten für die Löcher zu bezahlen, die die Bezeichnung Wohnung eigentlich nicht verdienten. Und in das noch warme Bett zog einer der Nachtarbeiter ein, um Kräfte für seine nächste Schicht zu sammeln. Nichts war in Wien so begehrt und unerschwinglich wie Wohnraum und so verfügte ein Bewohner in den Vororten oft nicht einmal über so viel Platz, wie die Justizbehörde jedem Verbrecher im Gefängnis zusprach.

Hindrik hatte in seinem menschlichen Leben nicht zu den Privilegierten gehört, die Seidenhosen trugen. Nach der Mühsal seines Lebens schien ihm sein neues Dasein in der Finsternis zu Beginn einfach nur leicht und frei. Wie aber würde Clarissa aus dem reichen Hause Todesco empfinden?

So saß Hindrik reglos da, lauschte den gedämpften Geräuschen, die von beiden Enden des Lüftungsganges zu ihm hereinwehten, und betrachtete das tote Mädchen zu seinen Füßen. Ja, noch war sie tot. Es hatte noch nicht begonnen. Ihre Seele hatte sich verabschiedet und nur den Körper zurückgelassen. Wunderschön mit dem regelmäßig geschnittenen, schmalen Gesicht, das so blass war, als wäre die Wandlung schon vollzogen. Die Wimpern waren ausdrucksvoll lang und dicht und verhüllten die Augen, deren letzter Ausdruck in ihrem Leben Schmerz gewesen war. Kein körperlicher Schmerz. Seelische Qual. Vielleicht eine Vorahnung des Verrats, den ihr Geliebter an ihr begangen hatte, dem sie doch so blind vertraut hatte.

Sie trug noch immer das zart fliederfarbene Nachtgewand, das sich um ihren schlanken Mädchenkörper schmiegte. Das kastanienbraune Haar lockte sich um Hals und Schulter bis hinab zu ihrer schmalen Taille. Ja, Hindrik konnte verstehen, warum Luciano sich in dieses Mädchen verliebt hatte. Dennoch fühlte er Bedauern. Es würde nicht einfach werden. Weder für den Nosferas noch für Clarissa. Es war wohl nur eines der Märchen, an welche die Menschen so gern glaubten, dass Liebe den Tod überdauern konnte.

Eine Ratte huschte vorbei. Sonst regte sich nichts. Hindrik spürte den kühlen Luftzug vom Hofgarten her, angesogen von der sich im Schein der unzähligen Gaslichter nun rasch erwärmenden Luft im Opernhaus, die an den prächtig gekleideten Menschen emporstieg und dann durch Öffnungen im Dach in den Nachthimmel davonströmte. Was sich die Menschen so alles ausdachten!

Wieder wuselte eine Ratte vorbei. Hindrik bedauerte, dass er nicht wie die Erben gelernt hatte, sich ihres Geistes und ihrer Sinne zu bedienen. Zu gerne wäre er mit ihr bis ins Opernhaus gewandert, hätte dem Gesang der Darsteller gelauscht und sich am Geruch der Besucher berauscht. So blieb ihm nichts anderes, als zu warten.

Die Stunden verstrichen. Längst war die Vorstellung in der Oper vorüber und Darsteller und Gäste nach Hause gegangen. Nun waren vermutlich die Ratten die einzigen Lebewesen, die noch im Opernhaus umherstrichen. Mitternacht kam und ging.

Was die anderen wohl gerade machten? Das Fest im Palais Coburg war sicher in vollem Gang. Vielleicht tanzte Alisa gerade mit Franz Leopold. Hindrik hatte sie in ihrer Tanzstunde einmal beobachtet. Eine Vamalia und ein Dracas? Wer hätte gedacht, dass sie so harmonieren könnten. Und Sören mit Chiara? Wie die Zeiten sich änderten. Die Idee der Akademie schien aufzugehen, vielleicht mehr, als sich viele heimlich wünschten. Nicht alle Vampire würden die neue Entwicklung begrüßen. Zu lange waren die Vorurteile gepflegt worden. Hindrik konnte sich davon nicht ausnehmen. Noch immer schien ihm die Galle hochzusteigen, wenn er an Tammo und die beiden Pyras dachte, die nach wie vor die dicksten Freunde waren. Wenn überhaupt, hatte sich deren Bindung in Paris noch gefestigt. Hindrik tat sich schwer, auch nur vor sich selbst zuzugeben, dass die Pyras, wie er sie in den Monaten in ihren Labyrinthen unter der Stadt kennengelernt hatte, nicht so übel waren wie ihr Ruf. Sie waren roh, ungebildet und schmutzig, aber sie hatten die Erben wertvolle Dinge gelehrt, die sie in ihrem Überlebenskampf gegen die Menschen stärken würde.

Was war das? Hindrik beugte sich ein wenig vor. Irrte er sich, oder hatte sich das Mädchen gerade bewegt? Ein leichtes Rascheln. Wieder nur eine Ratte? Nein, es kam aus dem geöffneten Sarg.

Hindrik drehte den Docht der kleinen Öllampe höher, die Alisa ihm gegeben hatte. Die flackernde Flamme ließ Schatten über das Antlitz tanzen und täuschte vor, es würde zum Leben erwachen. Nein, noch war es nicht so weit. Oder doch? Plötzlich zuckten die Beine unter dem langen Nachtkleid, und dann bewegten sich die Finger der linken Hand. Es hatte begonnen.

Hindrik dachte an seine eigene Wandlung zurück, doch alles, was ihm einfiel, war die Finsternis, die ihn umschlang und unerbittlich von dem verlockend warmen Lichtschein wegzog, der ihn sanft umhüllen wollte. Und dann kam der Schmerz. Nichts, was er in seinem Leben erfahren hatte, konnte sich auch nur annähernd mit diesem Schmerz messen. Und er hatte kein einfaches Leben gehabt!

Ihre Gesichtsmuskeln begannen zu zittern. Unvermittelt riss Clarissa die Augen auf. Ihr Oberkörper bäumte sich auf, sie öffnete die Lippen und schrie! Obgleich Hindrik darauf gewartet hatte, zuckte er unter der namenlosen Pein zusammen. Er sprang auf und ließ sich neben dem Sarg auf die Knie fallen. Seine Arme schlossen sich um den bebenden Leib. Nicht zärtlich, nein, es war schon mehr nötig, sie in ihrem Sarg zu halten. Das waren nicht mehr die Kräfte eines Mädchens. Das war die ungestüme Gewalt der Natur, die den menschlichen Leib in den eines Vampirs verwandelte. Ihr Körper starb und war nur noch eine Hülle, die – statt wie bei einem normalen Toten von Fäulnis zersetzt zu werden und zu zerfallen – von etwas anderem ausgefüllt wurde, das Hindrik nicht so recht zu benennen wusste. Vielleicht war es etwas wie diese Bakterien, die der Wissenschaftler Pasteur entdeckt hatte. Winzige, unsichtbare Lebewesen, die nicht nur Milch verderben ließen, sondern auch menschliche Körper schwächten oder gar töteten, wenn sie sich in ihrem Wirt ausbreiteten wie Parasiten. Ja, vielleicht gab es so etwas wie einen Vampirerreger, der sich in dieser ersten Nacht im Körper seines Opfers ausbreitete und sein Blut, sein Gewebe, Haut und Knochen veränderte, bis der widerstandsfähige Leib eines Vampirs entstand, der mit jedem Jahr noch stärker und schneller wurde. Zwar nicht unverletzlich, doch nur noch durch wenig auf dieser Welt gänzlich zu zerstören. Wenn das Herz, das schon lange nicht mehr schlug, von Silber durchbohrt wurde, wenn der Kopf von den Schultern fiel oder die Strahlen der Sonne den Vampir verbrannten. Ansonsten gab es nichts, das nicht an einem Tag während der Totenstarre wieder heilen konnte. In diesem Punkt waren die Unreinen stärker als die Vampire der reinen Blutlinien und Hindrik fragte sich, wie es kam, dass sie in manchen Clans den Reinen untertan waren. Vielleicht gerade weil sie die eigentlich Stärkeren waren? Wurden sie von ihren Schöpfern von Anfang an unterdrückt, damit sie nicht auf die Idee kamen, die Herrschaft an sich zu reißen und den Spieß herumzudrehen? Schon möglich. Bei den Vamalia jedenfalls war es ein gleichberechtigtes Miteinander. Das gefiel ihm. Es gab keinen Grund, dies zu ändern. Dame Elina führte den Clan zu seinem Vorteil und alle hielten sich an ihren weisen Rat.

Clarissa wand sich und versuchte, um sich zu schlagen, doch Hindrik hielt ihre Arme fest. Sie rollte mit den Augen, schrie und wimmerte im Wechsel. Mal krampfte sie sich zusammen, dann zitterte sie wieder oder versteifte sich plötzlich, wie in Todesstarre. Hindrik blieb einfach bei ihr und bewahrte ihren Körper davor, Schaden zu nehmen, wenn sie blind davonzulaufen versuchte oder der Schmerz sie dazu treiben wollte, ihren Kopf gegen die Ziegelwand zu schlagen. Schweigend harrte er aus. Ihr Geist war noch lange nicht so weit, dass er Erklärungen verstehen oder Ratschläge hätte aufnehmen können. Und obwohl sie ihre Augen immer wieder weit aufriss, sah sie nichts von ihrer Umgebung. Nahm vermutlich nicht einmal den Vampir wahr, der sie in den Armen hielt, ganz gleich, wie sehr sie auch tobte. Erstaunlich, was für Kräfte sie bereits entwickelte. Ein jüngerer Vampir hätte vielleicht Schwierigkeiten gehabt, sie zu bändigen.

Hindrik spürte, wie die Sonne nahte. Bald würde es vorbei sein. Sein Geist wurde träge, sein Körper schwer, doch das Mädchen hörte nicht auf, sich gegen seine Wandlung zu wehren. Endlich, als es Hindrik schon nicht mehr gelang, die Lider offen zu halten, versteifte sich ihr Körper und erschlaffte dann. Die Arme noch immer um sie gelegt, sank Hindrik nach hinten und zog sie mit sich in den offenen Sarg. So hielt er sie den ganzen Tag umschlungen, während die Sonne über Wien hinwegzog und Körper und Geist der jungen Vampirin eine Erholungspause gönnte.

EINE NEUE VAMPIRIN

Alisa hatte kaum die Augen aufgeschlagen, da sprang sie schon aus dem Bett, warf sich ein einfaches Kleid über und stürzte aus dem Zimmer. Ivy sah ihr verwundert nach, beeilte sich aber, ihr zu folgen. Als sie unten an der Prunktreppe ankam, hatte Alisa gerade Luciano am Ärmel gepackt und redete aufgeregt auf ihn ein: »Nein, du wartest auf uns. Ich weiß, dass du es eilig hast, doch die wenigen Augenblicke kannst du abwarten bis – da kommen Ivy und Seymour ja schon. Nun reg dich ab. Wir gehen ja schon und sehen nach deiner Clarissa, wobei du dir wirklich keine Sorgen machen musst. Hindrik hat schon auf sie achtgegeben.«

Sie ließ ihn los. Luciano zupfte sich mit einer Grimasse den Ärmel zurecht.

Du wirst das Palais nicht verlassen! Ich warne dich. Notfalls bin ich bereit, mich zu wandeln und dich mit Gewalt zurückzuhalten. Er ist dort draußen und wartet nur darauf, dass du ungeschützt deinen Fuß vor die Tür setzt.

Ich weiß, gab Ivy in Gedanken zurück. *Und er würde sich auch nicht von Alisa und Luciano abhalten lassen. Sie wären nur ein lästiges Hindernis, das es zu beseitigen gilt.*

Ja, er wäre durchaus in der Lage, sie zu vernichten, falls sie sich ihm in den Weg stellen – und du kennst deine Freunde. Sie sind mutig und würden bis zu ihrem letzten Blutstropfen für dich einstehen.

Ivy nickte. Laut sagte sie: »Es tut mir leid. Ich kann euch nicht begleiten. Ihr solltet Dario zu eurer Sicherheit mitnehmen.«

Alisa und Luciano starrten sie so entsetzt an, als habe sie das Ende der Welt verkündet.

»Du kommst nicht mit? Warum?«

Ivy zögerte. »Wir können später darüber sprechen. Geht jetzt und seht nach Clarissa, kommt aber rechtzeitig wieder. Wir haben heute Unterricht und es sollen noch einige Anweisungen für den morgigen Theaterbesuch verkündet werden.«

Alisa schnaubte abfällig durch die Nase. »Als ob dies unsere erste Theateraufführung wäre.«

»Zumindest die erste offizielle unter der Obhut der Dracas«, wandte Ivy ein.

»Na und?« Dennoch versprach Alisa, Luciano notfalls mit Gewalt zurückzuschleppen, damit sie rechtzeitig zum Unterricht wieder da wären.

»Und nun lass uns gehen«, drängte sie nach einem kurzen Blick zum oberen Treppenabsatz. Ivy musste sich nicht umdrehen, um zu wissen, dass Franz Leopold die Stufen heruntergeschlendert kam. Noch immer spürte sie seine Gegenwart deutlicher, als es ihr lieb sein konnte.

»Ah, ihr wolltet ohne mich aufbrechen?«, näselte der Dracas, wie er es schon eine ganze Weile nicht mehr getan hatte.

»Ja! Das ist nichts, was dich etwas anginge«, fuhr ihn Alisa an.

Franz Leopold überwand die letzten Stufen mit ein paar Sprüngen. »Mag sein«, gab er ungerührt zu, »doch ich frage mich, ob ihr das unglückliche Geschöpf nun monatelang in einem Lüftungsgang verstecken wollt. Das könnte ihr aufs Gemüt schlagen. Solch eine Behandlung ist das Fräulein von Todesco nicht gewöhnt.«

»Sie ist nicht mehr das Fräulein von Todesco. Sie ist jetzt ein

Vampir«, gab Alisa mit gedämpfter Stimme zurück. »Und das ist ganz alleine deine Schuld.«

Es war zwar keiner der Dracas zu sehen, doch man wusste nie, wohin sie ihre Sinne ausrichteten.

Franz Leopold ließ sich nicht beeindrucken. »Ich war ein wenig daran beteiligt, das gebe ich zu, aber ich will mich nicht mit fremden Federn schmücken. Der Gerechtigkeit halber muss ich dich daran erinnern, dass nicht ich sie an den Rand des Todes gesaugt habe und auch nicht direkt an ihrer Wandlung beteilig war. Das darf unser Nosferas für sich verbuchen.«

»Egal, doch du hast das Unglück angestoßen. Und nun verschwinde. Wir müssen sehen, wie es Clarissa heute Nacht geht.«

»Tut, was ihr nicht lassen könnt. Ich kam nur, um vorzuschlagen, sie an einen wohnlicheren Ort zu bringen. Wenn ihr allerdings den Luftschacht für angemessen haltet …« Er zuckte mit den Schultern.

»Tun wir nicht, aber wohin sollten wir sie schaffen, ohne sie in Gefahr zu bringen? Hierher ins Palais Coburg etwa? Nicht einmal in den Kasematten wäre sie vor Entdeckung sicher.«

Franz Leopold nickte hoheitsvoll. »Da stimme ich dir zu. Es ist sicher schwierig, den Dracas in ihrem eigenen Haus etwas zu verbergen. Doch ihr könntet euch fragen, ob mir als Wiener nicht ein anderes geeignetes Domizil bekannt wäre.«

Luciano sah ihn interessiert an. »Woran denkst du?«

»An ein Haus, in dem sie sich wohlfühlen dürfte, auch wenn es vielleicht nicht so prächtig ausgestattet ist wie das Palais Todesco. Und auf ihre Dienerschaft müsste sie ebenfalls verzichten. Sie kann Hindrik ja ein wenig herumkommandieren, wenn er sich das gefallen lässt, was ich mir durchaus vorstellen könnte. Schließlich ist er von Alisa nichts anderes gewöhnt.« Er warf ihr einen schnellen Blick zu und sie sprang auch gleich auf die Provokation an.

»Ich scheuche Hindrik nicht herum. Im Gegensatz zu euch Dracas respektieren wir unsere Servienten und deren Meinung und halten sie nicht wie Sklaven!«

Luciano rollte mit den Augen. »Bei allen Dämonen, Alisa sei nicht so kindisch. Lernst du denn nichts dazu? Leo muss nur den richtigen Akkord anschlagen und schon wirst du zur Furie. Als ob das jetzt wichtig wäre. Sag uns lieber, an was für einen Ort du denkst, Leo. Oder komm mit uns und berichte uns unterwegs. Wenn das Haus passt, bringen wir Clarissa gleich hin.«

Alisa warf noch einen kurzen Blick zu Ivy und Seymour. »Wir beeilen uns, damit wir rechtzeitig zurück sind«, versicherte sie ein wenig abwesend. Lucianos Worte hatten sie getroffen. War sie wirklich kindisch? Lernte sie nicht dazu? Doch wie konnte Luciano so abgeklärt sein und vernünftig mit Leo umgehen, wo er ihn derart enttäuscht und sein Vertrauen missbraucht hatte? Hatte nicht Luciano viel mehr Grund, Leo dafür zu hassen? Dennoch dachte er klarer als sie und ließ sich nicht von seinen zornigen Gefühlen leiten. Ihm war nur wichtig, das Beste für Clarissa zu tun. Dafür war er bereit, Leos Hilfe anzunehmen. Wie aber sah es in seinem Innern aus? Konnte er Leo auch verzeihen? Hatte ihre Freundschaft noch eine Chance oder sprach er nur mit ihm, weil die Umstände ihn dazu zwangen?

Und sie? Was war mit ihr selbst? Noch brodelten Zorn und tiefe Enttäuschung. Und dann? Was würde übrig bleiben, wenn die Wut abgeklungen war?

Mit diesen verwirrenden Gedanken verließ sie das Palais und schloss zu Franz Leopold und Luciano auf, die mit großen Schritten die Seilerstätte hinuntergingen.

Vom First des gegenüberliegenden Hauses erhoben sich zwei Raben und folgten ihnen. Erschreckt löste sich Ivy aus Alisas Gedanken, in die sie sich wieder einmal hatte hineinziehen lassen, und sah den Raben hinterher.

Meinst du, sie folgen ihnen in seinem Auftrag?, fragte Seymour.

Schon möglich. Aber warum, wenn er nur an mir interessiert ist?

Sie stiegen langsam die Treppe wieder hinauf. Aus den Augenwinkeln sahen sie Sören und Chiara in einer Kammer verschwinden. Die Glücklichen! Wie unbeschwert sie ihre erste Liebe auskosten konnten.

Du weißt, es gibt noch eine andere Möglichkeit, bemerkte der Wolf. *Ich bin auf Spuren gestoßen, die mir unheimlich bekannt vorkamen. Auch du hast sie gewittert und Alisa hat sie in der Gruft gefunden.*

Ivy nickte mit einem Seufzer. *Ich weiß. In meiner Heimat, in der Grotte unter Dunluce, habe ich es das erste Mal gerochen. Es ist diese Fährte fremder Vampire, die zu keinem unserer Clans gehören. Vermutlich hatte Erik mit seiner Behauptung recht, dass es noch einen siebten Clan gibt. Dort im Osten, im äußersten Ungarn, in den düsteren Wäldern Transsilvaniens. Vielleicht sind meine Freunde in Gefahr, während ich mich feige hier im Palais der Dracas verstecke.*

Sie haben sich bislang damit begnügt, uns zu beobachten. Gehen wir davon aus, dass es heute nicht anders ist und konzentrieren wir uns lieber auf die Gefahr, die dir mit Sicherheit droht, wenn du dich auch nur einen Schritt hinauswagst!

*

»Leo, nun erzähl schon. Was ist das für ein Ort, an den du Clarissa bringen willst?«

Sie stürmten durch die Gassen auf die Oper zu, ohne darüber nachzudenken, dass ihnen die ungebührliche Eile neugierige Blicke eintrug. Matthias und Dario folgten in einigem Abstand.

»Wie ich schon sagte, ein Haus, nicht schlecht, wenn auch nicht so prächtig, wie sie es gewohnt sein dürfte.«

»Und wo steht das Haus?«, drängte Alisa, obwohl sie ja nicht mit Leo sprechen wollte. »Nun lass dir doch nicht jedes Wort aus der Nase ziehen.«

»Auf der anderen Seite der Stadt, was vielleicht ein kleines Problem darstellt. Aber wir werden sie schon dort hinbekommen, ohne zu viel Aufsehen zu erregen. Es steht im Nordosten der Stadt, wo früher die Stadtmauer zur Donau verlief. Es ist nicht sehr groß und seine Fassade ein wenig schmucklos, doch seine Bewohner waren durchaus keine armen Leute. Der Letzte, der dort gewohnt hat, war van der Nüll, der Architekt der Oper, der sich dann kurz darauf das Leben nahm.« Franz Leopold zuckte mit den Schultern. »Was mich nicht besonders wundert.«

»Warum wundert dich das nicht? Und wie kommst du auf den Gedanken, das Haus würde noch immer leer stehen?«, erkundigte sich Luciano.

»Es bringt Unglück. Kein Mensch hat es je lange dort ausgehalten und vielen ist etwas zugestoßen. Sie wurden verrückt oder haben selbst Hand an sich gelegt. Nun traut sich keiner mehr, dort einzuziehen.«

»Ein geeigneter Ort, wahrlich«, kommentierte Alisa sarkastisch.

»Ist das alles nur Zufall oder woran liegt das?«, fragte Luciano.

»Für einen Zufall würde ich es nicht halten«, meinte Franz Leopold nachdenklich. »Man sagt, die ruhelosen Seelen von Ermordeten würden sich dort am Rabensteig in diesem Haus herumtreiben. Selbst wenn dies stimmt – was sollten sie einem Vampir anhaben?«

Alisa konnte nicht umhin, der Überlegung zuzustimmen. »Wichtiger ist es für uns, dass sich die Menschen von diesem Ort fernhalten.«

»Und auch die Dracas meiden das Haus von jeher«, ergänzte Franz Leopold. »Vielleicht sind ihnen die unerlösten Seelen unangenehm. Ich weiß nicht, aber ich denke, wir müssen uns nicht an ihnen stören.«

Sie erreichten den Zugang zum Lüftungstunnel und folgten ihm in die Dunkelheit. Bald schon ahnten sie das Licht einer Lampe. Die beiden Särge tauchten im flackernden Schein auf. Der erste Sarg war leer. Der Deckel lehnte an der Wand. Und auch der zweite Deckel lag beiseite. In dem dazugehörigen Sarg dagegen entdeckten sie zwei Gestalten. Luciano sog scharf die Luft ein und ballte die Hände zu Fäusten. Alisa griff nach seinem Arm, damit er sich nicht auf Hindrik stürzte. Dieser lag auf dem Rücken in dem einfachen Holzsarg und auf ihm der reglose Mädchenkörper in seinem dünnen Seidennachtkleid, den er mit seinen Armen schützend umfangen hielt. So blass, so zerbrechlich lag sie da und rührte sich nicht. War ihr Versuch fehlgeschlagen? War Clarissa bei dem Versuch, sich zu wandeln, gestorben? Hatte Luciano trotz Ivys Hilfe die nötige Kraft gefehlt? Und was war mit Hindrik? Er war doch stets unter denen, die am Abend zuerst erwachten. Warum lag er nun mit geschlossenen Augen da und rührte sich nicht?

Alisa trat vorsichtig noch einen Schritt näher. »Hindrik?«, sagte sie leise.

Der Servient öffnete die Augen und sah sie an.

»Da seid ihr ja. Ich erwarte ihr Erwachen jeden Moment. Vielleicht ist sie dann schon ein wenig klarer im Geist, dass man sie nicht mehr vor sich selbst schützen muss. Es bleibt abzuwarten.«

Er hob ihren Körper hoch, als würde sie nicht mehr wiegen als ein Welpe, und legte sie Luciano in die Arme. Dann sprang er aus dem Sarg.

»Pass aber auf, wenn sie erwacht. Ihre Reaktionen können noch sehr heftig sein«, warnte er. Luciano nickte geistesabwesend und streichelte ihre blassen Wangen.

»Und wie war es?«, erkundigte sich Alisa.

»Nicht anders, als ich es erwartet hätte«, antwortete Hindrik ausweichend mit einem Seitenblick auf Luciano. Alisa nickte und ließ es dabei bewenden. Sie erzählte Hindrik von ihrem Plan, Clarissa in das Geisterhaus am Rabensteig zu bringen. Prinzipiell hatte er nichts dagegen einzuwenden. Natürlich war er nicht scharf darauf, wochenlang mit ihr in diesem schmalen Gang auszuharren. Allerdings äußerte er Bedenken, wie sie es schaffen sollten, sie und vielleicht auch noch die Särge zu dieser frühen Abendstunde unbemerkt durch die ganze Stadt zu schaffen.

»Sie kann jeden Augenblick zu sich kommen und keiner kann sagen, ob sie für Vernunft schon zugänglich ist«, warnte er. »Es ist möglich, dass sie noch immer schreit und tobt. Sie hat es noch nicht überstanden.«

Luciano zuckte zusammen und drückte den reglosen Körper mit einem Ausdruck tiefsten Mitleids an sich.

Und wieder war es Franz Leopold, der einen praktischen Vorschlag unterbreitete. »Wir sollten einen Fiaker nehmen. Das ist am unauffälligsten. Ich werde mich zu dem Kutscher gesellen und seinen Geist ein wenig beschäftigen, damit er nicht auf dumme Gedanken kommt.«

»Ein guter Einfall«, lobte Hindrik. Dem konnte Alisa nur zustimmen, brachte es aber nicht über sich, es auszusprechen. Vielleicht hatte Luciano ja recht und sie war noch immer kindisch und unreif – ganz im Gegensatz zu ihm, der sich nur um seine Liebe sorgte.

Franz Leopold machte sich mit Matthias auf und kam schon bald mit der Nachricht zurück, der Fiaker stünde direkt an der Mauer zum Hofgarten bereit. Luciano ließ es sich nicht nehmen, Clarissa zu tragen, während Hindrik hinter ihm ging, um rechtzeitig einzugreifen, sollte sich etwas Unvorhergesehenes ereignen. Doch das Mädchen regte sich nicht. Franz Leopold beauftragte Matthias und Dario, einen zweiten Wagen zu organisieren, der geeignet war, die Särge zum Haus am Rabensteig zu bringen.

»Vielleicht braucht ihr sie dort«, meinte er, als er den Wagenschlag schloss und zu dem träumerisch dreinsehenden Fiaker auf den Kutschbock stieg. Franz Leopold schnalzte mit der Zunge und die Pferde zogen an. Ihre Hufe klapperten am Kloster der Kapuziner vorbei, in deren ausgedehnter Gruft die Särge der Habsburgkaiser und ihrer Gemahlinnen ruhten, und dann über den neuen Markt dem Stephansdom zu. Von dort folgte der Fiaker der Rotenturmstraße, die direkt auf die Donaubrücke zuführte. Schräg versetzt verlief der abschüssig gekrümmte Rabensteig, wo Franz Leopold die Pferde vor einem unauffälligen Haus anhalten ließ. Die ganze Fahrt über hatte Clarissa nicht einmal mit den Lidern gezuckt. Wie tot lag sie in Lucianos Armen. Alisa konnte spüren, wie sehr er sich sorgte.

Franz Leopold entließ den verwirrten Fiaker, während Alisa bereits das Schloss der Haustüre mit ihrem praktischen Werkzeug öffnete. Sie traten in die schmale Halle, von der aus eine Treppe in den ersten Stock führte. Im Erdgeschoss fanden sie einen Lagerraum, Küche und Vorratskammer und eine Waschküche. Die Vampire stiegen die Treppe hinauf und durchquerten ein Vestibül, ein Speisezimmer, einen Salon und ein kleines Musikzimmer. Im Stock darüber lagen drei Gemächer mit angeschlossenen Ankleidezimmern. Unter dem Dach fanden sie, wie erwartet, einige einfache Kammern, die vom Personal bewohnt oder vermietet worden waren. Das ganze Haus war noch immer eingerichtet, als würden die Eigentümer jeden Moment zurückkehren. Nur die dicke Staubschicht sprach davon, dass hier jahrelang niemand mehr gewesen war, und vielleicht – wenn man näher hinsah – das Fehlen der Kleider und persönlichen Kleinigkeiten der Bewohner.

»Es ist perfekt«, gab Luciano zu. Und auch Alisa ließ sich gnädig zu einem Lob hinreißen. Sie stiegen noch in den Keller hinab, der sich als Ziegelgewölbe unter dem Haus erstreckte, aber bis auf ein paar Kisten mit altem Plunder leer war. Da die Vorhänge in den oberen Stockwerken ein wenig verschlissen waren und die Fenster nach Südosten wiesen, beschlossen sie, eines der Betten in den Keller hinunterzutragen.

»Ich werde in einem der Särge ruhen«, wehrte Hindrik ab, als Alisa ihm vorschlug, sich ebenfalls ein Bett zu nehmen.

Sie hatten Clarissas Lagerstatt gerade aufgestellt und das Mädchen auf die schon etwas verschlissene Decke gebettet, als ihr Körper unkontrolliert zu zucken begann. Ihr Mund öffnete sich. Für einen Augenblick blieb sie still, dann riss sie die Augen auf und schrie, dass es vom Gewölbe widerhallte. Luciano stürzte zu ihr und wollte sie in die Arme nehmen, um sie zu beruhigen, aber sie entwand sich ihm und stieß ihm so hart gegen die Brust, dass er rückwärts vom Bett fiel und auf dem Boden landete. Verdutzt starrte er das zierliche Mädchen an, das tobend um sich schlug.

»Erstaunlich, wirklich erstaunlich, was in dem kleinen Ding so steckt«, rief Franz Leopold über ihr Schreien hinweg. »Du wirst deine liebe Mühe haben, sie zu zähmen. Ich wünsche dir jedenfalls viel Spaß.«

»Hindrik, tu doch etwas!«, drängte Alisa.

Der Servient trat ans Bett, fing Clarissas Arme ein und presste sie gegen ihren Leib. Er zwang sie, ihm in die Augen zu sehen. Noch immer wehrte sie sich erbittert, doch Hindrik ließ nicht nach. Alisa war es, als hörte sie die zarten Knochen krachen.

»Tu ihr nicht weh«, jammerte Luciano.

»Nicht ich bin es, der ihr Schmerzen bereitet«, antwortete Hindrik trocken. Endlich versiegten ihre Schreie und sie starrte den Servient wie hypnotisiert an. Die anderen atmeten auf.

»War es das?«, wollte Alisa wissen.

Hindrik lachte ein wenig bitter. »Nein, nur eine kleine Verschnaufpause. Es ist nicht so einfach, vom Mensch zum Vampir zu werden. Ihr dürft Clarissa ruhig noch ein wenig Zeit geben.«

»Vampir?«

Es war das erste Wort, das seit ihrem Tod über ihre Lippen kam. Sie wandte den Kopf und ließ den Blick über die drei jungen Vampire schweifen. Verwirrt runzelte sie die Stirn. Hindrik ließ sie los und zog sich ein wenig zurück.

»Luciano«, sagte Clarissa mit schleppender Stimme.

»Ich bin hier«, rief er und eilte zu ihr. Er wollte nach ihren Händen greifen, doch sie zog sie zurück und umklammerte stattdessen hilfesuchend Hindriks Arm.

»Du hast mich getötet!«, stieß sie fassungslos aus, als ein Stück ihrer Erinnerung zurückkehrte. »Ich bin verblutet und gestorben.«

»Ja, nein, ganz so war es nicht«, stotterte Luciano verlegen. »Ich kann dir alles erklären. Später, aber nun ruh dich erst einmal aus und erhole dich.«

Seine Worte schienen sie noch mehr zu verwirren. »Ich bin tot!«, beharrte sie. »Ist das nun das Fegefeuer, in dem ich meine Sünden büßen muss, bis ich erlöst werde? Oder waren meine Verfehlungen so groß, dass der Teufel meine Seele holt?« Sie sah sich um. Verwirrung stand in ihrem Gesicht. Nein, weder das Fegefeuer noch die Hölle hatte sie sich so vorgestellt.

Zaghaft kam Luciano wieder näher. »Es ist nur passiert, weil ich dich so sehr liebe und begehre. Ich wollte dich nicht verlieren, kannst du das verstehen?«

»Du hast mich getötet, weil du mich liebst?«

»Du bist nicht tot. Oder zumindest nicht richtig. Nur dein Leben als Mensch ist zu Ende. Jetzt beginnt dein neues Dasein als Vampir, an meiner Seite – mit uns allen!«

Sie richtete ihren Blick auf Luciano, doch Alisa konnte nicht sagen, ob sie ihn wirklich erkannte. Es schien ihr schwerzufallen, seine Worte zu verstehen und einzuordnen, was dies bedeutete.

»Und wenn ich das nicht will? Ich will, dass du mich zurück zu meiner Familie bringst! Zurück in mein gewohntes Leben. Bitte, um der Liebe willen, die du mir geschworen hast!«

Ein schmerzlicher Ausdruck trat in Lucianos Miene. »Das geht nicht. Es gibt kein Zurück mehr. Du bist jetzt ein Wesen der Nacht, wie wir alle hier, und musst unser Dasein mit uns teilen. Du gehörst nicht länger zu den Menschen. Wir sind jetzt deine Familie. Ich verspreche, ich werde bis in alle Ewigkeit an deiner Seite bleiben und für dich sorgen.«

Sie schien zu überlegen. »Ja, so etwas hast du schon einmal gesagt, aber ich habe nicht verstanden, was es bedeutet. Bis in alle Ewigkeit?«

Sie wollte noch mehr sagen, aber der Schmerz kam zurück und überfiel sie heftig wie zuvor. Hindrik sprang herbei, um sie zu bändigen.

»Geht jetzt«, rief er über ihre Schreie hinweg. »Morgen wird es schon besser sein. Schickt Matthias oder Dario mit ein wenig Blut vorbei. Ich denke, morgen wird sie ihre Kräfte verbraucht haben und so geschwächt sein, dass sie einer Stärkung bedarf.«

Alisa nickte und half Franz Leopold, den widerstrebenden Luciano hinauszuschleppen. Matthias und Dario, die die Särge geliefert hatten, warteten bereits in der Halle.

»Komm, lass uns zurückkehren. Hörst du den Dom schlagen? Der Unterricht beginnt bald. Wir sollten uns beeilen, wenn wir nicht zu spät kommen wollen.«

»Unterricht«, schnaubte Luciano. »Was interessiert mich das jetzt noch?«

*

Es war weit nach Mitternacht, das Theater an der Ringstraße längst geschlossen und auch der letzte Bühnenarbeiter hatte sich bereits auf den Heimweg gemacht. Tonka führte ihre Upiry zu einem Hintereingang.

»Aufmachen!«

Das war eine Aufgabe für Jesko. Der vierschrötige Vampir hatte Kräfte für drei, dafür ging es für Tonkas Geschmack in seinem Kopf ein wenig zu düster und langsam zu. Wenigstens hatte er inzwischen begriffen, dass es ihrer Mission nicht nützlich war, jede Nacht Leichen in der Stadt zurückzulassen. Was ihre Upiry in den Vororten trieben, war ihr gleichgültig, solange sie die Überreste so verbargen, dass sie nicht gleich zu finden waren. Auch sie selbst holte sich jede Nacht, wonach sie verlangte. Und sie tötete mit Lust. Am liebsten waren ihr Kinder. Zarte, kleine Kinder mit süß prickelndem Blut. Die Vorstädter bekamen sie eh wie die Karnickel und wussten nicht, wie sie sie ernähren sollten. Meist starben zwei von dreien schon in frühen Jahren an irgendwelchen Krankheiten. Was machte es da, wenn noch ein paar unter ihren Zähnen ihr junges Leben aushauchten? Ach, diesen letzten Augenblick auszukosten, war jedes Mal etwas Besonders. Es war ein Spiel mit dem Feuer, das wusste sie, was jedoch ein Teil des Reizes ausmachte. Wenn sie es zu weit trieb, dann würde es auch sie erwischen, und so ein kleiner Menschenwurm könnte sie mit in seine Finsternis reißen. Sie zu einem willenlosen Etwas machen, das auf ewig zwischen den Welten herumgeisterte. Dann wäre ihr gar der Rausch des Blutes verwehrt, für den allein es sich lohnte, sich jeden Abend aus seinem Sarg zu erheben.

Was war das für ein seltsamer Vorschlag, den Menschen nur so wenig Blut zu rauben, dass sie überlebten? Tonka konnte es nicht fassen, dass die Clans ein solches Abkommen geschlossen hatten. Und selbst die Dracas beugten sich diesem unfassbaren Vertrag. Nein, die anderen Clans hatten ihre besten Zeiten hinter sich und waren es nicht mehr wert, einen Platz auf dieser Welt zu beanspruchen. Die Natur merzte aus, was ihr nichts mehr nutzte. Was schwach und kränklich geworden war. Die Upiry waren nur die ausführenden Hände.

Tonka und ihre Begleiter traten in das stille, verlassene Theater. Es roch nach Staub und heißem Gas und durchdringend nach den vielen Menschen, die heute der Aufführung beigewohnt hatten. Sie führte die Upiry bis in den vierten Rang hinauf. Eine Weile schwieg sie und wartete, bis sich die Vampire umgesehen hatten. Mochten diese verweichlichten Vettern anderer Clans fremde Lichtquellen benötigen. Die Upiry stammten aus den finsteren Wäldern der Karpaten und konnten auch in der Dunkelheit sehen.

Endlich ergriff Tonka das Wort, um auf die wichtigen Details aufmerksam zu machen.

»Es ist ideal für unsere Zwecke. Seht, mehr als die Hälfte der Plätze befinden sich hier im dritten und vierten Rang. Die Reihen unten sind sehr eng und weisen keinen Gang in der Mitte auf. Das Theater wurde einfach auf zu kleiner Fläche erbaut. So musste es unnatürlich in die Höhe wachsen, was für unseren Plan einen großen Vorteil bedeutet. Kommt mit und achtet auf die schmalen

Gänge, die vielen Treppen und Windungen und natürlich auf die Türen! Die Garderobe ist im Halbkeller unten, was heißt, dass alle Besucher erst einmal hinunter und dann die verschiedenen Treppen wieder hinaufgeführt werden. Außerdem gibt es nur eine zentrale Gasleitung, die alle Lampen versorgt, einschließlich der Soffittenkästen der Bühnenbeleuchtung.«

Sie führte die Upiry durch das Parkett zur Bühne zurück und dann bis in die hintersten Kulissen und erklärte ihnen, wer wo zu stehen hatte und was seine Aufgabe war.

»Wenn wir mit unseren Vorbereitungen fertig sind, dann wird sich das Theater morgen mit einem einzigen großen Knall in einen Feuerball verwandeln, der keinen Ausweg bietet. Und falls es einigen wenigen dennoch gelingen sollte, zu entfliehen, fangen wir sie an den Ausgängen ab, ehe sie wissen, wie ihnen geschieht. Wenn ich mich nicht täusche, dann müssten wir sie alle mit diesem einen Schlag erwischen – und je mehr ihrer Begleiter dabei zusätzlich vernichtet werden, desto besser. Je größer und gewaltiger der Schlag gegen die Clans, desto tiefer das Trauma, von dem sie sich nicht mehr erholen werden. Der einzige Grund für sie, zusammenzuarbeiten, ist verloren und mit ihm ihre Hoffnung und ihre Zukunft. Vermutlich werden sie als Erstes über die Dracas herfallen, die an der Misere Schuld tragen, und sich dann eine Weile gegenseitig zerfleischen. Wir müssen nur zusehen und warten, bis sie sich genug geschwächt haben. Dann ist es Zeit für unseren Auftritt. Die, die dann noch übrig sind, müssen sich uns unterordnen, oder wir werden sie beseitigen.«

Sie traten auf die Bühne hinaus. Tonka untersuchte die Schalter, die das Bühnenlicht betätigten, und entzündete probehalber die erste Reihe der Soffitenkästen. Geblendet vom hellen Gaslicht, stöhnten die Upiry auf und bedeckten sich die Augen. Tonka drehte das Gas so weit herunter, bis nur noch ein rötliches Glühen zu sehen war. Sie trat zu einer der Lampen, um zu untersuchen, wie man sie am besten für ihre Zwecke manipulieren könnte.

Plötzlich hielt sie inne. Was war das? Ein eisiger Hauch wehte durch das Theater und etwas wie schwarzer Nebel nahm ihr unvermittelt die Sicht. Wie ein undurchsichtiger Schleier senkte sich

Finsternis herab. Die Lampen erloschen mit einem Zischen. Die Upiry drängten sich auf der Bühne Rücken an Rücken zusammen, die Zähne gefletscht, die Klauen erhoben, um sich der unbekannten Gefahr zu erwehren.

Tonka trat einige Schritte vor und witterte in alle Richtungen. Das Gesicht dem Zuschauerraum zugewandt, blieb sie stehen. Sie straffte die Schultern und reckte ein wenig trotzig das Kinn.

»Dann haben mich meine Späher also richtig informiert. Ihr habt Eure finsteren Berge verlassen und seid nach Wien gereist. Ist es Euch in Eurer Einsamkeit zu langweilig geworden? Kommt Ihr, um Euch im festlichen Trubel Wiens ein wenig zu amüsieren? Ihr habt die rechte Zeit gewählt. Die Ballsaison wird gerade eröffnet und bis Fasching wird sich Wien in ein tanzendes Tollhaus wandeln. Lauter duftende, schwitzende Leiber! Ist das nichts für Euch, Meister Drăculea?«

Obwohl ihre Beine sie kaum mehr tragen wollten, hielt sie sich aufrecht und machte noch einen Schritt nach vorn. Sie hörte die anderen hinter sich stöhnen. Sie duckten sich unter der Macht, die auf ihnen lastete wie Felsbrocken.

»Tonka de Upiry, ja, ich erinnere mich, dass du schon immer mutig und respektlos warst. Hat dir keiner je gesagt, dass dir deine vorlaute Zunge ein unerwartet frühes Ende bescheren könnte?«

Der Schmerz kam plötzlich und war so heftig, dass Tonka einknickte und auf die Knie fiel. Ihr Kopf schien zu bersten. War das möglich? Waren seine geistigen Kräfte so groß, dass der Druck ihre Hirnschale zerreißen konnte? Sie stöhnte, schlang die Arme um ihren Kopf und wiegte sich in ihrer Pein hin und her.

So unvermittelt, wie der Schmerz gekommen war, verflog er. Tonka kauerte am Rand der Bühne und wagte nicht, sich zu rühren.

»So gefällst du mir schon besser.« Die Stimme kam näher. Er war irgendwo dort draußen zwischen den Sitzreihen des Zuschauerraumes, dessen Finsternis sie mit ihren Augen nun nicht mehr durchdringen konnte.

»Ihr seid meine Kinder! Doch das scheint ihr alle vergessen zu haben. Ihr seid mir Respekt und Gehorsam schuldig!«

Tonka wusste nicht, ob sie es schaffen konnte, aufzustehen. Ihr ganzer Leib zitterte. So blieb sie in ihrer Kauerstellung, erwiderte aber mutig:

»Wir schulden Euch gar nichts. Das ist längst vorbei. Wir haben uns von Euch losgesagt und unsere eigenen Blutlinien gegründet. Eure Zeit ist vorbei. Seht es ein. Jeder Vater muss irgendwann begreifen, dass seine Kräfte schwinden und dass es an der Zeit ist, den Jungen und Starken seinen Platz zu überlassen.«

Obwohl sie den Schmerz erwartete, traf er sie mit einer Wucht, der sie aufschreien ließ.

»Kommt es dir vor, als seien meine Kräfte am Schwinden?«

Er ließ von ihr ab, doch Tonka konnte sich nicht mehr erheben.

»Ihr habt euch von mir losgesagt und wolltet nicht mehr auf mich hören. Und wie ist euch das bekommen? Ihr seid träge geworden und habt unsere Magie verlernt. Gejagt und vernichtet habt ihr euch gegenseitig und nun ist euer Blut so schlecht geworden, dass es euch allen an Nachwuchs fehlt. Ich bin euer aller Stammvater, doch auch ein Vater muss der schmerzlichen Wahrheit ins Gesicht sehen, wenn seine Brut verdorben und wertlos geworden ist.«

»Was habt Ihr vor?«, stieß sie mit einem Keuchen hervor.

»Mit einer neuen Stammmutter für frisches, starkes Blut sorgen – und für Kinder, die ihrem Vater respektvoll gehorchen. Denkt darüber nach. Es ist noch nicht zu spät, umzukehren und sich demütig meinen Befehlen zu beugen. Verlasst Wien noch heute Nacht. Ich kann und will nicht zulassen, dass ihr meinen Plänen im Wege steht. Und ich werde auch nicht dulden, dass ihr das Gleichgewicht zwischen den Clans stört und euch über alle erhebt. Geht! Kehrt in eure Heimat zurück und nehmt eure gefiederten Spione mit. Ich habe wohl bemerkt, dass mir die Raben von Transsilvanien hierher folgten. Es steht euch nicht zu, euch um meine Angelegenheiten zu kümmern. Haltet euch bereit, meinen Befehlen zu folgen, dann werde ich euch vielleicht in Gnaden wieder aufnehmen. Zögert nicht, denn meine Geduld ist lange schon zu Ende. Und nun macht, dass ihr fortkommt!«

Ein heller Blitz und ein Rauschen, dann war es wieder still. Die unnatürliche Finsternis löste sich auf. Die Macht verwehte. Er war weg.

Lange schwiegen die Upiry. Endlich wagte Málka das Wort an Tonka zu richten, die sich unter Schmerzen erhob. Ihre Bewegungen waren die einer alten Frau.

»Und was machen wir jetzt?«

»Wir werden seinem Befehl Folge leisten. Wir kehren in unsere Heimat zurück und rufen einen großen Rat aller Upiry zusammen. Was hier geschieht, geht uns alle an, denn nun wächst uns ein schwerwiegenderes Problem heran als ein paar hochnäsige Vettern. Es kann für uns alle zur tödlichen Gefahr werden.«

Jesko sah sie fragend an. »Was für eine Gefahr? Der Meister?«

Tonka rollte mit den Augen. »Er hat alles gesagt, was wir wissen müssen, aber dass du das nicht kapierst, wundert mich nicht. Kommt, wir haben wieder verloren, doch vielleicht ist es jetzt wichtiger, sich mit der neuen Gefahr zu befassen, die sich über uns zusammenbraut.«

»Und dazu kehren wir unverrichteter Dinge in unsere Heimat zurück?«, begehrte Milan auf, dem das genauso wenig passte wie den anderen.

»Ja«, knirschte Tonka. »Was bleibt uns anderes übrig?«

»Es sind doch nur noch ein paar Stunden«, flehte Aurica. »So viele Nächte des Planens und des Wartens. So viel Langeweile. Und nun sollen wir eine Nacht vor der Erfüllung einfach aufgeben?«

»Ja«, bestätigte Tonka bitter. »Wenn wir gegen seinen Befehl verstoßen, wird er uns vernichten. Und glaubt nicht, das stünde nicht in seiner Macht. Er hat es unmissverständlich angedroht.«

»Wenn wir es vorher schaffen, unseren Auftrag auszuführen, ist es das wert«, widersprach Branko.

»Vielleicht.« Tonka seufzte. »Doch so weit würde es nicht kommen. Wenn wir nicht abreisen, dann werden wir heute Abend nicht einmal mehr erwachen. Drăculea hat gelernt, den Fluch des Tages zu überwinden. Er ist zwar schwach, aber er kann sich nach seinem Willen aus seinem Sarg erheben. Und er würde unsere Leiber zerstören, noch ehe die Sonne hinter dem Horizont verschwunden ist.«

Die anderen schwiegen betreten. Stumm verließen sie das Theater. Tonka rief die Raben zu sich und gemeinsam machten sie sich auf den langen Weg nach Osten auf, durch die Weiten der ungarischen Puszta bis zum Land hinter den Wäldern: Transsilvanien. Nur der einäugige, alte Rabe und einer seiner gefiederten Begleiter blieben in Wien zurück. Vielleicht gelang es ihnen ja, zu erfahren, wie es mit den Plänen des Meisters voranging.

IVYS GEHEIMNIS

»Was werden wir heute Abend unternehmen?«, fragte Latona, als sie im Frühstückzimmer neben Bram Platz nahm. Philipp beeilte sich, den Stuhl an ihrer anderen Seite zu ergattern. Sie schenkte ihm ein gnädiges Lächeln, worauf ihr der junge Mann selig Konfekt auf den Teller häufte, von dem er wusste, dass Latona es besonders mochte. Neben Bram saß die alte Baronin von Schey, ihr folgte ihr Sohn Gunter. Auf der anderen Seite hatten Baron Friedrich, seine Schwiegertochter Meinhild – Philipps und Claras Mutter – und neben ihnen die Professoren van Helsing und Vámbéry Platz genommen. Nur Clara fehlte wie üblich in der Runde. Wenn ihre Mutter es zuließ, tauchte sie nie vor der Mittagszeit aus ihrem Gemach auf. Latona verstand das nicht. Wie konnte man nur freiwillig den halben Tag versäumen?

»Philipp hat vorgeschlagen, ins Ringstraßentheater zu gehen«, beantwortete der Baron die Frage. »*Hoffmanns Erzählungen* werden heute zum zweiten Mal gegeben.«

»Oh ja, ich liebe Offenbach. Wir haben in Paris seinen *Orpheus in der Unterwelt* gesehen.« In Erinnerung an den Abend mit Bram und seinem Freund Oscar Wilde lächelte Latona versonnen. Bram erwiderte ihren Blick. Wie viel hatten sie in Paris zusammen erlebt. Es war eine aufregende Zeit gewesen, die sie für immer verband, ob das Latona nun gefiel oder nicht. Bram war ein Teil ihres Lebens geworden. Er hatte den Platz ihres Onkels eingenommen und stand ihr jetzt schon näher als Carmelo, der sie all die Jahre immer ein wenig auf Abstand gehalten hatte.

Philipp betrachtete die beiden mit einem Ausdruck von Eifersucht. »Die Premiere gestern soll ein großer Erfolg gewesen sein«, drängte er sich wieder in Latonas Bewusstsein. »Die Kritiken sind sehr gut. Ich habe heute Morgen schon in der Zeitung nachgesehen. Wir sollten es auf keinen Fall versäumen, wo das Theater nach seiner langen Schließung nun endlich wieder geöffnet hat.«

»Es gibt für heute Abend bestimmt keine Loge mehr«, gab die Baronin zu bedenken. »Wolltest du dich mit unseren Gästen etwa ins Parkett drängen?«

Philipp hob die Schultern. »Nur wenn es nicht anders geht. Es muss doch noch Karten geben. Großmutter, wenn Ihr Eure Beziehungen spielen lasst, dann ist alles möglich!«, schmeichelte er der alten Baronin, die für den Charme ihres Enkels durchaus empfänglich war.

»Lass mich nachdenken –, die Liebens haben sich für heute eine Loge gemietet, doch ich denke nicht, dass sie hingehen werden. Anna sagte mir bereits gestern, sie fühle sich zu schwach, um in den nächsten Tagen auszugehen. Sie kann wieder einmal seit vielen Nächte nicht schlafen und ist einer ihrer Hysterien nahe.« Die Baronin schüttelte mitleidig den Kopf. »Sie ist eben eine empfindsame Künstlerin, die darunter leidet, dass sie nicht das Leben führen darf, nach dem sie verlangt. Sie hat es bereits mit Hypnose und vielem anderen versucht. Vielleicht kann dieser neue junge Arzt ihr helfen, der sich ganz der Psyche zuwendet. Auch ich denke, es ist kein körperliches Leiden, das Anna quält. Sigmund Freud, glaube ich, heißt er. Sie sagt, er will Studien über die Hysterie anstellen.«

Philipp ergriff an Latona gewandt das Wort. »Wir kennen die Liebens schon lange. Sie geben uns bestimmt ihre Loge. Anna, von der Großmutter gerade sprach, ist eine geborene Todesco. Sie wollte schon immer Malerin werden und niemals eine gesellschaftliche Ehe eingehen. Sie ist brillant! Ich habe einige ihrer Werke gesehen. Porträts, detailliert und lebensnah wie eine Fotografie! Sie ist auch eine überlegene Schachspielerin, der es gelang, große Geister auf diesem Gebiet zu schlagen. Ich kam mir recht dumm vor, als sie mich einmal in wenigen Zügen matt setzte.« Philipp lachte. »Außerdem schreibt sie Gedichte. Die Vorstellung, das Korsett einer Dame der Gesellschaft zu tragen, war ihr von jeher unerträglich. So floh sie zu ihrer Schwester Fanny nach London, doch ihr Vater holte sie zurück und verheiratete sie mit Leopold Lieben. Eine Weile wohnten sie noch im Palais Todesco neben der Oper, dann zogen sie zu Leopolds Eltern in das Palais an der Ringstraße direkt neben dem neuen Burgtheater, das hoffentlich bald eröffnet wird.

Die Baronin warf ihrem Enkel einen scharfen Blick zu. »Hast du dir vorgenommen, deine Schwester würdig zu vertreten und an ihrer Stelle die Mahlzeiten mit Gesellschaftsklatsch zu würzen?«

Philipp senkte verlegen den Blick. »Verzeihung«, murmelte er. »Ich wollte Latona nur noch erzählen, dass Franz Landtmann unten im Erdgeschoss des Palais ein elegantes Kaffeehaus eröffnet hat. *Wiens eleganteste und größte Café-Localität,* wie er selber sagt. Und ich wollte vorschlagen, dort einmal hinzugehen.«

Die alte Baronin schmunzelte. Sie konnte ihrem Lieblingsenkel einfach nicht böse sein. Dennoch wechselte sie das Thema. Sie wandte sich an van Helsing.

»Sie verlassen uns schon wieder, habe ich gehört?«

Der Professor nickte. »Ja, ich reise morgen ab. Ich werde hier nicht mehr gebraucht und so nehme ich mit Freude und Interesse den Vorschlag unseres verehrten Professors Vámbéry an, ihn in seine Heimat Ungarn zu begleiten. Genauer gesagt wollen wir in die östliche Provinz nach Siebenbürgen reisen bis in die wilden Karpaten.«

»Das hört sich interessant an«, stimmte die Baronin zu, die zur Kenntnis nahm, dass sich auch ihr anderer Gast mit Reiseabsichten trug.

Nicht nur Latona fiel die Begehrlichkeit in Brams Blick auf. Van Helsing sah zu ihm hinüber und schlug vor, er solle sie begleiten.

»Es wird eine spannende Sache. Unser ungarischer Freund will mir Vlads Geburtshaus in Schäßburg zeigen und mich bis zur Festung Poienari führen, wenn die Schneeverhältnisse es zulassen. Wäre das nichts für Sie?«

Latona spürte das altbekannte Kribbeln. »Oh ja, Bram, lassen Sie uns nach Transsilvanien reisen. Eine großartige Idee. Dort finden wir bestimmt Antworten auf die vielen Fragen, die Sie noch quälen. Danach können Sie dann mit Ihrem Buch beginnen, das Sie schon so lange schreiben wollen.«

Latona konnte den Kampf in seiner Miene ablesen. Es reizte ihn wie kaum etwas anderes, doch er ahnte auch die Gefahr, die es mit sich bringen würde, sich auf die Spuren des mächtigsten aller Vampire zu begeben. Und sei es auch nur, um das Mysterium um ihn zu klären. Bram wandte sich ihr zu und schüttelte in tiefem Bedauern den Kopf.

»Nein, so eine Reise ist nichts für ein junges Mädchen. Das kann ich nicht verantworten.«

Latona schnaubte. War er sich eigentlich darüber im Klaren, was für Reisen sie mit ihrem Onkel Carmelo unternommen hatte? Und nicht nur, um Vampire zu studieren! Doch sie sagte nichts. Sie wusste, dass dies Bram nicht von seiner Entscheidung abbringen würde. Er würde nur argumentieren, dass die Reisen ihres Onkels sie mehrmals in tödliche Gefahr gebracht und ihn schließlich das Leben gekostet hatten. Und damit lag er ja auch richtig. Nein, genau das wollte er ändern und von nun an auf Latona aufpassen. Sie unterdrückte ein Seufzen. Wusste er nicht, wie herrlich ein wenig Gefahr zuweilen schmeckte?

Die alte Baronin mischte sich ein. »Lassen Sie Latona doch hier, Mr Stoker. Wenn Sie mit den Herren reisen möchten, dann ist das kein Argument, das Sie abhalten sollte. Latona ist hier herzlich willkommen und kann gerne bleiben, solange Sie in Ungarn unterwegs sind. Sie können sich darauf verlassen, dass sie gut bei uns aufgehoben ist.«

»Oh ja, das ist ein wundervoller Einfall!«, rief Philipp und strahlte. Vermutlich wäre er am liebsten aufgesprungen und hätte seine Großmutter geküsst. Und auch die beiden Professoren nahmen den Vorschlag erfreut auf.

»Dieses Angebot sollten Sie nicht ausschlagen!«, meinte van Helsing.

Bram sah Latona durchdringend an, ehe er sich an die Hausherrin wandte. »Sehr freundlich von Ihnen, Baronin von Schey. Wir danken Ihnen. Ich werde es mit Latona besprechen und Ihnen Bescheid geben.«

Latona wusste, was in ihm vorging. Einerseits wollte er nur zu gern auf dieses Angebot eingehen, anderseits fragte er sich, was sie anstellen würde, wenn er sie so lange alleine ließ. Ja, wenn sie sich überhaupt einverstanden erklärte, bei den Scheys zu bleiben. Er wusste, wie störrisch sie sein konnte. Latona überlegte. Es taten sich durchaus Möglichkeiten auf, wenn sie eine Weile Brams wachsamem Blick entginge. Doch dann musste sie ihn überzeugen, dass er sie bedenkenlos allein lassen konnte. Ob sie ihn ein wenig einwickeln sollte? Den Wachhund auf eine falsche Fährte locken? Schaden konnte es nicht. Sie warf Philipp einen schmelzenden Blick zu, wobei sie darauf achtete, dass Bram dies auch mitbekam.

»Oh ja, das wäre wundervoll. Jetzt, wo die Ballsaison beginnt, von der du mir so vorgeschwärmt hast! Die würde ich zu gern miterleben.«

Sie lächelte ihn so lange an, bis sie meinte, Philipp würde es gleich schwindelig werden, und sich auf Brams Miene erst Erstaunen und dann Erleichterung breitmachte. Er hatte den Köder geschluckt.

*

Die Erben erwachten und ließen sich für ihren gemeinsamen Besuch des Ringstraßentheaters ankleiden. *Hoffmanns Erzählungen* wurde heute zum zweiten Mal gegeben.

»Schade, dass wir nicht gestern zur Premiere gegangen sind«, meinte Alisa mit einem Blick in die Zeitung. »Es muss ein großartiger Abend gewesen sein.« Die nicht zu übersehende Schlagzeile, die vom rätselhaften Verschwinden einer Tochter von Freiherr von Todesco kündete, schlug sie schnell wieder zu. Diesen Artikel würde sie später in Ruhe lesen. Vor allem, wie es um die Ermittlungen der Kriminalpolizei stand und was für Schlüsse sie zogen. Hielten sie es für einen Mord und suchten sie nach Clarissas Leiche? Oder gingen sie davon aus, das Mädchen habe sich aus eigenem Willen davongemacht.

»Eine Premiere ist sicher etwas Schönes, aber ich bin mir sicher, der heutige Abend steht dem in keiner Weise nach«, erwiderte Ivy mit einem Lächeln.

Ich finde es nicht gut, dass du mit ins Theater gehst!, maulte Seymour und strich missmutig zwischen den beiden Vampirinnen auf und ab.

Alisa tätschelte ihm den Kopf. »Es gefällt ihm nicht, dass er nicht mitkommen kann, nicht wahr? Aber das geht nun wirklich nicht. Selbst wenn wir eine Loge für uns haben, kann man keinen Wolf mit ins Theater nehmen. Das muss er doch einsehen.«

»Einsehen vielleicht schon, deshalb muss es ihm aber nicht gefallen«, meinte Ivy, der das Kammermädchen gerade das Haar aufsteckte. Zu Seymour sagte sie im Stillen:

Wie sollte ich mich davon ausnehmen? Alle Erben werden gehen und bestimmt werden uns nicht wenige Dracas begleiten. Das ist nicht der rechte Zeitpunkt, zuzuschlagen, nicht einmal für den mächtigen Meister.

Wollen wir es hoffen, knurrte der Wolf.

Sie machten sich auf den Weg. Seymour wollte sie wenigstens bis in die Halle hinunterbegleiten. Auf der Treppe trafen sie auf Luciano und Franz Leopold, die sich ihnen wie selbstverständlich anschlossen. Alisa biss sich auf die Lippen. Sie verstand immer noch nicht, wie Luciano nach diesem Verrat seine Gegenwart ertragen konnte. Doch der Nosferas war mit seinen Gedanken wieder einmal weit weg.

Nach und nach versammelten sich alle Erben und einige Dracas im Vestibül an der Kutschenumfahrt. Unten in der Seilerstätte rollten die ersten Fiaker vor, da die Dracas nicht über genügend eigene Kutschen verfügten. Die Servienten der Erben sollten im Palais bleiben, da es nicht genug Logen für alle gab und der Baron nicht wollte, dass sie stundenlang um das Theater herumschlichen. Man sah den Servienten an, dass es ihnen nicht recht war, ihre Schützlinge alleine ziehen zu lassen. Schließlich waren sie von ihrem jeweiligen Clanoberhaupt beauftragt worden, für die Sicherheit ihrer Erben zu sorgen. Aber der Baron hatte entschieden und ließ sich nicht herab, mit Unreinen zu diskutieren. Sie alle wussten, dass auch Hindrik protestiert hätte, doch der war weit weg im Haus am

Rabensteig – was zum Glück keinem aufzufallen schien. Dachten sie zumindest, bis Tammo Alisa mit dem Ellenbogen anstieß.

»Schwesterherz, hast du eine Ahnung, was es mit dieser ungewöhnlichen Pflichtvergessenheit unseres Wachhundes auf sich hat? Ich habe Hindrik seit zwei Nächten nicht mehr gesehen und auch jetzt ist er wie vom Erdboden verschluckt, obwohl dies doch sein Auftritt wäre, bei dem er darauf pochen könnte, immer in unserer Nähe bleiben zu müssen.«

»Mach dir keinen Kopf, kleiner Bruder. Freu dich doch, dass er nicht dauernd auftaucht und dir und den Pyras den Spaß verdirbt. Ich denke, er hat eingesehen, dass wir hier in Sicherheit sind und seine übliche Wachsamkeit übertrieben ist. Vielleicht ist er mit Matthias unterwegs. Die beiden scheinen sich angefreundet zu haben.«

Tammo musterte seine Schwester. »Weißt du was? Ich sollte bei Leo noch ein paar Unterrichtsstunden nehmen«, meinte er nachdenklich. »Es wäre wirklich von Vorteil, das Gedankenlesen zu beherrschen, wenn man von der eigenen Schwester so dreist angelogen wird.«

Die Dracas riefen zum Aufbruch. Anscheinend würden der Baron und die Baronesse sie nicht begleiten. Zumindest konnte Ivy sie nirgends sehen. Von oben erklang eine erregte Stimme, dann eine andere, leiser und beschwichtigend.

Luciano packte Alisa beim Arm und schob sie auf eine der fremden Kutschen zu. »Vielleicht können wir vorher einen kleinen Umweg fahren?«, raunte er ihr zu.

»Aber nicht zu lange!«, mahnte sie. »Wir müssen rechtzeitig zu Beginn der Vorstellung im Theater sein!«

»Als ob das so wichtig wäre«, maulte Luciano, der hinter Alisa in die Kutsche kletterte. Franz Leopold stand am Schlag und wollte gerade Ivy beim Einsteigen helfen, als ein Ruf vom Tor her beide innehalten ließ.

»Halt! Ivy-Máire de Lycana, komm hierher!«

Es war der Baron, der mit finsterer Miene unter dem Tor stand. Die Baronesse drängte sich neben ihn.

»Nun lass sie doch erst ins Theater fahren«, sagte sie beschwichtigend, was so gar nicht zu ihrer Art passte.

»Nein, wir klären das auf der Stelle!«

»Was ist denn los?«, fragte Franz Leopold leise. »Sollen wir sie ignorieren und einfach fahren?«

»So, wie er sich anhört, wäre das nicht ratsam. Wir warten hier auf Ivy«, schlug Alisa vor.

Luciano schimpfte. »Das geht nicht. Wir haben doch eh so wenig Zeit.«

Ivy trat vom Schlag zurück. »Fahrt ihr schon mal vor. Ich kläre das hier und komme dann mit einer der anderen Kutschen nach.«

Franz Leopold warf ihr einen besorgten Blick zu. »Du meinst, das hier kannst du kurz klären? Wenn du dich da nur nicht irrst. Soll ich nicht doch lieber bleiben?«

»Was könntest du gegen euren Baron ausrichten?«, gab Ivy zurück.

»Zur Not mit dem Degen gegen ihn angehen«, behauptete Franz Leopold mit einem betont heiteren Lächeln. »Ich fechte besser als er.«

»Ob das so eine gute Idee wäre, mich von meinen Problemen zu befreien? Das hört sich für mich eher so an, als brächte es uns wirklich in Schwierigkeiten!«

»Kommst du jetzt, Leo?«, drängte Luciano.

Franz Leopold legte Ivy seine Hand auf die ihre und sah sie ernst an. »Pass auf dich auf!«

Sie nickte. »Ich bin ja nicht alleine. Seymour ist bei mir.«

Der Dracas erwiderte nichts darauf. Er stieg in die Kutsche, schloss den Schlag und schon ratterten die Räder die Gasse hinunter.

*

Ivy wartete, bis die Freunde verschwunden waren, dann reckte sie das Kinn und schritt mit hoheitsvoller Miene auf den Baron zu, dessen Augen rot funkelten vor Zorn. Ein paar der anderen Erben und der Dracas warfen ihm neugierige Blicke zu, keiner wagte jedoch zu fragen, was das zu bedeuten hatte. Ivy hätte es ihnen sagen können. Ihr war vollkommen klar, was geschehen war. Dazu musste sie nicht einmal Marie Luise zu Gesicht bekommen, die vor Schadenfreude geradezu sprühte. Aber natürlich sagte die Lycana keinen Ton und so mussten die anderen ihre unbefriedigte Neugier mit sich nehmen. Sie stiegen in die wartenden Kutschen, die eine nach der anderen davonfuhren.

Wenn die Lage nicht so ernst gewesen wäre, hätte Ivy über den Umschwung von Marie Luises Miene in Enttäuschung schmunzeln mögen, als diese begriff, dass sie nicht Zeuge der Szene werden würde, die sie mit ihrer sorgfältig geplanten Intrige heraufbeschworen hatte. Ihre Cousine Anna Christina schob sie in eine der Kutschen und schloss den Schlag. Der Wagen fuhr ab. Nun waren die Einganshalle und die Kutschenumfahrt leer. Nur der Baron stand noch auf der untersten Stufe, sein schweigender Schatten ein paar Schritte hinter ihm.

Seymour eilte an Ivys Seite. Es war ein beruhigendes Gefühl, auch wenn er ihr nicht helfen konnte.

»Folge mir!«, herrschte der Baron die Lycana an und führte sie in einen kleinen Salon im Südwestflügel der Beletage, den sie bislang nicht betreten hatte. Zwei Türen weiter war das Gemach der Baronesse, in dem sie Marie Luise bei ihrem Gespräch mit der Clanführerin belauscht hatte. So sehr sich Ivy über die Reaktion Baronesse Antonias gewundert hatte, lange hatte sie ihre schützende Hand offenbar nicht über sie gehalten.

Der Baron nahm in einem Sessel hinter seinem Sekretär Platz. Sein Schatten stellte sich hinter ihn. Die Hände vor dem Leib verschränkt, starrte er Ivy finster an. Er holte gerade Luft, um seinen Zorn herauszulassen, als die Baronesse ohne anzuklopfen ins Zimmer trat. Ihr Kommen hinderte ihren Bruder leider nicht daran, das loszuwerden, was ihn fast platzen ließ.

»Was für ein Betrug! Was für ein unglaublicher Verrat!«, schrie er in höchster Wut. »Eine Unreine, die sich erdreistet, sich in die Akademie unserer Erben reinen Blutes einzuschleichen. Es ist ein so unerhörter Skandal, dass mir die Worte fehlen, die dafür angemessen wären.«

Dafür fand er dann doch ganz schön viele Worte. Ivy stand schweigend da, den Blick leicht gesenkt, und ließ die Schimpftirade über sich ergehen. Es wäre sicher nicht klug gewesen, ihn zu unterbrechen. Er war sich seiner Sache sicher. Zumindest fragte er Ivy nicht, ob die Anschuldigung der Wahrheit entsprach.

Als er sich genug über Ivy aufgeregt hatte, ging er auf die anderen Lycana über, die sich des Verrats und der Täuschung aller Clans schuldig gemacht hatten. Auch dagegen konnte sie nichts sagen. Sowohl Tara als auch ihre Clanführerin Catriona hatten es gewusst und Ivy zusammen mit Mervyn, dem einzigen echten Erben der Lycana, zur Akademie geschickt.

So ging es noch einige Minuten weiter. Auch die Baronesse schwieg und ließ ihn sich austoben. Endlich fiel ihm nichts mehr ein. Er starrte sie nur hasserfüllt an. Ivy schwieg noch immer. Er würde es ihr schon mitteilen, wenn er einen Kommentar von ihr wünschte.

»Was soll ich jetzt mit dir machen?«, knurrte er nach einer Weile. »Mir fällt keine Strafe ein, die dafür angemessen wäre. Ich sollte dich draußen auf der Veranda an eine der Säulen fesseln, wo dich die Strahlen der Sonne elendig verbrennen. Oder ich gebe jedem meiner Dracas einen silbernen Pfeil in die Hand, den sie dir ins Herz bohren dürfen. Und deiner Bestie werden wir das Fell abziehen und in einem unserer Salons als Fußabtreter benutzen!«

Seymour fletschte die Zähne, aber Ivy hielt ihn fest.

Noch lebt er nur seine Fantasien aus, um seinen Zorn zu kühlen. Er hat nicht ernsthaft vor, uns so etwas anzutun.

Endlich schien sich der Baron so weit abreagiert zu haben, dass er sich ernsthaft die Frage zu stellen begann, was er nun mit ihnen anfangen sollte. Natürlich konnte er nicht einfach über den Vorfall hinwegsehen und Ivy gestatten, zu bleiben. Das hätte seine Ehre verletzt. Er erhob seine Hand und sein Finger wies zur Tür.

»Hinaus! Nimm deine Bestie von einem Wolf und verlass mein Palais, und wage nicht, dich ihm noch einmal auch nur auf hundert Schritte zu nähern.«

Ivy erschrak. Eigentlich war es eine milde Strafe, zumindest für einen so stolzen Dracas, dennoch brachte sie der sofortige Hinauswurf in eine gefährliche, ja, in eine ausweglose Lage. Dort draußen lauerte der Schatten. Nun, da die Macht des Connemaramarmors verweht war, waren die Dracas und ihr Palais der einzige Schutz, der noch zwischen ihr und seiner Begehrlichkeit stand.

Du darfst das Haus nicht verlassen! Ich kann dich nicht vor ihm beschützen. Noch nie hatte Seymours Stimme so panisch geklungen.

Das weiß ich auch. Aber wie kann ich es verhindern?

Sprich mit ihm! Vielleicht lässt er sich erweichen. Du musst Tara verständigen.

Obwohl Ivy nicht glaubte, dass es irgendetwas ändern würde, trat sie einen Schritt vor und verbeugte sich tief.

»Verehrter Baron Maximilian, ich entschuldige mich im Namen der Lycana. Ich versichere Euch, nichts lag uns ferner, als jemanden zu betrügen oder zu beleidigen. Doch da die Lycana der einzige Clan sind, der nur über einen Erben reinen Blutes verfügt, wurde beschlossen, auch mich zur Akademie zu schicken. Man erachtete mich als würdig, da ich ein Kind der großen Druidin Tara bin.«

»Schweig! Es steht einer Unreinen nicht zu, ungefragt mit mir zu sprechen.« Der Baron erhob sich. »Es gibt nichts mehr dazu zu sagen. Spar dir dein Gewinsel und geh mir aus den Augen. Ich werde mir nun Hut und Mantel bringen lassen, um mit den Erben der Aufführung im Theater beizuwohnen. Wenn ich fertig zum Aufbruch bin, wirst du für immer von hier verschwunden sein. Andernfalls werde ich persönlich dein verlogenes Herz mit dieser Klinge durchbohren und dir anschließend den Kopf abschlagen!« Er griff nach einem silbern schimmernden Schwert, das hinter dem Sekretär an der Wand befestigt war.

Du darfst nicht gehen!

Ivy verbeugte sich noch einmal. »Bitte, Baron Maximilian. Lasst wenigstens zu, dass ich meine Mutter Tara verständige und alleine in den Kasematten auf sie warte. Dann werde ich gehen und Euch niemals wieder unter die Augen treten.«

Er ließ die Klinge an ihrem Gesicht vorbeizischen, doch Ivy zuckte nicht zurück. »Es gibt hier nichts zu verhandeln. Verschwinde und glaube ja nicht, ich würde meine Drohung nicht wahr machen. Du hast zehn Minuten, bis meine Kutsche vorfährt.«

Nun mischte sich die Baronesse ein. Sie trat vor und nahm dem Baron das Schwert aus der Hand.

»Maximilian, ich verstehe deinen Zorn. Er ist angesichts des unglaublichen Betrugs gerechtfertigt, doch ich finde, wir sollten nicht überreagieren. Natürlich muss sie unser Haus verlassen und darf der Akademie nicht weiter beiwohnen, doch wir brauchen es nicht so überstürzen.« Sie setzte ihr gewinnendes Lächeln ein, das jeden Mann oder Vampir zum Schmelzen gebracht hätte. Ihr Bruder schien dagegen allerdings immun zu sein.

Warum tut sie das?, wunderte sich Ivy. *Habe ich mich so sehr in ihr getäuscht?*

Egal warum, Hauptsache, sie erreicht etwas und verschafft uns ein wenig Zeit. Und wenn es nur ist, bis die anderen aus dem Theater zurückkommen.

»Misch dich da nicht ein«, fuhr der Baron seine Schwester an. »Sag mir lieber, wie du dazu kommst, von solch einem Vorfall zu wissen und es mir zu verheimlichen?« Drohend wandte er sich ihr zu, doch nun war sie es, die die gefährliche Klinge in der Hand hielt.

Wenn sie doch nur zustechen würde, hoffte der Wolf.

Seymour, das wird sie nicht tun und das würde unser Problem auch nicht lösen.

Baronesse Antonia senkte die Spitze des Schwerts. »Weißt du es von Marie Luise? Dann solltest du dich lieber fragen, ob wir es durchgehen lassen können, dass eines unserer Kinder gegen einen direkten Befehl verstößt! Ja, ich habe ihr verboten, dir davon zu erzählen, denn ich wollte dich nicht unnötig aufregen. Ich hätte das Problem schon beseitigt. Zweifelst du an mir?«

»Nein, aber es ist nicht an dir, so etwas zu entscheiden, und du hättest es nicht vor mir geheim halten dürfen«, beharrte der Baron. »Jedenfalls steht meine Entscheidung unumstößlich fest. Die Lycana verlässt noch in dieser Stunde das Haus! Und nun lass mir meinen Mantel bringen. Ich möchte nicht erst nach dem ersten Akt im Theater eintreffen. Wirst du mich begleiten?«

Die Baronesse lächelte abfällig. »Nein, danke. Im Ringstraßentheater sitzt mir zu viel Pöbel im Parkett. Das mag für die fremden Erben angehen. Ich ziehe das Burgtheater oder die Hofoper vor.« Und damit stolzierte sie hinaus.

Noch einmal fixierte der Baron die Lycana.

»Deine Zeit läuft ab. Danke mir für meine Großmut, und dann geh mir aus den Augen.«

Ivy verzichtete auf eine weitere Verbeugung und lief hinaus. Sie rannte die Treppe zu ihrer Schlafkammer hinauf. Seymour folgte ihr in großen Sätzen.

Was hast du vor?

Es jedenfalls nicht darauf ankommen zu lassen, ob der Baron bereit ist, zuzustechen oder nicht.

Ich würde ihn zerfleischen!

Und all die anderen Dracas auch? Nein, es wird meinetwegen kein Blutbad geben.

Was hast du vor?, fragte Seymour noch einmal, der hinter ihr in die Kammer stürzte.

Ich werde versuchen, das Haus am Rabensteig zu erreichen. Vielleicht gelingt es mir, ehe der Meister merkt, dass ich nicht bei den anderen Erben bin. Und dann sehen wir weiter.

Sie riss ihre Garderobe für den Theaterabend herunter und schlüpfte in das gewohnte silberne Gewand, das sie bei ihrer Ankunft getragen hatte. Mit ein paar Handgriffen stopfte sie ihre wichtigsten Habseligkeiten in einen Beutel.

Deine Freunde werden versuchen, dich zu beschützen. Und sie werden dabei in Gefahr geraten.

Ivy hielt für einen Moment inne. Ihre Miene war gequält. *Ich weiß. Du meinst also, ich solle mich ihm einfach ausliefern und abwarten, was er mit mir vorhat?*

Nein, das meine ich nicht, knurrte der Wolf. *Wenn Freunde einem nicht in höchster Not beistehen und bereit sind, ihr Leben dafür aufs Spiel zu setzen, wozu hat man sie dann? Nun können sie zeigen, was in ihnen steckt – unterschätze sie nicht. Jeder von ihnen ist auf seine ganz eigene Art für Überraschungen gut und wer weiß, vielleicht reicht das ja, um den mächtigen Schatten zu vertreiben.*

Ivy umarmte den Wolf. »Danke, dass du mir Mut machst. Und nun lass uns gehen.« Sie versuchte zu verdrängen, dass Seymour vor ein paar Nächten noch ganz anders gesprochen hatte.

Sie erreichten das Vestibül gerade, als die Kutsche in der Einfahrt hielt und der Schatten des Barons ihm den Schlag öffnete. Ohne den Dracas eines Blickes zu würdigen, trat Ivy auf die Seilerstätte hinaus. Der Wagen rollte an ihr vorbei. Misstrauisch ließ sie den Blick schweifen und richtete ihre Sinne auf die Schwingungen der Macht, doch sie konnte den Schatten nicht entdecken. Nein, er lauerte nicht hier in der Nähe. Vielleicht hatte sie wirklich Glück. Sie machte gerade den ersten beherzten Schritt, als die Baronesse durch das offene Tor auf die Straße eilte und nach ihrem Handgelenk griff. Erstaunt sah Ivy sie an.

»Warte. Das kann ich nicht zulassen.«

»Was wollt Ihr dagegen tun? Mich im Palais verstecken? Gegen den ausdrücklichen Befehl Eures Bruders? Ich fürchte, das würde nicht lange gut gehen und mich am Ende den Kopf kosten.«

Die Baronesse ließ nicht locker. »Du kannst aber auch nicht alleine durch Wien streifen oder dich auf eigene Faust nach Irland aufmachen. Das wäre viel zu gefährlich.«

Ivy fragte sich, warum sich die Baronesse darüber Gedanken machte. Konnte es ihr nicht gleichgültig sein, was aus ihr wurde? Aus der unreinen Lycana, die die Dracas betrogen hatte? Und von welchen Gefahren sprach sie? Ivy wusste, dass es wirklich eine tödliche Gefahr für sie gab, doch davon konnte die Baronesse nichts ahnen. Woran dachte sie also? Sie hatte doch nun mitbekommen, dass Ivy nicht erst dreizehn oder vierzehn Jahre alt war. Also musste ihr auch klar sein, dass sie über mehr Kräfte und Erfahrung verfügte, als ihr mädchenhafter Körper es erahnen ließ.

»Sei nicht so stur. Lass mich dir helfen!«

»Weshalb? Was kümmert Euch mein Schicksal?«, fragte Ivy direkt und sah sie scharf an, um abschätzen zu können, ob sie die Wahrheit sprach. Ihre Gedanken zu lesen, gelang ihr leider nicht.

Die Baronesse sah ihr in die Augen. »Ich will nicht, dass dir etwas zustößt! Wir haben am Genfer See mit allen Clans einen Eid geschworen, der uns bindet. Es wird auch uns Dracas schaden, wenn die Lycana eine Fehde gegen uns ausrufen. Dann zerbricht das Bündnis und alles wird wie früher. Dann hätten wir gleich auf die Akademie verzichten können. Oder glaubst du, dein Clan würde es einfach so hinnehmen, wenn dir durch unsere Schuld etwas zustieße?«

Ivy schüttelte langsam den Kopf. »Nein, das wohl nicht.« Sie war sich nicht sicher, was sie von der Rede der Baronesse halten sollte.

Ich traue ihr nicht über den Weg, meinte Seymour.

Ich vertraue ihr auch nicht, aber wir haben kaum eine Wahl. Vielleicht sollten wir uns wenigstens anhören, was sie zu sagen hat.

Laut fragte Ivy: »Und wie lautet Euer Plan?«

»Ich rufe nun einen Fiaker und wir fahren gemeinsam zur Hofburg hinüber. Dort gibt es ein Versteck, das für einen Vampir genauso sicher ist wie das Palais Coburg. Wir haben diesen Unterschlupf vor langer Zeit eingerichtet und mit einem magischen Schutz versehen, der jeden Fremden abweist. Die Gewölbe gehören noch zu den alten Befestigungsanlagen und blieben zumindest teilweise erhalten, als die Mauern geschleift wurden. Nun bauen sie darüber die neue Hofburg, doch noch sind die Kellergewölbe intakt. Dort kannst du bleiben, bis du von deinem Clan abgeholt wirst. Ich werde Donnchadh eine Nachricht senden. Er hat mir zu diesem Zweck einen seiner fliegenden Boten dagelassen.«

Ivy sah sie forschend an. *Was meinst du? Sollen wir es versuchen?*

Sie verbirgt etwas vor uns. Dies ist nicht die ganze Wahrheit.

Ja, aber als sie sagte, sie wolle verhindern, dass mir etwas passiert, klang dies ehrlich. Ich konnte nichts Falsches in ihrem Ton oder Blick erkennen.

Aber jetzt sieht sie dich so abschätzend an, dass ich sie am liebsten packen und so lange schütteln würde, bis sie mit der ganzen Wahrheit herausrückt.

Ivy hob die Schultern. *Ich muss es riskieren. Wir werden wachsam sein, doch müssen wir das nicht sowieso? Außerdem werde ich mir einen eigenen Boten suchen und ihn an Tara senden. Drüben bei der Peterskirche lebt eine Fledermauskolonie. Vielleicht können sie uns behilflich sein.*

»Nun?«, drängte die Baronesse ungeduldig.

Ivy nickte. »Ruft die Kutsche, und dann lasst uns fahren.«

Nein, der Ausdruck, der für einen Wimpernschlag über das Antlitz der Baronesse huschte, gefiel Ivy nicht. Aber nun hatte sie sich entschieden. Die Kutsche kam verdächtig schnell um die Ecke, als habe sie dort bereits gewartet. Baronesse Antonia drängte Ivy hinein und stieg dann selbst ein, achtete aber darauf, Seymours drohend gefletschten Zähnen nicht zu nahe zu kommen. Der Fiaker fuhr los, ohne dass die Baronesse ihm ein Ziel genannt hatte. Was war das für ein abgekartetes Spiel? Ivys Magen krampfte sich zusammen. Worauf hatte sie sich eingelassen?

DAS RINGSTRASSENTHEATER

Bram klopfte an Latonas Zimmertür. »Wie weit bist du? Die Scheys sitzen bereits in der Kutsche.«

»Ich bin gleich fertig. Wirklich. Marla muss nur mein Haar noch einmal aufstecken.«

Entsprechend seiner Erfahrung mit Frauen und dem Wörtchen »gleich« entschied Bram: »Gut, dann sage ich der Baronin, sie sollen schon einmal vorfahren. Wir kommen dann mit einem eigenen Fiaker nach.«

Die Kutsche der Scheys war gerade um die Mauer des Hofburggartens in die Ringstraße eingebogen, als sich zu Brams Erstaunen die Zimmertür öffnete und Latona strahlend auf ihn zutrat.

»Wir können fahren!«

Während Professor van Helsing sich auf die bevorstehende Abreise nach Ungarn vorbereitete und kein Interesse an einem Theaterbesuch bekundete, hatte sich Ármin Vámbéry entschlossen, der Baronin den Gefallen zu erweisen, den letzten Abend in ihrer Gesellschaft zu verbringen. Zusammen mit Bram hatte er auf Latona gewartet und stieg nun zu ihnen in den rasch herbeigerufenen Fiaker. Sie bogen in den Burgring ein. Links von ihnen tauchten die beiden Hofmuseen auf, deren Fertigstellung unmittelbar bevorstand. Rechts erhob sich im Hintergrund die Hofburg und davor die riesige Baustelle des neuen Hofburgflügels, der später einmal an den Kaisergarten grenzen sollte, bisher aber noch nicht über seine Fundamente hinausgewachsen war.

»Ich finde es bemerkenswert, dass der Kaiser ausgerechnet Gottfried Semper als Architekt für seinen neuen Palast beauftragt hat«, meinte Bram. »Nicht dass ich ihn nicht für einen außerordentlichen Künstler auf seinem Gebiet halte. Ich habe die Oper in Dresden gesehen. Sie ist wundervoll. Und dennoch …«

Ármin Vámbéry nickte. »Und dennoch ist es seltsam, dass ein Kaiser, der 1848 nicht gerade zimperlich mit seinen Aufständischen im eigenen Land umgegangen ist, sich einen Mann für seinen Palastbau sucht, der als Revolutionär und Haupträdelsführer in seiner Heimat steckbrieflich gesucht wird!«

»Gesucht wurde«, verbesserte Bram. »Soweit ich weiß, ist er vergangenes Jahr in Rom verstorben. Ich denke, Freiherr von Hasenauer wird den Bau nun vorantreiben. Weit sind sie ja noch nicht gekommen«, bemerkte er mit einem Blick auf die riesigen Baugruben.

»In der Tat«, bemerkte Vámbéry. »Seit meinem letzten Besuch hat sich kaum etwas verändert. Ich habe gehört, dass sie große Schwierigkeiten mit dem Fundament haben, was mich nicht verwundert. Und auch sonst niemanden, der sich ein wenig mit der Historie befasst.«

»Was ist denn mit dem Untergrund nicht in Ordnung?«, wollte Latona wissen. »Hier muss sich doch außerhalb der Mauer das Glacis als freies Schussfeld entlanggezogen haben.«

Der ungarische Professor nickte. »Das schon. Aber auf diesen Abschnitt konzentrierte sich der Angriff der Türken im Jahr 1683. Sie gruben zahllose parallel angelegte Laufgräben durch das Glacis und von dort aus Tunnel bis unter die Löwel- und die Burgbastei, um diese zu sprengen und so in die Stadt zu gelangen. Den Wallschild zwischen den Basteien konnten sie schließlich durch eine Sprengung zum Einsturz bringen und vermutlich wäre die Stadt bald in ihre Hände gefallen, wären nicht die alliierten christlichen Truppen unter dem polnischen König Sobieski rechtzeitig eingetroffen. Bei den Gefechten um Wien wurde damals ein Minenkrieg geführt. Die Türken versuchten sich in die Stadt hineinzugraben, beziehungsweise Stollen für die Sprengungen anzulegen, und die Wiener versuchten diese aufzuspüren und die Explosionen zu verhindern. Der Grund unter uns wurde also nachhaltig durchwühlt und es kam zu heftigen Kämpfen unter der Erde. Viele der Tunnel stürzten ein und begruben Freund und Feind, die niemals wieder ans Tageslicht kamen. Bis jetzt vielleicht, denn bei den Bauarbeiten fand man jede Menge Skelette. Im Grunde, Fräulein Latona, fahren wir gerade über ein Massengrab.«

Latona ließ den Blick schweifen und versuchte sich den zermürbenden Belagerungskrieg zwischen den Türken und den Wienern vorzustellen, als sie plötzlich stutzte. Sie kniff die Augen zusammen.

»Bram«, stieß sie hervor. »Irre ich mich oder ist das dort ein weißer Wolf? Mitten in Wien! Das kann nur bedeuten …«

»Ivy!«, stieß Bram hervor und klopfte hart gegen die Wand hinter sich. »Anhalten!« Der Kutscher zügelte die Pferde. Fassungslos starrten Bram und Latona über das vom Licht des fast vollen Mondes erhellte Feld.

»Fahren Sie dort zum Burgtor und halten Sie an«, befahl Bram, ohne auf den verblüfften Gesichtsausdruck des Professors einzugehen.

»Wartet hier.« Bram stieg aus und blieb dann an der Ecke im Schutz der Säulen des Burgtores stehen. Weder Latona noch der Professor dachten daran, seinen Worten Folge zu leisten. Vámbéry half Latona aus der Kutsche, reichte ihr den Arm und führte sie zu Bram, der schwer atmend unter den Säulen stand. Obwohl er selbst von der Möglichkeit gesprochen hatte, dass die Vampire in Wien sein könnten, hatte er anscheinend nicht recht daran geglaubt.

»Ivy«, flüsterte er.

»Wer ist Ivy?«, fragte der Professor leise.

»Das Mädchen dort mit dem Silberhaar. Sie ist eine Vampirin aus Irland. Und der Wolf an ihrer Seite heißt Seymour. Wer allerdings die wunderschöne dunkelhaarige Frau neben ihr ist, weiß ich nicht.«

»Jedenfalls auch eine Vampirin«, stellte Vámbéry fest. »Sehen Sie, das Mondlicht wirft keinen Schatten.«

Latona nickte. Es kribbelte in ihrem ganzen Körper und ihr Herz schlug bis zum Hals. Was hatte das alles zu bedeuten? War Malcolm in der Nähe?

Und doch war das nicht das sehnsuchtsvolle Pochen ihres Herzens, das sie in Paris verspürt hatte. All ihre Eingeweide krampften sich schmerzhaft zusammen. Sie hatte Angst. Große Angst. Was war das? Verdunkelte sich der Mond? Etwas wie schwarzer Nebel zog sich zusammen und verdichtete sich zu einem riesenhaften Schatten. Je schärfer die Konturen wurden, desto mehr schrumpfte das Gebilde, bis eine Gestalt in einem weiten Umhang übrig blieb, die selbst die groß gewachsene Vampirin noch deutlich überragte. Sie fiel auf die Knie und reckte ihm die Arme entgegen.

»Meister!«, rief sie. »Ich habe Euch erwartet.«

»Herr im Himmel«, keuchte der Professor. »Er muss es sein. Die Zigeunerin hat wieder einmal recht behalten. Sie hat es vorausgesehen. Der Vater der Vampire!« Er bebte am ganzen Leib. Empfand auch er die kalte Angst, die Latona gepackt hatte?

Sie sahen Ivy zurückweichen, doch die dunkelhaarige Vampirin packte sie am Arm und hielt sie fest. Der Wolf knurrte und zeigte die Zähne.

»Meister, ich habe alles getan, was Ihr mir aufgetragen habt. Dieses Mal wird nichts dazwischenkommen und Ihr könnt Euren Sieg voller Triumph auskosten.«

Sie stieß Ivy nach vorn. »Hier ist sie, nach der Ihr schon so lange verlangt. Tötet sie. Zerreißt sie in Stücke. Tut mit ihr, was Ihr wollt!«

Das kehlige Lachen drang bis zu den drei Beobachtern. Der Schatten trat vor. Seine Kapuze fiel zurück und Latona erhaschte einen Blick auf ein hageres Gesicht mit hervorquellenden Augen und einer scharfen Adlernase, unter der ein dunkler Schnurrbart bis zu den Wangen wuchs und die wulstigen Lippen ein wenig verdeckte. Er sah noch immer so aus wie auf dem Bild, das Professor Vámbéry ihr gezeigt hatte: Vlad III. genannt Ţepeş, der Pfähler.

Er näherte sich der Irin und streckte seine Hand aus. Wie an unsichtbaren Fäden gezogen, wankte Ivy vorwärts. Sie wehrte sich mit all ihren Kräften. Ihr Gesicht war zu einer Grimasse des Schmerzes verzogen, doch sie konnte nichts gegen ihn tun. Auch der Wolf wand sich in Pein und jaulte herzzerreißend.

Latona spürte, wie Bram zuckte. Er würde doch nicht so verrückt sein und sich einmischen wollen? Sie umfasste seinen Arm.

»Seien Sie vernünftig! Was glauben Sie, was Sie da tun könnten?«

»Er foltert sie!«, sagte Bram mit erstickter Stimme.

Latona schob ihre Hand in die seine. »Ja, aber wir können nichts dagegen tun. Haben Sie den Professoren nicht zugehört? Das dort vorne ist Dracula, der älteste und mächtigste Vampir aus den Karpaten. An ihn hätte sich vermutlich nicht einmal Onkel Carmelo herangewagt, und der hatte zumindest stets einen silbernen Stockdegen an seiner Seite. Wobei ich bezweifle, dass man damit etwas gegen dieses Wesen ausrichten könnte.«

Dracula streckte seinen Arm aus. Eine knochige Hand griff nach Ivys Handgelenk. Die Vampirin schrie auf, als seine Finger sie berührten. Der Wolf unternahm einen weiteren kläglichen Versuch, den Vampir anzugreifen.

»Ich will gnädig sein und deinen Bruder schonen«, sagte Dracula. Seine Stimme jagte Latona eisige Schauder über den Rücken.

»Schick ihn weg und er wird leben. Aber sei überzeugend. Du hast nur einen Versuch. Wenn er misslingt, dann liegt dein Bruder tot zu deinen Füßen.«

Ivy wandte sich mit verzweifelter Miene an Seymour. Latona konnte nicht hören, ob sie überhaupt etwas zu ihm sagte. Vielleicht waren sie in der Lage, ohne Worte miteinander zu sprechen. Mit angehaltenem Atem starrte sie auf die Vampire und den Wolf, der noch einmal aufjaulte und dann mit eingekniffenem Schwanz davonrannte. Dracula legte den Kopf in den Nacken und lachte böse.

»Da geht er hin, der mutigste aller Wölfe. Der Beschützer der kleinen Ivy.«

Die Irin versuchte noch einmal vergeblich, sich aus seinem Griff zu winden.

»Und nun?«, sagte sie laut. »Was werdet Ihr tun, da Ihr es endlich geschafft habt, meinen Schutz zu überwinden und mich zu berühren? Werdet Ihr mich nun auslöschen? Tut es, nichts kann Euch daran hindern. Doch eines wüsste ich gern vorher. Sagt mir: Warum? Wie könnte Euch eine kleine Vampirin aus Irland gefährlich werden? Oder was ist der Grund?«

Der alte Vampir wirkte verwundert. »Ich dich auslöschen? Aber nein. Ganz im Gegenteil. Ich habe stets über deine Sicherheit gewacht. Denn nichts könnte mir deinen Verlust ersetzen.«

»Was habt Ihr dann mit mir vor?«

»Ich nehme dich mit zu meiner Festung Poienari in den Karpaten, wo du dich mit mir vermählen wirst.«

»Was?« Ivy schien ihren Ohren nicht zu trauen.

Der Vampir nickte scheinbar belustigt. »Ja, meine liebe Ivy-Máire, du wirst die Stammmutter eines neuen, starken Clans, der meine abtrünnigen Kinder das Fürchten lehren wird. Niemand wird jemals wieder meine Herrschaft anzweifeln.«

»Ihr seid alt und nicht mehr bei Verstand«, gab Ivy kalt zurück. »Euch ist wohl entgangen, dass ich unreinen Blutes bin. Ich kann keine Vampire gebären, das solltet Ihr eigentlich wissen.«

»Das ist nicht ganz richtig. Du, liebes Kind, vereinst das Blut der alten Druiden mit denen der Werwölfe und der Vampire. Ein ganz besonderer Vampir hat dich gewandelt. Er ist älter als ich und stammt aus einer Zeit, als Magie Irland beherrschte. In dir schlummert die archaische Fruchtbarkeit dieser Zeit. Wenn dein Blut sich mit dem meinen verbindet, werden Wesen entstehen, die alles andere in den Schatten stellen. Größer, mächtiger, unbesiegbar!«

Nicht nur Ivy war sprachlos. Auch die heimlichen Lauscher sahen einander betroffen an. Die schwarzhaarige Vampirin dagegen stieß einen Schrei des Entsetzens aus.

»Meister, sie ist ein Kind! Wie könnt Ihr Euch mit ihr vermählen? Ich habe alles getan, was Ihr von mir verlangt habt. Ich habe meinen Clan verraten, um Euch zu dienen. Ich flehe Euch an, nehmt mich zu Euch in Eure Festung in den Karpaten. Ich werde bis in alle Ewigkeit an Eurer Seite bleiben und Euren Wünschen dienen. Unsere Kinder sollen über die Welt herrschen!«

Mit einem Ausdruck des Abscheus wandte sich Dracula an die Vampirin. »Schweig, Baronesse Antonia de Dracas. Bist du wirklich so einfältig, an deine Worte zu glauben? Es war dein eigener Wunsch, mir zu dienen. Du hast versprochen, mir bei meinem

Begehren zu helfen und hast dies Versprechen nun erfüllt. Gut. Ich nehme es an und entlasse dich in Gnaden. Geh zurück zu deinem Clan und versuche, den Dracas Erben zu gebären. Für meine Pläne ist dein Blut zu schwach. Es würde nichts Rechtes daraus entstehen«, sagte er abfällig. Das Gesicht der Baronesse verzerrte sich. Sie kreischte und tobte, stürzte auf ihn zu, um ihm mit den zu Klauen gekrümmten Fingernägeln das Gesicht zu zerkratzen.

Mit einer einzigen schnellen Bewegung schleuderte Dracula sie zurück, dass sie mehrere Meter weit auf die Kante der Baugrube zuflog. Sie schlug auf dem Boden auf, versuchte sich noch zu fangen, verlor aber den Halt und stürzte in die Grube. Ein dumpfer Schlag war zu hören und ein Geräusch, das bis tief in die Eingeweide schmerzte. Latona zuckte zusammen und kniff kurz die Augen zu. Ein Gurgeln erhob sich schwach, dann war es still. Nichts regte sich mehr in der Grube. Was war geschehen? War sie etwa in die Eisenstäbe gefallen, die wie Lanzen aus dem Fundament aufragten?

Dracula beachtete sie nicht weiter. Er richtete seinen Blick auf Ivy.

»Und nun komm!«

»Niemals! Ihr könnt mich auf der Stelle vernichten, aber ich werde Euch nicht für Eure Pläne zur Verfügung stehen und ich gehe ganz sicher nicht mit nach Transsilvanien.«

Wieder ließ er sein schauriges Lachen ertönen. »Als ob diese Entscheidung bei dir läge! Ich frage nicht nach deinen Wünschen. Ich nehme dich einfach mit. Ich habe so viele Jahre gewartet, bis du endlich deine Insel mit ihrem magischen Schutz verlassen hast. Jetzt bin ich am Ziel und nichts kann mich mehr aufhalten.«

Bewundernd sah Latona, dass Ivy nicht bereit war, aufzugeben. »Ihr meint, Ihr habt schon gewonnen?«

In diesem Moment gelang es ihr, ihren Arm zu befreien. Doch statt wegzulaufen, riss sie beide Arme hoch in die Luft und stieß eine Folge von Pfiffen aus. Für einige Augenblicke passierte nichts, und Dracula griff wieder nach ihrem Handgelenk.

Plötzlich war die Luft von einem Rauschen erfüllt. Latona dachte erst, es wäre wieder ein Vampir, der sich aus dem Nebel materialisierte, doch dann sah sie die schwarzen Leiber mit den ledernen Schwingen vor dem Mond vorbeiziehen.

Fledermäuse! Tausende Fledermäuse kamen über die Dächer der Hofburg angeflogen und stürzten auf den Vampir herab.

»Du meinst, sie gehorchen nur dir? Ich bin der Herr über alles Getier!«

»Das glaube ich nicht«, stieß Ivy zwischen den Zähnen hervor. Und wirklich, die Fledermäuse schienen unbeirrt den alten Vampir anzugreifen, der wütend nach ihnen schlug. Dabei ließ er Ivys Arm zum zweiten Mal los. Dieses Mal nutzte sie die Gelegenheit für einen Fluchtversuch.

Weit kam sie nicht. Latona konnte nicht sehen, was er tat, doch Ivy hielt mitten im Lauf inne, griff sich mit beiden Händen an den Kopf, zuckte zusammen und sank dann zu Boden, wo sie reglos liegen blieb. Noch einmal hatte Latona Mühe, Bram zurückzuhalten. Dieses Mal griff auch der Professor ein.

»Es hat keinen Sinn, Mr Stoker«, sagte er beschwörend. »Wir können nichts gegen ihn ausrichten. Es würde uns das Leben kosten – oder wir würden selbst zu Vampiren werden.«

Die Wolke der Fledermäuse hob sich. Sie schwirrten ziellos umher. Offensichtlich hatten sie mit Ivys Ohnmacht die Verbindung zu ihr verloren und wussten nun nicht mehr, was sie tun sollten. Noch einmal drehten sie eine Runde über dem Platz und flogen dann in Richtung Stadt davon.

Dracula trat vor, bückte sich und hob die noch immer reglose Ivy auf.

»Du dachtest wohl, du könntest dich wandeln. Ein schlauer Plan! Sich als eine unter Tausenden Fledermäusen unter den Schwarm zu mischen. Nein, meine Liebe, es ist zwecklos. Du gehörst jetzt mir.«

Wie ein Kind hielt er sie in seinen Armen und sah auf ihr weißes Mädchengesicht herab.

»Zeit, zu gehen«, sagte er.

Eine Kutsche, der vier schwarze Pferde vorgespannt waren, löste sich aus den Schatten der Hofburg und kam rasch näher. Auf dem Kutschbock saß eine verhüllte Gestalt, deren Augen unheimlich rot zu glühen schienen. Dracula stieg mit Ivy in den Armen ein. Er hatte den Schlag noch nicht geschlossen, da zogen die Pferde an und waren so schnell mit dem schweren Gefährt verschwunden, dass Latona sich die Augen reiben musste. Waren nicht einmal seine Pferde gewöhnliche Tiere?

Reglos standen die drei unter den Säulen des Burgtors, bis der Professor Latona leicht am Arm berührte.

»Lassen Sie uns wieder einsteigen. Hier gibt es nichts mehr zu tun.«

»Wir müssen sehen, was mit der Vampirin geschehen ist«, widersprach Latona und lief zum Rand der Baugrube hinüber, ehe die Männer sie zurückhalten konnten.

Es war kein schöner Anblick. Wie sie vermutet hatte, war sie in die aufragenden Eisenstangen gefallen, die ihren Körper an mehreren Stellen durchbohrt hatten. Eine der Spitzen musste ihr Herz getroffen haben, denn es sah nicht so aus, als gebe es auch nur noch eine Spur von Leben in ihr.

»Aber kann sie sich nicht wieder regenerieren, solange ihr Kopf auf den Schultern sitzt und es kein Silber war, das in ihr Herz gedrungen ist?«, fragte Latona den Professor, der mit Bram neben sie trat.

»Schon möglich, dennoch werden wir nicht in diese Grube hinabsteigen und ihren Körper bergen.«

Auch Bram schüttelte energisch den Kopf. »Nach allem, was wir gehört haben, glaube ich, dass die Welt gut auf sie verzichten kann!«

Latona stimmte ihm zögernd zu und wandte sich ab. »Gut, gehen wir zurück.«

Die Glocken des Doms und der Votivkirche schlugen bereits sieben Mal, als die Kutsche anfuhr.

»Baronin von Schey wird sich fragen, wo wir bleiben. Wir werden zu spät ins Theater kommen«, bemerkte der Professor.

Latona nickte stumm. Wie konnten sie nun einfach in die normale Welt zurückkehren, um ins Theater zu gehen? Sie dachte an ihre Gastgeber. Sie schienen so weit weg. Ein anderes Leben in einer anderen Welt.

»Der arme Philipp wird enttäuscht sein«, meinte Bram, dem es ebenfalls sichtlich schwer fiel, das Erlebte abzustreifen und sich auf den Theaterbesuch einzustellen.

Alle drei schwiegen eine Weile und hingen ihren Gedanken nach.

»Würdest du das Angebot der Baronin annehmen, in Wien bleiben und mir versprechen, nichts Leichtsinniges zu unternehmen, bis ich zurück bin?«, fragte Bram unvermittelt.

Latona hatte keine Schwierigkeiten, seinen Gedankengängen zu folgen. Sie seufzte.

»Ach Bram, wenn ich vernünftig wäre, dann würde ich Nein sagen und drohen, etwas Wahnwitziges anzustellen, sobald Sie mich alleine lassen. Denn das, was Sie vorhaben, ist lebensgefährlicher als alles, was ich je getan habe! Sie wollen Draculas Festung in den Karpaten aufsuchen, um Ivy zu retten, habe ich recht? Seien Sie kein Narr!«

»Ich verspreche dir, ich bin vorsichtig und werde nichts Unüberlegtes tun.«

Latona schnaubte. »Auf dieses Versprechen gebe ich keinen Pfifferling. Allein diese Reise ist unüberlegt!«

»Aber nein, van Helsing und Professor Vámbéry planen sie schon seit Tagen. Ich werde mich ihrem Rat unterordnen.«

»Ja, tun Sie das, denn ich möchte Sie nicht auch noch verlieren. Ich habe mich an Sie gewöhnt und es täte mir sehr leid, wenn Sie nie mehr aus dem fernen Transsilvanien zurückkämen.«

Zu ihrer Überraschung merkte Latona, dass ihre Worte aufrichtig gemeint waren und sie wirklich Angst um ihn hatte. Sollte sie ihn begleiten? Nein, was wäre sie ihm schon für eine Hilfe. Er kannte sie längst nicht so gut wie Onkel Carmelo, mit dem sie so viele Aufträge erledigt hatte. Er hatte sie dabei als geübte Partnerin geschätzt. Bram kannte sie nur als hilfloses Mädchen. Außerdem würde Bram sich nicht überreden lassen, sie mitzunehmen. Da war sie sich sicher.

»Begreifen Sie nun«, murmelte Latona, »dass uns die Vernarrtheit in einen Vampir dazu treiben kann, unser Leben aufs Spiel zu setzen?« Bram nickte stumm.

Sie passierten die Votivkirche und bogen in den letzten Abschnitt der Ringstraße ein, der an der Kronprinz-Rudolf-Kaserne in der Rossau vorbei bis zum Donaukanal hinunter führte. Unvermittelt hielt der Kutscher an. Professor Vámbéry sah aus dem Fenster.

»Was ist los?«

»Das weiß ich selbst nicht, gnädiger Herr, aber irgendwas stimmt nicht.«

Latona vergaß ihre schweren Gedanken und beugte sich aus dem anderen Fenster. Ja, etwas war hier im Gange. Das war nicht der gewohnte abendliche Müßiggang der Gesellschaft mit ihren vornehmen Kutschen und Reitern. Hektisch preschten Reiter und Fiaker vorbei. Eine Dunstglocke von Panik schien über der Stadt aufzusteigen. Latona beugte sich noch ein wenig weiter vor. Und da sah sie es. Sie keuchte.

»Bram, Professor, sehen Sie dort vorne, der ungewöhnliche Lichtschein und das Flackern! Und es steigt Rauch auf! Ist das etwa das Theater?«

Es war der Kutscher, der ihnen antwortete. »Ja, Fräulein, Sie haben recht, das Ringstraßentheater brennt!«

*

Vielleicht wären auch die drei Erben zu spät ins Theater gekommen, hätte Alisa nicht so gedrängt und Luciano geradezu mit Gewalt aus dem Haus am Rabensteig geschleppt.

»Es ist noch reichlich Zeit«, meckerte Luciano, als sie den Fiaker weggeschickt hatten und durch das Tor traten. Ein wenig abseits standen zwei Dracas, deren Namen sie nicht kannten. Offensichtlich hatten sie auf ihr Kommen gewartet. Nun traten sie hinter ihnen ins Theater, fragten glücklicherweise aber nicht nach, warum sie so spät eintrafen.

»Ja, wir haben noch ein paar Minuten«, bestätigte Franz Leopold. »Du hättest dich also noch ein wenig länger mit deinem neuen Schatten zanken können.«

Luciano nickte bedrückt. »Ach, wenn ich Clarissa nur überzeugen könnte, das so ein Vampirdasein durchaus angenehm sein kann. Ob sie mir jemals verzeiht?«

Franz Leopold rollte mit den Augen. »Du gehst das völlig falsch an, wenn du mich fragst.«

»Ich frage dich aber nicht!«, brauste Luciano auf. »Ausgerechnet dich, der du uns in diese Misere gebracht hast!«

Franz Leopold ließ sich nicht beirren. »Du musst ihr gleich zeigen, dass sie dir Respekt schuldig ist, denn du bist ihr Meister, der sie geschaffen hat – auch wenn du das ohne Ivys Hilfe niemals hinbekommen hättest.«

Sie folgten den labyrinthartigen Gängen und Treppen erst hinunter zur Garderobe, wo sich noch eine Traube Theaterbesucher drängte. Von hier ging es ins Parkett oder über die engen, gewundenen Treppenschächte hinauf in die Logen und die oberen Ränge, wo sich die meisten Plätze befanden. Die Abmessungen des Grundstücks waren einfach zu klein für solch einen Theaterbau – wenn man die vorgegebene Anzahl an Sitzen unterbringen wollte –, sodass der Architekt gezwungen gewesen war, turmartig in die Höhe zu bauen. Nicht ganz glücklich und ganz sicher nicht annähernd so prächtig wie die neue Hofoper.

»Apropos Ivy. Meinst du, sie ist schon da? Ich bin neugierig, was der Baron so Wichtiges von ihr wollte.« Alisa schnitt eine Grimasse. »Er war ziemlich aufgebracht. Ich hoffe nur, das bedeutet nicht, dass ihr Geheimnis nun keines mehr ist.«

Franz Leopold sah sie ernst an. »Was hätte es sonst sein können, das ihn derart aus der Fassung bringt und nicht Zeit bis nach dem Theater hat?«

Alisa starrte ihn an. »Bei allen Dämonen, was wird er mit ihr machen? Wir hätten nicht fahren dürfen. Wir haben sie im Stich gelassen, als sie unsere Hilfe am dringendsten brauchte.«

Franz Leopolds Züge verhärteten sich. »Was glaubst du, hätten wir tun können? Den Degen gegen mein Familienoberhaupt ziehen? Sei nicht albern. Außerdem ist er kein Monster, das ihr gleich den Kopf herunterreißen wird.«

»Er ist ein stolzer Dracas, sagt das nicht alles?« Luciano schnaubte, doch Franz Leopold ignorierte es.

»Und außerdem hat Ivy es bewusst herausgefordert. Ihr war klar, dass man schon blind sein muss, um nicht zu bemerken, dass sie sich innerhalb der vergangenen drei Jahre überhaupt nicht verändert hat.«

Alisa wollte kehrtmachen und zum Ausgang zurück, doch Franz Leopold griff nach ihrem Arm. »Lass uns erst hineingehen und nachsehen, ob sie nicht schon in unserer Loge sitzt, ehe wir die Pferde scheu machen.«

Luciano nickte und schritt die Treppe hoch, die zum Parkett führte. Von dort hatten sie einen guten Überblick über die Logen und ihre Besucher und ersparten sich, all die Treppen hinaufzusteigen und in jede Loge zu spähen, die die Dracas angemietet hatten. Außerdem blieben sie so näher am Ausgang, was in diesem verwinkelt gebauten Theater von Vorteil war, falls sie sich entschieden, zum Palais zurückzukehren.

»Das Gedränge ist noch schlimmer als im Burgtheater«, bestätigte Franz Leopold mit einem Kopfschütteln.

Es fehlte noch eine Viertelstunde bis zum Beginn der Vorstellung, als die drei Vampire den Zuschauerraum betraten.

DER GROSSE BRAND

»Wo bleiben nur Latona und Mr Stoker?«, fragte Philipp nun schon zum fünften Mal, worauf ihn seine Schwester auch ungnädig hinwies.

»Weshalb sind wir überhaupt so früh gefahren?«, sagte er missmutig. »Kein Mensch der guten Gesellschaft kommt bereits eine halbe Stunde vor Beginn der Vorstellung ins Theater!«

»Ich geh hinunter und sehe nach, ob sie inzwischen vorgefahren sind. Vielleicht haben sie sich in den vielen Gängen verlaufen und finden die Loge nicht«, überlegte er.

Clara spottete. »Ja, Mr Stoker macht mir einen recht verwirrten Eindruck. Er ist ein alter Mann von mehr als dreißig Jahren. Es würde mich nicht wundern, wenn er sich auf der Suche nach der Theaterloge verirrte.« Sie sprang auf. »Ich werde nach ihnen suchen. Ich habe eh großen Durst, da kann ich noch ein Glas Limonade trinken. Großmutter, möchtest du auch etwas?«

Die alte Baronin erhob sich, um ihre Enkelin zu begleiten. »Du bleibst hier, Philipp, und begrüßt unsere Gäste, falls sie von der anderen Seite her kommen sollten.«

Clara kicherte vergnügt, während Philipp schmollend in der Loge im ersten Rang zurückblieb. Die beiden Damen von Schey holten sich im Foyer ihre Limonade und schlenderten Richtung Ausgang, durch den noch immer Besucher hereinströmten. Latona und die beiden Herren waren allerdings nicht dabei.

*

Eine Viertelstunde, bevor sich der Vorhang heben sollte, begannen die Bühnenarbeiter mit den letzten Vorbereitungen für die Vorstellung. Der für die Beleuchtung zuständige Mitarbeiter legte den Hebel um, der Gas in die Soffittenkästen strömen ließ, und zündete die Funken. Die Lampen sprangen bis auf eine an und tauchten die noch leere Bühne in helles Licht. Vom Zuschauerraum konnte man den Schein durch den geschlossenen Vorhang erahnen. Der Bühnenarbeiter drehte das Gas noch ein wenig weiter auf, um die letzte Soffitte zu zünden. Doch statt ihren Dienst aufzunehmen, zerbarst sie mit einem Knall. Eine Flamme schoss in die Höhe. In Sekundenschnelle brannten die nahen Kulissen, dann griff das Feuer auf den inneren Vorhang über.

Die Arbeiter starrten entsetzt auf die Flammen. Mit ein paar Decken unternahmen sie einen halbherzigen Löschversuch, doch ihnen war schnell klar, dass dieses Feuer so nicht mehr erstickt werden konnte. Nein, ihnen blieb nichts anderes übrig, als sich in Sicherheit zu bringen. Sie stürzten über die Bühne zum Hinterausgang, rissen die Tür auf und rannten ins Freie. Die Tür ließen sie offen.

Bislang hatten die Zuschauer im Parkett und in den Logen noch nicht mitbekommen, welche Katastrophe sich hinter dem schweren Vorhang anbahnte. Nur die drei jungen Vampire starrten zur Bühne.

»Was war das?«, rief Alisa.

»Das hört sich nicht gut an. Gar nicht gut«, meinte Franz Leopold.

Das Feuer gierte nach frischer Luft, die es am Leben hielt und nährte. Einer Sturmböe gleich sog es den Luftstrom durch die offene Hintertür an. Mit einem Fauchen schlugen die Flammen fast bis zur Decke und hatten kurz darauf den äußeren Vorhang erfasst, der das Feuer bislang vom Publikum trennte. Ein Schrei des Entsetzens stieg zur Decke empor, erstickt vom Brüllen des Feuers, das sich nun gierig über das Theater hermachte.

»Bei allen Dämonen der Hölle«, stieß Alisa entsetzt aus. Sie wandte sich um und sah in Hunderte von vor Schrecken starre Gesichter, die das tanzende Feuer in Fratzen verwandelte. Ihr Blick suchte den ihres Bruders. Da war er, in einer Loge im ersten Rang mit Sören und Chiara und den beiden Pyras.

»Springt!«, schrie Alisa und gestikulierte wild.

Franz Leopold wedelte mit den Armen. »Nein!«, brüllte er. »Zum Balkon. Lauft zum Balkon und springt von dort ins Freie. Nicht hier herein! Die Türen werden gleich versperrt sein!«

Als die Menschen begriffen, was um sie herum geschah, schrien sie in Todesangst auf. Sie sprangen von ihren Sitzen und stürmten auf die Türen zu. Die ersten stolperten und wurden zu Boden gedrückt. Andere stiegen über sie hinweg, traten auf die am Boden Liegenden oder fielen ebenfalls. Der Lärm der Schreie ging im Fauchen des Feuers unter.

Alisa sah, wie ihr Bruder ihr zuwinkte und dann hinter den anderen durch die Logentür ihren Blicken entschwand. Er hatte ihr zugelächelt!

»Tammo begreift gar nicht, in was für einer Lage wir uns befinden«, rief sie. »Dieser Kindskopf! Das ist kein Spaß. So ein Feuer kann auch für einen Vampir zu einer tödlichen Falle werden – gar nicht zu reden von den vielen Menschen, die diese Nacht nicht überleben werden.«

Entsetzt ließ sie ihren Blick über den Zuschauerraum schweifen. Der Kampf ums Überleben hatte begonnen, doch wie viele würden es schaffen? Sie wollte sich gar nicht vorstellen, was sich dort draußen in den Treppen und Gängen abspielte.

Da ging das Licht aus. Irgendjemand hatte vermutlich das Gas abgedreht, um das Feuer nicht noch mehr anzuheizen. Damit erloschen aber auch im gesamten Theater die einzigen Wegweiser, die die Menschen in ihrer Panik nach draußen hätten leiten können. Nun irrten sie ziellos durch die Finsternis. Nur der Zuschauerraum war vom tobenden Feuer erleuchtet.

»Alisa, wir müssen raus hier!« Franz Leopold nahm sie beim Arm. »Tammo und die anderen haben schon begriffen, was sie tun müssen. Es waren ja auch einige Dracas in den benachbarten Logen. Sie werden die Erben über den Balkon ins Freie schaffen. Von dort ist es nur noch ein Sprung von fünf oder sechs Metern. Nun sollten auch wir zusehen, dass wir rauskommen, langsam wird es hier drin wirklich brenzlig.«

Sie sahen zur Decke hoch, über die die Flammen bereits gierig leckten. Der ganze Bühnentrakt war nur noch ein riesiger lodernder Feuerball. Sie versuchten, zum Ausgang vorzudringen, doch das war keine einfache Aufgabe. Die Menschen drängten verzweifelt in alle Richtungen, der Qualm wurde immer dichter und nahm ihnen die Sicht und – noch schlimmer – die Luft zum Atmen. Selbst die Vampire konnten das Brennen auf ihrer Haut spüren. Wie musste sich die heiße Luft erst in der Lunge anfühlen? Keuchend und hustend gingen die Theaterbesucher in die Knie und wurden von den Nachdrängenden zu Boden gedrückt. Wenigstens würden sie es nicht mehr spüren, wenn die Flammen kamen und ihre Körper zu Asche verbrannten. Dass es für diese Menschen Rettung geben könnte, daran glaubte Alisa nicht.

»Mach dir lieber Gedanken darüber, wie wir selbst hier rauskommen«, schnitt Luciano ihre bedauernden Worte ab. »Mein Frack beginnt schon vor Hitze zu qualmen. Wenn es noch heißer wird, fangen unsere Kleider Feuer.« Er warf einen besorgten Blick auf Alisa, deren Kleid sie innerhalb eines Wimpernschlags in eine menschengroße Fackel verwandeln würde. Hilfesuchend sahen sich die drei um. Sie waren in einem Meer von panischen Menschen gefangen, die die Türen und Gänge verstopften und nicht wussten, in welche Richtung sie fliehen sollten. Draußen war es finster und alles füllte sich mit Rauch. Außerdem gingen alle Türen, die ins Freie führten, nach innen auf, sodass sie den nachdrängenden Menschen zur tödlichen Falle wurden.

»Wir werden uns nicht verirren«, sagte Luciano zuversichtlich. »Wir haben bei den Pyras gelernt, die genaue Position, an der wir uns befinden, zu erspüren, und jeden Weg, den wir einmal gegangen sind, auch mit geschlossenen Augen wiederzufinden.«

»Und was nützt dir das jetzt? Willst du über die Köpfe der Menschen hinweglaufen und die geschlossenen Türen sprengen, gegen die sie mit Macht anbranden?«, herrschte ihn Franz Leopold an.

»Nein, nicht laufen, fliegen!«, drängte Alisa. »Wir haben uns lange nicht mehr verwandelt. Wir müssen es versuchen, auch ohne Ivy, die uns beispringen könnte.« Sie sahen einander an.

»Gut, Fledermäuse«, sagte Franz Leopold und forschte in Lucianos Miene nach Zweifeln, die alles in Gefahr bringen konnten. Schon einmal war er mitten in einer Verwandlung stecken geblieben. Nun aber nickte er entschlossen.

»Wir fliegen zu den Logen im ersten Rang hoch, dann hinaus ins Foyer und auf den Balkon.«

Sie nahmen sich bei den Händen, um ihre Kräfte zu teilen. Ein brennender Balken krachte herunter und setzte die Sitze neben ihnen in Brand. Sie rückten ein Stück ab und begannen noch einmal. »Du zuerst, Luciano«, drängte Alisa und der Nosferas widersprach nicht. Es war einfach keine Zeit, darüber nachzudenken, ob sich seine Kräfte ausreichend entwickelt hatten. Sie umfassten noch einmal ihre Hände, schlossen die Augen und konzentrierten sich auf die Kraft, während das Feuer um sie herum alles verzehrte und die Flammen bereits meterhoch durch den Dachstuhl in den nächtlichen Himmel schlugen.

*

Seymour hetzte durch die Nacht. Er fühlte sich elend, Ivy alleine ihrem Schicksal überlassen zu haben, doch was hätte er tun sollen? Sich dem Tod in die Arme werfen und sich von Dracula zermalmen lassen? Seymour zweifelte nicht daran, dass es dem Vampir gelungen wäre, ihn zu töten, noch ehe er seine Zähne in dessen Hals hätte senken können. Seymour fürchtete den Tod nicht und hätte sich für seine Schwester geopfert, doch was nützte es, wenn er starb, ohne sie aus den Händen des Schattens befreit zu haben?

Nein, so hatte er wenigstens eine Chance, doch noch helfend einzugreifen. Dazu brauchte er aber dringend Unterstützung. Im Palais Coburg bei den Dracas konnte er nicht mit Hilfe rechnen. Sie hatten Ivy ja erst in diese schlimme Lage gebracht!

Beim Gedanken an die Baronesse und ihren Verrat fletschte er im Laufen die Zähne. Sie hatte Ivy geradewegs in Draculas Arme geführt. Und ausgerechnet die Dracas warfen den Lycana Lüge und Verrat vor!

Nein, zum Palais brauchte er nicht zurückzulaufen. Er schlug direkt den Weg quer durch die Stadt ein, den Kohlmarkt hinunter und dann die Tuchlauben entlang. Als er die Peterskirche passierte, hielt er kurz inne. Was war das?

Durch ein Loch in der Außenwand des Turms quollen dunkle Leiber hervor, breiteten ihre Schwingen aus und stürzten davon. Hunderte, nein Tausende Fledermäuse, die in einer Wolke davonschossen. Seymour wusste, wessen Ruf sie folgten. Ivy war also noch bei Bewusstsein und nicht gewillt, sich dem Meister zu ergeben. Gut! Der Wolf hetzte weiter, bis er schlitternd vor dem Haus am Rabensteig zum Halten kam. Zu seinem Entsetzen fand er nur Hindrik mit der frisch gewandelten Vampirin vor. Nein, die beiden konnten ihm nicht helfen. So rannte der Wolf weiter durch die Stadt nach Westen, der Ringstraße zu.

Er war nicht der Einzige, der zum Theater lief. Reiter und Karren waren unterwegs, Fußgänger fügten sich zu Grüppchen zusammen, aus denen ein pulsierender Strom wurde. Das waren keine Theaterbesucher! Was ging hier vor sich? Da begannen Glocken zu läuten. Polizisten in Uniform ritten vorbei und auf einmal hörte Seymour das Schrillen der Sirene eines Feuerwehrwagens, der vom Hof her angefahren kam. Längst schon hatte sich die Nachricht in ganz Wien verbreitet: Das Ringstraßentheater brannte. War diese Teufelei etwa auch Draculas Geist entsprungen?

Als er die Häuserschlucht hinter sich ließ und auf die Ringstraße hinaushechtete, sah er schon die Flammen aus dem Dach schlagen. Was für ein Inferno! Der Wolf schlüpfte durch den zunehmend dichteren Wald aus Menschen- und Pferdebeinen hindurch, bis er die Hitze des Feuers spüren konnte. Er ließ den Blick schweifen, konnte aber keinen der Vampire entdecken, weder die Dracas noch einen der Erben. Waren sie etwa noch dort drin in dieser Hölle? Er musste sie finden! Von vorne kam er nicht hinein. Er musste es auf der anderen Seite versuchen. Seymour lief um das Theater herum. Ja, da stand einer der Bühneneingänge offen. Er sprang die Treppe hinauf und stürzte in das Gebäude.

Das Feuer umgab ihn von allen Seiten. Die flirrende Hitze nahm ihm den Atem und versengte ihm den Pelz. Die Flammen leckten an den Wänden empor bis an die Decke. Er sprang um brennende Kulissen herum. Der schwere Vorhang war längst abgebrannt. Vage konnte er den Zuschauerraum erkennen, von dem aus die letzten Besucher versuchten, die Türen zu erreichen. Die Hitze und der Rauch hatten sie in die Knie gezwungen, sodass sie verwirrt auf allen vieren die Sitzreihen entlangkrochen.

Da entdeckte er sie. Alisa, Leo und Luciano, die sich an den Händen hielten, die Augen geschlossen, kühl und konzentriert, als befänden sie sich an einem sicheren Ort und nicht im Herzen der Hölle. Seymour sprang mit einem riesigen Satz über die Bühne in den Zuschauerraum. Keinen Moment zu spät! Hinter ihm krachte ein Teil der Decke mit den brennenden hölzernen Kulissen herunter. Wo er eben noch gestanden hatte, lagen nun ineinander verkeilte brennende Balken. Für einen Augenblick sah der Wolf zurück, in der Erkenntnis, wie knapp er davongekommen war. Als er sich wieder umwandte, waren die drei verschwunden. Seymour blinzelte. Er konnte es nicht fassen. Wie war das möglich?

Da entdeckte er zwischen den Rauchschwaden drei Fledermäuse, die zu einer der Logen im ersten Rang hinaufflatterten. Seymour setzte sich auf die Hinterbeine. Was war er nur für ein Dummkopf! Die Erben verfügten inzwischen über so viel Magie, dass sie in der Lage waren, sich selbst zu helfen. Wozu brauchten sie die Hilfe eines Werwolfs! Sie flogen in der Gestalt von Fledermäusen einfach in den Nachthimmel hinaus und waren den Flammen innerhalb von Augenblicken entkommen. Er dagegen hatte sich in eine verdammt schwierige Lage gebracht.

Er wandte den Kopf. Nein, zurück ging es nicht mehr. Der Weg über die Bühne war versperrt und die Ausgänge so von Menschen verstopft, dass er diesen Weg nicht einmal in Erwägung zu ziehen brauchte. Der Rauch wurde immer dichter. Was die Menschen in die Knie zwang, ließ auch den Wolf keuchen. Die Luft wurde knapp. Im Gegensatz zu den Vampiren musste er atmen, egal in welcher Gestalt.

Was blieb ihm für ein Ausweg? Angestrengt sah er durch die Rauchschwaden zu der Loge hinauf, die die Vampire als Fluchtweg gewählt hatten. Es half nichts, er würde ihnen folgen müssen. Er schätzte die Höhe ab. Nein, in seiner Wolfsgestalt würde er dort nicht hinaufgelangen. Er musste sich wandeln. Die Atemnot bereitete ihm Schwierigkeiten und er wusste, dass dies Problem in seiner menschlichen Gestalt eher schlimmer werden würde, dennoch blieb ihm keine andere Wahl. Er reckte und streckte sich, das von Ruß geschwärzte Fell verschwand und wandelte sich in empfindliche Menschenhaut, die unter der Hitze schmerzte. Die Schnauze schrumpfte und nahm die Züge eines Mannes an, die ein wenig an Ivy erinnerten. Das lange, zottige Haar war weiß wie das Fell des Wolfes. Geduckt hastete Seymour zu der Säulenreihe, die den ersten Rang stützte. An den Stuckverzierungen fanden seine Finger und Füße genug Halt. Er war stets ein guter Kletterer gewesen und so schlängelte er sich geschickt höher, bis er über die Brüstung greifen und sich hinaufziehen konnte. Keuchend und hustend rutschte er über den Handlauf und fiel in der verqualmten Loge zu Boden. Er musste weiter! Mühsam rappelte er sich auf. Er hatte die Tür gerade hinter sich gelassen und war in den Korridor eingetaucht, als ein brennender Balken auf ihn herabstürzte und ihn zu Boden riss. Er konnte verschwommen das Foyer sehen und die offenen Türen zum Balkon. Der Balken lag schwer über seinen Beinen und verbrannte Haut und Fleisch. Seymour stieß einen verzweifelten Schrei aus, der mehr nach dem Heulen eines Wolfes klang als nach einer menschlichen Stimme.

Er war stark! Er war ein Werwolf! Mit einem übermenschlichen Aufbäumen stieß er den glühenden Balken zur Seite und starrte mit einem Schaudern auf seine Beine. Der Schmerz trübte seine

Sicht und seinen Verstand. Er würde doch nicht etwa das Bewusstsein verlieren? Nein! Das konnte er sich nicht leisten. Dann war es um ihn geschehen.

Alles um ihn herum wurde schwarz.

*

»Schneller! Fahren Sie schneller!«, rief Bram.

»Wie könnte ich? Alles ist verstopft! Jeder scheint dorthin unterwegs zu sein, und sei es nur, um zu gaffen und das aufregende Schauspiel nicht zu verpassen«, maulte der Kutscher.

Latona sah, dass er recht hatte. Von hinten kamen ein paar Uniformierte angeritten, doch von der Feuerwehr war noch nichts zu sehen. Je näher sie dem Theater kamen, desto bedrohlicher zeigten sich bereits jetzt die Ausmaße des Feuers.

»Mein Gott, hoffentlich ist da niemand mehr drin«, stieß der Professor hervor.

Das hoffte Latona auch. Sie betete im Stillen für die alte Baronin, für Clara und für Philipp. Auch wenn sie nicht verliebt in ihn war, wie sie Bram glauben gemacht hatte, so mochte sie die Scheys doch gern und fühlte sich in ihrem Haus, als habe sie wieder eine eigene Familie. Es durfte ihnen einfach nichts passieren! Oh Herr im Himmel, keinem Menschen sollte so ein Schicksal widerfahren.

Der Wagen hielt. Es war kein Weiterkommen mehr. Bram sprang auf die Straße und drückte dem Fiaker einige Münzen in die Hand. »Bringen Sie das Fräulein zum Palais Schey zurück.«

»Was?«, rief Latona empört und war schon aus der Kutsche geklettert. »Wir müssen sehen, ob die Scheys unsere Hilfe brauchen!«

Auch der Professor schloss sich ihnen mit ernster Miene an. Bram hatte wohl nicht mehr die Kraft, mit ihr zu streiten.

»Bleib dicht bei mir«, bat er sie nur und stürzte los. Latona und der Professor folgten.

»Das sieht böse aus«, murmelte Bram, als sie sich näherten. »Wo bleibt nur die Feuerwehr? Hat denn niemand nach der Feuerwehr gerufen?«

Diese Frage wiederholte einer der Polizisten in ihrer Nähe. Er packte einen Mann, der nach seiner Kleidung zu schließen zu den Bühnenarbeitern des Theaters gehörte.

»Ich weiß nicht, ob jemand daran gedacht hat, den Brandmelder zu betätigen.«

»Aber jedes Theater hat doch einen angestellten Feuerhelfer«, beharrte der Polizist. »Wo ist er?«

Der Mann wand sich. »Ich hab ihn kurz vor der Vorstellung gesehen. Da wollte er noch einen Schluck trinken gehen …«

Da preschte der erste Feuerwehrwagen heran. Der Polizist, der der Uniform nach wohl zu den Offizieren gehörte, lief auf den Wagen zu.

»Wo sind die anderen? Warum dauert das so lange?«, brüllte er den Feuerwehrmann auf dem Kutschbock an.

»Man muss sie erst rufen. Zwei Kutscher sagten uns, es gäbe einen Brand auf dem Dach oben. Wir dachten, ein Schlauchwagen würde reichen …«

Der Feuerwehrmann verstummte angesichts der fauchenden Flammen, die aus dem Dach und den oberen Fenstern schossen. Ein Stock tiefer quollen Menschen auf die Balkone und schrien in Todesangst um Hilfe.

Der Offizier schickte seine Berittenen los, jeden Mann und jedes Fahrzeug aus ganz Wien heranzuschaffen, die zum Löschen taugten.

»Und Sprungtücher! Verdammt, wir brauchen Sprungtücher, um die Leute da herunterzubekommen!«

»Das auf dem Balkon können niemals alle sein, da müssen noch Hunderte drin sein«, rief eine Frau neben ihnen entsetzt.

»Aber warum kommt denn niemand zum Tor heraus?« fragte Latona.

Offensichtlich fragte sich das auch der Polizist.

»Sie können die Türen nicht öffnen«, erklärte der Feuerwehrmann und griff nach einer Axt. »Sie gehen nach innen auf und es drücken zu viele dagegen.«

»Dann schlagen Sie sie ein!«, schrie der Offizier.

»Genau das habe ich vor!« Er nahm noch zwei seiner Männer mit Äxten mit. Die anderen begannen, die Schläuche auszurollen.

»Dort drüben ist die Baronin!«, rief Latona, die die alte Frau im Gedränge entdeckte. Die Polizisten versuchten nun mit Härte, die Menschen zurückzudrängen, um der Feuerwehr Platz zu schaffen.

»Oh, mein Kind!«, weinte die alte Dame und umarmte Latona. »Gott hat es gut mit euch gemeint, euch zu spät kommen zu lassen.«

Clara klammerte sich leichenblass an den Arm ihrer Großmutter.

»Wo ist Philipp?«, drängte Latona.

Tränen strömten über das faltige Gesicht. »Irgendwo dort drin. Er wollte noch einmal hinaus, um nach dir Ausschau zu halten, aber ich habe ihm befohlen, in der Loge auf uns zu warten. Wenn ihm etwas zustößt, ist es alleine meine Schuld. Nicht auszudenken, wenn er es nicht mehr nach draußen schafft ...«

Latona umarmte die Baronin. »Bitte, so etwas dürfen Sie nicht sagen. Wie hätten Sie ahnen können, dass so etwas Schreckliches geschieht.« Doch die alte Frau war untröstlich.

Endlich rückte die Feuerwehr mit allem an, was Wien zur Verfügung stand. Die Schläuche wurden angeschlossen und die Männer begannen mit den Löscharbeiten. Was aber noch viel wichtiger war, endlich fielen die schweren Türen und die halb erstickten Menschen taumelten ins Freie. Viele brachen bereits nach einigen Schritten zusammen. Man lud sie auf Karren und Kutschen, um sie ins Spital zu bringen. Jeder, der ein Pferd vor ein paar Rädern hatte, wurde von der Polizei herangezogen. Ein Sprungtuch wurde ausgebreitet und endlich konnten sich die Menschen, die sich auf dem großen Balkon über dem Eingang drängten, in Sicherheit bringen.

»Wir brauchen mehr Sprungtücher!«, rief der Hauptmann der berittenen Truppe. »Seht die Menschen dort an den Fenstern. Und oben am Seitenbalkon sind auch welche. Sie haben nicht mehr lange Zeit! Die Flammen schlagen bereits aus den benachbarten Fenstern.«

Die Feuerwehrleute zuckten bedauernd mit den Schultern. »Wir konnten nur dies eine finden.«

»Dann nehmt mehr Leitern. Das muss schneller gehen!«

»Sie werden doch nicht etwa springen!«, rief Bram.

Latona fuhr herum. Er deutet auf eine Gruppe von Personen auf dem seitlichen Balkon, unter dem kein Sprungtuch ausgebreitet war. Fast gelassen kletterten sie über die Brüstung. Junge Männer im Frack, Mädchen in schönen Kleidern und auch ein paar ältere Herrschaften. Und dann sprangen sie. Einer nach dem anderen. Latona rieb sich die Augen.

Sie hätten mit Schmerzensschreien zu Boden gehen müssen, die Knochen zerschmettert. Aber nein, sie landeten elegant auf den Füßen. Einer der jungen Männer bot dem Mädchen neben sich den Arm. Es schüttelte sein Kleid auf und schritt ungerührt mit ihm davon.

»Vampire«, hauchte sie. Es waren keine Gesichter unter ihnen, die sie kannte, aber wie hätte sie das Unmögliche vor ihren Augen anders erklären können?

Da erschien eine Gestalt auf dem Balkon, die ihr in den vergangenen Wochen zunehmend vertrauter geworden war und die nicht zu den Vampiren gehörte.

»Philipp!«

Die Baronin und seine Schwester fuhren herum. »Wo?«

»Dort auf dem seitlichen Balkon. Oh Gott, seine Jacke brennt. Er braucht eine Leiter, sonst wird er dort oben sterben!«

Philipp riss sich die brennende Jacke vom Leib. Er stand dort oben mit drei anderen Theaterbesuchern, während die Flammen bedrohlich aus dem Fenster züngelten. Latona raffte ihren Rock und rannte los. Sie schlüpfte zwischen den beiden Polizisten durch, die sie aufhalten wollten.

»Philipp!«, schrie sie. Er sah zu ihr herunter. Verzweifelt, mit schmerzverzerrter Miene.

Latona packte einen der Feuerwehrmänner am Rock. »Rasch eine Leiter. Dort oben sind noch Leute.«

»Das weiß ich, Mädchen, aber wir haben nicht mehr Leitern. Wir können nicht überall gleichzeitig sein.«

»Dann werden sie sterben! Sehen Sie nicht die Flammen in ihrem Rücken?«

»Doch, ich sehe sie. Ich kann nichts tun, Fräulein«, antwortete der Feuerwehrmann traurig, befreite sich aus ihrem Griff und ging davon.

Latona ging noch näher an das Gebäude heran, das inzwischen schlimmer als das Fegefeuer sein musste. Sie spürte die Hitze auf ihrer Haut brennen. Der heiße Rauch glühte in ihrer Lunge. Sie hustete und sah wie durch einen Schleier, dass auch die Leute auf dem Balkon zu ersticken drohten. Vielleicht würden sie ohnmächtig werden, noch ehe die Flammen sie erfassten.

»Springt!«, flehte Latona und wünschte, sie würden wie die Vampire federleicht zu Boden schweben.

Philipp sah zu ihr herunter, wie sie dastand, die Arme in die Höhe gereckt. Er wandte sich kurz an die anderen. Dann stand der Entschluss fest. Latona wich zurück. Die vier auf dem Balkon schwangen sich über die Brüstung und sprangen! Sie stürzten dem steinernen Boden entgegen und schlugen mit einem dumpfen Schlag auf. Es war ein entsetzliches Geräusch. Latona konnte die Knochen bersten hören. Sie stürzte zu Philipp, nahm sein Gesicht in ihre Hände und redete auf ihn ein. Sie hörte die anderen schreien und stöhnen. Passanten kümmerten sich um sie.

»Philipp! Um Gottes willen, mach die Augen auf! Philipp!«

Eine Weile reagierte er nicht, doch endlich schienen sich seine Lippen zu bewegen. Es war eine Mischung aus Schmerz und Lächeln. »Latona!« Dann hob er die Lider. Latona war so erleichtert, dass sie ihn auf beide Wangen küsste. Für einen Moment verschwand der schmerzliche Ausdruck und war nun reine Seligkeit. Sie musterte ihn von oben bis unten. Sein Frack war am linken Arm und am Rücken verbrannt. Darunter ließ sich geschwärzte, blasige Haut ahnen. Sein rechtes Bein war ganz sicher gebrochen, so wie es unterhalb des Knies abstand. Das konnte alles heilen. Aber was war nach diesem Sprung mit seinem Rückgrat? Als sie seine Hände nahm, zuckte er vor Schmerz. Auch eines der Handgelenke schien bei dem tiefen Fall etwas abbekommen zu haben.

»Was ist mit deinen Beinen?«, fragte sie behutsam.

»Ich weiß nicht genau. Sie tun höllisch weh!«

Latona lächelte ihn an. »Das ist gut! Aber nun rühr dich nicht von der Stelle. Ich sehe zu, dass wir einen Wagen auftreiben, der dich ins Spital bringt.«

Sein Gesicht wurde weiß. Die unverletzte Hand umklammerte die ihre. »Du wirst mich doch jetzt nicht verlassen?«

»Nein! Ich bin gleich wieder da und dann werde ich nicht von deiner Seite weichen, bis du wieder Walzer mit mir tanzen kannst.«

Er zog ihre Hand an seine Wange. »Versprichst du mir das?«

Latona unterdrückte einen Seufzer. »Ja, ich verspreche es.«

Sie hatte sich kaum erhoben, als Bram und Professor Vámbéry auf sie zukamen. Sie halfen, Philipp auf die Pritsche eines Karrens zu legen und sorgten dafür, dass er sogleich ins nahe Spital gebracht wurde. Er stöhnte vor Schmerz, obgleich er sich sichtlich bemühte, tapfer zu sein. Die Baronin und seine Schwester würden folgen, sobald sie einen Fiaker ergattern konnten. Sie wollten gerade losfahren, als ein Mann in eleganter Uniform mit einigen Mann Gefolge angeritten kam.

»Erzherzog Albrecht! Unser Militärkommandant ist also auch schon zur Stelle«, kommentierte die Baronin. Ein Polizeioffizier lief ihm entgegen und salutierte.

»Wie ist die Lage?«, rief der Erzherzog.

Der Offizier warf einen kurzen Blick zu den eingeschlagenen Türen, aus denen inzwischen niemand mehr herauskam. Noch einmal salutierte er.

»Alles gerettet, Kaiserliche Hoheit!«, hörte Latona ihn sagen, dann brach der Karren in Richtung Spital auf.

SPURENSUCHE

Was war das? Alisa blieb ein wenig zurück.

Nun komm schon, drängte Luciano. *Wir sind als Fledermäuse gegen das Feuer nicht gefeit, auch wenn wir zum Glück selbst in dieser Form nicht atmen müssen.*

Mir war, als hätte ich Seymour gesehen, beharrte Alisa.

Blödsinn! Wo sollte der denn jetzt herkommen?, widersprach Luciano.

Von dort, wo Ivy gerade ist?, schlug Franz Leopold vor.

Die anderen waren noch dabei, den Schrecken zu verdauen, als der Dracas schon eine enge Schleife flog und in das Flammeninferno zurückschoss. Alisa und Luciano folgten ihm. Im dichten Rauch konnten sie nichts sehen, doch das Echosystem der Fledermäuse leitete sie. Sie durchquerten das Foyer und wollten gerade zu der Loge zurückkehren, als sie einen Körper orten konnten.

Seymour!, sandte Alisa. *Hier ist er.*

In seiner menschlichen Gestalt!, stellte Franz Leopold fest.

Warum das denn?, wunderte sich Luciano, gab sich aber sogleich selbst die Antwort: *Er muss uns vom Parkett aus hier herauf gefolgt sein.*

Und als Wolf kann er nicht klettern, ergänzte Alisa.

Sie flatterten um ihn herum. Er hob nur träge den Kopf, schien die Fledermäuse aber nicht wahrzunehmen. Alisa versuchte, mit seinem Geist Kontakt aufzunehmen.

Leo, komm schon, hilf mir. Er ist kaum mehr bei Sinnen. Er muss zum Balkon hinüber, wenn er hier nicht elendig sterben soll.

Stürmisch bedrängten sie seinen Geist.

Alisa? Leo? Ihr seid noch hier? Verschwindet und bringt euch in Sicherheit. Meine Zeit ist abgelaufen. Aber ihr müsst leben. Rettet Ivy! Dracula hat sie in seiner Gewalt. Und sagt ihr, dass ich sie liebe.

Jetzt retten wir erst einmal dich!, beharrte Alisa.

Und wie sollen wir das anstellen? Als Fledermäuse können wir nichts ausrichten, wandte Luciano ein.

»Du hast recht«, stimmte ihm Alisa zu und verwandelte sich so schnell wie noch nie zurück. Die beiden Vampire folgten ihrem Beispiel. Sie trugen Seymour um die Trümmer herum durch das Foyer auf den nun menschenleeren Balkon hinaus. Seymours Kopf fiel leblos von einer Seite zur anderen. Seine Augen waren geschlossen. Ob er überhaupt noch atmete? Damit konnten sie sich später befassen. Jetzt mussten sie erst einmal dort hinunter. Alisa beugte sich vor. Das Sprungtuch war bereits wieder beiseitegelegt worden.

Einige Feuerwehrleute wagten es nun, durch das Hauptportal ins Theater vorzudringen. Alle Aufmerksamkeit war auf das Portal gerichtet. Niemand sah mehr zum Balkon hinauf.

»Also los!«

Franz Leopold und Alisa zogen Seymours Arme über ihre Schultern, Luciano umfasste seinen Leib. Gemeinsam hoben sie ihn über die Brüstung und sprangen hinunter auf die Straße. Es gelang ihnen, so zu landen, dass ihre Füße zuerst auf dem steinernen Boden auftrafen und die Gewalt des Falls bremsten. So bewahrten sie ihn wenigstens vor weiterem Schaden, wobei das, was der brennende Balken angerichtet hatte, bereits schlimm genug war.

Die drei sahen einander unschlüssig an. Was sollten sie nun mit ihm machen? Seymour hing noch immer bewusstlos in ihren Armen.

»Er ist kein Vampir, dessen Brandwunden so einfach in ein paar Tagen heilen«, sagte Luciano. »Ich habe keine Ahnung, was Menschen in so einem Fall tun.«

»Die Verletzten in ein Spital bringen«, meinte Franz Leopold. »Aber was macht man mit einem Werwolf?«

»Wir könnten ihn zum Haus am Rabensteig bringen«, schlug Alisa vor. »Vielleicht weiß Hindrik Rat.«

Da trat einer der Feuerwehrleute zu ihnen und ließ seinen Blick über Seymour gleiten. »Er muss sofort ins Spital! Das sieht nicht gut aus.«

Ehe die Vampire reagieren konnten, winkte er einen Wagen herbei. Kräftige Arme griffen nach dem Körper in seinen verkohlten Lumpen und hoben ihn in die Kutsche. Vielleicht hielten sie die hagere Gestalt mit dem verfilzten Haar für einen der Bühnenarbeiter.

»Was machen wir jetzt?«, wisperte Luciano entsetzt.

Alisa hob die Schultern. »Keine Ahnung. Vielleicht ist es das Beste für ihn. Solange er in seiner menschlichen Gestalt steckt, können ihn die Ärzte wie einen Menschen behandeln. Ich werde mit ihm fahren und sehen, wohin sie ihn bringen.« Entschlossen stieg Alisa zu ihm in die Kutsche.

Franz Leopold nickte. »Gut, dann werden wir versuchen, etwas über Ivys Verbleib herauszufinden und was er mit seinem Gerede über Dracula gemeint hat.«

Luciano machte ein ernstes Gesicht. »Hoffentlich ist ihr nicht wirklich etwas zugestoßen und er hat sich da nur was zusammenfantasiert.«

»Ach, und warum ist er dann wie ein Verrückter in ein brennendes Theater gestürzt?«, widersprach Franz Leopold.

Beide schwiegen bedrückt. »Wir treffen uns am Rabensteig!«, rief Alisa, als der Schlag zufiel und die Pferde anzogen. Dann entschwanden Luciano und Franz Leopold ihren Blicken.

*

Das Feuer schien nun so weit unter Kontrolle, dass sich die ersten Feuerwehrleute in das Gebäude wagten. Ein entsetztes Raunen ging durch die Menge, als die Männer zurückkehrten, jeder einen leblosen Körper in den Armen.

»Gibt es noch mehr Opfer?«, drängte der Hauptmann.

Die Männer mit ihren verrußten Gesichtern nickten. »Ja, wir sind nicht weit gekommen, doch so wie es aussieht, müssen wir uns auf eine ganze Anzahl von Opfern gefasst machen.«

Sie brachten die Toten zur Polizeidirektion am Hof. Unablässig ratterten die Karren hin und her. Es wurden immer mehr. Um neun Uhr zählten die Ärzte bereits siebzig Tote. Manche von ihnen waren verbrannt, andere zeigten keine äußerlichen Verletzungen. Sie waren im Rauch erstickt.

Es waren schwere Stunden für viele Angehörige, die sich zum Hof drängten und bang die Reihen der Toten abschritten. Wie viele Tränen, wie viel Verzweiflung, wenn sie ihre Lieben unter den Opfern erkannten. Es war ein Tag, der als einer der schlimmsten in die Geschichte Wiens eingehen sollte und den die Wiener nie mehr vergessen würden.

*

Das Spital war einfach riesig! Alisa zählte mindestens sechs Höfe, um die sich die Gebäudeflügel in verschieden großen Rechtecken zusammenschlossen. Der als Reformkaiser in die Geschichte eingegangene Sohn Maria Theresias, Kaiser Josef II., hatte das Spital ins Leben gerufen. Eine damals revolutionär moderne Einrichtung, in der sogar jedem Patienten ein eigenes Bett zur Verfügung stand! Ganz im Norden erhob sich ein gedrungener Turm, den die Wiener Narrenturm oder respektlos Gugelhupf nannten. In den Zellen dort waren bis vor wenigen Jahren die Geisteskranken eingesperrt und – was ebenfalls etwas völlig Neues war – von Ärzten behandelt worden.

Man brachte Seymour in einen Krankensaal mit zwei Dutzend Betten, wo er in ein Nachthemd gesteckt und seine Beinwunde von einer Krankenschwester notdürftig verbunden wurde. Sie entschuldigte sich bei Alisa, dass die Ärzte im Augenblick alle Hände voll zu tun hätten.

»Es sind so viele Verletzte. Der Strom der vorfahrenden Kutschen, die immer mehr Patienten einliefern, reißt nicht ab. Sobald einer der Operationstische frei ist, werden wir ihn holen – wie war noch gleich sein Name?

»Seymour. Er stammt aus Irland und spricht kein Deutsch.« Mehr sagte sie besser nicht.

»Und Sie, Fräulein? Sind Sie eine Verwandte?«, fragte die Schwester mit zweifelndem Blick, der von den verkohlten Kleidern auf dem Boden, die Seymour getragen hatte, zu Alisas feiner Theatergarderobe wanderte, die allerdings ebenfalls beträchtlich gelitten hatte.

Alisa schüttelte den Kopf. »Nein. Ich habe Seymour nur ins Spital begleitet.«

Der Schwester blieb keine Zeit zum Plaudern. Sie entschuldigte sich und versicherte noch einmal, dass sich bald ein Arzt des neuen Patienten annehmen würde. Dann eilte sie davon, um einen weiteren Verletzten in Empfang zu nehmen und zu entscheiden, wie dringend er behandelt werden musste.

Alisa saß an Seymours Bett, hielt seine Hand und überlegte, was sie nun tun sollte. Ihn einfach hier in der Obhut des Spitals lassen und zum Haus am Rabensteig zurückkehren? Vielleicht hatten Leo und Luciano bereits etwas über Ivys Verbleib herausgefunden – und über diesen Dracula, den der Werwolf erwähnt hatte. Da schlug Seymour die Augen auf. Ein kurzer Blick nach beiden Seiten machte ihm klar, wo er sich befand.

»Ich bin also doch noch einmal davongekommen«, sagte er mit heiserer Stimme. Alisa wusste nicht, ob er immer so sprach oder ob der heiße Rauch ihm die Kehle verbrannt hatte. Es war ein seltsames Gefühl, Ivys Bruder, den sie sonst nur als Wolf kannte, hier in der Gestalt eines Mannes im Bett liegen zu sehen.

»Wie gut, dass du wieder bei Bewusstsein bist«, begrüßte ihn Alisa. »Bislang hat sich noch keiner der Ärzte blicken lassen.«

Er lachte rau. »Wir Werwölfe sind von robuster Natur. Das wird schon wieder. Komm, lass uns gehen.«

Er machte Anstalten, sich aus dem Bett zu schwingen, doch Alisa drückte ihn nieder. Er fiel schlaff zurück. Entweder waren ihre Kräfte erstaunlich gewachsen oder der Werwolf war beängstigend schwach.

»Nicht mit diesem Bein!«, widersprach Alisa. »Ein Mensch würde vermutlich Monate damit zu kämpfen haben, wenn er bei solch einer Verletzung das Bein überhaupt behalten könnte«, warnte sie ihn. »Ich will nur hoffen, deine ungewöhnliche Konstitution hilft dir bei der Heilung. Dennoch solltest du jetzt vernünftig sein.«

Seymour seufzte schwer. »Vermutlich bin ich im Augenblick sogar zu schwach, mich zu wandeln.« Plötzlich richtete er sich wieder auf. »Was ist mit Ivy?«

Alisa hob die Schultern. »Wir wissen es noch nicht. Du hast nur etwas davon gesagt, dass sie Hilfe bräuchte, und einen Dracula erwähnt. Leo und Luciano sind unterwegs, ihre Spur zu suchen. Also, wenn du noch etwas weißt, was uns dabei helfen kann, dann sprich. Was ist geschehen, nachdem der Baron sie ins Palais zurückbeordert hat?«

Seymour berichtete stockend von ihrem Rauswurf und der Baronesse, die ihnen Sicherheit versprochen hatte, nur um Ivy direkt an Dracula auszuliefern.

»Sie steckt wohl schon länger mit ihm unter einer Decke. Der Schatten, wie Ivy ihn zu Anfang nannte, ist uns bereits in Rom und Paris begegnet, doch noch war Ivys Schutz zu mächtig, als dass der Meister der Vampire sich an ihr hätte vergreifen können.«

Alisa stöhnte »Der Armreif?«

Seymour sah auf den Reif an seinem Handgelenk herab, der dem Ivys so sehr glich. Er nickte.

»Dann war es Baronesse Antonia, die den *cloch adhair* in seinem Auftrag im Lough Corrib versenkt hat und euch damit die Möglichkeit nahm, die Kräfte eurer Armreifen jemals wieder zu erneuern?«

Seymour nickte mit gequältem Gesichtsausdruck. »Ja, so viel steht fest, aber ich habe nicht erfahren, was er von Ivy will. Sie vernichten oder mit sich nehmen?«

»Ich glaube nicht, dass es darum geht, sie zu vernichten«, sagte Alisa tröstend, denn genau das wollte auch sie selbst am liebsten glauben. »Wir werden sie schon aufspüren und herausbekommen, wer zum Henker dieser Dracula ist und was er mit ihr vorhat.«

Seymours Kopf ruckte. »Du musste Bram Stoker fragen oder Latona.«

»Was?« Alisa sah ihn besorgt an. Verlor er nun den Verstand. Doch Seymour nickte heftig mit dem Kopf.

»Sie waren da, ich habe sie gewittert. Latona, Bram Stoker und noch ein Mann, den ich nicht kenne. Sie versteckten sich zwischen den Säulen des Tores vor der Hofburg und haben vermutlich alles gesehen und gehört, auch nachdem mich Dracula weggejagt hat.«

»Bist du dir sicher? Wenn du sie gewittert hast, wie kann es dann sein, dass das dem mächtigen Vampir entgangen ist?«

Seymour hob die Schultern. »Ich weiß es nicht. Entweder hat er ihre Anwesenheit bemerkt und sie aus irgendeinem Grund geduldet, oder er war so auf Ivy und das Ziel seiner Wünsche fixiert, dass er für den Rest um sich herum blind war, was eine Schwäche enthüllen würde, die uns vielleicht nützlich sein kann.« Alisa nickte langsam.

»Aber jetzt geh, beeil dich! Such nach Ivys Spuren und berichte mir davon. Wenn wir wissen, wo wir suchen müssen, machen wir uns auf den Weg. Wir werden nicht eher ruhen, bis wir ihn aufgespürt und Ivy befreit haben!«

Alisa vermied es, ihm irgendetwas zu versprechen. »Sieh du erst einmal zu, dass dein Bein wieder in Ordnung kommt und dass du Kräfte sammelst, damit du dich wieder wandeln kannst.«

Seymour knurrte. »Dafür wäre eine Portion rohes Fleisch schon einmal ein guter Anfang.«

Alisa bezweifelte, ob er das hier im Spital serviert bekommen würde, ging aber nicht darauf ein. Schließlich wollte sie, dass er hier in seinem Bett blieb. Denn wenn sie herausbekamen, wohin Ivy gebracht worden war, dann mussten sie vielleicht zu einer Gestalt wechseln, in der sie schneller vorankamen als zu Fuß. Dann konnten sie Seymour nicht mitnehmen.

»So, nun hat der Herr Doktor Zeit, sich Ihr Bein anzusehen.« Die Schwester segelte herein und machte sich sogleich daran, den Verband abzuwickeln, damit der hohe Herr nicht warten musste. Der Arzt war ein älterer Mann mit ruhiger Ausstrahlung, dem man die Aufregung des Abends nicht anmerkte. Er begrüßte Seymour freundlich.

»Wie gut, Sie bei Bewusstsein anzutreffen. Das gibt Anlass zur Hoffnung. Und Ihr Bein bekommen wir bestimmt auch wieder hin. Wenn das Fräulein dann so freundlich wäre, uns alleine zu lassen.

Alisa erhob sich, lächelte ihm noch einmal zu und verließ den Krankensaal. Vorläufig zumindest war Seymour in guten Händen und sie musste sich wenigstens um ihn keine Gedanken machen. Viel mehr beschäftigte sie Seymours Hinweis auf Latona und Bram Stoker. Wo sollten sie mit ihrer Suche anfangen? Wussten die beiden wirklich etwas, was ihnen helfen konnte?

Sie war so tief in Gedanken, dass sie beinahe mit jemand zusammengestoßen wäre, als sie um die nächste Ecke bog. Wie nachlässig! So etwas durfte einem Vampir nicht passieren. Alisa fuhr zurück und entschuldigte sich. Für einen Augenblick dachte sie, es müsse eine der jungen Krankenschwestern sein, doch das rußige Festgewand sagte ihr, dass es sich ebenfalls um eine Theaterbesucherin handelte.

Alisa wollte gerade weitergehen, als ihr der Geruch der jungen Frau in die Nase stieg. Sie starrte ihr fassungslos ins Gesicht.

»Latona! Ich fasse es nicht. Was tust du hier? Na egal. Was für ein Glück, dich zu finden.«

Latona starrte das Mädchen vor sich an. Vermutlich fragte sie sich, wer sie war und woher sie ihren Namen kannte. Ihr Blick huschte von Alisa zum Boden, auf dem sich nur ihr eigener Schatten abzeichnete.

»Du bist eine Vampirin – ja, ich erinnere mich. Die Oper in Paris. Du bist eine Freundin von Malcolm und Ivy.« Alisa nickte.

»Ist Malcolm hier in Wien?«, fragte Latona begierig.

»Er ist dieses Jahr in London geblieben«, sagte Alisa. Die Enttäuschung darüber war Latona deutlich anzusehen. »Aber ich hätte einige Fragen zu Ivy.«

In diesem Moment trat auch Bram Stoker aus einer Tür in den Korridor. Er erkannte Alisa sofort und grüßte sie mit einer Verbeugung.

»Gehen wir ein Stück zusammen«, schlug Alisa vor. »Und dabei erzählen Sie mir, was sie heute Abend am neuen Burgtor beobachtet haben.«

Falls sich die beiden wunderten, woher sie davon wusste, ließen sie es sich nicht anmerken. Sie schlenderten gemeinsam auf das Portal zu und verließen das Spital. Ihr Weg führte sie die Alserstraße hinunter an der Votivkirche vorbei zum Schottenring, während Bram Stoker nicht nur schilderte, was sie beobachtet hatten. Er war zu Alisas Erstaunen auch in der Lage, ihr zu sagen, wer Dracula war, den Ivy den mächtigen Schatten genannt hatte.

»Vlad II. Ţepeş, Woiwode der Walachei, Vater aller Vampirclans. So, so. Und warum wissen wir nichts davon?«, beschwerte sich Alisa. »Alles Mögliche lassen sie uns in der Akademie lernen, doch davon kein Sterbenswörtchen. Das haben sie uns wohlweislich verschwiegen, genauso wie den siebten Clan in Transsilvanien, der sich nicht mit den anderen auf einen Vertrag einlassen wollte, um die alten Kriege zu begraben. Die halbe Bibliothek in Rom haben sie deswegen leer geräumt und wir wüssten vermutlich immer noch nichts über die Upiry, wenn das Phantom der Oper uns nicht davon erzählt hätte!«

Latona und Bram Stoker hörten sich ihren Ausbruch schweigend an.

»Ich werde morgen nach Transsilvanien abreisen«, sagte Bram Stoker leise, aber bestimmt.

»Was?«, rief Alisa überrascht.

»Die Professoren van Helsing und Vámbéry haben diese Reise seit Tagen geplant. Ich bin fest entschlossen, sie zu begleiten! Ihr Ziel ist das Tal des Argeş in den Karpaten, wo sich Burg Poienari, eine Festung auf einem scharfen Felsgrat erhebt.« Er sah die Vamalia bedeutungsvoll an.

»Burg Poienari?«, wiederholte Alisa. »Die Burg, auf der Dracula sich verschanzt? Sie sind absolut verrückt! Was wollen Sie dort erreichen? Ihr Leben verlieren oder zum Vampir gewandelt werden? Das können Sie auch hier in Wien, wenn Sie so scharf darauf sind. Ich versichere Ihnen, es gibt mehr als genug Dracas hier, die sich von Menschenblut nähren.«

»Ich habe es vermutet«, stimmte Bram zu, ohne sich provozieren zu lassen. »Und doch wird es nichts geben, was mich davon abhalten kann. Ich weiß nicht, ob es in unseren Kräften liegt, irgendetwas zu erreichen, aber man darf die beiden Professoren nicht unterschätzen. Sie sind jeder auf ihre Art Experten für Vampire.«

»Ármin Vámbéry?«, wiederholte Alisa und nickte dann. »Er ist der Autor des Buches über die Clans, das wir bei Erik in Paris gefunden haben. Und van Helsing? Der Professor für obskure Krankheiten?« Sie zog eine Grimasse. »Er ist nicht nur ein Gelehrter. Er ist Vampirjäger!«

Bram nickte mit einem Seufzer. »Ja, ich weiß, aber vielleicht brauchen wir diesen Mann – um den einen Vampir zu bekämpfen und eine Vampirin zu retten?«

Alisa schüttelte noch einmal den Kopf. »Sie sind völlig verrückt, Mr Stoker. Aber ich ahne den Grund. Ivy hat sie verzaubert und sie kommen nicht mehr von ihr los. Ich weiß nicht, warum sie das nicht verhindert hat. Und ich kann Ihnen nur wünschen, dass dies nicht Ihr Verderben bedeutet. Hoffen wir gemeinsam, dass Ihr heldenhafter Einsatz gar nicht notwendig wird. Bis Sie Ihr Ziel erreicht haben, sind wir längst dort und Ivy ist hoffentlich aus Draculas Klauen befreit.«

Bram nickte. »Wir werden sehen. Vielleicht wird es aber auch der Tag, an dem Menschen und Vampire zusammenarbeiten, um die Welt von einem alten Übel zu befreien.«

»Vielleicht.« Sie blieben an der Kreuzung zur Ringstraße stehen und sahen einander ernst an.

»Wünschen wir uns Glück«, sagte Bram.

Alisa nickte. »Ja, wünschen wir uns Glück und Erfolg bei unserer Mission.« Ihr Blick wanderte zu der jungen Frau, die bisher geschwiegen hatte.

»Wirst du auch mitkommen?«

Latona seufzte schwer, schüttelte aber den Kopf. »Nein, ich habe einem Freund versprochen, bei ihm zu bleiben, bis er von seinen Verletzungen genesen ist. Außerdem will mich Bram nicht mitnehmen«, fügte sie mit einem Schmollmund hinzu.

Alisa nickte. »Das ist eine kluge Entscheidung. Wenn du irgendwann zum Vampir gewandelt wirst, dann sollte dies nicht durch einen Fremden im fernen Transsilvanien geschehen. Dann gebührt Malcolm die Lust und die Freude!«

Latona lächelte. »Ja, das finde ich auch. Ich weiß, dass ich ihn irgendwann wiedersehen werde.«

Alisa erwiderte das Lächeln. »Dann vielleicht im nächsten Jahr in London!«, sagte sie zum Abschied.

Fast wie selbstverständlich rief sie die Nebel und wandelte sich vor den Augen der erstaunten Menschen zur Fledermaus. Mit einem Fiepen erhob sie sich in die Luft. Bram Stoker und Latona sahen ihr nach, bis sie über den Dächern der Häuser verschwunden war.

*

Alisa flog direkt auf das Haus am Rabensteig zu. Links sah sie den noch immer brennenden Dachstuhl des Theaters, über dem schwarze Rauchwolken aufstiegen. Immerhin schienen sich endlich alle Feuerwehrkräfte Wiens dort eingefunden und den Brand unter Kontrolle zu haben. Nun durfte man zumindest zuversichtlich sein, dass er nicht auf die umliegenden Gebäude übergriff, wenn man schon das Theater selbst nicht mehr retten konnte.

Alisa wandte sich ab, als sich plötzlich vom Turm der Peterskirche ein Schwarm Fledermäuse erhob. Sie schossen ihr entgegen. Für einen bangen Moment fürchtete sie, die großen Abendsegler würden sie als Eindringling betrachten und gar gegen sie kämpfen, doch dann empfing sie deren vielstimmige Nachricht.

Der mächtige Schatten bringt die Vampirin mit dem Silberhaar nach Poienari.

Alisa stutzte, dann breitete sich innerlich ein Lächeln in ihr aus. Ivy! Der Freundin war es gelungen, eine Nachricht für sie zurückzulassen.

Wisst ihr, wo diese Burg zu finden ist? Kennt ihr den Weg?

So etwas wie ein Tuscheln oder Kichern drang in Alisas Geist.

Oh ja, wir kennen Draculas Festung über der Schlucht des Argeş. Wir ziehen jedes Jahr über sie hinweg.

Alisa zeigte ihnen ihre Überraschung. Wieder dieses Zirpen und Rauschen in der Luft.

Dafür, dass du die Gestalt einer Fledermaus annehmen kannst, weiß du nicht viel über uns. Wir sind eine Brutkolonie in der Peterskirche. Hier ziehen wir unsere Jungen auf. Im Frühling fliegen wir in verschiedenen Gruppen nach Osten über Ungarn und Transsilvanien hinweg, über die Karpaten und die Walachei bis zum Schwarzen Meer. Die Krim ist unser Ziel, wo die Männchen auf uns warten, um den Nachwuchs für das neue Jahr zu zeugen. Im Herbst kehren wir dann stets nach Wien zurück.

Könnt ihr uns den Weg beschreiben? Alisa spürte die Zweifel mit aller Macht. Nein, die Abendsegler trauten ihr als Fledermaus nicht viel zu.

Du siehst und denkst zu sehr wie ein Vampir, tadelten sie.

Ihr würdet verloren gehen, stimmten andere ein.

Alisa spürte Zorn, der die Hilflosigkeit überschwemmte. *Wir müssen es wenigstens versuchen. Wer sonst könnte Ivy helfen?*

Jetzt klang es sehr nach einem Kichern. *Mutige Vampirin. Wir sollen dir und deinen Freunden helfen, sagt die Vampirin mit dem Silberhaar, die die alte Sprache der Druiden kennt, der wir nicht widerstehen können. Und so rufen wir zum großen Zug.*

Was meint ihr damit?

Wir sammeln uns zum Schwarm und fliegen diesmal einfach früher auf die Krim. Noch heute Nacht geht es los. Ihr könnt uns bis zu eurem Ziel in den Karpaten begleiten. Also los, hole deine Freunde. Wir werden nicht warten.

Alisa spannte die Flügel und stürzte davon. Sie flog über die Dachfirste hinweg, kurvte knapp um Kamine herum und schoss dann im Sturzflug auf das offene Fenster des Geisterhauses am Rabensteig zu. Sie sauste so schnell in den Salon, dass sie fast gegen die hintere Wand geprallt wäre. Gerade noch rechtzeitig legte sie sich in die Kurve und ergriff den Vorhangstoff mit ihren Krallen.

»Alisa?«, riefen Luciano, Franz Leopold und Hindrik gleichzeitig. Clarissa schwieg und starrte die Fledermaus an.

Alisa ließ sich zu Boden gleiten und wandelte sich zurück. »Wir müssen aufbrechen! Beeilt euch.« Natürlich bestürmten die drei sie erst einmal mit Fragen, doch Alisa schnitt ihnen das Wort ab.

»Ich erkläre euch alles später. Wir reisen mit einem Schwarm Fledermäuse, die uns den Weg zur Festung in den Karpaten zeigen, wohin Dracula Ivy bringen will.«

Sie hatte ihre Freunde noch niemals so beeindruckt gesehen.

»Das hast du alles in diesen zwei Stunden herausbekommen und geplant? Und nebenbei Seymour ins Spital gebracht? Das hast du doch?«, wollte Leo wissen.

Alisa nickte knapp. »Ja, er ist wieder bei Bewusstsein und wird von den Ärzten versorgt. Um ihn müssen wir uns im Moment keine Gedanken machen. Können wir?«

Leos Verblüffung wandelte sich in ein Strahlen. Er ging auf Alisa zu, umschloss sie mit seinen Armen und küsste sie auf den Mund.

»Du bist unglaublich! Also dann, lass uns losfliegen. Die Details kannst du uns während des Fluges berichten.«

Alisa war so überrascht, dass sie all ihren Zorn auf Leo vergaß. Oder hatte sie das nicht längst? Wie klein und weit weg schienen ihre Streitereien in dieser Nacht der großen Dramen.

Nun kam Leben in Hindrik. »Seid ihr von allen Geistern verlassen? Ihr könnt doch nicht alleine in die Karpaten fliegen. Ich werde das nicht zulassen!«

Alisa sah ihn ein wenig traurig an. »Du wirst uns nicht daran hindern können. Wenn du dich wandeln könntest, würde ich dich nur zu gerne mitnehmen, denn ich fürchte, wir werden jede Unterstützung gegen diesen Vampir bitter nötig haben. Aber es geht nicht. Außerdem wirst du hier gebraucht.«

Das war Lucianos Stichwort. »Ja, du musst auf Clarissa achtgegen und in dieser schwierigen Zeit für sie sorgen. Bitte, versprich mir, dass ich mich darauf verlassen kann. Ich hätte sonst keine ruhige Minute. Doch wie könnte ich jetzt zurückbleiben, wo Ivy unsere Hilfe so dringend braucht?«

Diese Worte rissen Clarissa aus ihrem teilnahmslosen Schweigen. »Was? Habe ich das richtig gehört? Du reist ab, um ein anderes Mädchen zu retten, und lässt mich hier in diesem Elend zurück, nachdem du mir alles geraubt und mich zu einem Vampir gemacht hast?«

Luciano ging mit ausgebreiteten Armen auf sie zu, doch Clarissa wich vor ihm zurück. »Ivy ist nur eine gute Freundin, aber sie ist in höchster Gefahr und braucht uns. Versteh das doch.«

»Ich brauche dich auch!«, rief Clarissa mit hysterischer Stimme.

Luciano schüttelte den Kopf. »Nein, du schaffst das mit Hindriks Hilfe. Denn du bist stark und hast einen festen Willen. Wenn ich zurück bin, werde ich alles wieder gutmachen, und irgendwann wirst du verstehen.«

»Was willst du gutmachen? Wirst du mir mein Leben zurückgeben?«

»Das kann ich nicht. Aber ich kann dich bis in alle Ewigkeit lieben und verehren.«

Sie starrte ihn wild an. »Ich werde darüber nachdenken, ob ich deine Liebe noch möchte. Ich habe ja jetzt viel Zeit dazu«, ergänzte sie bitter. Ihr Finger wies zum Fenster, durch das Alisa hereingeflogen war. »Geh und hilf deiner Freundin!«

Luciano schluckte. Er wandte sich ab, um sich auf die Nebel konzentrieren zu können. Dieses Mal schaffte er die Wandlung ohne die Hilfe der anderen, doch er war zu sehr mit seinem Abschied von Clarissa beschäftigt, um sich darüber zu freuen, ja, um es überhaupt zu bemerken.

Drei Fledermäuse flatterten aus dem Fenster. Der Schwarm der Abendsegler über der Kuppel der Peterskirche war nicht zu übersehen. Alisa fiel ein Stein vom Herzen. Sie kamen rechtzeitig, um sich dem großen Zug zur Krim anzuschließen.

DER ZUG DER FLEDERMÄUSE

Alisa, Luciano und Franz Leopold stießen auf den Fledermausschwarm und umkreisten mit ihnen die barocke Kuppel der Peterskirche.

Wann fliegen wir endlich los?, fragte Alisa. *Wir haben keine Zeit zu verlieren. Dracula hat mit Ivy vermutlich schon einige Stunden Vorsprung und wir wissen nicht, welche Landstraße sie genommen haben. Ja, ob sie überhaupt noch mit der Kutsche, die Latona und Bram gesehen haben, unterwegs sind.*

Geduld, mahnte Franz Leopold. *Wir können nichts tun, um den Zug der Fledermäuse zu beschleunigen. Ich bezweifle eh, dass die Entscheidung unterwegs fallen wird. Es wäre schon ein großer Zufall, wenn wir während der Reise auf sie stießen. Wir wissen nicht, welchen Weg sie wählen – selbst wenn es nicht allzu viele Landstraßen und Schienen nach Osten gibt. Und die Fledermäuse werden keiner Straße folgen. Die Zeit steht jedenfalls auf unserer Seite. Eines ist nämlich sicher, in der Luft sind wir schneller als jede Kutsche und jede Eisenbahn. Außerdem, wir kennen zwar ihre Reiseroute nicht, aber wir wissen ihr Ziel!*

Und wir müssen dafür sorgen, dass wir vor ihnen dort ankommen und Gelegenheit haben, den Ort auszukundschaften und herauszufinden, wie wir ihn zu unserem Vorteil nutzen können, ergänzte Alisa. *Dennoch wäre es mir lieb, wir würden endlich aufbrechen. Was machen sie hier so lange? Ich kann keinen Sinn hinter dem aufgeregten Geschwirre erkennen.*

Vielleicht muss nicht alles Sinn ergeben. Vielleicht genießen sie einfach ihre Gemeinschaft in der frischen Nachtluft.

Das können sie ein anderes Mal machen, wenn Zeit dafür ist!, fauchte Alisa.

Etwas traf ihren Geist, das sich wie ein Lachen anhörte.

Wie kannst du in solch einer Situation lachen? Denkst du denn gar nicht an Ivy? Oder lässt dich die Sache kalt, weil sie eine Unreine ist?

Ivy ist ebenso meine Freundin wie deine und ich werde nichts unversucht lassen, sie aus dieser Lage zu befreien. Die Schärfe seiner Antwort ließ Alisa taumeln. Sie musste sich einige Augenblicke auf ihren Flügelschlag konzentrieren, um das Gleichgewicht wiederzufinden.

Das hat nichts damit zu tun, welches Blut durch ihre Adern rinnt, fuhr er fort. *Und ihr Schicksal lässt mich auch nicht kalt. Nur akzeptiere ich im Gegensatz zu dir die Bedingungen, unter denen wir reisen. Der Schwarm wird uns sicher und schnell ans Ziel bringen. Ohne ihn wüssten wir nicht mehr, als dass wir Hunderte Meilen nach Osten irgendwo in die Südkarpaten müssen. Das Risiko, den Weg nicht zu finden oder Zeit damit zu verschwenden, uns zu wandeln und nach dem Weg zu fragen oder auch jeden Morgen vor Sonnenaufgang einen sicheren Ort für den Tag zu suchen, ist viel zu groß. Daher üben wir uns lieber noch ein wenig in Geduld und lassen den Abendseglern ihren Abschiedsflug über Wien.*

Wie kannst du nur so schrecklich vernünftig sein, schmollte Alisa.

Nennt man das nicht Reife?, gab Franz Leopold zurück, doch die Vamalia verzichtete auf eine Antwort. Stattdessen suchte sie mit ihrem Geist Luciano, der seit ihrem Abflug geschwiegen hatte.

Was ist mit dir?

Ach, ich muss ständig an Clarissa denken und wie gemein es ihr gegenüber ist, sie in ihren schwersten Stunden mit Hindrik alleine zu lassen. Sie braucht mich jetzt!

Ja, aber Ivy braucht dich noch mehr. Wie soll ich das mit Leo alleine machen?

Ich bin ja mitgekommen. Natürlich ist Ivys Lage die schlimmere und es ist keine Frage, dass wir ihr zur Hilfe kommen. Trotzdem fällt es mir schwer, Clarissa auf unbestimmte Zeit zurückzulassen. Sie wird das nicht verstehen, fürchte ich.

Wenn sie dir eines Tages verzeiht, dass du sie ohne ihr Einverständnis zum Vampir gewandelt hast, dann wird sie dir auch verzeihen, dass du einer Freundin in höchster Gefahr beigestanden hast, bemerkte Alisa trocken.

Na, du kannst einen ja aufheitern, brummte Luciano.

Die Wahrheit ist nicht immer aufheiternd!

Etwas tat sich. Die Abendsegler rückten näher zusammen, die schnellen Ausbrüche, mit denen sich einzelne Fledermäuse immer wieder aus der Gruppe gelöst hatten, wurden immer weniger.

Ich glaube, es geht los, verkündete Alisa und spürte, wie ihr kleiner Fledermauskörper vor Anspannung zitterte.

Irgendwo ertönte ein Pfeifen und pflanzte sich durch den ganzen Schwarm fort, bis er im selben Rhythmus zu vibrieren schien. Dann formte sich eine Spitze, die sich nach Osten wandte. Aus der Wolke entstand etwas wie ein sich in die Länge streckender Tropfen, der am Turm des Doms vorbeizog und dann ganz in der Nähe des Palais Coburg die Ringstraße und den Stadtpark überquerte.

Ja, es geht los, bestätigte Franz Leopold, als Wien nach und nach unter ihnen zurückblieb. Die Lichter verschwanden und bald ahnten sie nur noch das dunkle, schlafende Land unter sich. Sie ordneten sich im hinteren Drittel an der Seite an und konzentrierten sich darauf, mit gleichmäßigem Flügelschlag möglichst wenig Kraft zu verbrauchen. Die Segler um sie herum dagegen schossen ab und zu davon, flogen dann wieder übermütig Kreise oder ließen sich zurückfallen.

Wie ist das eigentlich, erkundigte sich Luciano. *Fressen wir, wenn wir die Gestalt von Fledermäusen angenommen haben, das Gleiche wie sie? Woraus besteht überhaupt deren Nahrung?*

Käfer und Nachtfalter?, schlug Alisa vor.

Igitt! Ich kann mir nicht vorstellen, so etwas zu mir zu nehmen, protestierte Luciano.

Nein, mir wäre auch mehr nach einer Portion warmen Blutes, stimmte ihm Franz Leopold zu, ausnahmsweise ohne ihn zu necken, dass er mit dem Thema Essen begonnen hatte.

Alisa fühlte in sich. Nein, Falter und Käfer verlockten sie auch nicht. Der Gedanke an warmes Blut jedoch verursachte ein Ziehen in ihrem Leib. Sie hatten in dieser Nacht bei den Dracas bereits etwas bekommen, ehe sie sich zum Theater aufmachten, doch das schien unendlich lange her. Was war seitdem nicht alles passiert? Sie konnte es kaum glauben. Wer hätte am Abend, als sie aus ihren Betten stiegen, geahnt, dass dies nicht die Nacht werden würde, in der die Erben in Begleitung der Dracas *Hoffmanns Erzählungen* im Ringstraßentheater genießen würden, um einen Schritt sicherer auf dem gesellschaftlichen Parkett zu werden. Stattdessen flogen sie nun als Fledermäuse ins Ungewisse und mussten sich nicht nur selbst darum kümmern, dass sie bis zum Morgen ein sicheres Versteck für den Tag fanden. Sie waren auch zum ersten Mal gezwungen, ihre Nahrung selbst zu suchen. Natürlich hielten es

Vampire ein paar Tage ohne Blut aus. Aber Alisa fürchtete, dass sie irgendwann zu schwach und zu unkonzentriert für die Wandlung und den Flug als Fledermaus sein könnten.

Das ist durchaus möglich, stimmte ihr Franz Leopold zu, als sie ihre Sorge mit ihm teilte. *Dann suchen wir uns am Morgen eine nette, dralle Bauersfrau*, scherzte er.

Leo!, schimpfte Alisa. *Auch wenn wir im Augenblick nicht unter der Aufsicht der Akademie stehen, werden wir nicht gegen die Gesetze der Clans verstoßen und uns an Menschen vergreifen. Wobei ich hier ja wohl die Einzige bin, die sich bisher immer daran gehalten hat*, fügte sie ein wenig bitter hinzu.

Du darfst gerne von meiner Bauersfrau probieren, bot ihr Franz Leopold großzügig an.

Vergiss es! Wenn schon, dann vergreifen wir uns an ihrem Vieh. Keine Widerrede. Ich lasse nichts anderes zu!

Tja, wenn du so streng mit uns bist, bleibt uns wohl keine andere Wahl, als dir zu gehorchen, säuselte Franz Leopold mit unüberhörbarem Spott. Doch das war ihr egal. Hauptsache, sie brachten sich und ihre Mission nicht auch noch in Gefahr, indem sie sich leichtsinnig an Menschen vergriffen.

Wenn sie ehrlich war, musste Alisa sich eingestehen, dass sie zu gern gewusst hätte, wie es schmeckte, und nur ein einziges Mal den Rausch und das erhebende Prickeln erleben wollte, das die beiden Vampire an ihrer Seite bereits genossen hatten. Sie unterdrückte einen Seufzer. Nein, sie würde warten, bis ihre Zeit gekommen war.

Braves Mädchen!

Sie ignorierte den Kommentar und flog stattdessen ein wenig schneller, sodass sie Luciano und Franz Leopold hinter sich zurückließ.

*

Nebel hüllte sie ein. Sie spürte seinen Griff um ihr Handgelenk. Er brannte wie Feuer und dennoch war ihr eisig kalt. Bilder huschten vorbei. Die Baronesse, die ihr mit ihrem falschen Lächeln in der Kutsche gegenübersaß. Der weite Platz vor der Hofburg mit der riesigen Baustelle, wo tagsüber Hunderte Arbeiter den Grund durchwühlten und Fundamente für den neuen Flügel der Hofburg setzten. Das Gefühl brach wieder über sie herein. Die erdrückende Macht, die Schwärze des Schattens, der sich über ihr zusammenzog. Spätestens jetzt wurden ihr die Zusammenhänge klar. Jetzt, da es zu spät war, etwas daran zu ändern. Die ganze Zeit schon war die Baronesse mit Dracula in Verbindung gestanden und hatte Ivy für ihn im Auge behalten.

Wie hatte sie so leichtgläubig sein können? Und warum hatte sie sich in ihren einhundert Jahren niemals genauer mit der Geschichte der Vampirclans befasst? Vielleicht hätte sie Draculas Absichten früher durchschauen und vereiteln können? Aber sie war in erster Linie eine Lycana gewesen, die sich um die Geschicke ihres eigenen Landes kümmerte. Der es wichtiger gewesen war, den Frieden zwischen Werwölfen, Druiden und Vampiren zu wahren, als sich mit anderen Länder zu beschäftigen.

Ivy hielt die Augen geschlossen. Sie wusste nicht einmal, ob es ihr gelingen konnte, sie zu öffnen. Dennoch hatte sie ein Bild vor Augen, wie Dracula ihr gegenüber saß und sie aus seinen dunkelrot glühenden Augen begehrlich anstarrte. Sie konnte seine Aura fast greifen. Sie witterte auch den Kutscher draußen auf dem Bock. Ein Mensch, kein Zweifel, doch völlig ohne Angst. Hatte der alte Vampir sich durch die Kraft seines Geistes einen willenlosen Diener geschaffen? Oder diente ihm der Mann aus eigenem Antrieb und war so unerschütterlich in seiner Treue, dass die Aura des Meisters ihn nicht ängstigte?

Wenn der Nebel in ihrem Kopf nur nicht so dicht wäre, dann könnte sie klarer denken. So kam es Ivy vor, als sei ihr Kopf mit Watte gefüllt. Sie konnte zwar den Kutscher und die vier Pferde wahrnehmen, die in schnellem Lauf über die Landstraße preschten, doch weiter konnten sich ihre Gedanken nicht entfernen.

Seymour, formte ihr Geist angestrengt und versank dann wieder im Nebel. Wo war er und was tat er im Moment? Wo waren ihre Freunde? Sie konnte sie nicht aufspüren. Wie sollten die anderen sie finden, wenn es ihr nicht gelang, den Geist ihres Bruders zu erreichen?

Sie musste sich Gedanken darüber machen. Pläne schmieden. Ja, später, wenn der Nebel aus ihrem Kopf verschwand und sie wieder klar denken konnte.

Ivy fühlte sich erschöpft wie nie in ihrem Vampirdasein, obgleich es Zeiten gegeben hatte, da sie wochenlang kein Blut zu sich genommen hatte. Auch da waren ihre Kräfte nach und nach geschwunden und ihr Geist hatte an Schärfe und Klarheit verloren. Der Drang nach Blut war stärker geworden und hatte alle kühlen Überlegungen überlagert, doch dies hier war anders. Ihr Geist wurde von einem anderen Geist behindert. Der Fluss ihrer Gedanken blockiert. Wenn es ihr nur gelänge, ihn abzuschütteln!

Dracula bewegte sich. Sie zuckte zusammen, als er seine Hand auf ihr Knie legte.

»Du kämpfst? Ja, ich spüre es. Ich sage dir, mein Kind, du kannst deine Kräfte sparen. Der Trick mit den Fledermäusen war nicht schlecht, doch ich werde keine weiteren Überraschungen zulassen. Ruh dich jetzt aus. Wir werden eine Weile unterwegs sein, bis ich dich in deinem neuen Heim willkommen heißen kann. Du wirst es mögen. Mein Land ist so rau wie der Westen Irlands, wenn auch die Berge höher und schroffer sind und die Schluchten tiefer. Bären und Wölfe streifen durch die düsteren Wälder. Im Winter sind alle Pässe tief verschneit und für Reiter und Karren unpassierbar. Wenn der Schnee schmilzt, schwillt der Argeş an und rauscht donnernd zu Tal. Es ist ein gewaltiger Anblick von den Zinnen der Festung herab. Im Sommer dagegen ist er manches Mal nur ein Rinnsal, das in seinem breiten Kiesbett vor sich hinplätschert. Erzsébet hat diesen Ausblick geliebt. Ja, sie mochte diesen rauen Ort oben auf dem felsigen Grat. Sie fühlte sich in meiner Fluchtburg geborgen.« Seine Stimme wurde plötzlich weich. Er war mit seinen Gedanken weit zurück in die Vergangenheit gereist und zum ersten Mal ahnte Ivy, dass auch der Vater der Vampire Schwächen hatte, die ihm gefährlich werden konnten.

Die Kutsche fuhr dahin. Nur ab und zu spürte Ivy, wie die Räder langsamer wurden und dann kurz verharrten. Eine Zollschranke? Ein Hindernis auf der Straße? Sie wusste es nicht. Die Fenster der Kutsche waren von dichten Vorhängen verschlossen, sodass Ivy nichts von der Landschaft hätte sehen können, selbst wenn es ihr gelungen wäre, die Augen zu öffnen.

So dämmerte sie vor sich hin, während die Stunden der Nacht verstrichen und der Tag seine ersten Boten sandte.

Es war noch dunkel, als sie eine Stadt erreichten. Das Rattern der Speichenräder bekam einen anderen Klang. Es roch nach dicht beisammen wohnenden Menschen, nach Unrat und einem schmutzigen Fluss. Dann drang der Geruch von Rauch und Kohle in die Kutsche. Ein Dampfkessel zischte.

Wo waren sie und was hatte Dracula vor?

Die Kutsche hielt an. Dracula stieg aus und wechselte ein paar Worte mit seinem Diener, die Ivy nicht hören konnte. Mit aller Kraft versuchte sie sich zu bewegen, doch der Meister war zu nah und hielt sie mit seinem Geist fest umklammert. Ivy hatte es gerade geschafft, endlich die Augen zu öffnen, als er bereits wieder einstieg. Nein, sein Lächeln auf dem von Grausamkeiten gezeichneten Gesicht war kein Anblick, der ihr Gemüt erfreuen konnte.

»Wo sind wir?«, stieß sie mühsam hervor. Sie lallte ein wenig, wie ein Mensch, der dem Alkohol zugesprochen hat.

»Das braucht dich nicht zu kümmern. Der Tag ist nicht mehr fern, aber ich habe gute Nachrichten für dich. Wir werden in Ruhe und Sicherheit schlafen, während unsere Reise wie von selbst weitergeht.«

Noch während er sprach, zogen die Pferde wieder an. Zaghaft tasteten sich die Rösser voran. Sie hörte den Kutscher rufen und mit der Peitsche knallen. Der Hufschlag klang merkwürdig hohl und die Kutsche neigte sich unvermittelt nach hinten. Ivy hörte ein seltsames Hallen, dann richtete sich die Kutsche wieder gerade. Die Pferde hielten an und wieherten ängstlich. Ein Quietschen und dann ein metallenes Dröhnen. Draußen rumorte der Kutscher. Dann wurde es still. Ivy spürte, wie die Sonne aufging. Die bleierne Müdigkeit griff nach ihren Gliedern. Nein, heute würde sie nicht in der Lage sein, ihrer Natur zu trotzen. Ihr Geist stand noch immer unter seiner Macht, die ihr die Kraft raubte und ihren Willen lähmte. Ivy sank auf die Polster. Sie fühlte sich wie in einem großen metallenen Sarg. Was die Sache vermutlich recht trefflich beschrieb. Ein riesiger Sarg auf Rädern, der schon bald auf eisernen Schienen durch das Land eilen würde.

*

Der Zug fuhr um zwei Uhr am Mittag in Wien ab. Bram und die beiden Professoren teilten sich ein bequemes Abteil. Sie waren alle drei zumindest so gut bei Kasse, dass sie sich nicht in die überfüllten Wagen mit den harten Holzbänken zwischen Arbeitern und Bauern zusammendrängen mussten, die mit Kindern und Koffern, Kisten und Säcken aber auch mit dem ein oder anderen Stück Vieh gen Osten fuhren. Schnell passierte der Zug die ärmlichen Vororte und schnaufte schon bald durch die freie Landschaft des Wiener Beckens. Die drei sprachen wenig, jeder hing seinen Gedanken nach und fragte sich, was sie dort im Osten wohl erwarten mochte. Am späten Nachmittag traf die Schienentrasse wieder auf das breite Tal der Donau mit seinen verschlungenen und sich verzweigenden Wasserarmen. Rasch brach die Dämmerung herein, und als sie in Raab – oder Győr, wie die Ungarn die Stadt nannten – anhielten, war es bereits dunkel. Ein Schaffner ging den Gang entlang und verkündete, der Zug werde eine Stunde Aufenthalt haben, ehe er weiter nach Budapest fahre, das er noch vor Mitternacht erreicht haben würde, wenn alles fahrplanmäßig ohne Schwierigkeiten ablief.

Die drei Herren beschlossen, auszusteigen und sich ein wenig die Füße zu vertreten. Sie schlenderten plaudernd den Zug entlang und beobachteten, wie eine Rangierlok einen weiteren Wagen heranschob und an den Zug ankoppelte.

Wenn es sich bei den drei Männern nicht um Menschen gehandelt hätte, deren Sinne verkümmert sind, dann hätten sie das Schnauben der vier Pferde vernommen. Ja, dann hätten sie neben den schwarzen Rössern vielleicht auch den alten Vampir gewittert, der mit seiner Geisel in der großen, ebenfalls schwarzen Kutsche saß.

*

Latona saß auf einem Stuhl neben Philipps Bett, die *Neue Freie Presse* zusammengefaltet auf dem Schoß.

Sie sah ihn forschend an. »Wie geht es dir?«

»Schon viel besser«, behauptete er, obgleich sein gebrochenes Bein und das rechte Handgelenk dick geschient waren. Auch die Brandwunden an seinem linken Arm, der Schulter und einem Teil seines Rückens mussten ihn schmerzen. Er sah sie mit einem solch seligen Lächeln an, dass Latona sich fragte, ob es allein an seiner Verliebtheit liegen konnte oder vielleicht der Wirkung des Morphiums zuzuschreiben war, das die Ärzte ihm vermutlich gegen die Schmerzen verabreicht hatten?

Latona sah sich in dem kleinen Krankenzimmer um, das der Patient mit niemandem teilen musste. Es war hell und sauber und roch ein wenig nach Karbol. Philipps Bett stand am Fenster, und wenn er sich aufrichtete, konnte er einen Blick in den Hof werfen, wo junge Frauen in Schwesterntracht von einem Gebäudetrakt zum anderen eilten.

»Sie behandeln dich hier gut.« Es war eine Feststellung, keine Frage, dennoch nickte Philipp.

»Ja, der Herr Professor kommt mehrmals am Tag, um nach meinen Genesungsfortschritten zu sehen. Er selbst hat mein Bein operiert und den Knochen wieder eingerichtet. Ich vermute mal, Großmutter hat dafür gesorgt. Er sagt, ich werde in ein paar Wochen wieder normal laufen können – wenn keine Wundprobleme auftreten.«

Latona lächelte ihn an. »Das ist eine gute Nachricht.«

Nicht, dass sie ihm die bevorzugte Behandlung nicht gönnte. Aber sie musste an die nach dem großen Brand völlig überfüllten Krankensäle denken, die sie auf ihrem Weg durch das Spital gesehen hatte. Die wenigen Krankenschwestern liefen unermüdlich auf und ab und konnten doch nicht annähernd allen Verletzten gerecht werden. Es war laut, es stank und es herrschte ein ständiges Kommen und Gehen von Verwandten, die die schmale Krankenhauskost aufbesserten oder beim Wechseln von Verbänden halfen. Ärzte waren hier eher selten anzutreffen. Dennoch war es ein großer Fortschritt, dass man überhaupt alle aufnahm, sie ein eigenes Bett bekamen und gepflegt wurden. Wobei die Opfer des Brandes sicher nicht zu den Ärmsten von Wien gehörten – wenn man einmal von den Bühnenarbeitern absah. Nein, dieses Mal hatte es das Herz der aufstrebenden Bürgerschaft getroffen.

Latonas Gedanken schweiften ab. Warum nur hatte sie versprochen, bei Philipp zu bleiben? Hatte er nicht eine Familie, die ihn umhegte und nicht nur mit ihrem Geld Sorge trug, dass es ihm gut ging? Seine Schwester besuchte ihn und die Eltern kamen, wann immer ihre gesellschaftlichen Verpflichtungen es ihnen erlaubten. Selbst der alte Baron Friedrich hatte sich bereits von seinem Leibfiaker zum Spital fahren lassen. Am rührigsten war die Baronin, die allerdings noch ein wenig unter Schock zu stehen schien. Sie konnte es nicht verwinden, dass sie ihren geliebten Enkel in solche Gefahr gebracht hatte. Wobei sie natürlich nichts dafür konnte. Wie hätte sie solch ein Unglück vorhersehen sollen?

Nein, die Baronin hatte es nicht ahnen können, manch anderer in der Stadt vielleicht schon, wie Latona den Zeitungsberichten entnommen hatte. Schlamperei, Geldgier und die für die Wiener so typische Einstellung, der Herrgott werde schon seine schützende Hand über sie halten, hatten dieses Unglück heraufbeschworen.

Außerdem litt die Baronin darunter, einige ihrer Freunde und Bekannten unter den Toten zu wissen. Dieses Schicksal teilte sie mit vielen Mitgliedern der feinen Gesellschaft. Ja, selbst die Geliebte des Kronprinzen, Mary Vetsera, hatte bei dem Brand ihren Bruder Ladislaus verloren.

Latonas Gedanken verließen Wien und machten sich auf die Reise nach Osten. Ach, was würde sie dafür geben, nun im Zug bei Bram und den beiden Professoren zu sitzen und mit vor Aufregung klopfendem Herzen ihrem Ziel entgegenzueilen. Was hatte sie hier in Wien noch verloren? Malcolm war daheim in London und seine Freunde waren ebenfalls auf dem Weg nach Siebenbürgen, um diese Vampirin aus den Klauen des großen Meisters zu befreien. Latona hatte das Gefühl, dass es nicht richtig war, hier müßig in Wien zu sitzen, während die anderen sich in Gefahr begaben. Was Carmelo wohl sagen würde, wenn er sie hier sehen könnte? Würde er sich voll Verachtung abwenden und denken, seine Nichte sei feige und bequem geworden?

Aber nein! Sie hatte sich doch nur Brams Drängen gebeugt, der sich weigerte, sie mitzunehmen. So lange hatte sie schon nach einer Gelegenheit gesucht, sich für eine Weile seiner Aufsicht zu entziehen, und nun, da sie es erreicht hatte, wünschte sie sich nichts mehr, als im Augenblick an seiner Seite zu sein, statt hier bei Philipp im Spital, der sie nicht einmal brauchte. Ihm fehlte es an nichts!

Nachdem sich Philipp lange genug an ihrem Anblick erfreut hatte, riss er sie aus ihren Gedanken.

»Wie ich sehe, hast du die *Neue Freie Presse* mitgebracht. Was schreiben sie über den Brand?«

»Eine ganze Menge«, antwortete Latona und faltete das Blatt auseinander. »Die ersten drei Seiten sind voll von Schuldzuweisungen und Dementi, aber auch Trauer um die Opfer und Versuche, den Hergang zu rekonstruieren. Der Fall Clarissa von Todesco, der die Schlagzeilen der vergangenen Tage beherrscht hat, ist bis auf Seite vier nach hinten gerückt. Wobei es darüber nichts Neues zu berichten gibt. Sie ist spurlos verschwunden. Niemand hat das Mädchen gesehen und es wurde noch immer keine Leiche gefunden. Wenn man ein wenig zwischen den Zeilen liest, begreift man, dass die Polizei keine einzige Spur hat.«

»Am Ende ist sie doch mit ihrem Liebsten weggelaufen und hält sich vielleicht nicht einmal mehr in Österreich auf«, vermutete Philipp.

Latona hatte da noch einen anderen Verdacht, den sie allerdings nicht mit Philipp teilen würde. Bram könnte sie es erzählen oder auch den Professoren. Latona unterdrückte einen Seufzer. Dass sie ihn gleich so vermissen würde, damit hatte sie nicht gerechnet. Bei all ihrem Widerstand gegen seine ungefragte Einmischung in ihr Leben war ihr gar nicht aufgefallen, wie vertraut seine Gegenwart ihr geworden war, wie sie ihre interessanten Gespräche liebte und wie sehr sie diesen etwas schrulligen, ernsten Mann inzwischen mochte.

»Willst du mir nicht vorlesen, was sie in der Zeitung über den Brand schreiben?« riss Philipp sie aus ihren Gedanken. »Es interessiert mich und ich höre so gern deine Stimme.«

Latona nickte nur und nahm sich die erste Schlagzeile vor. »Oh Gott! Sie haben 386 Tote aus den Trümmern geborgen. Viele von ihnen sind am Rauch erstickt. Und es werden noch achtzig Menschen vermisst. Man geht davon aus, dass sie vollständig verbrannt sind.«

Die beiden jungen Leute sahen einander entsetzt an.

Rasch blätterte Latona weiter. »Hier geht es los mit den gegenseitigen Schuldzuweisungen. *Bereits vor Monaten hat ein Theaterbrand in Nizza die Behörden veranlasst, strenge Brandvorschriften für Wiener Theater zu erlassen. Es müsse dafür gesorgt sein, dass sich alle Türen nach außen öffnen, dass ein separates Beleuchtungssystem eingerichtet würde, die langen Sitzreihen durch einen Gang unterbrochen und eine Drahtcourtine die Bühne brandsicher von den Zuschauersitzen trenne. Für diese baulichen Änderungen gab man den Zuständigen des Ringstraßentheaters ein halbes Jahr Zeit. Es gab drei amtliche Überprüfungen, und obwohl diese Vorschriften noch immer nicht umgesetzt worden waren, durfte das Haus am 23. November für die Herbstsaison wiedereröffnen.*

Es gab wohl ein Kompetenzgerangel, wer überhaupt zuständig sei, die Statthalterei oder die Gemeinde, steht weiter unten. Jetzt jedenfalls will man die Schuld Theaterdirektor Franz Jauner in die Schuhe schieben. Er verliert nicht nur sein Theater und seinen Posten, er muss mit einer Haftstrafe rechnen. Na, wenigstens hatte er das Glück, an diesem Abend nicht selbst im Theater zu sitzen. Er kam erst, als das Haus bereits in Flammen stand. Tja, dummerweise war auch der Brandmelder nicht da, sondern saß in einer Kneipe. Und niemand sonst kam auf die Idee, die Feuerwehr zu rufen, sodass erst einige Zeit später zwei Kutscher einen Dachbrand meldeten, dessen die Feuerwehr mit einem einzigen Wagen Herr zu werden glaubte.«

»Da lagen sie gründlich falsch«, meinte Philipp.

Latona nickte. »Sie zitieren auch den Polizeioffizier, der Erzherzog Albrecht meldete: ›Alles gerettet‹, als keine Menschen mehr durch die Tür ins Freie drängten.«

Beide schwiegen. Was für ein fataler Irrtum! Mehr als vierhundert Menschen hatten Schlamperei, Kompetenzstreitereien und falsches Gottvertrauen das Leben gekostet.

Als Philipp müde wurde und ihm immer öfter die Augen zufielen, machte sich Latona auf den Weg. Sie lief durch lange Gänge und sah im Vorbeigehen in die Krankensäle. Jetzt, wo sie in der heilen Welt des Palais Schey lebte, war sie noch betroffener von dem vielen Elend, das sie hier zu sehen bekam. Aber es schreckte sie nicht. Vielleicht gehörte sie einfach nicht in die mit falschem Glanz geschmückte Welt der Reichen und des Adels. Vielleicht hatte Onkel Carmelo ihr zu viele Schattenseiten dieser Welt gezeigt.

VON WIEN NACH BUDAPEST

Der Morgen nahte. Vor ihnen begann sich der Himmel aufzuhellen. Noch immer zog der Schwarm der Fledermäuse gen Osten. Die Freunde blieben eng zusammen, um sich nicht zu verlieren. Allerdings vermieden sie es, im Innern der Wolke aus Leibern und ledernen Flügeln zu reisen. Alisa behauptete, sie wolle sehen, wohin sie flogen, außerdem fühlte sie sich bei dem Schwirren um sich herum mit ihrem ungewohnten Echosinn ein wenig überfordert. Es war etwas anderes, ob man eine Fledermaus führte und sich mit ihren Sinnen verband, wie sie es in Irland gelernt hatten, um sich in der Dunkelheit der Höhlenwelt zurechtzufinden, oder ob man diesen Sinn selbst benutzte. Die beiden Vampire hatten nichts dagegen einzuwenden, sodass Alisa vermutete, auch sie fühlten sich im Zentrum der zuckenden und flatternden Leiber nicht ganz wohl.

Alisa ließ sich ein wenig tiefer sinken. Wo sie sich im Augenblick wohl befanden? Und wo war die Kutsche mit Ivy und Dracula?

Sie waren lange über eine Ebene mit brachliegenden Feldern und winterlichen Wiesen geflogen, nun wurde es hügeliger. Wälder dehnten sich unter ihnen aus, als vor ihnen eine Stadt auftauchte, geteilt von einem breiten Strom, der von Nord nach Süd hindurchfloss.

Das muss Budapest sein, meldete Alisa aufgeregt. *Seht nur, was für eine große Stadt. Ein wahres Häusermeer!*

Ich will dich in deiner Begeisterung ja nicht stören, aber ist dir aufgefallen, wie hell es schon ist?, unterbrach Franz Leopold.

Die Sonne wird in kaum einer halben Stunde aufgehen, bestätigte Luciano, was Alisa ebenfalls wusste. Es wurde Zeit, sich ein Versteck für den Tag zu suchen. Besorgt beobachteten sie, wie der Himmel im Osten zuerst seine Farbe verlor und sich dann rosig einzufärben begann, während der Schwarm der Fledermäuse noch immer auf die Stadt zuhielt, die nach und nach zum Leben erwachte. Schon flogen sie über die ersten Gassen hinweg, wo sich Menschen schlaftrunken auf ihren Weg zur Arbeit aufmachten. Karren mit Fisch oder Gemüse wurden zum Markt geschoben. Hunde rannten kläffend umher.

Wir sollten versuchen, noch einmal mit ihnen Kontakt aufzunehmen. Vielleicht sind sie sich dessen nicht bewusst, dass uns ein einziger Sonnenstrahl zum Absturz bringen oder gar verbrennen kann, meinte Luciano.

Hast du Angst?, spottete Franz Leopold.

Ich glaube, es hilft Ivy nicht besonders, wenn wir hier über Budapest in der aufgehenden Sonne verglühen, gab Luciano erbost zurück. *Du solltest deine geistigen Fähigkeiten einmal für etwas Sinnvolles nutzen, statt deine Freunde auszuspionieren oder zu versuchen, ihnen die Liebste wegzunehmen,* setzte er noch drauf. Alisa hatte das Gefühl, er war drauf und dran, sich mit seinen spitzen Zähnen und Krallen auf Franz Leopold zu stürzen.

Könnt ihr euren Streit verschieben, bis wir unsere Lage geklärt haben und für den Tag in Sicherheit sind?, schimpfte Alisa. Sie flog ein Stück weiter zur Spitze und streckte ihren Geist aus, um nach den Schwingungen der Fledermäuse zu suchen. Aber es waren so viele. An wen sollte sie sich wenden? Sie versuchte es mit dem Tier, das vorn an der Spitze flog.

Ich weiß, dass ihr Vampire die Sonne noch schlechter vertragen könnt als wir, erhielt sie zur Antwort. *Wir werden am Ziel sein, noch ehe die Turmspitze der Matthiaskirche erglüht. Dort oben im Turm können wir den Tag über ruhen. Zumindest ein Teil von uns. Er bietet nicht Platz für alle, doch Budapest hat genügend Kirchtürme.*

Ist das Innere des Turmes den ganzen Tag von Schatten erfüllt?, erkundigte sich Alisa. *Und gibt es einen Ort für uns, an dem wir uns wandeln können? Ich weiß nicht, ob wir den Tag über als Fledermäuse zubringen können. Wir haben es noch nie versucht,* gab sie kleinlaut zu.

Sie hatte das Tuscheln der anderen Fledermäuse in den Ohren. Tauschten sie stets alles im ganzen Schwarm aus? Oder hatte sie sich unwissentlich an mehrere von ihnen gewandt? Alisa wurde bewusst, wie gering ihr Wissen über die Tiere war, deren Gestalt sie angenommen hatte.

Wir werden einen Platz für euch finden, an dem ihr vor der Sonne geschützt seid, drang nach einer Weile wieder die vorherige Stimme in ihren Geist. *Könnt ihr Vampire überhaupt in die Kirche? Wir wissen, dass es den Vampiren Wiens nicht möglich ist, Sankt Peter zu betreten.*

Alisa war erleichtert, sagen zu können, dass dies für alle drei kein Problem sei. Wie gut, dass sie das bei den Nosferas in Rom gelernt hatten. Selbst die Anwesenheit eines Kruzifixes oder eines Beckens mit Weihwasser bereitete ihr nur noch diffuses Unbehagen.

Dort vorne ist unser Ziel, vernahm sie in ihrem Geist. Alisa flog ein wenig höher, um die Kirche im Burgviertel Vár auf der Budaer Seite der Stadt zu betrachten: eine gotische Hallenkirche mit drei Schiffen, deren verspielter Turm mit seinen Spitzbogenfenstern und der schlanken, steinernen Spitze in den Morgenhimmel ragte.

Die Matthiaskirche, in der Franz Joseph und seine schöne Elisabeth zu König und Königin von Ungarn gekrönt wurden, merkte Franz Leopold an, der zu ihr aufgeschlossen hatte. *Ja, eine würdige Unterkunft. Lass uns zusehen, ob wir einen dunklen Raum für uns finden, in dem wir uns zurückwandeln können. Ich weiß nicht, was mit uns geschieht, wenn wir uns irgendwo im Dach kopfüber festkrallen und uns dann in diesem Körper der Totenstarre überlassen.*

Alisa stimmte ihm zu. Es war keine schöne Vorstellung, dass ihre Krallen vielleicht loslassen und sie in die Tiefe stürzen könnten oder ihr Körper gar anfing, sich unkontrolliert zu verwandeln.

Die Spitze des Zuges neigte sich nach unten und umschwirrte schon bald den Turm. Alisa, Franz Leopold und Luciano lösten sich aus dem Schwarm und flogen durch die offenen Fenster in den Turm. Sie sahen sich prüfend im Glockenturm und im Dachstuhl um. Kein Zweifel, für einen großen Teil der Abendsegler fanden sich hier geeignete Ruheplätze. Für die Vampire waren sie nicht ideal. Sie flogen hinunter ins Kirchenschiff. Die bunten Fenster des Chors begannen bereits im zunehmenden Licht zu erglühen.

Gibt es hier eine Krypta? Das wäre vielleicht der rechte Platz, regte Luciano an, der sich mit Kirchen sicher am besten auskannte. Alisa entdeckte den Zugang, auf den sie erleichtert zuflogen. Schon spürten sie, wie bleierne Müdigkeit nach ihnen griff. Sie flogen in die Krypta und landeten auf einem riesenhaften, prächtigen Sarkophag, in dem – der Inschrift nach – die Gebeine der ungarischen Könige des Mittelalters ruhten. Rasch vollzogen sie die Wandlung. Ihnen blieben nur noch Augenblicke, sich eine Nische zu suchen, in der sie sich ausstrecken konnten, dann übermannte sie der Schlaf. Alisas letzter Gedanke war die Hoffnung, dass niemand während des Tages in die Krypta heruntersteigen würde.

*

Philipp ging es heute sichtlich besser. Sein Blick war klarer. Vermutlich hatten die Ärzte seine Morphiumdosis gesenkt. Einige der kleineren Brandwunden begannen bereits zu verkrusten. Die Brüche würden allerdings noch eine Weile brauchen, bis sie verheilten.

Latona hielt ihr Versprechen und verbrachte Stunden in Philipps Gesellschaft. Was sollte sie auch sonst tun, um sich von ihren Gedanken abzulenken, die immer und immer wieder nach Osten wanderten. Wie weit die Reisenden wohl schon vorangekommen waren? Fuhren sie noch die Donau entlang bis zu dem Flussknie, unterhalb dessen die Stadt Budapest lag? Oder hatten sie gar schon die weiten Steppen der Puszta erreicht, die sich im Osten von der Donau über die Theiß und weiter fast bis zu den ersten Bergen Siebenbürgens erstreckte? Wie schnell fuhr der Zug? Wie viele Tage saßen sie in ihrem Abteil, lauschten dem gleichmäßigen Lied der Schienen, das sie schläfrig stimmen mochte, während die unbekannte Gefahr, die an ihrem Ziel auf sie lauerte, sie wach hielt?

Wenn Latona nicht bei Philipp war oder die Mahlzeiten mit der Familie Schey teilte, zog sie sich in die Bibliothek zurück und brütete über Landkarten, um eine Vorstellung zu bekommen, welchen Weg Bram und die Professoren nehmen konnten. Die Bahnstrecke führte von Wien eine ganze Strecke die Donau entlang, verließ sie dann, um sich nach Südosten zu wenden, und traf in Budapest wieder auf den Strom, der nun direkt nach Süden floss. Die Bahnlinie aber verlief weiter nach Osten bis zur Theiß und teilte sich dann nach der großen Bücke über den Fluss. Vermutlich würden sie der Bahnstrecke nach Südosten folgen und dann am Tor nach Siebenbürgen in Arad noch einmal anhalten. Von dort folgten die Gleise dem Mureş bis hinter Alba Iulia, das auch Weißenburg genannt wurde. Und dann? Weiter über Mediasch und Schäßburg nach Kronstadt am Fuß der Karpaten?

Und die Vampire? Flogen sie als Fledermäuse über das weite Land hinweg? Wie schnell konnten sie auf diese Weise vorwärtskommen? Schneller als die Menschen in der Eisenbahn? Vermutlich. Sie waren nicht an den Verlauf der Schienen gebunden. Obgleich die Fledermäuse sich bei Tag ja ein Versteck suchen mussten und nur nachts reisen konnten, der Zug dagegen unbeirrbar Tag und Nacht gen Osten stampfte.

Wieder ließ sie sich ziellos durch die Gänge und Säle treiben, nachdem sie sich von Philipp verabschiedet hatte. Die ersten Opfer des Theaterbrands, die leichte Rauchvergiftungen oder nur harmlose Brand- und Schnittwunden davongetragen hatten, wurden bereits entlassen. Latona bemerkte einige leere Betten. Allerdings waren manche der Betten auch von besonders schweren Verbrennungsfällen belegt gewesen und sie ahnte, dass der Weg dieser Patienten direkt auf den Währinger Friedhof geführt hatte.

Philipp dagegen würde in ein paar Tagen vielleicht schon nach Hause zurückkehren können, um sich vom Arzt der Familie und einer privaten Krankenschwester betreuen zu lassen.

Vielleicht sollte sie ein wenig auf Abstand zu ihm gehen? Sie hatte das dumpfe Gefühl, dass er kurz davor war, sich ihr zu erklären. Natürlich konnte sie darauf hoffen, dass die Scheys diese Verbindung nicht zulassen würden. Schließlich war sie eine mittellose Waise, deren Mutter Italienerin und deren Vater Engländer gewesen war. Noch dazu war sie keine Jüdin. Aber selbst das war bei den Familien an der Ringstraße heutzutage meist kein Hindernis mehr. Nein, darauf wollte sie sich nicht verlassen. Außerdem mochte sie Philipp zumindest so gern, dass sie ihm Kummer ersparen wollte. Allerdings nicht gern genug, um einen Antrag von ihm anzunehmen, selbst wenn seine Eltern und Großeltern nichts dagegen einwenden würden und Bram es mit Freude sähe. Dann wäre er seine Verantwortung los, die er sich so leichtfertig aufgebürdet hatte. Vor allem seine Frau Florence wäre sicher erleichtert. Nicht dass sie Latona schlecht behandelt hätte. Sie war stets höflich zu ihr gewesen. Dennoch konnte das Mädchen spüren, dass Mrs Stoker nicht glücklich darüber war, unverhofft ein fast erwachsenes Mündel im Haus zu haben.

Latona war tief in Gedanken durch einen Saal gegangen, der offensichtlich für ärmere männliche Patienten bestimmt war, als sie plötzlich dachte, ihren Namen gehört zu haben. Sie hielt inne. Das musste eine Täuschung sein.

Nein, da war es wieder. Eine leise, raue Stimme. Ein kalter Schauer rann ihr über den Rücken. Ganz langsam drehte sie sich um und starrte in ein ihr völlig fremdes Gesicht. Und dennoch überkam sie eine Ahnung, dass sie diesen Mann kannte und ihm schon näher gewesen war, als sie sich im Augenblick vorstellen konnte.

»Latona, willst du nicht ein wenig näher kommen, dass wir uns unterhalten können?«, sagte er auf Englisch mit einem seltsamen Akzent.

Er war von unbestimmtem Alter, das Gesicht hager, das lange, ungepflegte Haar fast weiß. Sein intensiver Blick ging ihr durch und durch. Sie hatte das beklemmende Gefühl, nackt vor ihm zu stehen. Ja, als ob er selbst ihre tiefsten Geheimnisse sehen könnte.

»Ja bitte? Sprechen Sie«, sagte sie etwas pikiert. »Kennen wir uns denn?«

»Ich kenne dich, ja, und ich kannte auch deinen Onkel Carmelo. Er kam mir näher, als mir lieb sein konnte!« Ein schmerzlicher Ausdruck huschte über das magere Gesicht. Für einen Moment dachte Latona, er müsse ein Vampir sein, verwarf diesen Gedanken aber sofort. Nein, es war helllichter Tag. Das war nicht möglich.

»Komm näher«, forderte er sie noch einmal auf. »Wir wollen doch nicht den ganzen Krankensaal unterhalten.«

Zögernd folgte sie, blieb aber so weit weg, dass er nicht nach ihr greifen konnte. Sie wusste auch nicht, warum er ihr so unheimlich war.

»Aber ich weiß es«, sagte er, als könne er ihre Gedanken lesen. Nun, so schwer war es sicher nicht, ihr Unbehagen in ihrer Miene zu erkennen, beruhigte sich Latona. Sie atmete einmal tief ein und dann wieder aus.

»Dann sagen Sie es mir!« Herausfordernd hob sie das Kinn.

»Dein Onkel und du, ihr habt bei euren Reisen eure Sinne geschärft. Und dennoch weigert sich dein Geist, mich zu erkennen. Es wundert mich, dass du den Zusammenhang nicht längst bemerkt hast.«

Latona beugte sich ein wenig vor und studierte seine Gesichtszüge. Nein, sie waren ihr fremd. Und doch. Eine Saite klang in ihr. Es war das Haar. Das feine Silber in seinem Haar, für das er viel zu jung erschien.

»Wie heißen Sie?«

»Seymour«, sagte er schlicht.

Latona überlegte. »Den einzigen Seymour, den ich kenne ...« Sie keuchte.

»Sprich den Satz ruhig zu Ende«, sagte er leise.

»Ist ein Wolf«, stieß Latona hervor und pfiff durch die Zähne. »Ivys Wolf. Das ist es. Ihre Gesichtszüge und Ihr Haar erinnern mich an Ivy.« Etwas fiel ihr ein. Wie hatte Dracula ihn genannt? »Ivys Bruder!«

Seymour nickte. »Ja, das ist richtig. Ich bin ihr Bruder, doch anders als bei ihr ist mein Körper mit den Jahren gealtert, wenn auch nicht so rasch wie der eines Menschen.«

»Dann ist Ivy kein Vampir reinen Blutes? Malcolm hat mir die Unterschiede erklärt.«

Seymour schüttelte den Kopf. »Nein, sie war vor einhundert Jahren ein vierzehnjähriges Mädchen und ich ihr Bruder, auch wenn ich uns nicht als normale Kinder bezeichnen würde, denn wir wurden von der mächtigen Druidin Tara geboren, in deren Adern das magische Blut der alten Kelten fließt.«

»Wenn Ivy zum Vampir wurde, was bist du dann? Ein Werwolf?«

Seymour nickte. »Genau, ein Werwolf, den du bisher nur in seiner Wolfsgestalt kennengelernt hast.«

»Carmelo hat dich in Rom mit seiner silbernen Klinge verletzt«, fiel Latona ein.

»Es bedurfte der magischen Heilkünste unserer Mutter, mich zu retten und die Wunde heilen zu lassen.«

Latona warf ihm einen reumütigen Blick zu. Seymour schien ihr aber nicht zu grollen.

»Und nun bist du wieder verletzt«, stellte sie fest. »Das war nicht Dracula. Als du davonliefst, warst du unversehrt.«

Seymour zog die Lippe hoch, als wolle er knurren. »Ivy hat mich weggeschickt. Ich wäre trotzdem bei ihr geblieben, aber mein Tod hätte ihr nichts genützt.«

Latona hob entschuldigend die Hände. »Ich wollte damit nicht sagen, dass du feige warst. Ich habe mich nur gefragt, was du mit deinem Bein gemacht hast.« Sie sah auf den dicken Verband herab, der unter der Bettdecke hervorlugte.

»Ein brennender Balken stürzte herab«, sagte Seymour kurz.

»Dann warst auch du im Ringstraßentheater?«, wunderte sie sich. »Wie das?« Sie schüttelte den Kopf, doch dann wurde es ihr klar. »Deine Freunde, sie waren dort! Hast du nach ihnen gesucht?«

Er nickte nur knapp. »Alisa brachte mich her, aber seitdem hat sich keiner mehr blicken lassen.«

Latona zog die Stirn kraus. »Wie sollten sie auch? Sie sind auf dem Weg nach Transsilvanien, um deine Schwester aus den Händen Draculas zu befreien.«

Seymour stieß einen Seufzer aus. Er schien sich nicht zu wundern, woher Latona das wusste. Zumindest fragte er nicht nach. »Möge die große Mutter sie führen und ihnen Kraft geben!« Unvermittelt richtete er seinen Oberkörper auf. »Das heißt, dass auch heute Nacht keiner von ihnen kommen wird.«

Latona nickte. »Ja, uns bleibt nichts anderes übrig, als uns in Geduld zu üben. Mir geht es da nicht besser als dir. Ich wünschte, ich hätte einen Weg gefunden, mitzufahren, und wäre nun an Brams Seite – vielleicht fast krank vor Furcht –, aber dabei, mitten in dem großen Abenteuer!«

»Hör zu, Latona. Ich muss dringend hier raus. Du bist die Einzige, die mir helfen kann!«

Latona sah auf den Verband hinab. »Ich weiß ja nicht, wie schlimm deine Verletzung ist, aber ich glaube, im Moment bist du hier am besten aufgehoben. Es ist zu spät, ihnen zu folgen – noch dazu, wo du dein Bein nicht gebrauchen kannst.«

Seymour schüttelte den Kopf, dass ihm sein langes Haar ins Gesicht klatschte. »Nein, du verstehst nicht. Ich bin ein Werwolf und nicht im Besitz meiner vollen Kräfte. Morgen ist Vollmond. Weißt du, was dann passiert?«

»Du wirst dich verwandeln?«, keuchte sie kaum hörbar. »Kannst du das nicht unterdrücken?«

»Normalerweise schon, aber nicht, wenn ich verletzt bin und die Ärzte mir Morphium spritzen!«

Latona stellte sich vor, was hier im Spital los sein würde, wenn sich einer seiner Patienten – sobald der erste Mondstrahl ins Zimmer fiel – in einen Wolf wandeln würde. Nein, das war kein Spaß, den man ausprobieren sollte!

»Und was machen wir nun?«, fragte Latona ratlos. Sie verstand nicht, warum Seymour plötzlich lächelte. Sein hageres Gesicht wirkte ein wenig weicher.

»Was ist?«, sagte sie schroff. »Habe ich etwas Lächerliches gesagt?«

Seymour schüttelte den Kopf. »Nein, du sagtest: Was machen *wir* nun. Du hättest auch sagen können: Mir fällt keine Lösung für *dein* Problem ein.«

Nun lächelte Latona ebenfalls. »Ich weiß auch nicht, warum ich immer in solche Sachen hineingerate, aber irgendwie scheine ich Vampire und andere magische Wesen geradezu anzuziehen. Andere Menschen begegnen ihr ganzes Leben lang keinem einzigen.«

»Oder sie sind nur zu blind und taub, es zu bemerken«, meinte Seymour.

Latona hob die Schultern. »Egal, jedenfalls müssen wir uns überlegen, wie wir dich rechtzeitig hier herausschaffen – und dann brauchen wir einen Platz, wo du dich verstecken und genesen kannst.«

»Für das zweite Problem wüsste ich eine Lösung. Es gibt ein Haus in einer Gasse unten an der Donau, am Rabensteig ...«

Latona starrte ihn entgeistert an. »Das Haus der Gespenster? Wo die Seelen der Ermordeten spuken?«

Seymour grinste. »Ah, du hast davon gehört. Ist das nicht ein ideales Versteck für einen Werwolf, der sich nicht ganz im Griff hat? Ich werde dort unter Freunden sein.«

»Wie meinst du das? Wer außer den toten Seelen wohnt denn noch in diesem Haus?«

Seymour zögerte. »Das kann ich dir nicht sagen.«

Sie wischte seine Bedenken mit einer Handbewegung weg. »Für solche Überlegungen ist es nun ein wenig spät, meinst du nicht? Dafür hättest du dich entscheiden können, ehe du mich angesprochen hast.«

Seymour nickte. »Du hast ja recht. Also, im Moment sind dort ein Servient der Vamalia, dem ich vertraue, und eine junge Vampirin.«

»Gut, dann halte dich nach Einbruch der Dunkelheit bereit. Ich werde einen Fiaker organisieren und ein paar Krücken. So wirst du es mit meiner Hilfe schon bis zum Tor schaffen. Ich muss mir nur noch überlegen, wie wir unangenehmen Fragen ausweichen. Wir dürfen nicht riskieren, aufgehalten zu werden. Am besten, wir begegnen überhaupt niemandem.« Sie kaute auf ihrer Unterlippe. »Mir wird schon was einfallen«, meinte sie zuversichtlich und verabschiedete sich von dem Werwolf, der erschöpft in seine Kissen zurücksank.

*

Im Palais Coburg herrschte helle Aufregung.

»Wo ist meine Schwester Alisa?«, brüllte Tammo außer sich. »Sie ist verschwunden und unser Servient Hindrik ebenfalls.«

»Und außerdem fehlen Ivy und Seymour«, fügte Mervyn hinzu.

Chiara berichtete, dass Luciano fehlte, und ließ es zu, dass Sören vor aller Augen den Arm tröstend um ihre Schultern legte.

»Und Leo hat auch keiner mehr gesehen, seit wir zum Theater aufgebrochen sind«, meinte Rowena.

»Das stimmt nicht«, verbesserte Tammo. »Er war dort. Zusammen mit Alisa und Luciano. Ich habe sie unten im Parkett gesehen, als das Feuer ausbrach. Alisa hat uns in der Loge entdeckt und gerufen, wir sollten herunterspringen, doch ich machte ihr ein Zeichen, dass es besser wäre, durch das Foyer und über den Balkon zu fliehen. Dann bin ich Joanne und Fernand hinterher.«

»Sind sie euch gefolgt?«, drängte Sören.

Tammo hob die Schultern. »Ich weiß es nicht. Ich habe nicht darauf geachtet. Es war so ein Durcheinander. Die vielen Leute, die aus dem Theater drängten, und dann draußen die Schaulustigen, die berittene Polizei und die Feuerwehr. Wir haben uns alle aus den Augen verloren. Ich bin mit Joanne zum Palais zurück. Fernand haben wir erst hier wieder getroffen.«

Der Pyras nickte. »Ja, ich war mit Rowena und Mervyn zusammen. Einer der Dracas hat uns begleitet.«

So waren sie von Ruß beschmutzt und ein wenig verwirrt nach und nach im Palais Coburg eingetroffen. Zuerst war der aufregende Abend das einzige Gesprächsthema, doch irgendwann bemerkten die Erben, dass einige von ihnen fehlten. Die Dracas beruhigten sie. Sie hätten ihre Unreinen losgeschickt, die verirrten Erben einzusammeln und zurückzubringen, doch nun wurde es langsam Tag und die Servienten waren ausnahmslos zum Palais zurückgekehrt, ohne auch nur eine Nachricht über die Vermissten mitzubringen. Die Erben und ihre Servienten versammelten sich in der Galerie und machten ihrer Sorge und ihrem Unmut Luft, bis Baron Maximilian erschien.

»Ruhe!«, donnerte der Baron, als immer mehr der Erben durcheinanderriefen.

»Wie viele werden vermisst?«

Marie Christine trat vor und fasste zusammen: »Der Dracas Franz Leopold, die Vamalia Alisa und ihr Servient Hindrik, der Nosferas Luciano und die Lycana Ivy mit ihrem Wolf.«

Der Baron wirkte ein wenig verunsichert. Er sah sich um, als erwarte er die Baronesse hinter sich zu finden, doch auch sie glänzte durch Abwesenheit.

»Wir alle sind über den tragischen Verlauf dieser Nacht schockiert. Es sollte euer erster Auftritt in der Gesellschaft werden. Dass so etwas passieren würde, hat keiner geahnt, und es trägt auch niemand Schuld daran. Genauso wenig war es uns möglich, für solch ein unwahrscheinliches Ereignis Vorsorge zu tragen. Sobald uns klar wurde, dass ihr nicht vollzählig zum Palais zurückgekehrt seid, haben wir unsere Unreinen ausgeschickt, die Vermissten zu suchen. Leider kamen diese nun zurück, ohne auch nur die kleinste Spur entdeckt zu haben.«

Er schluckte. Für einen Wimpernschlag huschte der Ausdruck von Schmerz über sein makelloses Antlitz. Dachte er an Franz Leopold? Die anderen waren ihm vermutlich völlig gleichgültig. Seine Stimme war leiser, als er weitersprach. »Wir werden die Trümmer des Theaterbaus noch einmal genau untersuchen, sobald die Sonne untergegangen ist. Bis dahin können wir nichts tun. Vielleicht werden wir dann eine Antwort auf unsere Frage finden. Eines aber müsst ihr euch vor Augen führen. So ein gewaltiges Feuer kann einen Vampir vollständig vernichten und vielleicht werden wir niemals mit Gewissheit erfahren, ob die Vermissten in der Feuersbrunst verglüht sind.«

Die Erben sahen einander betreten an. War das möglich? Hatte so ein dummer Theaterbrand vier Erben, einen Unreinen und einen Wolf vernichtet? Konnte es keine andere Erklärung geben? Sie waren sich nachts immer so stark und unzerstörbar vorgekommen. Verunsicherte Blicke suchten Hoffnung bei den anderen.

Tammo straffte die Schultern. Er war nicht bereit zu glauben, dass er seine Schwester für immer verloren hatte. Die schlaue Alisa, die ihm mit ihrer Besserwisserei ständig auf die Nerven ging. Und mit ihren Ermahnungen, mit denen sie nicht müde wurde, den Leichtsinn ihres jüngeren Bruders aufzuzeigen. Sollte es ausgerechnet Alisa und ihre Freunde bei diesem Brand erwischt haben? Er konnte und wollte sich das nicht vorstellen. Es musste eine andere Erklärung geben!

Tammo unterdrückte die Panik, die sich kalt in ihm breitmachte. Er rückte näher an die Pyras heran und raunte ihnen zu: »Was soll das Geschwafel? Will der Baron uns Sand in die Augen streuen und verbergen, dass er gar nicht so ahnungslos war, wie er uns glauben machen will? Ich habe das dumpfe Gefühl, dass er sich nicht so ganz an die Wahrheit hält.«

Joanne nickte und prüfte die anderen Gesichter. »Und schau mal Marie Luise an. Was, würdest du sagen, siehst du da?«

Tammo kaute auf seiner Unterlippe. »Einerseits würde ich sagen, so etwas wie Schadenfreude, dann aber auch Verwirrung.«

Joanne nickte. »Wisst ihr, was ich denke? Sie hat etwas erwartet, das auch einzutreffen schien und dann aus den Fugen geriet.«

»Du meinst doch nicht etwa, sie hat den Brand im Theater gelegt?«, keuchte Fernand.

Tammo schüttelte den Kopf. »Persönlich sicher nicht. Ich habe sie in einer der Logen gesehen, als es hinter dem Vorhang losging. Aber irgendetwas verbirgt sie. Ich muss mal testen, wie gut mich der alte Leo schon in seinem Spezialgebiet vorangebracht hat.«

»Gute Idee«, pflichtete ihm Fernand bei. »Am liebsten würde ich mir den Baron vorknöpfen, aber ich fürchte, so ein Versuch hätte ein schnelles Ende, wenig Erfolg und dafür umso unangenehmere Folgen für mich.«

Seine Cousine stimmte ihm zu. »Ja, das sehe ich auch so. Davon solltest du lieber die Finger lassen. Aber vielleicht wäre Matthias ein lohnendes Ziel!«

»Matthias?«, wiederholte Tammo verblüfft. »Wie kommst du denn darauf? Die Servienten mussten doch heute Abend im Palais zurückbleiben.«

Joanne nickte. »Aber Hindrik ist mit den vier Erben verschwunden, die hier die dicksten Freunde sind. Noch dazu samt Seymour, der ebenfalls keinen Zutritt zum Theater hatte und hierbleiben sollte.«

Tammo starrte sie an. Seine bis dahin zutiefst besorgte Miene löste sich in Erleichterung auf. »Das wird es sein. Sie gehen mal wieder ihre eigenen Wege und stellen etwas Aufregendes an. Typisch! Ohne uns Bescheid zu sagen, geschweige denn uns einzuladen, mitzumachen und auch ein wenig Spaß zu haben.«

Tammo zerbrach sich den Kopf, was das wohl sein konnte, aber ihm fiel nichts ein. Und auch Joanne und Fernand hatten keine Idee.

Der Baron schickte die Erben in ihre Zimmer unter dem Dach und versprach, ihnen Bescheid zu geben, sobald er über neue Erkenntnisse verfügte. Mit gesenkten Köpfen machten sich die jungen Vampire auf den Weg. Sören drückte noch immer Chiara an sich, die verzweifelt dreinsah. Rowena und Raymond flüsterten aufgeregt miteinander. Dieses Mal traf der Verlust nicht die Vyrad.

Joanne, Fernand und Tammo verließen die Galerie als Letzte.

»Zumindest Alisa, Leo und Luciano waren im Theater, als das Feuer ausbrach«, erinnerte sich Tammo. »Sie waren gesund und munter, als ich sie dort im Parkett stehen sah, und ich kann mir nicht vorstellen, dass sie keinen Weg gefunden haben, aus dem Gebäude zu entkommen. Wir anderen sind doch auch alle unverletzt hinausgekommen. Schließlich sind wir keine Menschen, die gleich in Panik geraten und die Orientierung verlieren. Wir müssen ja nicht einmal atmen, sodass uns auch der Rauch nichts anhaben kann.« Er sah Joanne und Fernand um Zustimmung heischend an.

Die Pyras nickten einmütig. »Ich glaube auch nicht, dass ihnen etwas zugestoßen ist«, bestärkte ihn Joanne. »Aber dass sie bis zum Morgen nicht zurückkommen, ist schon merkwürdig. Sieh mal, da drüben ist Matthias. Den schnappen wir uns!«

»Gut, ihr fragt ihn aus und ich versuche herauszufinden, was er nicht sagt«, meinte Tammo und setzte eine kriegerische Miene auf. Die drei machten kehrt und überholten den Servienten, der mürrisch dahinstapfte.

»Was wollt ihr? Ihr sollt in eure Betten, hat der Baron gesagt. Es ist Zeit.«

»Wir wollten dich fragen, was du über das Verschwinden unserer Freunde weißt«, begann Joanne. Alle drei starrten ihn aufmerksam an, dass ihnen ja kein noch so leichtes Zucken in seiner Miene entging.

»Gar nichts weiß ich, sonst hätte ich dem Baron davon berichtet«, gab der Droschkenkutscher schroff zurück.

»Hast du denn nach ihnen gesucht?«, fuhr Fernand fort.

»Ja, der Baron hat mich mit den anderen zum Theater geschickt, aber wie ihr bereits erfahren habt, konnten wir nichts finden. Das

Feuer war inzwischen gelöscht und obgleich es überall noch sehr heiß war, sind wir vom Bühneneingang her weit bis in den Zuschauerraum vorgedrungen. Es sind noch immer Leichen von Menschen unter den Trümmern, Vampire haben wir nicht gefunden.«

»Du hast also, wie die anderen, in den Ruinen des Theaters gesucht. Und nirgends anders?«, hakte Joanne nach.

Ein plötzliches Zucken huschte über sein Gesicht. Er hatte seine Miene zwar gleich wieder im Griff, doch den dreien war die Bewegung nicht entgangen. Irgendeine Idee war ihm gekommen, die er vermutlich weiterverfolgen würde, sobald es wieder Nacht war.

»Es könnte lohnend sein, sich an seine Fersen zu heften«, schlug Fernand vor, als sie sich nach oben zu ihren Gemächern begaben. »Du hast ihn eindeutig auf eine Idee gebracht. Er wird diese Spur verfolgen.«

Joanne nickte. »Ja, das glaube ich auch. Konntest du in seinen Gedanken etwas lesen, als ihm der Einfall kam?«

Tammo schnitt eine Grimasse. »Er dachte an Hindrik, so viel habe ich mitbekommen, und an ein Geheimnis, das dieser bewahren muss. Ich habe ein Haus in einer engen, steilen Gasse gesehen. Mehr leider nicht.«

Fernand nickte. »Das ist doch schon mal ein Anfang. Dann werden wir den guten Matthias mal ein wenig im Auge behalten. Ich bin gespannt, wohin er uns führt und was wir dort finden.«

BUDAPEST

Latona ließ den Fiaker zwei Häuser weiter vorn anhalten und stieg aus der Kutsche. Nein, die Gegend gefiel ihr gar nicht. Vor allem um diese Uhrzeit war dies kein Ort, an dem sich ein anständiges Mädchen alleine aufhalten sollte. Das las sie ganz deutlich im Blick des Kutschers, der sie nun vielleicht für eine Grabennymphe hielt, wie die Wiener die Frauen nannten, die sich für Geld den Männern anboten. Das konnte ihr gleichgültig sein. Viel mehr beschäftigte sie ihre eigene Furcht, die ihre Füße lähmte. Das Geisterhaus lag still und dunkel vor ihr. Nichts unterschied es äußerlich von ähnlichen schmalen, ein wenig ärmlichen Stadthäusern und doch strahlte es eine Aura aus, die ihr alle Härchen im Nacken aufrichtete.

»Blödsinn«, knurrte Latona leise. »Du steigerst dich da in etwas hinein. Stell dich nicht so an!«

Nein, sie war nicht zimperlich und hatte schon einiges gesehen und überstanden. Also setzte sie eine grimmige Miene auf und ging entschlossen los. Es warteten ja nur ein paar ruhelose Seelen und zwei Vampire in dem Haus auf sie. Sie kicherte hysterisch.

Seymour hatte gesagt, er würde diesem Servienten der Vamalia vertrauen. Jetzt, als sie vor der Tür stand, fiel ihr ein, dass dies nicht hieß, er würde sich nicht über ein warmes Abendessen freuen, das ihm freiwillig ins Haus kam. Für einen Moment geriet ihr Entschluss ins Wanken. Rasch klopfte sie an, um nicht ganz den Mut zu verlieren.

Nichts. Die Vampire waren noch nicht wach oder bereits fort, um ihren Blutdurst zu stillen. Dann musste sie Seymour eben alleine aus dem Spital holen.

Obwohl sie keine Schritte vernommen hatte, öffnete sich unvermittelt die Tür und ein gut aussehender Mann mit langen, blonden Locken, die er mit einem Samtband zusammengebunden hatte, stand vor ihr. Er hob fragend die Brauen.

»Mein Fräulein?«

»Sind Sie der Servient der Vamalia?«

Falls ihn dies überraschte, so zeigte er es nur dadurch, dass sich seine Brauen noch ein Stück weiter hoben.

»Warum wollen Sie das wissen, Fräulein Latona?«

Sie seufzte. »Nun, da Sie zugeben, zu wissen, wer ich bin, können wir die Spielchen auch lassen. Ein Freund hat mir gesagt, wo ich Sie finden kann.«

»Einer Ihrer Freunde oder einer von meinen?«, wollte der Vamalia wissen.

»Er sagt, er sei Ihr Freund. Sein Name ist Seymour und er liegt mit Verbrennungen und einem gebrochenen Bein im Spital.«

»Und er hat Sie zu mir geschickt?«

Latona schüttelte den Kopf. »Nein, aber als er von Ihnen sprach, dachte ich, Sie könnten mir dabei helfen, ihn unbemerkt aus dem Spital zu schaffen, ehe der Vollmond ihn zu einer Verwandlung zwingt. Dort oben wartet mein Fiaker. Wenn Sie also so freundlich wären, mich zu begleiten.«

Der Vamalia zögerte. »Ich kann das Haus nicht verlassen. Ich …«

Eine Stimme auf der Treppe ließ ihn herumfahren. »Hindrik? Wo sind Sie? Dieser Durst macht mich verrückt. Tun Sie etwas dagegen!«

Er rollte mit den Augen, wandte sich aber der Stimme zu. Neugierig machte Latona einen Schritt vor und sah in das dunkle Haus. Erst als die Sprecherin die letzte Stufe erreichte, traf sie das Licht einer Laterne von gegenüber, sodass Latona ihre Züge erkennen konnte. War das möglich? Sie kannte die junge Frau nicht, war ihr vermutlich noch nie in ihrem Leben begegnet. Aber es kam ihr so vor, als habe sie ihr Bild treffend skizziert mehr als einmal in der Zeitung gesehen. Das würde passen. Und es würde erklären, warum die Polizei zwar Blutspuren in ihrem Zimmer, aber keine Leiche gefunden hatte, obwohl durchaus ein Verbrechen stattgefunden hatte! – Oder etwa nicht? Latona betrachtete die Vampirin mit wachsendem Interesse.

»Fräulein Clarissa von Todesco, einen guten Abend wünsche ich.«

Die Vampirin starrte sie an. Dann schüttelte sie unwillig den Kopf. »Das war ich einmal. Jetzt bin ich ein hässliches Wesen der Nacht, das anderen das Blut rauben will. Ich weiß nicht, wer Sie sind und kenne auch Ihren Namen nicht, doch ich kann Ihr süßes, warmes Blut riechen und möchte nichts lieber tun, als mich auf Sie stürzen und meine Zähne in Ihren Hals schlagen.«

Latona war sich nicht ganz sicher, ob Clarissa es ernst meinte. Vorsichtshalber wich sie ein Stück zurück. Hindrik seufzte und griff nach den Handgelenken der Vampirin.

»Das werdet Ihr ganz sicher nicht tun, Fräulein Clarissa. Das Rinderblut stärkt Euch ausreichend, und noch seid Ihr nicht in der Verfassung, alleine auf die Jagd gehen zu können.«

Clarissa wandte sich an Latona. »Hören Sie das? Ich werde mit Rinderblut gefüttert! Was hat man aus mir gemacht? Und dabei habe ich Luciano vertraut. Ich habe ihm meine Liebe geschenkt und ihm gesagt, ich würde ihm überallhin folgen, selbst bis ans Ende der Welt.« Sie schüttelte den Kopf, als könne sie es selbst nicht fassen.

»Aber so haben Sie Ihren Schwur dann doch nicht gemeint«, ergänzte Latona mitfühlend.

»Sie wissen nicht, wovon Sie reden«, brauste Clarissa auf, hielt dann aber inne. Sie trat einen Schritt näher, so weit es Hindrik ihr gestattete, der noch immer ihr Handgelenk festhielt. »Oder vielleicht doch?« Sie schnüffelte hörbar. Ein Ausdruck von Verwirrung trat in ihre Miene, als sie sich an Hindrik wandte. »Sie ist gezeichnet. Ich wittere etwas in ihrem Blut. Ein Vampir hat sie gebissen und ihr Blut getrunken. Ist das möglich?«

Hindrik nickte. »Ja, so ist es. Ihr müsst lernen, Euren Instinkten und Witterungen zu vertrauen. Ihr nehmt nun viel mehr wahr, als Ihr es als Mensch konntet. Dies ist eine neue, aufregende Welt, die Euch vieles bietet, wenn Ihr bereit seid, Euer Schicksal anzunehmen.«

»Habe ich denn eine Wahl?«, fragte Clarissa bitter.

»Man hat immer eine Wahl«, gab Hindrik sanft zurück. »Doch noch ist Euer Dasein als Vampir zu neu und verwirrend für Euch, als dass ich Euch selbst entscheiden lassen könnte. Ich habe Luciano versprochen, Euch zu beschützen, bis er von seiner Reise zurück ist, und das werde ich auch tun. Ich habe mir vorgenommen, Euch keine Minute aus den Augen zu lassen. Das stellt mich jetzt vor ein Problem. Wie kann ich Miss Latona zum Spital begleiten, um Seymour zu holen, und gleichzeitig aufpassen, dass Ihr hier keine Dummheiten macht oder gar das Haus verlasst, um zu Eurer Familie zurückzukehren?«

»Sollen wir Clarissa mitnehmen?«, schlug Latona vor.

Hindrik erwog den Vorschlag. »Nein, das ist keine gute Idee. Wir können sie nicht mit ins Spital nehmen. Wir dürfen nicht auffallen. Was, wenn sie irgendetwas anstellt, das die Ärzte und Schwestern auf den Plan ruft. Nein, und in der Kutsche lassen können wir sie auch nicht. Womöglich hat sie unseren Fiaker ausgesaugt, bis wir zurückkommen. Auch das würde mehr Aufmerksamkeit hervorrufen, als wir es uns wünschen.«

Clarissa stampfte zornig mit dem Fuß auf. »Sprechen Sie nicht über mich, als sei ich eine unbeherrschte, verzogene Göre.«

Hindrik grinste breit. »Bezogen auf Euer Dasein als Vampir seid Ihr eine unbeherrschte, verzogene Göre, und deshalb kommt Ihr jetzt mit in den Keller.«

Sie schrie und versuchte sich loszureißen, doch Hindrik hatte sie fest im Griff und führte sie die Treppe hinunter. Latona hörte ein Poltern, dann kehrte Hindrik alleine zurück.

»Gehen wir?«, forderte er sie mit einer höflichen Geste auf.

Latona nickte und kehrte am Arm des Vampirs zur Kutsche zurück. Sie stiegen ein und forderten den Fiaker auf, sie zum Spital zu bringen. Schweigend saßen sie sich gegenüber. Latona wunderte sich, dass sie keine Angst hatte. Ja, nicht einmal ein wenig Furcht, alleine mit einem fremden Vampir in einer Kutsche zu sitzen. Aber gleichzeitig war sie auch froh darüber. Sagte man nicht, dass die Angst das Jagdfieber der Raubtiere erst hervorrief? Das traf durchaus auch auf Vampire zu, hatte Onkel Carmelo zumindest behauptet. Sie warf Hindrik einen verstohlenen Blick zu.

»Ja? Haben Sie etwas auf dem Herzen, Miss Latona?«

»Ich frage mich nur, ob Sie nicht das Bedürfnis verspüren, mich auszusaugen, wenn wir hier so alleine in der Kutsche beisammensitzen«, platzte sie heraus. Ob es klug war, ihn auf diesen Gedanken zu bringen?

Hindrik lachte. »Ich will nicht leugnen, dass bei Ihrem Geruch durchaus Gelüste in mir aufsteigen. Aber es wäre unserer Mission nicht hilfreich, wenn ich über Sie herfallen würde, meinen Sie nicht auch?«

Latona wusste nicht, ob er sie verspottete. »Nein, das wäre es wohl nicht«, wiederholte sie zögernd. »Das heißt, Sie halten sich zurück, bis Seymour in Sicherheit ist?«

»Um Sie mir dann im Anschluss als Siegestrunk zu gönnen? Ein verlockender Gedanke, aber nein, das müssen Sie nicht fürchten.«

»Warum nicht? Ich meine, nicht dass ich darüber nicht erleichtert bin. Ich frage mich nur, warum? Sie sind ein Vampir, der sich von Menschenblut erhält.«

Hindrik nickte bedächtig. »Ja, das schon, aber kein Monster außer Kontrolle. Wenn ich die Möglichkeit habe, dann nähre ich mich nachts vom Blut eines Menschen, denn es bedeutet nicht nur Stärkung, sondern auch Genuss. Wenn es aber nicht möglich ist, kann ich auch viele Nächte ohne Blut durchhalten. Ich habe in meinen vielen Jahren dieses Daseins gelernt, mich zu beherrschen und meinen Körper zu disziplinieren. Und außerdem würde ich mich auch aus einem anderen Grund nicht an Ihnen vergreifen, Miss Latona. Sie sind gezeichnet, wie selbst die junge Vampirin Clarissa bemerkt hat. Master Malcolm hat Sie nicht nur gebissen und Ihr Blut getrunken, er hat Sie als die Seine markiert und kein anderer Vampir, der Malcolm oder die Vyrad respektiert, würde sich nun noch an Ihnen vergreifen.«

»Das hat er getan?« Latona überlegte, ob sie sich darüber freuen oder ihm grollen sollte, dass er ihr das nicht gesagt hatte.

Hindrik nickte. »Ja, wissentlich oder unwissentlich. Das kann ich nicht sagen.«

Die Kutsche hielt vor dem Spital. Hindrik ließ den Fiaker noch eine Ecke weiterfahren und stieg dann mit Latona aus. Sie gingen langsam zum Portal.

»Bleiben Sie immer dicht hinter mir. Dann können wir allen Begegnungen rechtzeitig aus dem Weg gehen.« Latona nickte.

»Wo ist der Saal, in dem er liegt?«

Sie beschrieb den Weg in knappen Worten.

»Dann also los.«

Er war so schnell verschwunden, dass sie mit gerafften Röcken laufen musste, um ihn nicht zu verlieren. Als Hindrik es bemerkte, verlangsamte er seine Schritte. Durch schwach erleuchtete Gänge erreichten sie unbemerkt den Krankensaal und traten, ohne anzuklopfen, ein. Es war dunkel. Latona konnte die gleichmäßigen Geräusche schlafender, aber auch das schnelle Atmen und Stöhnen leidender Menschen hören. Zögernd blieb sie stehen. Sie wollte nicht aus Versehen gegen eines der Bettgestelle stoßen. Hindrik nahm sie bei der Hand.

Wie eisig sie war. Wie Malcolms Hand. Vertrauensvoll schloss Latona ihre Finger um die des Vampirs.

»Guten Abend, Seymour«, begrüßte Hindrik den Werwolf mit leiser Stimme. Natürlich blieb er vor dem richtigen Bett stehen. Seine Augen waren viel schärfer als die eines Menschen. Latona konnte gerade einmal das Bett mit den weißen Laken erahnen. Sie hörte das Bettzeug rascheln.

»Guten Abend, Hindrik. Welch freudige Überraschung, dich hier zu sehen. Hat Latona dich aufgesucht? Kluges Mädchen. Komm, reiche mir deinen starken Arm. Mit meinem verletzten Bein kann ich noch nicht auftreten. Der Knochen ist gesplittert und die Medizin der Ärzte verhindert, dass meine eigenen Heilkräfte wirken.«

Latonas Augen gewöhnten sich allmählich an die Dunkelheit und sie sah, wie Hindrik ihm aus dem Bett half und seinen Arm unter die Achseln des Werwolfes schob.

»Das wird schon wieder«, meinte er, als er sich aufrichtete. »Und nun lass uns zusehen, dass wir hier wegkommen, ehe das Mondlicht dich zu einer unschönen Szene anregt.«

Seymour lachte leise. »Ja, so könnte man das sagen.«

Sie machten sich auf den Weg. Zwei Mal mussten sie hinter einer Ecke verharren oder in eine Kammer schlüpfen, um den Krankenschwestern auszuweichen, die ihre nächtliche Runde drehten. Dank seiner scharfen Sinne hatte Hindrik sie rechtzeitig bemerkt. Zu dritt betraten sie die Straße und winkten den Fiaker her. In flottem Trab brachte er sie ins Haus am Rabensteig, wo sich Hindrik und Seymour verabschiedeten.

Der Werwolf drückte zum Abschied kurz ihre Hand. »Ich danke dir, Latona. Ich muss gestehen, ich habe dich bislang nur im Schatten deines Onkels gesehen. Die Nichte des Vampirjägers. Nein, ich konnte nicht verstehen, warum Malcolm dich erwählt hat, und nur die Not zwang mich, dich anzusprechen. Aber nun begreife ich. Du bist mutig und hast ein gutes Herz. Dein Geist ist schnell und bereit, ein Wagnis einzugehen. Und du hast dich für uns Wesen der Nacht entschieden. Du hast dich vom Schatten deines Onkels befreit. Möge sich dein sehnsüchtiger Wunsch erfüllen.«

Latona lächelte die ganze Fahrt bis zum Palais Schey, wo ihr das Lachen allerdings gründlich verging. Die Baronin nahm kein Blatt vor den Mund, um ihr zu verdeutlichen, wie leichsinnig ihr Benehmen war, das dauerhaft ihren Ruf ruinieren konnte. Latonas Ausreden nahm sie ohne Kommentar zur Kenntnis. Vermutlich würden die Scheys sie nun endgültig als mögliche Ehekandidatin für Philipp streichen, falls sie so eine Verbindung überhaupt in Erwägung gezogen hatten.

Latona entschuldigte sich und zog sich sogleich in ihr Zimmer zurück. Sie wollte verhindern, dass Clara sie ausfragte und sie sich selbst in ihren Lügen verstrickte. Mit einem Gefühl von Traurigkeit ging sie zu Bett. Es tat ihr leid, dass sie ihre Gastgeber enttäuschte, die sie so liebevoll in ihre Familie aufgenommen hatten.

*

Sobald der letzte Strahl der Sonne im Westen verlosch, sprang Alisa auf die Beine und sah sich gehetzt um. Selbst in ihrer Todesstarre hatte sie das Gefühl von Gefahr nicht vollständig verlassen, doch als sie erwachte und sah, dass sie sich alle drei noch immer wohlbehalten in der Krypta unter der Matthiaskirche befanden, entspannte sie sich ein wenig. Franz Leopold und Luciano waren ebenfalls schon wach und sahen sich neugierig um.

Das nächste Gefühl, das Alisa quälend überfiel, war Hunger. Natürlich, sie waren die ganze Nacht im Schwarm der Abendsegler geflogen und hatten kein Blut zu sich genommen.

»Ob der Schwarm schon erwacht ist?«, überlegte sie laut.

»Lass uns nachsehen«, schlug Franz Leopold vor. Sie stiegen aus der Krypta in die leere, dunkle Kirche hinauf. Alisa schob das Portal auf und legte den Kopf in den Nacken. Die ersten Abendsegler drehten bereits ihre Kreise – vielleicht auf der Suche nach einer kleinen Stärkung?

»So viele Gedanken an Nahrung?«, neckte Franz Leopold. »Ich dachte, das sei Lucianos Part in unserer Gemeinschaft, aber anscheinend ist auf nichts Verlass. Er wird sich am Ende doch nicht etwa zum Asketen entwickeln?«

Luciano schüttelte den Kopf. »Nein, das nicht, aber es gibt im Moment Wichtigeres.«

»Hast du denn gar keinen Blutdurst?«, hakte Alisa ein wenig ungläubig nach.

»Doch, schrecklichen. Aber was sollen wir tun? Auf die Jagd gehen und riskieren, dass uns der Schwarm entwischt?«

»Gut, ich erkenne an, dass du dich von verfressen zu edel und heldenhaft entwickelt hast«, meinte Franz Leopold immer noch ein wenig spöttisch. »Aber wenden wir uns nun der Eigenschaft vernünftig zu, die uns rät, unsere Kräfte zu erhalten, vor allem da dieser Flug uns einiges abverlangt. Wir werden heute etliche Stunden länger unterwegs sein als gestern. Ich schlage also zuerst eine gepflegte Blutration vor, ehe wir uns unter die Fledermäuse mischen.«

»Wir werden uns nicht an Menschen vergreifen!«, lehnte Alisa kategorisch ab.

Franz Leopold schnitt eine Grimasse. »Hast du nicht zugehört? Ich sprach von vernünftig! Nicht von Rausch und Genuss. Ich könnte mir beispielsweise denken, dass diese beiden Hunde dort ein wenig Blut für uns übrig haben.«

Der Dracas streckte die Hand aus und legte die Stirn in Falten. Die Hunde wandten sich zu ihnen um und kamen dann ein wenig zögerlich zu ihnen gelaufen.

»Es ist angerichtet!«

Alisa kniete sich neben den schmutziggrauen Hund und legte den Arm um ihn. Er sah sie vertrauensvoll aus seinen braunen Augen an.

»Wir nehmen ihnen nur so viel Blut, dass sie keinen Schaden davontragen!«, sagte Alisa bestimmt.

Die beiden Vampire sahen sie ungläubig an. »Das Abkommen der Clans, keine Leichen mehr zurückzulassen, gilt nur für Menschen«, erinnerte Franz Leopold.

Alisa sah den Hund an. »Wir machen es trotzdem so«, sagte sie in einem Ton, der keine Widerrede duldete, ehe sie ihre Zähne in den Hals des Tieres versenkte.

Sie fanden in der Nähe noch drei Hunde und in der Kirche zwei Katzen, sodass sie leidlich gestärkt waren, ehe sie sich daran machten, sich zu wandeln. Die Fledermäuse hatten sich inzwischen wieder zu einem großen Schwarm gesammelt und waren bereit zum Aufbruch. Sie überquerten die Donau in der Nähe der großen Kettenbrücke und flogen dann über Pest, den östlichen Stadtteil am flachen Donauufer, der wie Buda und Óbuda bis vor wenigen Jahren ein eigener Ort gewesen war, nun aber zusammen mit den anderen Teilen die Hauptstadt des Königreichs Ungarn bildete.

Bald schon lag die Stadt hinter ihnen und so weit sie sehen konnten, erstreckte sich das ungarische Tiefland vor ihnen. Die breiten Flussschleifen der Theiß zogen sich durch die weite Ebene, um sich irgendwo weit im Süden bei der serbischen Stadt Belgrad mit der Donau zu vereinen.

Der Schwarm flog über die Landschaft, die wenig Abwechslung für das Auge zu bieten hatte. Bis auf die Rinder- und Pferdeherden, die unter ihnen über endlose, graubraune Steppenlandschaften zogen. Ab und zu tauchte ein kleines Dorf unter ihnen auf. Dann überflogen sie die Theiß. Doch sobald sie den breiten Strom überquert hatten, glich die Landschaft wieder der am anderen Ufer. So verflossen die Stunden. Die Freunde verfielen in stummes Brüten. Nur ihr Flügelschlag teilte die Zeit in gleichmäßige Stücke.

Wenn das so weitergeht, dann frage ich mich, wo wir einen geschützten Ort für den Tag finden sollen, unterbrach Luciano das Schweigen. Es war längst nach Mitternacht und noch immer glitt die Landschaft unverändert unter ihnen dahin.

Sie werden schon einen geeigneten Platz finden, antwortete Alisa zuversichtlich.

Einen Platz, der für sie geeignet ist oder für uns?, hakte Luciano nach.

Ich hoffe doch, für uns alle! Alisa wollte sich ihre Zuversicht nicht nehmen lassen.

Luciano ließ nicht locker. *Die Ansprüche der Fledermäuse an ihr Tagquartier sind nicht so streng wie die unseren.*

Nun mischte sich Franz Leopold ein. *Das ist ja alles schön und gut, aber können wir es im Augenblick ändern? Nein! Du kannst gerne versuchen, von unseren Begleitern eine Beschreibung des nächsten Tagesquartiers zu erhalten, wenn es dich beruhigt. Doch ganz gleich, was sie dir sagen, wir müssen uns den Ort ansehen und uns dann ein Versteck suchen. Irgendetwas wird es schon geben. Ein kleines Dorf, eine Scheune, ein Stall. Und wenn uns nichts anderes übrig bleibt, als unter den ausladenden*

Schwenkarmen eines Brunnens in die Tiefe zu kriechen, dann werden wir das tun müssen.

Alisa wunderte sich, wie pragmatisch Leo die Situation hinnahm. Auf diesem Flug ins Ungewisse gab es keinen Platz für die Empfindlichkeiten, die sich die Dracas in ihrem Palais in Wien leisten konnten, das war ihr klar, aber dass sich Leo so darin fügte? Statt über den Verlust seiner Bequemlichkeiten zu jammern, flog er mutig voran, bereit, das Beste zu nutzen, was die Situation ihnen bot.

Sie dachte eine Weile über ihn und sein Verhalten nach. War sie wirklich überrascht? Nein. Wenn sie ehrlich zu sich selbst war, dann durfte sie das nicht sein. Natürlich war er ein typischer Dracas, überheblich und empfindlich, eitel und verwöhnt, doch schon damals in Rom hatte er gezeigt, dass unter dieser Schale ein ganz anderer Kern verborgen lag, den er erst zutage treten ließ, wenn der Ernst der Lage es erforderte. Und dieser Kern war eine ganz wundervolle Mischung aus unerschütterlicher Ruhe, Mut und Zuversicht, aus einem scharfen Geist, der sich in keiner noch so bedrohlichen Situation trüben ließ, und aus bedingungsloser Treue zu allen, denen er seine Freundschaft geschenkt hatte. Ein warmes Gefühl rieselte durch ihren kleinen Fledermauskörper. Egal, was er in der Vergangenheit Verletzendes gesagt und getan hatte, ganz gleich, wohin ihn seine Eitelkeit und seine Eifersucht getrieben hatten, hier und heute war es ein Segen, Leo als Verbündeten und Freund an ihrer Seite zu haben. Denn sie wusste mit absoluter Sicherheit, er würde an ihrer Seite bleiben und bis zu seinem letzten Blutstropfen für seine Freunde kämpfen.

Auch wenn ich die Hoffnung hege, dass es nicht so weit kommt, ließ er seine Stimme betont hochnäsig in ihrem Kopf erklingen.

Leo! Verflucht noch mal, raus aus meinen Gedanken!, schimpfte Alisa.

Nun sei nicht so. Es war durchaus angenehm, deinen Überlegungen zu folgen. Ist mir denn gar keine Aufmunterung vergönnt? Obgleich ich gegen manche Unterstellung protestieren müsste.

Alisa schwankte zwischen Lachen und Empörung. *Leo, wie oft habe ich dir schon gesagt, dass ich das nicht will! Es geht dich überhaupt nichts an, auch nicht, wenn du der Gegenstand meiner Gedanken bist. Wenn ich will, dass du es weißt, teile ich es dir schon mit.*

Das ist in den meisten Fällen nur noch die halbe Wahrheit, gab der Dracas zu bedenken. *Außerdem hast du mich ja geradezu eingeladen, deine Gedanken mit dir zu teilen. Ich habe euch beigebracht, wie ihr in einen fremden Geist eindringt und wie ihr euch vor einem Zugriff schützt!*

Das ist wahr, gab Alisa widerstrebend zu. *Es ist aber anstrengend und irgendwie unangenehm, wenn man ständig auf der Hut sein und sich auf die Mauer in seinem Geist konzentrieren muss. Ich dachte, ich bin hier unter Freunden!*

Bist du ja auch. Und deshalb mache ich dir einen ganz freundschaftlichen Vorschlag. Was hältst du davon, wenn wir uns für eine winzige Weile vom Schwarm entfernen und einen Abstecher zu der Rinderherde dort vor uns machen. Wir wandeln uns, trinken uns so richtig satt und folgen dann dem Schwarm mit neuen Kräften. Es dürfte nicht schwer sein, sie wieder einzuholen. Und verfehlen können wir sie auch nicht. Sie fliegen seit Stunden in dieselbe Richtung.

Wenn du meinst. Schließlich wissen wir nicht, was noch auf uns wartet, stimmte Alisa vorsichtig zu.

Und auch Luciano, mit dem der Dracas diesen Gedanken ebenfalls geteilt hatte, reagierte zurückhaltend. Franz Leopold stöhnte.

Luciano, wenn ich dir verspreche, dich weder verfressen zu nennen noch zu prophezeien, dass du bald wieder so fett sein wirst wie früher, lässt du dann deiner Begeisterung über diesen wundervollen Vorschlag freien Lauf?

Für einen Moment schwiegen sowohl Alisa als auch Luciano verblüfft, dann brachen sie gleichzeitig in Gelächter aus. Sie fiepten in den höchsten Tönen.

In Ordnung, gab Luciano zu. *Ich lechze nach frischem Blut. Die beiden Katzen waren gerade mal eine erste Vorspeise!*

Alisa schlug vor Übermut ein paar Purzelbäume in der Luft, dann lösten sich die drei Fledermäuse vom großen Schwarm und stoben der Erde entgegen. Genauer gesagt der Viehherde und ihrem warmen Blut.

*

Der Zug erreichte Budapest erst in den frühen Morgenstunden. Die Reisenden wussten nicht, was ihre Fahrt aufgehalten und sie zu einem längeren Halt draußen auf der nächtlichen Ebene gezwungen hatte. Aber so war das eben bei einer Reise mit der Eisenbahn. Schneller und sicherer als in einer Kutsche kam man allemal voran. Nun endlich waren sie also in Ungarns Hauptstadt Budapest, an deren Universität Professor Vámbéry unterrichtete.

Ein Schaffner schritt die Abteile entlang und verkündete, dass sich die Weiterfahrt um drei Stunden verzögern würde, da nicht nur Kohlen und Wasser gebunkert werden müssten. Ein kleiner Defekt am Kessel würde es vielleicht notwendig machen, den Kesselwagen auszutauschen, falls das Leck in der Kürze nicht zu beheben wäre.

Van Helsing räkelte sich und erhob sich von seinem Sitz. »Sollen wir uns ein wenig die Beine vertreten? Budapest hat sicher einiges Sehenswerte zu bieten. Was schlagen Sie vor, Professor Vámbéry?«

»Wir können uns in Buda das Burgviertel Vár mit der berühmten Matthiaskirche ansehen.« Seine beiden Reisebegleiter nickten zustimmend.

»Das ist die Kirche, in der Franz Joseph und Elisabeth die ungarische Krone erhielten, nicht wahr?«, versicherte sich Bram.

Der Professor nickte. »Ja, so ist es, aber bereits im Jahre 1309 wurde Karl I. Robert von Anjou dort zum ungarischen König gekrönt.«

Sie bestiegen eine Kutsche und ließen sich bis zur Kirche fahren. Die drei Männer umrundeten die gotische Hallenkirche, deren Anfänge bis ins elfte Jahrhundert zurückreichten. In einer zweiten Bauphase hatte man daraus eine romanische Basilika gemacht.

»Das war in der Zeit Königs Béla IV. Ganz Ungarn war unter dem Sturm der Mongolen verwüstet worden und fast die Hälfte der Bevölkerung dabei umgekommen. Es gab einfach nichts, wohin die Menschen flüchten und sich vor den wilden Horden in Sicherheit hätten bringen können. Aus dieser Erfahrung heraus begann der König Burgen an strategisch wichtigen Orten zu errichten. Eine davon war die Burg Buda, und so wurde die Matthiaskirche – damals noch Liebfrauenkirche genannt – als Teil der Burg zur Basilika ausgebaut. Später, unter König Ludwig dem Großen, wurde sie im Stil der Gotik zu einer dreischiffigen Hallenkirche erweitert.

Ihr heutiger Name geht auf König Matthias Corvinus zurück, der im fünfzehnten Jahrhundert den fünfgeschossigen Turm hat bauen lassen. Er feierte seine beiden Hochzeiten hier in dieser Kirche. Ob die Vermählung seiner Schwester auch hier in dieser Halle stattfand, ist nicht bekannt.« Die drei Männer blieben vor dem Altar sehen.

»Sie meinen die Eheschließung mit Vlad Ţepeş? Draculas zweite Hochzeit?«, hakte Bram nach. Der Professor nickte.

»Ja, vielleicht stand der Vater der Vampire einst hier, wo wir jetzt stehen, und gab sein Eheversprechen.«

Bram sah sich aufmerksam um. Er fühlte sich plötzlich viel wacher und betrachtete die Kirche mit Neugier. Er stellte sich vor, wie der walachische Woiwode die Braut zum Altar führte, die ihm sein politisches Taktieren zugeführt hatte. Geliebt hatte er die Ungarin sicher nicht – anders als seine erste Frau Erzsébet, die die anrückenden Türken – angeführt von seinem Halbbruder Radu – in den Tod getrieben hatten. Hatte er sich wirklich mit dem Teufel verbündet, um über den Tod zu triumphieren, und war so zum Vampir geworden? Und wer war die geheimnisvolle Vampirin, die den Namen seiner ersten Gattin trug, mit der er die Nachkommen gezeugt hatte, die heute die Blutlinien der Clans bildeten? Vielleicht war es ihm auf gewisse Weise tatsächlich gelungen, den Tod zu überlisten.

Wenn Dracula wirklich nach dem Selbstmord seiner ersten Frau durch den Fluch gegen Gott und seinen frevelhaften Bund mit dem Teufel zum Vampir geworden war, dann war es auch erklärlich, warum man noch heute seine Nachkommen durch Kruzifixe und Weihwasser bannen und sich in jeder Kirche vor den Blutsaugern in Sicherheit bringen konnte.

So viele spannende Fragen. Ob er auf dieser Reise Antworten finden würde?

Professor Vámbéry sprach weiter und Bram richtete seine Aufmerksamkeit wieder auf seine Erzählung.

»Solange Vlad Ţepeş zwischen den Türken und dem christlichen

Kaiserreich stand, konnte König Corvinus ein wenig aufatmen. Es dauerte sogar noch fünfzig Jahre, bis Sultan Süleyman I. König Ludwig II. auf ungarischem Boden vernichtend schlug. Der König starb auf der Flucht und Ungarn stand ohne Führer da, den Türken auf Gedeih und Verderben ausgeliefert. Zwar belagerten die Türken Wien in diesem Jahr erfolglos. Buda dagegen eroberten sie in einem Handstreich und wandelten diese Kirche in ihre Hauptmoschee um. Fast einhundertfünfzig Jahre lang war dieses Gotteshaus Büyük Camii, die große Moschee. Die Türken haben die gesamte Einrichtung zerstört, sämtliche Heiligenfiguren geköpft und die Wände weiß übermalt. Erst 1686 – nachdem Wien von seiner zweiten Belagerung durch die Türken errettet worden war – wurde auch Buda durch die heilige Liga befreit und die fast völlig zerstörte Kirche den Jesuiten übergeben.«

Die Männer setzten ihren Rundgang durch die Kirche fort. Die Spuren der Türken konnte man am Marientor noch sehen. Ansonsten hatte der barocke Wiederaufbau die alten Wunden überdeckt. Bram stieg hinunter in die Krypta, wo der steinerne Sarkophag mit den Gebeinen der ungarischen Könige des Mittelalters stand. Verblüfft blieb er stehen.

»Das ist ja seltsam«, stieß er aus. Mit gerunzelter Stirn näherte er sich der Nische, die seine Aufmerksamkeit erregt hatte.

»Was haben Sie entdeckt?«, erkundigte sich van Helsing, der mit Professor Vámbéry näher trat.

»Hunde? Hier unten in der Krypta?«, wunderte sich van Helsing, als er sehen konnte, worauf Bram deutete.

Dieser trat vorsichtig näher und ließ sich dann in die Hocke sinken.

»Fünf Hunde und zwei Katzen. Sie liegen so eng aneinander, dass sie wie ein einziges Fellknäuel wirken«, sagte Bram und schüttelte den Kopf.

»Irgendjemand mit seltsamem Humor hat die toten Tiere hier heruntergebracht«, meinte Professor Vámbéry.

Bram streckte seine Hand aus und strich über braunes, graues und schwarz geflecktes Fell. »Sie sind nicht tot. Sie schlafen nur fest. Sehen Sie, die Tiere atmen eindeutig.«

Van Helsing kniete sich neben ihn und löste vorsichtig eine der Katzen aus dem Gewirr von Körpern. Sie öffnete träge die Augen, versuchte aber nicht, wegzulaufen. Stattdessen riss sie ihr Maul auf und gähnte herzhaft. Van Helsing trug sie ins Licht und untersuchte ihr Fell am Hals, bis er fand, was er suchte. Er stieß einen Pfiff aus.

»Was haben Sie entdeckt?«, erkundigte sich Bram.

»Sehen Sie selbst und sagen Sie mir, was das ist.«

Bram starrte auf die beiden kleinen Wunden, die ihm schrecklich vertraut schienen, nur dass er sie bislang noch nicht an fellbedeckten Körpern gesehen hatte.

»Vampirbisse«, sagte er leise.

»Das ist nicht möglich«, protestierte Professor Vámbéry. »Nicht hier in der Kirche.«

»Überzeugen Sie sich selbst«, forderte ihn van Helsing auf.

Sie untersuchten jeden der Hunde und Katzen. Alle waren sichtlich geschwächt und jedes der Tiere trug die verdächtigen Male am Hals.

»Das bedeutet, sie können den Bann der Kirche inzwischen überwinden? Das ist erschreckend«, sagte Ármin Vámbéry, als sie zu ihrer wartenden Kutsche zurückkehrten.

»Oder die Tiere sind erst danach in die Kirche gelaufen, um dort Zuflucht zu finden«, schlug Bram vor. »Vielleicht riet ihnen ihr Instinkt, sich dort zu verstecken.«

»Möglich«, gab van Helsing zu. »Aber warum vergreifen sie sich an Tieren, in einer Stadt, in der es mehr als genug Menschen gibt?«

Darauf wusste keiner der drei eine Antwort. Schweigend brüteten sie vor sich hin, bis die Kutsche sie zum Bahnhof zurückgebracht hatte. Sie entlohnten den Kutscher und stiegen wieder in ihr Abteil. Die Lokomotive war inzwischen ausgetauscht worden, der Kohlenwagen gefüllt. Der Kessel stand bereits unter Druck und die Heizer schaufelten fleißig, um die Flammen mit Nahrung zu versorgen. Es konnte nicht mehr lange dauern, bis ihre Fahrt fortgesetzt wurde.

Bram lehnte sich in seinem Sitz zurück und ließ den Blick träge über den Bahnsteig schweifen.

»Ich stelle mir vor, dass es unsere jungen Vampire waren, die während des Tages Zuflucht in der Kirche gefunden und sich statt an Menschen an Tieren gesättigt haben«, sagte er. »Klingt das lächerlich?«

Die beiden Professoren sahen einander an, doch keiner spottete über den Gedanken.

»Es wäre möglich, wenn auch ein großer Zufall«, meinte van Helsing.

Ármin Vámbéry jedoch starrte nachdenklich vor sich hin. »Es würde zumindest erklären, warum sie in die Kirche konnten. Ich habe noch nie von einem Vampir in ganz Ungarn, Serbien oder Transsilvanien gehört, der in eine Kirche eingedrungen wäre.«

»Was bedeuten würde, dass die jungen Vampire der Clans mehr können als die alten und vielleicht auch Stärken haben, über die Dracula nicht verfügt«, sagte Bram nachdenklich und lächelte dann. »Das macht doch Hoffnung, nicht wahr?«

»Ja, vielleicht geht die Zeit des großen, alten Vampirs zu Ende«, meinte van Helsing. »Ich bin schon sehr gespannt auf seine Festung und auch auf ihn, wobei ich nicht weiß, ob wir uns wirklich wünschen sollen, ihm zu begegnen. Es könnte der letzte unserer Wünsche sein, der in Erfüllung geht! Und dennoch kommt es mir vor, als wäre das die Krönung all meiner Forschungen.« Es schauderte ihn.

»Wissen Sie, es klingt vielleicht albern, aber mich lässt das Gefühl nicht los, dass er uns bereits näher ist, als wir uns vorstellen können.«

AN DER SCHWELLE ZU TRANSSILVANIEN

Latona machte sich auf, um das Haus am Rabensteig noch einmal zu besuchen. Sie hatte sich vorgenommen, ein paar Tage verstreichen zu lassen, an denen sie sich vorbildlich benahm, doch sie hielt es nicht aus. Die Baronin behandelte sie schon am nächsten Tag wieder freundlich, als sei nichts geschehen, und bedachte sie mit einem Lächeln, wenn sie mit ihr sprach.

Wie lieb von ihr, ihr zu verzeihen und den Vorfall zu vergessen. Umso schwerer fiel es Latona, noch einmal gegen die Regeln guten Benehmens zu verstoßen. Dieses Mal bereitete sie sich allerdings besser vor. Sie erfand einen Besuch bei Freunden aus England und nahm notgedrungen Marla mit. Es kostete sie einiges an guten Worten und Geschenken, sich ihres Schweigens zu versichern, wobei sie natürlich nicht vorhatte, Marla mit ins Haus zu nehmen oder ihr etwas von seinen Bewohnern zu erzählen. Nein, für sie hatte sie sich eine Geschichte ausgedacht, die man einem Wiener Mädchen am ehesten abnehmen würde: dass sie mit einem jungen Mann eine Weile in aller Verschwiegenheit alleine sein wollte. Marla machte große Augen, versprach aber ihre Unterstützung.

Latona konnte nur hoffen, dass diese Lüge keinem der Scheys jemals zu Ohren kam. Nein, das würden sie ihr vermutlich nicht verzeihen. Aber immer noch besser, als von den Vampiren und Werwölfen zu erfahren, die unter ihnen hausten. Wobei sie an deren Existenz ja nicht einmal glaubten. Das hatten sie bei ihrem gemeinsamen Abendessen im Grand Hotel deutlich zum Ausdruck gebracht.

Latona verließ die Kutsche am Fuß des Stephandoms und schärfte Marla ein, sie dort in einer Stunde wieder zu erwarten.

»Nur eine Stunde?«, sagte das Kammermädchen mit vor Spott sprühendem Blick. »Das ist nicht lang für ein rechtes Stelldichein!«

Latona sah sie scharf an. »Was willst du mir unterstellen?«

Marla war klar, dass sie zu weit gegangen war. Solche Reden standen einem Kammermädchen nicht zu. »Ich wollte gar nichts. Ich meine, lassen Sie sich so lange Zeit, wie Sie möchten. Der Fiaker und ich werden da sein und auf Sie warten. Und niemand wird je ein Sterbenswörtchen aus meinem Mund erfahren.«

Das hatte sie nun davon, dass sie Geheimnisse mit Dienstboten teilte. Man machte sich von ihnen abhängig und nur allzu schnell meinten sie, sich Stück für Stück Freiheiten herausnehmen zu können. Zum Glück war Marla nicht ihr Mädchen und der Besuch bei den Scheys würde nicht ewig dauern.

Latona bedachte das Kammermädchen noch einmal mit einem Blick, der hoffentlich unnachgiebige Strenge ausdrückte, und ging dann davon. Mit klopfendem Herzen kam sie am Geisterhaus an und pochte an die Tür.

Wieder war es Hindrik, der ihr öffnete. »Latona, treten Sie ein. Was wünschen Sie?« Er führte sie die Treppe hinauf in den Salon, wo sie den Werwolf in Menschengestalt und die junge Vampirin antraf.

»Sehen, wie es Seymour geht«, beantwortete sie Hindriks Frage.

»Was für eine freundliche Geste«, begrüßte sie Seymour, der ihr entgegenhumpelte.

»Geht es deinem Bein schon so viel besser? Ich dachte, es sei an mehreren Stellen gebrochen.«

Seymour ließ ein breites Grinsen sehen. »Auch wir Werwölfe verfügen über Selbstheilungskräfte und Magie, wenn auch nicht in dem Maß wie ein Vampir«, musste er einräumen. »Und die Wandlung im Licht des Vollmondes hat das Ihrige dazu beigetragen.«

»Trotzdem solltest du das Bein erst belasten, wenn die Knochen sauber zusammengewachsen sind«, mahnte Hindrik. »Ich schätze, Ivy legt keinen Wert auf einen humpelnden Wolf als Beschützer.«

Seymour zeigte ihm die Zähne, ließ sich aber wieder auf das verstaubte Kanapee fallen.

»Ich wollte ja nur schnuppern, ob Latona mir ein Stück rohes Fleisch als Gastgeschenk mitgebracht hat.«

Sie sah ihn überrascht an. »Hätte ich das tun sollen? Ich wusste ja nicht … Ich meine, frisst du Menschenfleisch?«

Seymour lachte heiser. »Es gibt durchaus Werwölfe, die am frischen Fleisch von Menschen Geschmack gefunden haben. Ich dachte eher an ein Stück Rindfleisch.«

»Das du heute schon bekommen hast«, erinnerte Hindrik. »Wichtiger erscheint mir die Frage, ob Latona etwas von unseren Reisenden gen Osten gehört hat?«

Latona nickte und zog einen zusammengefalteten Zettel aus

ihrer Tasche. »Bram hat mir aus Budapest telegrafiert, wo ihr Zug einige Stunden Aufenthalt hatte. Sie sind also wohlauf und schon weit vorangekommen. Von den drei Fledermäusen haben sie nichts gehört und gesehen. Und sie wissen auch nicht, wo sich Dracula mit seiner Beute im Moment befindet. Er kann auf der Donau reisen, mit der Kutsche oder auch mit dem Zug. Ja, vielleicht hat auch er sich in einen Wolf oder eine Fledermaus verwandelt.«

Seymour schüttelte den Kopf. »Nein, das kann er nicht. Oder besser gesagt, er kann Ivy nicht gegen ihren Willen wandeln. Und sie wird ihm kaum den Gefallen tun, seine Reise zu beschleunigen. Solange sie ihm Widerstand leistet, ist er gezwungen, ihren Geist zu lähmen, um sie zu kontrollieren und an einer Flucht zu hindern. Ich habe wieder und wieder versucht, sie zu erspüren und Kontakt mit ihr aufzunehmen. Sie antwortet nicht. Ja, ich weiß nicht einmal ungefähr, wo sie sich aufhält.«

Latona hörte die Verzweiflung in seiner Stimme. Er musste seine Schwester sehr lieben.

»Vielleicht ist sie einfach zu weit weg?«, meinte Hindrik. »Hast du dich jemals über solche Entfernungen hinweg eurer geistigen Verbindung bedient? Ihr klebt doch sonst stets wie die Kletten aneinander.«

Seymour wiegte den Kopf hin und her. »In den Zeiten der Akademie schon. Da musste ich sie ja beschützen. Früher jedoch, als ich mit den Werwölfen durch die Moore gezogen bin und sie in Dunluce weilte oder mit unserer Mutter Tara durch das Land wanderte, haben wir uns auch über große Entfernungen hinweg verständigt. Ihr dürft nicht vergessen, in uns dreien fließt das magische Blut keltischer Druiden. Das hat nichts mit den Kräften zu tun, die die Wandlung zum Werwolf oder zum Vampir mit sich gebracht haben.«

Latona hörte interessiert zu, beobachtete dabei aber Clarissas Mienenspiel, das zwischen Neugier und Abscheu wechselte. Sie konnte und wollte sich noch nicht auf ihr neues Dasein einlassen, obwohl sie sich der Faszination dieser magischen Wesen nicht völlig entziehen konnte.

Hindrik und Seymour begannen zu überlegen, wie sie doch noch helfend eingreifen könnten, verwarfen ihre Einfälle aber einen nach dem anderen. Es war zu spät, die Reisenden einzuholen. Außerdem würde sich Seymours Genesung noch eine Weile hinziehen. Und Hindrik durfte Clarissa nicht alleine lassen.

Verstohlen ließ Latona ihren Blick auf der Tochter aus dem Haus Todesco ruhen. Es gab so viele Fragen, die sie umtrieben. War das nicht die Gelegenheit, Antworten zu bekommen? Sie erhob sich und nahm auf dem Stuhl ihr gegenüber Platz.

»Clarissa, darf ich dich etwas fragen?«

Als sie die Lider hob, war in ihrem Blick solch ein Feuer, dass Latona erschrak. »Oh, ist es in Ordnung, wenn wir du sagen?«

Clarissa schnaubte. »Meinst du, in meinem neuen Dasein sind solche Höflichkeitsformen noch wichtig? Soweit ich mitbekommen habe, ist mein Streben von nun an darauf ausgerichtet, durch die nächtliche Stadt zu streifen und das Blut ahnungsloser Menschen zu trinken!«

Latona erschrak über so viel Verbitterung. »Dann wolltest du die Wandlung nicht?«

»Es hat mich keiner gefragt!«, schleuderte ihr Clarissa entgegen. »Außerdem kann ich mir nicht denken, dass jemand so etwas freiwillig über sich ergehen ließe!«

Latona lächelte in Erinnerung an Malcolm und seinen Biss. »Ich würde mich jederzeit verwandeln lassen, wenn ich dadurch für immer an Malcolms Seite bleiben könnte.«

Clarissa starrte sie an. »Du hast dich in einen Vampir verliebt? Du hast mein volles Mitgefühl. Lauf weg, solange du noch kannst.«

»Ganz im Gegenteil«, sagte Latona steif. »Ich werde mich auf die Suche nach Malcolm machen, sobald ich hier meine Versprechen eingelöst habe. Wir haben uns Liebe und Treue geschworen.«

»Ja, das haben Luciano und ich auch. Dabei hat er allerdings vergessen, zu erwähnen, dass es nur mein Blut ist, das er so heiß und innig liebt, und er mich lieber auf seinem Tisch als bei einem gemeinsamen Leben an seiner Seite sieht.«

Hasserfüllt schleuderte sie die Worte heraus. Wie tief musste sich Clarissa verletzt fühlen. Sie glaubte, ihr Liebster habe sie verraten, doch Latona ahnte, wie stark die Leidenschaft in einem jungen Vampir aufwallen konnte, sodass er gegen seinen Willen die Beherrschung verlieren musste. Auch Malcolm hätte sie fast getötet, wäre Bram nicht rechtzeitig aufgetaucht, und dennoch wollte sie Malcolm nicht für seine Leidenschaft verurteilen, die in seiner Natur als Vampir lag. Sie liebte ihn. Liebe hieß auch, zu verzeihen und den anderen so anzunehmen, wie er eben war. Und wenn die einzige Möglichkeit, bei ihm zu bleiben, darin bestand, ebenfalls zum Vampir zu werden, dann musste sie diesen Weg gehen. Sie sah wieder zu Clarissa, deren ganzer Körper ihr Leiden ausdrückte.

»Dass er dich gebissen hat, heißt nicht, dass seine Schwüre zuvor eine Lüge waren«, sagte sie behutsam.

Clarissa schnaubte. »Woher willst du das wissen? Er hat mich geblendet und meine Unschuld ausgenutzt, und dann hat er mein Blut getrunken.«

»Wenn es so war, warum hat er dich dann nicht einfach sterben lassen?«

Clarissa zuckte mit den Schultern. »Hindrik hat mir gesagt, dass einige der Clans sich unreine Vampire als ihre Diener erschaffen.«

Latona nickte. »Schon möglich. Hat Luciano dich wie eine Dienerin behandelt, als du nach deiner Wandlung erwachtest? Oder ist er abfällig mit dir umgegangen, hat dich gar ignoriert?«

Widerstrebend musste Clarissa jeden Punkt verneinen.

»Und warum zweifelst du dann an der Aufrichtigkeit seiner Liebe?«

Die junge Vampirin überlegte. Die Abscheu war aus ihrer Miene gewichen, doch Latona spürte Verzweiflung.

»Wenn er es aufrichtig meint, wie kann er mir das antun, ohne mich zu fragen? Er hat mir nicht gesagt, dass er ein Vampir ist. Ja, ich habe ihm versprochen, mit ihm nach Rom zu gehen, aber doch nicht so! Ich werde niemals wieder die Sonne sehen. Und ich kann meine Familie nicht um Verzeihung bitten. Luciano hat mich umgebracht. Wie kann ich ihn da noch lieben? Ihm gar noch einmal vertrauen?«

Latona ließ die Worte in sich nachklingen. Ganz unrecht hatte Clarissa nicht. Und dennoch unterstellte sie Luciano keine bösartige Täuschung. Wie hätte er sich ihr nähern sollen und ihr sogleich die Wahrheit offenbaren? Nur wenige Mädchen waren mit Vampiren so vertraut wie Latona! Was man ihm vorwerfen konnte, war, dass er seine Kraft, sich zu beherrschen, falsch eingeschätzt hatte.

»Was denkst du? Warum schweigst du jetzt?«, setzte Clarissa nach.

»Ich meine, du solltest tief in dich gehen und sehen, ob die Gefühle, die du für Luciano empfunden hast, noch da sind. Wenn du ihn noch liebst, dann gib ihm eine zweite Chance, denn vielleicht waren es nur seine Jugend und seine wilde Natur, die ihn die Beherrschung verlieren ließen. Er wollte dir keinen Schaden zufügen.«

Clarissa beugte sich vor und sah Latona mit weit aufgerissenen Augen an. »Aber was hat er sich dabei gedacht, als er davon sprach, mich mit zu seiner Familie nach Rom zu nehmen? Hat er etwa geglaubt, ich könne als Mensch unter Vampiren leben? Du schüttelst den Kopf. Das bedeutet, dass er schon damals vorhatte, mich zu einem der ihren zu machen!«

»Sprich mit ihm, wenn er zurück ist. Lass es ihn erklären. Er wollte es sicher nicht ohne dein Wissen und gegen deinen Willen tun – zumindest Malcolm würde nicht so handeln. Ich kenne deinen Luciano nicht. Ich kann seinen Charakter nicht beurteilen.«

Clarissa hob die Arme und ließ sie dann wieder fallen. »Wenn er wenigstens hier wäre und ich ihm all die Gedanken, die mich quälen, ins Gesicht schreien könnte. Aber er zieht es vor, nach Siebenbürgen zu reisen, um ein anderes Mädchen zu erretten. Mich lässt er in all dem Schmerz alleine. Und ich sage dir, egal, was du in deinem Leben schon erlitten hast, was Schmerz ist, weißt du erst, wenn du dich verwandelst!«

Den letzten Teil verdrängte Latona schnell. Über die Schmerzen, die sie erwarteten, wenn sie Malcolms Ruf folgte, wollte sie lieber nicht nachdenken. Sonst verlor sie womöglich den Mut. Der erste Teil lockte allerdings ein Lächeln auf ihre Lippen.

»Ich wüsste nicht, was es darüber zu spotten gibt«, sagte Clarissa böse.

»Oh nein, du missverstehst mich, ich spotte nicht. Aber ich höre Eifersucht aus deinen Worten. Rührt ein Teil deines Zorns auf

Luciano vielleicht daher, dass du argwöhnst, er könne Gefühle für Ivy empfinden, die du alleine für dich beanspruchst? Dann kann ich dich beruhigen. Alisa, Franz Leopold, Ivy und Luciano sind Freunde, die füreinander einstehen. Deshalb ist er jetzt fort, um Ivy zu retten. Ich finde, das spricht für seinen Charakter. Dazu sind Freunde da, dass sie sich immer und überall aufeinander verlassen können! Denke darüber nach, ehe du ihm seine Treue und seinen Mut zum Vorwurf machst.«

Clarissa schwieg und ihre Züge glätteten sich. Sehnsucht schwang in ihrer Stimme, als sie endlich wieder sprach. »Ich würde mich ja gerne mit ihm aussprechen, wenn er nur endlich zurückkehrte.«

Sie stießen beide einen Seufzer aus. »Geduld ist auch nicht meine Stärke«, gab Latona zu. »Aber ich fürchte, im Moment ist das unser beider Schicksal.«

Wieder dachte Clarissa eine Weile nach. Ihre Stirn legte sich in Falten und glättete sich wieder. »Weißt du, was ich seltsam finde? Dass hier zwei Vampire, ein Werwolf und ein Mensch so friedlich, ja wie in Freundschaft zusammensitzen, ohne dass etwas Schreckliches passiert. Obgleich ich zugeben muss, dass mich der Geruch deines Blutes durcheinanderbringt und mein Hunger stetig zunimmt.«

Latona erhob sich. Draußen schlug schon die Domuhr die nächste Stunde. »Dann gehe ich jetzt lieber, ehe ich dich zu etwas verleite, was du eigentlich nicht möchtest – und ich offen gestanden auch nicht!«

Clarissa sprang auf und streckte den Arm nach ihr aus.

»Latona, kommst du wieder? Ich bitte dich. Ich habe das Gefühl, du verstehst mich. Du bist nun meine einzige Freundin, mit der ich offen sprechen kann.«

Latona nickte. »Ja, ich komme wieder, sobald mir eine neue Ausrede einfällt. Und dann bringe ich Seymour einen schönen, blutigen Rinderbraten mit.«

Der Werwolf zeigte seine spitzen Zähne. »Eine gute Idee!«

*

Am Morgen änderte sich die Landschaft unter ihnen. Die Ebene wurde welliger, die Bodenwellen zu Hügeln und schließlich zu Bergen. Die drei Erben wussten nicht, wo sie sich befanden, doch immerhin lag das ungarische Tiefland nun endgültig hinter ihnen. Vermutlich hatten sie die Grenze des ungarischen Stammlandes bereits überflogen und befanden sich am Rand von Siebenbürgen oder Transsilvanien – dem Land jenseits der Wälder.

Alisa versuchte noch einmal Kontakt mit dem führenden Abendsegler aufzunehmen, um zu erfahren, wo sie den Tag über Schutz zu finden gedachten. Die Antwort war eine Mischung aus Bildern, Gefühlen und Worten.

Es gibt hier Höhlen, meldete sie Luciano und Franz Leopold weiter. *Lasst uns nach einer Ausschau halten, die groß genug ist für unsere Rückverwandlung.* Als es zu dämmern begann, konnten sie einen hohen Berggrat vor sich ausmachen, der fast bis zu seinem Gipfel bewaldet war. Nur die letzten Spitzen ragten als graue Felsen in die Höhe. Dort in den Wänden entdeckten sie unregelmäßig geformte Löcher und Spalten, auf die der Schwarm der Abendsegler zuhielt. Die Höhlen waren perfekt geschützt – schnitten sie aber auch von jeder Nahrungsquelle ab.

»Wie gut, dass wir uns unterwegs an den Rindern gestärkt haben«, meinte Alisa, als sie sich für eine Höhle entschieden und sich im Innern in ihre menschliche Gestalt zurückverwandelt hatten. Neugierig sah sie sich um. Immer mehr Fledermäuse flogen durch den Spalt herein, suchten sich einen passenden Felsvorsprung, hakten ihre scharfen Krallen fest und ließen sich kopfüber fallen. Sie schlangen ihre ledernen Schwingen um ihre Körper und schlossen die Augen. Alisa konnte nicht sagen, ob sie richtig schliefen oder nur ruhten. Jedenfalls waren ihre Sinne auch bei Tag geschärft, sodass sie jederzeit die Flucht ergreifen konnten. Darin waren sie gegenüber den Vampiren in ihrer Todesstarre im Vorteil. Allerdings waren auch die Fledermäuse bei Tag größeren Gefahren durch ihre Feinde ausgesetzt. Schreckte man sie aus dem Schlaf und zwang sie, ins Freie zu flüchten, waren sie im grellen Sonnenlicht ihren Fressfeinden hilflos ausgeliefert. Ihr feines Echosystem nützte ihnen gegen die scharfen Augen eines Greifvogels nicht viel. So waren auch die Fledermäuse darauf angewiesen, schon bei der Wahl ihrer Quartiere darauf zu achten, dass ihre Ruhe möglichst nicht gestört wurde.

Während die Schatten im Tal zu weichen begannen, saßen die drei Vampire noch ein wenig beisammen.

»Habt ihr euch schon einmal überlegt, wie wir vorgehen, wenn wir Draculas Festung erreichen?«, fragte Alisa.

»Wir machen uns erst einmal ein Bild von der Lage«, meinte Franz Leopold.

»Ja, es kommt darauf an, dass wir unsere Vorteile erkunden, ohne von jemandem bemerkt zu werden«, ergänzte Luciano. »Ich weiß ja nicht, wer sonst so auf der Festung haust, aber wir können davon ausgehen, dass alle dort oben in irgendeiner Weise Dracula verbunden sind und ihm Bericht erstatten werden.«

»Und was sind unsere Vorteile, außer dass wir es vielleicht schaffen, unbemerkt zu bleiben?«, wollte Alisa wissen. »Wir haben nichts, keine Waffe oder mächtige Magie, mit der wir gegen ihn antreten können. Und wir haben keine Ahnung, über welche Fähigkeiten er verfügt.«

»Ja, Waffen wären nicht schlecht«, meinte Luciano. »Ein paar von den silbernen Klingen, die ihr in eurem Palais im Fechtraum ausgestellt habt, würden uns jetzt schon gut tun.«

»Und wie hättest du sie mitgenommen? Eine Fledermaus mit einer Degenklinge quer im Maul? Eine interessante Vorstellung«, konterte Franz Leopold.

»Praktisch wäre es dennoch«, meinte Luciano. »Was also können wir dann verwenden? Vielleicht gibt es in seiner Burg Waffen, an die wir irgendwie herankommen können.«

Alisa schüttelte den Kopf. »Ich glaube nicht, dass es ratsam ist, sich auf einen Kampf mit blanken Klingen einzulassen. Ich fürchte, nicht einmal Leo könnte es mit ihm aufnehmen.«

»Du meinst, er ist ein besserer Fechter als unser Dracas hier?«, hakte Luciano nach.

»Ich glaube, dass er sich nicht auf einen fairen Fechtkampf einlassen würde«, widersprach Alisa. »Nein, ich denke, er greift zu anderen Mitteln. Wenn er Ivy so einfach gegen ihren Willen entführen kann, müssen wir darauf gefasst sein, dass er unerhörte geistige Kräfte besitzt. Und genauso ist es möglich, dass er schneller und stärker ist und die Verwandlung in allerlei Wesen besser beherrscht als wir.«

»Und? Willst du damit sagen, dass wir es bleiben lassen sollen? Willst du umkehren?« Franz Leopold sah sie vorwurfsvoll an.

Alisa schüttelte den Kopf. »Nein, das nicht. Ich will nur, dass wir uns der Stärke unseres Gegners bewusst sind und uns ihm nicht leichtfertig ausliefern.«

Die drei brüteten eine Weile schweigend vor sich hin, doch es wollte ihnen kein rechter Plan einfallen.

»Wir gehen also davon aus, dass er, weil er unser aller Stammvater und noch dazu mehrere Hundert Jahre alt ist, alles besser und schneller kann als wir«, murmelte Luciano und legte die Stirn in Falten.

Alisa hob nur hilflos die Schultern. »Ja, es wird schwer genug sein, unsere Witterung vor ihm zu verbergen. Das könnte das Erste sein, was ihn anspringt, wenn er sich seiner Festung nähert.«

»Er ist älter und hat mehr Erfahrung, und dennoch glaube ich, dass die Nosferas ihm überlegen sind«, beharrte Luciano. Alisa sah ihn verwundert, Franz Leopold spöttisch an.

»Ausgerechnet die Nosferas? Leidest du an so etwas wie Höhenkoller oder verwirrt sich dein Geist angesichts der übermächtigen Gefahr? Solch haltlose Behauptungen bringen uns nicht voran.«

»Was ich sage, ist überhaupt nicht haltlos«, ereiferte sich Luciano. »Ich habe lediglich über die Clans und ihre Entwicklung nachgedacht und da fiel mir ein, dass der Haupttrumpf der Menschen im Kampf gegen Vampire schon seit jeher ihre heiligen Symbole und Gegenstände waren. Selbst in Hamburg, wo die Menschen mehr an die Macht des Geldes und der Börse glauben als an die Kirche, haben Kruzifix und Weihwasser ihre Macht über die Vamalia behalten. Wie viel mehr muss es dann in einem rückständigen Land wie Transsilvanien zutreffen, wo die Menschen noch jeden Sonntag in tief verwurzeltem Glauben in den Gottesdienst gehen? Ich sage euch, wir Nosferas sind die Einzigen, die es geschafft haben, die Macht der Kirche über uns Vampire zu überwinden. Warum dies gerade an dem Ort geschehen konnte, den die Christen für das

Zentrum ihres Glaubens halten, können wir nicht erklären, obgleich ich ahne, was der Grund dafür ist. Rom ist die Stadt mit den meisten Kirchen und Ordenshäusern und dem wenigsten reinen Glauben. Gier und Machthunger haben die wahre Lehre ersetzt und uns Nosferas so die Möglichkeit gegeben, ihre heiligen Symbole, die sie selbst entheiligt haben, zu überwinden.«

Alisa und Franz Leopold starrten ihn überrascht an.

»Die Überlegung ist nicht dumm«, gab der Dracas zu. »Nur, wie kommen wir an unsere heiligen Waffen heran?«

»Es gibt in Siebenbürgen sicher genug Kirchen«, wandte Alisa ein.

Doch bevor sie eine Lösung für ihre Schwierigkeiten gefunden hatten, stieg die Sonne empor und der Fluss ihrer Gedanken erlahmte. Die drei Vampire rollten sich auf dem steinernen Höhlenboden zusammen und verfielen in Todesstarre.

*

Ein Rumpeln und Schütteln drang in Ivys Geist. Es war irgendwann zwischen Mitternacht und den frühen Morgenstunden, so viel wusste sie, und es war völlig dunkel um sie herum, auch das war ihr bewusst, ohne dass sie die Lider hob. Aber was war das für ein Geräusch und warum vibrierte alles um sie herum? Gab es dieses Dröhnen nur in ihrem Kopf?

Ivy versuchte sich zu konzentrieren. Das war nicht so einfach. Alles um sie floss auseinander, ging weich und ohne Konturen ineinander über. Selbst ihr Körper schien eins mit seiner Umgebung zu sein, eingehüllt in einen Kokon aus Finsternis. Nebelschwaden, die sie wie klebrige Fäden eines Spinnennetzes einhüllten.

Der Schatten war ganz nah, doch konzentrierte er sich im Augenblick auf etwas anderes und bemerkte nicht, wie seine Umklammerung nachließ. Ivy versuchte die Nebel zu vertreiben und ein klares Bild zu bekommen. Von sich selbst und von ihrer Umgebung. Wo war sie?

Ihr Geist floss zäh wie Honig. Es schien, als könne sie zusehen, wie ihre Gedanken sich zu Tropfen formten und sich dann langsam in den Bahnen ihres Geistes auf den Weg machten.

Sie hörte und roch Pferde. Es waren die vier schwarzen Rösser, die in Wien Draculas Kutsche gezogen hatten. So weit, so gut. Ihre Hand fühlte den samtigen Stoff der Polster unter ihr. Das Bild der schwarzen Kutsche des Meisters nahm in ihrem Kopf Gestalt an. Doch etwas daran war falsch. Sie reisten nicht mit dem Vierspänner über die Landstraße. Die Geräusche und das Vibrieren passten nicht dazu, und dann war da noch diese Barriere, die sie von allen Seiten umschloss und sie zu ersticken drohte. Das Wiehern der Pferde klang dumpf und wurde von etwas Undurchdringlichem zurückgeworfen. Ein schrilles Pfeifen erklang.

Natürlich, die Eisenbahn! Er hatte die Kutsche samt Pferden in einem Zugwaggon untergebracht. So konnten sie Tag und Nacht reisen, ohne an den Lauf der Sonne gebunden zu sein. Das war die Lösung. Ivy konzentrierte sich wieder und richtete ihren Geist auf die Richtung, in der sich der Zug bewegte. Osten. Ja, sie fuhren nach Osten. Wollte er sie also tatsächlich zu seiner Fluchtburg in den Karpaten bringen, um mit ihr eine neue Blutlinie zu gründen? Um Vampire zu zeugen, die den alten Clans überlegen waren durch das in ihr vereinte Blut der Druiden, der Werwölfe und der alten Vampire Irlands, die es schon zu Vlad Ţepeş' Lebzeiten gegeben hatte? Es war verrückt und abscheulich. Nein, diesen Plänen würde Ivy nicht dienen. Eher würde sie sich im Schein der aufgehenden Sonne von den höchsten Zinnen der Festung in die Schlucht des Argeş stürzen! Das Bild einer schönen, jungen Frau tauchte vor ihr auf, das Gesicht in Verzweiflung verzerrt. Sie kletterte auf die grauen Steinzinnen, hob die Hände zum Gebet und warf noch einen letzten Blick in den morgenlichten Himmel. Dann sprang sie.

Verblüfft hielten Ivys Gedanken bei diesem Bild inne. Wessen Erinnerung war das? Nicht ihre eigene jedenfalls. Nein, so wollte sie nicht enden. Ehe sie sich geschlagen gab und ihr Dasein mit eigener Hand beschloss, wollte sie kämpfen und nichts unversucht lassen, sich aus Draculas Griff zu befreien.

Zaghaft tasteten ihre Gedanken weiter. War sie dabei auf sich alleine gestellt oder konnte sie auf Hilfe hoffen?

Ivy forschte nach Seymour. Sie war es gewohnt, seinen Geist auch über große Entfernungen hinweg zu finden und sich mit ihm zu verbinden. Sie ließ ihre Gedanken wandern. Es überraschte Ivy nicht, ihn nicht in ihrer Nähe zu spüren, dennoch schmerzte es sie. Wie tröstend wäre es gewesen, ihn bei sich zu haben. Aber vielleicht war es gut für ihn, nicht in Draculas Reichweite zu sein. Der Meister hatte ihr unmissverständlich klargemacht, dass er nicht zögern würde, Seymour zu töten, sollte er ihm in die Quere kommen.

War er noch in Wien? Ivy versuchte sich darauf zu konzentrieren. Ihre Gedanken flogen weit zurück über die Lande, bis sie die prächtige Hauptstadt der Habsburger erreichten. Sie streifte den vertrauten Geist. Doch was war das? Er war schwach und litt Schmerzen. Er lag in seiner menschlichen Gestalt in einem Bett, sein Bein dick verbunden. Was war nur geschehen, nachdem sie ihn fortgeschickt hatte?

Seine Erinnerungen verbanden sich mit den ihren. Flammen schlugen über ihr zusammen. Dichter Qualm drang ihr in die Lunge und raubte ihr den Atem. Sie keuchte und hustete. Die Hitze um sie kräuselte ihr Haar. Sie sah Alisa, Luciano und Franz Leopold mitten in der Flammenhölle. Sie hörte Menschen in Todesangst und Schmerz schreien. Was um alles in der Welt war in Wien geschehen?

Ivy!

Ja, ich bin hier, antwortete sie ihm. *Was ist nur passiert? Ich konnte das Feuer sehen und deine Qualen spüren. Was ist mit unseren Freunden? Sie waren dort. Seymour, was ist geschehen?*

Der Schatten ihr gegenüber bewegte sich. Wie eisige Finger griff sein Geist nach ihren Gedanken und kappte die Verbindung zu ihrem Bruder.

»Ah, meine Schöne ist erwacht und hat sofort ihren Geist in die Ferne schweifen lassen. Nein, wie ungezogen!«

Ein heißer Strahl flammte in ihrem Inneren auf und der Schmerz ließ Ivy unwillkürlich aufschreien.

»Wenn es nicht sehr schmerzhaft für dich werden soll, dann musst du dir eines merken: Schon zu meinen Lebzeiten war mein Motto ›Mein Volk muss mich nicht lieben, es muss mich fürchten – so sehr, dass es mir bedingungslos die Treue hält.‹ Vergiss das nie.

Nichts ist schlimmer als Verrat. Nichts verfolge ich erbarmungsloser! Manches Mal dauert es, bis mir das rechte Mittel in die Hand gegeben wird. Dann warte ich, mein Ziel vor Augen. Ich warte geduldig, bis meine Zeit gekommen ist, die Strafe zu vollstrecken. Gnade gibt es nicht. Merke dir, Ivy, ich vergesse und verzeihe niemals.«

SCHÄSSBURG

Ármin Vámbéry breitete eine Landkarte auf dem freien Sitz neben ihnen aus.

»Morgen Abend erreichen wir Schäßburg. So weit ich informiert bin, haben wir einige Stunden Zeit, ehe der Zug weiter nach Kronstadt fährt, wo wir ihn dann verlassen und uns nach einer Kutsche umsehen müssen. Wir haben also Zeit, uns das Städtchen Schäßburg oder Sighişoara, wie es jetzt heißt, anzusehen, was Sie interessieren müsste, Mr Stoker.«

»Weshalb?« Bram setzte sich auf. Er war ein wenig in seine Träumereien abgedriftet. Ivys Bild stand ihm so deutlich wie lange nicht mehr vor Augen. Es war verrückt, absolut verrückt, und dennoch wäre er in diesem Augenblick bereit gewesen, ihr alles zu schwören. Alles zu geben, um sie aus den Händen Draculas zu befreien.

Alles? Was war das schon?

Nun ja, immerhin hatte er mit Vampiren bereits einige Erfahrung gesammelt. Doch konnte er deshalb gegen den großen Meister, den Jahrhunderte alten Dracula antreten? Selbst wenn er es geschafft hatte, mit einem silbernen Stockdegen einen Vampir davon abzuhalten, Latona zu töten – Dracula würde ihm das Spielzeug vermutlich einfach aus der Hand nehmen. Bram unterdrückte einen Seufzer. Sowohl für seine Gesundheit als auch für sein Seelenheil war es eindeutig besser, diese wahnwitzige Idee zu begraben. Aber Ivys Blick hielt ihn fest und ließ ihn nicht mehr los.

Für einen Moment dachte er an seine Frau Florence daheim in London. Obgleich sein Freund Oscar Wilde sie ebenfalls heftig umworben hatte, war ihre Wahl auf Bram gefallen. Bereute sie ihre Entscheidung inzwischen? Sie hatte schon für seinen Einfall, Latona mit nach Wien zu nehmen, wenig Verständnis aufbringen können. Was würde sie sagen, wenn sie wüsste, dass er hier in Transsilvanien einem überirdisch schönen Vampirmädchen hinterherjagte? Nein, er war ihr kein guter Ehemann. Sie erwartete ihn längst in London zurück und musste sich fragen, was ihn so lange in Wien aufhielt. Er hatte ihr nicht einmal telegrafiert, um sie über seine weiteren Reisepläne zu informieren. Das schlechte Gewissen plagte ihn.

Die Ablenkung durch Professor Vámbéry kam Bram gerade recht. Er beugte sich vor und betrachtete die Landkarte von Siebenbürgen.

»Warum ausgerechnet Schäßburg?«

»Weil sich dort nach der Überlieferung um 1431 Vlad II. und seine Gemahlin Cneajna – eine Prinzessin aus dem Fürstentum Moldau – aufhielten. Es ist das Jahr, in dem Drăculea geboren wurde. Ich werde Ihnen das Haus in der Oberstadt zeigen, das als sein Geburtshaus gilt, wobei ich dafür nicht die Hand ins Feuer legen würde. Manche sagen, das Haus wurde erst einige Jahrzehnte später erbaut.«

»Warum in Schäßburg? Ich dachte, sein Vater sei wie er Woiwode der Walachei gewesen«, erkundigte sich Bram.

»Zu dieser Zeit lebte er im Exil in Siebenbürgen. Nur wenige Monate später stößt man in Nürnberg auf Spuren des walachischen Fürsten. Er wurde in den Drachenorden aufgenommen und nannte sich von da an Drăcul. Sein Sohn wurde übrigens schon mit zarten fünf Jahren ebenfalls in den Orden eingeführt.«

»Drăculea, Sohn des Drachen«, sagte van Helsing mit einem zustimmenden Nicken.

»Ja, oder auch Sohn des Teufels, wenn man die rumänische Bedeutung nimmt«, ergänzte der ungarische Professor.

»Es war die Zeit, da Sultan Murad II. wieder einmal mit Invasion drohte und Vlad Drăcul unter Druck setzte. Dem blieb nichts anderes übrig, als sich dem Sultan als Vasall zu unterwerfen, Tribut zu entrichten und ihm seine beiden jüngeren Söhne Vlad und Radu als Faustpfand zu überlassen. Sie wuchsen also als türkische Geiseln auf. Ich denke, das hat Vlads Charakter nachhaltig geprägt. Sie müssen wissen, über den Jungen schwebte ständig das Schwert des Henkers, um sie zu blenden oder zu töten, sollte ihr Vater auch nur einen Schritt in die falsche Richtung gehen und etwas tun, was dem Sultan nicht genehm war. In dieser Zeit begann Vlad nicht nur den Sultan abgrundtief zu hassen, er misstraute auch seinem Vater und verabscheute seinen Bruder, der sich den Türken anbiederte. Radu war es dann später auch, der das Heer des Sultans gegen Vlads Fluchtburg Poienari anführte und Erzsébet in den Freitod trieb.«

Die drei Männer schwiegen eine Weile, dann tippte der ungarische Professor wieder auf die Landkarte. »Aber ich wollte Ihnen ja noch ein wenig über Schäßburg erzählen. Seine Geschichte beginnt im zwölften Jahrhundert, als die deutschen Siedler von Rhein und Mosel nach Transsilvanien einwanderten, die noch heute fälschlicherweise als Siebenbürger Sachsen bezeichnet werden. Der ungarische König warb sie an, um seine Ostgrenze zu besiedeln und zu verteidigen. Bis dahin gab es hier in der Gegend nur kleine rumänische Dörfer und ein paar Ruinen aus römischer Zeit. Die Einwanderer machten sich sogleich daran, das Land zu befestigen, wie sie es aus ihrer Heimat kannten. Sie bauten Burgen – Hunderte von Kirchenburgen, die dem ganzen Dorf Schutz bieten konnten – und mit Mauern und Türmen befestigte Städte. Eine straffe Organisation sorgte dafür, dass die Verteidigung im Ernstfall funktionierte – und ich sage Ihnen, nicht nur zu Vlad Ţepeş Zeiten trat der Ernstfall immer wieder ein! Die Türken und andere Heere zogen durch die Lande auf der Suche nach leichten Zielen, die es zu plündern lohnte. Sie waren auf Beute und auf Sklaven aus, die sie verschleppten und im Reich des Sultans ansiedelten. Auf lange Belagerungen ließen sie sich meist nicht ein. Und so hatten die befestigten Orte gute Chancen, ungeschoren davonzukommen.

In Schäßburg tragen die Stadttürme noch heute die Namen der Zünfte, die für ihre Erhaltung und im Ernstfall für die Verteidigung dieses Mauerabschnitts zuständig waren. Es gibt zum Beispiel einen Zinngießerturm, einen Seilerturm und so weiter. Interessant ist die Aufteilung der Stadt in drei Bereiche: Die Unterstadt im Tal am Ufer des Flüsschens Târnava Mare bildet zusammen mit der am Berghang gelegenen Oberstadt die Stadt der Lebenden. Die Oberstadt ist von einem mächtigen Mauerring umschlossen. Ganz oben auf der Spitze des Berges, dem Himmel ein Stück näher, errichteten die Siedler eine Stadt der Toten mit der Kirche und dem Friedhof von Schäßburg. Aber auch die Schule, die den Geist des Unwissenden befreit, befindet sich dort oben, um ihn die göttliche Weisheit vielleicht ein wenig besser verstehen zu lassen.« Der Professor schmunzelte. »Der Weg zur Weisheit hat viele Stufen. In Schäßburg sind es genau einhundertfünfundsiebzig. So viele Stufen zählt zumindest die überdachte Schülerstiege, die den nach Weisheit Strebenden bei Wind und Wetter den Weg zu Bildung und Erleuchtung ein wenig erleichtern sollte. Ein scheinbar endloser düsterer Tunnel, der aber hinauf ins Licht führt!«

*

Genau über dem seltsamen Bauwerk, das Professor Vámbéry seinen Mitreisenden im Zug beschrieb, kreiste eine Stunde vor Mitternacht ein Schwarm Raben. Es waren etwa zwei Dutzend an der Zahl, auf den ersten Blick kaum voneinander zu unterscheiden. Hätte man sie allerdings aus der Nähe betrachten können, wäre aufgefallen, dass nur etwa die Hälfte über die blankschwarzen Augen verfügte, die man bei diesen Tieren erwartete. Bei den anderen schimmerten die Augen feurig rot. Sie flogen den steilen Hang hinauf auf die Gebäude zu, die sich dort an der Spitze erhoben: Links, ein wenig tiefer an die Ringmauer gelehnt, stand das alte Schulhaus. Ging der Besucher, der die unzähligen Stufen der Stiege überwunden hatte, nur einige Schritte weiter den Berg hinauf, stand er vor dem neuen Schulgebäude und sah auf dem Gipfel die Bergkirche aufragen, die dem heiligen Nikolaus geweiht war. Hinter der Kirche schloss die Stadtmauer mit dem Seiler- und dem Glockenschmiedturm ab. Rechts von der Kirche begann der Friedhof. In Stufen und schmalen Terrassen bedeckten Gräber, Kreuze und Grabsteine dicht an dicht den steil abfallenden Berghang. Alte Kastanien und düstere Nadelbäume, von Moos und Flechten überzogen, warfen ihre Schatten über die Gräber. Alles war feucht und roch nach Moder. Ein eisiger Wind strich um die Grabsteine.

Die Glocken von Schäßburg schlugen elf Mal, als die Raben um den Dachreiter der Kirche kreisten und sich dann in den Bäumen des Friedhofs niederließen. Erwartungsvoll schwiegen sie. Da lösten sich einige von ihnen aus dem düsteren Grün der nadeligen Zweige und schwebten zu den Gräbern nieder. Im Schutz der Dunkelheit begannen ihre Leiber anzuschwellen und zu wachsen. Das Federkleid verschwand und wandelte sich in blasse Haut, bedeckt von dunklen Umhängen.

Tonka erhob sich und sah sich um. Sie trat hinaus auf den von Moos und Farnen bewachsenen Pfad. Dort blieb sie stehen und rührte sich nicht mehr. Die anderen Vampire, die sie von Wien herbegleitet hatten, verharrten im Schatten der Zweige. Auch sie schienen, zu Standbildern erstarrt, auf irgendetwas zu warten.

Es war gegen Mitternacht, als die Stille durch ein scharrendes Geräusch durchbrochen wurde. Eine Grabplatte bewegte sich. Stück für Stück wurde sie beiseitegeschoben und öffnete einen größer werdenden Spalt, in dem eine tastende Hand erschien. Sie schimmerte weiß im Mondlicht. Die trockene Haut war so gespannt, dass sie einer Knochenhand glich.

Nun begann es überall auf dem Friedhof zu knirschen und zu schaben. Steinerne Platten wurden weggeschoben oder aufgeklappt. Erst erschienen Hände in den Öffnungen, dann Arme und Köpfe, bis die untoten Gestalten schließlich aus ihren Gräbern geklettert waren. Sie alle sahen grauenhaft aus, befand Tonka, die mit ihren hageren Gesichtszügen und den Narben sicher auch keine Schönheit war, doch mit ihrem langen, schwarzen Haar in ihrem Umhang immerhin beeindruckend wirkte.

Von allen Seiten kamen sie heran. Sie schlurften und hinkten auf Tonka zu, die sich noch immer nicht gerührt hatte.

»Du hast uns gerufen?«, schnarrte eine Stimme aus dem zerlumpten Heer.

»Was gibt es?«, fragte eine andere.

»Das werdet ihr erfahren, sobald die Upiry reinen Blutes angekommen sind«, gab Tonka kalt zurück.

»Sie sind angekommen«, erklang eine tiefe Stimme von der Treppe her, die von der Kirche über einen steilen Abhang zu den ersten Gräberterrassen hinunterführte. Die Unreinen, die hier in ihren Gräbern geruht hatten, fielen auf die Knie und verbeugten sich vor ihrem Woiwoden.

Tonka sah mit Befriedigung, dass der große Clanführer Bojislav nicht alleine gekommen war. Sie erkannte auch viele der ältesten und stärksten Vampire reinen Blutes, die den Rang eines Bojaren trugen und die erste Wahl hatten, sich Dörfer oder Burgen auszusuchen, die ihnen alleine dienten und wo ohne ihr Einverständnis kein anderer Vampir seinen Durst stillen durfte. Nur die großen Städte Transsilvaniens Braşov und Sibiu waren allen zugänglich. Sighişoara dagegen war das Reich des Woiwoden, der sich hierher einlud, wen er um sich haben wollte. Tonka war eine der Upiry, der die Ehre zuteil geworden war, hier an seiner Seite jagen zu dürfen. Bis zu ihrer Niederlage in Irland. Danach war ihr das Recht zumindest vorläufig wieder verwehrt worden. Zu sehr hatte sich der Woiwode über ihr Scheitern geärgert. Dass die Upiry, die sie mit nach Irland genommen hatte, dort vernichtet worden waren, störte ihn dagegen weniger.

Tonka zählte im Stillen die Reinen, die sich hier auf ihren Ruf hin versammelt hatten. Ja, es waren viele. Ihre Stimme zählte noch immer etwas. Selbst die vier jüngsten ihrer Erben, die erst zwischen sieben und dreizehn Jahren zählten, waren anwesend. Stolz standen sie zwischen den verwahrlosten Gestalten der Unreinen. Dem Heer, das sich der Woiwode zu seinem Vergnügen hielt. Willenlose Sklaven, die man getrost in ihre Vernichtung schicken konnte.

Zum ersten Mal betrachtete Tonka sie mit Interesse. Vielleicht war ihre Zeit jetzt gekommen. Sie waren noch nicht besonders stark und weniger klug, doch vielleicht kam es in diesem Fall allein auf die Anzahl an. Dracula war alt, schlau und sehr stark. Aber er war alleine und konnte nicht an allen Fronten gleichzeitig kämpfen!

Der Woiwode ergriff das Wort. »Du hast uns die Raben geschickt, um eine Versammlung einzuberufen. Aus zahlreichen Orten sind wir heute Nacht hier zusammengekommen, um zu hören, was es so Wichtiges gibt, dass wir uns vereinen sollen. Wir sind Upiry, stolz, stark und eigenständig. Seit Jahrhunderten streifen wir alleine durch Wälder, Dörfer und Städte. Wir sind einsame Jäger, die keinen um Erlaubnis fragen müssen, wen wir uns greifen, wen wir töten und wen wir zu einem Unreinen machen. Anders als diese verweichlichten Clans im Westen, die sich wie eine Herde Schafe eng zusammendrängen, um sich gegenseitig vor den Menschen zu schützen. Dabei ist deren Aufbegehren gegen die Herrschaft der Vampire über sie doch ganz vergeblich.« Seine Miene war nun verächtlich.

Tonka zitterte vor Ungeduld, doch sie wusste, wie wichtig es war, dass sie ihr Anliegen erst vortrug, wenn der Woiwode sie dazu aufforderte. Endlich wandte sich Bojislav ihr zu.

»Tonka de Upiry, sage mir, ist es dir dieses Mal gelungen, deinen Auftrag auszuführen? Sind die Erben der anderen Clans vernichtet?«

Tonka konnte nicht verhindern, dass sie zusammenzuckte. Natürlich hatte sie mit dieser Frage gerechnet, doch es fiel ihr schwer, ein zweites Mal ihr Scheitern zuzugeben – obgleich sie dieses Mal nichts dafür konnte.

Ob der Woiwode und die Bojaren dies ebenso sahen? Würden sie ihr überhaupt die Gelegenheit geben, alles zu erklären, oder musste sie damit rechnen, als nutzlose Versagerin hier an Ort und Stelle auf Befehl des Woiwoden von den Unreinen in Stücke gerissen zu werden? Tonka musste sich ihre Worte ganz genau überlegen. Am besten, sie fing nicht mit den Erben an.

»Wir sind in Wien nicht nur auf die Dracas und ihre Besucher getroffen«, begann sie ihren Bericht. »Nachdem wir und die Raben durch wochenlange Beobachtungen die Falle bis ins kleinste Detail vorbereitet hatten, bekamen wir unliebsamen Besuch.«

Anscheinend ahnten der Woiwode und die Bojaren bereits, dass sie keine guten Nachrichten brachte. Ihre Mienen verfinsterten sich. Reißzähne blitzten im Mondlicht. Rasch sprach Tonka weiter.

»Der alte Meister und Vater Dracula persönlich hat uns aufgesucht!«

Sie hielt inne und lauschte dem anschwellenden Raunen. Erstaunen, aber auch Hass und Zorn der versammelten Upiry waren deutlich zu spüren.

»Was hatte Dracula ausgerechnet jetzt in Wien zu suchen?«, fauchte der Woiwode. »Hat er von unserem Plan erfahren und versucht ihn zu vereiteln?«

Tonka überlegte kurz. »Ja und nein. Um die meisten Erben seiner Clans, die ihn verlassen und sich von ihm losgesagt haben, sorgt er sich nicht. Nein, ihn interessiert nur eine von ihnen: Ivy-Máire de Lycana!«

Der Woiwode legte die Stirn in Falten. »Und? Habt ihr sie ihm überlassen?«

»Uns blieb keine andere Wahl«, knirschte Tonka. »Es war in der Nacht, bevor unsere Falle zuschnappen sollte, als er uns im Theater an der Ringstraße bei den Vorbereitungen überraschte. Er befahl uns, Wien sofort zu verlassen.« Entschuldigend hob sie die Hände. »Wir waren zu wenige, um uns dem Meister offen entgegenzustellen. Also dachte ich, wir ziehen uns zurück, bis er sich der Lycana bemächtigt hat, und führen unseren Plan in einer anderen Nacht zu Ende.«

»Und um uns das zu erzählen, hast du uns zusammengerufen?« Der Woiwode wurde langsam ungeduldig. Hastig sprach Tonka weiter.

»Das, was Dracula mit der Lycana vorhat, hat mich veranlasst, sofort zurückzukehren und diese Versammlung einzuberufen.« Noch einmal erlaubte sie sich eine kurze Pause.

»Wir wissen bereits seit Irland, dass diese Ivy keine Erbin der Lycana ist, sondern die Tochter einer mächtigen Druidin. Ihr Bruder Seymour ist der Werwolf an ihrer Seite, der bei einem Treueschwur sein Blut mit dem ihren mischte. Ivy wurde von dem uralten Vampir Turlough gewandelt, einem Barden, Geschichtenerzähler und Druiden unter den Vampiren, der keiner von Draculas Kindern ist und dennoch so etwas wie reines Blut in sich trägt.«

»Was soll das Geschwätz? Was interessieren uns alte Geschichten aus Irland?«, murrte eine alte Bojarin, die ihr giftige Blicke zuwarf. »Ist das ein Versuch, von deinem Versagen abzulenken?« Vermutlich hätte sie Tonka gern mit ihren eigenen Krallen zerfetzt.

»Versteht doch! Lasst mich erklären, was Dracula Teuflisches gegen uns plant! Ivy-Máire ist nicht irgendeine Unreine. Sie trägt das Blut der alten irischen Vampirrasse, das Blut der Werwölfe und das Blut der Druiden in sich. Ihre außergewöhnliche Magie macht sie stärker als uns alle. Deshalb hat er sie erwählt, um sie nach Poienari zu bringen – als seine Gemahlin! Vermischt mit dem Blut Draculas werden ihre Nachkommen Vampire einer neuen Art, wie wir sie uns in unseren schlimmsten Träumen nicht vorstellen können. Dracula wird mit ihr eine neue Rasse züchten, mit der er seine abtrünnigen Kinder beherrschen oder nach Belieben vernichten kann!«

Die Upiry schwiegen. Einige waren sichtbar geschockt, andere hatten Tonkas Worte noch nicht ganz begriffen und grübelten über deren Bedeutung nach.

»Das ist Unsinn«, rief einer der Bojaren. »Wenn sie eine Unreine ist, kann sie sich nicht fortpflanzen. Alle Unreinen sind unfruchtbar!«

»Du hast nicht zugehört, Vadim«, sagte Tonka trügerisch sanft. »Sie ist keine gewöhnliche Unreine. Sie ist die magische Essenz aus Vampir, Werwolf und Druide, die fruchtbarer sein wird, als du es dir je vorstellen kannst.«

Der Woiwode trat einige Schritte näher. Er kniff die Augen zusammen und starrte sie an. Ein tiefes Schweigen senkte sich über den Friedhof. Tonka hatte ihr Scheitern zugegeben. Auch wenn es sich um einen außergewöhnlichen Fall handelte, war die Tatsache doch unumstößlich. Niemand bekam jemals eine dritte Chance! Einen Fehler gutmachen zu dürfen, war schon eine Ausnahme. Das wusste auch Tonka. Aufs Äußerste angespannt, sah sie dem Woiwoden ins Gesicht.

Als er sprach, war seine Stimme leise. »Hast du dir überlegt, was wir nun tun sollen?«

Tonka reckte das Kinn. »Ja, Bojislav, unser Woiwode, das habe ich. Deshalb habe ich die Upiry zusammengerufen.«

»Nun, dann sprich.«

»Mit meinen wenigen Begleitern hatte ich in Wien nicht die Möglichkeit, mich ihm entgegenzustellen. Doch wenn wir uns vereinen, dann können wir ihn besiegen. Wir werden ihm dieses Weib entreißen und sie vernichten! Wir werden nicht zulassen, dass er sich wieder zum Herrn über uns aufspielt oder gar eine Rasse züchtet, der wir unterlegen sind. Wir werden Dracula deutlich machen, dass es Zeit für ihn ist, sich auf den Platz des Altehrwürdigen zu begeben und sich nicht länger in den Lauf der Geschichte einzumischen. Seine Zeit ist um. Nun beginnt das Zeitalter der Upiry, über alle Vampire der Länder zu herrschen!«

Tonka konnte aus dem Gemurmel Zorn, aber auch Zustimmung für ihre Worte hören. Sie richtete ihren Blick weiter auf den Woiwoden. Alleine an seiner Meinung und seiner Entscheidung hing ihr Schicksal und vermutlich auch das ihrer Begleiter. Es wurde meist nicht so genau gefragt, wen Schuld traf. Ob sie überhaupt etwas hätten ändern können. Die Upiry waren wild und unbeherrscht. Waren sie erst einmal gereizt, ließen sie sich in ihrer Zerstörungswut nicht von langen Überlegungen aufhalten, selbst wenn es sich um Mitglieder des eigenen Clans handelte.

Endlich hob der Woiwode die Hand, um seine Entscheidung zu verkünden.

»Es ist gut, dass du zurückgekehrt bist, um uns so schnell wie möglich von dieser Gefahr zu berichten. Noch ist der zerstörerische Sturm fern und lässt uns Zeit, zu handeln. Wir werden Dracula die Stirn bieten. Lange ist es her, dass wir uns von ihm losgesagt haben, um unseren eigenen Weg zu gehen. Er wird erfahren, dass wir seinen Plan nicht dulden. Entweder gibt er uns die Lycana freiwillig heraus, damit wir sie vernichten können, oder wir werden uns dieses Mal nicht scheuen, gegen unseren eigenen Stammvater vorzugehen. Mit allen Konsequenzen! Er hat die Wahl.«

Erst war nur ein Flüstern zu hören, dann schwollen die Stimmen an. Der Woiwode ließ sie gewähren. Er trat zu Tonka und fragte sie leise:

»Ist er schon zurück? Kann er Poienari bereits erreicht haben?«

Tonka zögerte nicht. »Nein, das ist unmöglich. Trotz seines Verbots habe ich zwei der Raben zurückgelassen, ihn zu beobachten. Einer kam heute Nacht zu mir, noch ehe Ihr hier eingetroffen seid. Dracula kann sich auf dieser Reise nicht wandeln, da er die Lycana nicht ebenso dazu zwingen kann. Also ist er auf die Landstraße, die Schienen oder die Donau angewiesen. Er hat den schnellsten Weg gewählt und reist mit seiner Kutsche in einem Eisenbahnwagen. Dennoch kommt er nicht vor morgen in Braşov an. Von dort braucht er dann mit der Kutsche noch einmal eine Nacht. Vielleicht sogar zwei. Den direkten Weg über den Pass am Negoiu kann er nicht nehmen. Der ist verschneit.«

Der Woiwode nickte. »Gut, dann haben wir genügend Zeit, alle Upiry zusammenzurufen. Und dann ziehen wir gemeinsam nach Poienari.«

»Auf nach Poienari!« rief einer der Bojaren und all die Vampire auf dem Friedhof von Schäßburg – reine wie unreine – fielen begeistert ein.

DIE KIRCHENBURG VON HOSMAN

Die Fledermäuse erwachten und sammelten sich zum Flug. Es wurde Zeit, sich wieder zu wandeln. Ein wenig erstaunt stellte Alisa fest, wie leicht ihr das inzwischen fiel. Wie selbstverständlich es ihnen geworden war, eine andere Gestalt anzunehmen. Sie mussten ihre Kräfte nicht mehr verbinden und nicht mehr zittern, dass die Wandlung schiefgehen könnte. Selbst Luciano hatte keine Probleme mehr damit.

Die drei Vampire schlossen sich den Abendseglern an, die in ein Tal hinabflogen, das im Gegensatz zu den Berggipfeln noch frei von Schnee war. Dort begannen sie, sich zu zerstreuen.

Was machen die denn jetzt?, beschwerte sich Luciano. *Warum fliegen sie nicht weiter? Die Zeit drängt!*

Ungeduldig sahen sie den Jagdversuchen der Fledermäuse zu.

Zum Glück gaben die Abendsegler ihre Versuche bald auf und sammelten sich wieder zu einem Schwarm. Die Reise ging weiter. Mitternacht kam und verstrich. Sie flogen über eine hügelige Landschaft mit Wäldern, Wiesen und Feldern im Wechsel und immer wieder über Dörfer, deren Häuser und Scheunen sich um eine zur Burg befestigte Kirche scharten. Die Kirchtürme waren rechteckig, ihre Zeltdächer mit roten Ziegeln gedeckt, und sie wirkten eher trutzig und gedrungen als luftig und himmelwärts strebend wie so viele Kirchen, die die Vampire inzwischen kannten. Manche der Kirchenburgen wurden gar von mehreren Mauerringen mit Wehrgang und Türmen umschlossen.

Die Abendsegler wandten sich nun immer mehr nach Süden. Sie überflogen eine größere befestigte Stadt, deren prächtige Häuser und weiten Plätze fast ein wenig Wiener Flair ausstrahlten. Dann ahnten sie wieder Felder und kleine, von frischem Schnee bedeckte Dörfer unter sich, die von den Schatten der Nacht gleich wieder verschluckt wurden. Alisa bemerkte, dass im Schwarm eine zunehmende Unruhe aufkam, die sie in den beiden Nächten zuvor nicht wahrgenommen hatte.

Was sie wohl haben? Ich weiß nicht warum, aber diese Stimmung beunruhigt mich.

Dann sollten wir der Sache auf den Grund gehen, ehe wir auf unangenehme Überraschungen stoßen, schlug Franz Leopold vor, der Alisa Gedanken auffing.

Die drei flogen ein wenig schneller, bis sie die Spitze des Zuges erreichten, die sich bereits wieder dem Erdboden entgegenneigte.

Was habt ihr vor? Wo fliegen wir hin?

Sie wussten nicht, welche der Fledermäuse antworteten, doch es entstanden Bilder und einzelne Worte in ihrem Kopf.

Sie halten auf die Kirchenburg von Hosman zu, wo sie den Tag zubringen wollen, wiederholte Alisa.

Es ist doch noch viel zu früh, protestierte Luciano. *Wir könnten noch einige Stunden weiterfliegen. Was soll das?*

Vielleicht sind sie erschöpft, überlegte Alisa. *Du darfst nicht vergessen, dies ist keine gute Jahreszeit für die Abendsegler. Es gibt nicht viel Nahrung – sie haben vorhin wahrscheinlich so schnell aufgehört, weil kaum etwas zu fangen war – und es wird immer kälter. Nur für uns haben sie die Reise jetzt angetreten. Es ist für sie eigentlich an der Zeit, sich einen sicheren Ort für den Winterschlaf zu suchen, ehe es zu schneien und zu stürmen beginnt.*

Aber doch hoffentlich nicht heute! Lucianos Entsetzen bei dieser Vorstellung war deutlich zu hören.

Ein Stimmengewirr erschallte in ihren Gedanken. Die drei Vampire brauchten eine Weile, bis sie den Sinn der Botschaft herausfiltern konnten.

Ein Schneesturm?, wiederholte Franz Leopold.

Oben in den Bergen, dort, wo der Weg über den Pass führt, ergänzte Alisa.

Woher wollen die das wissen? Es ist zwar kalt und windig, aber es hat erst wenige Flocken geschneit.

Ich denke, wenn sie den Schneesturm in den Bergen spüren, dann können wir davon ausgehen, dass er dort oben auch wirklich tobt, gab Franz Leopold zu bedenken. *Du überschätzt die Fledermäuse, wenn du ihnen vorsätzliche Flunkereien unterstellst.*

Ein Schneesturm? Ausgerechnet jetzt. Das darf doch nicht wahr sein!, schimpfte Luciano. *Und was bedeutet das für uns?*

Dass sie nicht über den Kamm fliegen können. Hast du das nicht verstanden? Es ist dort oben zu kalt und zu stürmisch für Fledermäuse. Sie würden alle umkommen. Franz Leopold fiepte. Vielleicht hätte es ein Schnauben werden sollen.

Und was machen wir nun?, fragte Luciano ratlos.

Ihnen zu dieser Kirchenburg folgen und herausfinden, was uns für Möglichkeiten bleiben, gab Alisa mit Verzweiflung in ihren Gedanken zurück.

Die geistige Verbindung mit dem Schwarm brach ab, als sie zum Landeanflug auf die Kirchenburg zusteuerten.

Der an einem kleinen Flüsschen gelegene Ort mit seinen einfachen Bauernhäusern duckte sich unter der Kirchenburg, die von zwei Mauerringen umschlossen wurde. Der Äußere am Fuß des Hügels war von unregelmäßiger Form. Ein Gräberfeld dehnte sich östlich der Mauer aus. Der innere, von mehreren quadratischen Türmen gesicherte Ring, hatte die Form eines regelmäßigen Ovals, in dessen Mitte die trutzige Wehrkirche mit ihrem mächtigen Turm aufragte. Die roten Dachziegel schimmerten im Sternenglanz. Im Hintergrund erhoben sich die schneebedeckten Berge der Südkarpaten.

Alisa unterdrückte einen Seufzer. Sie waren so gut vorangekommen. Sollten sie jetzt kurz vor ihrem Ziel scheitern? Die Vamalia hatte gar nicht mehr mit Schwierigkeiten gerechnet – zumindest nicht schon bevor sie Draculas Burg erreichten! Vielleicht traf sie die Nachricht deshalb doppelt hart.

Der Schwarm überflog den dreigeschossigen Eingangsturm mit seinem Tor und dem schweren Fallgitter und hielt auf den Glockenturm zu, in dessen Gebälk sich die Fledermäuse niederließen. Alisa, Franz Leopold und Luciano folgten ihnen auf die Plattform hinauf. Sie wandelten sich und traten an die umlaufende Brüstung aus von Wind und Wetter gegerbten Balken. Fünf Stockwerke über dem grasigen Grund standen sie schweigend nebeneinander, während die Nacht verstrich.

»Kommt, lasst uns hinuntersteigen und uns ein wenig umsehen«, schlug Alisa nach einer Weile vor.

Da die Freunde keinen besseren Vorschlag hatten, folgten sie ihr die steile Holztreppe hinunter, die sich eng an der Turmmauer hinabwand und deren Stufen bei jedem Tritt knackten. Sie schwiegen und brüteten vor sich hin, jeder auf der Suche nach einer Lösung für ihr Problem. Alisa ging auf das Kirchenportal zu, schob es auf und trat vor den beiden Vampiren in die von zwei Kerzen in Dämmerlicht getauchte Kirche.

»Menschen!«, zischte Franz Leopold, als er über die Schwelle trat, doch da war es schon zu spät. Eine Gestalt wandte sich zu der knarrenden Tür um.

»Besucher zu solch später Stunde? Nein, wie ungewöhnlich.«

Der alte Mann, der dösend oder in Gedanken verloren auf der vordersten Kirchenbank gesessen hatte, starrte sie mit gerunzelter Stirn an.

Alisa trat grüßend näher. Was konnte es schaden, nun, da sie eh schon entdeckt worden waren?

»Ah, Fremde. Das hatten wir hier schon lange nicht mehr«, sagte der Alte, als der Lichtschein der Kerzen auf dem Altar sie erfasste. »Ich muss vergessen haben, das Tor zu verschließen«, murmelte er zu sich selbst gewandt und schüttelte den Kopf.

Nun näherten sich auch die beiden anderen Vampire. Alisa wurde sich bewusst, was für ein seltsames Bild sie abgeben mussten. Sie steckte noch immer in ihrer zerrissenen und von Ruß bedeckten Theatergarderobe. Luciano und Franz Leopold waren in kaum besserem Zustand, doch der Alte schien dies nicht zu bemerken. Vermutlich sah er nicht mehr besonders gut.

»Darf ich Sie fragen, woher Sie kommen?«

»Aus Wien«, gab Franz Leopold Auskunft.

»So, so, aus der fernen Kaiserstadt«, sagte der Alte. »Obgleich ich in meinem Leben oft auf der Wanderschaft gewesen bin, nach Hermannstadt im Westen und Kronstadt im Osten, aber auch über den Pass bis zum Kloster in Curtea de Argeş – bis Wien habe ich es nie geschafft.« Wieder nickte er abwesend mit dem Kopf.

»Kommen Sie näher. Setzen Sie sich. Die Kirchenburg von Holzmengen, wie wir den Ort nennen, war seit jeher eine sichere Zuflucht für jeden, der des Herrn Schutz suchte, oder auch nur einen Platz, sein müdes Haupt zu betten.«

Die drei Vampire nahmen in einigem Abstand auf der nächsten Kirchenbank Platz.

»Unsere Kirche ist alt. Sehr alt«, sprach der Mann mit Stolz in der Stimme weiter. »Schon im dreizehnten Jahrhundert wurde sie als Basilika mit drei Schiffen und Glockenturm erbaut. Haben Sie das Portal beachtet? Kommt Ihnen der Baustil vielleicht vertraut vor? Die Baumeister stammten aus Wien und gehörten eigentlich zur Bauhütte in Weißenburg, das man auch Alba Iulia nennt. Doch als es nicht mehr genug Arbeit gab, zogen sie durch das Land und errichteten hier in Holzmengen das Hauptportal der Kirche nach dem Vorbild des Wiener Stephansdoms! Sehen Sie sich die Schimären und die Fledermausköpfe auf den Kapitellen an, die das Böse fernhalten sollen.« Er lachte kurz auf. »Auf gewisse Weise ist ihnen das sogar gelungen.«

»Was meinen Sie damit?«, fragte Alisa gespannt.

»Es war im Jahr 1449«, fuhr der Alte fort, »als Vlad III., den sie

Dracula nannten, mit seinem Heer von der Walachei her über die Berge zog und das Dorf zerstörte. Die Eindringlinge nahmen mit, was sie tragen oder wegführen konnten, und brannten den Rest nieder. Doch die Menschen von Holzmengen fanden Zuflucht hier in ihrer Kirchenburg und wurden gerettet.« Seine weißlichen Augen leuchteten.

»Das ist wirklich ein mächtiges Bauwerk für so eine kleine Stadt«, bemerkte Alisa.

»Wir Siebenbürger Sachsen haben von jeher verstanden, uns und unser Eigentum zu schützen. Es gibt Hunderte Kirchenburgen wie die unsere hier. Im Innern der Umfassungsmauer hat man Kammern angebaut, an manchen Orten drei Stockwerke übereinander, mit Leitern vom Boden aus zu erreichen. In kleineren Burgen waren es nur Nischen in der Mauer, die mit Zelten verschlossen wurden, für jede Familie des Dorfes eine. Es gab einen mächtigen Turm, in dem Vorräte gelagert wurden. Speckturm nannte man ihn. Bei einer Belagerung musste er die vielen Eingeschlossenen am Leben erhalten. Und es gab natürlich einen Brunnen, mancherorts in der Kirche selbst gegraben. Wenn Alarm geläutet wurde, liefen alle Dorfbewohner in die Kirchenburg und verbarrikadierten sich hinter den Mauern und schweren Toren. So überstanden die Menschen die zahlreichen Raubzüge. Die Plünderer – ganz gleich ob es der Fürst der Walachei war oder die Türken – zogen rasch zu den Orten weiter, an denen die Rumänen in ihren ärmlichen Bauernhütten hausten. Die haben es nie verstanden, sich gegen den Feind zu schützen.« Er zog eine verächtliche Miene. »Wie viele von ihnen wurden über die Jahrhunderte getötet oder als Sklaven in das Reich des Sultans geführt!«

»Dann stand Vlad Dracula also einst vor diesen Toren«, wiederholte Alisa, wider Willen fasziniert.

Der Alte nickte. »Ja, er war der Schrecken seiner Zeit, auch wenn ihn viele Rumänen heute fast wie einen Volkshelden verehren. Er sei der erste Fürst gewesen, der ein vereintes Rumänien angestrebt hätte. So ein Blödsinn! Das reiche Siebenbürgen hätte er gern erobert und sich einverleibt. Und das würden die heutigen Herrscher über das vereinte Fürstentum Walachei und Moldau noch immer gern tun. Wir Siebenbürger Sachsen sind hier in der Minderzahl, genauso wie die Ungarn, aus deren Mitte seit jeher der hiesige Adel stammt. Und so streben die Besitzlosen danach, gemeinsam mit den Fürstentümern Moldau und Walachei eine Art Großrumänien zu gründen.« Sein Schnauben zeigte deutlich, was er davon hielt.

Alisa war weniger an den aktuellen politischen Querelen interessiert. Sie lenkte seine Aufmerksamkeit auf Dracula zurück.

»Man erzählt sich, Vlad habe sich eine Trutzburg in den Bergen gebaut«, sagte sie und sah den Alten aufmerksam an. Der nickte.

»Ja, sie befindet sich einige Meilen hinter dem Bergkamm. Ich habe sie auf meinen Reisen nach Curtea de Argeş selbst gesehen.«

»Wo genau? Kennen Sie den Weg dorthin?«, drängte Luciano. »Können Sie ihn uns beschreiben?«

Der Alte warf ihm einen Blick zu. Falls er sich über die Frage wunderte, so zeigte er es nicht weiter. Er nickte nur, hob seinen zittrigen Finger und deutete nach Süden.

»Aber ja. Doch jetzt im Dezember kommen Sie nicht über den Pass. Es hat Schnee gegeben. Man sagt, ein Schneesturm zieht über dem Făgăraşgebirge auf. Die Passstraßen über die Südkarpaten sind alle unpassierbar, bis auf die tiefer gelegene Route zum Roten Turm am Olt entlang vielleicht, aber die liegt ein ganzes Stück weiter im Westen.«

»Würden Sie uns dennoch den direkten Weg beschreiben?«, bat Alisa.

»Folgen Sie der Straße nach Westen bis Sachsenhausen, dann nach Süden, bis Sie die Brücke über den Olt erreichen. Vorbei geht es an den Ruinen des Klosters Kerz, das einst die östlichste Zisterzienserabtei gewesen ist, bis König Matthias Corvinus sie auflösen ließ. Aber weiter. Sie stoßen kurz darauf auf die Landstraße, die Hermannstadt mit Kronstadt verbindet. Kaum eine Meile Richtung Westen treffen Sie dann auf die Einmündung der Passstraße, die nach Süden direkt in die Berge hinaufführt. Höher und höher schraubt sie sich, bis die düsteren Tannenwälder unter Ihnen liegen und das Reich der Felsen beginnt. Zwischen den Gipfeln des Negoiu und des Moldoveanu führt die Straße über den Grat und dann wieder in Serpentinen steil hinab. Bald schon begleitet ein Bach den Weg, der sich zu einem Flüsschen weitet, das sich sein Bett tief und tiefer in den Fels schneidet. Noch bevor sich sein Wasser mit dem Argeş vereint, ragt plötzlich ein Felsgrat rechts des Weges in die Höhe, aus dem die Mauern der Burg zu wachsen scheinen: die Festung Poienari. Natürlich habe ich den Fuß des Berges stets so rasch wie möglich und immer bei hellem Tageslicht passiert! Man erzählt sich nichts Gutes über diesen Ort und jeder vernünftige Mensch sollte ihn meiden. Ich jedenfalls habe von keinem gehört, der so verrückt gewesen wäre, dort hinaufzusteigen.«

Er lächelte ein wenig verlegen. »Ich bin natürlich kein abergläubischer Rumäne. Aber selbst wenn ich mir sage, der Fürst ist seit vielen Hundert Jahren tot, hat dieser Ort etwas abgrundtief Unheimliches, das mich erschaudern lässt.«

Alisa hörte dem Alten fasziniert zu. Erst als Franz Leopold ihr warnend in den Rücken stieß und zum Fenster wies, bemerkte sie, dass schon beinahe der Morgen anbrach. Rasch bedankte sie sich für die Auskünfte und verabschiedete sich. Die drei hasteten etwas überstürzt aus der Kirche.

»Und wohin nun?«

Sie stürmten die Treppe in den Glockenturm hinauf. Auf einer Plattform unterhalb des Geläuts ließen sie sich auf den staubigen Boden fallen.

»Na hoffentlich kommt der Alte nicht bis hier herauf«, meinte Alisa ein wenig besorgt.

»Und wenn, dann können wir es nun auch nicht mehr ändern«, entgegnete Luciano mit einem Gähnen, schloss die Augen und fiel zur Seite.

Alisa merkte noch, wie sich der Dracas neben sie setzte, dann fielen auch ihr die Augen zu und ihr Kopf sank auf Leos Schulter.

*

Wieder verging ein Tag im ratternden Rhythmus der Räder, die gleichmäßig über die Schienen rollten. Von Budapest aus waren sie über Oradea und dann in der Nacht bis Arad gefahren. Im zunehmenden Tageslicht glitten die Landschaften Siebenbürgens vor den Fenstern vorbei, während der Schienenstrang dem Tal des Mureş folgte. Am frühen Nachmittag bogen sie ins Târnavatal ein. Nun war es nicht mehr weit bis Schäßburg. Bram spürte, wie es ihm immer schwerer fiel, still zu sitzen. Eine Nervosität ergriff ihn, die ihn von seinem Platz trieb und ihn bis in die Fingerspitzen kribbelte.

»Nur ruhig, mein Freund«, meinte van Helsing freundlich, dem der Zustand seines Reisegefährten offensichtlich nicht entgangen war. »Wir sind schnell vorangekommen. Das ist nicht selbstverständlich. Ich bemerke mit Freude, dass die Zugverbindungen mit jedem Jahr zuverlässiger werden.«

Der Abend nahte, als der Zug in den Bahnhof von Schäßburg einfuhr, wo er vier Stunden Aufenthalt hatte, ehe er seine Fahrt nach Kronstadt fortsetzen würde, das die Reisenden in den frühen Morgenstunden zu erreichen hofften. Dort endlich würden sie den Zug verlassen, um mit einer Kutsche die letzte Etappe ihrer Reise anzutreten.

Professor Vámbéry räkelte sich. »Nun, Mr Stoker, wollen wir uns die Oberstadt und das Geburtshaus von Dracula ansehen? Oder das man zumindest dafür hält.«

Bram nickte. »Aber gerne. Wollen Sie uns begleiten, Mr van Helsing?

Dieser lehnte dankend ab. »Ich möchte noch ein paar Besorgungen erledigen, ehe wir weiterfahren. Je weniger Zeit wir später in Kronstadt verlieren, desto besser.«

So machten sich die beiden Männer ohne ihn auf und erklommen die steile Straße, die sie entlang der Mauer auf den Berg hinaufführte. Drei Tore mussten sie passieren, ehe sie endlich in der Oberstadt anlangten. Bram legte den Kopf in den Nacken und ließ seinen Blick an dem mächtigen Turm hinaufgleiten, durch den sie die Burg betreten hatten. Mit seinen fünf Stockwerken, einem steil aufragenden Dach und den vier Ecktürmchen überragte er die restlichen Türme der Stadt deutlich.

»Das ist der Stundturm, oder Turnul cu Ceas.« Professor Vámbéry zeigte zu der Uhr hinauf, die – wie der Name noch andeutete – früher nur einen Stundenzeiger besessen hatte. Neben dem Ziffernblatt waren in der Mitte der Wand Figuren zu sehen, die auf einer Drehscheibe vorbeiwanderten. Ein Engel der Nacht und einer für den Tag, aber auch Figuren der einzelnen Wochentage.

»Sehen Sie dort oben? Auf der Seite, die der Unterstadt zugewandt ist, steht mahnend der Henker!« Der Professor lächelte und führte Bram zwischen der Klosterkirche und einer Häuserreihe die Gasse weiter entlang. Nur wenige Schritte später blieb er stehen und deutete auf das unauffällige Eckhaus, in dessen Untergeschoss sich ein Gasthaus befand, wie das eiserne Schild über der Tür verriet. Die Männer traten ein und tranken ein kleines Bier am Tresen. Natürlich kannte der Wirt einige düstere Geschichten über den Walachenfürst, von denen Bram nicht eine einzige für wahr hielt. Auch sonst fühlte er sich eher enttäuscht. Er empfand in diesem Haus einfach nichts. Aber war das ein Wunder? Selbst wenn es das Geburtshaus des Fürsten sein sollte, so war er hier als Säugling gewesen. Als unschuldiges Kind, von dem keiner ahnen konnte, dass einer der grausamsten Fürsten und Heerführer aus ihm werden würde – und nach seinem Tod der Vater der Vampire.

Es dämmerte bereits, als die Männer den Gastraum verließen. Sie überquerten den Marktplatz und wandten sich dann nach links, wo die Straße wieder steiler anstieg. Am Ende der Häuserreihe mündete die Gasse in die Schülerstiege, von der Professor Vámbéry erzählt hatte. Schweigend stiegen die beiden Männer die Stufen hinauf. Hier drinnen war es schon fast dunkel und es roch modrig. Eine nasse Kälte, die Bram vorher nicht wahrgenommen hatte, drang durch Mantel und Anzug und ließ ihn frösteln. Er fühlte fast so etwas wie Erleichterung, als sie den hölzernen Gang verließen und über ihnen auf der Spitze des Berges die Kirche aufragte.

Dem Professor schien es nicht anders zu gehen. »Eine beklemmende Atmosphäre«, bemerkte er und trat schnell ins Freie.

Sie besichtigten die Kirche, die abgesehen von der Krypta nicht viel Besonderes bot. Diese Krypta – die einzige ganz Siebenbürgens, wie der Professor betonte – lag innerhalb der Grundmauern der ersten Kirche hier auf dem Berg. Während die beiden Männer die Kirche verließen und zu den ersten Gräberterrassen des Friedhofs hinabstiegen, erzählte der Professor mehr aus der Geschichte der Stadt.

»Im Jahr 1438 wurde Schäßburg von den Türken zerstört. Daraus hat man Konsequenzen gezogen. Als die Stadt Anfang des siebzehnten Jahrhunderts von den Truppen Georg Bastas und elf Jahre später von denen des Fürsten Báthory belagert wurde, bewährten sich ihre Mauern und Türme. Dafür wurde die Stadt im siebzehnten und achtzehnten Jahrhundert immer wieder von verheerenden Bränden heimgesucht.«

Die Kirchturmuhr schlug. Bram blieb unvermittelt stehen und hob die Hand. »Still!«

Der Professor unterbrach seinen Vortrag. »Was ist?«, erkundigte er sich verstört. »Meinen Sie die Glocken?«

»Nein. Hören Sie das nicht?«, gab Bram mit gedämpfter Stimme zurück.

Die beiden Männer lauschten in die Nacht. Hier unter den hohen Bäumen des Friedhofs war es inzwischen fast völlig dunkel. Nur vereinzelt drang Mondlicht durch die Zweige. Sie konnten den Wind hören, der in den Wipfeln rauschte, und ein Rascheln, das vielleicht von einer Maus herrührte, doch dann war da noch etwas anderes, das ihnen die Nackenhaare in die Höhe trieb. Ein Kratzen und Schaben von Stein auf Stein.

Der Blick der Männer huschte umher, bis Bram den Professor am Ärmel packte. »Sehen Sie dort hinten«, wisperte er heiser. Zwischen Faszination und Grauen schwankend, sah er zu, wie sich ein ganzes Stück entfernt eine Grabplatte bewegte, wie sich erst Finger, dann eine Hand und ein ganzer Arm tastend aus der Lücke schoben, ehe die Platte mit einem energischen Ruck gänzlich zur Seite gestoßen wurde. »Vampire«, flüsterte der Professor entsetzt. »Schnell, weg hier. Mit den Blutsaugern Transsilvaniens ist nicht zu spaßen.«

Er hastete vor Bram die mit modrigen Balken befestigten Stufen hinauf, rutschte auf halber Höhe aus und fiel auf sein Knie. Der Professor stöhnte vor Schmerz. Bram versuchte, ihn auf die Füße zu ziehen und warf gleichzeitig einen Blick über die Schulter. Während sich die zerlumpte Gestalt aus ihrem Grab erhob, begannen sich an anderen Stellen noch mehr Gräber zu öffnen.

Vámbéry war nicht in der Lage, alleine zu stehen oder gar zu laufen, das Knie knickte unter der Belastung weg. Sein unterdrückter Aufschrei blieb nicht unbemerkt. Die Augen des Vampirs richteten sich auf die beiden Männer und Blutdurst glomm in seinen roten Augen.

»Rasch!«, drängte Bram in Panik. Er schob dem Professor den Arm unter der Achsel durch und zerrte ihn die letzten Stufen hinauf, während die Blutsauger die Verfolgung aufnahmen.

Hatten die Vampire eben, als sie unbeholfen aus ihren Gräbern krochen, vielleicht noch schwerfällig ausgesehen, so wurden Bram und der Professor nun eines Besseren belehrt. Mit unglaublicher Geschwindigkeit näherten sich die Blutsauger.

»In die Kirche«, stöhnte der Professor und humpelte mit zusammengebissenen Zähnen neben seinem Reisebegleiter her. »Dort hinein können sie uns nicht folgen.«

Es waren nur noch wenige Schritte bis zur Kirchentüre. Bram konnte nur hoffen, dass Vámbéry recht behielt, denn der Tod war ihnen dicht auf den Fersen. Ein hässlicher, grausamer Tod – diese Gestalten hatten nichts mit den Vampiren gemein, die er in Irland und Paris kennengelernt hatte.

Der Aasgeruch aus ihren aufgerissenen Mündern wehte Bram in die Nase und er glaubte, ihre Krallen bereits im Rücken spüren zu können, als er das Portal aufriss und – den Professor mit sich ziehend – über die Schwelle hechtete. Nun würde sich zeigen, wie gut sich Vámbéry mit seinen transsilvanischen Vampiren auskannte.

Mit in Todesangst verkrampftem Herzen wandte sich Bram um. Da standen sie mit ihren hässlichen Fratzen, kaum drei Schritte von ihnen entfernt, und starrten mit gierigen Blicken in die Kirche. Bram konnte sie geifern sehen und hörte das Schnappen ihrer Kiefer, die langen Reißzähne gebleckt. Doch es war ihnen nicht möglich, die Schwelle der Kirche zu überschreiten.

Nur langsam entspannte Bram sich etwas. Er rappelte sich auf und half dem Professor beim Aufstehen. »Was bin ich erleichtert, dass Ihre Studien recht behalten«, gab er mit einer Grimasse zu. Ármin Vámbéry lächelte schief. »Ich auch, mein Bester, ich auch. Sonst wären wir inzwischen bereits tot und unser schönes Blut würde diese Monster nähren.«

Die beiden Männer zogen sich weiter in den Kirchenraum zurück. Auch wenn die Krallenhände sie nicht erreichen konnten, so war es doch ein ungutes Gefühl, den blutdürstigen Vampiren so nahe zu sein, die nur darauf warteten, dass sie die Kirche wieder verließen.

Ármin Vámbéry ließ sich schwer atmend auf die vorderste Kirchenbank fallen. »Ja, ich bin erleichtert, dass ich noch immer recht habe. Mir kamen in Budapest Zweifel, ob sie sich nicht etwa weiterentwickelt haben.«

Bram schauderte es noch einmal. »Die Aussicht, morgen Nacht einer der ihren und als lebende Leiche auf das Blut anderer aus zu sein, ist keine verlockende.«

Der Professor schüttelte den Kopf. »Wir wären einfach nur tot. Soweit mir bekannt ist, können diese Geschöpfe keine Vampire erschaffen. Dies ist ein Privileg der Kinder Draculas, von denen ich keine unter ihnen ausmachen konnte. Sie unterscheiden sich deutlich von diesen üblen Gestalten.«

Sie drehten sich zur Tür um, in deren Öffnung sie noch immer huschende Schatten auszumachen glaubten.

»Sie sind noch da«, sagte Bram mit einem Seufzer.

Der Professor nickte. »Ja, und selbst wenn wir sie nicht mehr sehen könnten, würde ich diesen sicheren Zufluchtsort nicht verlassen wollen. Sie wissen, dass wir hier drin sind, und ich denke, sie sind nicht bereit, ihre Beute so einfach entkommen zu lassen.«

Bram erschrak. »Aber das bedeutet, wir werden die ganze Nacht hier zubringen müssen.« Der Professor nickte.

»Wir werden unseren Zug verpassen! Er fährt in nicht einmal zwei Stunden mit all unserem Gepäck weiter nach Kronstadt.«

Ármin Vámbéry hob die Schultern. »Ich weiß. Doch wie sollen wir das verhindern? Selbst wenn wir, ehe die Sonne aufgeht, da hinausgehen, wird unser Gepäck ohne uns in Kronstadt eintreffen. Nur brauchen wir es dann auch nicht mehr! Van Helsing wird sich schon darum kümmern und auf uns warten, bis wir nachkommen.«

»Wann wird das sein? Ich denke nicht, dass wir hier täglich mit Zügen rechnen können. Wir verlieren so viel Zeit!«, stöhnte Bram.

»Das ist leider nicht zu ändern. Kommen Sie, wir wollen uns für die Nacht in die Krypta zurückziehen.«

Die beiden Männer nahmen sich mit einer gemurmelten Entschuldigung die Kerzen vom Altar, stiegen die Treppe hinunter und folgten dem schmalen, gemauerten Gang in die Krypta. Zu beiden Seiten waren einzelne Ziegelsteine ausgespart. Der Professor leuchtete in eine der Lücken. Der Schein der Flamme zuckte in den rundum geschlossenen Kammern über ein Gewirr von Knochen und zerfallenen Särgen.

»Was für ein gemütliches Nachtlager!«

»Besser tote Knochen als untote Blutsauger«, widersprach Bram. Er ließ sich in der Krypta auf den Boden fallen, lehnte sich an die Wand und schloss die Augen. Ármin Vámbéry gesellte sich zu ihm. Stille senkte sich herab und hüllte sie ein, wie die Kälte, die unangenehm durch ihre Kleider kroch und sie frösteln ließ. Dennoch fielen die Männer irgendwann in einen unruhigen Schlaf.

ÜBER DEN PASS

Ein schriller Pfiff, dann ruckten die Räder und der Zug setzte sich langsam in Bewegung. Immer schneller rollte er aus dem Bahnhof an den letzten Häusern vorbei und ließ die Unterstadt in der Dunkelheit der Nacht hinter sich zurück.

»Wir haben gerade Schäßburg verlassen«, erläuterte Dracula ungewöhnlich leutselig seiner unfreiwilligen Mitreisenden. »Dort wurde ich geboren. Allerdings nicht in dem Haus gegenüber der Klosterkirche, von dem behauptet wird, es sei meine Geburtsstätte. Dabei wurde es erst Jahrzehnte später erbaut!«

Ivy hob trüb den Blick. Ab und zu gelang es ihr, einen klaren Gedanken zu fassen, doch ehe sie einen weiteren Versuch starten konnte, mit Seymour oder ihren Freunden Verbindung aufzunehmen, legte sich Draculas Geist wieder wie eine schwere Decke über den ihren und ließ nicht den kleinsten Gedanken entwischen. So war es ebenfalls nahezu unmöglich, über Fluchtpläne nachzudenken. Vor allem ohne dass er davon etwas mitbekam. Und so ließ sich Ivy immer häufiger einfach treiben und gab sich diesem Zustand zwischen Traum und Wachen hin. Sie achtete nicht mehr auf die Orte, an denen sie hielten und deren Namen dumpf durch die Wände des Waggons drangen, wenn die Schaffner den neuen Halt verkündeten. Sie wusste nur, dass sie irgendwo durch Transsilvanien reisten und ihrem Ziel, das sie niemals erreichen wollte, immer näher kamen.

Die Nacht glitt dahin. Obgleich sich an ihrer Situation nichts verändert zu haben schien, fühlte sich Ivy, seit sie Schäßburg verlassen hatten, plötzlich elend, so als habe sie nun auch den letzten Freund verloren. Wie seltsam. Vielleicht lag es daran, dass sie nun ins Herz von Draculas Reich vorstießen, wo nichts und niemand seine Macht bezwingen konnte.

Reglos saß Ivy die ganze Nacht da, die Augen geschlossen, und dennoch sah sie ihn vor sich, wie er sie mit seinem begehrlichen Blick umfing. Erst als der Zug gegen Morgen langsamer wurde und – wie der Schaffner verkündete – Braşov erreichte, erhob sich der Meister und verließ die Kutsche. Sie hörte ihn mit seinem Kutscher sprechen. Dann hielt der Zug. Ein Hämmern und Kreischen und der Geruch von Menschenschweiß verrieten Ivy, dass der Waggon abgehängt wurde. Er bewegte sich noch ein Stück langsam rückwärts, dann entfernten sich die Männer wieder.

»Wir werden den Tag noch hier in der Sicherheit unseres Eisenbahnwagens zubringen«, erläuterte ihr Dracula. »Und dann brechen wir mit meiner Kutsche in die Berge auf. Bald schon sind wir auf Poienari.«

Wie bald?, fragte sich Ivy und Verzweiflung überkam sie. Was würde sie auf der Burg erwarten? Wie würde sie sich gegen den Meister und seine Pläne wehren können?

*

Lange hatten sie nicht geschlafen, als irgendein Geräusch sie auffahren ließ.

»Was war das?« Verwirrt sah sich Bram um. Eine der Kerzen war heruntergebrannt und erloschen, die andere flackerte noch und erleuchtete trübe das steinerne Gewölbe der Krypta.

Auch der Professor regte sich und stemmte sich hoch. »Da draußen tut sich etwas. Vielleicht sollten wir nachsehen.«

Sie folgten dem Gang und stiegen die Treppe zum Kirchenschiff hinauf. Was waren das für Laute, die von draußen durch das noch immer halb geöffnete Portal drangen? Die beiden sahen sich an.

»Wollen wir?«

Bram nickte. Vorsichtig näherten sie sich dem Tor. Anscheinend waren die Vampire das Warten leid geworden und hatten sich zurückgezogen. Die Frage war nur, wie weit. Die Männer sahen sich um, ehe sie sich über die Schwelle wagten, um einen Blick den Berg hinunter werfen zu können. Die Geräusche waren näher gekommen. Es klang nach einem erbitterten Kampf. Hatten die Vampire eine andere Beute in die Klauen bekommen?

Als der noch fast volle Mond hinter den Wolken hervortrat, sahen sie einen Mann, von vier Vampiren umringt, der sich mit einem Degen seiner Haut erwehrte. Mit gebleckten Zähnen und vorgestreckten Krallen versuchten die Blutsauger an ihn heranzukommen, doch immer wieder ließ der Schwung seiner Degenklinge sie zurückweichen. Wie lange würde er das durchhalten können, ehe es einem von ihnen gelang, seine Deckung zu durchbrechen?

»Van Helsing!«, flüsterte Bram, als der Kämpfende sich bei einem Streich um seine Achse drehte und er einen Blick auf sein bärtiges Gesicht erhaschte. »Er hat nach uns gesucht.«

»Er wäre besser im Zug geblieben. Vom Friedhof her kommen noch drei Vampire«, warnte der Professor mit Sorge in der Stimme.

»Van Helsing! Vorsicht, um Himmels willen!«, rief Bram laut. »Da hinten kommen noch mehr. Sie müssen es zu uns in die Kirche schaffen!«

»Danke für den Tipp, meine Herren«, gab van Helsing fast fröhlich zurück, seine Gegner fest im Blick. Sie bemühten sich, ihn nicht in die Kirche entwischen zu lassen, aber er trickste sie immer wieder aus und kam so Stück für Stück näher ans Portal, ohne seine

Deckung außer Acht zu lassen. Die Untoten schäumten vor Zorn. Doch nun erreichten die drei anderen Vampire die letzten Stufen, was van Helsing nicht entging. Er wandte kurz den Kopf.

»Zurück!«, brüllte er, ließ den Degen noch einmal mit einem kräftigen Schwung kreisen und duckte sich dann unter den nach ihm greifenden Armen hindurch, die ihm den Weg zum Kirchentor verwehren wollten.

Bram und der Professor reagierten sofort und stürzten in die Kirche zurück, wohin ihnen van Helsing mit einem ungeheuren Sprung folgte. Die Klauen der Vampire schlugen ins Leere. Van Helsing wandte sich um, drängte die Angreifer mit seiner silbernen Klinge noch einmal zurück und schlug das Portal zu. Das Dröhnen hallte durch die Kirche, dann war es still. Auch von draußen her war nichts mehr zu hören. Entweder hatten sich die Vampire zurückgezogen oder sie lauerten lautlos vor der Türe, in der Hoffnung, die Männer würden den Fehler begehen, ihren Zufluchtsort zu verlassen.

»So, das wäre es vorerst«, sagte van Helsing und schob den Degen in die Stockhülle zurück, die er noch immer in der Linken hielt. Dann legte er die Stirn in Falten und musterte seine beiden Reisebegleiter.

»Sind Sie beide wohlauf?«

Bram Stoker und Professor Vámbéry nickten einmütig. »Das schon«, fügte Bram hinzu, »aber der Zug mit unserem Gepäck ist nun weg.«

»Der Zug ja, das Gepäck natürlich nicht«, widersprach van Helsing. »Ich habe es ausladen und am Bahnhof aufbewahren lassen, ehe ich mich auf die Suche nach Ihnen machte. Es kam mir so eine Ahnung, dass Sie nicht nur aus Eifer an Ihren historischen Studien die Zeit vergessen und den Zug verpasst haben.« Er lächelte ein wenig grimmig. »Wobei Sie meinen Degen zur Rettung offensichtlich nicht benötigten. Ein kluges Manöver, sich hier in die Kirche zurückzuziehen.«

»Ja, es war unser Glück, dass wir das Portal rechtzeitig erreicht haben, sonst hätten Sie dort vor der Schwelle nur noch unsere blutleeren Hüllen gefunden«, sagte Ármin Vámbéry erstaunlich gefasst.

Bram hob den Stumpf der dicken Kerze auf. »Und was machen wir jetzt? Wir müssen zusehen, dass wir so schnell wie möglich nach Kronstadt kommen.«

Van Helsing schmunzelte. »Jetzt warten wir hier auf die Sonne, die die Vampire in ihre Gräber zurücktreibt. Vorher können wir überhaupt nichts tun. Nein, schauen Sie nicht so, Mr Stoker. Seien Sie lieber froh, dass uns diese Nacht keine Gefahr mehr droht. Und wenn es Tag wird, befassen wir uns wieder mit unserer Reiseroute. Ich weiß nicht, wann der nächste Zug nach Kronstadt fährt, aber das kann uns auch gleichgültig sein. Von dort kommen wir ohnehin nicht weiter. Ich habe mit einigen Einheimischen gesprochen. Es tobt ein Schneesturm, der die Pässe für jede Kutsche unpassierbar macht. Von Kronstadt aus kommen wir nicht über die Berge.«

Bram starrte ihn entgeistert an. »Wir stecken hier fest? So kurz vor dem Ziel müssen wir aufgeben?«

Van Helsing schien zwischen Ärger und Amüsement zu schwanken. »Nicht so voreilig. Ich sagte nur, wir kommen von Kronstadt aus nicht weiter. Von Süden her, durch das Tal des Argeş, kann man die Festung erreichen.«

»Von Süden? Wie wollen Sie auf die Südseite der Karpaten gelangen? Zurück bis zur Donau?«, erkundigte sich Professor Vámbéry. »Das ist ein weiter Weg.«

Bram stöhnte bei dem Gedanken.

»Mr Stoker, kein Grund zur Verzweiflung. Es gibt noch eine andere Möglichkeit: den Weg über den Turn Roşu, den Roten Turm.«

Die Miene des ungarischen Professors hellte sich auf. »Das könnte gehen. Das Tal des Olt hat sich tief durch die Berge geschnitten. Schon zu Vlad Drăculeas Zeiten fürchteten die katholischen Fürsten des Abendlandes, die Türken könnten den Rotenturmpass, diesen Durchbruch, denn man eigentlich gar keinen Pass nennen kann, als Einfallstor nach Siebenbürgen nutzen, und taten alles, die Straße mit Festungen zu sichern. Ja, ich denke diesen Weg können wir trotz Schnee bewältigen. Wir schlagen einfach einen Bogen, überqueren die Karpaten weiter westlich und nähern uns der Festung im Argeştal von der anderen Seite.«

Brams Miene hellte sich auf. »Es geht also weiter.«

Van Helsing nickte bedächtig. »Ja, es geht weiter. Wir lassen nichts unversucht, in die Fänge des mächtigen, alten Vampirs zu geraten.«

*

Die Sonne ging über Siebenbürgen unter und versank am fernen Horizont in der Weite Ungarns. Die drei Vampire lagen noch immer ungestört auf den alten Bohlen des Kirchturms von Hosman, über ihnen die schweren Glocken, die nun dröhnend zu läuten begannen. Luciano presste sich die Hände gegen die Ohren.

»Danke, ihr könnt aufhören. Ich bin schon wach!«

Alisa sprang auf, lief die Stufen weiter hinauf bis dort, wo sich das Zeltdach des Turms bis in die Spitze öffnete. In den Turmbalken entdeckte Alisa die Abendsegler, eng aneinandergedrängt, kopfüber hängend, die Flügel eng um den Leib geschlungen. Nein, es sah nicht so aus, als wollten sie ihre Reise heute Nacht fortsetzen. Die Vamalia unterdrückte einen Seufzer. Vielleicht hatte sie bis jetzt heimlich gehofft, die Fledermäuse hätten sich mit ihrer Voraussage getäuscht und sie würden doch mit dem Schwarm bis zur Festung fliegen können.

Am Grat und auf den Gipfeln tobt der Schneesturm. Haben wir euch das nicht gesagt?

Sie empfing die Bilder und Eindrücke der unwirtlichen Bedingungen, die ihr eine Fledermaus oder die Gemeinschaft der Abendsegler sandte.

Ja, ihr habt es vorhergesehen oder gespürt, wie auch immer. Ich hatte einfach gehofft, dass ihr euch irrt.

Es girrte und kicherte in ihrem Kopf. Alisa wandte sich ab und trat an die verdunkelte Holzbrüstung. Sie ließ den Blick schweifen, während die Glocke noch immer dröhnte.

Franz Leopold gesellte sich an ihre Seite. »Und? Hast du eine Idee?«

Alisa schüttelte den Kopf. »Wenn mir nur etwas einfallen würde. Wir müssen weiter, wir können nicht so lange warten, bis der Schneesturm vorbei ist. Dann gehen wir eben in normaler Gestalt den Weg, den uns der Alte beschrieben hat.«

»Das dauert zu lang«, bemerkte Franz Leopold, »in Vampirgestalt brauchen wir länger als die Fledermäuse.«

Alisa sah hinunter zum Dorf, wo sich einige Türen öffneten. Alte Frauen in langen, dunklen Kleidern, das graue Haar unter einem Kopftuch verborgen, und Männer mit gebeugtem Rücken hinkten den Weg zum Burgtor hinauf. Ein paar jüngere Leute folgten ihnen, eine Handvoll Kinder mit ernsten Gesichtern an der Hand.

»Schau, die Dorfbewohner kommen zu einem abendlichen Gottesdienst zusammen«, sagte Alisa. »Dort drüben ist der Alte, der mit uns gesprochen hat, und jetzt tritt der Pfarrer in den Hof.«

»Dann wird es wohl Zeit, dass wir uns davonmachen«, erklang Lucianos Stimme über das Dröhnen der Glocken hinweg.

Alisa nickte. »Ja, ich denke, wir sollten uns besser nicht sehen lassen. Nicht alle sehen so schlecht wie der Alte in der Kirche gestern Abend. Die Leute würden erschrecken.«

Franz Leopold grinste. »Wäre das nicht den Spaß wert?«

Alisa sah ihn strafend an. »Wir sind hier nicht zum Spaß!«

Der Dracas verdrehte die Augen. »Danke, dass du mich daran erinnert hast. Ich hätte es sonst bestimmt vergessen.«

Luciano stieß die beiden in den Rücken. »Hört mit eurem Gezänk auf. Ich würde vorschlagen, wir wandeln uns zuerst in Fledermäuse und folgen so der Straße, die der Alte uns beschrieben hat, bis zum Fuß der Berge. Wenn es zu kalt und windig wird oder es zu schneien beginnt, wechseln wir unsere Gestalt und überwinden die Berge als Wölfe.«

Alisa nickte. »Das ist ein guter Vorschlag, findest du nicht auch? Warum ziehst du so eine Grimasse, Leo?«

»Ich kann mich einfach noch nicht daran gewöhnen, dass aus unserem Nosferas so ein vernünftiger, klar denkender …«

Alisa stieß Franz Leopold an. »Ach, hör auf. Lasst uns aufbrechen, damit wir den Pass so schnell wie möglich hinter uns lassen.«

So wandelten sie sich noch einmal zu Fledermäusen, nahmen dankend vom großen Schwarm Abschied und flogen davon. Ein paar der Abendsegler begleiteten sie ein letztes Stück, bis sie den Olt überflogen und das Kloster Kerz, von dem der Alte gesprochen hatte. Von der gotischen Kirche war nur noch der Chor erhalten und diente nun – mit einer nachträglich errichteten Westwand – der hiesigen Gemeinde als kleine Kirche. Es musste einst ein großartiger Bau gewesen sein. Aber nun lag der Rest der Klosteranlage in Ruinen. Traurig ragten die Ostmauer der Klausur, das zerstörte Langhaus und der Westgiebel auf, neben dem sich ein seltsamer runder Wachturm erhob, der irgendwann später angebaut worden sein musste. Im Innern der Kirchenmauern konnten die Vampire Gräber ausmachen.

Siehst du die Straße? Franz Leopold lenkte Alisas Aufmerksamkeit von der Klosterruine ab.

Ja, ein Stück weiter konnte sie deutlich eine Einmündung von Süden her auf die breite Straße am Ufer des Olt entlang erkennen, die Sibiu und Braşov verband. Ein Hauch von Schnee lag auf den Wiesen und der Landstraße unter ihnen und der Wind wurde bereits merklich kälter und frischte auf. Es wunderte die drei Vampire nicht, dass sich ihre Begleiter nun verabschiedeten und nach Hosman umkehrten. Jetzt waren sie also auf sich alleine gestellt.

Sie flogen ein Stück die immer steiler ansteigende Straße entlang, bis sie das letzte Dorf hinter sich ließen. Der Wind blies ihnen ins Gesicht und zerrte an ihren ledernen Schwingen. Es wurde immer schwieriger, Kurs zu halten und nicht von einer Böe aus der Bahn geschleudert zu werden. Alisa spürte, wie ihre Bewegungen träger wurden. Jeder Flügelschlag wurde zur Herausforderung. Dann fing es an zu schneien. Dicke Flocken wirbelten durch die Luft und umtanzten die drei Fledermäuse. An Fliegen war nicht mehr zu denken. Im Schutz eines Felsens landeten sie und wandelten sich zurück.

»Ich kann es ihnen nicht verdenken, dass sie den Pass nicht überfliegen wollen«, gab Alisa zu. »Vermutlich würden die Schwingen in der Luft zu Eis erstarren und sie kläglich zu Boden stürzen lassen.«

»Ja, hier kommen wir nur noch als Wölfe weiter«, gab Luciano zu und starrte missmutig in den immer dichter werdenden Schnee, der ihnen die Sicht nahm. »Aber selbst in dieser Gestalt wird es schwierig. Ich schätze, weiter oben ist die Straße völlig zugeschneit, sodass wir sie vermutlich nicht einmal mehr erkennen können.«

Alisa runzelte die Stirn. »Fürchtest du, wir könnten vom Weg abkommen und uns verirren?«

Franz Leopold wehrte ab. »Wozu müssen wir die Straße sehen? Glaubst du nicht, dass unsere Witterung fein genug ist, sie auch durch ein wenig Schnee zu riechen? Es sind so viele Menschen und Tiere hier auf- und abgegangen. So viel Schnee kann gar nicht fallen, dass er den Geruch verdecken könnte.«

Alisas Miene hellte sich auf. »Ich glaube, du hast recht. Lass es uns versuchen. Was, Leo? Warum lächelst du so seltsam? Was ist an mir so komisch?«

Alisa sah an sich herab. Da stand sie in ihrem einst aprikosenfarbenen Tournürenkleid aus geraffter Seide mit Rüschen und einer kurzen Schleppe mitten in Transsilvanien am Fuß der Karpaten im Schneesturm. Das Kleid war von Ruß beschmutzt, die Schleppe arg zerrissen und ihre Frisur hatte sich vollständig aufgelöst, sodass ihr langes Haar ihr ein wenig verwirrt über den Rücken herabfiel. Auch ihre Arme und ihre Wangen waren noch immer von Ruß verschmiert.

»Nichts«, erwiderte Franz Leopold und gluckste. »Ich finde, du machst dich hier ganz wunderbar in deinem Abendkleid.«

»Na, dein Frack hat auch schon bessere Nächte erlebt«, gab Alisa zurück und rief dann den Nebel, aus dem sie nur Augenblicke später als graue Wölfin hervortrat. Beinahe gleichzeitig stand Franz Leopold als Wolf neben ihr – mit tiefschwarzem, glänzendem Fell wie damals in Irland.

»He, wartet!« Auch Luciano verwandelte sich. Hatte er in Irland nur einen kläglichen Wolf zustande gebracht, dessen Pelz wie von Motten zerfressen wirkte, so zeigte sich nun auch in dieser Gestalt die Veränderung, die mit dem Nosferas vor sich gegangen war. Ein prächtiger grauer Wolf von stattlicher Größe trat aus dem Nebel. *Gehen wir!* Mit großen Sprüngen lief er voran den Berghang hinauf. Die anderen beiden folgten ihm.

Franz Leopold behielt recht. Obgleich die Flocken immer dichter wurden und der Sturm ihnen die Sicht nahm, war es nicht schwer, der dick verschneiten Straße zu folgen. Zuerst verlief ihr Weg durch den Wald, sodass ihnen auch die Schneise zwischen den

Tannen die Richtung wies. Doch sobald sie die Bäume und Büsche hinter sich ließen, dehnte sich nur noch ein weißer Hang vor ihnen aus, der bis in den Himmel zu reichen schien. Nichts unterschied die Straße von der Landschaft drumherum. Franz Leopold blieb stehen, legte den Kopf in den Nacken und stieß ein lang gezogenes Heulen aus. Die beiden anderen fielen ein. Als ihr Heulen verklang, waren nur noch die pfeifenden Windböen zu hören, die sie umwirbelten. Und dann hörten sie, wie ein fernes Echo, fremdes Wolfsgeheul. Von hoch oben aus den Bergen beantworteten wilde Wölfe der Karpaten ihren Ruf.

Hoffen wir, dass es nur wilde Wölfe sind und nicht die Diener Draculas, meinte Luciano.

Alisa schwieg. Auf diesen Gedanken wäre sie gar nicht gekommen. Möglich war es allerdings. Vielleicht war es nicht klug gewesen, Aufmerksamkeit auf sich zu lenken.

Ach was, wir sind von seiner Festung noch viel zu weit weg, als dass er hier schon Wächter postieren würde, versuchte Franz Leopold die Bedenken zu zerstreuen. Dennoch hatten alle drei ein mulmiges Gefühl, als sie ihren Weg zum Pass fortsetzten.

Weiter liefen sie durch die Nacht. Sie spürten zwar ihren Blutdurst, ihre Kräfte aber schienen eher noch zu wachsen. Sie kannten keine Müdigkeit und keine Erschöpfung, rannten ohne Unterbrechung den steilen Berghang weiter hinauf, bis sie eine Felskante überwanden. Für einen Moment schien der Schneesturm innezuhalten und auch die drei Wölfe verharrten, um sich umzusehen. Das Hochtal vor ihren Augen sah aus, als habe eine gewaltige Macht die Berge zu beiden Seiten ausgehöhlt und die Schieferfelsen abgeschliffen, bis ein gewaltiger Trog entstand. Oberhalb der Abbruchkante war der Grund nahezu eben, um dann zum Grat hin immer steiler anzusteigen, sodass die scharfen Gipfel, die das Tal im Süden abschlossen, wie Reißzähne fast senkrecht in die Höhe ragten. Die Straße begann sich in immer weiteren Schleifen zu winden, doch den Vampiren war klar, wohin sie führen musste: zu der schmalen Lücke zwischen den Felszähnen direkt über ihnen.

Wir sparen viel Zeit, wenn wir den direkten Weg nehmen, schlug Franz Leopold vor. Alisa zögerte.

Und wenn die Straße doch anders verläuft? Es wäre fatal, wenn wir vom Weg abkommen. Dann müssen wir die Zeit, die wir jetzt einsparen, nachher durch Suchen wieder verschwenden.

Doch auch Luciano plädierte für den direkten Weg. *Siehst du den Einschnitt zwischen den Felsen dort oben? Wo anders als dort könnte die Straße den Grat überwinden?*

Alisa nickte widerstrebend. *Ja, das ist richtig. Wir müssen uns fest auf diesen Punkt konzentrieren und die Richtung genau bestimmen, denn lange werden wir ihn bestimmt nicht mehr sehen können.*

Sie hatte den Gedanken kaum zu Ende gedacht, da peitschte eine neue Sturmböe den nächsten Schneeschauer vor sich her. Die Flocken wirbelten so dicht, dass selbst die Wölfe kaum ein paar Schritte weit sehen konnten. Aber sie hatten sich die Himmelsrichtung ihres Ziels bereits so genau eingeprägt, dass sie der Linie nun auch blind folgen konnten.

Das haben uns die Pyras beigebracht, dachte Alisa dankbar. *Unsere Zeit in Paris war alles andere als verschwendet. Auch die Pyras haben Eigenschaften entwickelt, die uns Vampiren eine wertvolle Hilfe sind und uns stärken.*

Schon gut, fiel Franz Leopold in ihre Gedanken. *Ich gebe zu, das ist jetzt hilfreich, aber so toll sind die Pyras auch wieder nicht! Da haben andere Größeres geleistet.*

Du meinst, wie die Nosferas, die es uns ermöglichen, tagsüber in Kirchen Zuflucht zu suchen, oder die Lycana, die uns gelehrt haben, in der Gestalt von Fledermäusen und Wölfen zu reisen? Alisa feixte. Sie wusste genau, was Franz Leopold durch den Kopf ging und so wunderte es sie nicht, dass seine Antwort ein wenig verschnupft klang.

Ach, du dachtest eher an die Dracas?, mischte sich nun Luciano ein und es hörte sich fast ein wenig an, als würde der Wolf lachen. *Ja, das dürfen wir natürlich nicht übersehen. Was haben wir da nicht alles gelernt, das uns hier auf unserem Weg entscheidend voranbringt! Zum Beispiel Walzer tanzen. Alisa, darf ich bitten? Vielleicht sollten wir zum Pass hochtanzen. Ob das schneller geht? Einen Versuch wäre es wert.*

Blödsinn!, fauchte Franz Leopold. *Ihr wisst genau, was ich meine.*

Die großen geistigen Fähigkeiten, die die Dracas nicht mit den Erben anderer Clans teilen wollen?, hieb Luciano weiter in die Kerbe.

Franz Leopold seufzte. *Ja, das war nicht korrekt, ich gebe es zu. Wir wurden bei allen Clans fair behandelt und nach bestem Wissen unterrichtet. Das hätten der Baron und die Baronesse ebenso halten müssen. Sie haben den Vertrag mit den anderen Clans unterzeichnet. Da gebietet es die Ehre, sich auch daran zu halten.*

He, Leo, schon gut. So viele Entschuldigungen auf einmal schaden deiner Überheblichkeit.

Der schwarze Wolf schnappte nach den Hinterbeinen des grauen, doch Alisa spürte, dass es nur ein freundschaftliches Geplänkel der beiden war.

Wenn wir zurück sind, werde ich dafür sorgen, dass alle Erben darin unterrichtet werden, Gedanken und Gefühle zu lesen und zu beeinflussen, schwor der Dracas.

Den Rest des Weges legten sie schweigend zurück. In der Ferne konnten sie ab und zu die fremden Wölfe heulen hören, doch es kam keiner in ihre Nähe. Inzwischen stieg das Tal so steil an, dass sie langsamer laufen und achtgeben mussten, nicht auszurutschen oder in einer Mulde tiefen Schnees zu versinken. Immer wieder kreuzten sie die Straße, die sich dem Felseinschnitt entgegenwand. Es musste bereits mehr als drei Stunden nach Mitternacht sein, als sie die Passhöhe endlich überschritten. Der Wind war eisig und so stark, dass sie den Schutz eines Felsen aufsuchten, um kurz innezuhalten. Wie weit war es noch bis Poienari? Würden sie die Festung vor Sonnenaufgang erreichen?

Sicher nicht, wenn wir hier noch länger rumstehen, drängte Luciano und setzte den Weg mit großen Sprüngen fort. *Kommt weiter, von nun an geht es nur noch bergab!*

Ja, und zwar schneller, als es uns lieb sein kann, wenn wir nicht aufpassen, mahnte Alisa. *Wir dürfen nicht ins Rutschen kommen. Wer weiß, was für Felsspalten unter dem Schnee lauern. Wir sollten lieber ein wenig vorsichtig sein!*

Maulend gehorchte Luciano. Da sich der weite Abhang unten zu einem Tal verengte, auf das die Straße zuzuhalten schien, verzichteten die Vampire wieder darauf, den weiten Serpentinen zu folgen, und hielten sich stattdessen an einen kleinen Bachlauf. Hier auf der Südseite flaute der Sturmwind ab, sobald sie die nackten

Felsen hinter sich gelassen hatten. Auch die Schneeschicht wurde zusehends dünner. Es zeichneten sich wieder Büsche unter dem Weiß ab und bald tauchten sie in dichte Wälder ein.

Dann endlich hörte es auf zu schneien. Die letzten Flocken schwebten herab. Auf einer dünnen, harschen Schneeschicht folgten die drei Wölfe nun der Straße an dem zu einem kleinen Flüsschen angeschwollenen Bach entlang, der sich tief in den Fels gefressen und sein Tal zu einer Schlucht ausgehöhlt hatte. Nur ein Streifen Himmel war noch zu sehen. Die letzten Sterne blitzen von dort auf sie herab, während die Nacht verblasste. Verbissen hetzten die Wölfe noch schneller talabwärts, bis der Dracas sie zurückrief.

Wir schaffen es heute nicht mehr!

Es kann nicht mehr weit sein, gab Luciano zurück.

Und selbst wenn. Was willst du tun, wenn du die Burg erreichst und gerade die Sonne aufgeht? Wir bringen uns in eine denkbar schlechte Lage, wenn wir zu dieser Stunde dort einfallen, ohne zu wissen, was uns erwartet. Vielleicht verfügt Dracula über Wächter, denen Sonnenlicht nichts anhaben kann? Die dann nur zu warten brauchen, bis uns unsere Todesstarre niederzwingt, um uns endgültig zu vernichten. Wir sollten uns jetzt einen geschützten Ort suchen und erst, wenn die Sonne wieder untergegangen ist, die Lage in Ruhe auskundschaften.

Leos Vorschlag ist vernünftig, gab ihm Alisa widerstrebend recht.

Vernünftig, ja, knurrte Luciano. *Mir ist im Moment aber nicht nach Vernunft.*

Dann laufe in dein Verderben. Das wird nur niemandem nutzen. Am allerwenigsten Ivy, schimpfte der Dracas.

Also gut, dann lasst uns nach einem Versteck Ausschau halten.

Sie fanden eine Felsspalte, in die sie sich drängen konnten. Bequem war es nicht, aber das konnten sie sich im Moment nicht aussuchen. Wichtiger war, dass die Sonne sie nicht erreichen konnte und dass sie so weit von der Straße entfernt lag, dass kein Reisender zufällig darauf stoßen würde. Wobei es nicht wahrscheinlich war, dass an diesem Tag überhaupt ein Reisender vorbeikam. Wohin sollte er gehen? Bei diesem Wetter war der Pass unpassierbar und würde es noch über Wochen, wenn nicht Monate hinweg bleiben.

Die drei wandelten sich und quetschten sich in den Spalt. Alisa kauerte halb ausgestreckt zwischen den beiden Vampiren. Es war ein seltsames Gefühl, so dicht an Franz Leopold gepresst den Tag zu verbringen. Alisa versuchte, nicht an das letzte Mal zu denken, als er ihr so nah gekommen war. Ihre Wut und der zügellose Kampf und dann der Kuss, zornig und leidenschaftlich. Endlich zwang die Sonne ihren Geist zum Stillstand.

POIENARI

Endlich wurde es Tag. Die drei Männer verließen die Krypta und durchquerten das Kirchenschiff. Van Helsing stieß das Portal auf und trat in den noch schattigen Morgen hinaus. Es war kälter geworden und von einem bewölkten Himmel fielen ein paar Schneeflocken. Der Friedhof lag friedlich im Morgenlicht. Nebel stieg über den Gräbern auf, unter deren Steinplatten einige Körper ruhten, die nicht so tot waren, wie es sich die Bewohner des Städtchens Schäßburg erhofften. Ob schon jemand versucht hatte, dem Spuk ein Ende zu bereiten? Mit einem Priester und Weihwasser, mit einem spitzen Pflock, einem Hammer und einem Schwert, um dem Untoten den Kopf von den Schultern zu trennen? Wenn ja, dann verstanden es die Upiry reinen Blutes, sich stets genügend neue untote Sklaven zu schaffen.

»Mr Stoker? Kommen Sie?«

Bram riss sich von dem Anblick des Friedhofs los und eilte steifbeinig seinen Reisebegleitern nach. Verfroren und hungrig tappten die Männer die Schülerstiege hinunter. Van Helsing bestand darauf, zuerst ein warmes Frühstück zu sich zu nehmen, ehe sie sich um ihre Weiterreise kümmerten, und nicht einmal Bram protestierte. So eine Winternacht in einer Krypta war unangenehmer, als er gedacht hätte.

Das Essen und die Wärme weckten die Lebensgeister der Männer und stachelten ihre Abenteuerlust wieder an. Sie machten sich sogleich zum Bahnhof auf und waren glücklich zu erfahren, dass ein Zug sie noch an diesem Tag nach Sibiu, dem siebenbürgischen Hermannstadt, bringen konnte. So kauften sie sich Fahrkarten und waren schon wenige Stunden später wieder unterwegs.

Der Zug erreichte Sibiu am Nachmittag. Die Männer gaben ihre Reisetaschen einem Gepäckträger in Obhut und machten sich in die Stadt auf, um sich nach einer geeigneten Kutsche umzusehen und einige Besorgungen zu erledigen. Van Helsing hatte eine ganze Liste von Dingen zusammengestellt, die ihnen seiner Meinung nach von Nutzen sein könnten. Sie trennten sich fürs Erste und verabredeten ein späteres Treffen auf der Piaţa Mare, dem großen Platz bei der katholischen Kirche.

»Und halten Sie sich von Friedhöfen fern«, scherzte Van Helsing zum Abschied.

»Darauf können Sie Gift nehmen«, versprach Professor Vámbéry. »Obgleich es noch nicht dunkel ist!«

Ein Gefährt war schnell gefunden, die Bedingungen mit dem Kutscher zügig ausgehandelt. Er verzog zwar das Gesicht, als sie ihm sagten, dass es auf die Südseite der Gebirgskette gehen sollte, und erhöhte daraufhin den Preis noch einmal, war aber zuversichtlich, dass sein kräftiges Vierergespann den Weg am Olt entlang durch den Schnee schaffen würde. Bram wäre am liebsten sofort losgefahren, doch er sah natürlich ein, dass es nicht sinnvoll war, in die einbrechende Dunkelheit hinauszufahren. Nein, er musste sich bis zum nächsten Morgen gedulden.

Es wurde Abend. Die drei Männer schlenderten um den großen Platz herum, der mit seinen prächtigen Häusern Wien näher scheinen ließ.

»Täuschen Sie sich nicht«, wehrte der ungarische Professor ab, als Bram diesem Gedanken Ausdruck gab. »Die Habsburger sind kaum zweihundert Jahre hier und seitdem geht es mit der Stadt bergab. Für sie ist Sibiu nur ein unwichtiger Außenposten im Osten ihres Reiches. Für Siebenbürgen war die Stadt stets ein strahlender Stern in ihrer Mitte. Sie wurde bereits im zwölften Jahrhundert erwähnt, beim großen Tatareneinfall 1241 aber völlig niedergebrannt. Nur wenige Dutzend Bewohner kamen mit dem Leben davon und begannen tapfer mit dem Wiederaufbau – und mit der Befestigung der Stadt. Lassen Sie uns auf die andere Seite der Kirche zur Piaţa Mică gehen, die zum inneren Befestigungsring der Stadt gehört.«

Die Männer schlenderten mit dem Professor durch das Tor, das das Rathaus mit dem Kirchenbau verband.

»Fünfhundert Jahre lang bauten, erweiterten und befestigten die Siebenbürger Sachsen die gewaltigste ihrer Burgen und machten aus ihrem Hermannstadt einen der wohlhabendsten Orte des Abendlandes. Die erste Befestigungslinie zog sich dort links von uns um die protestantische Stadtkirche, dann wurde in einem zweiten Mauerring dieser Platz, auf dem wir jetzt stehen, mit dem Rathaus einbezogen. Der dritte Ring mit seinen mächtigen Türmen zog sich schon um die ganze Oberstadt. Doch die Stadt wuchs weiter und machte es nötig, auch die untere Stadt zu schützen. Im fünfzehnten und sechzehnten Jahrhundert entstanden also ein vierter und ein fünfter Mauerring. Noch vor einhundert Jahren verfügte die Stadt über neununddreißig Türme und vier Basteien! Und wie in Schäßburg verraten uns die Namen wie Töpfer-, Armbruster- und Ledererturm, dass die Verteidigung der Stadt in den Händen der Handwerkerzünfte lag. Das hat über Jahrhunderte gut funktioniert. Nun aber, da die Habsburger das Zepter führen und der Stadt ihre Freiheiten genommen haben, die der königliche Freibrief den Siedlern garantiert hat, geht es mit allem bergab. Die Siebenbürger Sachsen hatten im dreizehnten Jahrhundert vom ungarischen König den goldenen Freibrief erhalten, der sie von Zoll befreite und ihnen alle Bodenschätze zusprach. Sie durften uneingeschränkt Märkte abhalten und Handel treiben, ihre Religion ausüben und Recht sprechen. Dafür mussten sie Steuern bezahlen und waren für Ungarn die Ostverteidigung, das Bollwerk gegen die Türken. Heute sind sie nur noch ein Stück Land im großen Habsburgreich. Nicht nur die Stadtbefestigungen verfallen zusehends.«

Der Professor schwieg. Gemeinsam schlenderten sie am großen Mauerring mit seinen Türmen entlang, der die einst so reiche und mächtige Oberstadt umschloss.

*

Alisa schlug die Augen auf und wand sich aus der Umarmung der beiden Vampire, die noch völlig starr zu ihren beiden Seiten lagen. Etwas länger als nötig betrachtete sie Franz Leopolds Gesicht, bevor sie beide anstieß.

»Und nun?«

Franz Leopold und Luciano kamen ebenfalls zu sich und waren sogleich hellwach. Sie lugten aus dem Spalt und traten dann ins Freie. Draußen sah es nicht viel anders aus als im Morgengrauen. Es hatte nur leicht geschneit, und nun brach eine kalte, windige Nacht an, die die Wolken über den Himmel trieb und nur ab und zu einen Blick zum Sternenhimmel freigab. Nichts regte sich um sie. Selbst das Wolfsgeheul, das sie beim Abstieg vernommen hatten, war verstummt. Der Mond war noch nicht aufgegangen, und die Schlucht lag finster und abweisend zu ihren Füßen.

»Machen wir uns auf den Weg«, drängte Luciano.

»In welcher Gestalt?«, fragte Franz Leopold.

Die anderen sahen sich an. »Wir könnten es wieder als Fledermäuse versuchen«, schlug Alisa vor. »Es ist zwar kalt, aber der Wind ist nicht so stark, dass wir fürchten müssten, davongeweht zu werden. Jedenfalls wären wir in dieser Gestalt schneller. Wer weiß, wie weit es noch bis zur Burg ist.«

Die beiden Vampire hatten gegen den Vorschlag nichts einzuwenden und so verwandelten sie sich wieder in Fledermäuse und flatterten dicht über dem kiesigen Grund der Schlucht, durch den sich das Wasser des Flusses sein unstetes Bett suchte.

Da! Alisa fiepte und schlug aufgeregt mit den Schwingen. *Ist das dort oben Poienari?*

Sie waren gerade erst aufgebrochen und der Flussschleife um einen steilen, bewaldeten Berg gefolgt, als sich vor ihnen von rechts ein felsiger Rücken in die Schlucht schob und den Fluss nach Osten abdrängte, sodass er gezwungen war, ihn in einem Bogen zu umfließen. Am Fuß war der Felssporn – wie die anderen Hänge – von dichtem Wald bedeckt. Oben auf dem felsigen Grat aber erhoben sich rötliche Mauern und ein mächtiger quadratischer Turm.

Ja, das muss es sein, bestätigte Luciano. *Wenn wir nur heute Morgen schon geahnt hätten, wie nah wir sind!*

Auch dann wäre es nicht sinnvoll gewesen, bei Sonnenaufgang die Festung zu stürmen!, erinnerte Franz Leopold. *Jetzt jedenfalls haben wir die ganze Nacht vor uns. Kommt, lasst uns die Fluchtburg des Meisters ein wenig in Augenschein nehmen.*

Sie lösten sich von der Talsohle und flatterten dicht über den Baumwipfeln den Hang zu ihrer Rechten hinauf, um dann dem Grat zu folgen.

Da kommt keine Kutsche hinauf, ja nicht einmal ein Karren, meinte Alisa mit einem Blick auf den steilen Pfad unter ihnen. *Und vermutlich auch kein Pferd*, fügte sie hinzu. *Ich frage mich, wie es ihm zu seinen Lebzeiten überhaupt gelungen ist, diese Festung zu bauen.*

Na, selbst hat er die Steine sicher nicht den Berg hinaufgeschleppt. Entweder hat er sich ein Heer von Kriegsgefangenen besorgt oder sein Volk so gut im Griff gehabt, dass sie ihm diese Zuflucht bauten, meinte Franz Leopold.

Was mich viel mehr interessiert, ist, wer sich heute Nacht auf der Burg aufhält und ob wir tatsächlich vor ihm am Ziel sind. Luciano schlug hektisch mit den Flügeln.

Das werden wir gleich wissen. Franz Leopold beschleunigte seinen Flug und schoss den Freunden voraus, die Mühe hatten, ihn wieder einzuholen.

Pass auf. Wir dürfen nicht auffallen!, mahnte Alisa.

Wir sind Fledermäuse, gab Luciano zurück. *Und wir hinterlassen in dieser Gestalt nicht einmal eine Fährte, sodass uns niemand aufspüren kann!*

Das mag ja sein, aber es kann nicht schaden, achtsam zu bleiben und sich unauffällig zu verhalten. Wie ganz normale Fledermäuse.

Die sich hier in der Gegend vermutlich längst zu ihrem Winterschlaf zurückgezogen haben, erinnerte Franz Leopold.

Luciano fluchte vernehmlich. *Dann müssen wir erst recht darauf achten, nicht entdeckt zu werden, egal in welcher Gestalt!*

Ruhe jetzt!, rief Alisa. Der harsche Ton verriet ihre Nervosität.

Schweigend drehten sie eine Runde um die Festung. Nichts regte sich. So wagten sie, ihre Kreise immer enger zu schrauben, um einen Eindruck vom Bau der Burg zu bekommen.

Poienari war eine längliche, schmale Anlage, die sich entlang des

Felsengrats ungefähr in Ostwestrichtung erstreckte. Der Pfad zur Burg zog sich in steilen Serpentinen von Westen den Hang hinauf. Er endete an einer Spalte, die mittels einer Zugbrücke überwunden werden musste. Dann ging es noch einmal in einigen Felsstufen zum Tor hinauf, das von einem runden Turm bewacht wurde.

Die gesamte Südseite beherrschten eine mächtige Mauer und drei halbrunde Bastionen. Der untere Teil, der aus dem Fels zu wachsen schien, war aus grauem Bruchstein, den man vermutlich direkt aus dem Grat geschlagen hatte. Die obere Hälfte dagegen war aus roten Ziegeln aufgeschichtet. Hatte man diese einfacher hier herauftragen können? Vielleicht.

Die drei Fledermäuse wandten sich der Nordseite der Burg zu. Hier ragte der mächtige Donjon hinter dem Burgtor auf, an den ein kleineres Gebäude angebaut war. Dahinter erstreckte sich ein schmaler, ummauerter Hof mit der für Menschen so lebenswichtigen Zisterne. Dracula und seine Untoten hatten dafür sicher keine Verwendung mehr.

Plötzlich nahm Alisa eine Bewegung wahr. *Da, seht! Am Eingang zum Wohnturm tut sich etwas. Was ist das? Ein Mann? Er scheint mir so klein und, ja, irgendwie missgebildet.*

So kann man es sagen. Jedenfalls ist er ein Mensch. Sein Körper strahlt die warme Aura eines Menschen aus, fügte Franz Leopold an.

Also ein lebender buckliger Diener? Alisa flog vorsichtig tiefer, um die Gestalt näher in Augenschein zu nehmen. Er hatte recht hässliche Gesichtszüge und sein verwachsener Körper war kaum anziehender. Warum der Meister sich wohl solch einen Bediensteten ausgesucht hatte?

Der Bucklige hinkte den Hof entlang bis zur Nordostecke und lehnte sich über die Mauerbrüstung. Er ließ den Blick die Schlucht hinauf in die Ferne gleiten. Eine ganze Weile blieb er so reglos stehen. Dann schüttelte er den Kopf und machte sich auf den Weg zur Südseite. Er stieg auf den gedrungenen halbrunden Mauerturm in der Mitte der Schildmauer und sah wieder in die Ferne. Dieses Mal den Fluss hinab, wo sich das Tal zur Walachei hin öffnete.

Vielleicht hält er nach seinem Herrn Ausschau? Er erwartet ihn zurück, vermutete Alisa.

Schon möglich.

Luciano unterbrach den Dracas. *Sieh mal, was da aus den Gemächern geschwebt kommt!* Die Bewunderung in seiner Stimme ließ Alisa eine scharfe Kehrtwendung vollführen. Sie ließ sich tiefer sinken, um die drei Gestalten mit allen ihren Sinnen zu erfassen.

Drei Frauen, nein, drei Vampirinnen, die wunderschön waren. Dracula hatte sie offenbar sorgsam ausgewählt. Der Mond erhob sich nun über die Baumwipfel und beleuchtete die drei, wie sie dem buckligen Diener mit wiegenden Hüften entgegentraten.

Eine Blonde, eine Rothaarige und eine Dunkelhaarige – und alle von betörender Schönheit, kommentierte Franz Leopold. *Ja, das ist das Leben, das man sich als Fürst vorstellt. Vielleicht haben ihn die Türken auf den Geschmack gebracht, sich einen eigenen Harem zu halten.*

Auch Luciano schien von den dreien angetan. *Mit solch schönen Wächtern – Wächterinnen vielmehr – habe ich nicht gerechnet.*

Alisa fiepte abfällig. *Als ob deren Schönheit von Interesse wäre. Wichtiger ist, dass sie Vampirinnen sind und wir in Erfahrung bringen müssen, über welche Kräfte sie verfügen.*

Alisa, sei nicht so streng mit uns, bat Franz Leopold scherzhaft. Luciano dagegen war sofort wieder ernst und schlug vor, unterhalb der Mauerkrone näher zu fliegen, um dort, vor ihren Blicken verborgen, vielleicht etwas von ihren Gesprächen hören zu können.

Die drei gingen in Deckung und flogen so nah wie möglich heran. Alisa näherte sich einem vorstehenden Steinblock, krallte sich fest und ließ sich kopfüber herabgleiten. Sobald sie ihre Flügel eingefaltet hatte, folgten die beiden Vampire ihrem Beispiel.

Was ist das für eine Sprache?, erkundigte sich Alisa, nachdem sie einigen ihr unverständlichen Sätzen gelauscht hatte. Eine der Vampirinnen bedrängte offenbar den Buckligen und versuchte ihn mit ihrer zwitschernden Stimme zu etwas zu überreden, das ihm nicht schmeckte. So viel glaubte sie heraushören zu können. Nun fiel die Zweite drängend ein.

Das ist Ungarisch, gab der Dracas Auskunft. *Die Damen langweilen sich hier ohne den Meister und wollen einen Ausflug unternehmen, gegen den der Bucklige etwas einzuwenden hat.*

Du sprichst Ungarisch?, wunderte sich Luciano.

Aber sicher, näselte Franz Leopold, ehe er fortfuhr: *Der Bucklige meint, sie sollten sich an die Bauern in der Umgebung halten und sich nicht von der Festung entfernen. Der Meister könne jeden Augenblick zurückkehren.*

Hofft er das oder hat Dracula ihm eine Nachricht zukommen lassen?, überlegte Alisa. Sie lauschten noch eine Weile den hellen Stimmen der drei Vampirinnen und dem missmutigen Brummen des Dieners.

Und? Was tut sich?, drängte Alisa den Dracas, weiter zu übersetzen.

Sie sind der Meinung, dass Razvan, so heißt der Bucklige, ihnen gar nichts vorzuschreiben habe, da er nur der Sklave seines Herrn sei. Er dagegen ist der Meinung, der Meister habe ihm die Verantwortung über die Festung samt der Damen übertragen und sie müssten ihm gehorchen.

Der Streit oben wurde heftiger, dann brach er ab und die Vampirinnen rauschten davon. Allerdings kehrten sie nicht zum Donjon zurück, sondern traten auf die Plattform des Nordostturmes hinaus.

Und? Wie ging die Sache aus? Lass mich raten, der Bucklige hat den Kürzeren gezogen.

Franz Leopold gab Lucianos Vermutung recht. *Ja, die Damen haben beschlossen, sich in Curtea de Argeş ein wenig zu amüsieren und für ihr leibliches Wohl zu sorgen.*

Gegen das Letztere hätte ich auch nichts einzuwenden, brummelte Luciano.

Sie haben allerdings versprochen, rechtzeitig vor Sonnenaufgang zurück zu sein.

Was bedeutet, dass der Ort nicht allzu weit entfernt sein kann, interpretierte Alisa, *es sei denn …* Sie beendete den Satz mit einem Stöhnen. Drei riesenhafte Fledermäuse stürzten sich von der Mauer der Bastion in die Tiefe.

Die Frage, über was für Fähigkeiten die Damen verfügen, ist zumindest in einem Punkt beantwortet, meinte Franz Leopold grinsend.

Das ist sie, bestätigte Alisa, *aber lachen kann ich darüber nicht!*

Wenigstens sind sie nun weg und werden wohl auch eine Weile unterwegs sein, warf Luciano ein. *Sollen wir es wagen und uns den Donjon und die anderen Wohnräume mal ein wenig näher ansehen? Wir müssen nur dem Buckligen aus dem Weg gehen.*

Alisa hatte zwar Bedenken – sie wussten schließlich nicht, ob es noch mehr Vampire auf der Burg gab –, anderseits mussten sie dieses Risiko eingehen, wenn sie die Zeit vor Draculas und Ivys Ankunft sinnvoll nutzen wollten.

Sie begannen mit dem Anbau, in dem sich früher wohl die Küche und ein Vorratslager befunden hatten. Im Stock darüber waren vermutlich Schlafplätze für Wächter und Knechte gewesen. Die drei Fledermäuse spähten durch das winzige Fenster und drehten dann eine Runde durch die beiden Räume. Da der Bucklige noch immer an der Südmauer auf- und abging, wagten sie, auch den Wohnturm zu untersuchen. Obgleich der Turm mächtige Ausmaße hatte, waren die Räume innen erstaunlich klein. Die Mauern waren ungeheuer dick.

Durch ein Fenster gelangten sie in den untersten Raum. Er glich mehr einem Verlies und war voll mit verschlossenen Kisten und Truhen, aber auch allerlei alten Waffen wie Spießen und rostigen Schwertern. Der Stock darüber war schon ansehnlicher eingerichtet. Ein schöner mit Schnitzereien versehener Sekretär, gepolsterte Scherenstühle um einen langen Tisch, ein paar weiche Sessel an der Wand neben einem niederen Metalltischchen, eine Wasserpfeife und farbenprächtige Teppiche, die den Boden und die Wände bedeckten – man sah deutlich, dass der Fürst Umgang mit den östlichen Reichen gepflegt hatte.

Das Gemach ein Stockwerk höher mit seinem mächtigen Himmelbett und den schweren Truhen war ganz sicher das einer Dame. Der silberne Handspiegel auf dem Nachtkästchen, die zierlichen türkischen Tassen, der seidige Umhang, der über dem Bett lag, und das Gewand auf einer der Truhen ließen das Zimmer bewohnt wirken, als ob die Dame des Hauses jeden Moment zurückkehren könnte. Und dennoch mutete alles seltsam altmodisch an. Jeder Gegenstand auf dem Tischchen und den Truhen schien Hunderte von Jahren alt zu sein. Alisa umflog den Handspiegel in sicherem Abstand. Für eine Vampirin war er nutzlos. Auch transsilvanische Vampire kannten kein Spiegelbild, da war sich Alisa sicher. Stammten diese Sachen dann alle noch aus der Zeit, als die Burg von Menschen bewohnt worden war?

Meint ihr, das ist das Gemach von Fürst Vlads Gemahlin? Er muss sie sehr geliebt haben, wenn er selbst jetzt noch ihr Andenken so lebendig hält. Verwundert flog Alisa noch eine Runde.

Die Liebe eines Vampirs über den Tod hinaus, mehr noch, über die Jahrhunderte hinaus! Bisher habe ich in ihm nur den alten Meister gesehen, den grausamen Herrscher, meinte Luciano nachdenklich.

Und nun siehst du ihn in weicherem Licht?, wollte Franz Leopold wissen. *Dass du dich da nur nicht täuschst! Diese Art, wie er das Gemach einer toten Gemahlin über Hunderte Jahre erhält, spricht mir eher von fanatischer Leidenschaft als von romantischer Liebe. Genau diese Schwäche, die ihn blind für Vernunft werden lässt, macht ihn auch gefährlich.*

Sie flogen noch eine Treppe höher und erreichten nun Draculas Gemach. Hier hatte er vermutlich zu Lebzeiten in seinem schweren, aber einfach gehaltenen Bett geruht, nun legte er sich in dem Sarkophag nieder, den er sich neben seine alte Ruhestatt hatte stellen lassen. Auch hier fielen die bunten Teppiche ins Auge, die schimmernden Krüge und verzierten Glasgefäße, die zu seinen Lebzeiten sicher in kaum einer christlichen Burg zu finden gewesen sein durften. Obgleich er die Türken gehasst haben musste, ihre kunsthandwerklichen Schätze hatte er offensichtlich gerne gesammelt. Und auch ihre Waffen schienen es ihm angetan zu haben. Eine der Wände war bedeckt von Schwertern und anderen Hieb- und Stichwaffen, die eindeutig aus dem Morgenland stammten und sicher nicht für einfache Krieger gemacht worden waren. Die kunstvollen Ziselier- und Einlegearbeiten schimmerten im Mondlicht. An Elfenbein und Edelsteinen hatte man nicht gespart, um den Griff jedes Scimitars zu einem Schmuckstück zu gestalten und die Wichtigkeit des Trägers hervorzuheben. Auch ein stark gekrümmter osmanischer Säbel war dabei, der die dafür typische nach vorne sehr breite Klinge aufwies.

Wenn diese Säbel dort aus orientalischem Damast sind, dann sind sie ein Vermögen wert! Die Begehrlichkeit in Franz Leopolds Stimme war nicht zu überhören.

Was fangen wir mit einem Säbel aus Damast an?, widersprach Luciano. *Die Schwerter dort mit den silbernen Klingen könnten dagegen hilfreich sein.*

Er ließ sich zu Boden sinken. Seine Konturen begannen zu zerfließen.

Luciano, zum Teufel, was machst du da? Bist du jetzt völlig übergeschnappt?

Doch er ließ sich von Alisa nicht aufhalten. Die Wandlung war schon im Gange. Luciano erhob sich in seiner menschlichen Gestalt und griff nach den Waffen.

Lass das! Oh nein, was tust du da?

Alisa merkte, dass sie seinen Geist in dieser Gestalt nicht erreichen konnte. *Leo, unternimm etwas! Wir haben uns vorgenommen, keine Spuren zu hinterlassen, und nun läuft Luciano in Draculas Schlafgemach umher und spielt mit seinen Trophäen!*

Er spielt nicht mit ihnen, er klaut sie, berichtigte der Dracas. *Und vielleicht ist das nicht die schlechteste Idee. Ich habe mir bereits den Kopf zerbrochen, wie wir an wirksame Waffen kommen, die – wenn vielleicht nicht gegen den Meister selbst – zumindest gegen seinen Diener und die drei Grazien helfen sollten.*

Und nun soll er sich die Schwerter unter den Arm klemmen und aus der Festung marschieren?, erkundigte sich Alisa mit panischer Stimme. *Oder sollen wir sie uns etwa zwischen die Zähne klemmen?*

Lass ihn nur machen.

Alisa blieb nichts anderes übrig, als ohnmächtig zuzusehen, wie Luciano die besten der silbernen Schwerter auswählte, sie von der Wand nahm und zu dem am nächsten gelegenen Fenster ging, das an der Außenwand zum Tal hin zeigte.

Gar nicht dumm, unser Nosferas!, ließ sich Leo vernehmen.

Mit einem kräftigen Schwung beförderte Luciano die erste Klinge durch den schießschartenähnlichen Spalt. Die anderen beiden folgten. Dann wandelte er sich zurück und erhob sich wieder in die Luft.

So, und nun lasst uns zum Fuß des Felsen fliegen und nach unseren neuen Waffen suchen, schlug er vor und klang recht zufrieden mit sich. Alisa wusste noch immer nicht, was sie von dieser Aktion halten sollte, aber der Dracas war ausnahmsweise mit Luciano einer Meinung.

Die drei Fledermäuse verließen den Donjon und flogen an der Außenmauer des Turmes hinab, dessen Fuß direkt in den natürlichen Fels überging und dann in den steilen, bewaldeten Hang. Dort zwischen den Wurzeln einer Esche und einer Buche fanden sie die drei Schwerter. Sie beschlossen, sich erst nach einem sicheren Versteck umzusehen, ehe sie die Waffen holten. Es galt noch immer, so wenige Spuren wie möglich zu hinterlassen. Je später ihre Anwesenheit bemerkt würde, desto besser.

Die Fledermäuse flatterten zu beiden Seiten das Flusstal hinauf und hinab, bis sie eine größere Höhle fanden als die, in der sie am Tag zuvor Zuflucht gesucht hatten. Sie befand sich an der gleichen Talseite wie die Burg, nur ein Stück flussabwärts. Genau das Richtige für ihre Zwecke! So flogen sie zurück zum Fuß des Felsens unterhalb des Donjon, wo sie die Schwerter so vorfanden, wie sie sie zurückgelassen hatten. Es gab noch einen kleinen Disput, ob sie sich alle wandeln und zu Fuß zur Höhle gehen sollten, doch schließlich setzte sich Luciano mit seinem Plan durch, alleine in seiner normalen Gestalt die drei Schwerter in die Höhle zu schaffen, während die anderen ihn als Fledermäuse begleiten sollten.

»Es ist nicht nötig, dass wir unsere Karten gleich ganz aufdecken. Sollte jemand die Fährte entdecken, so glaubt er, es mit nur einem Eindringling zu tun zu haben. Meine Witterung habe ich bereits im Turm zurückgelassen, da wäre es nicht sinnvoll, ihnen nun noch eine weitere zu präsentieren.«

Der Logik seiner Argumente konnte sich Alisa nicht entziehen.

Ja, unser Nosferas glänzt gerade mit seinen Geistesfähigkeiten, lobte auch Franz Leopold. *Und außerdem ist es viel angenehmer, als Fledermaus dorthin zu fliegen, als sich mit den Schwertern den steilen Hang entlang durchs Gebüsch zu kämpfen,* fügte er mit einem Lachen hinzu.

In der Höhle angekommen, wandelten sich auch Alisa und Franz Leopold zurück. Sie untersuchten die Waffen und ließen sie versuchsweise durch die Luft zischen.

»Gute Qualität«, lobte der Dracas. »Guter Stahl mit Silber überzogen, nicht zu schwer und perfekt ausbalanciert. Damit kann man etwas anfangen.«

»Du vielleicht, aber wir? Wir sind noch Anfänger im Schwertkampf. Wer weiß, wie gut die Vampire hier sind«, meinte Alisa bedrückt.

»So schlecht sind wir gar nicht«, widersprach Luciano. »Wenn wir etwas bei den Dracas gelernt haben, dann das Fechten, und ich behaupte mal, wir nehmen es mit dem Buckligen und den drei Grazien allemal auf!«

»Ich will Lucianos hohe Meinung von sich selbst nicht unnötig bestärken, aber in diesem Fall ist ängstliches Zögern fehl am Platz. Von allen Neulingen unter den Erben habt ihr euch am besten geschlagen und viel gelernt. Du darfst dir also ruhig ein wenig von Lucianos Selbstvertrauen aneignen. Das wird dir sehr nützlich sein, wenn es zum Kampf kommt.«

Alisa nickte noch immer ein wenig kläglich. »Ja, schon. Es sind aber gar nicht die vier, die mir wirklich Bauchschmerzen bereiten.«

Franz Leopold nickte. »Ja, ich weiß, und ich bilde mir auch nicht ein, den Meister mit seinem eigenen Schwert bekämpfen zu können. Für ihn müssen wir uns etwas anderes einfallen lassen. Aber immer eines nach dem anderen.«

»Da fällt mir ein, dass wir noch nicht wissen, wo die drei Damen ihre Tage zubringen«, fiel Luciano ein. »Meint ihr, sie teilen sich das Himmelbett der verstorbenen Burgherrin?«

Alisa schüttelte vehement den Kopf. »Das glaube ich nicht. Ich bin mir sogar absolut sicher! Nein, ich würde eher vermuten, dass der Meister sie schrecklich strafen würde, wenn sie so ein Sakrileg begingen. Ihre Särge müssen woanders stehen. Zu dumm, dass wir sie nicht gefunden haben, denn ich kann mir ebensowenig vorstellen, dass sie den Küchenanbau mit dem Buckligen teilen. Außerdem standen dort in der Kammer nur ein Bett und ein paar völlig zugestaubte und von Spinnweben bedeckte Särge.«

»Sollen wir noch einmal losziehen?«, schlug Luciano vor.

Die anderen waren einverstanden. Sie wählten wieder die Fledermausgestalt und suchten jeden Winkel der Festung ab, konnten aber keine weiteren Särge finden, die so aussahen, als würden sie täglich benutzt. Sollten sie etwas übersehen haben?

Es ist doch wie verflucht!, schimpfte Luciano, aber sein Ärger half nichts. Sie fanden in dieser Nacht weder die Ruhestätten noch trafen sie auf die drei Vampirinnen selbst, die vermutlich noch nicht von ihrem Ausflug zurückgekehrt waren. Schließlich gaben sie auf und zogen sich in die Höhle zurück. Im Dämmerlicht des heraufziehenden Tages übten sie auf Alisas Drängen noch einmal die wichtigsten Lektionen des Schwertkampfes. Franz Leopold gab den Lehrmeister und forderte seine beiden Freunde bis zum Äußersten. Er schenkte ihnen nichts und nutzte jede Lücke ihrer Deckung, auch wenn er es natürlich vermied, sie zu verletzen. Wie sehr sich doch diese Kampfübung von ihrem letzten Gefecht in Wien unterschied. Alisa wollte sich der Frage nicht stellen, ob sie Leo in ihrem Zorn tatsächlich den Degen ins Herz gestoßen hätte. Sie beschwichtigte sich mit der Überzeugung, dass er so viel besser focht und daher niemals in Gefahr gewesen war. An das, was danach zwischen ihnen passiert war, wollte sie schon gar nicht denken. Wie hätte sie sich sonst auf die Fechtübung konzentrieren können?

So übten sie, bis die Sonne ihre ersten Strahlen in den Himmel schickte. Auch wenn das Tal noch im Schatten lag, lähmte der beginnende Tag bereits ihre Bewegungen und ließ sie träge werden. Den Schwertknauf noch in der Hand, sank Alisa zu Boden. Die beiden Vampire konnten nicht anders, als ihrem Beispiel zu folgen.

CURTEA DE ARGEŞ

Die schwarze Kutsche mit den vier vorgespannten Rappen jagte über Land. Am Abend hatten sie Braşov hinter sich gelassen und folgten nun den kleinen Straßen, die sich die Hügel hinauf- und hinabwanden. Ivy wagte es, den Vorhang ein wenig zur Seite zu schieben. Die Wiesen und Felder um sie herum waren weiß. Allerdings schien die Schneeschicht nicht besonders dick zu sein, zumindest nicht auf der Straße, denn die Kutsche fuhr kaum langsamer als auf ihrer Fahrt aus Wien heraus. Ivy erwartete, dass es nun in die

Berge hinaufgehen würde, doch die weißen Gipfel blieben auf ihrer linken Seite und wanderten langsam am Fenster vorbei, immer im selben Abstand. Warum das? Lag die Festung nicht mitten in den Karpaten? Was hatte er vor?

Sie war nahe daran, ihn zu fragen, doch ihr Stolz hielt sie davon ab. Er sollte nicht glauben, dass sie auch nur einen Fingerbreit nachgeben würde!

So verstrich die Nacht, ohne dass sich etwas Außergewöhnliches ereignete oder dass sie den Bergen auch nur näher kamen. Endlich, als die letzten Nachtstunden anbrachen, bog die Kutsche nach Süden ab und die Straße begann anzusteigen. Die Pferde wurden langsamer, nicht nur des Berges wegen. Der Schnee türmte sich immer höher auf, und Ivy fragte sich schon, wann sie stecken bleiben würden, als der Kutscher anhielt und vom Bock sprang. Er ging zu den Vorauspferden und führte sie einen schmalen Pfad entlang, der vor den Toren einer Scheune endete. Die großen Tore knarrten, dann führte er die Pferde samt Kutsche ins Innere. Aha, hier würden sie den Tag überdauern. Und dann? Wie würde es weitergehen?

»Geduld, meine Liebe, Geduld«, sagte der Meister mit einem Lächeln. »Du wirst alles beizeiten erfahren, wenn wir morgen auf Poienari eintreffen.«

*

Es war noch dunkel, als Bram Stoker und die Professoren van Helsing und Vámbéry Sibiu verließen. Erst allmählich hellte sich der Himmel von Osten her auf. Van Helsing hatte zwei große Kisten auf dem Dach der Kutsche festzurren lassen, deren Inhalt er am Abend zuvor in der Stadt erworben hatte. Bram fragte neugierig nach, doch van Helsing war nicht bereit, sein Geheimnis jetzt schon mit seinen Reisebegleitern zu teilen. Außerdem hatte er sich lange in der katholischen Kirche aufgehalten. Bram vermutete, dass er die Zeit nicht mit Beten verbracht hatte.

»Warten Sie es ab«, riet van Helsing. »Ich verrate nur so viel: Ich hege große Hoffnung, dass der Inhalt meiner Kisten dem großen Vampirmeister gar nicht gefallen wird.«

»So etwas habe ich bereits vermutet, aber wie genau wollen Sie ihm die Stirn bieten?«

Van Helsing lachte. »Sie sind ja beinahe so ungeduldig und neugierig wie ihr Mündel Latona.«

Leicht verstimmt versuchte Bram weiter, etwas aus van Helsing herauszubekommen, aber es half nichts. Er musste sich gedulden.

Die Räder der Kutsche holperten über die zerfurchte Straße. Der Kutscher hatte nicht zu viel versprochen. Zumindest in den ersten Stunden legten seine vier kräftigen Braunen ein gutes Tempo vor. Schnell merkten die drei Reisenden aber auch, dass diese Kutschfahrt nicht annähend so bequem war wie die mit der Eisenbahn. Immer wieder drohten sie vom Sitz geschleudert zu werden und mussten sich irgendwo festklammern.

»Na hoffentlich machen das die Räder und Achsen bis zu unserem Ziel mit«, brummte Professor Vámbéry. »Ich möchte nicht mit einem Achsenbruch im einsamen Olttal liegen bleiben.«

»Gott bewahre!«, stöhnte Bram bei dieser Vorstellung.

Es dauerte nicht mehr lange, bis sie auf den Fluss stießen, der sie auf ihrem Weg durch den Gebirgszug begleiten würde. Der Tag zog kalt und windig herauf, doch außer ein paar Schneeschauern war hier im Tal von dem Sturm, der auf den Bergen tobte, nichts zu spüren. So blieb die Straße leidlich frei und der Kutscher trieb seine Rösser immer wieder an. Bram ließ den Blick zu beiden Seiten die Berghänge hinaufwandern, die sich irgendwo in den fließenden Wolken auflösten. Keiner der Gipfel war zu sehen. Grau und trostlos zog sich der Weg dahin.

Sie waren bereits sieben Stunden unterwegs, als die Kutsche in einen kleinen Ort einfuhr und der Mann auf dem Bock das Gefährt in den Hof eines Gasthauses lenkte.

Bram öffnete den Schlag und sprang hinaus. »Was ist? Wir brauchen keine Pause. Wir sollten gleich weiterfahren, wenn wir unser Ziel heute noch erreichen wollen.«

»Sie brauchen vielleicht keine Pause, aber die Pferde«, widersprach der Kutscher. »Sie müssen ein paar Stunden ruhen. Ich habe aus ihnen herausgeholt, was ich konnte. Mehr geht nicht. Sehen Sie sich meine Rösser an. Bis ich wieder einspannen kann, ist es spät am Nachmittag, und wir müssen jetzt in die Berge hinauf, um ins Tal des Argeş zu gelangen. Die Strecke ist zwar nicht lang, aber da geht es nicht so schnell vorwärts. Wir würden in die Nacht kommen. Das ist in den Bergen zu dieser Jahreszeit keinem zu raten.«

»Das darf doch nicht wahr sein«, schimpfte Bram. »Was nützt es uns, dass wir die vergangenen Stunden gut vorangekommen sind, wenn wir nun hier in diesem Nest festhängen?«

Professor Vámbéry mischte sich ein. »Können wir nicht einen Pferdewechsel vornehmen? Das Gasthaus hier scheint einen großen Stall zu haben, in dem vermutlich auch eigene Rösser oder Postpferde stehen. Sie können Ihre Braunen auf dem Rückweg wieder eintauschen.«

»Das geht schon, aber dafür müssen Sie extra bezahlen. Das war nicht im Preis enthalten.«

»Wenn wir dafür bis zum Abend im Tal des Argeş sind, zahlen wir diesen Aufpreis gern.«

Der Kutscher nickte, führte seine Pferde davon und machte sich dann zum Wirt auf, um nach geeignetem Ersatz zu suchen. Wie der ungarische Professor vermutet hatte, wurden hier regelmäßig Pferde getauscht, jedoch waren die wenigsten für die bergige Strecke geeignet, die nun vor ihnen lag. Schließlich spannte der Kutscher zwei kleine robuste Füchse mit zottigem Fell, einen Apfelschimmel und einen Braunen vor, die sich bestimmt nicht durch ihre Schönheit auszeichneten, aber kräftig und gut im Futter zu sein schienen. Kaum eine Stunde später konnten sie ihre Fahrt fortsetzen, die nun, da sie die breite Straße nach Süden verließen und nach Osten abbogen, deutlich langsamer verlief. Wenigstens lag hier kaum Schnee auf der Straße. Dafür waren die tiefen morastigen Furchen gefroren und die Passagiere wurden böse durchgeschüttelt.

»Ob das die Räder noch lange durchhalten?«, meinte van Helsing mit aufeinanderschlagenden Zähnen. »Das kann man ja nicht mehr als Straße bezeichnen!«

Die anderen schwiegen und konzentrierten sich darauf, das Gleichgewicht nicht zu verlieren und nicht zu hart gegeneinandergeschleudert zu werden.

»Ich vermute, wir kommen dennoch in die Dunkelheit«, prophezeite der Professor nach einer Weile. »Es dürften zwar nur fünfzehn Meilen bis ins Argeştal hinüber sein, aber wenn es so weitergeht, brauchen wir noch Stunden.«

»Da wären wir zu Fuß vielleicht schneller«, maulte Bram.

»Ja, wenn unser Gepäck nicht wäre«, erinnerte ihn van Helsing.

So blieb ihnen nichts anderes übrig, als in dem unbequemen Gefährt auszuharren und zuzusehen, wie der Tag verstrich und der Abend immer näher rückte. Endlich neigte sich die Straße zu Tal.

»Wir sollten in Curtea de Argeş unser Nachtquartier aufschlagen. Ich weiß nicht genau, wie weit es von dort aus noch bis zur Festung unseres Walachenfürsts ist. Zwei oder drei Stunden werden es mit der Kutsche schon sein.«

»Wäre es nicht passend, dort gegen Mitternacht aufzukreuzen und um ein Nachtquartier zu bitten?«, fügte van Helsing scherzend hinzu.

Vámbéry zog eine Grimasse. »Ich glaube, da sind wir im Kloster der alten Fürstenstadt besser aufgehoben! Ich könnte mir vorstellen, dass sich hier in der Nähe von Draculas Festung die Art von nächtlichen Wesen herumtreiben, von denen wir während unseres Schlafs nicht aufgesucht werden möchten! Eine Gästekammer im Kloster wäre mir deshalb auch lieber als irgendein Gasthaus in Curtea de Argeş.«

Bram dachte an den Friedhof in Schäßburg zurück und konnte dem Professor nur aus ganzem Herzen zustimmen.

»Diese Stadt hat zwar an Glanz und Wichtigkeit verloren, doch sie ist immer noch voller Leben. Sie ist Bischofstadt und einst war sie Fürstensitz der ersten Herrscher der Walachei, noch vor unserem Vlad Dracula. Der hatte seinen Hof in Târgovişte weiter südlich«, fuhr der Professor fort.

Van Helsing lächelte grimmig. »Und seine Fluchtburg hier in den Karpaten, wo er uns hocherfreut zum Nachtmahl laden wird, wenn wir dort eintreffen!«

»Das ist nichts, worüber man scherzen sollte«, empörte sich Ármin Vámbéry, als die Kutsche bereits im Dunkeln in die alte Bischofstadt einfuhr.

Van Helsing sah seine Mitreisenden ernst an. »Ich scherze nicht. Ich versuche uns nur vor Augen zu führen, dass das, was wir vorhaben, kein Kinderspiel wird. Wir sind dabei, dem vermutlich mächtigsten Vampir das zu entreißen, was er am meisten begehrt. Wir müssen uns darüber im Klaren sein sein, dass wir uns nicht die kleinste Schwäche oder Unaufmerksamkeit leisten dürfen, wenn wir dieses Abenteuer als lebende Menschen überstehen wollen.«

Das war ihnen nur allzu bewusst, und so schwiegen die Männer, bis die Kutsche vor dem Kloster vorfuhr.

*

Eine fremde Stimme drang an ihr Ohr. Worte, die sie nicht verstand. Dann ein girrendes Lachen. Entsetzt fuhr Alisa hoch und starrte auf die silberne Schwertspitze, die auf ihre Brust gerichtet war.

Sie erfasste die drei Vampirinnen mit einem Blick. Die beiden großen, schlanken mit dem schwarzen und dem blonden Haar und die etwas kleinere Rothaarige mit der üppig weiblichen Figur. Sie war es, die das Schwert in der Hand hielt, mit dem Luciano noch vor wenigen Stunden gefochten hatte.

Alisas Hand umklammerte den Griff ihres Schwerts, das noch immer an ihrer Seite lag, doch sie wagte nicht, sich zu rühren. Obgleich die drei Vampirinnen wie Porzellanpüppchen gekleidet waren und albern kicherten, funkelte doch Mordlust in ihren Augen und ihre spitzen Eckzähne ragten über die blutrot geschminkten Lippen.

Alisa warf Leo neben sich einen raschen Blick aus dem Augenwinkel zu. Schlief er etwa noch? Seine Augen waren jedenfalls geschlossen und er regte sich nicht. Verdammt, wie konnte er in dieser Situation verschlafen?

Vampire verschlafen nicht! So etwas nennt man ein taktisches Manöver. Bleib schön ruhig liegen. Dies ist nicht der Augenblick, den Helden zu spielen. Zumindest nicht für dich. Es wäre zu schade, wenn du gleich am Ende einer silbernen Klinge zappeln würdest.

Alisa fixierte die Rothaarige. Sie merkte, dass auch Luciano erwacht war. Anders als Leo versuchte er nicht, sich schlafend zu stellen, sondern fluchte vernehmlich, als er bemerkte, was mit seinem Schwert geschehen war. Die drei Vampirinnen kamen noch ein Stück näher. Alisa spürte, wie sich neben ihrer Hüfte Leos Hand fester um seinen Schwertgriff schloss.

Die Schwarzhaarige trat noch einen Schritt vor und sagte ein paar unverständliche Worte. Ihre Geste in Richtung Alisas Schwert war eindeutig, doch Alisa stellte sich dumm.

»Ich kann dich nicht verstehen. Du musst schon in einer für normale Vampire verständlichen Sprache sprechen.«

Die drei Vampirinnen sahen einander an. Für einen Moment waren sie unaufmerksam. Die Spitze des Schwerts glitt ein wenig zur Seite. Darauf hatte Leo nur gewartet. Er war so schnell auf den Beinen, dass selbst Alisa verwirrt blinzelte. Blitzartig riss er seine Hand hoch und schwang seine Klinge von unten gegen das Schwert, das auf Alisa gerichtet war. Die Rothaarige war so überrascht, dass sie mit einem Aufschrei zurückzuckte. Der Griff entglitt ihren Händen und die Waffe wirbelte in die Luft. Die Schwarzhaarige war ebenfalls zu überrumpelt, um zu reagieren, doch die Blonde sprang elegant zurück und fing das Schwert am Griff auf. Sie hob die Klinge, als Leo schon auf sie zustürzte. Luciano riss Alisa ihre Waffe aus der Hand und hielt damit die beiden anderen in Schach. Schritt um Schritt drängten die Erben die drei zur Höhle hinaus.

Die Blonde focht nicht schlecht, doch Leo war ihr eindeutig überlegen. Er schob sie vor sich her und sie hatte große Mühe, ihre Deckung nicht aufzugeben und beim Zurückweichen nicht über ihre langen Röcke zu stolpern. Männer waren irgendwie immer im Vorteil.

Alisa sah, wie der Dracas sie weiter von der Höhle wegdrängte, bis sie mit dem Rücken gegen einen dicken Baum stieß. Mit einer schnellen Drehung seines Handgelenks entwaffnete er die blonde Vampirin. Die Rothaarige und Alisa hechteten beide nach dem Schwert. Sie rangen miteinander, bis Luciano Alisa zur Hilfe eilte und den Kampf zu ihren Gunsten entschied.

Die Schwarzhaarige rief den anderen etwas zu. Sie sprangen auf und liefen gemeinsam den Waldhang hinunter. Leo und Luciano stürzten hinterher, doch noch im Laufen begannen sich die drei

Grazien zu wandeln und flogen als übernatürlich große Fledermäuse mit einem Zirpen, das wie ein Kichern klang, davon.

Alisa hob das Schwert auf und gesellte sich zu Leo und Luciano, die den drei Flüchtenden nachsahen, bis sie sie aus den Augen verloren.

»Nun brauchen wir uns nicht mehr zu verstecken«, sagte sie düster. »Dass sie uns so schnell gefunden haben, kann ich kaum fassen.«

Der Dracas nickte. »Ja, das hätte ganz schlecht für uns ausgehen können. Wenn wir nur ein paar Augenblicke später zu uns gekommen wären oder die drei beherzter gehandelt hätten, wäre unser Dasein nun beendet.«

»Jedenfalls wäre es keine gute Idee, diese Höhle noch einmal als Tagesquartier zu nutzen«, meinte Luciano.

»Wohin dann?« Alisa sah sich zweifelnd um. »Es müsste an einem Ort sein, der weit genug weg ist, damit sie uns nicht so schnell finden. Und wir sollten dorthin fliegen, um keine Fährte zurückzulassen.«

»Dann können wir die Schwerter nicht mitnehmen«, gab Luciano zu bedenken.

Ratlos standen sie da und sahen auf die drei Waffen zu ihren Füßen herab.

»Als Fledermäuse können wir sie nicht tragen«, murmelte Alisa und runzelte die Stirn. »Dann müssen wir uns eben etwas anderes ausdenken.«

Die beiden Vampire sahen sie aufmerksam an. »Woran denkst du?«, erkundigte sich Franz Leopold.

»Wer sagt denn, dass sich Vampire nur in Wölfe oder Fledermäuse wandeln können? Hat Ivy sich in Aillwee nicht zu einer Maus gemacht? Warum sollte es uns dann nicht gelingen, in die Gestalt eines anderen Tieres zu schlüpfen, das unser Problem lösen könnte?«

»Und das wäre?«, wollte Luciano wissen.

»Was haltet ihr von einem Adler?«

Die beiden starrte Alisa an. Das war ein genialer Vorschlag, aber ein gewagtes Spiel.

»Wir sind keine Vögel«, warnte Franz Leopold. »Das könnte wesentlich schwieriger werden als eine Verwandlung zur Fledermaus, die wie Wölfe und Menschen zu den Säugetieren gehört.«

Alisa nickte. »Das ist mir bewusst, aber denkt zurück, wie schwer uns in Irland unsere erste Wandlung zum Wolf gefallen ist – und erst zur Fledermaus. Und nun gelingt es uns ohne große Anstrengung. Ich meine, wir sollten es versuchen. Wir machen es wie in Irland. Wir bündeln unsere Kräfte und nutzen die Kraftfelder der Erde. Euch ist doch auch aufgefallen, dass eine starke Kraftlinie durch dieses Tal fließt, oder?«

Die beiden Vampire sahen sich an und nickten dann. »Wer nicht wagt, der nicht gewinnt«, meinte Luciano mit einem Schulterzucken. »Versuchen sollten wir es in jedem Fall.«

Alisa riss ihre Schleppe oben ab und band die drei Schwerter so darin ein, dass man das Paket an seinen Enden gut fassen konnte. Als sie fertig war, richtete sie sich auf und sah ihre beiden Freunde ernst an.

»Gehen wir es an.«

Sie fassten sich an den Händen, schlossen die Augen und suchten die Kraftlinien, die erstaunlich stark unter dem Tal entlangströmten. Wie sie es gelernt hatten, sogen sie die Kraft in sich auf und ließen sie durch ihren Geist und Körper fließen. Sie stellten sich die Adler vor, zu denen sie werden wollten. Dann beschworen sie die Nebel.

Es war schwer! Ja, viel schwerer als ein Säugetier, und doch kämpften die drei verbissen gegen den Widerstand an, bis sie merkten, dass ihre Konturen zu verfließen begannen. Nun mussten sie nur noch nachgeben und sich in ihre neue Form einfügen.

Der größte und prächtigste der drei Adler reckte die Flügel und beäugte sein stolzes Federkleid.

Es ist unglaublich! Einfach fantastisch, jubelte Alisa. *Seht euch nur meine Schwingen und meine makellosen Federn an.*

Warum ist sie so viel größer als wir?, schmollte Luciano. *Das ist nicht fair. Wie hast du es geschafft, einen größeren Teil der Kraftlinien für dich abzuzweigen?*

Hat sie gar nicht, lachte Franz Leopold. *Das ist die Natur der Din-*

ge. Wusstest du nicht, dass Terzel ein Drittel kleiner sind als weibliche Greifvögel?

Wozu das denn?

Ich vermute mal, es hat etwas mit der Aufzucht der Jungen zu tun. Aber das soll jetzt nicht unsere Sorge sein. Ich schlage vor, unsere große, kräftige Adlerdame krallt sich unser Paket vorn und wir nehmen die beiden hinteren Zipfel in unsere Klauen.

So flogen sie langsam über dem Talgrund flussabwärts.

Ich dachte, der scharfe Blick der Adler sei geradezu sprichwörtlich. Im Dunkeln gibt er aber nicht viel her, maulte Luciano. Damit hatte er nicht ganz unrecht. Nicht umsonst gingen die Greife nicht nach Einbruch der Dunkelheit auf die Jagd.

Vielleicht hätten wir eine große Eule wählen sollen. Einen Uhu beispielsweise, überlegte Alisa. *Oder ist es auch nur sein Gehör, das ihn in der Dunkelheit besser für die Jagd rüstet?*

Egal, denk nicht weiter darüber nach. Wie werden heute Nacht keine weiteren Experimente unternehmen, wehrte Franz Leopold ab. *Diese Wandlung hat ganz schön an unseren Kräften gezehrt.*

Zum Glück ging nun der Mond am fast wolkenlosen Himmel auf und schenkte ihnen so viel Licht, dass sie nicht nur gefahrlos dem Flusslauf folgen, sondern auch die Umgebung nach einem geeigneten Versteck absuchen konnten.

Bald fanden sie am östlichen Talhang eine geeignete Höhle und luden dort ihre Schwerter ab.

»Und was machen wir nun?«, fragte Luciano ein wenig ratlos. »Wir sind heute noch keinen Schritt vorangekommen.«

»Wir haben überlebt«, widersprach Franz Leopold.

»Aber wir sind entdeckt worden«, warf Alisa missmutig ein.

»Das können wir nicht mehr ändern. Also überlegen wir besser, wie wir jetzt am geschicktesten vorgehen. Noch ist Dracula nicht zurück. Nutzen wir die Zeit, die uns noch bleibt.«

»Und wie?«, wollte Luciano wissen.

»Indem auch wir einen Ausflug nach Curtea de Argeş unternehmen«, meinte der Dracas mit einem liebenswürdigen Lächeln. »Die Aktion mit den Schwertern hat mich auf eine Idee gebracht.«

»Ist das nicht der Ort mit dem Kloster, von dem der Alte in

Hosman sprach?« Alisa sah ihn an und nickte ebenfalls lächelnd. »Du meinst, dort könnten wir ein paar Dinge finden, die uns weiterhelfen.«

»Aber erst einmal brauche ich eine Stärkung«, verlangte Luciano.

Sie entdeckten in der Nähe der Höhle zwei Rehe. Franz Leopold gelang es, sie anzulocken. Gierig tranken sie von ihrem Blut und entließen sie dann wieder in die Freiheit.

»Das war wirklich nötig«, gab Alisa zu. »Die Geschichte mit dem Adler war anstrengender, als ich gedacht hätte.«

»Bevor wir nach Curtea de Argeş fliegen, sollten wir nachsehen, ob der Meister nicht doch schon zurück ist«, verlangte Luciano.

Um ihre Kräfte zu sparen, wählten sie wieder die vertraute Gestalt der Fledermäuse und flogen noch einmal zur Festung zurück. Sie drehten in sicherem Abstand eine Runde, konnten aber außer dem Buckligen niemand entdecken. Nichts schien sich über Tag verändert zu haben. Luciano wagte gar, an den Donjon heranzufliegen und einen Blick in jedes Fenster zu werfen. Nein, auch hier war alles wie in der Nacht zuvor.

Sie drehten ab und folgten dem Tal nach Süden, bis sich das Wasser des Flusses mit dem des Argeş vereinte.

Es erhoben sich gleich mehrere Kirchen im orthodoxen Stil der Byzantiner über die Dächer der Wohnhäuser. Die Fledermäuse entschieden sich für die größte und prächtigste von allen, die zum alten Kloster gehörte. Sie flogen tiefer und setzten gerade zur Landung an, als Alisa etwas entdeckte. Das musste sie sich näher ansehen.

Was hast du?, erkundigte sich Franz Leopold und folgte ihr.

Siehst du die Kutsche dort drüben mit dem ungleichen Gespann?

Ja, und? Scheint mir nichts Besonderes.

Nein, das Gefährt ist nichts Besonderes und auch nicht der Kutscher, der seine Rösser ausspannt. Aber sieh dir den anderen Mann an, der sich an der Kiste auf dem Dach zu schaffen macht.

Als der Mann sich umdrehte und auf den Weg zur Klosterkirche machte, stieß Franz Leopold ein Fiepen aus.

Haben wir diesen Herrn nicht schon einmal gesehen?

Ja, das haben wir. Mr Bram Stoker, mit dem ich vergangene Woche in Wien eine interessante Unterhaltung geführt habe. Ich bin erstaunt, dass sie es so schnell hierher geschafft haben. Vielleicht ist es Zeit für ein weiteres freundschaftliches Gespräch.

Luciano protestierte. *Ihr wollt euch mit einem Menschen zusammentun?*

Doch die anderen flogen bereits auf das Portal zu und landeten einige Schritte entfernt unter einem von vier Marmorsäulen getragenen kunstvollen Pavillon, der der starken Ausstrahlung nach eine heilige Stätte war, an der gebetet wurde. Die drei wandelten sich in ihre natürliche Gestalt. Alisa lächelte schelmisch.

»Ich hoffe, Bram Stoker ist nicht zu schreckhaft veranlagt. Es wäre doch ärgerlich, wenn er unvermittelt an einem Schlagfluss verendete.«

»Du meinst, nur weil sich in der Kirche ein paar Vampire zu ihm gesellen?«, erkundigte sich Luciano, den die Vorstellung zu amüsieren begann.

»Ja, so ungefähr.«

*

»Ich finde es nicht richtig«, sagte Professor Vámbéry und ließ sich mit einem Seufzer in einen der Sitze an der Wand sinken. »Das ist ein Sakrileg!«

Bram Stoker drehte sich zu ihm um. »Wollen Sie lieber riskieren, dass wir bei der nächsten Gelegenheit ausgesaugt werden?«

Der Ungar schüttelte den Kopf. »Nein, das nicht. Dennoch ist es für einen gläubigen Menschen schwer zu akzeptieren und vielleicht fühle ich mich besser, wenn ich wenigstens laut dagegen protestiere.«

Van Helsings Bart bebte vor unterdrücktem Lachen. »Ja, protestieren Sie, wenn Sie sich damit besser fühlen. Solange Sie mich nicht an meiner Arbeit hindern. Sie werden mir später vielleicht dankbar dafür sein. Mr Stoker, haben Sie die Gefäße, um die ich Sie gebeten habe?«

Bram reichte sie ihm und sah van Helsing bei seinen Vorbereitungen aufmerksam zu. Plötzlich glaubte er, ein Geräusch zu hören. War das etwa das Portal? Kam jemand und erwischte sie bei ihrem frevelhaften Treiben? Das könnte sie teuer zu stehen kommen! Nein, bei so etwas konnten sie auf kein Verständnis hoffen.

Er lauschte, und obgleich er keine Schritte vernahm, drehte er sich langsam um.

»Guten Abend, Mr Stoker. Wie schön, Sie so bald schon wiederzusehen.«

Die junge Frau kam mit burschikosem Gang auf ihn zu und streckte ihm die Hand entgegen, die er verwirrt ergriff. Weiße, kalte Finger, ein wenig von Ruß beschmutzt, lagen in den seinen.

»Fräulein Alisa«, stotterte er. Sie sah genauso aus wie in der Nacht des Brandes, als er sie im Spital getroffen hatte, außer dass ihr Kleid noch ein wenig mehr gelitten hatte. Die Schleppe fehlte nun völlig.

»Ja, ich bin es. Haben Sie mich hier nicht erwartet? Sie waren es doch, der uns das Ziel verriet. Ach, kennen Sie übrigens schon Luciano de Nosferas und Franz Leopold de Dracas?« Die Herren verbeugten sich höflich.

Professor Vámbéry und van Helsing traten zögernd näher. Bram sah, wie van Helsing seinen Stock umfasste und die Klinge des Stockdegens bereit machte.

»Halten Sie ein!«, rief Bram entsetzt.

»Es sind Vampire«, widersprach van Helsing.

»Die einfach in eine Kirche spazieren«, ergänzte Professor Vámbéry fassungslos.

»Ja, aber diese Vampire werden uns nichts anhaben. Es sind Ivys Freunde, die das gleiche Ziel haben wie wir.«

»So ist es«, ergänzte Alisa und musterte den bekannten Vampirjäger mit Neugier. Doch auch der andere Mann war nicht uninteressant.

»Ich habe Ihr Werk über Vampire gelesen«, platzte sie heraus. »Es ist unglaublich, dass Sie so viel über uns wissen.«

Der ungarische Professor neigte den Kopf. »Ja, ich hatte das Glück, einen guten Einblick zu erhalten.«

»Verraten Sie, wie das sein kann? Einer der unseren hat Ihnen davon erzählt, nicht wahr?«

»Ich glaube, wir haben im Augenblick andere Sorgen«, unterbrach Franz Leopold. »Über die literarischen Werke des Professors kannst du dich später noch mit ihm unterhalten.«

Er trat auf van Helsing zu, ohne sich von dem Stockdegen einschüchtern zu lassen, den der Vampirjäger noch immer in der Hand hielt, bereit, blitzschnell zuzustoßen. Herausfordernd sah er ihn an. Was für ein stolzer Anblick! Bram konnte den Blick nicht von dem Vampir wenden. Makellos war das Wort, das ihm trotz des verschmutzten Fracks in den Sinn kam. Was für ein Unterschied zu den blutsaugenden Bestien auf dem Friedhof von Schäßburg.

»Nun, Professor van Helsing? Sehe ich richtig? Sie vergreifen sich am Allerheiligsten?« Der Dracas lächelte breit. »Keine schlechte Idee. Etwas Ähnliches schwebte mir auch vor.«

Van Helsing sah ihn verdutzt an, was dem Dracas nicht entging. Sein Lächeln wurde noch breiter.

»Sie wundern sich? Tja, dank unserer Nosferasfreunde in Rom können wir nicht nur Kirchen betreten. Auch der sonstige heilige Kram nützt nichts mehr, um uns zu vertreiben. Nein, schauen Sie nicht so bestürzt drein. Wir sind nicht Ihre Feinde. Aber ich gehe jede Wette ein, dass sich der alte Meister sehr wohl noch vor einem Kruzifix fürchtet.«

Er beugte sich vor und nahm den silbernen Anhänger in Form eines Kreuzes in die Hand, das der Vampirjäger wie seine beiden Begleiter seit ihrem Abenteuer in Schäßburg um den Hals hängen hatte. Van Helsing hielt seinem herausfordernden Blick stand und zuckte nicht zurück.

»Ich finde es ganz wunderbar, dass wir uns hier treffen«, unterbrach Alisa mit einem so strahlenden Lächeln, das sie Bram noch sympathischer wurde. Wie konnte dieses Mädchen eine Vampirin sein? Es war schwer zu begreifen. Ivy war etwas anderes. Mystisch, geheimnisvoll, überirdisch in ihrer elfenhaften Schönheit. Alisa dagegen wirkte für ihn wie ein lebenssprühendes junges Mädchen, das ihn in ihrer Art ein wenig an Latona erinnerte.

»Warum setzen wir uns nicht zusammen und tauschen uns ein wenig aus. Ich könnte mir vorstellen, dass unsere Chancen, gegen den alten Meister zu bestehen, deutlich steigen, wenn wir uns zusammentun.«

Bram legten den Kopf in den Nacken und lachte.

»Habe ich etwas so Lächerliches gesagt?«, erkundigte sich Alisa. Ihre Stimme klang gekränkt.

Bram schüttelte den Kopf. »Aber nein, Fräulein Alisa, verzeihen Sie, wenn ich diesen Eindruck vermittelt habe. Es ist nur eine so ungewöhnliche Situation, hier auf drei Vampire zu treffen. Doch ich fühle mich erleichtert darüber, Sie bei uns zu wissen.«

Nun lächelte sie ihn an. »Ich hätte auch nicht gedacht, dass ich einmal mit zwei Vampirforschern und gar einem Vampirjäger auf einer Seite stehen würde«, gab sie zurück. »Sie sind doch auf unserer Seite, Professor van Helsing?«, wandte sie sich direkt an ihn. »Oder müssen wir fürchten, Ihre silberne Klinge im Leib zu spüren, sobald wir Ihnen unbedacht den Rücken zudrehen?«

Van Helsing ließ den Stockdegen los. »Nein, mein Fräulein, das müssen Sie nicht, auch wenn ich zugeben muss, dass ich mich schwerer tue als mein Freund Mr Stoker, Ihnen gänzlich zu vertrauen.«

»Das macht nichts«, sagte Franz Leopold ein wenig gönnerhaft. »Gesundes Misstrauen hat noch keinem geschadet. Aber nun lassen Sie uns zur Sache kommen. Die Nacht verstreicht und wir vermuten, dass Dracula mit seiner Beute nicht mehr weit ist.«

Etwa zwei Stunden später machten sich die drei Vampire wieder auf den Weg. Mit Staunen sah Bram, wie sie sich draußen am Stadtrand in Wölfe wandelten. Er zauderte ein wenig, sich ihnen zu nähern, band dann aber jedem der drei, wie sie es besprochen hatten, ein kleines Bündel auf den Rücken. Kopfschüttelnd sah er ihnen nach, wie sie in der Nacht verschwanden.

»Es tut mir unendlich leid, meine Liebe, doch du wirst die bequeme Kutsche nun verlassen müssen.«

Ivy erhob sich wie von unsichtbaren Fäden gezogen. Schaudernd legte sie ihre Hand in die seine und ließ sich die beiden Stufen hinabhelfen.

»Werden wir zu Fuß weitergehen?«, fragte sie mit schwerer Zunge. Er drückte wieder wie ein Fels auf ihren Geist.

»Das ist doch viel zu beschwerlich. Wir könnten uns zu Wölfen wandeln und Seite an Seite über den Pass laufen. Ist das nicht ein verlockender Gedanke? Wir beide dort draußen in den verschneiten Bergen?«

»Niemals!«, rief Ivy. »Ich werde mich nicht wandeln.«

Er knurrte zornig. »Du wirst lernen, dich zu fügen! Je schneller du das begreifst, desto angenehmer wird es für dich.«

Statt der erwarteten Bestrafung wandte er sich ab, trat zu seinem Kutscher, der sich tief verbeugte, und gab ihm einige Befehle. Er sprach so leise, dass Ivy nichts verstehen konnte. In seine Gedanken einzudringen, fehlte ihr die Kraft.

Vermutlich hatte der Meister ihren Widerstand vorausgesehen, jedenfalls stand der Kutscher nur Augenblicke später mit einem Maultier da. Dracula packte Ivy, setzte sie auf den Rücken des Grauen und fesselte sie so, dass sie nicht wieder absteigen konnte.

»Gehen wir!«

Er selbst wandelte sich zu einem riesigen Wolf mit hellem Fell und glühenden Augen. Das Maultier hätte eigentlich in Panik verfallen und weglaufen müssen, doch es starrte nur trübe vor sich hin. Der Meister hielt auch seinen Geist gefangen. So machten sie sich auf den Weg und folgten der tief verschneiten Straße. Das Schneetreiben hatte sich zwar gelegt, doch noch zerteilte keine Spur die weiße Decke, die sich in den vergangenen Tagen über die Gipfel der Bergkette gelegt hatte. Kein Mensch wäre so unvernünftig, sich bei diesen Bedingungen zum Pass aufzumachen! Und schon gar nicht nachts. So bekam niemand das seltsame Dreiergespann zu Gesicht: den riesigen Wolf und das Maultier mit dem silberhaarigen Mädchen auf seinem Rücken.

Sie kamen nur langsam voran. Natürlich. Der Wolf alleine wäre direkt den steilen Hang hinaufgesprungen. Aber das Maultier musste der Straße folgen, um unter dem Schnee sicheren Grund für seine Hufe zu finden. So schraubten sie sich in weiten Schleifen das immer steiler werdende Tal hinauf, das an einer schroffen Felsbarriere endete. Der Wolf ging voran und witterte nach alten Spuren unter dem Schnee. Das Maultier mühte sich, ihm zu folgen. Es war Ivy ein schwacher Triumph, zu spüren, wie die Stimmung des Wolfes zusehends gereizter wurde. Es sah immer öfter zum nun klaren Sternenhimmel empor und schwankte zwischen Anspannung, Zorn und Sorge. Sie waren einfach zu langsam und Ivy ahnte, was er fürchtete. Wo würden sie in dieser weiten Schneelandschaft Schutz vor der Sonne finden, wenn der Tag anbrach? Wenn es oben in den Felsen keine Höhlen gab, dann würden sie in nur wenigen Stunden hilflos dem Tageslicht ausgeliefert sein.

War es das wert? Sollte sie sich opfern und ihn mit ins Verderben ziehen?

Der Wolf blieb stehen, drehte sich zu ihr um und funkelte sie durchdringend an. *Das würdest du tun? Ivy, was bist du für ein dummes Mädchen. Ich werde gut auf dich achtgeben müssen, um dich vor dir selbst zu beschützen.*

Ohne Vorwarnung fiel er den Esel an und biss ihm in die Kehle. Das Tier war so überrascht, dass es nicht einmal einen Laut ausstieß. Blut spritzte über Ivys Gewand und ihre nackten Füße. Der Wolf zerfetzte das Maultier und trank sein Blut. Dann zerbiss er die Seile, mit denen Ivy noch immer an den Kadaver gefesselt war.

Steig auf meinen Rücken und halte dich gut fest.

»Nein!«

Sie keuchte unter dem Druck seines Geistes. *Du wirst mir gehorchen!*

Er stieß ein Heulen aus, das nur Augenblicke später von mehreren Seiten erwidert wurde. Während Ivy mit ihm rang und ihr Widerstand immer schwächer wurde, tauchten Schatten am Hang über ihnen auf und kamen rasch näher. Auch aus den Wäldern, die sie unter sich zurückgelassen hatten, trat ein Rudel Wölfe und hetzte, dem Ruf des Meisters folgend, den Berg hinauf.

Steig auf meinen Rücken! Meine wilden Brüder werden uns begleiten und dafür sorgen, dass du nicht aus Versehen verloren gehst.

So wollte er also sichergehen, dass sie keinen Fluchtversuch unternahm. Aber Ivy war klar, dass sie selbst ohne ein Dutzend Wölfe um sich herum nicht die Kraft dazu gehabt hätte. Sie löste sich von dem toten Maultier und tappte durch den tiefen Schnee auf den Wolf zu. Mit einem winzigen bisschen mehr Druck auf ihren Geist brachte er sie dazu, gehorsam das Bein über seinen Rücken zu schwingen und ihre Finger in sein langes, zottiges Fell zu graben.

Und schon ging es in riesigen Sprüngen den Berg hinauf. Der eisige Wind zerrte an Ivys Haar, aber sie spürte es nicht. Sie sah die Wölfe der Karpaten, die sie in respektvollem Abstand begleiteten. Rasch kam der Pass näher und lag auch schon hinter ihnen. Nun ging es steil bergab. Schnee stob hinter ihnen auf. Die Wölfe heulten. Ihr heißer Atem stieg weiß in die Nachtluft. Nur der Atem des Vampirs in Wolfsgestalt war kalt wie der Schnee um ihn herum.

So sprangen sie weiter, den Hang hinunter und auf ein Tal zu, dessen Wände zu beiden Seiten enger und enger zusammenrückten, bis sie am Grund einer Schlucht entlangliefen. Ivy befand sich in einem Dämmerzustand. Die Landschaft huschte an ihr vorbei, doch sie nahm sie nicht mehr wahr. Erst als der Wolf unvermittelt stehen blieb, riss sie sich so weit zusammen, dass sich ihr Blick und ihre Gedanken ein wenig klärten.

Sieh, dort vorne ist es: Poienari, meine Zuflucht und nun auch dein Zuhause. Steig ab. Den restlichen Weg laufen wir. Wir werden bereits erwartet.

Ivy hob den Blick zu der Festung auf dem Felsengrat.

Nein, das würde nicht ihr Zuhause werden. Vielleicht für eine Weile ihr Kerker, doch sie schwor sich, keine Gelegenheit ungenutzt verstreichen zu lassen, um ihm zu entkommen.

*

Bram fuhr aus dem Schlaf. Hektisch sah er sich um. Sonnenlicht flutete durch das Fenster in die spartanische Kammer, die er sich mit den beiden Professoren teilte. Alles war ruhig und friedlich und hatte nichts mit dem Albtraum gemein, der ihn eben noch gequält hatte. Er stand auf und trat zum Fenster. Wie spät war es? Wenn die Sonne bereits ins Tal schien, mussten sie einige Stunden geschlafen haben. Es war spät geworden, bis sich die drei Vampire auf den Weg gemacht hatten. Und ob die Männer in den nächsten Nächten Schlaf finden würden, war fraglich. Vielleicht war es ganz gut, dass sie sich noch einmal ausgeruht hatten. Die Ruhe vor dem Sturm sozusagen. Bram jedenfalls war sich sicher, sie würden ihre Kräfte brauchen.

Nun regten sich auch die beiden Professoren. Rasch kleideten sie sich an und gingen in den Hof hinaus. Ihr Kutscher hatte die Pferde bereits eingespannt und drängte zum Aufbruch. Er würde sie bis zum Fuß der Burg bringen, dann aber nach Curtea de Argeş zurückkehren. Keinesfalls war er bereit, die Nacht im Freien in der Nähe der unheimlichen Festung zuzubringen. Nein, er war nicht lebensmüde. Wenn es dunkel wurde, zog man sich in eines der Gasthäuser zurück, über dessen Türsturz Knoblauch und ein Kruzifix hingen!

So blieb den drei Reisenden nichts anderes übrig, als dem zuzustimmen, auch wenn ihnen der Gedanke, dort in der Einsamkeit des Tales unterhalb Draculas Burg festzusitzen, nicht sehr behagte. Der Kutscher versprach zwar, am anderen Tag um die Mittagszeit wieder vorbeizukommen, doch da er darauf bestand, seine Bezahlung für die bisher geleisteten Dienste sofort zu erhalten, war es mehr als fraglich, ob er sein Wort halten würde.

»Was ist, wenn Sie diese Nacht nicht überleben? Wie komme ich dann an mein Geld?«, wollte er wissen, und den dreien war klar, dass er dies für wahrscheinlicher hielt als ihre gesunde Rückkehr.

Es war Van Helsing, der eine Lösung für das Dilemma fand. Sie hinterlegten das Geld für den Kutscher bei den Mönchen, die es ihm nach drei Tagen auszahlen würden, falls ihnen etwas zugestoßen war. Dann erstanden sie drei kleine, robuste Pferde mit zottigem Fell, die sie bei sich behalten wollten. Nicht nur, um ihre Kisten zu tragen. Sie waren ein Stück Sicherheit, sollten sie den

Wunsch verspüren, das Tal schneller zu verlassen, als es ihnen zu Fuß möglich wäre. Wobei sie sich keine Illusionen machten. Sollte der Meister einmal ihre Fährte aufgenommen haben, würden sie ihm nicht entkommen, ob mit Pferden oder ohne.

Endlich fuhren sie los. Sie folgten der Straße, die sich am Fluss entlang tiefer in die Schlucht wand. Bram reckte den Kopf aus dem Fenster und suchte die Bergkämme nach der Burg ab. Nach drei Stunden endlich erblickte er sie.

»Da! Da ist sie.«

Der Kutscher hielt die Pferde an und die drei Männer drängten sich hinaus. Schweigend standen sie da und sahen zur Festung hinauf, die über der nächsten Flussschleife auf dem Felsen aufragte. Trotz des hellen Wintertages kam sie ihnen düster und abweisend vor.

Ihr Kutscher riss sie aus ihren Betrachtungen. »Kann ich dann umkehren?«

Das Drängen in seiner Stimme verriet seine Anspannung. Er half den Männern, das Gepäck abzuladen und auf den Rücken der Pferde zu binden, dann wendete er an einer geeigneten Stelle und ließ die Peitsche knallen. Im Galopp rauschte er davon. Die drei Reisenden sahen ihm nach, bis der Hufschlag verklang. Ein seltsames Gefühl von Verlassenheit überfiel Bram, doch van Helsing riss ihn aus seinen Grübeleien.

»Gut, meine Herrn, wir sind am Ziel. Machen wir uns an die Arbeit. Unsere jungen Vampire haben uns die Gegend ja sehr treffend beschrieben, nun sollten wir uns ranhalten, dass bis zum Einbruch der Dunkelheit alle Vorbereitungen getroffen sind. Ich schlage vor, wir fangen im Westen der Festung auf dem Grat an. Vielleicht können wir unsere Pferde überreden, den Waldpfad zu erklimmen. Das würde uns doch einiges an Mühe ersparen.«

Bei dem Gedanken, die Kisten auf dem Rücken den Berg hinaufschleppen zu müssen, zog Professor Vámbéry eine Grimasse. »Ja, das hoffe ich wirklich. Ich glaube nicht, dass meine Knochen für so etwas noch taugen.«

Sie machten sich auf den Weg. Jeder führte eines der Pferde und schon bald zeigte sich, dass van Helsings Wahl eine gute gewesen war. Die kleinen Pferde waren willig und trittsicher und folgten den Männern den steilen Pfad hinauf, der sich in Serpentinen zwischen den Bäumen fast bis zum Grat hinaufzog. Von dort wand sich der Pfad nach rechts über einige Felsstufen auf die Zugbrücke zu. Die Männer wählten aber mit ihren beladenen Pferden den Weg in die andere Richtung, der sie noch ein Stückchen höher führte. Von der nächsten Erhebung auf dem Grat würden sie eine gute Sicht auf die Festung haben. Wie mit den drei Vampiren besprochen, luden sie ihre Kisten ab und bereiteten alles vor.

»Zu dumm, dass die Felsen auf der anderen Seite des Tals, die ein Stück höher liegen als die Burg, zu weit weg sind«, sagte Van Helsing.

»Das haben die Vampire richtig vermutet«, gab ihm der Ungar recht. »Er wird nicht umsonst diese Stelle für seine Schutzburg gewählt haben, gerade weil es sonst keine Möglichkeit gibt, ihm von einem höheren Gipfel aus gefährlich zu werden. Dies hier ist die einzige Stelle.«

Es war bereits später Nachmittag, als sie die Pferde wieder ins Tal hinabführten. Sie brachten sie zu der Höhle, in der die Vampire ihren ersten Tag hier im Tal verbracht hatten. Dort lagerten die Männer auch ihren Proviant und die Decken. Sie wussten ja nicht, wann Dracula mit Ivy eintreffen würde. Vielleicht mussten sie sich mehrere Tage und Nächte hier aufhalten.

Van Helsing nahm eine Trinkflasche von seinem Gürtel und träufelte eine schmale Spur quer über den Höhleneingang.

»Vielleicht wird das die Blutsauger von unseren Pferden fernhalten, solange wir auf dem Berg oben sind. Wir können nur hoffen, dass sich die wilden Wölfe ebenfalls nicht hier hereinwagen. Mehr können wir nicht für sie tun.«

Bram betrachtete neugierige das Behältnis, in dem sich ganz sicher kein Trinkwasser befand. »Verraten Sie uns Ihre Rezeptur gegen Vampire?«

Van Helsing lächelte geheimnisvoll. »Eine gute Mischung aus allem, was sie überhaupt nicht mögen. Die wichtigste Basis allerdings ist Weihwasser, von dem ich der katholischen Kirche in Sibiu reichlich entwendet habe.«

Sie wollten sich gerade wieder auf den Weg machen, um rechtzeitig vor Einbruch der Dunkelheit auf dem Berg ihren Posten zu beziehen, als Professor Vámbéry sie zurückhielt. »Einen Moment. Lassen Sie uns die Höhle besser ein wenig genauer ansehen. Da hinten ist ein Felsvorsprung vor der Höhlenwand.« Er nahm sich eine Lampe aus ihrem Gepäck und entzündete den Docht. »Ich weiß gerne, was sich hinter meinem Rücken befindet!«

Van Helsing gab ihm recht. »Ja, das hätte ich nicht übersehen dürfen. Schauen wir nach, wie weit die Höhle in den Berg hineinführt und ob sie irgendwelche unliebsamen Überraschungen bereithält.«

Er händigte Bram und Vámbéry silberne Schwerter aus, die er aus der längeren der beiden Kisten zog, die er in Sibiu erworben hatte.

»Ich kann mit so einer Waffe nicht umgehen«, wehrte der ungarische Professor ab.

»Nehmen Sie sie trotzdem mit. Um sich gegen einen Wolf zu verteidigen, taugt sie allemal.«

Bram sagte nichts, obgleich auch er kein Meister der Fechtkunst war. Er konnte sich zwar durchaus rühmen, auf dem Trinity College ein passabler Athlet und ein guter Fußballspieler gewesen zu sein, doch das Fechten hatte er nicht recht erlernt, es nur ab und zu zum Spaß mit einigen seiner Kameraden am College betrieben. Er konnte nur hoffen, dass sich diese Nachlässigkeit nun nicht rächte.

Im Schein der Lampe traten sie um den Vorsprung herum, der die tieferen Bereiche der Höhle so perfekt verborgen hatte. Ein Gang verlief leicht bergauf, weitete sich, wand sich in einem Bogen und senkte sich dann wieder ab. Unvermittelt öffnete er sich zu einer Kaverne, die irgendwann einmal von Menschenhand bearbeitet und erweitert worden war. Sie wirkte in ihrer Form fast wie eine Krypta oder eine Kapelle, allerdings fanden sich keine christlichen Symbole in ihr. Dafür aber drei steinerne Sarkophage. Ein paar Stufen führten zu einem schmalen Portal. Van Helsing durchquerte die Höhle und zog die Tür auf. Das letzte Licht des Tages floss in sanften Grüntönen herein. Er trat einen Schritt ins Freie und fand sich hinter dichten Sträuchern wieder, die den Eingang perfekt verbargen.

Bram war neben dem ersten Sarg stehen geblieben. »Sollen wir ihn öffnen?«

Ármin Vámbéry nickte. »Aber ja. Wir ahnen bereits, was wir darin finden, nicht wahr?«

Van Helsing kehrte zu ihnen zurück und nickte. »Ja, rasch. Noch haben wir alle Vorteile auf unserer Seite.«

Sie traten an den ersten Sarg heran, dessen von Flechten verdunkelte Oberfläche von seinem Alter sprach. Die frischen Schleifspuren an seinen Rändern verrieten jedoch, dass die Platte regelmäßig bewegt wurde.

Die drei Männer legten ihre Hände an die Kanten und begannen zu schieben.

»Ist die Platte schwer!«, keuchte der ungarische Professor.

»Auf, meine Herrn, strengen Sie sich an«, rief Van Helsing munter. »Die Dame, die vermutlich darin ruht, schafft dies jeden Abend alleine.«

»Was dafür spricht, dass es für uns gesünder wäre, sie nicht näher kennenzulernen«, murmelte Bram. Van Helsing zählte bis drei, dann drückten sie mit aller Kraft. Mit einem kratzenden Geräusch gab der Stein nach.

»Noch einmal!«

Der Schein der Lampe auf dem Sarkophag daneben drängte die Schatten zurück und beleuchtete ein weißes, ebenmäßiges Gesicht, umrahmt von schwarzem Haar. Die drei Männer starrten auf die Frau im Sarg herab. Groß war sie, schlank und wunderschön. Sie war edel gekleidet, vielleicht ein wenig zu verspielt. Ein Ausdruck von Unschuld lag auf ihrem Gesicht und in ihrer Haltung, wie sie da vor ihnen in ihrem kalten, steinernen Bett lag, die Hände vor der Brust gefaltet. Bram und Professor Vámbéry sahen verzückt auf sie herab, während van Helsing den Blick auf seine Mitreisenden richtete.

»Lassen Sie sich von diesem Schein der Unschuld nicht täuschen. Es ist ein Teil ihres Zaubers, der sie schützt. Sie ist trotz ihres lieblichen Gesichts eine tödliche Bestie.«

Van Helsing nahm einen kurzen Stock und schob ihre Oberlippe ein Stück hoch, bis ihre weißen Zähne im Lichtschein schimmerten. Scharfe, makellose Zähne. Das Gebiss eines Raubtieres!

»Müssen wir sie wirklich vernichten?«, fragte Vámbéry mit einem Seufzen. »Ihr Meister ist unser Gegner, nicht diese Frauen.«

»Sie sind ihm hörig«, gab van Helsing zurück. »Wir können es uns nicht leisten, sie im Rücken zu wissen. Sehen Sie her!«

Er griff wieder zu seiner Flasche und ließ einen Tropfen des Weihwassers auf die Wange der Vampirin fallen. Sie blieb vollkommen starr, aber der Tropfen zischte und brodelte, als sei er auf eine heiße Herdplatte gefallen. Es dampfte und zurück blieb ein geschwärzter Fleck, der sich tief in die vorher so makellose Wange brannte. Bram konnte nicht verhindern, dass er zusammenzuckte. Auch Professor Vámbéry sah unglücklich drein.

»Ich bin Wissenschaftler. Ich beobachte nur. Es gibt Gutes und Böses auf der Welt und nur zusammen ergibt sich ein Gleichgewicht.«

Van Helsing nickte mit grimmiger Miene. »Das kann schon sein, doch wenn das Böse überhandnimmt oder unser Leben bedroht, dann müssen wir dagegen einschreiten. Wir haben uns darauf eingelassen, dem – zugegebenermaßen verrückten – Ansinnen unseres Freundes hier zu folgen. Nun müssen wir auch zu den Konsequenzen stehen, wenn wir hier lebend wieder herauskommen wollen. Und dazu gehört nun einmal, dass wir diesen Kreaturen ihren endgültigen Frieden geben.«

Bei diesen Worten zog er den Stockdegen aus seiner hölzernen Hülle und stieß ohne weiteres Zögern die Klinge durch das Herz, bis die Spitze den Boden des Sarges traf. Schwärzliches Blut quoll aus der Wunde, der Mund der Vampirin öffnete sich zu einem Schrei, der von den Wänden widerhallte. Sie riss die Augen in Entsetzen auf, wobei Bram nicht sagen konnte, ob sie etwas sah. Ihr Oberkörper bäumte sich auf. Während der Professor ein Stück zurücktaumelte, blieb van Helsing völlig ruhig. Er nahm Vámbéry das Schwert aus der Hand, holte aus und schlug der Vampirin mit einer einzigen Bewegung den Kopf ab. Der Schrei brach ab. Die Gestalt fiel in sich zusammen. Van Helsing nahm ein kleines weißes Blättchen aus der Ledertasche an seinem Gürtel, öffnete den Mund der Vampirin und schob es hinein. Dann legte er behutsam den Kopf wieder zu seinem Körper in den Sarg.

»Es ist vollbracht«, sagte er leise und bekreuzigte sich.

Der Körper begann sich aufzulösen. Die Haut verlor ihren Glanz. Risse zeichneten sich ab. Staub begann zu rieseln. Es war schrecklich und dennoch faszinierend, sodass sich Bram nicht abwenden konnte.

Alle drei waren so in den Anblick vertieft, dass sie das Geräusch viel zu spät bemerkten. Erst als van Helsing mit erhobenem Schwert herumfuhr, begriff Bram, was die Stunde geschlagen hatte. Die Sonne war untergegangen und die Vampire erwachten!

Vielleicht spürten die beiden anderen die drohende Gefahr, vielleicht waren die drei Frauen mit einem geistigen Band vereint gewesen, das nun zerrissen worden war. Jedenfalls ging alles blitzschnell. Die Platten glitten zur Seite, die Vampirinnen sprangen heraus. Bram war so perplex, dass er sich das Schwert aus der Hand reißen ließ. Professor Vámbéry wankte zur Wand zurück. Doch auf van Helsings Reflexe konnte man sich verlassen. Noch ehe die große blonde Vampirin das Schwert zum Streich gehoben hatte, sprang er schützend vor seine Freunde. Die Klingen trafen sich. Die der Vampirin blitzte silbern, die seine war vom Blut ihrer Schwester verdunkelt. Sie kreischte hasserfüllt und focht wütend mit harten Hieben. Van Helsing parierte, doch Bram war sicher, dass es ihn all seine Kraft und Konzentration kostete.

Unvorsichtigerweise hatten Bram und Professor Vámbéry gebannt dem Zweikampf zugesehen und die dritte Vampirin, eine üppige Rothaarige, aus den Augen gelassen. Auf einmal kam sie mit vorgereckten Klauen auf sie zu und fauchte etwas in ungarischer Sprache. Bram schob den Professor hinter den Sarg und griff nach dem Stockdegen, der noch im zerfallenden Leib der Schwarzhaarigen steckte.

»Zurück an die Wand«, rief Bram dem Ungar zu, während er die Rothaarige mit dem Degen in Schach hielt. Langsam wichen die Männer zurück, während sie ihnen folgte und eine Möglichkeit suchte, sie zu packen, ohne dem Degen zu nahe zu kommen.

Sie kreischte und plapperte für Bram unverständliche Worte. Der Professor antwortete ihr. Bram ließ die rothaarige Vampirin nicht aus den Augen, dennoch entging ihm nicht, wie schwer es van Helsing fiel, sich die blonde vom Leib zu halten. Er war ganz sicher ein hervorragender Fechter, doch er war ein Mensch von mehr als fünfzig Jahren und sie eine Untote, die bis zum Morgen nicht ermüden würde. Bram zermarterte sich den Kopf, wie er van Helsing unterstützen konnte. Wenn der Vampirjäger fiel, dann war es um sie alle geschehen. Vielleicht sollten sie sich langsam zu ihm vorarbeiten. Sie könnten den Sarg als Rückendeckung nutzen. Wenn er sich nur Vámbéry verständlich machen konnte, ohne dass die Vampirin es mitbekam. Deutsch verstanden die meisten hier. Aber Englisch? Das war ein Versuch wert.

Die Rothaarige hielt plötzlich inne. Sie fixierte die beiden Männer, dann trat sie einen Schritt zurück. Hatte sie eingesehen, dass sie so nicht an sie herankommen würde? Gab sie auf und wollte sich zur Flucht wenden? Der Weg zur Tür war frei. Sie würden sie nicht aufhalten können.

Bram sah die Gier in ihren Augen. Nein, sie war nicht bereit, sich die fette Beute entgehen zu lassen. Sie würde das Blut und ihre Rache genießen!

Ein gehässiges Lächeln entstellte ihr zartes Gesicht. Was hatte sie nur vor? Bram folgte mit seinem Blick dem ihren, bis er auf die Lampe traf, die erstaunlicherweise noch immer auf dem halb zur Seite gestoßenen Sargdeckel stand, unter dem die Rothaarige geruht hatte. Bram wurde es eiskalt, als er ihren Gedanken begriff. Er sprang vor, doch die Vampirin war natürlich schneller. Mit einem Klirren zerbrach die Lampe auf dem Boden und Finsternis hüllte sie ein.

Wie eine düstere Welle suchten sie sich ihren Weg zwischen den aufragenden Gipfeln über die Passenge. Sie schoben sich durch den Schnee und stoben dann den Hang hinab. Der Strom zerfiel in einzelne Wesen. Die Wölfe liefen voran. Über ihren Köpfen flogen Raben. Dahinter kamen die Unreinen, zerlumpte Bestien, die eine Wolke von Verwesungsgestank umgab. Sie rannten hinter den Wölfen her, die Gesichter in Gier und Hass verzerrt.

Tonka hatte sich für die Gestalt eines Raben entschieden. Unter ihr jagte der Woiwode der Upiry als zottiger Wolf durch den Schnee. Sie wagte nicht, Boijslav und seine Bojaren zu überholen, obgleich die Raben schneller hätten fliegen können, doch es gebührte ihr nicht, ihm seinen vordersten Platz streitig zu machen. Dabei fiel es ihr schwer wie nie, sich zurückzuhalten. Wie viele Nächte waren nutzlos verstrichen, seit sie sich in Schäßburg auf dem Friedhof getroffen und den Feldzug beschlossen hatten? Warum zum Teufel hatte sie sich auf ihrem Flug zurück so beeilt, wenn sie ihren Vorteil nicht ausnutzten, den Meister auf der Reise abzufangen, wo er verletzlich war? Da oben auf dem Pass zum Beispiel hätten sie ihm auflauern können. Doch der Woiwode war zu blind oder zu überheblich, den Vorteil für sich zu nutzen. Er bestand darauf, alle Upiry zur großen Schlacht zu rufen, und den Feldzug, wie es der Brauch war, in der dritten Nacht nach dem Aufruf zu beginnen. Was für eine Verschwendung! Ihre Späher hatten Tonka längst berichtet, dass Dracula mit seiner Beute in der Nacht zuvor den Pass überwunden und Poienari erreicht hatte. Nun saß er bereits wieder in seiner Trutzburg.

Der Woiwode sagte, dass ihm das gegen die Übermacht der aufgebrachten Upiry nichts nützen würde, und eigentlich konnte sich auch Tonka nicht vorstellen, wie er alleine diese Welle des Zorns aufzuhalten gedachte. Dennoch, sie hätten es leichter haben können. Dort oben auf dem eisigen Pass, wo er ihnen mit seinem Fang alleine ausgeliefert gewesen wäre. Es wäre ihm nichts anderes übrig geblieben, als die Lycana herauszugeben und zuzulassen, dass die Upiry sie in Stücke zerfetzten. Nun mussten sie sich erst einmal zur Festung vorkämpfen und seinen magischen Schutz durchdringen, den er um sie gesponnen hatte. Und der alte Meister wusste seine mächtige Magie sehr wohl zu gebrauchen!

*

Sie erwachten fast gleichzeitig, sprangen auf und sahen sich um, die Griffe der Schwerter fest umklammert, doch an diesem Abend erwartete sie keine böse Überraschung. Franz Leopold sah Alisa an. Sie atmete tief aus und entspannte sich wieder.

»Womit beginnen wir? Sollen wir zuerst nachsehen, ob sich auf der Festung etwas getan hat?«

Franz Leopold war dafür, zuerst auf den Grat zu fliegen und zu sehen, ob die Männer alles wie besprochen vorbereitet hatten. Alisa und Luciano willigten ein. Für diesen Rundflug wählten sie die ihnen nun schon so vertraute Gestalt der Abendsegler. Es dauerte nur wenige Augenblicke, bis sie den Grat erreichten und an der Stelle landeten, die sie den Männern beschrieben hatten. Ja, sie waren hier gewesen. Ihre Kisten und Bündel lagen bereit, aber warum waren sie selbst nicht hier, um die Vampire zu erwarten?

»Kein Verlass auf diese Menschen«, schimpfte Luciano.

»Vielleicht ist ihnen etwas zugestoßen?«, vermutete Alisa.

»Und was?« Franz Leopold sah sich um. Keine Spur von Bram Stoker und den beiden Professoren.

»Wir sollten sie schnellstens suchen«, rief Alisa besorgt.

»Und wo fangen wir an?«, fragte Luciano ratlos.

Franz Leopold konzentrierte sich auf ihre Witterung. »Sie kamen mit Pferden hier herauf, haben alles vorbereitet und die Pferde dann wieder den Hang hinuntergeführt. Ich schlage vor, wir sehen in der Höhle nach. Vermutlich haben sie die Tiere dorthin gebracht. Zumindest würde ich das für den sichersten Platz halten.«

Sie flogen zur Höhle hinunter. Ja, die Pferde und einige ihrer Habseligkeiten fanden sie dort, doch wo zum Teufel waren die Männer selbst? Franz Leopold wandelte sich zurück und nahm die Witterung auf.

»Die Spuren verlaufen nach hinten, sie müssen … Das ist ja nicht zu fassen! Die Höhle geht hier weiter. Verflucht, wie nachlässig waren wir!«

Alisa stürmte bereits los. »Vielleicht ist das die Antwort auf die Frage, wie die drei Vampirinnen uns direkt nach Sonnenuntergang haben überraschen können.«

Luciano überholte sie. »Wenn wir nur nicht zu spät kommen!«

»Ein Schwert, ein Königreich für ein Schwert«, murmelte Franz Leopold, der wie die anderen nun Stimmen hören und einen Lichtschein sehen konnte. Dann erklangen ein Poltern und ein Klirren. Das Licht verlosch.

Die drei stürzten in die Höhle. Von irgendwo sickerte noch ein leichter Schimmer herein, sodass sie die Konturen dreier schwerer, steinerner Sarkophage erkennen konnten, die warme Aura der Menschen und die Silhouetten der Vampirinnen. Sie erfassten die Situation in einem Blick. Franz Leopold hechtete nach vorn, riss Bram Stoker den Stockdegen aus der Hand und stieß den Iren zur Seite hinter einen der Särge. Alisa und Luciano warfen sich auf die Rothaarige, die ihre Klauen gerade dem ungarischen Professor um den Hals legen wollte. Da sprang Franz Leopold mit einem Satz über den Sarg hinweg und schlug das Schwert der Blonden nach unten, dessen Klinge Van Helsing vermutlich bald durchbohrt hätte.

»Aus dem Weg, van Helsing!«, rief der Dracas, während er einen weiteren Angriff der blonden Vampirin parierte. »Überlassen Sie das mir! Luciano, hol dir sein Schwert.«

Luciano warf einen Blick auf Alisa, die mit der Rothaarigen rang, und hechtete dann zu dem Vampirjäger, der ihm die Waffe bereitwillig übergab. Er selbst konnte mit seinen Menschenaugen in dieser Düsternis nicht die Hand vor Augen sehen und die Vampire bezweifelten, dass er ein so guter Fechter war, alleine nach dem Gehör im Dunkeln einen Kampf führen zu können.

Franz Leopold überließ der Blonden noch für eine Angriffsequenz die Initiative, dann begann er sie mit schnellen, präzisen Bewegungen zurückzutreiben.

»Luciano, lass sie nicht entkommen!«, rief er. Er hatte das Zögern des Nosferas bemerkt, der mit erhobenem Schwert dastand, während sich Alisa und die fremde Vampirin einen erbitterten Kampf lieferten. Sie schlug der Vamalia ihre Klauen in den Hals und riss ihr eine lange Wunde. Alisa wand sich und versuchte sie abzuschütteln, doch die Reißzähne der anderen kamen ihrer Kehle immer näher. Die Rothaarige war vermutlich älter als sie. Und sie war stärker. Alisas Arme gaben Stück für Stück nach.

Da stieß Luciano zu. Aus der Kehle der Vampirin drang ein markerschütternder Schrei und sie erschlaffte. Das Schwert noch immer im Leib, fiel sie zuckend zur Seite.

Alisa rappelte sich auf und griff sich an ihren Hals, wo das Blut aus der klaffenden Wunde strömte, die die Krallen hinterlassen hatten. »Warum hast du so lange gewartet? Hattest du Skrupel, sie von hinten zu erstechen?« Der Nosferas brauchte keine Antwort zu geben.

»Na, jedenfalls danke, dass du dich doch noch durchgerungen hast.«

»Du wärst auch alleine mit ihr fertig geworden«, behauptete Luciano ein wenig verlegen.

»Wer weiß«, gab Alisa zurück, zog das Schwert aus dem Rücken der Vampirin, die sich nun nicht mehr regte, und hieb ihr mit einem kräftigen Schlag den Kopf ab.

Franz Leopold konzentrierte sich wieder ganz auf den Kampf mit seiner eigenen Gegnerin, die er bislang lediglich auf Abstand gehalten hatte. Es wurde Zeit, die Sache zu Ende zu bringen. Mit einer raschen Schlagsequenz entwaffnete er sie und stieß ihr den Degen in den Leib. Und auch er sorgte dafür, dass sie sich niemals wieder würde regenerieren können. Der Kampf war vorüber.

»Könnte jemand Licht machen?«, bat der ungarische Professor in die plötzliche Stille hinein.

Alisa besah sich die zerbrochene Lampe. »Da ist nichts mehr zu machen. Haben Sie irgendwo noch eine?«

Luciano lief in die Höhle mit den Pferden zurück und holte eine Lampe aus dem Gepäck. Als das Licht aufflammte, sahen sich die drei Männer um. Bram und der Ungar ein wenig verwirrt, van Helsing mit der Haltung und dem Blick eines Raubtieres. Vielleicht hätte er es wirklich geschafft, sich der Vampirin auch im Dunkeln zu erwehren. Seine beiden Freunde allerdings hätten ohne das Eingreifen der Erben ganz sicher ihr Blut gegeben! Das war ihnen offensichtlich klar.

»Ihr seid im rechten Moment gekommen«, stieß Bram hervor, der noch immer außer Atem war. Van Helsing verbeugte sich vor Franz Leopold.

»Ich hätte nicht geglaubt, einmal zu erleben, dass ein Vampir mein Leben rettet und ich in seiner Schuld stehe.«

Der Dracas winkte ab. »War mir ein Vergnügen. Sie war zu unpräzise in ihren Paraden und ließ die Klinge einige Male ein wenig zur Seite kippen. Das ergibt eine Unwucht im Schwung, die dem Gegner zugute kommt. Ein Problem, mit dem Alisa auch immer zu kämpfen hat.«

Van Helsing lachte. »Man lernt nie aus.«

Bram trat vor. Er schien sich wieder gefasst zu haben. »Lasst uns zu unserem Posten zurückkehren. Ist der Meister schon angekommen?«

»Das werden wir sogleich überprüfen«, sagte Alisa, doch der ungarische Professor fiel ihr ins Wort.

»Ja, Dracula ist zurück. Das hat die Vampirin zumindest behauptet.«

Sie schwiegen alle für einen Moment. Dracula war heimgekehrt und hatte Ivy auf die Festung gebracht. Der Augenblick war da, für den sie Hunderte von Meilen nach Osten gereist waren. Nun galt es, klug und besonnen zu handeln, sonst würden sie die Nacht nicht überleben.

»Also los, jeder auf seinen Posten«, rief van Helsing.

Die drei Männer hasteten aus der Höhle und den Berghang hinauf zu der bewussten Stelle, wo sie die Festung gut im Blick hatten. Die drei Erben dagegen wandelten sich zu Fledermäusen und stoben davon, um einen Erkundungsflug zu wagen. Sie mussten herausfinden, wo er Ivy gefangen hielt.

Wenn er wirklich vorhat, sie zur Mutter seiner neuen Blutlinie zu machen, dann bekommt sie als neue Hausherrin das Gemach seiner verstorbenen Frau, meinte Alisa.

Aber von dort kann sie jederzeit fliehen, widersprach Luciano. *Er wird sie in den tiefsten Kerker unter dem Turm sperren, bis sie bereit ist, sich seinen Forderungen zu fügen. Was sie nicht tun wird.*

Es gibt wirksamere Methoden, einen Vampir an der Flucht zu hindern, als eiserne Ketten und ein Verlies, mischte sich Franz Leopold ein. *Vergiss nicht, Ivy könnte sich einfach in eine Maus verwandeln und davonschlüpfen und das weiß er auch! Ich versuche, ob ich ihren Geist erreichen kann.*

Sie flogen eine weite Schleife um die Burg. Nichts hatte sich verändert. Hatte die Vampirin gelogen oder hatte der Professor sie falsch verstanden?

Und? Kannst du sie finden?, drängte Alisa nach einer Weile.

Ich bin mir nicht ganz sicher. Ich glaube, ich spüre sie, kann sie aber nicht erreichen. Sie scheint in einer Hülle verborgen, die ich nicht durchdringen kann. Meine geistigen Kräfte sind zu schwach.

Dass das ein Dracas zugeben muss, ist schon hart, murmelte Luciano. *Dann müssen wir eben auf die althergebrachte Weise suchen.*

Er flog zielstrebig auf den Bergfried zu, doch weit kam er nicht. Er hatte sich der Mauer bis auf wenige Schritte genähert, als er aufquiekte und zurücktaumelte.

Luciano, was ist los?, drängte Alisa, doch sie erhielt die Antwort von anderer Seite. Es war, als würde sie gegen eine unsichtbare Mauer fliegen, die ihr einen schmerzhaften Schlag versetzte. Ein heißes Zucken, das durch ihren Geist und Körper lief und ihre Glieder zu lähmen schien. Auch sie geriet ins Taumeln und brauchte eine Weile, bis sie sich gefangen hatte und ihr Flügelschlag wieder gleichmäßig und kraftvoll war. So gewarnt, näherte sich Franz Leopold der Barriere vorsichtiger, doch auch ihm gelang es nicht, sie zu überwinden.

Nun haben wir die Antwort, knurrte er. *Der Meister ist nicht nur mit seiner Beute heimgekehrt, er versteht es auch, zu schützen, was er für sein Eigentum hält. Lasst uns umkehren. So kommen wir nicht weiter.*

Sie flogen zu den Männern zurück, die ihren Posten auf dem Grat inzwischen erreicht hatten, und berichteten von der magischen Barriere, die der Meister um seine Burg gezogen hatte.

»Und woher wissen wir nun, dass unser Plan dennoch funktioniert?«, fragte Bram Stoker.

Franz Leopold hob die Schultern und lächelte grimmig. »Wir können es nicht wissen. Es bleibt uns nichts anderes übrig, als es auszuprobieren und alles auf eine Karte zu setzen.«

Obgleich es sie mehr Kraft für die Verwandlung kosten würde, entschieden sich die drei für die Gestalt von Adlern mit ihrem größeren Körper, den starken Klauen und dem scharfen Schnabel.

Luciano hatte Bedenken. »Na hoffentlich passen wir so noch durch die schmalen Fenster.«

»Im Flug sicher nicht«, gab ihm Alisa recht, »aber ich denke schon, dass wir mit angelegten Flügeln hindurchschlüpfen können.«

»Wenn uns nicht vorher der magische Schild aus der Luft holt.« Franz Leopold zog eine Grimasse. »Prüfen wir es nach.«

Die Männer sahen stumm und staunend zu, wie die drei Vampire zu stolzen Adlern wurden. Die Brust gereckt, wanden sich die Greife ihnen zu und ließen sich jeder ein silbernes Kreuz um den Hals binden. Dann befestigten sie zwei Fläschchen und einen kleinen Beutel an ihren Klauenfüßen.

Bram kniete sich vor Alisa und sah sie verzückt an. »Ich wünsche euch und uns Glück und Erfolg. Möge unser Plan gelingen!«

Wenn er uns jetzt noch Gottes Segen wünscht, hacke ich ihm in die Hand, drohte Luciano.

Das wird er nicht. Er weiß, dass das nicht passend wäre, verteidigte ihn Alisa. *Ich finde Bram Stoker für einen Mensch recht angenehm.*

Und ich finde, er ist ein wenig zu sehr in Ivy vernarrt, widersprach Luciano.

Können wir das später ausdiskutieren?, mischte sich Franz Leopold ein. *Ich denke, wir haben heute Nacht Wichtigeres zu tun.*

Die drei Adler sahen einander ernst an. Dann breiteten sie ihre Flügel aus und erhoben sich in die Luft. Sie hielten sich ein wenig rechts der Festung und kreisten abwartend über dem Abgrund.

Da, es geht los, stieß Luciano plötzlich hervor.

Sie richteten ihren Blick auf die Stelle des Berggrats, an der sich die drei Männer bereithielten. Ein Flämmchen flackerte auf, dann fuhr etwas mit einem Zischen schräg in den Himmel, einen Schweif aus Funken hinter sich herziehend, der rasch verlosch. Für einen Augenblick war alles wieder dunkel und ruhig und Franz

Leopold dachte schon, es würde schiefgehen, als die Rakete zerbarst. Grell leuchtende rote Feuerkugeln sprühten in die Nacht, funkelten und blitzten. Und schon fuhr die nächste Ladung in den Himmel und entzündete blau schimmernde Sterne. Die dritte krachte wie ein Kanonenschlag. Rauch wallte auf, breitete sich aus und trübte die Sicht. Der Geruch nach Schwefel sank herab. Doch da war noch etwas anderes.

Igitt, stinkt das, schimpfte Luciano. *Das ist ja unerträglich!*

Na, wenn selbst du es kaum aushältst, dann ist die Dosierung sicher richtig, meinte Franz Leopold, der lieber nicht mehr atmete. Der Gestank nach Weihrauch war betäubend!

Seht, da ist er!, rief Alisa.

Eine große, düstere Gestalt kam mit wehendem Umhang aus dem Tor des Bergfrieds gestürzt. Ihm folgte der Bucklige mit seinem hinkenden Gang.

Dracula, der große Meister, schrie vor Zorn und vielleicht auch vor Schmerz. Eine Woge von Wut traf die drei Greife. Der Meister stürzte in Richtung Zugbrücke davon, um die Quelle dieser Pein zu suchen.

Na hoffentlich liegen wir mit unseren Überlegungen richtig und sie sind vor dem Zorn des Meisters geschützt, meinte Alisa besorgt.

Hast du dich so in die Menschen verguckt, dass du vor Sorge um sie vergehst?, murrte Luciano.

Na, da spricht der Richtige. Aber es wäre auch für uns und unsere Mission nicht gut, wenn es ihm mit einem Handstreich gelänge, sie zu beseitigen. Dann wäre unser Ablenkungsmanöver dahin.

Das ist auch wieder wahr, musste der Nosferas zugeben.

Er ist weg, meldete Franz Leopold. *Also, frisch ans Werk.*

Der Dracas legte die Flügel an und schoss in einem steilen Bogen auf den Donjon zu. Luciano folgte ihm genauso schnell. Alisa fiel ein wenig zurück. Die Adlerin war weder so schnell noch so wendig wie die kleineren Terzel.

Franz Leopold riss die Augen auf, als er sich der magischen Barriere näherte. Funken sprühten auf. Es roch seltsam verbrannt und er fühlte seine Federn knistern, doch er gelangte ungehindert hindurch. Es war wie bei einem Gewitter, kurz bevor sich ein Blitz entlädt, aber es glückte allen dreien, den Schutzzauber zu durchbrechen.

War das nicht absurd? Vampire, denen die heiligsten Symbole der Kirche gegen die Macht eines Vampirs halfen? Ihnen war kein anderes Mittel eingefallen, das sie selbst schützen und dem Meister Schaden zufügen würde.

Franz Leopold hielt direkt auf das Fenster zu, das zum Gemach von Draculas Gemahlin führte. Als er die Mauer erreichte, krallte er sich fest, legte die Flügel an und schlüpfte durch den Spalt. Die anderen folgten ihm. Nun würde sich gleich zeigen, ob die Vamalia mit ihrer Vermutung recht gehabt hatte. So schnell seine Klauenfüße es zuließen, überwand er die mächtige Mauer, bis er einen Blick in das Gemach werfen konnte.

Tatsächlich hatte Alisa Dracula richtig eingeschätzt. Da lag Ivy in einem wunderschönen weißen Kleid mit einem Kranz und einem Schleier auf dem Kopf, wie eine Braut – eine Braut auf dem Totenbett! Bleich und regungslos, die Hände wie im Sarg vor der Brust gefaltet, die Augen geschlossen. Sie sah aus, als habe die untergehende Sonne vergessen, sie aus der Totenstarre zu erwecken.

So etwas war nicht möglich, oder doch? Hatte sie ihm Widerstand geleistet und er sie dafür in seinem Zorn vernichtet?

Aber nein, Ivys Körper war mehr als einhundert Jahre alt. Er würde sofort zerfallen, wenn der Vampir in ihm vernichtet wurde.

Was ist mit ihr? Was hat er mit ihr angestellt? Alisa und Luciano schlüpften rasch hinter Franz Leopold in das Gemach.

Ich weiß es nicht, beantwortete Franz Leopold ihre Frage, *aber ich bin gerade dabei, es herauszufinden.*

Er ließ die Verbindung zu Alisa und Luciano bestehen, sodass sie hören konnten, wie er Ivys Geist anrief, doch er schien ihn nicht erreichen zu können. Zumindest war sie nicht in der Lage, dem Dracas zu antworten.

Dracula hält sie in einer Umklammerung, die sie langsam aber sicher zerquetscht. Wenn er so weitermacht, besteht die Gefahr, dass er sie vernichtet, ehe es ihm gelingt, ihren Willen zu brechen. Wir können sie also nur retten, wenn wir es schaffen, seine geistige Klammer abzuschütteln.

Wollen wir das wirklich versuchen?, fragte Alisa plötzlich ungewohnt verzagt. Was, wenn sie Ivy mit ihren Experimenten schadeten? Wenn sie ihren ohnehin schon bedrängten Geist damit vernichteten?

Das wird nicht geschehen, widersprach Franz Leopold. *Kommt, wir versuchen es. Die Zeit läuft uns davon. Wie lange können die Männer mit ihrem Feuerwerk den Meister von uns fernhalten?*

Er streifte das Kruzifix um seinen Hals ab, nahm die Kette in den Schnabel und hüpfte zum Bett, wo er es Ivy auf die Brust legte. Alisa und Luciano taten es ihm gleich. Gespannt beobachteten sie, ob sich irgendetwas veränderte.

Doch statt mit Ivy ging etwas Seltsames mit Luciano vor sich! Er krächzte und fiel dann mit einem Schmerzensschrei zu Boden. Zuckend wand er sich, die Klauenfüße in die Höhe gereckt. Franz Leopold konnte nicht fragen, was geschehen war. Ja, ihm blieb nicht einmal Zeit, sich zu wundern, als auch ihn der Schmerz erfasste, der den Vogelkörper sich winden ließ. Alisa ging es kaum besser. Die Wut des Meisters schien den ganzen Raum zu erfüllen. Franz Leopold reckte sich und packte eines der Kruzifixe mit dem Schnabel. Er versuchte sich auf das heilige Symbol zu konzentrieren und seinen Geist damit zu füllen. Der Schmerz ließ nach und er konnte sich mühsam aufrappeln.

Da erscholl ein vielstimmiger Schrei. Das Tal schien unvermittelt von Rufen erfüllt, in das das Heulen eines Wolfsrudels einfiel. Was zur Hölle war das nun wieder?

Franz Leopold schob sich die Kette über den Hals, dann flatterte er zum Fenster, kroch die Mauer entlang und spähte ins Tal hinunter.

Was ist dort los? Kannst du etwas erkennen?, drängte Alisa, die sich ihr Kruzifix ebenfalls wieder umgehängt hatte.

Franz Leopold brauchte einige Augenblicke, bis er sich so weit von seiner Verblüffung erholt hatte, dass er ihr antworten konnte.

Es wälzt sich ein Heer von Gestalten durch das Tal. Menschenähnliche auf zwei Beinen, Wölfe und ein Schwarm Raben, aber keinen von ihnen umgibt die warme Aura lebenden Blutes!

Ein Heer von Untoten? Vampire?, wiederholte Luciano verdutzt. *Wer sind sie und was wollen sie hier?*

Sie sind sicher nicht zum Vergnügen hier, gab Franz Leopold zurück. *Ich versuche ein paar Gedanken aufzufangen. Eines jedenfalls umgibt sie wie eine Wolke ...*

Hass!, dachte Alisa, die es ebenfalls spürte.

Ja, Hass und blinde Mordlust. Es sind die Upiry, der siebte Clan aus Transsilvanien.

Und sie wollen den Meister vernichten?, fragte Luciano ungläubig.

Nein, Ivy!

Sie starrten einander entsetzt an. *Bist du sicher?*, hakte Alisa nach einer Weile nach.

Ja, ihr Hass gilt Dracula, der sie in ihren Augen betrogen hat, und sie fordern von ihm, Ivy herauszugeben, um sie zu vernichten. Wenn er das nicht tut, werden sie mit aller Härte gegen ihren eigenen Vater vorgehen. Sie wollen nicht zulassen, dass er mit Ivy eine neue, stärkere Blutlinie schafft. Denn damit hätte er sie in der Hand.

Wird er Ivy herausgeben?, fragte Alisa bang, doch Franz Leopold musste ihr die Antwort nicht geben. Die Burg erzitterte in ihren Grundfesten, als der alte Meister die Herausforderung annahm und sich auf die vorderste Front der Upiry stürzte.

Hat Dracula eine Chance?, fragte sich Luciano. *Wie viele sind es denn?*

Franz Leopold beugte sich vor. *Es müssen an die Hundert sein. Aber hört das Jaulen aus den Wäldern ringsum. Ich glaube, auch der Meister ist nicht alleine. Hölle und Teufel, er zerfetzt seine Angreifer, als seien sie aus Papier, und wechselt seine Gestalt innerhalb eines Wimpernschlags!*

Der Dracas schwankte zwischen Hass und Faszination. Ein Seufzen vom Bett her lenkte seine Aufmerksamkeit wieder auf das eigentliche Ziel.

Schnell, fahren wir fort. Vielleicht ist der Meister nun zu sehr mit seinem Kampf beschäftigt und lässt in seiner Aufmerksamkeit nach.

Er kam wieder zurück und flatterte aufs Bett.

Ivy, kannst du mich hören? Wir sind hier! Deine Freunde sind bei dir, um dich zu befreien, aber du musst uns helfen. Du musst mit uns kämpfen. Versuche, den Geist des Meisters abzuschütteln. Du musst dich gegen ihn wehren!

Er lauschte, ob er irgendeine Reaktion empfangen konnte.

Und?, drängte Alisa.

Der Adler schüttelte den Kopf. *Nein, nichts.*

Mit seinem scharfen Schnabel entfernte er das Fläschchen, das Van Helsing an seinem Bein befestigt hatte, zog den Stopfen ab und versprenkelte die klare Flüssigkeit über der wie tot daliegenden Ivy in ihrem Brautkleid. Es zischte leise und Dampf stieg auf, doch die Haut blieb makellos. Für einen Moment befürchteten sie, es würde nichts bewirken, da erzitterte die Luft wie von einem gewaltigen Schrei. Eine eisige Böe wirbelte durch das Turmgemach, zauste den drei Adlern das Gefieder und warf sie fast um. Ivys Körper bäumte sich auf und begann zu beben, dann öffneten sich ihre Augen und ihr Mund. Ihr Blick war starr in die Ferne gerichtet.

Und nun die Hostie! Alisa hüpfte heran, riss das kleine Päckchen auf und entnahm ihm die unscheinbare Oblate. Es schüttelte sie am ganzen Leib, als sie das Heiligste, was die Kirche zu bieten hatte, mit dem Schnabel packte. Mit einem Satz sprang sie auf Ivys Schulter und stieß ihr die Hostie in den Mund.

Die Lycana schrie, als würde die Sonne sie verbrennen, und noch einmal wirbelte eine Welle magischer Kraft durch den Raum, die Alisa vom Bett warf. Dann verstummte Ivy und ihr Blick richtete sich auf den Adler, der auf ihrem Bett saß.

Ivy, kannst du mich hören?, drängte Franz Leopold noch einmal. *Löse dich aus seiner Macht und komm mit uns. Der Zeitpunkt ist günstig. Dracula ist an einer anderen Front in einen Kampf verwickelt.*

Leise und mühsam fand Ivy ihre Stimme. »Ja, er kämpft gegen die Upiry, die gekommen sind, mich zu vernichten. Sie fordern, der Meister solle mich herausgeben, doch er ist nicht dazu bereit. Nein, er kämpft gegen seine eigenen Kinder bis zu ihrem oder bis zu seinem und meinem Ende.«

Ivy, kannst du dich wandeln? In eine Fledermaus am besten. Das müsste einfach für dich sein.

Ivy ließ den nun klaren Blick über die drei Adler schweifen und lächelte. »Wie konnte ich nur einen Augenblick an meinen Freunden zweifeln? Ihr seid gekommen. Ihr habt alle Gefahren überwunden und das Unmögliche möglich gemacht. Ihr scheut euch nicht, gegen den großen Meister, euren Stammvater, anzutreten.«

Sie fasste sich an den Mund und schauderte. »Was für ein Einfall, seine Macht über mich mit Weihwasser und Hostien zu brechen. Wie weise Tara gehandelt hat, mich auf die Akademie zu schicken. Wenn ich nicht mit euch die Zeit in Rom bei den Nosferas verbracht hätte, würde ich von diesem Rettungsversuch vermutlich schweren Schaden davontragen.« Sie würgte. »Wann kann ich dieses Ding ausspucken?«

Alisa schlug mit den Flügeln. *Sobald wir hier weg sind. Schnell! Kannst du dich wandeln?*

Statt einer Antwort sahen sie, wie die Nebel sich zusammenzogen. Dann erhob sich die Fledermaus in die Luft.

Wir haben es geschafft, jubelte Luciano. *Wir haben den Alten überlistet und seine Macht gebrochen. Rasch, durch das Fenster und dann nichts wie weg.*

Ja und nein, gab Ivy fast ein wenig traurig zurück, als sie sich ins Freie stürzten. Ja, ihr habt den Bann überwunden und doch lässt er mich nun auch von sich aus gehen. Es sind zu viele Upiry. Er ist sich nicht sicher, wie der Kampf ausgehen wird. Dracula will auf keinen Fall, dass ich in die Hände der Upiry gerate und mir etwas zustößt. Er wird sie beschäftigen und bekämpfen, bis wir in Sicherheit sind.

AUF DER FLUCHT

Noch immer zerbarsten die von van Helsing mit Weihrauch präparierten Feuerwerkskörper am nächtlichen Himmel und ließen ihren für Vampire so zerstörerischen Staub auf die Festung herabrieseln. Neugierig und ein wenig verwirrt beobachteten die drei Männer in ihrem sicheren Ring aus Weihwasser und winzigen Hostienstücken, was im Tal vor sich ging. Ein brachialer Kampf voller Grausamkeit, der kein Erbarmen und kein Mitleid kannte.

»Wir können von Glück sagen, dass die Upiry heute Nacht hier aufgetaucht sind«, sagte Professor Vámbéry. »Ich bin mir nicht sicher, ob Dracula nicht doch einen Weg gefunden hätte, an uns heranzukommen.«

Auch Bram schauderte, als er an den Moment zurückdachte, in dem der Meister sich wie ein Dämon aus dem Burghof erhoben hatte und auf sie zugestürzt war. Trotz aller Schutzvorkehrungen hatte Bram bei diesem Anblick mit seinem Leben abgeschlossen. Nein, es gab nichts und niemanden, der dieser uralten Macht des Bösen widerstehen könnte. Doch dann waren die Upiry aufgetaucht und Dracula hatte sich dem gefährlicheren Feind zugewandt, um ihn von seiner Burg und seinem größten Schatz darin fernzuhalten.

»Wie viele Raketen haben wir noch?«, erkundigte sich van Helsing, der unermüdlich eine nach der anderen in den Himmel schoss.

»Sechs oder sieben«, gab Bram mit einem Blick in die letzte Kiste Auskunft und reichte ihm das nächste Geschoss, ohne den Donjon aus den Augen zu lassen.

»Was tun sie da drin nur so lange? Haben wir uns geirrt? Ist unser Plan gescheitert?«

Professor Vámbéry legte ihm beruhigend die Hand auf die Schulter. »Nur Mut, mein Freund. Es wird schon klappen.«

»Wir müssen uns zurückziehen, wenn unsere Munition verbraucht ist. Und dann?«

»Wir müssen vor allem zusehen, dass wir den Upiry nicht in die Hände fallen«, gab van Helsing zurück, der bereits die nächste Ladung abfeuerte.

»Da!«, rief Professor Vámbéry und deutete aufgeregt nach vorn. »Sehen Sie das? Drei Adler – aber warum nur drei? Oh Gott …«

»Nein, da fliegt noch ein anderes Tier um sie herum. Eine Fledermaus, den hektischen Bewegungen nach zu schließen.« Bram strahlte und ließ sie nicht aus den Augen, bis die vier sie erreichten und vor ihnen landeten. Drei Adler und eine kleine Fledermaus, deren Schwingen silbern schimmerten.

Rasch, machen Sie sich auf den Weg, meine Herren, ließ sich der Dracas in ihren Gedanken vernehmen. *Lassen Sie alles stehen und liegen und sehen Sie zu, dass Sie Ihre Pferde erreichen. Reiten Sie nach Curtea zurück, als sei der Teufel hinter Ihnen her, denn schlimmer als Dracula und eine Horde Upiry kann der auch nicht sein!*

Van Helsing brach sein letztes Fläschchen mit Weihwasser an und bespritzte sich und seine beiden Begleiter, dann liefen sie los. Sie schlitterten und rutschten den steilen Waldpfad hinab und rannten zu der Höhle, wo sie ihre Pferde unversehrt vorfanden. Rasch waren sie hinausgeführt.

Die drei Männer schwangen sich in den Sattel. Van Helsing stieß seinem Pferd die Fersen in die Flanken. Das Tier machte einen Satz und galoppierte dann die Straße hinunter. Die anderen beiden Rösser folgten ihm, ob ihre Reiter dies nun wünschten oder nicht. Bram hielt sich ganz gut, doch der Professor stöhnte laut und klammerte sich in der Mähne fest, um nicht herunterzufallen.

Direkt über sich bemerkte van Helsing drei Adler und eine Fledermaus.

»Bald wird es Tag!«, rief er nach oben. »Ihr müsst euch einen sicheren Ort suchen. Die Upiry werden die Verfolgung aufnehmen, sobald sie bemerken, dass die begehrte Beute entwischt ist. Wo seid ihr vor ihnen sicher?«

Ich weiß auch nicht, antwortete Franz Leopold. *Haben Sie eine Idee?*

Er las van Helsings Gedanken und nickte dann. *Das heißt, wir müssen Ihnen vertrauen und uns in Ihre Hände begeben?*

»Ja, das müsst ihr. Denkt darüber nach!«

Die Adler und die Fledermaus drehten ab und waren verschwunden.

Van Helsing und seine Begleiter jagten weiter, ohne anzuhalten, bis sie das Kloster erreichten.

»Nie wieder steige ich auf ein Pferd«, stöhnte Vámbéry, als sie in den Hof einritten und er sich vom Rücken des Rosses gleiten ließ. Die Pferde dampften und waren trotz der winterlichen Kälte durch und durch nass geschwitzt. Den Männern ging es nicht anders. Bram stand mit zitternden Knien keuchend neben dem Pferd. Nur van Helsing ließ sich die Anstrengung des scharfen Ritts nicht anmerken. Er sah sich um, bis er die drei Adler und die Fledermaus entdeckte, die in einem Baum bei der Kirche landeten.

»Und? Habt ihr darüber nachgedacht?«

Wir legen unser Schicksal in Ihre Hände. Enttäuschen Sie uns nicht!

Bram machte ein grimmiges Gesicht. »Nein, ihr könnt euch auf uns verlassen!«

Die vier Vampire wandelten sich zurück. Van Helsing eilte los, den Kutscher zu wecken und ihn zum Aufbruch zu drängen. Während dieser schlaftrunken die Pferde einspannte, riss van Helsing den Gastwirt des nächsten Hauses aus dem Schlaf und verlangte nach einer zweiten Kutsche. Er musste eine unverschämte Summe springen lassen, dass der Wirt sich sputete. Er übernahm ihre drei verschwitzten Pferde und überließ van Helsing ein älteres Gefährt mit einem Gespann, das dieser lieber nicht so genau in Augenschein nahm. Er konnte nur hoffen, dass weder der Karren noch die Pferde unterwegs zusammenbrachen! Mit einem Schulterzucken schwang er sich auf den Kutschbock und fuhr zum Kloster vor, wo die anderen bereits zur Abfahrt bereit waren.

»Kein Sonnenstrahl darf uns berühren«, schärfte Franz Leopold den Männern noch einmal ein, während sich Alisa überschwänglich für die Hilfe in der Not bedankte und ihnen ihr Vertrauen aussprach.

Bram dagegen stand ein wenig abseits und betrachtete Ivy mit verzückter Miene. Anscheinend hatte sie von ihrem Abenteuer keinerlei Schaden davongetragen. Anmutig knickste sie und lächelte ihm zu. Sie trug noch immer das weiße Brautkleid, den Schleier und den Kranz hatte sie allerdings im Donjon von Poienari zurückgelassen.

»Rasch, steigt ein, dass wir fortkommen«, drängte van Helsing. Er hatte die Kutschenfenster sorgfältig abgedichtet, sodass kein Tageslicht durchdringen würde. »Wir haben noch zwei Stunden bis zum Sonnenaufgang. Erst dann sind wir vor den Vampiren in Sicherheit.«

Bram stieg hinter Ivy und Luciano in die vordere Kutsche, während Franz Leopold mit Alisa bei Professor Vámbéry Platz nahmen. Der Kutscher schwang seine lange Peitsche und ließ die Pferde antraben. Van Helsing folgte mit dem zweiten Gefährt. Der Mond wies ihnen den Weg.

Viel zu langsam zockelten die Pferde die ansteigende Straße hinauf. Wenn sie nur schon das Tal des Olts erreicht hätten! Bram schob die dichten Vorhänge immer wieder einen Spalt zur Seite und spähte hinaus, obgleich ihm die Neigung der Kutsche sagte, dass sie noch nicht an die höchste Stelle des Bergausläufers gelangt waren. Dann brach der Tag an und die Vampire verfielen in ihre Starre.

Es war ein seltsames Gefühl, ihnen in der düsteren Kutsche gegenüber zu sitzen, während sie wie tot an den Polstern lehnten. Nur das flackernde Licht einer Laterne erhellte die Kutsche. Luciano hatte seinen Arm schützend um Ivy gelegt, deren Kopf an seiner Brust ruhte. Wie entspannt sie wirkte. Das feine Lächeln gab ihrem Gesicht einen heiteren und auch friedlichen Ausdruck. Zuerst befürchtete Bram, sie würden bei der unruhigen Fahrt von ihrer Sitzbank fallen und überlegte schon, wie er das verhindern konnte, doch die beiden Vampire saßen aufrecht gegen die Rückbank gelehnt da, als seien sie mit der Kutsche verwachsen. Ab und zu hörte Bram van Helsing oder den Kutscher rufen, den Knall der Peitsche oder das Wiehern der Pferde, sonst gab es nichts, das ihn von seiner nervösen Anspannung ablenkte. Er versuchte, sich selbst gut zuzureden. Sie waren entkommen. Sie hatten das Unmögliche geschafft und Ivy aus den Händen Draculas befreit. Draußen musste es nun helllichter Tag sein. Was sollte ihnen jetzt noch geschehen? Alles, was sie noch schaffen mussten, war Sibiu ohne Unfall zu erreichen.

Ein Schrei ließ Bram auffahren. Der Kutscher rief etwas. In seiner Stimme klangen Überraschung und Furcht. Das Gefährt blieb mit einem Ruck stehen.

»Bleiben Sie, wo Sie sind«, rief van Helsing. Die Anspannung in seinem Ton fuhr Bram eiskalt durch die Eingeweide. Was um alles in der Welt war dort draußen los? Es hörte sich an, als würde van Helsing hinter ihnen vom Kutschbock springen. Die Rösser scharrten und wieherten ängstlich.

»Bram, rasch, halten Sie die Pferde!«

Bram riss die zur Nordseite zeigende Tür auf und sprang hinaus. Ein rascher Blick zeigte ihm, was diesen Aufruhr verursachte und die Pferde in Panik versetzte: Ein riesiger grauer Wolf saß hoch aufgerichtet auf den Hinterläufen mitten auf der Straße und starrte sie aus glutroten Augen an.

Bram dachte, er müsse mitten in der Bewegung zur Salzsäule erstarren. Entsetzen erfasste ihn.

»Bram, die Pferde!«

Van Helsing griff hart nach seiner Schulter und riss ihn aus der Erstarrung. Bram packte das Zaumzeug der Kutschpferde, die furchtsam mit den Augen rollten, während van Helsing den silbernen Stockdegen zog. Den Wolf fest im Blick ging er langsam auf ihn zu, bis sie sich mit kaum fünf Schritten Abstand gegenüberstanden. Der Wolf regte sich nicht und auch van Helsing blieb stehen, die tödliche Klinge drohend vorgereckt.

Bram schüttelte den Kopf, als müsse er einen wirren Traum vertreiben. Dass dies kein normaler Wolf sein konnte, war ihm klar, und dennoch, wie war es möglich, einem Untoten zu begegnen, solange die Sonne am Himmel stand? Der Wolf saß zwar im Schatten, doch mussten nicht alle Vampire bei Sonnenaufgang in Totenstarre fallen?

»Gib den Weg frei!«, forderte van Helsing. »Du wirst uns nicht aufhalten. Geh, wenn du nicht meine Klinge kennenlernen willst!«

Da begannen die Konturen des Wolfs zu zerfließen. Bram blinzelte und sah dann einen Mann sich erheben. Ein großer Mann in einem weiten Umhang, dessen grausame Züge er schon einmal gesehen hatte: Fürst Vlad Ţepeş III., Drăculea, der große Meister der Vampire.

»Der Vampirjäger van Helsing, der so viele meiner Kinder ausgelöscht hat«, sprach der Meister mit tiefer Stimme, die nicht ganz so tönend und mächtig klang wie in Wien.

»Dracula, der selbst in dieser Nacht unzählige seiner Kinder vernichtet hat«, gab van Helsing zurück.

»Viele der Upiry sind heute Nacht verloschen«, sagte er ausweichend. »Sie haben es gewagt, mir zu trotzen und sich gegen mich aufzulehnen.«

»Ja, und sie wollten Euch Eure Beute streitig machen!«

»Ich weiß, dass sie hier in dieser Kutsche ist«, sagte Dracula und machte einen Schritt nach vorne, doch van Helsing wich nicht zurück. Stattdessen richtete er die Spitze des Degens ein wenig höher, sodass sie auf das kalte Herz des Vampirs zeigte.

»Die Sonne steigt immer höher. Ihr seid schwach. Wollt Ihr wirklich ausprobieren, ob ich mit meinem Degen bei Tag nicht doch schneller bin? Kehrt zu Eurer Festung zurück, bevor ich zustoße. Geht und lasst uns passieren!«

Bram hielt den Atem an. Würde sich Dracula wirklich zurückziehen, jetzt, wo er sie aufgespürt hatte und sein Ziel zum Greifen nah war? Das hing vermutlich davon ab, wie viel Kraft es ihn kostete, bei Tageslicht unterwegs zu sein. Mutig trat van Helsing nach vorn, bis die Spitze seines Degens fast die Brust des Vampirs berührte.

»Geht!«, forderte er ihn noch einmal auf. Stumm maßen sie sich mit Blicken. Endlich sprach Dracula. »Dieses Mal lasse ich euch ziehen. Wir werden sehen, wie unsere nächste Begegnung endet.«

Er wandelte sich noch einmal. Der riesige graue Wolf sprang den Berghang hinauf und verschwand zwischen den düsteren Tannen.

*

Alisas Gedanken begannen zu fließen. Sie schlug die Augen auf. Auch Franz Leopold neben ihr regte sich. Hastig befreite sie sich von seinem Arm, der sie auf dem Sitz gehalten hatte, und rückte ein Stück von ihm ab.

»Guten Abend«, begrüßte sie Professor Vámbéry. »Ich hoffe, Sie befinden sich wohl?«

»Danke der Nachfrage. Wo sind wir und wie ist die Fahrt bislang verlaufen?«

Der Professor schob den schweren Vorhang beiseite und sah hinaus. »Ich denke, dass wir in ein oder zwei Stunden Sibiu erreichen. Wir sind gut vorangekommen, obgleich van Helsing für dieses Gefährt nicht die Hand ins Feuer gelegt hätte. Ja, die Fahrt war erstaunlich ereignislos – bis uns der Meister über den Weg lief.«

»Was? Wie kann das sein? Es war doch Tag!«, rief Alisa entsetzt.

»Wo ist Ivy?«, fragte Franz Leopold.

Vámbéry berichtete von ihrer Begegnung mit Dracula und wie es van Helsing gelungen war, ihn in Schach zu halten und zum Rückzug zu zwingen.

»Er kann sich auch bei Tag frei bewegen?«, wiederholte Alisa. »Das ist nicht gut. Oder glaubst du etwa, er hat sich für immer zurückgezogen und seinen Plan aufgegeben?«

Franz Leopold schüttelte den Kopf. »Nein, das glaube ich nicht, aber wir wissen nun auch, dass er bei Tageslicht schwach ist und langsam, sonst hätte er sich nicht von einem Mann mit einem Degen verjagen lassen.«

»Schwach ist immer noch stärker als reglos in Todesstarre«, gab Alisa zu bedenken.

Franz Leopold nickte. »Ja, da hast du recht. Es wird Zeit, dass wir uns in die Obhut der Vyrad begeben. Ich habe so etwas läuten hören, dass auch sie nicht an den Lauf der Sonne gebunden sind – zumindest nicht so unerbittlich wie unsereins.«

Sie schwiegen, bis das veränderte Rattern der Räder auf gepflasterter Straße ihre Ankunft in Sibiu verkündete. Inzwischen war es vollkommen dunkel. Nur ein paar vereinzelte Sterne blitzten zwischen den rasch ziehenden Wolken. Der Mond war noch nicht aufgegangen, als die beiden Kutschen vor einem Gasthaus in der Oberstadt anhielten. Van Helsing sprang munter vom Bock, als habe er nicht gerade mehr als zehn Stunden dort oben verbracht, und auch die Erben waren frisch wie jeden Abend. Bram Stoker und der ungarische Professor dagegen quälten sich stöhnend aus den Kutschen.

Vámbéry griff sich ins Kreuz. »Ich werde mich eine Woche nicht vom Fleck rühren«, verkündete er. »So eine Höllenfahrt ist nichts in meinem Alter.«

Van Helsing grinste. »Ach Professor, fassen Sie sich. Nun wartet ein warmes Essen, ein weiches Bett und morgen die viel bequemere Eisenbahn auf Sie.«

»Zum Glück! Der Gedanke daran hält mich aufrecht«, gab er mit einer Grimasse zurück, aber dann lächelte er in die Runde. »Und dennoch würde ich dieses Abenteuer nicht missen wollen. Die vergangenen Tage haben meinen Horizont mehr erweitert als viele Jahre des Studierens zuvor.«

Dem konnte Bram nur zustimmen, der seinen Blick wieder nicht von Ivy wenden wollte.

»Und was habt ihr nun vor?«, erkundigte sich van Helsing bei den jungen Vampiren.

»Wir werden unsere Rückreise nach Wien als Fledermäuse fortsetzen«, gab Alisa Auskunft und bedankte sich noch einmal für die Hilfe der Herren. Feierlich gab sie jedem die Hand. Bram Stoker verbeugte sich und hauchte ihr und Ivy einen Kuss auf die kalten Finger. Van Helsing dagegen schüttelte sie kräftig.

»Dann gute Heimreise. Vielleicht begegnen wir uns eines Tages wieder.«

»Ich hoffe, Sie zücken dann nicht Ihren Degen gegen uns«, sagte Franz Leopold mit einer angedeuteten Verbeugung in seine Richtung.

»Das kommt ganz darauf an«, gab van Helsing vage zurück. »Ich bekämpfe blutsaugende Nachtwesen, die Menschen töten!«

»Dagegen sage ich nichts«, gestand ihm Franz Leopold großzügig zu. »Am besten, Sie fangen in Transsilvanien an. Obgleich sie vergangene Nacht sicher deutlich dezimiert wurden, denke ich, es gibt dort noch genug Nahrung für Ihren Degen.«

»Danke für den Rat, doch ich bevorzuge es, bis auf Weiteres nach Amsterdam zurückzukehren und meine Studien fortzusetzen.«

So nahmen sie Abschied. Die Männer traten in die Wärme des Gasthauses. Bram drehte sich noch einmal um und warf einen letzten Blick auf die vier Vampire – besonders in Ivys Richtung, die ihm lächelnd zunickte, bevor sie sich wie die anderen zur Fledermaus wandelte und in den Nachthimmel davonstob.

*

Die vier Freunde flatterten über die Dächer der Oberstadt von Sibiu, passierten den Turm der katholischen Kirche und dann den der alten protestantischen, um die sich einst im Mittelalter der Kern der Stadt gebildet hatte. Ivy war in Gedanken bereits zurück in Wien bei Seymour. Und auch Lucianos Sehnsucht eilte ihrem

Weg voraus zu Clarissa. Wie würde sie ihn empfangen? Die bangen Fragen, die er die vergangenen Tage so erfolgreich verdrängt hatte, begannen ihn wieder zu quälen.

Plötzlich schlug Alisa einen Haken und wandte sich nach Osten um.

Was ist?, wollte Luciano wissen.

Ich fürchte, wir werden verfolgt, gab sie bedrückt zurück.

Was? Wer ist es? Franz Leopold sandte seine Gedanken in die Nacht, um herauszubekommen, wer ihnen auf der Spur war. *Wie ist das möglich?*, murmelte er.

Ivy beruhigte ihre Freunde. *Es ist kein Feind, der uns einzuholen versucht. Fliegt ein wenig langsamer, dass sie aufschließen können.*

Nur wenige Minuten später umschwirrten sie etwa zwei Dutzend große Abendsegler, die ihnen zu verstehen gaben, dass sie sie auf ihrem Rückweg nach Wien begleiten würden.

Wie das?, wunderte sich Alisa. *Ich dachte, der Schwarm habe sich in Hosman zum Winterschlaf niedergelassen.*

Viele von uns, ja. Doch wir haben auf euch gewartet. Die Lycana mit dem Silberhaar hat nach uns verlangt und wir folgen ihrem Ruf.

So ließen sie sich von den Abendseglern leiten. Als die ersten Rinderherden unter ihnen auftauchten, riefen die Vampire zu einer Rast und stürzten hinunter, um sich satt zu trinken.

Mit einem wohligen Seufzen wischte sich Luciano den Mund ab. »Das tut gut. Ich habe das Gefühl, ich hätte Monate lang kein Blut gesehen.«

»Mir geht es ebenso«, gestand Alisa. »Aber die letzte Nacht war auch nicht wie jede andere.«

Sie tranken ausgiebig und kehrten dann zu ihrer Fledermausgestalt zurück, um mit den Abendseglern weiterzuziehen.

In zwei Nächten sind wir zurück. Auf den Empfang, den man uns bereiten wird, bin ich jetzt schon gespannt!, meinte Franz Leopold.

Ganz sicher wird er außergewöhnlich, sagte Luciano. *Aber vermutlich nicht außergewöhnlich angenehm!*

Oje, den Gedanken habe ich bislang erfolgreich verdrängt, jammerte Alisa. *Ich will mir gar nicht vorstellen, was der Baron und die Baronesse mit uns machen, wenn sie uns in die Finger kriegen.*

Die Baronesse kann gar nichts mehr tun. Dracula hat sie vernichtet, mischte sich Ivy ein.

Was?, riefen die drei im Chor. *Wie das? Was ist geschehen?*

Ja, du hast noch gar nicht von der Nacht berichtet, in der du entführt worden bist. Und von deiner Reise mit Dracula. Los, erzähl, forderte Franz Leopold. *Und lass nichts aus!*

Ivy stimmte zu. *Gut, und dann erzählt ihr mir, was in Wien weiter passiert ist und wie es euch gelungen ist, mich zu finden und in die Festung zu kommen.*

So verging ihre Rückreise buchstäblich im Fluge, während sie ihre Erlebnisse austauschten, bis in der dritten Nacht das hell erleuchtete Wien unter ihnen auftauchte. Sie hatten es geschafft! Die vier Vampire dankten den Abendseglern und begleiteten sie noch bis zur Peterskirche, dann machten sie sich mit einem mulmigen Gefühl zum Palais Coburg auf.

*

Vier Fledermäuse flatterten ins Vestibül des Palais, landeten vor den Stufen und wandelten sich in ihre natürliche Gestalt zurück. Alisa, Ivy, Franz Leopold und Luciano erhoben sich und sahen sich um.

Ein Aufschrei ließ sie ihren Blick zur Treppe wenden. Dort hatte eine Gestalt gesessen, das Kinn in beide Hände gestützt, die nun bei ihrem Anblick aufsprang und ihnen entgegeneilte.

»Ihr!«, rief Tammo und flog geradezu die Stufen hinunter auf Alisa zu.

»Bei allen Höllendämonen, was habt ihr euch dabei gedacht, ohne ein Wort so einfach abzuhauen?«

Erst umarmte er seine Schwester, dass ihre Rippen knackten, dann hämmerte er mit den Fäusten gegen ihre Schulter.

»Euch ist nichts passiert? Was für ein Glück! Aber verdammt, warum habt ihr mich nicht mitgenommen? Joanne und Fernand hätten euch auch begleitet. Wir wären euch eine große Hilfe gewesen!«

Alisa lachte und wich seinen hämmernden Fäusten aus. »Ja, das wärt ihr bestimmt«, gab sie zu, »aber wir mussten schnell handeln.«

»Ich piesacke dich, bis du mir jede Einzelheit verraten hast!«, drohte Tammo. »Und über das Haus am Rabensteig will ich auch alles wissen. Hindrik hat uns nicht hineingelassen und uns weggeschickt! Ich weiß, dass Seymour dort war und noch jemand, um den es ein Geheimnis gibt, aber mehr konnten wir in Matthias' Gedanken nicht erkennen.«

»Euch ist es gelungen, in Matthias' Gedanken zu lesen?«, empörte sich Franz Leopold. »Na, der wird was zu hören kriegen, so nachlässig zu sein.«

»Viel zu wenig konnten wir auffangen«, beschwerte sich Tammo, »weil du es uns nicht richtig beigebracht hast!«

Es war einer der wenigen Augenblick, in denen Franz Leopold sprachlos war.

Dafür drang nun von oben Stimmengewirr ins Vestibül herab und unzählige Füße huschten die Stufen hinunter. Als sie die letzte Treppenbiegung hinter sich gelassen hatten, blieben die Vampire stehen und sahen die vier Erben bestimmt ebenso überrascht an wie diese das Empfangskomitee, wobei sie ein paar von ihnen durchaus erwartet hatten: allen voran die Schatten Matthias und Dario, dann Joanne und Fernand, Chiara und Sören, Anna Christina und natürlich auch Baron Maximilian. Was sie allerdings erstaunte, war, Dame Elina hier zu sehen und Conte Claudio. Ja sogar die Lycana Donnchadh, Catriona und die Druidin Tara standen dort auf der Treppe. Für einen Moment spiegelten sich noch Sorge und Überraschung in ihren Gesichtern, doch dann machte sich Erleichterung breit, als sie begriffen, dass alle vier unversehrt zurückgekehrt waren. Trotzdem schien die Stimmung angespannt.

Schließlich ergriff Baron Maximilian das Wort. »Willkommen zurück im Palais Coburg. Nun, ich denke, ihr habt uns einiges zu erzählen.« Es klang, als würde er bereits überlegen, wie er ihr langes unerlaubtes Fernbleiben angemessen strafen würde.

»Oje, das geht in keine gute Richtung«, raunte Franz Leopold Alisa zu.

»Damit mussten wir rechnen«, gab sie unglücklich zurück. »Wichtig ist nur, dass wir Ivy aus Draculas Händen befreit und seine Pläne vereitelt haben.«

»Das finde ich auch!«, bestätigte die Druidin Tara laut, die von ihren Lippen abgelesen haben musste oder – nein, sicher konnte sie ebenso wie Ivy an fremden Gedanken teilhaben. »Ich danke euch für Ivys Rettung. Ihr habt beherzt gehandelt und euch als wahre Freunde erwiesen.«

Woher sie wohl von der Entführung wusste? Vermutlich hatte sie Seymour aufgespürt und ausgefragt.

»Und nun würde ich vorschlagen, dass wir uns alle im Speisesaal versammeln und ihr uns berichtet, was wir alle wissen müssen.«

Und nur das!, fügte Franz Leopold in Gedanken für seine Freunde hinzu.

Die Vampire der Clans machten kehrt und geleiteten die Heimkehrer nach oben.

»Ich hoffe, wie haben es schnell hinter uns«, murmelte Luciano, der es kaum abwarten konnte, unbemerkt zum Haus am Rabensteig zu kommen, um nach Clarissa zu sehen. Ivy drängte es zu Seymour, doch Franz Leopold schüttelte den Kopf.

Das könnt ihr heute Nacht vergessen. Sie werden uns ausquetschen und uns keinen Augenblick aus den Augen lassen.

»Das fürchte ich auch«, meinte Luciano mit einem tiefen Seufzer. Doch es blieb ihm nichts anderes übrig, als sich zu gedulden.

So berichteten sie von den Ereignissen in Transsilvanien, von Draculas Plänen und der Anwesenheit der Upiry in Wien, die bereits in Irland versucht hatten, die Erben der anderen Clans zu vernichten. Als sie geendet hatten, war es eine Weile ganz still. Dann erhoben sich die ersten Stimmen. Lange sprachen die Clanführer miteinander und überlegten, ob sie nicht gemeinsam einen Rachefeldzug gegen die Upiry starten sollten. Anderseits hatte Dracula selbst dem transsilvanischen Clan bei dem Kampf um Poienari schmerzhafte Verluste zugefügt. Vielleicht sollte man es noch einmal mit Verhandlungen versuchen?

Die Gespräche zwischen den Clanführern verliefen so lange friedlich, bis zur Sprache kam, welche Rolle die Baronesse in der ganzen Sache gespielt hatte. Donnchadh fand deutliche Worte, bis Catriona ihn sanft ermahnte. Der Baron brauste auf, wies jede Schuld von sich und wollte von Verrat nichts hören. Seine Schwester sei ein Opfer. Ein Opfer ihres Ahnvaters, der sie vernichtet hatte! Zudem hätten die Lycana ja ihrerseits Verrat begangen. Woraufhin diese ins Feld führten, sein unüberlegtes Verhalten habe ja gezeigt, wie wichtig es war, Ivys Natur geheimzuhalten. Wenn der Baron Ivy nicht aus dem Haus gejagt hätte, wäre sie niemals in die Hände Draculas geraten.

Tara lenkte schließlich ein. »Dass Dracula Baronesse Antonia vernichtet hat, ist wahr und unumstößlich. Und auch, was in Transsilvanien vorgefallen ist, lässt sich nicht mehr ungeschehen machen. Daher schlage ich vor, wir schließen diese Kapitel, die niemand mehr ändern kann. Wenden wir uns dagegen einer Frage zu, die durchaus der Klärung bedarf!« Sie sah Baron Maximilian streng an.

»Die Clanführer haben einen Vertrag geschlossen, als sie die Akademie ins Leben riefen, und bislang haben sich alle daran gehalten. Nur Ihr, Baron, weigert Euch, die fremden Erben Eure speziellen Fähigkeiten zu lehren.«

Woher sie das nun schon wieder wusste? Tara überraschte Alisa immer wieder.

Einen kurzen Moment wirkte der Dracas verlegen, verbarg dies aber sofort hinter seinem arroganten Gehabe. Doch die alte Druidin ließ sich nicht beirren.

»Schluss jetzt! Es ist eine unumstößliche Tatsache, und wenn die Dracas weiterhin der Akademie angehören wollen, dann werden sie sich bemühen, das Versäumte aufzuholen. Das Jahr ist noch nicht zu Ende. Seht zu, dass Ihr die Monate sinnvoll nutzt!«

»Das hört sich nach Arbeit an«, stöhnte Tammo, aber sein fröhliches Zwinkern verriet, dass auch er begierig war, mehr von den magischen Fähigkeiten der Dracas zu lernen.

Stolz neigte der Baron das Haupt und schwor, dass der Unterricht bereits in der folgenden Nacht beginnen und sie nichts vor den Erben zurückhalten würden.

»Bleibt noch ein paar Nächte und überzeugt Euch von der exzellenten Qualität unserer Professoren und der Lehrstunden«, forderte er die fremden Clanführer und ihre Begleiter auf.

Die Gäste besprachen sich kurz und erklärten dann, dass sie dem Vorschlag Folge leisten würden.

Baron Maximilian erhob sich von seinem Platz und deutete eine Verbeugung an. »Gut, dann wäre das abgemacht. Und ich hoffe, Ihr erweist uns die Ehre, uns nächste Woche auf den ersten Ball der Saison in die Hofburg zu begleiten. Dieser Eröffnungsball, zu dem das Kaiserhaus lädt, ist immer etwas ganz Besonderes, und kaum einer der großen Namen lässt ihn sich entgehen. Dieses Jahr soll sich sogar Kaiserin Elisabeth die Ehre geben!«

Nicht einmal Dame Elina gelang es, ihre Freude über diese Einladung zu verbergen. Und auch die Erben tuschelten aufgeregt miteinander. Endlich war es so weit. Sie würden im glanzvollen Ballsaal der Hofburg in die große Gesellschaft eingeführt werden. Nur Joanne jammerte leise.

»Wetten, da muss man wieder ein entsetzlich unbequemes Kleid tragen. Und diese Schuhe erst!«

»Das wirst du schon schaffen«, versuchte Tammo die Pyras aufzumuntern. »Wir können uns ja vor dem Tanzen drücken, aber denk nur an all die lecker riechenden Menschen!«

Vielleicht war das das Stichwort gewesen. Jedenfalls klatschte Baron Maximilian in die Hände und befahl den Servienten, frisches Blut für alle aufzutragen. Nicht nur die vier Heimkehrer strahlten und leckten sich gierig die Lippen.

HOFBALL

»Guten Abend, Mr Stoker. Es freut mich, dass Sie wohlbehalten zurückgekehrt sind«, hörte Latona den Butler mit dieser emotionslosen Stimme sagen, die einen vermuten ließ, der Sprecher habe das Zeitliche bereits gesegnet. Allerdings ging das Risiko, hier im Palais Schey von einem Untoten in Empfang genommen zu werden, gegen null, dachte Latona, die ihr Buch, in dem sie gerade gelesen hatte, fallen ließ und aus ihrem Sessel aufsprang. Bei den Rückkehrern aus Transsilvanien sah das schon ganz anders aus! Latona raffte ihre Röcke und rannte aus dem Salon, den Gang hinunter bis ins Vestibül.

»Bram, Sie sind zurück! Endlich sind Sie wieder da«, rief sie und fiel ihm um den Hals.

Bram Stoker war so verdutzt, dass er einen Schritt zurückwich, doch seine Arme wussten, was zu tun war. Sie fingen das Mädchen auf und drückten es an seine Brust. Ein wenig unheimlich schien ihm der stürmische Empfang schon zu sein, wenn man seine Miene richtig deutete. Der bebende und schluchzende Mädchenkörper in seinen Armen verunsicherte ihn zutiefst und er fühlte sich von der Situation überfordert und gänzlich hilflos. Ein wenig unbeholfen tätschelte er Latonas Rücken.

»Ich habe Sie vermisst«, gestand sie. »Erst jetzt ist mir bewusst geworden, wie schrecklich es wäre, Sie auch noch verlieren zu müssen.«

Bram lächelte unsicher. »Ich habe dich auch vermisst und bin froh, wieder hier zu sein. Uns ist nichts geschehen. Professor van Helsing und ich sind gemeinsam nach Wien zurückgereist. Professor Vámbéry dagegen lässt sich entschuldigen. Er verließ uns in Budapest.«

»Dann ist auch ihm nichts passiert?«, erkundigte sich Latona, die sich nun aus seiner Umarmung löste.

»Nein, er ist wohlauf. Hast du dir solche Sorgen um uns gemacht?«

»Aber ja! Was für eine dumme Frage. Sie haben sich aufgemacht, dem mächtigsten und gefährlichsten Vampir entgegenzutreten. Und? Haben Sie sein Versteck gefunden? Haben Sie gegen Dracula gekämpft? Nun erzählen Sie schon!«

Van Helsing trat lachend hinter ihn. »Es bleibt uns wohl nichts anderes übrig, als Rede und Antwort zu stehen. So wie ich Fräulein Latona kennengelernt habe, wird sie nichts anderes akzeptieren, sonst wird sie für uns vielleicht noch gefährlicher als Dracula.«

»Spotten Sie nicht!«, rief Latona düster. »Es waren schwere Tage und Nächte. Ich habe das letzte Mal von Ihnen gehört, als Sie auf der Hinreise Budapest verließen!«

Van Helsing legte ihr die Hand auf die Schulter. »Ich verspotte Sie nicht. Ich fühle mich geehrt, dass Sie mich in Ihre sorgenvollen Gedanken mit eingeschlossen haben. Doch wenn ich einen Vorschlag unterbreiten dürfte, dann würde ich sagen, wir ziehen uns in einen Salon mit gemütlich prasselndem Kaminfeuer zurück, lassen uns ein paar Drinks servieren und berichten dann in aller Ruhe, bis Ihnen keine Fragen mehr einfallen. Ist das ein Angebot, Fräulein Latona?«

Sie lächelte van Helsing zu und nickte. »Akzeptiert! Und dann berichte ich Ihnen, was sich in Wien zugetragen hat. Es gibt da ein paar Dinge, die Sie überaus spannend finden werden«, prophezeite sie, »und damit meine ich nicht, dass Philipp das Spital bereits verlassen durfte und sich hier im Haus prächtig von einer hübschen Krankenschwester vom Lande pflegen lässt!«

Zwei Tage später reiste van Helsing ab und Latona musste sich selbst eingestehen, dass ihr der Professor zunehmend sympathischer und interessanter erschien und sie sich freuen würde, ihm irgendwann wieder einmal zu begegnen.

»Dies kann ich nur zurückgeben, Fräulein Latona. Ich fühle mich von Ihren Worten geehrt, vor allem, da ich Ihre Ehrlichkeit kennen- und schätzengelernt habe. Ich bin mir sicher, wir werden uns bald wieder treffen und vielleicht noch spannende Zeiten miteinander erleben.«

Er sah sie wieder so durchdringend an, dass es sie schauderte. Ob er an das Gleiche dachte wie sie?

Mit einer letzten Verbeugung verabschiedete er sich. Latona sah ihm nach, bis er den Schlag der Kutsche hinter sich geschlossen hatte und das Gefährt im Trubel der Ringstraße verschwand. Versonnen kehrte sie ins Haus zurück. Auch für sie und Bram wurde es nun Zeit, von den Scheys und Wien Abschied zu nehmen. Zum Glück hatte ihr Philipp keinen Antrag gemacht. Vermutlich war er zu der vernünftigen Erkenntnis gekommen, dass sie nicht die richtige Frau für ein Leben an seiner Seite war. Die Krankenschwester hatte daran sicher ihren Anteil gehabt.

Latona ging in ihr Zimmer zurück. Vielleicht war es an der Zeit, ihre Reisetaschen zu packen. Sie hatte noch nicht recht begonnen, als es an der Tür klopfte und einer der Lakaien mit einem großen, flachen Paket in den Armen eintrat.

»Was ist das?«

Der Lakai zuckte mit den Schultern. »Ich weiß nicht, Fräulein Latona. Dies Präsent wurde eben für Sie abgeben. Es ist kein Absender vermerkt. Aber vielleicht finden Sie eine Karte im Innern.«

Er legte die Schachtel auf ihr Bett und zog sich mit einer Verbeugung zurück. Neugierig trat Latona näher, betrachtete die Schachtel von allen Seiten, hob sie an und schüttelte sie.

Was um alles in der Welt konnte das sein? Und wer würde ihr ein Geschenk schicken? Philipp? Nein. Es wäre zwar durchaus möglich, dass er das Bedürfnis verspürte, ihr ein Abschiedspräsent zu geben, doch würde er es ihr dann nicht selbst überreichen, um zu sehen, wie sehr sie sich darüber freute?

Neugierig und ein wenig verwirrt zog Latona die rote Schleife auf und hob den Deckel an. Es klopfte an ihrer Tür, doch Latona reagierte nicht. Deckel und Schleife noch in den Händen, stand sie reglos da und starrte auf den Inhalt des Pakets herab.

Es klopfte noch einmal. »Latona, darf ich hereinkommen?« Es war Brams Stimme.

»Ja, kommen Sie herein«, antwortete sie tonlos.

Eine goldumrandete Karte in den Händen trat Bram Stoker ein, doch Latona starrte noch immer auf den Inhalt der Schachtel herab.

»Was ist das?«, fragte Bram, als er neben sie getreten war.

Mit zitternden Händen breitete Latona ihr Geschenk auf dem Bett aus. »Es ist eine große Ballrobe«, sagte sie ungläubig. »Ein Kleid, wie es Gräfinnen und Herzoginnen tragen. Für mich?« Sie schüttelte ungläubig den Kopf. »Da muss eine Verwechslung vorliegen. Wer sollte mir so etwas schicken? Und wozu? So etwas trägt man …«

Bram lächelte seltsam, als er ihr ins Wort fiel. »… auf einem Hofball, ja, das ist richtig. Und ich sage dir, du wirst damit nicht wenig Aufsehen erregen.«

Latona sah ihn misstrauisch an. Warum spottete er über sie? Nun war es aber genug!

Doch Bram schien entschlossen, das Spiel noch weiter zu treiben. »Du solltest es anprobieren, ob nicht die ein oder andere Änderung nötig ist.«

Latona stemmte die Hände in die Hüften. »Was ist hier los?«, rief sie scharf. Statt einer Antwort reichte ihr Bram die Karte, die mit schöner, ein wenig altmodischer Schrift bedeckt war. Es bereitete ihr keine Schwierigkeiten, die Worte zu lesen, doch sie musste es mehrmals tun, um ihren Sinn wirklich zu begreifen. Langsam ließ sie die Einladungskarte sinken, sah erst das Kleid und dann Bram an.

»Die Vampire laden uns zum großen Ball des Kaiserhauses in die Hofburg ein?«

»Ja, so ist es. Ich denke, wir werden unsere Abreise noch einige Tage verschieben, um der Einladung zu folgen.«

»Natürlich!«, rief Latona, der es bei der Vorstellung ganz schwindelig wurde.

»Ich weiß zwar nicht, wie es die Dracas geschafft haben, uns auf die Gästeliste zu schmuggeln, aber das soll uns nicht kümmern«, meinte Bram kopfschüttelnd. »Solch eine Gelegenheit bietet sich uns ganz sicher nicht noch einmal.«

»Was werden Sie anziehen?«, fragte Latona, die den Blick nur schwer von dem Traum aus aprikosenfarbener Seide und Spitze auf ihrem Bett losreißen konnte. Dabei hatte sie gedacht, im Gegensatz zu anderen jungen Mädchen immun gegen die Verlockungen schöner Kleider und anderen Tands zu sein. Bram sah ein wenig verlegen drein. Latona runzelte die Stirn, dann lächelte sie.

»Lassen Sie mich raten. Sie wussten schon, was in dem Paket ist. Die Dracas haben Sie auch mit einem Präsent bedacht.«

Bram nickte. »Ja, sie haben dafür gesorgt, dass ich nicht etwa in meinem altmodischen, abgewetzten Frack erscheine.«

Latona strich mit den Fingerspitzen über den schimmernden Stoff des Kleides, der mit winzigen Perlen verziert war.

»Schade, dass Malcolm nicht da sein wird. Mit ihm würde ich zu gerne tanzen.«

Bram legte ihr den Arm um die Schulter. »Ich werde mir die größte Mühe geben, dir ein angenehmer Tänzer zu sein.«

Latona lächelte schief. »Sie? Ich dachte, Sie tanzen nie. Haben Sie das nicht immer wieder betont, wenn wir eine der Tanzvergnügungen besucht haben?«

»Nun, dann mache ich jetzt eben eine Ausnahme«, gab Bram zurück und reckte die Brust. »Ein Hofball ist ja nicht irgendein Tanzvergnügen!«

*

Die Hofburg erstrahlte im Glanz Tausender Kerzen. Eine prächtige, wappengeschmückte Kutsche nach der anderen rollte über den Michaelerplatz zum weit geöffneten Portal der Hofburg und entließ ihre hochadeligen Insassen: die hoffähigen Familien, die über Generationen lückenlosen Adel nachweisen konnten, wie die Fürsten Esterházy und von Liechtenstein, die von Schwarzenberg und die Windischgrätz. Herzöge und Grafen traten in die große Halle, Fürstinnen und Prinzessinnen, aber auch neureiche Freiherren und Barone. Hinzu kamen das Offizierscorps, Minister und Gesandte und Eminenzen der katholischen Kirche. Lauter mehr oder minder schöne und reiche, doch ohne Ausnahme festlich gekleidete Menschen mit der Haltung derer, die wissen, dass sie weit über dem gewöhnlichen Volk stehen. Man kannte sich und grüßte einander, tauschte höfliche Floskeln aus, ließ sich Champagner reichen und mit dem Strom zum Ballsaal treiben.

Der Korso der Kutschen riss nicht ab. Nun sammelten sich einige Gäste vor dem Portal, die ausgesprochen wohlgewachsen waren. Groß, schlank, mit dunklem Haar und vornehm blassen Gesichtern, bildschön selbst die älteren unter ihnen. Mit untadeliger Haltung betraten sie in kleinen Gruppen die Hofburg und folgten den anderen Geladenen durch die prächtigen Räume und Korridore in den Festsaal.

Franz Leopold bot Alisa den Arm, während Luciano Ivy die Treppe hinaufführte. Alisa spürte Leos Nähe so bewusst, dass ihr ganzer Körper prickelte. Sie bemühte sich, nicht zu ihm hinzusehen und sich dafür ganz der Begeisterung für den verschwenderischen Glanz des Kaiserpalasts hinzugeben. Sie musste sich selbst zur Ordnung rufen, dass sie nicht undamenhaft den Hals reckte und ihrer Begeisterung laut Ausdruck verlieh.

»Ja, es ist alles unglaublich prächtig«, stimmte ihr Ivy zu. »Und erst die Ballroben. Es ist ein Rausch aus Samt und Seide und glitzernden Juwelen, dass einem ganz schwindelig wird.«

»Mich machen mehr die verwirrenden Gerüche nach Leibern und Parfum schwindelig«, meinte Luciano und schnupperte einer Dame hinterher, die eine Wolke von Wohlgerüchen um sich verbreitete.

»Auch das«, gab Ivy zu. »Wie gern würde ich Seymour das alles zeigen.«

»Ein Wolf hier in unserer Mitte könnte das Protokoll allerdings ganz schön durcheinanderbringen«, gab Franz Leopold schmunzelnd zu. Er führte sie durch die verschwenderisch dekorierten Salons, während er ihnen erklärte:

»Der Hofball zum Auftakt der Faschingszeit ist nur der zweithöchste Ball der Saison. Der vornehmste ist der Ball bei Hof, der erst zum Ende der Saison stattfindet.«

»Und was ist der Unterschied?«, wollte Alisa wissen.

»Zum Ball bei Hof wird nur der hoffähige Adel geladen, der Zutritt zum Kaiser und der Kaiserin hat. Beim Hofball dagegen sind auch Offiziere der Wiener Garnison, das diplomatische Corps und sogar in den Adelsstand erhobene Bürgerliche zugelassen.«

»Soll das etwa heißen, die Dracas haben nur zum Hofball Zutritt, nicht aber zum vornehmsten Ball bei Hof?«, rief Luciano mit gespieltem Entsetzen.

Franz Leopold zog eine Grimasse, doch dann lächelte er. »Zumindest ist es dort ein wenig schwieriger, sich eine Einladung zu besorgen und nicht aufzufallen.«

»Da sind Mr Stoker und Latona«, unterbrach Ivy. Sie begrüßten einander und wechselten höfliche Worte. Über ihre gemeinsamen Abenteuer zu sprechen, war dies nicht der rechte Ort. Allerdings richtete Bram ihnen Grüße von Professor Vámbéry und von van Helsing aus, während die Erben Latona Komplimente machten. Das Kleid stand ihr ganz wunderbar und mit ihren strahlenden Augen sah sie heute besonders hübsch aus.

»Aber nun lasst uns in den Ballsaal gehen« drängte Alisa, die keinen Tanz verpassen wollte. Außerdem war sie neugierig, die

Kaiserin zu sehen. War Elisabeth noch immer so schön, wie es überall hieß?

Sie kamen gerade noch rechtzeitig. Der Zeremonienmeister kündigte die Ankunft des Kaiserpaares an. Die Damen der Hofgesellschaft versanken in einem tiefen Knicks, die Herren verbeugten sich. Als sie sich wieder erheben durften, betrachtete Alisa die Herrscher neugierig. Franz Joseph hatte sie ja bereits im Burgtheater gesehen, daher galt ihr Interesse der Kaiserin. Sie hatte ihr vierzigstes Lebensjahr bereits überschritten und damit lagen für eine Menschenfrau ihre besten Jahre bereits hinter ihr, dennoch musste Alisa zugeben, dass ihr Ruf nicht übertrieb. Sie war eine schöne Frau, groß, schlank und stolz, und sie tanzte den ersten Walzer mit dem Kaiser in Anmut. Endlich hob der Zeremonienmeister den Stab und auch die anderen Paare durften auf die Tanzfläche. Wie lange hatte Alisa sich danach gesehnt, noch einmal mit Franz Leopold zu tanzen. Sie wandte sich ihm gerade zu, als jemand an ihrem Ärmel zupfte.

»Was willst du, Tammo?«

Ihr Bruder schnitt eine Grimasse. »Ich werde ja wohl nicht darum herumkommen, mit dir zu tanzen, daher bringe ich es lieber gleich hinter mich.«

»Was für eine herzerfrischende Aufforderung zum Tanz«, kommentierte Franz Leopold mit einem Lachen und bot Ivy den Arm. So blieb Alisa nichts anderes übrig, als sich mit Tammo durch den Galopp zu quälen. Vermutlich waren ihre Schuhe nun für immer ruiniert!

Danach forderte Luciano sie auf und anschließend Sören, der Chiara nur unter Protest an den jungen Graf Grünne abtrat und sich den Hals verrenkte, um sie nicht aus dem Blick zu verlieren. Alisa ließ ihren Blick über die Tanzfläche schweifen. Franz Leopold tanzte mit seiner Cousine Anna Christina. Gerade zog Luciano mit Ivy an den beiden vorbei, da blieb Ivy plötzlich stehen. Luciano wäre beinahe gestolpert. Er schien sie zu fragen, was mit ihr los sei. In ihrer Miene stand Überraschung, nein, mehr noch, ungläubiges Staunen. Alisa folgte ihrem erhobenen Finger, der auf den Mann wies, der eben den Saal betrat. Die Vamalia verbiss sich gerade noch, ganz undamenhaft zu pfeifen. Das war doch nicht möglich! Zum Glück endete der Tanz in diesem Moment. Hastig verabschiedete sie sich von ihrem Vetter und eilte mit gerafften Röcken Ivy und Luciano hinterher, die den Neuankömmling vor ihr erreichten. Ivy sah noch immer ungläubig drein, als sie ihre Hand in die seine legte, so als müsse sie es spüren, um zu glauben, was sie sah.

»Seymour«, hauchte sie. »Was ist in dich gefahren?«

Alisa betrachtete den Werwolf, den sie zuletzt im Spital gesehen hatte. Noch immer waren seine Züge ausgezehrt, doch er hatte sich das verfilzte Haar zu einer halbwegs modernen Frisur schneiden lassen – vermutlich von Hindrik – und steckte in einem Frack, der neu und durchaus modisch war, jedoch ein wenig zu weit die hagere Gestalt umhüllte. Ivy schien das gar nicht zu bemerken. Sie sah strahlend zu ihrem Bruder auf.

»Du brichst deinen eigenen Schwur«, sagte sie.

Seymour zuckte mit den Schultern. »Wie sonst könnte ich mit meiner Schwester Walzer tanzen?«

»Willst du das wirklich tun?«

Er nahm sie fest an der Hand. »Aber natürlich! Wozu sonst bin ich in dieser affigen Verkleidung hierher gekommen?«

Bei den ersten Tönen des nächsten Walzers zog er sie hinter sich her auf die Tanzfläche. Alisa sah ihnen mit offenem Mund hinterher.

»Musst du dir dieses Schauspiel in Ruhe ansehen oder würdest du nun endlich auch einmal mit mir tanzen?«, erkundigte sich Franz Leopold in dem Tonfall, den Alisa so verabscheute, doch sein Lächeln war offen.

»Ich denke, ich schaffe es, mit dir zu tanzen und mich gleichzeitig an dem ungewöhnlichen Bild zu erfreuen«, gab sie zurück und reichte ihm die Hand. Franz Leopold zog eine Grimasse. »Wenn ich mit dir tanze, sollst du dich auf mich allein konzentrieren!«

»Ach, du meinst, du hättest meine ungeteilte Aufmerksamkeit verdient?«, neckte Alisa und legte ihren Arm auf den seinen.

»Ja, das denke ich«, gab er ernsthaft mit einem solch intensiven Blick zurück, dass die Vamalia rasch die Lider senkte und schwieg.

Da war es doch ungefährlicher, Ivy und Seymour noch ein wenig zu beobachten, während Franz Leopold sie zwischen die wirbelnden Röcke drehte.

Es überkam sie wieder dieses Gefühl, dieser Rausch der Glückseligkeit, den sie schon einmal in seinen Armen empfunden hatte. Sie hätte singen mögen. Die fröhliche Walzermelodie trieb ihre Füße über das Parkett und ließ ihren ganzen Körper im Einklang mit dem seinen schwingen. Ob Leo genauso empfand? Oder war es für ihn einfach nur ein Tanz? Eine gesellschaftliche Pflicht?

Alisa öffnete die Augen und warf ihm einen verstohlenen Blick zu. Er lächelte und wirkte mit sich und der Welt zufrieden. Oder war das wieder nur diese Fassade, die er so perfekt beherrschte? Was würde er von ihr denken, wenn er ihre überschäumenden Gefühle las? Es war doch nur ein Tanz. Wie peinlich, wenn er nur seine höfliche Pflicht einer Freundin gegenüber erledigte. Verlegenheit stieg in ihr auf und sie wandte den Blick wieder ab. Und doch. Sie musste es einfach wissen! Der Tanz näherte sich bereits seinem Ende. Alisa schloss die Augen und konzentrierte sich auf Leos Geist. Es war unwahrscheinlich, dass sie ihn bei einer Nachlässigkeit erwischen würde. Der Dracas war schließlich nicht nur ein Meister darin, die Gedanken anderer zu lesen. Er verstand es ebenso perfekt, die seinen zu verbergen. So war sie mehr als überrascht, das Tor weit offen vorzufinden. Zaghaft tastete sie sich weiter, jeden Augenblick darauf gefasst, rüde hinausgeworfen zu werden. Doch nichts geschah. Sie spürte ehrliche Freude. Leo genoss jeden Augenblick, jeden Taktschlag mit ihr. Alisa bohrte noch ein wenig tiefer, bis sie auf etwas stieß, auf das sie nicht vorbereitet war. Sie riss die Augen auf und sog scharf die Luft ein. Für einen Moment kam sie außer Takt und stolperte, doch da war die Musik auch schon zu Ende. Sie blieb stehen und starrte Franz Leopold an, der ihrem Blick schweigend standhielt. Das war nicht möglich. Oder doch?

Da schlangen sich plötzlich ihre Arme um seinen Nacken, ohne dass sie es ihnen befohlen hätte, und ihr Körper, der ein Eigenleben zu entwickeln schien, presste sich gegen den seinen. Dieses Mal kämpfte sie nicht gegen die Welle der Gefühle, die sie überrollte. Sie reckte sich und küsste ihn mit all ihrer Leidenschaft. Leo umfing sie und erwiderte den Kuss, als würden sie nicht in der Hofburg mitten auf der Tanzfläche stehen. Doch keiner hielt an, um sie anzustarren. Die Paare flanierten vorbei, als würden sie sie gar nicht sehen. Ob der Dracas auch das zu kontrollieren vermochte? Alisa wollte gar nicht weiter darüber nachdenken, bis die Musik wieder einsetzte.

Endlich zwang sie sich, von ihm abzulassen und war fast ein wenig enttäuscht, dass Leo es zuließ.

»Es tut mir leid«, sagte er mit einer tiefen Traurigkeit.

»Was?« Entsetzen durchrann sie wie Eiswasser.

»Es tut mir leid, dass ich mich zu dieser unverzeihlichen Tat habe hinreißen lassen. Ich habe dich enttäuscht, ja, ich habe unser aller Freundschaft verraten. Ich würde es ungeschehen machen, wenn dies in meiner Macht stünde.«

Langsam dämmerte es Alisa. Er sprach von Clarissa und Luciano. Dies war im Augenblick alles so weit weg, obgleich sie gedacht hatte, sie könne dem Dracas niemals wieder ins Gesicht sehen, ohne an diesen abscheulichen Verrat erinnert zu werden.

Aber er hatte sich entschuldigt. Und er empfand mehr für sie, als sie zu hoffen gewagt hatte. Das hatte er sie eben spüren lassen. »Unser aller Freundschaft ist stärker, als ich dachte. Sie hat es überstanden. Und wir … Reden wir nicht mehr davon.« Alisa küsste ihn noch einmal. Dann tanzten sie einen Galopp, dass ihre Röcke nur so flogen.

*

Luciano stand am Rand und sah den Tanzenden zu. Seymour machte eine etwas komische Figur, doch Ivy schien es nicht zu stören. Sie sah vollkommen glücklich aus. Ganz im Gegensatz zu dem irischen Paar bewegten sich Franz Leopold und Alisa einfach traumhaft und die Vamalia wirkte nicht minder glücklich. Auch seine Cousine Chiara strahlte in Sörens Armen. Lauter glückliche Paare. Luciano seufzte leise. Wenn der Vamalia sie anständig behandelte, wollte er nichts dagegen sagen. Von ihrem Cousin würde sie sich eh keine Vorschriften machen lassen, so gut kannte er Chiara inzwischen. Dann tanzten Mervyn und Rowena an ihm vorbei und hinter ihnen Anna Christina mit einem Offizier, der ganz in ihrem Bann zu stehen schien. Bram Stoker führte Latona nun schon das dritte Mal aufs Parkett, aber auch Seymour hatte die Nichte des Vampirjägers unter Brams wachsamer Aufsicht zum Tanz geführt. Der Werwolf und das Mädchen mussten sich in den vergangenen Wochen irgendwie nähergekommen sein. Tammo, Joanne und Fernand dagegen drückten sich am Rand herum und beobachteten das Treiben.

Luciano wandte sich ab. Unbemerkt verließ er den Ballsaal und strebte auf die große Halle zu. Die Lakaien verbeugten sich stumm, als er die Hofburg verließ und in die kalte Winternacht hinaustrat. Er überquerte den Michaelerplatz gemessenen Schrittes, dann begann er zu laufen. Er rannte so schnell er konnte durch die Stadt, sodass er für das menschliche Auge nur noch ein huschender Schatten war. Schlitternd kam er vor der Haustür zum Halten, die bereits nach seinem ersten Klopfen aufgerissen wurde.

Hindrik hob die Augenbrauen. »Ich dachte, ihr seid alle auf dem Hofball. Es ist kaum Mitternacht!«

Luciano nickte. »Ja, ich weiß, aber ich hatte keine rechte Freude daran.«

Hindrik nickte wissend und trat zurück. »Clarissa ist oben im Salon.«

Luciano war schon mitten auf der Treppe, als er innehielt und sich noch einmal umwandte. »Und wie ist ihre Stimmung?«

Sie wussten beide, dass Clarissa ihn nach seiner Rückkehr aus Transsilvanien mit mehr Groll als Erleichterung empfangen hatte und seine Liebesschwüre noch immer schroff von sich wies.

»So wie sich ein junges Mädchen eben fühlt, das nicht zum Ball geladen wurde und zu Hause bleiben muss, während alle anderen ihre Festgewänder anlegen und zum Tanz gehen.« Hindrik zeigte ein feines Lächeln voller Verständnis.

Luciano stöhnte. »Ich kann doch nichts dafür! Ich würde nichts lieber tun, als sie in die Hofburg auszuführen, aber die Dracas haben keinem Unreinen gestattet mitzukommen.«

Hindrik hob die Schultern. »Mir musst du das nicht erklären.«

»Ich weiß«, sagte der Nosferas bedrückt und stieg die letzten

Stufen fast widerstrebend hinauf. Er klopfte zaghaft an die Tür und trat dann in den dunklen Salon.

Clarissa stand am Fenster und sah in die Nacht hinaus. »Was willst du hier?«, fragte sie, ohne sich zu ihm umzudrehen. »Ist heute Nacht nicht der große Ball? Warum bist du nicht bei deinen Freunden und tanzt mit ihnen?«

»Ich habe mit Alisa getanzt, mit Ivy und Chiara und sogar einmal mit Joanne, was unter uns gesagt schauderhaft war. Ich glaube, ihr ist der Unterschied zwischen einem Zweikampf und Tanzen nicht ganz klar, aber das wollte ich gar nicht sagen. Es war alles wunderschön und prächtig, und dennoch habe ich mich unter all den Leuten einsam gefühlt. Ich konnte nur an dich denken und wollte nur dich im Arm halten, während wir uns im Walzerschritt drehen.«

»Man kann eben nicht alles haben und muss lernen, sich in Verzicht zu üben!«

»Warum? Warum verschließt du dich vor mir und weist mich ab? Ich liebe dich und werde jeden meiner Schwüre halten, den ich dir gegeben habe, wenn du mich nur lässt. Bitte!«

Nun drehte sich Clarissa doch um und sah ihn mit ernster, abweisender Miene an. »Ich kann nicht mit dir tanzen. Ich bin nur eine Unreine und auf den Hofball nicht geladen!«

Luciano lächelte sie an und trat näher. »Was brauchen wir den Hofball. Darf ich dich zum Tanz bitten?«

Clarissa runzelte die Stirn. »Was, jetzt? Hier?«

Luciano trat an den Tisch und entzündete die Kerzen des Leuchters und auch die auf dem Sekretär und in den Haltern an der Wand, bis der Salon fast so verschwenderisch erleuchtet war, wie die Räume der Hofburg.

»Ja, hier. Es ist genug Platz, ein wenig zu schwingen und zu drehen. Was brauchen wir mehr? Wir haben uns!«

Clarissa sah ihn noch immer ablehnend an. »Hast du nicht noch eine Kleinigkeit vergessen?«

Da erklangen leise Töne aus dem Musikzimmer, wehten über den Gang und drangen in den Salon. Hindrik? Luciano hatte nicht gewusst, dass er Pianoforte spielen konnte. Als die ersten kräftigen Akkorde erklangen, verbeugte sich Luciano vor Clarissa.

»Darf ich dich um diesen Walzer bitten? Es gibt nichts, was ich mir im Augenblick mehr wünsche, als dich in den Armen zu halten.«

Clarissa sah ihn verlegen an. »Ich glaube, ich kann nicht besonders gut tanzen«, sagte sie schüchtern.

Lucianos Lächeln hüllte sie ein. »Dann üben wir so lange, bis du es kannst. Die Nacht ist noch lang.«

Auffordernd hob er die Arme. Noch einen Moment zögerte Clarissa, dann trat sie vor, reichte ihm die Rechte und legte ihre Linke auf seinen Oberarm. Luciano wagte vorsichtig ein paar Schritte. Clarissa lag leicht in seinen Armen und bewegte ihre Füße mit Anmut. Nein, die Walzerschritte bereiteten ihr keine Schwierigkeiten. Er drehte sie erst zaghaft und dann immer schneller, bis ein Leuchten ihre Augen erhellte und ein Lächeln ihre Züge erstrahlen ließ.

»Entweder bist du eine Schwindlerin oder ein Naturtalent«, neckte Luciano nach einer weiteren Runde.

»Es ist so wundervoll«, brach es wie ein Schluchzen aus ihr heraus. »Ich wünschte, es würde niemals enden.«

Luciano hielt mitten in der Bewegung inne. Er zog sie noch näher an sich heran und küsste sie sanft auf den Mund. Clarissa sah ihn nur an. Zorn und Verbitterung waren aus ihrem Blick gewichen.

»Es wird niemals enden«, sagte Luciano leise, dann schwang er Clarissa wieder herum und wirbelte sie in weiten Kreisen durch den von Kerzenlicht erleuchteten Salon.

EPILOG

Während die Dracas und ihre Gäste in der Wiener Hofburg Walzer tanzten, trat im fernen Transsilvanien eine einsame Gestalt aus der Tür ihres Wohnturmes, schritt mit gebeugtem Rücken über den Hof und blieb dann an der Mauerbrüstung stehen, die ihr einen weiten Ausblick über die Schlucht gewährte. Mehr als eine Stunde stand Dracula reglos da. Er drehte sich auch nicht um, als er Razvans hinkenden Schritt hinter sich vernahm. Der Diener räusperte sich und wartete eine ganze Weile, ehe er wagte, seinen Herrn anzusprechen.

»Meister, werdet Ihr heute Nacht nicht ausgehen?«

Der Vampir ließ sich mit seiner Antwort Zeit. »Nein, ich denke nicht.«

»Es ist so einsam und still hier auf Poienari geworden«, wagte der Bucklige zu bemerken.

»Vermisst du meine drei Musen? Ich dachte, sie hätten dich stets bis auf dein warmes Blut gereizt?«

»Ja, das haben sie«, gab Razvan zu. »Und dennoch sind wir ohne sie schlechter dran. Sie waren stets für eine Überraschung gut und haben mir mit ihrem Gezänk die Langeweile vertrieben. Ich gebe es nur ungern zu, aber ich vermisse sie tatsächlich. Ihr nicht auch? Warum holt Ihr nicht neue Frauen nach Poienari? Seht Euch nur an, Meister, wie Ihr trübsinnig den Mond anstarrt und Euch nicht einmal aufraffen könnt, auf die Jagd zu gehen«, fügte er mutig hinzu. »Ihr braucht Unterhaltung und Ablenkung! Gibt es nicht genug schöne Frauen beiderseits der Karpaten?«

»Ja, an ihnen herrscht kein Mangel, und dennoch begehre ich keine von ihnen. Und auch meiner drei Musen war ich längst überdrüssig. Ich kann nicht einmal sagen, dass ich sie vermisse. Nein, sie nicht!«

»Wen dann? Das irische Mädchen, das man Euch entrissen hat?«, fragte der Diener verwundert. »Sie war noch ein halbes Kind.«

»Du darfst dich von ihrem Äußeren nicht täuschen lassen. Sie ist eine mächtige Vampirin und Druidin. Ich habe sie erwählt und bin nicht bereit, mir meine Pläne zerstören zu lassen.«

»Und dennoch habt Ihr sie nicht aufgehalten.«

Dracula nickte. »Nein, dieses Mal nicht. Doch noch ist nicht das Ende aller Nächte.«

»Was habt Ihr vor?«, fragte Razvan mit vor Neugier schimmernden Augen.

»Nichts. Noch nicht. Ich werde den Winter über in Poienari bleiben. Vielleicht besorge ich dir Unterhaltung, wenn dir danach ist.

Hast du irgendwelche Wünsche? Mir ist es gleich.« Razvan winkte ab. Das war im Augenblick nicht wichtig. Etwas anderes interessierte ihn viel mehr.

»Und wenn der Winter vorüber ist?«, drängte der Bucklige.

»Dann werde ich wieder auf Reisen gehen.«

»Wisst Ihr schon, wohin? Darf ich Euch dieses Mal begleiten?«

Dracula wandte sich zu ihm um. So etwas wie ein Lächeln umspielte seine Lippen. »Ich war lange nicht mehr in London. Ja, vielleicht sollte ich der Insel wieder einmal einen Besuch abstatten.«

GLOSSAR

Bastion – österreichisch auch Bastei, ist ein Teil einer Festung. Sie ist ein dem Hauptwall vorspringender, meist fünfeckiger Teil der Festungsmauer und dient den Verteidigern dazu, die Angreifer auch von der Seite oder – wenn sie sich der Mauer nähern – von hinten beschießen zu können.

Beletage – Kommt vom französischen *bel étage* – schönes Geschoss – und bezeichnet in einem Adelspalais oder einem großbürgerlichen Wohnhaus die am besten ausgestattete Wohnung. In den Ringstraßenpalais wohnten hier – meist im ersten Obergeschoss – die Eigentümer der Häuser, während die Wohnungen in den anderen Stockwerken vermietet waren. Die sogenannte Prunkstiege führte nur zu diesem Stockwerk. Die anderen Wohnungen erreichte man über Nebenstiegen. In den Adelspalästen waren die Repräsentationsräume in der Beletage untergebracht, während die privaten Wohnräume ein Stock höher oder tiefer zu finden waren. Die Beletage zeichnete sich durch die größte Deckenhöhe aus, sodass sie auch in der Fassade durch deutlich höhere Fenster zu erkennen war.

Bojar – Adeliger unterhalb des Rangs eines Fürsten. Der Titel war in Russland, Bulgarien, Rumänien, Moldawien und Serbien verbreitet. Die Bojaren bildeten seit dem 8. Jahhundert die herrschende Schicht der Großgrundbesitzer. Ihre größte Bedeutung hatten die Bojaren in den Donaufürstentümern Walachei und Moldau zwischen dem 10. und dem 18. Jahrhundert. Sie waren für die Rechtssprechung zuständig und übernahmen wichtige Ämter beim Militär und am Fürstenhof in der Verwaltung. Bojaren wurden gewählt und vom Fürst bestätigt. In Siebenbürgen verloren sie früh ihre Vormachtstellung und wurden vom ungarischen Adel abgelöst.

Dachreiter – auf dem Dachfirst aufsitzendes meist hölzernes Türmchen, das meist als Glockenstuhl genutzt wurde. Die Form der Dachreiter entwickelte sich bei den Kirchen der Bettelorden der Dominikaner und Franziskaner, aber auch der Zisterzienser, da diese bewusst schlicht bauten und auf hohe Kirchtürme verzichteten. Meist verfügen Kapellen auch nur über Dachreiter.

Damast, orientalischer – Eine Klinge aus orientalischem Damast ist aus unzähligen wechselnden Schichten unterschiedlicher Eisen- und Stahlsorten aufgebaut. Nachdem die Klinge poliert oder geätzt wurde, erkennt man in einem Wellenmuster die verschiedenen Lagen.

Domus Aurea – Lateinisch für ›das goldene Haus‹. Die Domus Aurea war der riesige Palast Neros im antiken Rom. Er ließ ihn nach dem großen Stadtbrand 64 n. Chr. auf dem Gelände eines früheren Palasts und einiger abgebrannter Villen errichten. Später, als alle Spuren von Neros Herrschaft getilgt werden sollten, wurden Teile des Palasts abgerissen – und an deren Stelle das Kolosseum erbaut –, Teile jedoch von den Trajansthermen überbaut. Heute findet man diesen Teil des Palasts unterirdisch unter dem Oppiushügel.

Donjon – Wohn- und Wehrturm einer mittelalterlichen Burg. Das Wort geht auf das lateinische *dominus* – ›Herr‹ – zurück, da der Turm meist vom adeligen Herrn und seiner Familie bewohnt wurde. Der Donjon ist der Kern der Burg oder auch der Hauptturm der Umfassungsmauer. Im Gegensatz zum Bergfried, dem unbewohnten Hauptturm einer Burg, ist der Donjon immer auch Wohnung des Burgherrn.

Drahtcourtine – Die Courtine ist der Hauptvorhang, der im Theater die Bühne vom Zuschauerraum trennt. Aus Brandschutzgründen wurde eine Courtine aus Draht eingeführt, der erste »Eiserne Vorhang«. Er stellte eine feuerfeste und luftdichte Abtrennung dar, die nur während der Vorstellung gehoben wurde. Er befindet sich vor dem eigentlichen Hauptvorhang der Bühne.

Fehde – Im Mittelalter war die Fehde ein Rechtsmittel, um Streitigkeiten auszuräumen, was nur den Freien, zu Beginn des Mittelalters also den adeligen Männern zustand. Dabei einigten sich die beiden Parteien, ohne eine höhere Rechtsinstanz einzuschalten. Dies ging meist durchaus ohne Gewalt. Konnten sich die Gegner nicht auf einen Schadensausgleich oder eine Sühne einigen, kam es häufig zur Blutfehde, die dann als Blutrache meist mit dem Tod des Gegners oder für ihn stellvertretende Personen endete.

Fiaker – vom kroatischen und serbischen *fijaker.* Bezeichnung für eine zweispännige Lohnkutsche sowie auch für den Lohnkutscher selbst. Außerhalb Österreichs und Bayerns Droschke genannt. In der Zeit um 1880 gab es in Wien mehr als eintausend nummerierte Fiaker, die an festen Standplätzen auf Kundschaft warteten. Sogenannte Unnummerierte waren Fiaker, die für längere Zeit, also Wochen oder Monate angemietet wurden. Es war ein Statussymbol, einen Unnummerierten zu besitzen – natürlich nicht ganz so gut wie eine eigene Kutsche mit Kutscher.

Gamaschen – Beinlinge oder Socken ohne Sohle, Fußbekleidung aus Tuch, Leinwand oder Leder, die seitlich geschnürt oder geknöpft wurden. Die Gamasche schließt an die Schuhe an und kann bis über das Knie reichen, zum feinen Herrenanzug meist weiß über schwarzen Schuhen und nur über den Knöchel reichend. Soll Schutz gegen Kälte, Verschmutzung, Feuchtigkeit oder Verletzung bieten. Früher beim Militär weit verbreitet. Heute noch im Reitsport üblich.

Gehrock – eine doppelreihige Jacke für den Herrn mit angesetztem, meist knielangem Schoß. Der Gehrock war meist aus dunklem Tuch und wurde im 19. Jahrhundert zu festlichen Anlässen getragen. Er war Nachfolger des meist grellbunten Biedermeierfracks, der bis um 1820 getragen wurde. Ab 1870 war der dunkle Gehrock offizielles Kleidungsstück von Ärzten, Kommerzienräten oder Ministern.

Glacis – Teil eines neuzeitlichen Festungsbaus. Als Glacis bezeichnet man die Ebene vor dem Graben, die zu Graben und Mauer hin meist leicht ansteigend ist. Sie soll ein freies Schussfeld von der Festung her gewähren und tote Winkel vermeiden. Im Idealfall war das Glacis unbebaut und frei von Büschen und Bäumen.

Glockenschläger – Degen, der als studentische Fechtwaffe in der Mensur verwendet wurde. Seinen Namen hat die Hiebwaffe von ihrem glockenförmigen Handschutz. An vielen mittel- und ostdeutschen Universitäten wie Berlin, Freiberg, Dresden und Leipzig wurde mit Glockenschlägern gefochten.

Gotik – Stil in der Architektur, der sich um 1140 um Paris entwickelte und bis 1500 andauerte. Er löste die Romanik ab. Der Spitzbogen ist das zentrale Element. Es entstanden große Kathedralen, hohe, luftige und helle Gebäude mit großen Fenstern, wie Notre-Dame in Paris und der Kölner Dom.

Grabennymphe – Prostituierte in Wien. Die Bezeichnung kommt von dem Platz »Graben«, in den Anfängen der Stadt noch unter den Römern Teil der ersten Stadtbefestigung, später ein Marktplatz, an dem die Prostituierten auf Kundenfang umherflanierten.

Halsbinde – Vorform der Krawatte, die in komplizierten Formen gebunden und in Falten gelegt wurde. Im Biedermeier folgten die Formen rasch wechselnden Modetrends.

Karyatiden – weibliche Skulpturen in der Architektur mit einer tragenden Funktion, die Säulen oder Pfeiler ersetzen. Sie tragen Ziergiebel, Portale, Dächer oder Balkone.

Kasematte – ein unterirdisches Gewölbe im Festungsbau, das die Verteidiger der Festung vor dem Artilleriebeschuss der Angreifer schützt. Kasematten zeichneten sich zuerst durch eine Einwölbung mit besonderer Mauerstärke aus, bald mit Erdüberdeckung. Oft wurden Kasematten in Bastionen angelegt.

k. k. – Abkürzung für kaiserlich-königlich, die sich auf Einrichtungen des Gesamtstaates Österreich-Ungarn bezog. Sie ist nicht gleich der Abkürzung k. u. k., die kaiserlich und königlich bedeutet und nach dem Ausgleich mit dem Königreich Ungarn und der Einführung der Österreich-Ungarischen Doppelmonarchie verwendet wurde, wobei das erste k für den Titel Kaiser von Österreich und das zweite für König von Ungarn steht.

Kolonnade – ein Säulengang mit geradem Gebälk. Bei einem von Bögen begrenztem Gang spricht man von einer Arkade.

Kondukt – österreichische Bezeichnung für die feierliche Trauerprozession, die den Sarg von der Aufbahrung bis zum Grab geleitet.

Korbschläger – Degen, der als studentische Fechtwaffe in der Mensur verwendet wurde. Seinen Namen hat die Hiebwaffe von ihrem wie ein Drahtkorb ausgebildeten Handschutz.

Kotillon – ein um 1755 entstandener Tanz, der dem Kontertanz verwandt ist. Die Bezeichnung spielt darauf an, dass bei diesem Tanz die Unterröcke (Kotillons) der Damen sichtbar wurden. Im 19. Jahrhundert entwickelte sich darauf in Kombination mit dem Walzer und einer Art Gesellschaftsspiel eine eigene Tanzform.

Krypta – Griechisch für ›die Verborgene‹. Eine Krypta oder Gruft ist eine begehbare Grabstätte unterhalb des Chors einer christlichen Kirche. In den frühen Krypten befand sich das Grab oder eine Reliquie eines Heiligen oder Märtyrers, die Pilger anziehen sollten. Die Vorläufer der Krypten finden sich vor den Toren des antiken Roms. Es sind frühchristliche unterirdische Grabanlagen, über denen dann Kirchen errichtet wurden, sodass sich das Grab unterhalb der Apsis oder auch des Westchors befand. So wurde der erste Bau des heutigen Petersdoms an der Stelle erbaut, wo das Grab des Jüngers Petrus vermutet wurde.

Kurtine – Mauer oder Wall zwischen zwei Türmen einer Burg, Festung, ummauerten Stadt oder Bastion. Sie bestand aus Werk- oder Backsteinen, seltener nur aus reinen Erdwällen. Die eigentliche Stadtmauer wurde auf der Kurtine errichtet. Sie verfügt häufig über einen offenen oder gedeckten Wehrgang mit Zinnen oder Schießscharten. Während im Mittelalter die Mauern immer höher wurden, nahmen sie später nach der Erfindung von Kanonen niedrigere und dafür massivere Formen an.

Landauer – eine vierrädrige, viersitzige Kutsche, meist mit einem in der Mitte geteilten gefalteten Verdeck, sodass man offen und geschlossen fahren konnte. Ab dem 18. Jahrhundert war der Landauer die bevorzugte Reisekutsche begüterter Kreise.

Linienwall – leichter Befestigungsring zwischen den Vorstädten und den Vororten Wiens. Unter Leopold I. wurde 1704 zum Schutz vor einem weiteren Angriff der Türken oder der Kuruzen mit dem Bau des Linienwalls begonnen. Er bestand aus einem Graben und einem mit Palisaden verstärkten Erdwall und verlief aus strategischen Gründen im Zickzack. Der Linienwall wurde aber auch zur Zollgrenze. An den wichtigen Ausfallstraßen wurden Tore mit Zugbrücken erbaut. Hier standen die Zollhäuser, auch Linienämter genannt. Nach Wien eingeführte Waren mussten verzollt werden. Durch die Verzehrungssteuer waren Lebensmittel und Wein innerhalb des Linienwalls teurer. So entstanden an den Ausfallstraßen direkt hinter den Zollhäusern viele Heurigenlokale, die deutlich billiger ausschenken konnten als die Weinlokale in Wien und daher viel Zulauf hatten.

Loggia – ein überdachter Bereich eines Gebäudes, der mindestens an einer Seite offen ist. Meist ist eine Loggia an drei Seiten von den Außenwänden eines Gebäudes umschlossen. Sie kann im Erdgeschoss liegen oder als Rücksprung in einem höheren Stockwerk.

Mezzanin – ein Halb- oder Zwischengeschoss eines mehrstöckigen Gebäudes. Das Mezzanin ist von geringerer Höhe als die anderen Geschosse und befindet sich meist als letztes Stockwerk ohne Schräge unter dem Dach, dann meist für Dienstbotenzimmer genutzt, oder zwischen dem Erdgeschoss und dem ersten Obergeschoss, der Beletage.

Pantalon – Französisch für ›Hose‹, meist für die im 19. Jahrhundert üblichen eng anliegenden Hosen gebraucht, die der Herr mit Stiefeln trug. Auch übliche Bezeichnung für die zu den Uniformen von Militär und Polizei gehörenden Hosen, zu denen ebenfalls hohe Stiefel gehörten.

Paukant – Fechter, der mit einem Paukant einer anderen Verbindung eine Mensur schlägt.

Redoute – Kostüm- oder Maskenball, meist vor Fasching. Die Damen trugen in der Regel Masken zu ihrer normalen Balltoilette, die Herren Masken zu Frack oder Uniform. Es gab aber auch Veranstaltungen mit fantasievollen Kostümierungen. Da die Redoutensäle in der Hofburg nicht nur in der Faschingszeit genutzt wurden, wurde die Bezeichnung Redoute auch als Bezeichnung für nicht ganz so große, etwas zwanglosere Bälle als den offiziellen Hofball benutzt.

Renaissance – Französisch für ›Wiedergeburt‹, Der Begriff bezeichnet die Zeit in Europa zwischen dem 14. und dem 17. Jahrhundert, die von der Wiederentdeckung der römischen und griechischen Antike in Kunst und Wissenschaft geprägt ist.

Ridikül – kleine Damenhandtasche des späten 19. Jahrhunderts mit langen Trägern, die über der Schulter oder am Handgelenk getragen wurde.

Schlagfluss – veraltete Bezeichnung für den Herzinfarkt oder den Hirninfarkt, bei dem durch das Festsetzen eines Blutgerinnsels im Herz oder im Gehirn lebenswichtige Körperfunktionen ausfallen, die häufig zu einem raschen Tod führen.

Schranne – Bezeichnung des historischen Gerichtsgebäudes in Wien und anderen Orten in Österreich. In Süddeutschland bezeichnete man den Getreidemarkt als Schranne.

Scimitar – Sammelbegriff für orientalische Säbel, Hieb- und Stichwaffen mit geschwungener Klinge.

Sirene – weibliches Fabelwesen aus der griechischen Mythologie. Ursprünglich ein Mischwesen aus Frau und Vogel, später auch aus Frau und Fisch, das mit seinem betörenden Gesang vorbeifahrende Schiffer anlockt, um sie zu töten.

Strotter – kommt von dem altwienerischen Ausdruck *strotten*, was aussortieren bedeutet. Der Begriff wurde früher im Wiener Raum für Personen verwendet, die in Abfällen auf der Suche nach etwas Verwertbarem herumstöbern. Später wurde der Begriff vor allem für die Personen gebraucht, die in den Abwasserkanälen lebten und Verwertbares aus dem Abwasser fischten.

Terzel – männliche Greifvögel, zu denen unter anderem Adler, Habichte, Bussarde, Milane und Falken zählen. Terzel sind ungefähr ein Drittel kleiner als die weiblichen Greife und daher auch schneller und wendiger. Dafür können die weiblichen Tiere größere Beutetiere jagen.

Tournüre – Um 1870 wurde der riesige Reifrock der Krinoline, der einen Umfang bis zu acht Metern haben konnte, von der Tournüre abgelöst. Von diesem Halbgestell aus Stahl, Fischbein und/oder Rosshaar wurde nur noch der rückwärtige Teil des Rockes aufgebauscht. Nach einer Pause um 1880 kam die Tournüre drei Jahre später wieder und verschwand dann 1888 ganz aus der Mode.

Vestibül – Vom Lateinischen *vestibulum,* was ›Vorplatz‹ oder ›Vorhalle‹ bedeutet. In der neuzeitlichen Architektur bezeichnet man eine repräsentative Eingangshalle als Vestibül.

Wallschild – auch als Ravelin bezeichnet. Ein eigenständiges Festungswerk, meist in Form eines Dreiecks, vor der eigentlichen Stadtmauer. Es sollte die Kurtine und den Graben zwischen zwei Bastionen schützen. Die Ravelins lagen im eigentlichen Festungsgraben und waren niedriger als die Bastionsmauer. Die frühesten Ravelins finden sich im italienischen Festungsbau des ausgehenden 15. Jahrhunderts.

Woiwode – stammt aus dem Slawischen und ist ursprünglich die Bezeichnung für den Heerführer. Außerdem wurde der Titel Woiwode in slawischen Ländern für einen Adelsrang unterhalb dem eines Fürsten (Knjaz) verwendet, was etwa mit dem westeuropäischen Titel Herzog zu vergleichen ist. Der Titel des Woiwoden wurde vor allem in Russland, Polen, Serbien, Moldau und der Walachei benutzt, teilweise auch in Bulgarien und Ungarn. In den Donaufürstentümern Moldau und der Walachei wurde der amtierende Fürst Woiwode genannt.

DICHTUNG UND WAHRHEIT:

»Die Erben der Nacht« ist nicht nur eine fantastische Romanserie über Vampire, es ist auch eine Reise durch das Europa des 19. Jahrhunderts mit seinen Menschen und seiner Geschichte, in der meine Leser in die damalige Welt eintauchen sollen. Mir ist es wichtig, Einblicke in die Historie des Landes, die Politik, Kunst und den Stand der Wissenschaften zu geben. Es tauchen viele Personen auf, die es wirklich gab. Männer und Frauen der Politik, aber auch Künstler, deren Werke der Musik oder der Architektur uns heute noch prägen. Auch die Orte beschreibe ich so, wie sie vermutlich zum Ende des 19. Jahrhunderts ausgesehen haben.

Für »Dracas« habe ich mich nicht nur in Wien umgesehen. Ich bin mit meinem Mann bis nach Siebenbürgen und über die Karpaten gereist, um alle Spielorte zu besuchen. Wir waren in Schäßburg und sind über die Schülerstiege zum Friedhof hinaufgestiegen, der selbst bei Tag eine Atmosphäre ausstrahlt, in der man sich vorstellen kann, wie die Vampire nachts aus ihren Gräbern steigen. Zahlreiche der beeindruckenden Kirchenburgen haben wir besucht und sind die oft baufälligen Kirchtürme hinaufgeklettert. Der alte Mann in Hosman ist einem Siebenbürger Sachsen nachempfunden, den wir in einer Kirchenburg trafen und der uns viele interessante Geschichten erzählte, auch von den Schwierigkeiten im Land zwischen den Sachsen, den Ungarn und den Rumänen. Der Höhepunkt der Reise waren natürlich die schroffen Berge der Südkarpaten mit dem beeindruckenden Pass, der dann hinunter in die Schlucht und zu Draculas Fluchtburg Poienari führt. Über einen Pfad und unzählige Treppen am steilen Waldhang kann man zur der Ruine hinaufsteigen. Dreihundert Mann Besatzung sollen neben Vlads Frau und einigen Bediensteten in diesen engen Mauern gehaust haben. Unvorstellbar!

In Wien war ich mehrere Male und habe lange gesucht, bis ich im Palais Coburg den idealen Wohnort für die Dracas fand. Besonders beeindruckt hat mich die Michaelergruft mit ihren natürlichen Mumien, die man sich im Rahmen einer Führung ansehen kann. Es gibt übrigens auch Spezialführungen zum Thema Vampire und Gespenster in Wien – dabei bekommt man auch das Geisterhaus am Rabensteig gezeigt – oder eine Führung zu den Fledermäusen, deren Kolonie es tatsächlich im Turm der Peterskirche gibt.

Das Ringstraßentheater brannte am 8. Dezember 1881 ab, also genau ein Jahr später. Es war ein Unfall, dass die Soffittenlampe explodierte, beim Verlauf der Katastrophe und der Zahl der Opfer habe ich mich aber genau an die Polizeiberichte gehalten.

Unübertroffen ist ein großer Ball in der Hofburg, der auch heute noch wie eine Zeitreise ins 19. Jahrhundert erscheint. So kam ich passend zu »Dracas« in einem Ballkleid, das der Mode um 1880 nachempfunden ist, und mein Mann – wie es sich gehört – in Frack und Zylinder. Fast hätte man erwarten können, dass der Zeremonienmeister das Kaiserpaar ankündigt oder vielleicht doch die Dracas und die Erben der Nacht über das Parkett schweben.

GASTSTARS:

Vlad III.

Der Woiwode oder Fürst der Walachei Vlad III. hat mehrere Beinamen. *Țepeș*, der Pfähler, weil er eine Vorliebe für diese Hinrichtungsart hatte, oder auch *Drăculea*, Sohn des Drachen, da sein Vater durch seine Mitgliedschaft im Drachenorden *Dracul* genannt wurde. Er wurde um 1431 vermutlich in Sighişoara – Schäßburg – geboren. Ob das Haus, von dem man behauptet, es sei das Geburtshaus Draculas, in diesem Jahr überhaupt schon erbaut war, ist fraglich.

Durch den Roman »Dracula« von Bram Stoker ist der Fürst für uns Westeuropäer der Vampir schlechthin. Obgleich es in Rumänien viele Vampirlegenden gibt und über Jahrhunderte abergläubische Rituale rund um Verstorbene zelebriert wurden, um sie in ihren Gräbern zu halten, gilt Vlad III. in Rumänien nicht als Vampir. Er war – selbst vor dem Hintergrund seiner Zeit – ein besonders grausamer Fürst. Dennoch wird er zum Nationalhelden stilisiert, der als Erster versucht habe, ein vereintes Rumänien zu schaffen. In einem Museum auf der Tötzburg südlich von Braşov, die den Touristen als die Draculaburg verkauft wird, obgleich Vlad III. vermutlich niemals auch nur einen Fuß in diese Festung gesetzt hat, wird er gar als eine Art Robin Hood bezeichnet! Angesichts der überlieferten Gräueltaten ist dieser Vergleich schon dreist. Vlad III. ließ nicht nur seine politischen Gegner unter den Bojaren samt deren Frauen und Kinder hinrichten und pfählte Tausende Einwohner von Dörfern oder Städten, die seinem Heer nicht sofort bedingungslos die Tore öffneten. Auch Zigeuner und Bettler ließ er zusammentreiben, da sie dem Land nur auf der Tasche lägen, statt ihm zu nutzen. Die Zigeuner zwang er – nachdem er einige ermordet hatte – zum Kriegsdienst, die Bettler ließ er in eine Halle sperren und verbrennen.

Vlad III. starb 1476. Ob er durch Verrat gefangen genommen und in Bukarest geköpft, im Kampf getötet oder von einem Mörder hinterrücks enthauptet wurde, ist nicht genau überliefert. Sein Kopf wurde jedenfalls in Honig eingelegt dem Sultan geschickt, als Beweis, dass sein Widersacher endlich tot sei, und damit er und sein Volk sich an dem Anblick erfreuen konnten. Die kopflose Leiche wurde auf der Klosterinsel Snagov nördlich von Bukarest beigesetzt. Das Grab ist natürlich leer! Schließlich ist Dracula als Vampir unterwegs. Oder doch nicht?

Ármin Vámbéry

Ármin Vámbéry hieß mit seinem Geburtsnamen auch Hermann Wamberger. Er stammt aus einer armen orthodoxen jüdischen Familie. Der ungarische Orientalist und Turkologe wurde 1832 geboren. Sein Geburtsort liegt in Südmähren, im Südwesten der Slowakei, der mehrheitlich von Ungarn bewohnt wurde. Er musste bereits als Zwölfjähriger seinen Lebensunterhalt als Schneiderlehrling verdienen. Später arbeitete er als Hauslehrer. Nebenher betrieb er Studien in Linguistik und Ethnographie, erhielt Klavierunterricht und brachte sich mehrere Fremdsprachen wie Arabisch, Türkisch und Persisch selbst bei, die er dann fließend beherrschte.

In jungen Jahren reiste er nach Konstantinopel und als sunnitischer Derwisch verkleidet in damals noch hermetisch verschlossene Länder wie Persien, Turkestan oder Armenien. Außerdem arbeitete er vermutlich für den britischen Geheimdienst. 1865 nahm er eine Professur für Orientalische Sprachen an der Universität in Budapest an. Vámbéry hat den Grundstein für Bram Stokers Dracula-Roman gelegt. Die beiden Männer trafen 1890 aufeinander. Vámbéry erzählte Bram von dem walachischen Woiwoden Vlad III. Drăculea, aus dem dann Bram Stoker seinen Vampir Dracula entwickelte. 1913 starb Vámbéry in Budapest.

Johann Strauss

Der Walzerkönig mit dem gleichnamigen Vater wurde 1825 in Wien geboren und starb dort im Jahr 1899. Sein Vater und dessen Kollege Joseph Lanner hatten während des Biedermeiers den Walzer salonfähig gemacht und mit ihren zahlreichen Kompositionen eine Walzereuphorie in Wien ausgelöst. Den beiden herausragenden Tanzkapellmeistern, die als Kollegen und Freunde, dann aber auch als Konkurrenten Wien und seine großen Tanzsäle eroberten, folgte Johann Strauss Sohn nach. Das Verhältnis zu seinem Vater war eher gespannt. Der wollte nicht, dass der Sohn in seine Fußstapfen trat, doch seine Mutter ließ ihn aus Rache für die Untreue ihres Gatten heimlich unterrichten. Bereits mit neunzehn Jahren hatte Johann Strauss junior seinen ersten großen Auftritt im Casino Dommayer. Sein Erfolg war so groß, dass er bald Tourneen durch Europa und Amerika unternahm. Als sein Vater 1849 starb, übernahm er dessen Orchester. Seine Beliebtheit in Wien war unbeschreiblich. Die Leute stürmten zu seinen Auftritten, bei Hof allerdings fiel er in Ungnade, weil er 1848 für die Revolutionäre komponierte. So musste Strauss bis 1863 warten, bis er zum Hofball-Musikdirektor ernannt wurde. Bis dahin komponierte er ausschließlich Tanzmusik. Nach einem Zusammentreffen mit Jacques Offenbach wandte er sich der Operette zu. 1871 fand am Theater an der Wien die Uraufführung seiner bekanntesten statt: *Die Fledermaus.*

In den achtziger Jahren fiel Strauss bei Hof erneut in Ungnade. Nachdem seine große Liebe und erste Frau Jetty Treffz starb, heiratete er nur kurz danach die Schauspielerin Angelika Dittrich, doch die beiden führten keine glückliche Ehe. Nach vier Jahren verließ ihn seine Frau. Eine Scheidung war im katholischen Österreich nicht möglich, daher gab Strauss seine österreichische Staatsbürgerschaft auf und wurde Bürger des Herzogtums Sachsen-Coburg und Gotha. Überhaupt war sein Verhältnis zu den Coburgern eng, und mehrere seiner Kompositionen sind Mitgliedern dieser Familie gewidmet. Herzog Ernst löste die Ehe mit Angelika Dittrich auf, sodass Strauss seine dritte Frau Adele heiraten konnte. In den letzten zwölf Jahren seines Lebens erhielt Strauss nicht eine kaiserlich-königliche Ehrung oder Auszeichnung. Erst lange nach seinem Tod, ja nach dem Ende der Habsburgmonarchie, wurde dem Walzerkönig in Wien ein Denkmal gesetzt.

Die Ringstraßenbarone Todesco, Schey und Co.

Die Biografien der Familien, die sich entlang der Ringstraße ihre prächtigen Palais erbauen ließen, ähneln einander auf verblüffende Weise. Ob es nun die Todescos sind, die Scheys oder Liebens, die Ephrussi oder Epstein. Es sind meist jüdische Familien, deren Großväter als einfache Händler oder Fernhandelskaufleute, als Besitzer von Manufakturen für Tuchherstellung oder Plantagen mit Seidenraupen nach Wien kamen und dort mit viel Fleiß und Geschick – und natürlich auch durch geschickte Heiratspolitik – zu Reichtum und Ansehen gelangten. Ihre Söhne oder Enkel wandten sich den Geldgeschäften zu, gründeten Privatbankhäuser und ließen sich die palastähnlichen Häuser an der neuen Ringstraße bauen. Sie wurden vom Kaiserhaus zu Rittern oder Baronen ernannt, denn die Habsburger waren auf ihr Geld angewiesen, um ihre Kriege zu finanzieren, aber auch den nun zögerlich einsetzenden Fortschritt der Moderne, zum Beispiel die Eisenbahnlinien. Vielen der Ringstraßenbarone hat der Börsenkrach von 1873 allerdings das Genick gebrochen, und so wechselten schon ein Jahrzehnt nach ihrem Bau einige Palais wieder den Besitzer.

Dass die neue Geldaristokratie fest in jüdischen Händen lag und zunehmend auch politischen Einfluss gewann, nutzten Politiker wie Karl Lueger aus, den bereits schwelenden Antisemitismus zu schüren und mit ihm Politik zu machen, um das Kleinbürgertum hinter sich zu scharen. 1897 gelang es ihm mit seiner Christlichsozialen Partei, die Bürgerlich-Liberalen im Parlament abzulösen und mit seiner antiklerikalen und antisemitischen Politik Bürgermeister von Wien zu werden.

Die Fledermäuse von der Peterskirche

Im Turm der Wiener Peterskirche hausen Hunderte Fledermäuse. Wo genau, weiß man nicht. Man kann das Ausflugloch am Turm sehen, doch auf keinem architektonischen Plan ist die Höhlung eingezeichnet, in der sie tagsüber ruhen. Im Herbst kann man sie abends in dichten Schwärmen über Wien fliegen sehen. Die großen Abendsegler jagen bereits in der frühen Dämmerung. Ihr Körper ist etwas über acht Zentimeter lang, die Flügelspannweite liegt bei vierzig Zentimeter.

Die Gruppe in Wien ist eine reine Brutkolonie. Die Weibchen ziehen hier in Wien ihre Jungen auf und fliegen im Frühling alleine oder in kleinen Gruppen auf die Krim, um sich dort mit einem Männchen zu paaren. Obgleich große Abendsegler bei der Jagd bis zu sechzig Stundenkilometer erreichen, reisen sie auf langen Strecken natürlich langsamer. Bis zur Krim sind sie ungefähr zwei Wochen unterwegs. Bis Siebenbürgen dauert es also etwa eine Woche. Für meine Vampire haben sie sich eben ein wenig beeilt.

Wer mehr erfahren möchte, kann bei Alexander Ehrlich eine abendliche Führung zu dem Thema Fledermäuse in Wien buchen.

DANKSAGUNG

Ich hatte wieder viel Spaß mit meinen jungen Vampiren und habe im Vorfeld der Recherchearbeiten aufregende Zeiten erlebt. Auch für »Dracas« hatte ich wieder viele freundliche Helfer, die mir erst ermöglicht haben, den vierten Band für »Die Erben der Nacht« zu schreiben. Dank an meinen Verlagsleiter Jürgen Weidenbach, die Programmleiterin Susanne Krebs und meine Lektorin Katrin Künzel.

Vielen Dank auch an meinen Agenten Thomas Montasser und seiner Frau Mariam, die nicht nur meine Vampire so sehr lieben wie ich, sondern mir auch alles vom Hals halten, was mir die Zeit fürs Schreiben stehlen würde.

Mein Mann Peter Speemann hat nicht nur die Technik am Laufen gehalten. Er hat mich nach Wien zu ausführlichen Recherchen und heldenhaft nach Transsilvanien begleitet, mich sicher durch die wilden Karpaten chauffiert und jede noch so baufällige Kirchenburg bis in den letzten Winkel und auf den höchsten Turm hinauf mit mir erkundet. Herzlichen Dank.

In Rumänien fand ich viele freundliche Menschen, die mir ihre Geschichten erzählt haben und mir das Land nahebrachten. Und auch die Wiener waren geduldig bereit, mir meine unzähligen Fragen zu beantworten. Ganz herzlichen Dank an Alexander Ehrlich, der sich mit Wiener Vampiren, Geistern und Fledermäusen besonders gut auskennt. Und auch an Renate und Thomas Standhartinger, die es uns ermöglicht haben, uns auf einem Ball in der Wiener Hofburg der glanzvollen Kaiserzeit so nahe zu fühlen.

Ulrike Schweikert

Die Erben der Nacht

Vampir-Fantasy vom Feinsten

Ende des 19. Jahrhunderts haben sich die letzten sechs Vampir-Clane über ganz Europa ausgebreitet. Feindselig stehen sie einander gegenüber, doch als ihre Art in der modernen Zeit vom Untergang bedroht ist, gibt es nur einen Weg, das eigene Überleben zu sichern: Gemeinsam sollen ihre Kinder, die Erben der Nacht, ausgebildet werden, damit sie von den Stärken jedes Clans profitieren ...

Band 1
Nosferas
448 Seiten, ISBN 978-3-570-30478-5

Band 2
Lycana
544 Seiten, ISBN 978-3-570-30479-2

Band 3
Pyras
544 Seiten, ISBN 978-3-570-30480-8

Band 4
Dracas
512 Seiten, ISBN 978-3-570-30656-7

Band 5
Vyrad
576 Seiten, ISBN 978-3-570-30655-0

Band 6
Oscuri
464 Seiten, ISBN 978-3-570-30857-8

6377/6

www.cbt-buecher.de